제이컵을
위하여

DEFENDING JACOB

Copyright ⓒ 2012 by William Landay All rights reserved
Korean translation copyright ⓒ 2013 by Sigongsa Co., Ltd.
Korean translation rights arranged with The Martell Agency through EYA (Eric Yang Agency)

이 책의 한국어판 저작권은 EYA(Eric Yang Agency)를 통해
The Martell Agency와 독점계약한 (주)시공사에 있습니다.
저작권법에 의해 한국 내에서 보호를 받는 저작물이므로 무단전재와 복제를 금합니다.

제이컵을 위하여

윌리엄 랜데이 장편 소설

김송현정 옮김

Defending Jacob

제1부

"형법에 대해 타당한 기대를 품도록 하자. ……시간 여행이라는 마법을 통해 삼백만 년쯤 전으로 거슬러 올라가서 인류 최초의 조상, 아담을 만난다고 상상해보자. 키가 작고 털이 무성한, 이 원인(原人)은 직립보행을 시작한 두 발로 먹이를 찾아 아프리카 사바나 여기저기를 헤매고 다닌다. 자, 이 영악한 작은 생명체를 향해 내키는 대로 어떠한 법이든 선포해도 상관없지만, 그를 쓰다듬으려 하는 건 현명하지 못한 생각이다."

―레나드 톰프슨, 《인간 폭력에 관한 일반 이론》(1921)

1
대배심

라주디스 검사: 성함을 말씀해주시죠.

증인: 앤드루 바버입니다.

라주디스 검사: 무슨 일을 하십니까, 바버 씨?

증인: 이십이 년 동안 이 지역에서 지방검사로 일했습니다.

라주디스 검사: 과거형이군요. 지금은 무슨 일을 하십니까?

증인: 실업자라고 해야겠군요.

2008년 4월, 닐 라주디스가 결국 나를 대배심의 증인으로 소환했다. 그즈음에는 이미 너무 늦었다. 확실히 소송을 제기하기에도 너무 늦었고, 라주디스 본인을 위해서도 너무 늦었다. 라주디스의 평판은 이미 회복이 불가능할 정도로 손상되었으며, 그와 더불어 경력도 망가졌다. 검사는 평판이 손상된 채로도 얼마 동안은 절뚝절뚝 버틸 수 있지만, 동료들이 늑대처럼 그를 주시할 테고, 그는 끝내 무리의 안녕을 위해 쫓겨날 것이다. 나는 그런 경우를 많이 봐왔다. 지방검사란 어떤 날엔 더없이 특별하다가도 다음 날이면 까맣

게 잊히는 그런 존재다.

 나는 언제나 널 라주디스에게 관대했다. 지금으로부터 십이 년 전, 라주디스는 로스쿨을 졸업하자마자 지방검찰청에 들어왔다. 그는 스물아홉 살이었고, 키가 작달막했으며, 머리가 벗어지기 시작했고 배가 좀 볼록했다. 입은 치아로 그득해서 빵빵한 여행 가방처럼 억지로 닫아야 했는데, 그 때문에 입술을 발쪽 내민 부루퉁한 표정이 되곤 했다. 나는 배심원들 앞에서는 그런 표정을 짓지 말라고 라주디스를 다그쳤지만, 그는 무심결에 그러한 표정을 지었다. 누구도 잔소리꾼을 좋아하지 않는다. 라주디스가 배심원석 앞에 서서 엄격한 교사나 사제처럼 머리를 흔들며 입술을 오므리면, 모든 배심원의 마음속에선 그에게 반대표를 던지고 싶다는 비밀스러운 욕망이 싹텄다. 검찰청 내부에서 라주디스는 제법 수완도 좋고 아첨도 잘했다. 또한 괴롭힘도 많이 당했다. 다른 검사들이 끊임없이 그를 헐뜯었고, 모두가 그를 지분댔다. 검찰과 데면데면하게 함께 일하는 사람들, 그러니까 평소에는 검사에 대해 그렇게 노골적으로까지 경멸을 표시하지 않는 경찰관, 법원 서기, 법원 사무관도 예외는 아니었다. 사람들은 라주디스를 만화 '심슨 가족'에 나오는 얼뜨기, 밀하우스라고 불렀으며, 이름만 살짝 바꿔서 오만 가지 별명을 만들어냈다. 라멍청스, 라일간스, 라악랄스, 라분별스, 어쩌고저쩌고. 하지만 내 눈에 라주디스는 나쁘지 않았다. 그저 세상 물정을 모르는 것뿐이었다. 선의라고는 해도 라주디스는 사람들의 삶을 작살냈으며, 그 일로 밤잠을 설치지도 않았다. 어쨌거나 그는 그저 나쁜 놈들을 쫓았다. 그게 바로 검사의 오류, 즉 내가 기소한 자들은 다 나쁜 놈이라는 논리다. 라주디스가 그러한 오류에 빠진 최초의 검사도 아니었기에, 나는 정의감에 불타는 그를 너그럽게 보아 넘겼다. 심지어 나는 라주디스를 좋아하기까지 했다. 그리고 다름 아닌 그의 기벽, 특이한 이름, (다른 동료들이라면 엄마 아빠가 지불한 값비싼 치아 교정기로 교정하고도 남았을) 뻐드렁니, 노골적인 야망 때문에 그를 응원했다. 나는 이 사내에게서 무언가를 보았다. 그렇게 수없이 거부당하면서도 꿋꿋하게 견디고 또 견뎌내는 모습에서 어떤 불굴의 의지를 읽었다. 라주디스는 노동자 계층의 자식이 틀림없었고, 그래서 많은 이가 그냥 물려받는 것들을 제 손으로 마련하기로 결심했을 것이다. 그러한 점에서, 그리고 그러한 점에서만 그는 나를 닮았다.

닐 라주디스는 검찰청에 들어온 지 십이 년이 지난 지금, 자신의 모든 괴벽에도 불구하고 성공했거나 성공에 근접했다. 그는 차장검사이자 미들섹스 지검의 2인자이며, 검사장의 오른팔이자 수석 공판검사였다. 그는 내 뒤를 이어 그 자리에 올랐다. 이 풋내기가 어느 날 나에게 이런 말을 한 적이 있었다. "앤디 선배, 언젠가는 저도 꼭 선배처럼 되고 싶습니다." 이런 날이 오리라는 걸 그때 눈치챘어야 했다.

그날 아침, 대배심 법정에 모인 배심원들은 패배감에 젖은 듯 시무룩한 모습이었다. 그다지 영악하지 못해서 배심원의 의무에서 도망칠 구실을 찾아내지 못한 남녀 삼십여 명이 팔걸이에 눈물방울 모양의 판이 부착된 학교용 의자에 끼어 앉아 있었다. 이제 그들은 자신들의 직무를 제법 잘 이해했다. 대배심원단은 수개월 동안 배심에 참여하게 되는데, 이 임시직이 어떻게 돌아가는지 금세 깨닫게 된다. 즉, 혐의가 제기되면, 죄상을 확인하고 기소 여부를 결정하면 된다.

대배심 절차는 재판이 아니다. 대배심 법정에는 판사도 변호사도 없다. 검사가 심리를 진행한다. 대배심은 사법조사의 일종이자 이론상으로는 검사의 권한을 통제하는 수단이기도 한데, 검사가 용의자를 법정에 세울 수 있을 만큼 증거를 충분히 확보했는지 대배심에서 판단하기 때문이다. 증거가 충분하면, 대배심은 검사에게 기소를 승인하고 사건을 상급법원으로 보낸다. 증거가 불충분하면, 대배심은 불기소 결정을 내리고 형사소송은 시작도 되기 전에 끝이 난다. 사실, 불기소 결정은 드물다. 대배심원단은 대부분 기소 결정을 내린다. 왜 아니겠는가? 대배심에서는 사건의 한쪽 면밖에 보이지 않는다.

하지만 오늘 배심원들은 라주디스가 이번 사건에서 증거를 충분히 확보하지 못했다고 생각하는 듯했다. 낡고 손상된 증거와 지금까지 일어난 일들로는 진실이 밝혀지지 않을 것이다. 사건이 발생한 지도 벌써 일 년이 지났다. 그러니까, 삼지창에라도 찔린 듯 가슴에 일렬로 세 군데에 자상을 입은 열네 살 소년의 시신이 숲에서 발견된 지 열두 달이 넘었다. 하지만, 단지 시간만을 의미하는 게 아니었다. 다른 것들도 마찬가지였다. 너무 늦었다. 배심원들은 그 사실을 알고 있었다.

그리고 나 또한 알고 있었다.

오직 라주디스만이 굴하지 않았다. 라주디스는 그 독특한 방식으로 입술을 오므렸다. 그리고 줄이 쳐진 노란 법률 용지에 적어놓은 기록을 검토하며 다음 질문을 생각했다. 라주디스는 내가 가르친 대로 따르고 있었다. 그의 머릿속에서 울리는 목소리는 바로 내 목소리였다. 너의 논거가 아무리 빈약해도 문제될 것 없다. 기본 방침을 고수하라. 지난 오백여 년 동안 행해졌던 바로 그 방식으로 승부를 내라. 언제나 반대신문의 승패를 좌우하는 그 야비한 전술을 사용하라. 미끼, 덫 그리고 꿀꺽.

라주디스가 입을 열었다.

"리프킨 씨네 아들이 살해됐다는 소식을 처음 들었던 때를 기억하십니까?"

"네."

"자세히 설명해주시죠."

"처음에 시팩, 그러니까 매사추세츠 주립 경찰로부터 전화를 한 통 받았습니다. 그런 다음에 곧바로 전화가 두 통 더 왔는데, 한 통은 뉴턴 시티 경찰한테서, 다른 한 통은 당시에 근무 중이던 지방검사한테서였습니다. 순서가 틀렸을지도 모르겠지만, 요점은 전화통에 불이 나기 시작했다는 점입니다."

"그게 언제입니까?"

"2007년 4월 12일 목요일 오전 9시쯤, 시신이 발견된 직후였습니다."

"왜 증인에게 전화가 걸려왔습니까?"

"내가 차장검사였기 때문입니다. 뉴턴 시티에서 발생하는 살인 사건은 모두 나에게 보고됩니다. 그게 정식 절차였습니다."

"하지만 증인이 모든 사건을 맡지는 않았죠? 보고된 살인 사건을 모두 직접 수사하고 심리하지는 않았죠?"

"네, 물론 아닙니다. 그럴 만한 시간이 없었습니다. 나는 살인 사건을 거의 맡지 않았습니다. 대개의 경우 다른 검사들에게 넘겼죠."

"하지만 이 사건은 증인이 맡았죠."

"그렇습니다."

"이 사건을 직접 맡아야겠다고 그 즉시 결정했습니까, 아니면 그 후에 결정했습니까?"

"거의 즉각적으로 결정했습니다."

"왜죠? 왜 굳이 이 사건을 직접 맡고 싶었습니까?"

"린 캐너밴 검사장과 합의한 사항입니다. 특정 사건은 내가 직접 심리했습니다."

"어떤 종류의 사건 말입니까?"

"최우선적으로 다뤄야 할 사건들입니다."

"왜 증인이 심리했죠?"

"나는 검찰청의 수석 공판검사이기도 했습니다. 검사장은 중요한 사건들이 제대로 다뤄지기를 원했습니다."

"사건의 우선순위는 누가 결정했습니까?"

"일차적으로는 내가 했습니다. 물론 검사장과 상의해서 결정해야 하지만, 사건 초반에는 상황이 너무 빠르게 돌아가곤 합니다. 그래서 보통은 검사장과 만날 시간이 없습니다."

"그래서 증인이 리프킨 살인 사건을 최우선 사안으로 결정했군요?"

"그렇습니다."

"왜였죠?"

"아이가 살해된 사건이기 때문이었습니다. 또한 사건이 알려지면 언론의 관심을 끌 거라 생각했습니다. 그럴 만한 사건이었으니까요. 부자 동네에서 부유한 가정의 아이가 희생되었습니다. 우리는 그런 종류의 사건을 이미 몇 차례 다룬 적이 있었습니다. 초반에는 우리도 사건의 진상을 정확히 파악하지 못했습니다. 어떤 면에서 그 사건은 컬럼바인 사건처럼 학교와 관련된 살인으로도 보였습니다. 요컨대, 우리는 사건의 진상을 알지는 못했지만, 큰 사건의 냄새를 맡았습니다. 사건이 생각보다 작은 건으로 판명되면 그 건을 나중으로 미뤄도 됩니다. 하지만, 모든 사항이 제대로 처리되었는지 처음 몇 시간 안에 확인해야 합니다."

"증인이 이해관계가 상충되는 상황에 놓여 있다는 사실을 검사장에게 알렸습니까?"

"아니요."

"왜죠?"

"그런 사실이 없었기 때문입니다."

"증인의 아들 제이컵이 죽은 아이와 같은 반 친구 아니었습니까?"

"맞습니다만, 나는 피해자를 알지 못했습니다. 내가 아는 한, 제이컵 역시 피해자를 몰랐습니다. 나는 죽은 아이의 이름을 들어본 적이 없었습니다."

"증인은 그 아이를 몰랐군요. 좋습니다. 그렇다면 증인은 피해자와 증인의 아들이 같은 동네에 있는 같은 중학교에서 같은 학년에 재학 중이라는 사실은 알고 있었습니까?"

"그렇습니다."

"그런데도 여전히 증인은 이해가 상충되지 않는다고 생각했습니까? 증인의 객관성에 의문이 제기되리라는 생각은 하지 않았습니까?"

"네. 그런 생각은 하지 않았습니다."

"돌이켜 생각해봐도 마찬가집니까? 그러니까, 돌이켜 생각해봐도 여전히 그 상황에 이해상충의 소지가 전혀 없었다고 느낍니까?"

"그렇습니다. 그 상황에 부절적한 점은 전혀 없었습니다. 특이한 점조차 없었습니다. 내가 살인 사건이 발생한 마을에 살았다는 사실요? 그건 문제가 되지 않습니다. 작은 카운티의 경우, 검사는 종종 범죄가 발생한 동네의 주민이기도 하고, 가끔은 범죄 피해자들과 아는 사이이기도 합니다. 그래서 뭐요? 그래서 검사가 살인자를 더욱 잡고 싶어 한다고요? 그건 이해의 상충이 아닙니다. 이봐요, 결국 나는 모든 살인자들과 상충 관계에 있습니다. 그게 내 일입니다. 그건 끔찍한, 정말 끔찍한 범죄였습니다. 그에 대해 무언가 조치를 취하는 게 내 일이었고, 나는 단호하게 그 일을 했을 뿐입니다."

"좋습니다."

라주디스가 법률 용지를 내려다보았다. 증인신문에서 초반에 증인을 몰아붙이는 건 현명하지 못한 방법이다. 물론, 라주디스는 나중에 내가 지치면 다시 이 주제로 되돌아올 심산이었다. 그렇더라도 당분간은 강도를 낮추는 편이 나았다.

"묵비권에 대해 알고 계십니까?"

"물론입니다."

"그렇다면 묵비권을 포기하셨습니까?"

"보시다시피. 그러니 내가 여기서 이야기를 하고 있는 거겠죠."

배심원들이 킥킥댔다.

라주디스가 법률 용지를 내려놓았고, 그로써 잠시 작전을 유보하는 듯했다.

"바버 씨, 그러니까 앤디, 그냥 뭣 좀 물어보겠습니다. 왜 묵비권을 행사하지 않습니까? 왜 침묵하지 않습니까?"

라주디스는 그다음 문장을 말하지 않고 내 몫으로 남겨두었다.

나는 이 질문이 어떤 속임수가 아닐까 잠시 생각해보았다. 하지만 라주디스는 진지해 보였다. 오히려 나에게 어떤 꿍꿍이속이 있지는 않을까 염려하는 듯했다. 나에게 속아서 바보처럼 보이기는 싫은 모양이었다.

내가 입을 열었다.

"침묵하고 싶지 않습니다. 나는 진실이 밝혀지길 바랍니다."

"어떤 진실이라도 말입니까?"

"당신처럼, 그리고 이곳에 있는 모든 사람들처럼 나 또한 사법제도를 신뢰합니다."
 음, 이 말이 전적으로 진실은 아니었다. 나는 사법제도를 신뢰하지 않는다. 적어도 사법제도가 진실을 밝히는 데 특별히 유용하다고는 생각하지 않는다. 그렇게 생각하는 검사는 없다. 우리 모두는 너무나 많은 오류와 너무나 많은 악결과를 봐왔다. 배심원 평결은 그저 추측일 뿐이다. 보통은 선의에 바탕을 둔 추측이지만, 표결로는 사실과 허구를 구별할 수 없다. 그러나 그 모든 허점에도 불구하고 나는 법적 의례가 지닌 힘을 믿는다. 종교적 상징성, 검정 법복 그리고 그리스 신전처럼 대리석 기둥으로 떠받쳐진 법원 건물을 믿는다. 우리는 마치 미사를 드리듯 재판을 한다. 옳은 일을 행하기를, 위험으로부터 보호받기를 기원하며 함께 두 손을 모은다. 기도가 실제로 효험이 있든 없든 그러한 행위 자체는 가치 있는 일이다.
 물론, 라주디스는 그런 종류의 고상한 헛소리에는 흥미가 없었다. 그는 죄의 유무만이 중요한 검사의 이분법적 세계에 살았으며, 나를 완강하게 그 세계에 붙잡아두려 했다.
 "사법제도를 신뢰한다고요?"
 라주디스가 콧방귀를 뀌었다.
 "좋습니다, 앤디. 그렇다면 계속하죠. 사법제도가 제 역할을 수행할 수 있도록."
 라주디스가 뭔가 알아냈다는 듯 자신만만한 표정으로 배심원단을 바라보았다.
 잘한다, 닐. 증인이 배심원단과 침대로 뛰어들게 내버려두지 말고, 네가 배심원단과 침대로 뛰어들어야지. 침대로 뛰어들어서 담요를 뒤집어쓰고 배심원단 곁으로 바싹 파고든 다음, 증인은 밖에서 추위에 떨도록 내버려둬야지. 나는 웃음이 비어져 나왔다. 허락만 된다면, 일어나서 박수라도 치고 싶은 심정이었다. 내가 라주디스에게 바로 이 기술을 가르쳤다. 아비로서 느낄 법한 이 소소한 자긍심을 억누를 까닭이 무어란 말인가? 내가 완전히 형편없는 인간은 아니었던 모양이다. 어찌 됐건, 내가 널 라주디스를 쓸 만한 검사로 변모시켰으니까.

"그렇다면 빨리 시작합시다. 이제 그만 빈둥거리고 서두르죠, 닐."

내가 배심원단의 목에 코를 비비며 말했다.

닐이 나를 쓱 쳐다보더니 법률 용지를 도로 집어 들고 내용을 검토하며 끼어들 틈을 노렸다. 실제로 나는 라주디스의 이마에 드러난 생각을 읽을 수 있었다. 미끼, 덫 그리고 꿀꺽.

"좋습니다. 살인 사건 이후의 상황으로 넘어가죠."

라주디스가 말했다.

2
우리패거리

2007년 4월: 십이 개월 전

리프킨 가족이 유대인의 애도 기간인 '시바'를 치르기 위해 집을 개방했을 때, 온 마을이 조문을 온 듯했다. 이 가족에게 사적인 애도는 허락되지 않았다. 소년의 죽음은 공적인 사건이었고, 슬픔도 마찬가지였다. 집은 사람들로 가득했다. 소곤대던 대화가 이따금 커지기라도 하면 모든 상황이 파티처럼 거북살스레 느껴지다가, 어느 순간에 보이지 않는 음량 조절기가 돌아간 듯 사람들이 일시에 목소리를 낮추곤 했다.

나는 미안한 얼굴로 "실례합니다."라는 말을 되풀이하며 이리저리 몸을 틀어 조문객들을 헤집고 느릿느릿 나아갔다.

사람들이 호기심 어린 표정으로 나를 쳐다보았다. 누군가가 "그 사람이야. 앤디 바버 말이야."라고 말했지만, 나는 멈춰 서지 않았다. 살인 사건이 발생한 지 이제 나흘이 지났고, 내가 그 사건을 맡았다는 사실을 모르는 사람은 없었다. 당연히 사람들은 나에게 사건에 대해, 용의자나 단서 따위에 대해 묻고 싶을 테지만, 감히 그러지는 않았다. 당분간, 수사의 세부 사항은 중요하지 않았다. 무고한 아이가 죽었다는 기초 사실만이 중요했다.

살인 사건 발생! 뉴스가 사람들에게 불시의 타격을 가했다. 뉴턴에서는 이렇다 할 범죄가 발생한 적이 없었다. 부득이 이곳 주민들은 뉴스 보도나 텔레비전 방송을 통해서 폭력 사건을 접해왔다. 그래서 강력 범죄는 도시, 그중에서도 뜨내기 최하층 계급에 국한된 일이라고 생각했다. 물론, 뉴턴의 주민들이 잘못 생각하기는 했지만 그렇다고 그들이 바보는 아니었기에, 어른이 살해당했다면 그렇게까지 충격을 받지는 않았을 것이다. 리프킨 살인 사건이 그리도 불경스러운 까닭은 동네 아이가 희생되었기 때문이었다. 그로써 뉴턴의 인상에 먹칠을 한 셈이었다. 한동안 뉴턴 센터에는 이 지역을 '가족 공동체, 공동체 가족'으로 선포하는 간판이 세워져 있었고, 뉴턴은 '아이 키우기 좋은 곳'으로 자주 언급되었다. 그건 사실이었다. 뉴턴에는 시험 준비 학원, 과외 선생, 가라테 도장, 토요일 축구 교실이 넘쳐났다. 마을의 젊은 부모들은 '아이들의 낙원'을 표방하는 뉴턴의 발상을 특별히 높이 샀다. 그래서 정신없고 복잡한 도시를 떠나 이곳으로 이사를 왔다. 그리고 엄청난 비용, 감각을 마비시키는 단조로움, 판에 박힌 삶에 안주함으로써 느끼는 욕지기 나는 실망감을 기꺼이 감내했다. 이렇게 애증이 교차하는 주민들은 단지 뉴턴이 '아이 키우기 좋은 곳'이라는 이유만으로 전원생활을 받아들였다.

이 방 저 방으로 발걸음을 옮기며 나는 다양한 무리를 지나쳤다. 집 앞쪽에 위치한 작은 방에는 죽은 아이의 친구들이 가득 들어차 있었다. 아이들은 눈을 똥그랗게 뜨고 조용조용히 이야기를 나누었다. 어떤 여자아이는 눈물로 마스카라가 얼룩져 있었다. 호리호리한 내 아들 제이컵이 다른 아이들로부터 떨어져서 나지막한 의자에 앉아 있었다. 제이컵은 주위의 대화에는 무관심한 채 휴대전화 화면만을 들여다보았다.

바로 옆 거실에는 슬픔으로 넋이 나간 나이 든 할머니들과 어린 사촌들이 있었다.

마지막으로 주방에는 벤 리프킨와 함께 뉴턴 공립학교를 다녔던 아이들의 부모가 모여 있었다. 이들이 바로 우리 패거리였다. 팔 년 전에 아이를 데리고 유치원 입학식에 참석한 이래로 우리는 서로를 알고 지냈다. 우리는 수천 번이나 아이들의 등하굣길에 함께했고, 수많은 축구 경기와 학교 기금 모금 행사에 참석했으며, 그리고 기념비적인 '12인의 성난 사람들' 연극 공연을 함께 관람했다. 하지만, 몇몇 친한 사람을 제외하고는 서로를 그다지 잘 알지는 못했다. 물론 우리에게 동지애가 있기는 했지만, 두터운 친분은 없었다. 이러한 관계 대부분은 아이들이 고등학교를 졸업하면서 끝이 날 것이다. 하지만 벤 리프킨이 살해당하고 처음 며칠 동안, 우리는 서로가 매우 친하다는 착각에 빠져 있었다. 갑자기 서로의 속내를 훤히 들여다보기라도 하는 것처럼.

큼직한 리프킨네 주방에는 울프 레인지, 서브제로 냉장고, 화강암 조리대, 잉글리시화이트 색상의 수납용 가구가 갖추어져 있었고, 학부모들이 서너 명씩 무리를 지어 불면증과 슬픔, 견고한 두려움에 대해 내밀한 고백을 나누고 있었다. 또한, 컬럼바인 고등학교 총기 난사 사건과 9.11 테러에 대해, 그리고 벤의 죽음을 계기로 자신이 얼마나 아이에게 애착하게 되었는지에 대해 거듭 이야기했다. 천장의 짙은 오렌지색 전구에서 흘러나오는 따스한 불빛이 그날 저녁의 감정 과잉을 더욱 부풀렸고, 학부모들은 포근한 조명 아래서 서로서로 비밀을 털어놓으며 감정의 사치를 부리고 있었다.

내가 주방으로 들어섰을 때, 엄마들 중 하나인 토비 란츠만이 중앙 조리대에서 전채 요리를 커다란 접시에 가지런히 담고 있었다. 어깨에 마른행주가 걸쳐 있었고, 일하는 동안 팔뚝에서 힘줄이 두드러졌다. 토비는 내 아내 로리의 가장 친한 친구이자, 우리가 이곳에서 지속적으로 교류를 나누는 몇 안 되는 사람 중 하나였다. 아내를 찾는 나를 보더니 토비가 주방 저편을 가리켰다.
"로리는 다른 엄마들을 보살피고 있어요."
토비가 말했다.
"그렇군요."
"뭐, 지금 우리 모두에겐 보살핌이 좀 필요하죠."
나는 끙 하고 앓는 소리를 낸 다음, 난처한 표정으로 토비를 쓱 쳐다보고서 자리를 떴다. 토비가 나를 부추겼고, 그에 대한 내 유일한 방어책은 전략적 후퇴였다.
로리가 다른 엄마들과 작은 원을 이루며 서 있었다. 로리는 풍성하고 부스스한 머리칼을 빗어 넘겨 뒤통수에 헐겁게 틀어 붙인 다음 커다란 거북딱지 머리핀으로 고정했다. 로리가 위로하듯 친구의 팔을 어루만졌다. 그 친구는 손길에 몸을 내맡긴 고양이처럼 로리 쪽으로 눈에 띄게 몸을 기울였다.
내가 다가가자, 로리가 왼팔로 내 허리를 감쌌다.
"안녕, 여보."
"그만 가자."
"앤디, 여기 온 후부터 줄곧 그 말뿐이네."
"그렇지 않아. 그냥 생각만 했지, 말은 안 했다고."
"음, 얼굴에 다 쓰여 있었어. 차를 따로 타고 왔어야 했는데."
로리가 한숨을 내쉬었다.
로리가 잠시 내 눈치를 살폈다. 로리는 집에 갈 생각이 없었지만,

내가 불편해한다는 사실을, 이곳에서는 사람들의 이목이 나에게 집중된다는 사실을, 말수가 적은 내가 사람 많은 곳에서 담소를 나누고 나면 완전히 탈진한다는 사실을, 그리고 이러한 사항이 모두 고려되어야 한다는 사실을 이해는 했다. 다른 조직체처럼 가족도 합리적으로 다뤄져야 했다.
"당신 먼저 가. 나는 토비한테 집까지 태워다 달라고 할게."
"그럴래?"
"응. 그러면 좀 어때서? 당신은 제이컵하고 먼저 가."
"정말? 나는 가기 싫은데."
로리가 나보다 30센티미터쯤 작았기 때문에 나는 몸을 숙이고 속삭였다.
로리가 웃었다.
"어서 가. 맘 바뀌기 전에."
침울한 표정의 여자들이 우리를 빤히 쳐다보았다.
"얼른. 당신 외투는 2층 침실에 있어."
나는 2층으로 올라가서 기다란 복도로 들어섰다. 소음이 멀어지자 안도감이 밀려왔다. 사람들의 웅성거림이 여전히 귓속에서 메아리쳤다. 나는 외투를 찾기 시작했다. 죽은 소년의 여동생 방으로 보이는 곳에 외투가 한 가득 쌓여 있었지만, 그곳 침대에 내 옷은 없었다.
옆방 문이 닫혀 있었다. 노크를 하고 문을 연 다음, 고개를 밀어 넣고 안을 살폈다.
방은 어두침침했다. 저편 구석에 세워진 황동 스탠드가 유일한 광원체였다. 죽은 소년의 아버지가 불빛 아래에서 안락의자에 몸을 묻고 있었다. 댄 리프킨은 작고, 늘씬하고, 섬약한 사람이었다. 언제나처럼 헤어스프레이로 머리를 고정했으며, 비싸 보이는 검정 정장을 입고 있었다. 그리고 애끊는 심정을 나타내기 위해 양복 깃을 5센티미터쯤 거칠게 찢어놓았다. 나는 쓸데없이 비싼 옷을 망쳤다고 생각했다. 어둑한 불빛 속에서 댄의 눈은 퀭했고, 너구리처럼 눈언저리가 푸르스름하게 그늘져 보였다.
"이봐요, 앤디."
댄이 말했다.
"미안해요. 외투를 찾느라. 방해할 생각은 없었습니다."
"아니에요. 와서 좀 앉아요."
"아니, 방해하고 싶지 않군요."
"그러지 말고, 앉아요, 앉아. 물어보고 싶은 게 좀 있어요."
심장이 덜컹했다. 나는 피살자의 유족이 고통으로 몸부림치는 모습을 봐왔다. 직업 특성상 어쩔 수가 없다. 피해자가 아이일 경우 부모의 상황은 최악으로 치닫는데, 내가 보기에 어머니보다는 아버지 쪽이 더욱 심각하다. 아버지들은 감정을 절제하라고, 사내답게 행동하라고 교육받는다. 연구에 따르면, 살해된 아이의 아버지는 종종 일 년이 못 되어 흔히 심장마비로 죽는다. 사실, 그들은 슬픔 때문에 죽는다. 어느 시점이 되면 검사도 그러한 상심을 견디지 못하게 된다. 하지만 아버지들을 따라 동반 침몰을 할 수는 없기에 일의 기술적인 측면에 초점을 맞추고 모든 상황을 직업적으로 다룬다. 그러려면 고통으로부터 거리를 유지해야 한다.
하지만 댄 리프킨은 고집을 꺾지 않았다. 마치 자동차를 향해 직진을 지시하는 교통순경처럼 팔을 흔들어댔다. 선택의 여지가 없어 보였다. 그래서 나는 가만히 문을 닫고 그의 옆에 놓인 의자에 앉았다.
"한잔할래요?"
댄이 구릿빛 위스키만이 오롯이 담긴 잔을 들었다.

"괜찮아요."
"새로운 소식은 없나요, 앤디?"
"없어요. 안타깝게도."
댄 리프킨이 고개를 끄덕이더니, 몹시 낙담한 채 방 한구석으로 시선을 돌렸다.
"나는 언제나 이 방을 좋아했어요. 생각할 거리가 생기면 이곳에 오죠. 이런 일이 일어나면 사람들은 오랜 시간 생각을 하며 보내요."
그는 '걱정 마요. 나는 괜찮아요.'라고 말하듯 딱딱하게 미소 지었다.
"그렇죠."
"도저히 풀리지 않는 의문이 있어요. 그자가 왜 그런 짓을 했을까요?"
"댄, 그런 건……."
"아니, 끝까지 들어봐요. 그러니까, 나는, 나는 위로가 필요한 게 아니에요. 나는 이성을 가진 사람이고, 그게 다예요. 풀리지 않는 의문이 생겼다고요. 수사의 세부 사항이 궁금한 게 아니에요. 우리, 그러니까 당신과 나는 언제나 세부 사항에 대한 이야기만 나눴죠. 증거나 사법절차 같은 거요. 하지만 나는 이성을 가진 사람이라고요, 알겠어요? 나는 이성을 가진 사람이고 그래서 의문이 생겼어요. 세부 사항과는 별개의 의문들 말이에요."
의자에 깊숙이 몸을 묻자, 어깨의 긴장이 풀렸다. 나는 댄이 원하는 대로 내버려두기로 했다.
"그러니까, 내가 하고 싶은 말은 이거예요. 벤은 아주 착했어요. 그게 제일 중요해요. 물론 어떤 아이도 이런 일을 당해서는 안 돼요. 나도 그건 알아요. 하지만 벤은 정말 착했어요. 아주 착했다고요. 게다가 단지 어린아이일 뿐이었어요. 맙소사, 고작 열네 살이었다고요. 문제를 일으킨 적이 한 번도 없었어요. 절대로. 결코 단 한 번도 없었다고요. 그런데 왜일까요? 동기가 뭘까요? 분노, 탐욕, 시기 따위의 동기는 아닐 거예요. 이 사건의 동기가 그렇게 평범할 리 없어요. 절대로 그럴 리가 없어요. 그건 말이 안 돼요. 대체 어느 누가 벤한테 분노 따위를 느낄 수가 있죠? 고작 어린애한테? 정말 말이 안 되잖아요. 말이 안 된다고요."

댄 리프킨은 오른쪽 손가락 네 개를 이마에 얹고 천천히 원을 그리며 피부를 지압했다.

"내 말은, 살인자들과 우리의 차이가 뭘까요? 나도 물론, 그런 것들, 분노, 탐욕, 시기 같은 그런 감정을 경험해요. 당신도 그럴 테고, 모든 사람이 그렇겠죠. 하지만 우리는 다른 사람을 죽이지는 않잖아요. 그렇죠? 우리는 사람을 죽이지 못해요. 하지만 누군가는 사람을 죽여요. 누군가는 그럴 수 있다고요. 대체 왜일까요?"

"잘 모르겠습니다."

"분명 당신은 이런 질문에 대한 답을 어느 정도는 알고 있을 거예요."

"아니요. 나도 정말 모릅니다."

"하지만 당신은 그런 인간들과 이야기도 하고 만나기도 하잖아요. 그 살인자들은 뭐라고 하나요?"

"그들 대부분은 별로 말을 하지 않아요."

"물어본 적도 없나요? 살인을 저지른 이유가 아니라, 어떻게 하면 살인을 저지를 수 있는지에 대해서?"

"없어요."

"왜죠?"

"대답을 할 리가 없으니까요. 변호사가 대답을 못하게 하죠."

"변호사!"
댄이 한 손을 홱 쳐들었다.
"어쨌든, 그들 역시 대부분 답을 몰라요. 생간에다 키앤티 와인과 누에콩을 곁들여 먹으려고 살인을 저질렀다는 한니발 렉터 같은 냉철한 살인자 따위 다 지어낸 얘기예요. 그냥 영화일 뿐이죠. 어쨌든, 살인자들은 거짓말을 해요. 대답을 강요당하면 아마 불운한 어린 시절 따위를 들먹이겠죠. 그렇게 자신들을 희생자로 만들어요. 항상 있는 일이죠."
댄은 나를 독려하기 위해 한 차례 고개를 끄덕였다.
"댄, 그러니까, 이유를 찾으려고 스스로를 괴롭히지 마요. 이유 같은 건 없어요. 살인은 논리적일 수가 없어요. 당신이 궁금해하는 부분은 특히나 더 그렇죠."
댄 리프킨은 정신을 집중하면서 의자 안으로 몸을 조금 파묻었다. 모든 것을 조금 더 숙고하고 싶은 듯했다. 눈빛이 번들거렸지만 목소리는 차분하게 자제력을 유지했다.
"다른 부모도 이런 질문을 하나요?"
"온갖 것들을 다 물어보죠."
"사건이 해결된 후에 그들을 다시 만나기도 하나요? 부모들 말이에요."
"가끔은요."
"그러니까, 몇 년 정도 시간이 흐른 뒤에."
"가끔은."
"그렇다면, 그 사람들, 어때 보이나요? 괜찮나요?"
"괜찮은 사람도 있어요."
"하지만 그렇지 않은 사람도 있군요."
"그렇지 않은 사람도 있어요."

"괜찮은 사람들은 어떻게 버텨냈을까요? 가장 중요한 게 뭘까요? 분명 어떤 유형이 있을 거예요. 전략이 뭐고, 최선의 실천 방안은 뭘까요? 대체 어떻게 한 걸까요?"

"그 사람들은 도움을 받아들이고, 가족과 주변 사람들에게 의지해요. 유족들을 위한 모임이 있는데, 그걸 이용하기도 하죠. 우리쪽에서 모임을 소개해줄 수도 있어요. 그리고 피해자 지원 활동가와 상담을 해야 해요. 그 사람이 피해자 지원 단체를 소개해줄 거예요. 굉장히 유용한 단체예요. 중요한 것은 혼자서는 불가능하다는 사실이에요. 그 모든 일을 견뎌낸 사람들이 있다는 사실을, 당신이 극복할 수 있도록 길을 안내해줄 사람들이 있다는 사실을 잊지 마요."

"그렇다면, 다른 사람들, 버텨내지 못한 사람들은 어떻게 되나요? 끝끝내 회복하지 못한 사람들은요?"

"당신은 분명히 버텨낼 겁니다."

"하지만 내가 버텨내지 못하면? 그러면 나는 어떻게 되죠?"

"우리가 그런 일이 일어나게 내버려두지 않을 거예요. 그런 일은 생각조차 하지 않을 거예요."

"하지만 그런 일은 벌어져요. 그런 일은 벌어지잖아요? 그렇잖아요."

"당신한테는 아니에요. 벤은 당신한테 그런 일이 벌어지길 원치 않을 거예요."

침묵.

"당신 아들, 제이컵을 알아요."

댄 리프킨이 말했다.

"그렇군요."

"학교 근처에서 그 애를 본 적이 있어요. 좋은 아이 같더군요. 크고 잘생긴 소년. 자랑스럽겠어요."

"그래요."

"당신을 닮았더군요."

"네, 그렇다고들 하더군요."

댄 리프킨이 심호흡을 했다.

"그러니까, 나는 벤의 동급생들을 생각하곤 해요. 그 애들에게 애착을 느끼죠. 그 애들이 성공하는 모습을 보고 싶어요, 알겠어요? 나는 그 애들이 자라는 모습을 지켜봤고, 그래서 그 애들에게 친근감을 느껴요. 그게 이상한 일인가요? 내가 벤을 놓지 못해서 그러는 걸까요? 그래서 다른 아이들에게 집착하는 걸까요? 그럴듯한 얘기 아닌가요? 정말 이상하게 보이죠."

"댄, 남들의 시선 따윈 신경 쓰지 마요. 사람들은 생각하고 싶은 대로 생각하죠. 그러든지 말든지, 그런 것까지 신경 쓸 필요 없어요."

댄 리프킨이 이마를 조금 더 지압했다. 비록 바닥에 피를 흘리고 있지는 않았지만, 그의 고통은 너무도 생생했다. 나는 그를 돕고 싶었다. 하지만 그와 동시에 그에게서 벗어나고도 싶었다.

"만약 내가 알 수 있다면, 그러니까 만약, 만약에 사건이 해결된다면 나에게 도움이 될 거예요. 당신이 사건을 해결해준다면, 분명 나에게 도움이 될 거예요. 불확실성, 그게 사람 진을 쏙 빼놓죠. 사건이 해결되면 분명 도움이 되겠죠? 당신이 아는 다른 사건의 경우에도, 사건 해결이 부모에게 도움이 됐나요?"

"네, 그럼요."

"당신을 압박하려는 건 아니에요. 그런 식으로 말하려던 건 아니에요. 그냥, 사건이 해결되면, 그자가 누군지 분명해지면, 그자가 감옥 철창에 갇히고 나면, 나에게 도움이 될 거예요. 당신이 그렇게 해주겠죠. 물론, 당신을 믿어요. 무슨 말이냐 하면, 물론, 나는 당신의 능력을 의심하지 않아요, 앤디. 그냥 나는 사건이 해결되면, 나에게 도움이 될 거라고 말하고 싶어요. 나하고 내 아내, 그리고 모두에게. 우리한테 필요한 건 그거예요. 사건의 종결. 그게 바로 우리가 당신에게 바라는 거예요."

그날 밤, 로리와 나는 침대에 누워서 책을 읽었다.
"그렇게 서둘러 수업을 재개하다니, 뭔가 실수하는 것 같다는 생각이 들어."
"로리, 이제 다 끝난 일이야."
내 목소리에서 따분함이 묻어났다. 이미 수도 없이 몇 번이나 들은 얘기였다.
"제이컵은 더없이 안전할 거야. 우리가 직접 제이컵을 교문 바로 앞까지 데려다 줄 거니까. 경찰이 곳곳에 배치될 거야. 다른 어느 곳보다 학교가 더 안전해."
"더 안전하다고? 그건 모르는 일이야. 당신이 어떻게 알아? 살인자가 누군지, 어디에 있는지, 다음에 무슨 짓을 할지 아무도 모르는데."
"언젠가는 다시 학교를 열어야 하잖아. 삶은 계속되니까."
"당신이 틀렸어, 앤디."
"얼마나 더 기다려야 하는데?"
"그자가 잡힐 때까지."
"시간이 좀 걸릴 수도 있어."
"그래서? 하늘이 무너지기라도 한대? 아이들이 며칠 학교를 빠지는 것뿐이잖아. 그래서 뭐? 적어도 아이들이 안전하기는 하잖아."

"아이들을 완전히 안전하게 지킬 수는 없어. 바깥세상은 넓다고. 크고 위험하지."

"좋아, 조금 더 안전하기는 하잖아."

내가 책을 배 위에 내려놓자, 책이 작은 지붕 모양을 이루었다.

"로리, 만약 학교를 계속 폐쇄한다면 아이들에게 잘못된 정보를 전달하게 돼. 학교가 위험한 곳으로 여겨져서는 안 돼. 아이들이 학교를 두려워해서는 안 된다고. 아이들에게 학교는 제2의 집이야. 아이들은 깨어 있는 시간 대부분을 그곳에서 보낸다고. 아이들은 친구들과 함께 학교에 있고 싶어 해. 벽장 귀신에게 잡혀 가지 않으려고 제 집 침대 밑에 꼭꼭 숨어 있기를 원하지는 않는다고."

"그 벽장 귀신이 이미 한 아이를 데려갔어. 이제 그자는 괴담에나 등장하는 벽장 귀신이 아니라고."

"알았어, 하지만 내가 무슨 말을 하는지는 알지?"

"아, 당신이 무슨 말을 하는지는 알아, 앤디. 단지 나는 당신 생각이 틀렸다고 말하는 거야. 아이들을 신체적으로 안전하게 보호하는 일이 최우선이야. 그래야 아이들이 친구하고 함께 있을 수 있지. 그자가 잡힐 때까지는, 아이들이 안전할 거라고 장담할 수 없어."

"확실한 답이 필요해?"

"그래."

"우리가 그놈을 잡을 거야. 내가 보증할게."

"언제?"

"곧."

"당신 그거 알아?"

"알 거 같아. 우리가 항상 놈들을 잡는다는 그 말을 하고 싶은 거지?"

"항상은 아니야. 아내를 살해한 다음에 시신을 담요에 싸서 사브

뒷좌석에 처박아뒀던 남자 기억 안 나?"
"그놈 잡았어. 우리는 그저, 알았어. 거의 항상, 우리는 거의 항상 놈들을 잡는다고. 이놈도 잡을 거야. 장담할게."
"당신이 틀렸으면 어떡해?"
"내가 틀리면, 당신이 말해주겠지."
"그 말이 아니잖아. 당신이 틀려서 가엾은 아이가 또 다치면 어떻게 하느냐고."
"그런 일은 일어나지 않아, 로리."
로리가 포기의 의미로 미간을 찌푸렸다.
"당신하고는 말싸움이 안 돼. 이건 뭐, 벽을 끝도 없이 들이받는 꼴이니."
"말싸움을 하는 게 아니야. 토론을 하는 거지."
"검사인 당신이 그 차이를 알 턱이 없지. 나는 말싸움을 하는 거라고."
"저기, 내가 무슨 말을 하면 좋겠어, 로리?"
"나는 당신이 무슨 말을 해주길 원하는 게 아니야. 그냥 당신이 들어주길 원해. 그러니까, 자신만만한 것과 옳은 것은 별개의 문제야. 생각해봐. 우리가 우리 아들을 위험에 빠뜨리고 있는지도 모른다고. 잘 생각해보라고."
로리가 손끝으로 내 관자놀이를 세게 떠밀었다. 반쯤은 장난이었고, 또 반쯤은 화가 났다는 표시였다.
로리가 몸을 돌리더니, 읽던 책을 자기 쪽 침대 곁탁자 위 기우뚱한 책 더미 꼭대기에 올려놓았다. 그리고 나한테서 등을 돌린 채로 누워서, 어른 몸에 갇힌 아이처럼 몸을 웅크렸다.
"이쪽으로 좀 와."
내가 말했다.

로리가 몇 차례 몸을 통통 튕기며 뒤쪽으로 움직이더니 나에게 등을 맞대고서, 약간의 온기 혹은 강인함 혹은 그 순간에 로리가 나에게서 필요로 하는 무언가를 찾았다. 내가 로리의 팔을 문질렀다.

"괜찮을 거야."

로리가 앓는 소리를 냈다.

"화해의 밤은 어림도 없겠지?"

내가 말했다.

"말싸움하던 게 아니라면서?"

"나는 아니었지만, 당신은 그랬지. 그리고 당신이 이걸 알아줬으면 좋겠어. 괜찮아, 나는 당신을 용서했어."

"하, 하. 당신이 미안하다고 말한다면 또 모르지."

"미안해."

"별로 미안한 것 같지가 않네."

"진심으로, 마음 깊이 미안해. 진심이야."

"이제 당신이 틀렸다고 말해."

"틀렸다고?"

"틀렸다고 말하라니까. 좋아, 싫어?"

"흠. 그러면, 이거 하나만 분명히 하자. 내가 틀렸다고 말하면, 아름다운 여인이 나하고 열정적인 사랑을 나누는 거야?"

"열정적이라고 말한 적 없어. 그냥 평소처럼."

"좋아. 내가 틀렸다고 말하면, 아름다운 여인이 전혀 열정적이지는 않지만, 썩 괜찮은 기교로 나하고 사랑을 나누는 거야? 맞아?"

"썩 괜찮은 기교?"

"끝내주는 기교."

"네, 검사님, 맞아요."

나는 데이비드 매컬로의 《트루먼 전기》를 내 쪽 곁탁자 위 번드르르한 잡지 더미 꼭대기로 치우고, 불을 껐다.
"꿈도 꾸지 마. 나는 틀리지 않았다고."
"상관없어. 당신은 이미 나한테 아름답다고 말했잖아. 내가 이겼어."

3
다시 학교로

 다음 날 아침 일찍, 어둠 속 제이컵의 방에서 신음 같은 소리가 들려왔다. 나는 정신을 차리기도 전에 이미 몸을 움직여 벌떡 일어난 다음, 침대 발치 쪽에서 비척비척 걷고 있었다. 그리고 여전히 잠에 취한 상태로 침실의 어스름을 빠져나와 복도의 잿빛 새벽을 뚫고 다시 내 아들 방의 어둠 속으로 들어섰다.
 나는 벽에 달린 스위치를 켜고 조광기를 조절했다. 제이컵의 방에는 크고 투박한 운동화, 스티커로 꾸민 맥북, 아이팟, 교과서, 문고판 소설, 케케묵은 야구카드가 그득한 신발 상자, 만화책들이 어수선하게 널려 있었다. 방 한구석에는 엑스박스 게임기가 낡은 텔레비전에 연결되어 있었다. 그 근처에는 게임 시디와 케이스가 쌓여 있었는데, 대부분이 전쟁 롤플레잉 게임이었다. 더러운 빨랫감은 두말할 것도 없고, 로리가 깔끔하게 개켜서 가져다 놓은 깨끗한 세탁물도 두 더미 쌓여 있었다. 세탁물 더미에서 깨끗한 옷을 바로바로 뽑아 입는 편이 더 편하기 때문에 제이컵은 세탁물을 서랍장에 넣지 않았다. 앉은뱅이 책장 위에는 제이컵이 어린이 축구단에서 공을 차며 받은 트로피가 모여 있었다. 그렇다고 제이컵이 대단한 운동선수였던 것은 아니다. 그때는 모든 아이들이 트로피를 받았고, 제이컵은 몇 년이 지난 후에도 트로피를 치우지 않았을 뿐이다. 작은 조각상들이 종교적 유물처럼 그곳에 서서, 보이지 않는 존재인 것처럼 제이컵에게 외면당하고 있었다. 1970년대에 제작된 쿵푸 영화의 고전, '죽음의 다섯 손가락' 포스터 속에서 도복을 입은 남자가 잘 다듬어진 주먹으로 벽돌담을 깨부수고 있었다. 그리고 그 위에는 이러한 문구가 덧붙여져 있었다. "무술 영화의 걸작! 보아라, 가공할 연타 공격을! 숨죽여라, 비전의 철사장 앞에서! 응원하라, 홀로 사악한 무림 고수들과 겨루는 젊은 무인을!" 이곳의 잡동사니는 너무 심각하고 고질적이어서, 로리와 나는 방 정리 문제로 제이컵과 다투는 일을 오래전에 그만두었다. 이제 그 문제에 관한 한 우리는 신경조차 쓰지 않았다. 로리는 이런 어수선함 속에 제이컵의 내면생활이 투영되어 있다고 주장했다. 즉, 제이컵의 침실로 들어서는 것은 혼돈스러운 십 대의 마음속으로 들어서는 것과 마찬가지이므로, 이 문제로 제이컵을 들볶는다면 그건 어리석은 일이라고 했다. 정말이지, 정신과 의사의 딸과 결혼하려면 이런 일쯤은 감내해야 한다. 하지만, 내가 보기에 이건 그냥 지저분한 방일 뿐이었고, 그래서 나는 이곳에 들어설 때마다 미칠 듯이 화가 났다.

제이컵은 침대 가장자리에 모로 누워 미동도 하지 않았다. 고개를 뒤로 젖히고 입을 떡 벌린 모습이 마치 울부짖는 한 마리 늑대 같았다. 코를 곯지는 않았지만, 숨소리가 탁했다. 제이컵은 가벼운 한기와 씨름하는 중이었다. 그리고 거친 호흡 중간 중간에 "안, 안"이라고 웅얼거리며 훌쩍였다. "아니야, 아니야."라고 말하는 모양이었다.

"제이컵."

내가 속삭였다. 그리고 손을 뻗어 제이컵의 머리를 어루만지며 다시 한 번 아이를 불렀다.
"제이크!"
제이컵이 또다시 훌쩍였다. 눈꺼풀 뒤에서 눈이 파르르 떨렸다.
밖에서 시가전차가 덜커덕대며 지나갔다. 매일 아침 6시 5분에 이곳을 지나 보스턴으로 향하는 리버사이드 노선의 첫차인 모양이었다.
"그냥 꿈을 꾸는 거야."
내가 제이컵에게 말했다.
이렇게 내 아이를 달래다 보니 작은 기쁨이 샘솟았다. 이 상황 덕분에 부모들이나 그리워할 법한 애틋하고 아련한 향수 하나가 떠올랐다. 제이크가 서너 살 무렵, 우리는 취침 전에 어떤 의식을 치렀다. "누가 제이컵을 사랑한다고?"라고 내가 물으면, "아빠요."라고 제이크가 대답했다. 매일 밤 제이크가 잠자리에 들기 전에, 우리 둘은 그렇게 마지막 대화를 나눴다. 하지만 굳이 그런 식으로 제이크를 안심시킬 필요는 없었다. 제이크는 아빠들이 사라질지도 모른다는 생각을 한 적이 없었다. 적어도 자기 아빠는 사라지지 않으리라 믿었다. 이 소소한 질문과 답이 필요한 사람은 바로 나였다. 내가 어렸을 때 내 곁에는 아버지가 없었다. 나는 아버지라는 존재를 거의 모르고 자랐다. 그래서 내 아이들에게는 아빠가 없다는 게 어떤 느낌인지 모르게 하겠노라고 다짐했었다. 기껏해야 몇 년 후면 제이크가 내 곁을 떠날 거라고 생각하니 너무도 낯설었다. 제이크가 대학에 가고 나면, 틀에 박힌 현역 아버지 노릇도 끝이 날 것이다. 점점 제이크를 보기가 어려워질 테고, 결국 우리의 관계도 시들해져서 일 년에 몇 차례, 연말연시와 여름철 주말에나 서로를 만나게 될 것이다. 하지만, 그런 모습이 전혀 상상이 되질 않았다. 제이컵의 아빠가 아니면, 나는 대체 무어란 말인가?

그러자, 또 다른 생각이 떠올랐고, 지금 이 상황에서 그건 당연한 일이었다. 분명 댄 리프킨도 나 못지않게 자기 아들을 위험으로부터 지키고 싶었을 테고, 나만큼이나 자기 아들에게 작별을 고할 준비가 되어 있지 않았을 것이다. 하지만, 벤 리프킨은 검시실 냉동고 안에 누워 있고, 내 아들은 따뜻한 침대 위에 누워 있다. 두 아이의 운명을 갈라놓은 것은 고작 운이었다. '하느님 감사합니다. 내 아이가 아니라 댄의 아이를 거두어주셔서 감사합니다.' 이런 생각을 하는 내 자신이 부끄러웠다. 하지만, 내 아들을 잃는다면 나는 살아남지 못할 것이다.

나는 침대 옆에 무릎을 꿇고 양팔로 제이크를 감싸 안은 다음, 내 머리를 아이의 머리 위에 포갰다. 또 다른 기억이 떠올랐다. 제이크는 꼬맹이였을 때 매일 아침 눈을 뜨자마자 잠이 덜 깬 상태로 타박타박 복도를 가로질러서 우리 침대로 파고들곤 했다. 이제, 내 품에 안겨 있는 제이크는 몹시도 크고 앙상하고 미숙했다. 검은 곱슬머리와 발그레한 안색을 지닌 잘생긴 아이. 제이크는 열네 살이었다. 제이크는 잠에서 깨면 분명히 나를 뿌리칠 것이다. 지난 몇 년 동안 제이컵은 약간 무례하고 외돌아진 골칫거리로 변했다. 그래서 가끔은 이방인과 한집에 사는 듯한 기분이 들기도 했다. 어딘가 적대적인 이방인. 로리의 말에 따르면, 그건 사춘기의 전형적인 행동이었다. 제이크는 이런저런 인격이 되어보며, 어린 시절을 영원히 떠나보낼 준비를 하고 있었다.

내 손길이 제이컵을 진정시키고 악몽을 끝내다니, 신비로웠다. 제이컵은 한 차례 숨을 깊이 들이쉬고는 돌아누웠다. 호흡이 느리고 편안해지면서, 제이컵은 깊은 잠으로 빠져들었다. 나에게 저런 숙면은 불가능했다. (쉰 살의 나이에 나는 자는 법을 잊었다. 밤에 몇 번이나 깨어나고 너덧 시간 이상 자는 경우가 드물었다.) 내가 제이컵을 달랬다고 생각하니 흐뭇했다. 하지만 단언할 수는 없었다. 제이컵은 내가 곁에 있다는 사실조차 몰랐을 테니까.

그날 아침, 우리 셋은 모두 신경이 예민했다. 살인 사건이 발생한 지 고작 닷새 만에 매코믹 중학교가 수업을 재개한다는 사실이 조금 당혹스러웠다. 우리는 평소처럼 샤워를 하고, 커피와 베이글을 먹고, 인터넷으로 이메일과 스포츠 경기 결과, 뉴스를 확인했지만, 초조해서 어찌할 바를 몰랐다. 우리는 모두 6시 30분에 일어났으나, 꾸물대다가 시간을 지체했고, 그 때문에 불안감만 가중되었다.

로리가 특히나 더 초조해했다. 로리는 단순히 제이컵만을 염려하는 게 아니었다. 건강한 사람이 난생 처음으로 심하게 아프면 당황하듯 로리도 살인 사건 때문에 놀란 모양이었다. 그렇게 오랫동안 검사와 함께 살았으니 로리는 이웃들보다 담담하게 사건을 받아들여야 했을지도 모른다. 비록 내가 지난밤에 냉담하고 건조하게 그 부분을 지적하긴 했지만, 지금쯤이면 로리도 삶이 계속된다는 사실을 깨달아야 했다. 가장 광포한 폭력 사건조차도 결국엔 서류 뭉치, 증거물 몇 개, 진땀을 흘리며 말을 버벅대는 증인 십여 명이 등장하는 법정 소송으로 변질되기 마련이다. 그리고 세상은 시선을 돌린다. 왜 아니겠는가? 사람은 죽기 마련이고, 때로는 폭력으로 죽기도 한다. 물론, 그건 비극적인 일이지만 어느 시점이 되면 충격은 사그라진다. 적어도 나이 든 검사에게는 그렇다. 로리는 그러한 순환 과정을 내 어깨너머로 여러 번 지켜보았으면서도, 자신의 삶에 불쑥 난입한 폭력 때문에 타격을 입었다. 로리의 모든 움직임, 관절염 환자 같은 자세, 푹 가라앉은 목소리가 그 사실을 증명했다. 로리는 평정심을 잃지 않으려 애쓰고 있었지만, 그 과정이 순탄치는 않아 보였다.

제이컵이 아무 말 없이 맥북을 들여다보며, 전자레인지에 데운 질긴 냉동 베이글을 씹었다. 언제나처럼 로리가 제이컵과 긴 대화를 나누어보려고 애썼지만, 제이컵이 받아주지 않았다.

"다시 등교하는 기분이 어떠니, 제이컵?"

"모르겠어요."

"긴장되니? 아니면 걱정돼? 어때?"

"모르겠어요."

"네가 모르면, 누가 알아?"

"엄마, 지금은 별로 말하고 싶지 않아요."

우리는 제이컵에게 무턱대고 부모의 말을 무시하지 말고, 공손하게 사용하라고 이 표현을 가르쳤다. 하지만, 이제 제이컵은 '지금은 별로 말하고 싶지 않아요.'라는 말을 너무 자주 그리고 너무 기계적으로 반복했다. 공손함 따윈 사라진 지 오래였다.

"제이컵, 네가 괜찮은지 어떤지만 말해주지 않을래, 엄마가 걱정하지 않게?"

"말했잖아요. 별로 말하고 싶지 않다고요."

로리가 나를 향해 짜증 섞인 표정을 지었다.

"제이크, 엄마가 물어보잖아. 대답해도 안 죽어."

"괜찮아요."

"엄마가 그보다는 자세한 대답을 듣고 싶어 했던 것 같은데."

"아빠, 그냥……."

제이컵이 다시 맥북으로 시선을 향했다.

나는 로리를 향해 어깨를 으쓱했다.

"우리 아들이 자기는 괜찮대."

"나도 들었어. 고마워."

"걱정 마요, 엄마. 기분 끝내준다고요. 대화 끝."

"당신은 어때, 여보?"

"괜찮아. 지금은 별로 말하고 싶지 않아."

제이컵이 시큰둥한 표정으로 나를 휙 쳐다보았다.

로리가 마지못해 웃었다.

"이 집에는 균형을 맞춰줄 딸이 필요해. 나한테 함께 이야기 나눌 사람을 달라고. 꼭 묘비 한 쌍이랑 사는 것 같잖아."

"당신한테 필요한 건 아내 같은데."

"그런 생각을 안 해본 건 아니야."

우리 둘은 학교까지 제이컵과 동행했다. 다른 부모들도 대부분 마찬가지여서 8시가 되자 학교는 마치 축제 현장 같았다. 교문 앞은 혼다 미니밴, 중형차, 사륜구동 차량이 가득 들어차서 다소 혼잡했다. 근처에는 위성 접시, 단자함, 안테나로 무장한 뉴스 중계차가 몇 대 서 있었다. 차량 통제용 바리케이드가 원형 진입로의 양쪽 출입구를 봉쇄했다. 뉴턴 경찰서 소속 경관 하나가 학교 현관 근처에서 보초를 서고 있었다. 또 다른 경관은 교문 앞에 주차된 순찰차에서 대기 중이었다. 학생들은 무거운 배낭을 등이 휘도록 짊어진 채 장애물을 피하며 느릿느릿 건물을 향해 걸었다. 부모들은 인도에서 서성거리거나 아이들을 학교 현관까지 호위했다.

우리는 교문에서 한 블록쯤 떨어진 도로에 미니밴을 세우고 멍하니 밖을 바라보았다.

"우와."

제이컵이 웅얼거렸다.

"우와."

로리가 맞장구를 쳤다.

"이거 죽이는군."

제이컵이 다시 웅얼거렸다.
로리는 겁에 질린 듯했다. 로리의 왼손이 팔걸이에서 대롱댔다. 긴 손가락과 예쁘고 투명한 손톱, 로리의 손은 언제나 아름답고 우아했다. 이 손에 비하면 청소부였던 어머니의 통통한 손은 개의 앞발 같았다. 내가 손을 뻗어 로리의 손에 깍지를 끼자, 우리의 두 손은 하나의 주먹이 되었다. 내 손에 감싸인 로리의 손을 보니, 잠시 감상적인 기분이 들었다. 그래서 나는 로리를 향해 격려의 표정을 짓고는 깍지 낀 손을 홱 채뜨렸다. 나에게 이건 몹시 격렬한 감정 표현이었기에, 로리는 내 손을 꼭 쥐어 고마움을 표시했다. 그리고 다시 고개를 돌려 앞 유리를 내다보았다. 이제 로리의 검은 머리에 하나둘 흰 머리칼이 생기고, 눈과 입가에 희미하게 주름이 잡혀 갔다. 하지만, 쓱 건너다보니, 웬일인지 내 눈에 로리의 얼굴은 젊고 팽팽해만 보였다.
"왜?"
"그냥."
"왜 그렇게 쳐다봐."
"당신은 내 아내잖아. 나한테는 쳐다볼 권리가 있다고."
"법으로 정해져 있어?"
"응. 쳐다보고, 음흉하게 웃고, 추파를 던지고, 내가 하고 싶은 건 뭐든 해도 돼. 내 말을 믿으라고. 나는 검사잖아."
행복한 결혼 생활은 긴 추억의 궤적을 남긴다. 그래서 한마디 말이나 몸짓, 음색만으로도 아주 많은 기억이 떠오른다. 로리와 나는 대학 시절에 만나 미친 듯이 사랑에 빠졌고, 그로부터 삼십여 년 동안 이런 식으로 서로에게 애정을 표시했다. 물론, 지금은 사정이 달라졌다. 쉰한 살이 되면, 사랑은 잔잔해진다. 우리는 그 모든 세월을 함께 흘러왔다. 하지만 우리 둘 다 사랑이 어떻게 시작되었는지 기억하고 있으며, 한창 중년으로 접어든 지금도 나는 그 빛나던 소녀를 생각하면 그 시절 첫사랑의 불꽃이 피어나듯 여전히 가슴이 떨린다.

우리는 학교 건물을 향해 낮은 비탈길을 걸어 올랐다.

제이컵이 가운데 서서 걸었다. 제이컵은 빛바랜 갈색 후드 티셔츠와 힙합 바지를 입고, 유행이 지난 아디다스 슈퍼스타를 신었다. 그리고 배낭을 오른쪽 어깨에 걸쳤다. 머리가 좀 덥수룩해서, 옆머리는 귀 위로 흘러내렸고 앞머리는 이마 위로 쏟아져 눈썹을 덮을락 말락 했다. 좀 더 과감한 소년이라면 과시하듯 자신을 고스족이나 히피족 혹은 반항아처럼 꾸몄을 테지만, 제이컵은 그러지 않았다. 그저 약간의 저항성을 드러내는 것으로 만족했다. 제이컵의 얼굴에 경탄의 미소가 살짝 감돌았다. 제이컵은 이 모든 소동이 즐거운 모양이었다. 이 일로 인해, 8학년 생활의 무료함이 깨어진 게 분명했다.

우리는 교문 앞 보도에서 엄마 셋과 합류했는데, 그들은 모두 제이컵네 반 학부형이었다. 그중에서 가장 강인하고 활발한 암묵적 우두머리는 지난밤에 리프킨의 애도 모임에서 마주쳤던 토비 란츠만이었다. 토비는 번들거리는 검정 운동복 바지와 딱 달라붙는 티셔츠를 입고, 야구 모자 뒷구멍으로 말총머리를 빼서 늘어뜨렸다. 토비는 운동 중독자였다. 몸은 달리기 선수처럼 호리호리했고, 얼굴엔 군살 하나 없었다. 아버지들에게 토비의 근육질 몸매는 자극적이기도 하고 위협적이기도 했지만, 어느 쪽으로든 찌릿찌릿하긴 마찬가지였다. 토비는 이곳에서 다른 부모 열 명의 값어치를 했다. 토비는 위기 시에 곁에 두고 싶은 그런 친구였다. 그리고 틀림없이 곁을 지켜 줄 그런 친구이기도 했다.

토비가 엄마들 모임의 대장이라면, 로리는 진정한 감정중추이자 심장이자 뇌였다. 로리는 모두의 벗이었다. 어떤 문제가 발생하면, 그러니까 실직을 당했다든가 남편이 바람을 피운다든가 아이가 학교에서 고전하고 있다든가 하면, 엄마들은 로리에게 전화를 걸었다. 분명히 그들도 나처럼 로리의 성품에 끌렸을 것이다. 로리에게는 지적이면서도 사려 깊은 따스함이 있었다. 나는 이 여자들에게서 막연하게 연적의 감정을 느끼곤 했다. 그들과 나는 로리에게 같은 것(지지와 사랑)을 원했다. 그래서 엄마들이 토비를 엄격한 아버지로, 로리를 자상한 어머니로 둔 가족처럼 옹기종기 모여 있으면, 나는 약간의 질투심과 소외감이 일었다.

토비가 인도 위에 형성된 작은 원 안으로 우리를 불러들인 다음, 나로서는 도무지 이해할 수 없는 특정한 환영 의례에 따라 로리에게는 포옹을, 나에게는 '음아' 소리와 함께 볼에 입맞춤을, 제이컵에게는 단순히 인사말을 건넸다.

"정말 끔찍하지 않아?"

토비가 한숨을 쉬었다.

"나는 지금 공황 상태야."

친구들에게 둘러싸여 있다는 사실에 안도했는지 로리가 솔직하게 털어놓았다.

"도무지 받아들여지지가 않아. 그냥 아무 생각도 안 나."

로리는 슬프다기보다는 얼떨떨한 표정을 지었다. 무슨 일이 벌어졌는지 논리적으로 이해하지 못하는 모양이었다.

"넌 어떠니, 제이컵? 어떻게 지내?"

토비가 제이컵을 향해 시선을 돌리더니, 둘 사이의 나이 차이를 무시라도 하듯 허물없이 물었다.

제이컵이 어깨를 으쓱했다.

"잘 지내요."

"학교로 돌아갈 준비는 됐니?"

제이컵은 애 취급 말라는 듯 어깨를 한 번 더 높이 들어 올렸다가 툭 떨어뜨리고는 질문을 무시했다.

"가는 게 좋겠다, 제이크, 지각하겠어. 그리고 잊지 말고 보안 검사를 받도록 해라."

내가 말했다.

"네, 알았어요."

제이컵이 눈을 굴렸다. 아이들의 안전에 대해 이런 식으로 법석을 떠는 것은 어른들의 끝없는 어리석음을 재확인하는 일이라고 말하는 듯했다. 어른들은 이 모든 조치가 너무 늦었다는 사실을 모르는 걸까?

"이제 가거라."

내가 제이컵을 향해 웃으며 말했다.

"흉기는 없어? 날카로운 물건은?"

토비가 히죽대며, 학교장이 이메일로 발송한 가정 통신문을 인용했다. 통신문에는 새롭고 다양한 학내 보안 조치가 자세하게 설명되어 있었다.

제이컵이 엄지손가락으로 배낭을 어깨 위로 몇 센티미터 들어 올렸다.

"책밖에 없어요."

"그렇다면, 좋아. 가거라. 가서 뭐라도 배우렴."

제이컵은 인자하게 웃는 어른들을 향해 손을 흔들고는 어기적거리며 차량 통제용 바리케이드를 지났다. 그리고 학생들의 물결에 휩쓸려서 학교 현관으로 향했다.

제이컵이 떠나자, 엄마들은 굳이 밝은 척하지 않았다. 불안이 묵직하게 그들을 엄습했다.

토비조차 어찌할 바를 몰라 했다.

"댄하고 조운 리프킨 부부한테 연락한 사람 있어?"

"없는 것 같아."

로리가 말했다.

"연락을 하는 게 좋겠어. 아니, 꼭 해야 해."

"가엾은 사람들. 정말 상상도 못 할 일이야."

"그 사람들한테 무슨 말을 해야 할까. 그러니까, 무슨 말을 할 수 있겠어? 정말이지, 그런 일을 겪은 사람들한테 대체 무슨 말을 할 수 있을까? 그냥, 나도 잘 모르겠어, 너무 어려운 일이야."

이렇게 말한 사람은 무리 중에서 유일하게 출근 복장을 한 수전 프랭크였는데, 변호사답게 회색 모직 치마 정장을 입고 있었다.

"그래. 이 상황에서 무슨 말인들 적절하겠어. 하지만 무슨 말을 하느냐는 중요하지 않아. 그 사람들에게 손을 내민다는 사실이 중요하지."

로리가 말했다.

"그냥 우리가 그 사람들을 잊지 않고 있다는 걸 알려주자. 우리가 할 수 있는 일은 고작 그뿐일 테지만, 그래도 우리가 그 사람들을 염려하고 있다는 사실을 알려주자."

토비가 동의했다.

마지막 남은 동석자, 웬디 셀리그먼이 나에게 물었다.

"어떻게 생각해요, 앤디? 당신은 늘 이런 일을 하잖아요. 이런 사건이 발생한 후에 유족들하고 이야기를 나누지 않아요?"

"대개의 경우, 나는 별말을 하지 않아요. 그저 사건에만 집중하죠. 사건 이외의 이야기는 하지 않아요. 그 외에 내가 할 수 있는 일은 별로 없거든요."

웬디가 실망한 듯 고개를 끄덕였다. 웬디는 나를 따분한 사람, 인내심을 요하는 남편, 다소 부족한 배우자라고 생각했다. 하지만, 로리에 대해서는 여자들이 곡예하듯 동시에 해내야 하는 세 가지 소임, 즉 아내로서, 엄마로서, 그리고 자기 자신으로서 제 역할을 모두 훌륭하게 수행하는 사람으로 존중했다. 따라서 웬디는 내가 로리 같은 여자의 흥미를 끌었으니 분명 멋진 이면을 감추고 있으리라 어림짐작했다. 어쩌면, 웬디는 지금 내가 자신을 우둔한 사람, 굳이 진지한 대화를 나눌 가치가 없는 사람으로 취급했다고 느꼈는지도 모른다. 웬디는 이혼을 했고, 엄마들의 소모임에서 유일한 이혼녀이자 싱글맘이었기 때문에, 다른 사람들이 열심히 자신의 흠을 찾아낸다고 쉽사리 오해하고는 했다.

  토비가 분위기를 띄우려고 안간힘을 썼다.

  "있잖아, 우리 부부는 아이들을 장난감 총이나 폭력적인 텔레비전 프로그램, 비디오 게임에서 떨어뜨려 놓으려고 그 오랜 세월을 다 쏟아부었어. 밥하고 나는 우리 애들한테 물총도 못 가지고 놀게 했다니까. 뭐, 총 모양이 아닌 건 예외였지만. 여하튼 우리는 '총'이라는 단어조차 사용하지 않았어. '분사기' 따위로 불렀지. 설마하니 애들이 물총도 몰랐을까. 그런데도 이 모양이야. 이건 마치……."

  토비가 양손을 휙 들어서 장난스럽게 분노를 표출했지만, 농담은 효과를 발휘하지 못했다.

  "참 얄궂은 일이야."

  웬디가 침울하게 동의하며, 토비의 이야기에 맞장구쳤다.

  "맞아."

  수전 역시 토비를 의식하며 한숨을 내쉬었다.

  "우리는 부모의 역할을 과대평가하는 것 같아. 아이들은 아이들일 뿐이야. 있는 그대로 받아들여야 해."

  로리가 말했다.

"그러니까, 내가 애들한테 그 빌어먹을 물총을 가지고 놀게 해도 괜찮았을 거란 말이야?"

"어쩌면. 제이컵의 경우에는, 나도 잘 모르겠어. 우리의 모든 행동과 염려가 정말 중요하기는 했는지 그냥 가끔 궁금해. 제이컵은 옛날이나 지금이나 그냥 제이컵이야. 덩치만 커졌을 뿐이지. 애들은 다 마찬가지야. 어렸을 때나 지금이나 크게 다르지 않잖아."

"맞아, 하지만 우리의 양육법도 변하지 않았잖아. 그래서 우리는 아이들에게 똑같은 것만 계속 가르치고 있는지도 몰라."

웬디: "나한테는 양육법이 따로 없어. 그때그때마다 임시변통으로 꾸려 나간다고."

수전: "나도 그래. 모두가 그렇지 않나. 로리 빼고. 로리, 특별한 양육법을 가지고 있는 거지? 토비도 그렇고?"

"그렇지 않아!"

"오, 그럴 리가. 아마도 양육에 관한 책을 읽었겠지."

"아니라니까."

로리가 자신은 결백하다는 듯 두 손을 들고서 말을 이었다.

"어쨌든, 중요한 점은 이거야. 우리가 아이들을 이렇게 저렇게 조종할 수 있다고 생각한다면, 그건 오만이야. 대개의 경우, 아이들은 고정화돼 있어."

여자들이 서로를 쳐다보았다. 제이컵은 그런지 몰라도 자기 아이들은 아니라고 생각하는 모양이었다. 하지만, 제이컵도 그렇지 않았다.

"누구, 벤을 알았던 사람 있어?"

웬디가 말했다.

살해당한 아이, 벤 리프킨을 의미하는 모양이었다. 이들은 벤과 친분이 없었다. 이렇게 이름을 부르는 것은 그저 그 아이를 지칭하는 방식이었다.

토비: "아니. 딜런은 그 애하고 안 친했어. 그리고 벤은 운동 경기 같은 거에 참여한 적이 없어."

수전: "맥스하고는 몇 번 같은 반이었어. 그때 봤는데, 좋은 아이 같았어. 하지만 누가 알겠어?"

토비: "아이들한테는 자신만의 생활이 있어. 분명히 자신만의 비밀도 있을 테고."

로리: "우리랑 마찬가지지, 뭐. 그 나이 때 우리도 그랬잖아."

토비: "나는 착한 아이였어. 그 나이 때 나는 한 번도 부모님 속을 썩인 적이 없었다고."

로리: "나도 착한 아이였어."

"그렇게 착하진 않았어."

내가 끼어들었다.

"당신을 만나기 전까지는 착했어. 당신이 나를 망쳤잖아."

"내가? 음, 나는 그 사실이 아주 자랑스러워‥이력서에라도 적어야 할까 봐."

하지만 죽은 아이의 이름이 언급된 직후에 이런 말장난은 부적절했다. 나는 멋쩍고 무안한 기분이 들었다. 여자들은 나보다 감수성이 훨씬 예민했다.

순간적으로 정적이 흘렀고 웬디가 불쑥 입을 열었다.

"오 세상에, 정말 불쌍해. 가엾은 아이 엄마! 우리는 여기에 있는데, 삶은 계속되고 아이들은 학교로 돌아가는데, 그 여자의 어린 아들은 결코, 결코 돌아올 수 없다니."

웬디의 눈가가 촉촉해졌다. 그것은 두려움이었다. 어느 날, 자신의 잘못 없이도…….

토비가 앞으로 다가가 친구를 안았고, 로리와 수전이 웬디의 등을 쓰다듬었다.

나는 홀로 소외된 채 잠시 멍청하고 선한 표정을 짓고서, 그러니까 경직된 미소에 부드러운 눈매를 하고서 그곳에 서 있었다. 그리고 현관의 보안 초소를 확인하러 가야겠다고 양해를 구한 다음, 현장이 눈물바다로 변하기 전에 자리를 떴다. 나는 알지도 못하는 아이 때문에 웬디가 그토록 슬퍼하는 까닭을 도무지 이해할 수가 없었다. 그래서 여자들의 연약한 감성을 보여주는 또 다른 예라고 생각하기로 했다. 게다가, 지난밤에 내가 언급했던 '삶은 계속된다.'는 말을 웬디가 이런 식으로 언급한 것으로 보아, 웬디는 그 문제로 나와 말싸움을 벌인 로리의 편이었다. 일반적으로 봐서, 지금이 떠나기에 가장 좋았다.

나는 학교 현관에 설치된 보안 초소로 향했다. 기다란 탁자에서 경찰들이 손으로 외투와 배낭을 검사했고, 한쪽에서 뉴턴 경찰서 소속의 남자 경관 둘과 여자 경관 둘이 금속 탐지기로 아이들을 훑었다. 제이컵이 옳았다. 이 모든 일이 우스꽝스럽기만 했다. 누군가가 학교에 흉기를 가지고 온다거나 살인자가 학교와 연관이 있을 거라 생각할 까닭이 없었다. 시신은 학교 구내에서 발견된 게 아니었다. 이건 불안해하는 부모들을 위한 보여주기에 불과했다.

내가 도착했을 때에는 몸수색 공연이 중단되어 있었다. 여자아이 하나가 목소리를 높이며 경관 한 명과 승강이를 벌이고 있었고, 또 다른 경관 하나가 지원 요청이 떨어지면 아이를 때리기라도 하려는 듯 금속 탐지기를 '앞에 총!' 자세로 들고 사태를 관망하고 있었다. 보아 하니, 아이의 상의에 적힌 'F-C-U-K'이라는 글자가 문제인 모양이었다. 경관은 이 글자가 '선동적'이기 때문에, 급조된 학교 보안 규정에 따라 이러한 복장은 금지된다고 주장했다. 여자아이는 경관에게 이 머리글자들은 어느 매장에서나 찾아볼 수 있는 특정 의류의 상표일 뿐이고, 이 단어가 '추잡한 말'이라고 할지언정 어떻게 사람들을 선동할 수 있는지 모르겠다고 항변했으며, 자신은 이 고가의 상의를 포기하지 않을 것이고, 웬 경찰이 무턱대고 자신의 비싼 옷을 쓰레기통에 버리도록 내버려두지 않겠노라고 버텼다. 그들은 교착 상태에 빠져 있었다.

아이와 티격태격하던 경관은 구부정한 자세로 목을 쑥 빼고 서 있었다. 그 때문에 머리가 몸통보다 앞쪽으로 튀어나와 마치 콘도르 같은 인상을 풍겼다. 하지만 내가 다가가자 경관은 머리를 뒤로 당겨 자세를 바로 했다. 그러자, 턱 밑으로 피부가 접혀 들어갔다.

"별일 없나요?"

내가 경관에게 물었다.

"네, 그렇습니다!"

네, 그렇습니다. 나는 경찰들이 군대식 말투나 계급 체계, 지휘 계통 따위를 흉내 내는 게 싫었다.

"편히 쉬어."

내가 농담 삼아 이렇게 말하자, 경관은 어쩔 줄 몰라 하며 발치를 내려다보았다.

"안녕."

내가 여자아이에게 말을 걸었다. 아이는 7, 8학년쯤 되어 보였다. 나는 그 아이가 제이컵과 같은 반이라는 사실을 몰랐지만, 아마 그랬던 모양이다.

"안녕하세요."

"무슨 일이니? 내가 좀 도와줄까?"

"제이컵 바버 아빠가 맞죠?"

"그렇단다."

"경찰 뭐 그런 거예요?"

"그냥 지방검사야. 너는 누구니?"
"세라요."
"세라. 그래, 세라. 문제가 뭐니?"
아이는 확신이 서지 않는지 잠시 말을 멈추었다. 그리고 다시 말을 쏟아내기 시작했다.
"그러니까요, 이 경찰 아저씨한테 제 옷을 압수할 수 없다고 말하고 있었어요. 옷을 사물함에 넣어두거나 뒤집어 입거나 할게요. 이 아저씨는 글자의 뜻이 싫대요. 아무도 글자 따윈 눈여겨보지 않는다고요. 뭐가 문제예요? 이건 그냥 글자일 뿐이잖아요. 이건 완전히……."
아이는 '멍청한 짓'이라는 말을 속으로 삼켰다.
"규정은 내가 만든 게 아니야."
경관이 짧게 설명했다.
"이 옷에는 아무 뜻도 없어요. 저한테 중요한 옷이라고요! 이 아저씨가 생각하는 그런 뜻은 없어요. 어쨌든, 옷은 안 보이게 치울게요. 이 아저씨한테 벌써 그렇게 말했다고요! 골백번도 더 말했는데 들을 생각을 안 해요. 이건 공정하지 않아요."
여자아이는 금방이라도 울음을 터뜨릴 듯했고, 그 모습을 보니 내가 방금 전에 길 위에 남겨두고 온 그 울먹이던 여자가 떠올랐다. 젠장, 어느 곳에서도 눈물을 피할 수가 없었다.
"음, 이 애가 옷을 사물함에 넣어두면 별 문제가 없을 것 같은데, 어떤가요? 그렇게 한다고 무슨 큰일이 나겠어요? 제가 책임지죠."
내가 경관에게 제안했다.
"뭐, 검사님이 상관이니까 좋을 대로 하시죠."
"그러면 내일은 그 옷을 집에 두고 오는 거다."
나는 경관의 기분을 풀어주려고 아이에게 이렇게 말했다.

내가 눈을 찡긋하자, 아이는 제 짐을 챙겨서 복도로 빠르게 걸어갔다.

나는 기분이 상한 경관과 어깨를 나란히 하고 서서 출입문 너머 거리를 내다보았다.

한 호흡 쉬고.

"그쪽은 규정대로 했어요. 내가 간섭할 일이 아니었는데."

내가 말했다.

물론, 헛소리였다. 두 마디 모두. 틀림없이 경관도 그 사실을 알고 있었다. 하지만 뭘 어쩌겠는가? 어리석은 보안 규정을 따르도록 강요한 그 지휘 계통이 경관으로 하여금 싸구려 양복을 입은 덩치 큰 검사에게 복종하도록 강제하고 있는 걸. 수녀원의 수녀처럼 법원에 붙박여 지내는 뭣도 모르는 순결한 검사들에게 얇은 조서를 안겨주기 위해, 경찰이 얼마나 힘들게 뛰어다니는지, 경찰 노릇 하기가 얼마나 고된지 알 턱이 없는 이 멍청이에게. 휴우.

"별일 아닙니다."

경관이 말했다.

사실, 별일 아니었다. 하지만, 어쨌든 나는 잠시 그곳에 서서 경관과 함께 공동전선을 펼치며, 나도 같은 편이라는 사실을 확인시켜 주었다.

4
엿먹이기

지방검찰청이 위치한 미들섹스 카운티 법원 청사는 더없이 흉측한 건물이었다. 이 16층짜리 고층 건물은 1960년대에 콘크리트로 지어졌으며, 정면 외관은 커다란 석판, 달걀판 모양의 격자, 가늘고 긴 창문 따위의 다양한 직사각형으로 구성되어 있었다. 마치 건축가가 이곳을 힘닿는 한 을씨년스러운 장소로 만들기 위해, 따스한 색상의 건축자재와 곡선 사용을 금지한 듯했다. 그렇다고 건물 내부의 사정이 더 낫지도 않았다. 실내는 누렇고 갑갑하고 괴죄죄했다. 사무실 대부분은 창문도 없이 콘크리트블록 모양의 건물 속에 매몰되어 있었다. 현대식 법정도 창문이 없기는 마찬가지였다. 법정에 창문을 내지 않는 것은 일반적으로 사용되는 건축 전략인데, 그로써 법정은 속세와 단절된 공간이자, 법이라는 시대 초월적 걸작이 상연되는 극장으로서 그 효과가 극대화된다. 하지만 이곳에 굳이 그런 전략을 적용할 필요는 없었다. 이 건물 안에 있으면 몇 날 며칠 태양이나 하늘을 보지 않고 지낼 수 있었다. 게다가, 법원 청사는 '건물병증후군'으로 명성이 자자했다. 승강기 통로가 석면으로 덮여 있었기 때문에, 승강기 문이 덜컹대며 열릴 때마다 공기 중으로 독성 물질이 한 뭉텅이씩 뿜어져 나왔다. 낡아 빠진 것들은 머잖아 전부 철거되어야 한다. 하지만 내부에서 일하는 검사와 형사들에게 당장은 건물의 추레함이 그다지 큰 문제가 되지는 않았다. 건물의 상태 따위엔 금세 둔감해지기 마련이다. 그리고 보통은 이렇게 지저분한 장소에서 지방 정부의 실무가 이루어진다.

원래 출근 시간은 9시 30분이지만 실제로는 그 전부터 전화가 울려 대기 때문에, 나는 거의 매일 7시 30분 내지 8시에 사무실 책상 앞에 앉아 있었다. 하지만 그날 아침엔 제이컵의 학교가 수업을 재개했기 때문에 9시가 넘어서야 사무실에 도착했다. 그리고 리프킨 사건 자료를 빨리 보고 싶은 마음에 즉시 사무실 문을 닫고 자리에 앉아서 책상 위에 살해 현장 사진을 늘어놓았다. 그런 다음, 열려 있는 서랍에 발을 얹고 의자에 몸을 기댄 채 사진을 쏘아보았다.

책상 언저리의 무늬목이 벗겨지기 시작했다. 나는 무의식적으로 책상 가장자리를 만지작거리며 딱지를 뜯듯 손가락으로 유연한 무늬목 표면을 들어 올리는 신경성 습관을 가지고 있었다. 가끔 나는 무늬목을 들어 올렸다가 탁 하고 튀기는 규칙적인 소리에 흠칫 놀라곤 했다. 내가 깊은 생각에 잠겨 있을 때면 으레 그런 소리가 났다. 확실히 그날 아침에 나는 시한폭탄처럼 똑딱대고 있었다.

수사가 잘못됐다는 느낌이 들었다. 이상했다. 수사가 개시된 지 장장 닷새가 지났는데 너무나 조용했다. 살인이 발생한 직후에 여기저기에서 법석을 떨면, 사건은 대부분 몇 시간 혹은 며칠 내에 빠르게 해결된다. 증거와 목격자가 나타나고 이론과 의견이 개진되고 신고가 접수되는 등 다양한 가능성이 난무하는 광란의 시간이 지나고 나면 범인이 검거된다. 상투적인 말이긴 하지만 진실이다. 물론, 시끄러운 환경에서 올바른 신호를 걸러내고, 그럴듯한 이야기에서 진짜를 추려내려면 시간이 좀 더 걸리기도 한다. 하지만, 사건이 해결되지 않는 경우는 극히 드물다. 정체(停滯) 속에서는 결코 신호가 발생하지 않는다. 가능성, 그럴듯하지만 확인이나 입증이 불가능한 가능성이 풍부해야 사건이 해결된다. 모든 사건에는 언제나 시끄러운 소리가 존재한다. 고려해야 할 용의자와 이론, 가능성이 항상 존재하기 마련이다. 하지만 리프킨 살인 사건에는 아무것도 없었다. 닷새 동안의 정적. 누군가 아이의 가슴에 한 줄로 세 개의 구멍을 뚫어놓았지만, 범인이나 범행 동기를 나타내는 것은 하나도 남기지 않았다.

　이러한 상황 탓에 나도, 사건을 맡은 형사들도, 이 도시까지도 염려로 애를 태웠고, 점점 신경이 날카로워져 갔다. 나는 누군가에게 놀아나는 듯한, 계획적으로 조종당하는 듯한 기분이 들었다. 분명 내가 모르는 어떤 비밀이 있었다. 제이컵과 그 또래 아이들이 사용하는 속어 중에 '엿 먹이기'이라는 말이 있는데, 보통 결정적인 사실을 감춤으로써 누군가를 기만하고 괴롭힌다는 뜻으로 쓰인다. 여자아이가 어떤 남자아이를 좋아하는 척한다. 그게 바로 '엿 먹이기'다. 영화의 경우엔, 마지막에 이르러서야 중요한 사실이 폭로되고, 그로써 모든 것이 변하거나 이전 상황들이 전부 설명된다. 예를 들어, 제이크는 '식스 센스'나 '유주얼 서스펙트'를 엿 먹이는 영화라고 지칭한다. 리프킨 사건이 마치 '엿 먹이기'처럼 느껴지기 시작했다. 살인이 벌어진 뒤에 이렇게 쥐 죽은 듯 완벽하게 고요할 수 있다니, 누군가가 이 모든 일을 세심하게 기획한 게 분명했다. 저기 어딘가에서 누군가가 우리의 무지, 우리의 어리석음을 지켜보며 즐거워하고 있었다. 강력 범죄를 수사할 때, 종종 형사는 범인이 누군지 알기도 전에 그 사람에게 응당한 증오를 품는다. 평소에 나는 어떤 사건에서도 그러한 분노를 느끼지 않았지만, 이번에는 벌써부터 이 살인자에게 반감이 일었다. 물론, 살인 때문에 그렇기도 했지만, 나를 가지고 논다는 점에서, 굴복하지 않는다는 점에서, 상황을 통제한다는 점에서 더욱 그랬다. 마침내 그자의 이름과 얼굴을 알게 되는 순간, 나는 그자에게 합당하도록 경멸의 강도를 조정할 것이다.

내 앞에 펼쳐진 살해 현장 사진에서, 뒤틀어진 시신이 하늘을 향해 눈을 홉뜬 채로 갈색 나뭇잎 속에 누워 있었다. 사진 자체는 딱히 소름 끼치지 않았다. 그저 어떤 소년이 나뭇잎 속에 누워 있을 뿐이었다. 어쨌든, 대개의 경우 나는 살해 현장에 충격을 받지 않았다. 줄곧 폭력에 노출되었던 사람들이 흔히 그러하듯, 나 역시 감정을 너무 과하지도 너무 모자라지도 않게 좁은 범위로 한정했다. 아이 때부터 늘 그랬다. 내 감정은 강철 궤도 위에서 움직였다.

벤저민 리프킨은 열네 살로 매코믹 중학교 8학년에 재학 중이었다. 제이컵은 벤과 같은 반이었지만, 그 아이에 대해 거의 아는 바가 없었다. 제이컵이 말하길, 벤은 학교에서 '뺀질이'로 유명했다. 똘똘했지만 우등생은 아니었고, 수업 대부분을 우등반에서 듣는 제이컵과는 달리 한 번도 우등반에 들지 못했다. 그리고 잘생겼으며 겉멋도 좀 들어 있었다. 종종 왁스를 발라서 짧은 머리를 앞쪽으로 바짝 세우고 다녔다. 제이컵에 따르면, 여자애들은 벤을 좋아했다. 벤은 운동을 좋아했고 썩 괜찮은 운동선수였지만, 단체경기보다는 스케이트보드나 스키에 더 빠져 있었다.

"저는 걔랑 어울려 다니지 않았어요. 걔는 자기 패거리가 따로 있었거든요. 전부 다 끝내주는 애들이었죠."

제이컵이 말했다. 그리고 사춘기 특유의 신랄함으로 이렇게 덧붙였다.

"지금은 모두가 걔한테 관심을 갖지만, 전에는 누구도 걔를 눈여겨보지 않았다고요."

시신은 2007년 4월 12일에 콜드 스프링 공원에서 발견되었는데, 8만 평 크기의 이 솔숲 공원은 학교와 맞닿아 있었다. 숲에는 조깅 코스들이 서로 엇갈려 잎맥처럼 뻗어 있었고, 수많은 갈림길이 공원 둘레의 큰길로 이어졌다. 나는 거의 매일 아침 그곳에서 조깅을 하기 때문에 그 길들을 매우 잘 알았다. 벤의 시신은 어느 샛길 옆 도랑에 내팽개쳐져서 엎어진 채로 미끄러지다가 나무 발치에 걸렸다. 폴라 잔네토라는 여자가 조깅 중에 시신을 발견했으며, 자세히 보려고 멈춰 서면서 조깅용 시계를 껐다. 오전 9시 7분, 발견 시각은 정확했다. 아이가 짧은 거리를 걸어서 학교로 가기 위해 집을 나선 지 채 한 시간이 안 된 시각이었다. 피는 보이지 않았다. 시신은 머리를 아래쪽으로 향한 채, 마치 우아한 다이빙 선수처럼 두 팔과 두 다리를 쭉 뻗은 모습으로 누워 있었다. 폴라 잔네토는 아이가 살아 있는 것처럼 보였기 때문에, 의식을 되찾게 하려고 아이의 몸을 뒤집었다고 진술했다.

"아이가 아픈 모양이라고 생각했어요. 기절했다거나 뭐 그런 줄 알았거든요. 꿈에도……."

검시관이 나중에 언급할 테지만, 시신은 경사지에서 머리가 발보다 아래쪽에 위치한 자세를 유지했기 때문에, 얼굴이 비정상적인 홍조를 띠었다. 또한, 혈액이 머리로 몰리면서 시반이 생겼다. 목격자는 아이를 뒤집고 나서야 붉은 피로 흠뻑 젖은 티셔츠 앞판을 보았고, 숨이 턱 막혀서 비틀거리다가 뒤로 넘어졌으며, 손바닥과 발꿈치로 1, 2미터쯤 게걸음을 치다가 일어나서 내달렸다. 그래서 현장 사진에 찍힌, 몸을 뒤튼 채 하늘을 보고 있는 시체의 자세는 원래 상태가 아니었다.

아이는 가슴을 세 차례 찔렸다. 한 번의 공격이 심장을 꿰뚫었고,

그것만으로도 치명적이었을 것이다. 칼은 마치 총검처럼 한 번, 두 번, 세 번 똑바로 박혔다가 다시 똑바로 뽑혔다. 상처의 왼쪽 가장자리와 뚫어진 티셔츠의 단면이 입증하듯, 칼날은 톱니 모양이었다. 칼을 찔러 넣은 각도로 보아 가해자의 키는 벤과 비슷한 178센티미터 정도로 추정되나, 공원의 경사지를 고려할 때 신빙성이 떨어졌다. 흉기는 발견되지 않았다. 방어흔도 없었다. 희생자의 팔과 손에는 외상이 전혀 없었다. 그나마 쓸 만한 단서는 피해자의 피로 찍힌 온전한 지문 하나였다. 그 지문은 희생자의 운동복 상의 안쪽 라벨에 깨끗하게 보존되어 있었는데, 살인자가 희생자의 양쪽 옷깃을 쥐고 희생자를 경사지 아래 도랑으로 내팽개칠 때 생긴 듯했다. 지문은 희생자의 것도 폴라 잔네토의 것도 아니었다.

  살인이 발생한 지 닷새가 지났는데도 범죄에 대한 기초 사실이 거의 밝혀지지 않았다. 형사들이 현장 부근을 샅샅이 뒤졌다. 그리고 시신이 발견된 직후 그리고 스물네 시간 후에 공원을 훑으며 그맘때 공원에 드나드는 사람들 중에서 목격자를 찾으려 했지만 아무런 소득도 얻지 못했다. 신문이, 그리고 매코믹 중학교의 겁먹은 학부모들이 점점 이 사건을 무차별 범죄로 간주하기 시작했다. 아무런 소식도 없이 하루하루가 지나가자, 경찰과 검찰의 침묵이 마치 학부모들의 우려에 대한 무언의 동조로 보였고, 살인마가 콜드 스프링 공원의 솔숲에 숨어 있을지도 모른다는 두려움이 극에 달했다. 그 후로, 달리기와 걷기 운동을 하는 사람들을 안심시키기 위해 뉴턴 경찰 소속의 순찰차 한 대가 주차장에서 온종일 시동을 켜고 대기했으나, 공원에는 인적이 끊겼다. 개 주인들만이 변함없이 찾아와서, 개 놀이터로 지정된 풀밭에 개를 풀어놓았다.

  주립 경찰 소속의 사복 경관 폴 더피가 언제나처럼 형식적으로 노크를 한 다음에 사무실로 슬며시 들어와서는 흥분한 모습으로 책상 맞은편에 앉았다.

  수사 반장 폴 더피는 경찰 집안 출신이었는데, 조부 때부터 경찰을 업으로 삼았으며, 부친은 보스턴 경찰서 강력계 반장을 지냈다. 하지만 더피는 형사 직에 적임자가 아니었다. 부드러운 목소리, 조금씩 벗어지는 이마와 섬세한 이목구비로 볼 때, 치안 유지 업무보다는 고상한 직업이 잘 어울렸을 것이다. 더피는 지방검찰청에 파견된 주립 경찰들을 이끌었으며, 그의 팀은 '범죄 예방과 통제(Crime Prevention and Control)'의 머리글자 따서 '시팩(CPAC)'이라고 불렸다. 하지만, 그 명칭은 본질적으로 무의미했으며('범죄 예방과 통제'는 표면적으로 모든 경찰이 하는 일이니까.), 시팩이 실제로 무슨 뜻인지 아는 사람도 거의 없었다. 사실, 시팩의 임무는 단순했다. 그들은 검찰청에 소속된 형사들로서, 보통 복잡하거나 시간이 오래 걸리거나 세간의 이목을 끄는 사건을 맡았다. 그리고 무엇보다 미들섹스 카운티의 모든 살인 사건을 취급했다. 살인이 발생하면 시팩 형사들은 현지 경찰과 공조했고, 대개의 경우 현지 경찰들은 그러한 지원을 환영했다. 보스턴 이외의 지역에서는 살인이 드물게 일어나기 때문에 지방 경찰들은 필요한 전문 기술을 습득하기가 어려웠고, 살인이 혜성만큼이나 드문 소도시에서는 특히나 더 그랬다. 하지만, 주립 경찰들이 들이닥쳐 지역의 수사권을 인수하는 것은 정치적으로 민감한 상황이었다. 그래서 폴 더피 같은 사람의 섬세한 자질이 필요했다. 단순히 뛰어난 수사관이라고 해서 시팩을 이끌 수 있는 건 아니었다. 시팩의 업무가 다른 조직의 권한을 침범할 경우에 상대를 납득시킬 수 있을 만큼 노글노글한 성격까지 갖추어야 했다.

  나는 무작정 더피가 좋았다. 사실, 함께 일하는 경찰 중에서 유일하게 더피만이 나하고 사적인 친분을 나눴다. 검찰청 최고 검사와 최고 형사인 우리 둘은 종종 사건을 함께 맡았으며, 함께 어울리기도 했다. 가족들도 서로서로 알고 지냈다. 더피는 슬하에 아들 셋을 두었는데, 둘째 아들 오언의 대부로 나를 지명했다. 만약 내가 신이나 사제들을 믿었다면, 나 역시 더피에게 그리했을 것이다. 더피는 나보다 외향적이고 사교적이고 감정적이었지만, 돈독한 우정을 나누려면 똑같은 성격보다는 보완적인 성격이 더 나았다.

"뭔가 알아냈다고 말하든가, 아니면 내 사무실에서 나가."

"알아냈어."

"그럴 때도 됐지."

"그다지 고마워하는 목소리는 아니군."

더피가 책상 위로 서류철 하나를 휙 던졌다.

"레너드 패츠. 미성년자 성추행. 성희롱. 성희롱. 무단출입. 성추행. 기각. 미성년자 성추행, 계류 중. 멋지군. 인근에 사는 소아성애자라."

나는 보호관찰 위원회 기록을 큰 소리로 읽었다.

"스물여섯 살이고, 공원 근처에 있는 윈저인지 뭔지 하는 아파트에 살아."

더피가 말했다.

서류철에 클립으로 끼워놓은 범인 식별용 사진을 보니, 레너드 패츠는 통통한 얼굴, 짧게 깎은 머리, 활 모양의 입술을 가진 덩치 큰 사내였다: 나는 클립에서 사진을 쓱 잡아 빼서 자세히 들여다보았다.

"잘생긴 녀석이군. 왜 우리가 이놈에 대해 모르고 있었지?"

"성범죄자 신상 등록부에 기재되어 있지 않았거든. 작년에 뉴턴으로 이사를 왔는데 신고를 안 했더라고."

"그렇다면 자네는 이놈을 어떻게 찾았어?"

"아동 성폭력 부서에 있는 검사 하나가 그놈을 잡아들였어. 거기 상단에 적혀 있잖아, 뉴턴 지방법원에 계류 중인 성추행 사건 말이야."

"보석금이 얼마야?"

"피의자 서약."

"무슨 짓을 저질렀는데?"

"공립 도서관에서 어떤 애의 거기를 움켜잡았어. 그 애가 열네 살인데, 벤 리프킨하고 동갑이야."

"정말? 그거 딱 들어맞는군. 그렇지 않아?"

"이제 시작이야."

"잠깐, 그놈이 어떤 애의 불알을 움켜잡고도 피의자 서약만으로 풀려났다고?"

"듣자 하니, 그 아이가 증언을 할까 말까 망설이는 모양이야."

"가만. 나도 그 도서관에 다니는데."

"사타구니 보호대가 필요할지도 모르겠군."

"집 밖에선 늘 차고 다니라고."

나는 사진을 들여다보았다. 패츠란 놈에 대해 첫밧부터 뭔가 감이 왔다. 물론, 나는 필사적이었다. 나는 감을 잡고 싶었고, 용의자가 몹시도 필요했으며, 결국 어떤 결과물이라도 내놓아야 했다. 그래서 나는 내 느낌을 신뢰하지 않았다. 하지만 깡그리 무시할 수도 없었다. 누구나 자신의 직관을 따라야 한다. 그걸 바로 전문가적 판단이라고 부른다. 온갖 경험, 승소하거나 패소한 사건, 뼈아픈 실수, 기계적 반복을 통해 익힌 모든 기술적 세부 사항, 이러한 것들을 통해 검사는 점점 일에 대한 본능적 감각, 즉 '직감'이란 걸 갖게 된다. 그리고 이 첫 만남에서 내 직감은 패츠를 범인으로 지목했다.

"적어도, 한번 흔들 만한 가치는 있겠어."

내가 말했다.
"그런데 한 가지, 패츠란 놈한테는 폭력 전과가 전무해. 흉기를 소지한 적도 없어. 거시기 빼고는."
"성추행 두 번. 내가 보기엔 그것만으로도 충분히 폭력적이야."
"어떤 아이의 불알을 움켜쥔 거하고 살인은 다르잖아."
"어디에서부터든 시작은 해야 할 거 아니야."
"그렇겠지. 그런데 난 잘 모르겠어, 앤디. 그러니까, 자네 생각은 알겠는데, 나한테는 그놈이 살인자라기보다는 그냥 변태 새끼로 보여. 어쨌든, 리프킨 씨네 아이한테는 성폭행의 흔적이 없었잖아."
내가 어깨를 으쓱했다.
"거기까지 못 간 모양이지. 방해를 받았을 수도 있고. 어쩌면 놈이 아이한테 노골적으로 한 번 하자고 껄떡댔거나 칼로 위협해서 아이를 숲으로 데려가려고 했는데, 아이가 저항했을 수도 있고. 혹은 아이가 비웃거나 조롱해서 패츠란 놈이 순간적으로 울컥했을 수도 있고."
"가정이 너무 많아."
"음, 그놈이 무슨 말을 하는지 보자고. 가서 놈을 연행해와."
"못해. 놈을 구속시킬 구실이 전혀 없어. 이 사건으로 놈을 취조할 근거가 전혀 없다고."
"그러면, 놈한테 여기로 와서 범죄자 사진첩을 훑어보고 콜드 스프링 공원에서 본 적이 있는 사람을 짚어달라고 해."
"놈은 계류 중인 사건 때문에 벌써 변호인을 선임했어. 그러니까 자발적으로 이곳에 오는 일은 없을 거야."
"그렇다면, 성범죄자 신상 기록부에 새 주소를 등록하지 않은 걸로 놈을 물고 늘어지겠다고 말해. 그 일로 놈은 이미 궁지에 몰렸잖

아. 놈의 컴퓨터에 저장되어 있는 아동 포르노가 연방법 위반이라고 말하든가. 뭐든 말해, 상관없으니까. 그냥 놈을 불러들여서 불알 좀 쪼그라뜨리라고."

더피가 능글맞게 웃으며 눈썹을 치켜세웠다. 불알과 관련된 농담은 항상 통하기 마련이다.

"그냥 가서 놈을 잡아들여."

더피가 망설였다.

"잘 모르겠어. 어쩐지 좀 성급한 행동 같아. 패츠의 사진을 여기저기 보여주면서, 그날 아침에 공원에서 놈을 본 사람이 있는지 알아보는 건 어떨까? 놈의 이웃들과 이야기를 해보는 건? 아니면 놈의 집으로 찾아가서 문을 두드린 다음에 아무 내색도 하지 않고, 겁도 주지 말고, 그런 식으로 놈이 말을 하도록 구슬리는 거야."

더피는 손가락을 부리 모양으로 만들어서 열었다 닫았다 하며 말하는 시늉을 했다. 그리고 이렇게 덧붙었다

"세상일은 모르는 거잖아. 놈을 잡아들이면, 분명 놈이 변호사한테 전화를 할 거야. 그렇게 되면 놈하고 이야기할 수 있는 유일한 기회를 놓치게 될지도 모른다고."

"아니, 놈을 잡아들이는 편이 나아. 그다음에 자네가 감언이설로 놈을 잘 꼬드기라고, 더프. 그게 자네 전문이잖아."

"정말 괜찮겠어?"

"우리가 이놈을 강하게 몰아붙이지 않았다는 말이 나돌아서는 안 돼."

이 말은 다소 이례적이었다. 더피의 얼굴에 의혹의 표정이 스쳤다. 지금껏 우리는 겉으로 드러난 상황이나 남들의 생각 따위는 전혀 신경 쓰지 않았다. 검사의 판단은 정치적으로 영향을 받지 않아야 한다.

"내가 무슨 말을 하는지 알잖아, 폴. 이놈은 우리가 찾아낸 그럴 듯한 첫 번째 용의자라고. 충분한 조치를 취하지 않아서 놈을 놓치는 일은 없었으면 좋겠어."

"알았어. 놈을 연행해올게."

더피가 시큰둥하게 얼굴을 조금 찌푸렸다.

"좋아."

더피가 의자에 몸을 기댔다. 업무적인 대화가 끝났으니, 이제는 우리 사이에 존재했던 가벼운 알력을 열심히 무마할 차례였다.

"오늘 아침에 학교에서 제이컵은 어땠어?"

"아, 제이컵은 괜찮아. 전혀 신경도 안 쓰더라고. 음, 반면에 로리는……"

"조금 겁먹었어?"

"조금이라고? 영화 '조스' 기억나? 거기에서 로이 샤이더가 사람들한테 수영해도 안전하다는 걸 보여주기 위해서 자기 아이들을 바다로 내보내잖아."

"자네 아내가 로이 샤이더 같았다고? 지금 그 말이야?"

"표정이 그랬다고."

"자네는 걱정스럽지 않았어? 에이, 자네도 분명 로이 샤이더 같았을 거야."

"이봐, 친구. 장담컨대, 나는 완전히 로버트 쇼였다고."

"내가 기억하기로, 로버트 쇼는 끝이 안 좋았는데."

"상어도 마찬가지였잖아. 그게 중요해, 더프. 가서 패츠를 잡도록 해."

"앤디, 이게 좀 거슬려."

린 캐너밴 검사장이 말했다.

잠시 동안, 나는 검사장의 말을 이해하지 못했다. 실제로 나는 그녀가 농담을 하는 모양이라고 생각했다. 우리가 젊었을 때, 캐너밴은 사람들에게 곧잘 장난을 쳤고 나도 몇 번이나 속아 넘어갔다. 캐너밴의 말을 진지하게 받아들였는데, 잠시 후면 그 말이 농담으로 밝혀지곤 했다. 하지만, 금세 나는 그녀가 매우 진지하다는 사실을 알아차렸다. 표정이 그래 보였다. 최근 들어, 캐너밴의 생각을 읽어 내기가 조금 어려워졌다.

그날 아침, 캐너밴의 크고 전망 좋은 사무실에 캐너밴 검사장, 닐 라주디스 그리고 나, 이렇게 세 사람이 모였다. 우리는 회의용 원탁에 자리를 잡았다. 탁자 중앙에는 아침 회의 참석자들이 남기고 간, 빈 던킨도너츠 상자가 놓여 있었다. 화려한 장식 판자가 내부 마감재로 사용되었고, 창밖으로 이스트 캠브리지가 내려다보였지만, 여전히 그곳은 법원 청사의 나머지 부분처럼 을씨년스러웠다. 다른 곳과 마찬가지로 콘크리트 바닥에는 얇은 진자주색 막치기 양탄자가 깔려 있었고, 머리 위로는 우중충하고 얼룩덜룩한 방음 타일이 붙어 있었다. 공기 역시 누군가가 들이마셨다가 내뱉은 듯 퀴퀴했다. 실력자의 사무실 치고는 볼품없었다.

캐너밴이 무언가를 곰곰이 생각하는 듯 머리를 기울인 채 펜을 만지작거리며 펜 끝으로 법률 용지를 두드렸다.

"잘 모르겠어. 당신한테 이 사건을 맡긴 게 잘한 짓인지 잘 모르겠다고. 당신 아들이 그 학교에 다니잖아. 상황이 아슬아슬하다고. 그래서 좀 거슬려."

"린, 자기가 거슬리는 거야, 아니면 여기에 섭정 라스푸틴이라도 있는 거야?"

내가 라주디스를 가리켰다.

"아, 그거 재미있네요, 앤디 선배."

"내가 거슬려서 그래."

캐너밴이 의사를 분명히 했다.

"내가 한번 맞춰볼까? 닐이 이 사건을 맡고 싶어 하는군."

"닐은 문제가 생길지도 모른다고 생각해. 솔직히 나도 마찬가지고. 이해상충의 소지가 있어 보여. 그걸 간과할 수는 없다고, 앤디."

확실히, 겉으로 보이는 모습은 중요했다. 린 캐너밴은 정치계의 떠오르는 샛별이었다. 이 년 전에 캐너밴이 검사장으로 당선되던 그 순간부터, 그녀가 차기에 어떤 공직에 입후보할지 소문이 무성했다. 주지사, 매사추세츠 검찰총장, 미 상원의원에 이르기까지. 캐너밴은 매력적인 사십 대 여성이었고, 똑똑하고 진중했으며, 야망까지 갖추었다. 둘 다 풋내기 검사였던 십오 년 전부터 우리는 서로를 알았고 함께 일했다. 우리는 동지였다. 캐너밴은 검사장으로 당선되던 바로 그날, 나를 차장검사로 임명했다. 하지만, 처음부터 나는 내 자리가 오래가지 못하리라는 사실을 알았다. 나처럼 법정에서만 굴러먹던 사람은 저쪽 정치판에서는 아무런 쓸모가 없다. 캐너밴이 향하는 곳이 어디든 나는 함께하지 못할 것이다. 하지만 그건 아직 미래의 일이었다. 그러는 동안, 캐너밴은 때를 기다리며 자신의 외적인 인격, 즉 진지하고 준엄한 전문가로서의 명성을 닦아나갔다. 카메라 앞에서 캐너밴은 잘 웃지도 않았고, 좀처럼 농담도 하지 않았다. 화장이나 장신구도 거의 하지 않았고, 가든하게 짧은 머리로 다녔다. 하지만, 검찰청 선배들은 린 캐너밴을 다른 모습으로 기억했다. 린은 유쾌하고, 통솔력이 있으며, 욕쟁이처럼 욕을 하고 술고래처럼 술을 마시던 그런 동료였다. 유권자들은 린의 그런 모습을 결코 본 적이 없다. 예전의 천연덕스럽던 린은 이제 사라지고 없는지도 모르겠다. 린은 딴사람이 될 수밖에 없었을 것이다. 이

제부터 린의 삶은 출마의 연속이었다. 그러니, 린이 오랫동안 가장 해왔던 그런 인물로 변해간다고 해서 그녀를 탓하기는 어려웠다. 어쨌든, 우리는 모두 성장해야 했고, 유치한 감정 따위는 한쪽으로 치워야 했다. 하지만 소중한 것도 함께 잃어버렸다. 린이 나비에서 나방으로 변모하는 과정에서 우리의 오랜 우정은 퇴색되었다. 우리 중 누구도 예전의 친밀감을 느끼지 못했고, 우리가 한때 공유했던 신뢰감과 유대감도 사라졌다. 어쩌면 린은 옛정을 생각해서 언젠가는 나를 판사 자리에 앉힐 테고, 그로써 모든 걸 청산할지도 모른다. 하지만 우리 둘 다 알고 있듯 우리의 우정은 운명을 다했다. 그 때문에 우리는 김빠진 연애의 내리막을 걷는 연인들처럼 함께 있으면 어쩐지 어색하고 서글펐다.

아무튼, 십중팔구 린 캐너밴은 상승의 사다리를 타고 오를 테고 그러면 린의 뒤로 공석이 생기게 되는데, 정치는 공백을 혐오한다. 예전 같았으면, 설마하니 닐 라주디스가 그 자리를 대신할 수 있을까 싶었을 것이다. 하지만 이제는 모를 일이다. 라주디스는 나를 장애물로 여기지 않았다. 나는 그 자리에 관심이 없다고 거듭 말했었고, 그 말은 진심이었다. 나는 대중에게 노출된 공적인 삶을 원하지 않았다. 하지만, 그 자리에 오르려면 관료들 간의 내분에서 승리하는 것만으로는 부족했다. 만약 검사장이 되고 싶다면, 닐은 유권자들에게 눈에 띄는 성과물을 제시해야 했다. 즉, 법정에서 화려하고도 특별한 승리를 거두어야 했다. 닐에게는 전리품이 필요했다. 나는 그제야 그 전리품이 무엇인지를 깨달았다.

"이 사건에서 나를 배제시키려는 거야, 린?"

"지금 당장은 그저 생각을 묻는 것뿐이야."

"이번 사건은 우리가 함께 검토했잖아. 내가 계속 맡을게. 아무 문제도 없어."

"이번 사건은 남의 일 같지가 않아, 앤디. 당신 아들이 위험에 처할 수도 있었잖아. 만약 그 애가 운이 나빠서 때마침 그 시간에 공원을 걷고 있었다면……."

"어쩌면 선배의 판단력이 다소 흐려졌을 수도 있어요. 그러니까 제 말은, 사적인 감정을 버리고, 마음을 가라앉힌 후에 객관적으로 생각해보는 것도 필요해요."

라주디스가 말했다.

"어디가 어떻게 흐려졌다는 거야?"

"이번 사건 때문에 감정적이 된 건 아닌가요?"

"아니."

"화났나요, 앤디 선배?"

"내가 화난 것처럼 보이나?"

나는 한 마디씩 또박또박 말했다.

"네, 조금 그래 보여요. 아니면 그냥 방어적인 걸 수도 있죠. 하지만 그러면 안 돼요. 이곳에 모인 우리는 모두 같은 편이잖아요. 뭐, 감정적으로 반응하는 건 지극히 당연한 일이긴 하죠. 만약 제 아들이 관계되어 있다면……."

"닐, 내 공정성에 대해 의문을 품는 건가? 아니면 내 능력에 대해서?"

"둘 다 아닌데요. 저는 선배의 객관성을 문제 삼는 거예요."

"린, 지금 닐이 검사장님의 의사를 대변하고 있는 거야? 자기도 이 헛소리를 그럴듯하다고 여기는 거야?"

린이 얼굴을 찡그렸다.

"솔직히, 내 더듬이가 바짝 곤두섰어."

"더듬이? 이봐, 그게 무슨 뜻이야?"

"느낌이 안 좋아."

"상황이 그렇다니까요, 앤디 선배. 객관성이 문제 될 소지가 있다고요. 대놓고 그렇게 말하는 사람은 없지만……."
라주디스가 말했다.
"어이, 그냥 찌그러져, 닐. 알았어? 이 사건은 자네랑 상관없잖아."
"뭐요?"
"내 사건은 그냥 나한테 맡기라고. 상황이 어떻게 보이든 나는 쥐똥만큼도 신경 안 써. 사건 해결이 더딘 건 사건 자체의 특성 때문이지 내가 늑장을 부려서가 아니야. 나를 아무리 다그친다고 해도, 단지 상황을 포장하기 위해 누군가를 기소하는 일은 없을 거야. 내가 자네를 그것보다는 잘 가르쳤다고 생각했는데."
"선배는 모든 사건을 최선을 다해 밀어붙이라고 가르쳤죠."
"나도 최선을 다해 밀어붙이고 있다고."
"그런데 왜 아이들과 면담을 하지 않죠? 벌써 닷새가 지났는데."
"자네도 그 이유를 더럽게 잘 알 텐데. 여기는 보스턴이 아니야, 닐, 뉴턴이라고. 우리가 어떤 아이와 이야기를 나눌 수 있는지, 어디에서 이야기를 나눌 것인지, 무엇을 물어볼 수 있는지, 누가 동석해야 하는지, 그 망할 놈의 세부 사항이 전부 다 협의되어야 한다고. 도체스터 고등학교랑은 달라. 매코믹 중학교는 학부모 절반이 변호사라고."
"진정해요, 앤디 선배. 선배를 비난하는 게 아니에요. 사람들이 어떻게 받아들일지 그게 걱정되는 거죠. 겉으로 보기에는, 선배가 명백한 사실을 외면하는 것처럼 보일 수도 있어요."
"무슨 뜻이야?"
"학생들 말이에요. 살인자가 학생일지도 모른다는 생각은 한 적 없나요? 저한테 골백번도 넘게 말했잖아요. 증거가 이끄는 대로 따르라고."

"학생이 살인을 저질렀다는 증거가 없어. 전혀. 만약 있다면 나도 그 증거를 따를 거야."

"증거를 찾지 않으면, 따를 수도 없죠."

깨달음의 순간이 찾아왔다. 마침내 나는 이 상황을 이해했다. 내가 늘 예감하던 때가 도래한 것이다. 사다리에서 널 바로 위에 서 있는 사람이 나였다. 닐은 다른 많은 이들을 밟고 올라섰듯 이제는 나를 목표로 삼은 것이다.

내가 쓴웃음 지었다.

"닐, 자네가 원하는 게 정말 뭐야? 이 사건이야? 이 사건을 원해? 그렇다면 가져. 아니면 내 자리야? 그게 뭐든, 자네가 가지라고. 하지만 자네가 솔직하게 터놓고 말해주면, 모두가 편할 거야."

"원하는 건 아무것도 없어요, 앤디 선배. 그저 모든 일이 잘 해결되길 바랄 뿐이에요."

"린, 이 사건에서 나를 뺄 거야, 아니면 나를 지원할 거야?"

린이 따스한 눈빛으로 나를 바라보았으나, 대답은 모호했다.

"내가 당신을 지원하지 않은 적은 없었잖아?"

나는 그 사실을 인정하며 고개를 끄덕였다. 그리고 단호한 표정을 지으며 새로운 출발을 선언했다.

"저기 말이야, 학교가 오늘 수업을 재개했고, 아이들도 모두 복귀했으니까, 이따 오후에 학생 면담을 시작하자고. 곧 좋은 소식이 있을 거야."

"좋아, 그러기를 바라자고."

캐너밴이 말했다.

하지만 라주디스가 끼어들었다.

"제이컵은 누가 면담하죠?"

"나도 몰라."

"선배는 아니죠?"

"나는 아니야. 폴 더피가 하겠지."

"그 결정은 누가 내렸죠?"

"내가. 그게 내 방식이야, 닐. 결정은 내가 해. 그리고 실수가 있다면, 내가 책임지고 배심원 앞에 설 거야."

닐이 캐너밴을 쳐다보았다. '보셨죠? 제가 그랬잖아요. 앤디 선배는 고집불통이에요.' 캐너밴은 무표정하게 닐의 시선을 받았다.

5
네가 그랬다는 걸
모르는 사람이 없어

방과 후에 학생 면담이 시작되었다. 그날 아이들은 학급 회의와 상담으로 기나긴 하루를 보냈다. 평상복 차림의 시팩 형사들이 이 교실 저 교실로 돌아다니며, 필요하다면 익명으로라도 수사관에게 정보를 제공해달라고 아이들을 독려했다. 아이들은 멍한 표정으로 형사들을 쳐다보았다.

6학년에서 8학년까지의 마을 아이들은 모두 매코믹 중학교에 다녔다. 학교 건물은 직사각형 무지 상자가 죽 늘어서 있는 모습이었다. 내부의 벽은 청록색 페인트로 몇 겹씩 두껍게 칠해져 있었다. 로리는 뉴턴에서 자랐고 1970년대에 매코믹 중학교를 다녔다. 로리에 따르면, 복도를 걸을 때 건물 전체가 줄어든 듯한 착각이 드는 것을 제외하면 학교는 거의 변하지 않았다고 했다.

내가 캐너밴에게도 말했듯, 이러한 면담은 논쟁의 여지가 있는 사안이었다. 처음에 교장은 우리가 학교로 쳐들어와서 내키는 대로 아무 아이나 붙들고 이야기하게 내버려두지는 않겠다고 단호하게 말했다. 만약 이러한 범죄가 다른 장소, 그러니까 교외가 아닌

도심에서 일어났다면, 우리는 귀찮게 허락 따위는 구하지 않았을 것이다. 이곳에서는 지방 교육청뿐 아니라 시장까지도 직접 린 캐너밴에게 연락을 취해서 우리의 업무에 제동을 걸었다. 하지만 결국 우리는 허락을 얻어냈고, 특정 조건하에서 아이들과 교내 면담을 나눌 수 있게 되었다. 원칙적으로 우리는 벤 리프킨의 동급생들만 면담할 수 있었고, 다른 아이와 이야기를 나누려면 그 아이가 무언가를 알고 있다고 여길 만한 특별한 사유가 필요했다. 또한, 어떤 아이라도 부모님과 변호사를 대동할 수 있었고, 이유를 불문하고 언제라도 면담을 끝낼 수 있었다. 이러한 조건 대부분은 쉽게 수긍이 갔다. 어쨌든 아이들에게는 그럴 권리가 있었다. 하지만 그렇게 많은 조건을 규정한 진짜 이유는 경찰에게 아이들을 조심스럽게 다루라는 전언을 보내기 위해서였다. 우리가 협상을 하느라 미적대는 동안, 귀중한 시간이 무의미하게 흘러갔다.

  2시부터 폴과 나는 교장실을 장악하고서 가장 중요한 증인들을 면담했다. 희생자와 가까웠던 친구들, 콜드 스프링 공원을 걸어서 등교하는 아이들, 그리고 따로 수사관 면담을 요청한 아이들. 우리 둘 앞으로 스무 건의 면담이 배정되었다. 그 시간에 다른 시팩 형사들도 면담을 수행했다. 우리들 다수는 면담이 간단히 끝날 거라고 예상했으며, 별다른 소득을 기대하진 않았다. 우리는 혹시나 하는 희망을 품고서 그물로 바다 밑바닥을 훑으며 저인망어업을 하는 꼴이었다.

  하지만 뭔가 이상한 일이 일어났다. 서너 차례 면담이 끝나자, 폴과 나는 마치 돌담에 가로막힌 듯한 느낌을 강하게 받았다. 처음엔 그저 사춘기 아이들의 일반적인 특징 때문이라고 생각했다. 아이들은 몸을 흔들고, 말을 얼버무리고, 어깨를 으쓱대고, '그러니까'와 '어쨌든' 같은 어휘를 반복하고, 한눈을 팔았다. 우리는 둘 다 아버지였기 때문에, 모든 청소년이 어른들과 담을 쌓으려고 그렇게 행동한다는 사실을 알고 있었다. 따라서 아이들의 행동 자체에는 수상쩍은 부분이 전혀 없었다. 하지만 면담이 계속될수록 우리는 무언가 더 뻔뻔하고 의도적인 일이 벌어지고 있음을 깨달았다. 아이들의 대답은 도를 넘어섰다. 아이들은 살인에 대해 아는 바가 없다고 대답하는 데 그치지 않고, 희생자를 안다는 사실까지 부인했다. 벤 리프킨은 친구는 고사하고 아는 사람 한 명 없는 아이 같았다. 아이들은 벤과 이야기도 하지 않았으며, 벤과 이야기하는 사람을 본 적도 없었다. 물론, 그건 뻔히 들여다보이는 거짓말이었다. 벤은 인기 있는 아이였다. 우리는 벤의 친구 대부분을 이미 파악했다. 벤의 친구들이 그렇게 빠르고 철저하게 벤을 부인하다니, 그건 배신이었다.

게다가, 매코믹 중학교 8학년생들은 딱히 거짓말에 능숙하지도 않았다. 그중에서 조금 대담한 아이들은 거짓말을 그럴듯하게 하려면 과장되게 이야기해야 한다고 믿는 듯했다. 그래서 몹시 심한 거짓말이라도 할라치면 다리를 떨지도, 불필요한 감탄사를 내뱉지도 않았고, 최대한 확신을 담아 이야기했다. 정직과 관련된 행동 지침서라도 읽은 듯했다. 눈을 마주쳐라! 단호하게 말하라! 꽁지깃을 펼치는 공작새처럼 단번에 거짓말을 쏟아내기로 결심한 모습이었다. 그 결과, 어른들과는 반대되는 행동 양식이 나타났다. 이 아이들은 진실을 말할 때는 우물댔고, 거짓을 말할 때는 단호했다. 하지만, 이러한 잔꾀가 오히려 우리의 경종을 울렸다. 그리고 대다수의 나머지 아이들은 지나치게 소심했으며, 거짓말을 한 다음에는 더욱 소심해졌다. 또한 자신감이 부족했고, 가슴속의 진실 때문에 어쩔 줄 몰라 했다. 이 아이들의 거짓말 역시 전혀 효과가 없었다. 물론, 나는 아이들에게 내가 아는 사실을 말해줄 수도 있었다. 마술사가 속임수 카드를 나머지 카드 사이에 잽싸게 끼우듯, 거짓말의 달인은 어떠한 흔들림도 없이 거짓을 진실 사이에 슬쩍 끼워 넣는다. 나는 달인처럼 거짓말하는 방법을 연습한 적이 있다. 정말이다.

폴과 나는 미심쩍은 시선을 교환하기 시작했다. 우리가 뺀한 거짓말에 의문을 제기할수록 면담 속도도 느려졌다. 짬이 나자 폴은 마피아의 오메르타 같다며 농담을 했다.

"얘들, 마치 시칠리아인들 같아."

우리 중 누구도 본심을 털어놓지는 않았다. 우리는 바닥이 밑으로 쑥 꺼지는 듯한 추락의 아찔함을 느끼고 있었다. 그것은 사건이 곁을 내주며 나를 받아들일 때 느껴지는 황홀한 현기증이었다.

지금껏 우리가 잘못 생각한 모양이었다. 이 상황을 달리 설명할 방법이 없었다. 우리는 같은 학교 학생이 연루되어 있을 가능성을 염두에 두긴 했지만, 크게 신경 쓰지 않았었다. 그러한 가능성을 뒷받침하는 증거가 없었다. 시무룩한 왕따나 껄렁한 남학생을 범인으로 의심할 만한 정황증거가 없었다. 뚜렷한 살해 동기도 없었다. 범죄자를 향한 거창한 사춘기적 환상도, 복수를 위해 발 벗고 나선 학교 폭력의 피해자도, 학급 내의 사소한 반목도 없었다. 정말 아무것도 없었다. 이제, 우리는 굳이 입을 열어 이야기할 필요가 없었다. 우리가 느끼는 이 현기증은 아이들이 무언가를 알고 있다는 확신에서 비롯된 것이었다.

한 여자아이가 슬며시 교장실로 들어와서 맞은편 의자에 털썩 앉았다. 그리고 애써 우리를 외면했다.

"세라 그롤?"

폴이 말했다.

"네."

"나는 수사 반장 폴 더피야. 주립 경찰이지. 그리고 이분은 앤드루 바버 씨. 이 사건을 맡은 검사님이야."

"저도 알아요. 제이컵 바버네 아빠잖아요."

마침내 아이가 고개를 들고 나를 쳐다보았다.

"그래. 그리고 너는 오늘 아침 그 옷의 주인공이구나."

아이가 멋쩍게 웃었다.

"미안, 내가 먼저 너를 알아봤어야 하는데. 아저씨가 오늘 좀 힘든 하루를 보내고 있단다, 세라."

"네, 그런데 왜 힘이 들어요?"

"아무도 우리랑 이야기를 하려 들지 않거든. 뭐, 그래서 그렇단다. 아이들이 왜 그러는 걸까?"

"아저씨가 경찰이니까요."

"그래?"

"당연하죠."

세라가 한심하다는 듯 얼굴을 찌푸렸다. '쯧쯧!'

나는 더 많은 말을 기대하며 잠시 기다렸다. 하지만 세라는 더없이 따분한 표정으로 되돌아갔다.

"제이컵하고 친구니?"

세라는 눈을 내리깔고 잠시 생각한 다음, 어깨를 으쓱했다.

"아마도요."

"그런데 왜 네 이름을 한 번도 들어보지 못했을까?"

"제이컵한테 물어봐요."

"제이컵은 나한테 도통 말을 안 해. 그러니 너한테 물어볼밖에."

"서로 알긴 해요. 하지만 제이컵하고 저는, 친구, 뭐 그런 건 아니에요. 그냥 아는 사이죠."

"벤 리프킨은? 그 애하고 아는 사이였니?"

"마찬가지에요. 그 애를 알긴 알았지만, 진짜로 알았던 건 아니에요."

"그 애를 좋아했니?"

"괜찮은 아이였어요."

"그냥 괜찮은 정도였어?"

"좋은 아이였다고 생각해요. 방금 말했듯이, 우리는 정말 가까웠던 건 아니에요."

"알았다. 이제 멍청한 질문은 그만두마. 그러니까 네가 그냥 우리한테 말해주겠니, 세라? 우리한테 도움이 될 만한 것, 네가 생각하기에 우리가 알아야 할 것, 뭐든 좋아."

세라가 자세를 바꿔 앉았다.

"저는 정말 몰라요. 그러니까, 아저씨한테 무슨 말을 해야 할지 모르겠어요."

"음, 나한테 이곳, 이 학교에 대해 말해보렴. 거기서부터 시작하자. 매코믹 중학교에 대해 아저씨가 모르는 걸 이야기해주겠니? 학교생활은 어때? 이 학교에 다니면서 재밌는 건 뭐니? 불편한 건?"

아무런 대답이 없었다.

"세라, 우리는 도움이 되고 싶어. 하지만, 그러려면 너희의 도움이 필요해."

세라가 다시 자세를 바꿨다.

"벤을 위해서 그 정도는 할 수 있지 않니? 만약 그 애가 네 친구였다면."

"몰라요. 할 말 없어요. 저는 아무것도 모른다고요."

"세라, 이런 짓을 저지른 놈이 누구든, 그놈은 여전히 저 밖을 활보하고 있어. 너도 그걸 알잖아? 너한테는 사람들을 도울 책임이 있어. 실질적인 책임 말이야. 네가 도와주지 않으면, 똑같은 일이 다른 아이에게 또 일어날 거야. 그렇게 되면, 그건 네 탓이야. 그런 일을 막기 위해서 네가 할 수 있는 모든 조치를 취해야 해. 그렇게 하지 않으면, 다음에 발생하는 사건은 네 탓이야. 그때 네 기분이 어떨까?"

"저한테 죄책감을 심으려고 하네요. 그래 봐야 소용없어요. 저희 엄마도 그러거든요."

"너한테 죄책감을 느끼게 하려는 게 아니야. 나는 그저 진실을 말하고 있을 뿐이야."

아무런 대답이 없었다.

쾅! 더피가 손바닥으로 탁자를 내리쳤다. 그 바람에 종이 몇 장이 허공에 날렸다.

"제기랄! 순 헛소리야, 앤디. 그냥 이 녀석들한테 증인 소환장을 발부하지그래? 이놈들을 대배심 법정에 세워서 선서를 시킨 다음, 그래도 입을 안 열면 법정모독죄로 그냥 철창에 처넣으라고. 이건 시간 낭비야. 젠장!"

아이의 눈이 똥그래졌다.

전화벨이 울리지도 않았는데, 더피가 허리띠에 매달린 가죽 주머니에서 휴대전화를 꺼내 들여다보았다.

"전화 한 통 걸어야겠어. 금방 돌아올게."

더피가 밖으로 걸어 나갔다.

"저 아저씨가 나쁜 경찰 역할인가요?"

아이가 말했다.

"그래."

"좀 어색하네요."

"너 움찔했잖아. 내가 봤는걸."

"그냥 깜짝 놀랐을 뿐이에요. 저 아저씨가 탁자를 쾅 하고 쳤잖아요."

"있잖아, 저 친구 말이 맞아. 너희가 우리를 도와주지 않으면, 우리는 다른 방식으로 이 일을 해결해야 해."
"말하고 싶지 않으면, 말하지 않아도 되잖아요."
"오늘은 그래도 되지만, 내일은 아마 사정이 달라질 거야."
세라가 생각에 잠겼다.
"세라, 방금 네가 한 말도 맞아. 나는 검사야. 하지만 아빠이기도 해, 알겠니? 그래서 이런 일이 일어나는 걸 내버려둘 수가 없어. 나는 줄곧 벤 리프킨의 아빠를 생각한단다. 그리고 그 사람의 마음이 어떨지 헤아려 본단다. 만약 너에게 그런 일이 일어난다면, 네 부모님의 심정이 어떨지 상상이라도 할 수 있겠니? 그분들이 얼마나 충격을 받으실까?"
"두 분은 갈라섰어요. 아빠는 이제 저랑 상관없는 사람이에요. 저는 엄마랑 살아요."
"아, 그거 참 안됐구나."
"별거 아니에요."
"음, 세라, 저기 말이다, 그러니까, 너희들은 모두 내 자식이나 다름없어. 제이컵과 같은 반 아이라면, 모르는 아이들까지도 모두 걱정이 돼. 부모의 마음이란 그런 거야."
세라가 눈을 뒤룩댔다.
"못 믿겠니?"
"네. 아저씨는 저를 알지도 못하잖아요."
"그 말이 맞아. 하지만, 그럼에도 불구하고 너에게 어떤 일이 일어날지 걱정이 돼. 나는 이 학교, 이 마을이 걱정된단다. 이런 일이 일어나도록 내버려두지 않을 거야. 이런 일은 쉽사리 사라지지 않아. 알아듣겠니?"
"제이컵도 면담을 하나요?"

"내 아들 제이컵 말이니?"
"네."
"물론이지."
"알았어요."
"그건 왜 묻니?"
"그냥요."
"분명 무슨 이유가 있구나. 그게 뭐니, 세라?"
아이는 제 무릎을 뚫어지게 쳐다보았다.
"우리 교실에 왔던 경찰관이 우리한테 익명으로 이야기해도 된다고 그러던데, 맞아요?"
"맞아. 그런 정보 제공 방식도 있어."
"하지만 그 말을 어떻게 믿어요? 그러니까, 경찰이 정보 제공자를 알아내려고 할지도 모르잖아요. 제 말은, 경찰이 알고 싶어 하는 게 그거 아닌가요? 정보를 제공한 사람이 누군가?"
"자, 세라. 하고 싶은 말이 대체 뭐니?"
"익명이 보장된다고 어떻게 확신하죠?"
"그냥 우리를 믿으렴."
"누구를 믿어요? 아저씨요?"
"나도 있고, 더피 형사도 있고. 많은 사람들이 이 사건을 맡아서 수사하고 있어."
"만약 제가……."
세라가 고개를 들었다.
"있잖아, 세라. 나는 너한테 거짓말을 하고 싶지 않아. 네가 이곳에서 나한테 무언가를 말한다면, 그건 익명이 아니야. 내 직업은 이런 짓을 저지른 놈을 잡는 거야. 하지만 놈을 법정에 세우는 것도 내 일이야. 그러려면 증인이 필요해. 내가 너를 속이려 했다면, 다른 식으로 말했겠지. 하지만 지금 나는 너한테 솔직해지려고 최선을 다하고 있다."
"알았어요."
세라는 잠시 생각한 후에 덧붙였다.
"저는 진짜 아무것도 몰라요."
"정말이니?"
"네."
나는 잠시 세라의 눈을 바라보며 내가 그 말을 믿지 않는다는 사실을 알린 다음, 그 애의 거짓말을 눈감아주었다. 그리고 지갑에서 명함을 한 장 꺼냈다.
"이건 내 명함이야. 뒤에다가 내 휴대전화 번호를 적어줄게. 개인 이메일 주소도."
나는 명함을 탁자 위로 쓱 밀었다.
"언제든 연락하렴, 알았지? 언제든. 그러면 내가 어떻게든 네 신변을 보호해주마."
"알았어요."
세라는 명함을 들고 자리에서 일어섰다. 그리고 제 손, 제 손가락을 내려다보았다. 잉크가 덜 닦여 손끝이 검게 얼룩져 있었다. 그날, 이 학교 학생들은 모두 '자발적으로' 지문 채취에 응했다. 물론, 여기저기에서 싫은 기색을 드러내는 우스갯소리가 들리기는 했다. 세라는 잉크 얼룩을 보고 인상을 쓰더니, 팔짱을 껴서 손을 숨기고는 그런 어색한 자세로 입을 열었다.
"저기, 뭐 좀 여쭤 봐도 돼요, 바버 아저씨? 아저씨는 나쁜 경찰인가요?"
"아니, 절대."
"왜죠?"

"그냥 아니니까."
"그런데 어떻게 이 일을 하죠?"
"사실, 나한테도 무자비한 구석이 있거든. 정말이야."
"그냥 감추고 있는 건가요?
"그냥 감추고 있는 거야."

그날 밤 11시가 조금 못 된 시각에 나는 주방에 혼자 앉아 조리대 위에 설치해 둔 노트북으로 주로 이메일에 회답하며 잡다한 일들을 해치우고 있었다. 그때 메일함에 새로운 메일이 도착했다. 제목은 'RE: 벤 리프킨 》》 필독', 발신인은 tylerdurden982@gmail.com, 도착 시간은 22:54:27, 내용은 달랑 하이퍼링크 한 줄이었다. 나는 '여기로'라는 글자를 클릭했다.

그 링크는 '♥ 벤 리프킨의 친구들 ♥'이라는 페이스북 그룹으로 연결되었다. 이 페이스북 그룹은 새로 생성된 듯했다. 아마 만들어진 지 나흘을 넘지 않았을 것이다. 살인이 발생한 날, 시팩에서 페이스북을 샅샅이 살폈는데 당시에는 이 그룹이 없었다.

그때 우리는 죽은 아이의 페이스북 개인 페이지를 찾아냈다. (매코믹 중학교 학생 대다수가 페이스북을 이용했다.) 하지만, 벤의 페이지에는 살인에 대한 어떠한 암시도 없었다. 진위 여부는 차치하고 프로필로만 판단하건대, 벤은 자유로운 영혼처럼 보이고 싶어 하는 듯했다.

벤 리프킨
보드 타는 중

네트워크: 매사추세츠 뉴턴 매코믹 중학교

성별: 남
관심사: 여자
연애 상태: 싱글
생일: 1992년 12월 3일
정치관: 스타 트렉 벌컨족
종교관: 이교도

 나머지는 흔한 디지털 쓰레기로 어수선했다. 유튜브 비디오, 게임, 사진, 일련의 시시한 가십성 메시지들. 하지만, 남들에 비하면 벤은 딱히 페이스북 애용자는 아니었다. 페이지 활동의 다수는 벤이 살해당한 후에 활성화되었다. 벤의 급우들이 작성한 게시물이 유령처럼 쌓이자, 결국 부모님의 요청으로 페이지가 삭제되었다.
 이 새로운 '추모' 페이지는 아이들에게 살인 사건에 대한 생각을 남길 수 있는 공간을 제공하기 위해 개설된 모양이었다. 페이스북답게 '♥ 벤 리프킨의 친구들 ♥'이라는 이름에 '친구'라는 단어가 사용되었다. 그리고 이 페이지는 실제로 벤의 친구이든 아니든 상관없이 2007년 현재 매코믹 중학교에 재학 중인 학생들 모두에게 공개되었다.
 페이지 상단에 벤의 사진이 조그맣게 게시되어 있었는데, 벤의 개인 페이지 프로필 사진과 동일한 것이었다. 아마 이 그룹 페이지를 개설한 사람이 죽은 아이의 예전 프로필 사진을 그대로 가져다 쓴 모양이었다. 사진 속 벤은 해변에서 웃통을 벗은 채로 웃고 있었다. (벤의 뒤로 모래와 바다가 보였다.) 그리고 오른손 엄지와 새끼손가락을 펼쳐서 '진정하라'는 의미의 샤카(shaka) 동작을 취하고 있었다. 페이지 오른쪽 하단에 '담벼락'이라는 게시판이 있었고, 그곳에는 시간 역순으로 배열된 메시지가 가득했다.

제나 린드(매코믹 중학교) 님이 2007년 4월 17일 오후 9시 02분에 작성하였습니다.
보고 싶어 벤. 우리가 나눴던 이야기가 떠오른다. 영원히 사랑해 사랑해 사랑해

크리스타 뒤프렌(매코믹 중학교) 님이 2007년 4월 17일 오후 8시 43분에 작성하였습니다.
누가 그랬든 정말 끔찍한 일이야. 너를 영원히 잊지 않을 거야 벤. 매일매일 너를 생각해. ♥♥♥♥♥♥

2007년까지는 페이스북이 주로 아이들의 낙원이었다는 사실을 언급할 필요가 있다. 어른들의 사용이 폭발적으로 증가한 것은 그 후 이 년 동안의 일이었다. 적어도 내 주변에서는 그랬다. 매코믹 중학교의 학부모 대부분은 가끔씩 페이스북을 살피며 자기 아이가 무엇에 정신 팔려 있는지 확인했지만, 그게 다였다. 내 친구도 몇 명 가입은 했지만, 거의 사용하지 않았다. 페이스북을 이용하는 부모가 많지 않았기 때문에 그다지 실효성이 없었다. 개인적으로 나는 제이컵과 다른 아이들이 무엇 때문에 페이스북을 좋아하는지 이해할 수 없었다. 수많은 정보가 들끓는 이런 곳이 왜 그렇게 아이들을 빨아들이는지 알 수가 없었다. 내가 보기에, 페이스북은 아이들이 어른들로부터 벗어나기 위해 가는 곳, 학교 구내식당에서는 꿈도 못 꿀 허세를 부리며 거들먹거리고 희룽거리고 빈둥거릴 수 있는 비밀 장소였다. 그래서 아이들이 빠져드는 모양이었다. 숫기 없는 아이들 대부분이 그렇듯, 제이컵도 확실히 현실에서보다는 온라인에서 훨씬 똑똑하고 적극적이었다. 로리와 나는 제이컵이 은밀하게 계속 이런 식으로 행동하면 위험하겠다고 판단했다. 그래서 단속을 위해 제이컵에게 비밀번호를 요구했다. 하지만, 제이컵의 페이스북을 들여다보는 사람은 사실 로리뿐이었다. 나는 아이

들의 온라인 대화보다는 오프라인 대화 쪽에 관심이 많았다. 내가 예전에 페이스북을 살펴본 것도 제이컵 때문이 아니라 사건 기록부에 실린 문제의 인물 때문이었다. 나는 무심한 부모였을까? 돌이켜 생각해보니, 분명히 그랬다. 하지만 그때는 우리 모두가, 매코믹 중학교의 학부모 모두가 그랬다. 우리는 페이스북의 위험성을 전혀 감지하지 못했다.

'♥ 벤 리프킨의 친구들 ♥'에는 이미 수백 개에 달하는 메시지가 있었다.

에밀리 살츠만(매코믹 중학교) 님이 2007년 4월 16일 오후 10시 12분에 작성하였습니다.
나는 아직도 완전히 멍해. 누가 그랬을까? 왜 그랬을까? 왜? 무엇 때문에? 무엇을 위해서? 정말 너무 역겨운 일이야.

알렉스 커즌(매코믹 중학교) 님이 2007년 4월 16일 오후 1시 14분에 작성하였습니다.
지금 콜드 스프링 공원에는 여전히 노란 테이프가 쳐져 있음. 그 너머로 아무것도 보이지 않음. 경찰도 없음.

이런 꾸밈없는 고백들이 계속 이어졌다. 웹이라는 공간은 친밀감이라는 환상을 만들어낸다. 그리고 가상 세계에 정신없이 몰두하는 아이들은 그러한 부작용을 경험한다. 슬프게도, 이 아이들은 웹 또한 어른들에게 속한 세상임을 곧 깨닫게 될 것이다. 이미 나는 페이스북 회사에 이 온라인 대화를 모두 보존하라는 문서 지참 소환장(법원에 문서와 기록을 제출하라는 명령)을 보내기로 마음먹었다. 그러는 동안에도, 나는 관음증 환자처럼 게걸스럽게 게시물을 읽어 내려갔다.

딜런 펠드먼(매코믹 중학교) 님이 2007년 4월 15일 오후 9시 07분에 작성하였습니다.
제이컵 닥쳐. 읽기 싫으면 다른 곳으로 가버려. 바로 너 말이야. 꺼지라고. 벤은 너를 친구로 생각했어. 이 병신아.

마이크 캐닌(매코믹 중학교) 님이 2007년 4월 15일 오후 9시 01분에 작성하였습니다.
네 잘못이야, 제이크. 남이야 뭔 짓을 하건, 넌 페북 경찰이 아니잖아. 진정하고 조용히 있어.

존 마롤라(매코믹 중학교) 님이 2007년 4월 15일 오후 8시 51분에 작성하였습니다.
뭔 개소리? JB, 왜 여기서 씨부렁대고 있는 거야? 나가 죽어. 그러면 세상은 더 좋아지겠지. 나가서 뒈지라고.

줄리 커슈너(매코믹 중학교) 님이 2007년 4월 15일 오후 8시 48분에 작성하였습니다.
제이컵 너 별로다.

제이컵 바버(매코믹 중학교) 님이 2007년 4월 15일 오후 7시 30분에 작성하였습니다.
너희 모두 못 들은 모양인데 벤은 죽었어. 왜 아직도 걔한테 메시지를 남기고 있는 거야? 친하지도 않았던 애들이 왜 친한 친구처럼 구는 거지? 이쯤에서 현실을 직시하는 게 어때?

나는 제이컵의 이름에서 멈칫했다. 방금 전 독설들이 내 아들 제이컵을 향한 것이었다니. 나는 아직 제이컵의 실생활과 복잡한 관계, 그 애가 겪는 시련, 그 애가 사는 세상의 무자비함을 받아들일 준비가 되어 있지 않았다. '나가 죽어. 그러면 세상은 더 좋은 곳이 될 테니까.' 어떻게 내 아들이 그런 말을 듣고도 가족과 상의할 생각을 하지 않았을까? 하다못해 그 사실을 털어놓지도 않았을까?

나는 제이컵이 아니라 나 자신에게 실망스러웠다. 어쩌다가 나는 그런 일에 무관심한 아빠로 내 아들에게 낙인찍혔을까? 아니면 내가 인터넷의 과장되고 흥분된 어조에 지레 겁을 먹고 과민 반응을 보이는 걸까?

솔직히, 나 자신이 바보처럼 느껴지기도 했다. 당연히 나는 이 모든 일을 알고 있어야 했다.

로리와 나는 인터넷 사용 행태에 대해 제이컵과 그저 두루뭉술하게만 이야기를 나누었다. 제이컵은 밤이면 제 방에서 온라인에 접속할 수 있었다. 하지만, 우리는 제이컵의 컴퓨터에 특정 웹 사이트, 주로 포르노 사이트를 차단하는 소프트웨어를 설치하고, 그걸로 충분하다고 생각했다. 페이스북은 딱히 위험해 보이지 않았다. 또한, 우리 둘 다 제이컵을 감시할 마음이 없었다. 한 아이의 부모로서 우리에겐 나름의 신조가 있었다. 올바른 가치관을 가지고 아이를 키우자. 아이에게 자유를 주고, 아이의 책임감을 신뢰하자. 적어도 아이가 자신의 무책임한 행동에 대해 직접 이유를 말할 때까지는 아이를 믿자. 우리는 개화된 신세대 부모였기 때문에, 아이의 모든 행동을 캐물으며 아이를 위협하는, 아이의 적이 되고 싶지 않았다. 매코믹 중학교의 학부모 대다수가 그러한 철학을 가지고 있었다. 달리 어쩌겠는가? 어떠한 부모도 온라인에서든 오프라인에서든 매 순간 아이를 감시할 수는 없다. 결국, 모든 아이는 부모의 시선이 미치지 않는 곳에서 자신만의 삶을 꾸려 나간다. 하지만, 내가 죽으라는 말을 보는 순간, 나는 우리가 얼마나 순진하고 어리석었는가를 깨달았다. 제이컵에게는 우리의 신뢰나 존중보다는 보호가 필요했다. 그러나 우리는 아이에게 그러한 보호를 제공하지 못했다.

나는 더 빠르게 메시지를 훑어 내렸다. 한두 줄짜리 메시지가 수

백 개나 있었다. 전부 읽기는 도저히 불가능했다. 게다가, 세라 그 롤이 나에게 알려주려는 게 무엇인지도 짐작할 수 없었다. 점점 더 오래된 메시지들이 나타났고, 한참 동안 제이컵의 이름은 보이지 않았다. 아이들은 감상적인 넋두리(우리는 결코 예전 같을 수 없을 거야.)와 비정한 문구(젊어서 죽으면 아름답게 남으리.)를 주고받으며 서로를 위로했다. 아이들은 거듭해서 자신의 충격을 표현했다. 여자아이들은 사랑과 충정을, 남자아이들은 분노를 표출했다. 나는 유용한 정보를 찾으려고, 끝도 없는 반복되는 메시지들을 샅샅이 뒤졌다. 도저히 믿기지가 않아……, 우리는 힘을 합쳐야 해……, 학교 곳곳에 경찰들이 있어…….

결국, 나는 제이컵의 페이스북 페이지로 넘어갔다. 그곳에서는 살인 사건 직후부터 시작된 대화가 점점 열기를 띠고 있었다. 다시, 메시지가 시간 역순으로 나타났다.

말리 쿠니츠(매코믹 중학교)님이 2007년 4월 15일 오후 3시 29분에 작성하였습니다.
D.Y. 이제 그런 말 하지 마. 그런 헛소문이 사람들에게 상처를 줄 수도 있어. 농담이었다고 해도, 그건 멍청한 짓이야. 그냥 무시해버려, 제이크.

조 오코너(매코믹 중학교)님이 2007년 4월 15일 오후 3시 16분에 작성하였습니다.
자기가 뭔 말을 하는지 모른다면 그냥 입 닥치고 있으셈. 너 말이야, 데릭, 이 찌질아. 존나 진지하게 하는 말이야. 너 그렇게 주둥아리 함부로 놀리면 안 된다고, 씨바.

마크 스파이서(매코믹 중학교)님이 2007년 4월 15일 오후 3시 07분에 작성하였습니다.
어떤 사람이든 어떤 누군가에 대해 어떤 말이나 해도 괜찮은 거로군. 너도 칼 가지고 있지 않나, 데릭? 누군가가 너에 대해 헛소문을 퍼트린다면 네 기분이 어떻겠냐?

그리고

데릭 유(매코믹 중학교) 님이 2007년 4월 15일 오후 2시 25분에 작성하였습니다.
제이크, 네가 그랬다는 걸 모르는 사람이 없어. 너 칼 가지고 있잖아. 내가 봤어.

나는 꼼짝할 수 없었다. 글에서 눈을 뗄 수도 없었다. 글자가 픽셀 조각으로 흩어질 때까지 모니터를 노려보았다. 데릭 유는 제이컵의 친구, 그것도 절친한 친구였다. 우리 집에도 수도 없이 놀러 왔었다. 두 아이는 유치원 때부터 함께 어울렸다. 데릭은 좋은 아이였다.

'내가 봤어.'

다음 날 아침, 나는 뉴턴 경찰서에서 회의가 있기 때문에 굳이 검찰청이 있는 캠브리지까지 갔다가 되돌아오고 싶지 않다고 핑계를 대고서 로리와 제이컵을 먼저 내보냈다. 로리와 제이컵이 확실히 떠난 다음, 나는 제이컵의 방으로 올라가서 수색을 시작했다.

수색은 오래 걸리지 않았다. 낡은 흰색 티셔츠로 대충 감싸놓은 단단한 물건이 서랍장 맨 위 서랍에서 발견되었다. 티셔츠를 펼치자, 손잡이에 고무가 발라진 검정 접칼이 서랍장 위로 떨어졌다. 나는 조심스럽게 칼을 들고서, 엄지와 검지로 칼날을 뽑아서 칼을 펼쳤다.

"아, 이런."

내가 중얼거렸다.

군용 칼이나 사냥용 칼이라고 하기에는 크기가 너무 작았다. 펼친 길이가 25센티미터쯤 되었다. 검정 칼자루는 네 손가락으로 움커줠 수 있는 형태였다. 초승달 모양의 칼날에는 복잡한 톱니가 있었고, 칼끝은 고트족의 칼처럼 지독히도 날카로웠다. 무게를 줄이기 위해서인지 도신(刀身)에 구멍이 몇 개 뚫려 있었다. 칼날의 형태와 곡선하며 뾰족해지는 모양하며, 칼은 사악하면서도 아름다웠다. 불꽃의 너울거림이나 커다란 고양이의 발톱처럼, 이 칼은 치명적인 매력을 간직하고 있었다.

6
혈통

일 년 후

대배심 증인신문을 글로 옮김.

라주디스 검사: 칼을 발견한 후에 어떻게 했습니까? 즉시 그 사실을 보고 했겠죠?

증인: 아니요, 그러지 않았습니다.

라주디스 검사: 아니라고요? 수사 중에 살인 흉기를 발견했는데 아무에게도 말하지 않았다고요? 왜죠? 아까 아침에 자신이 얼마나 사법제도를 신뢰하는지에 대해 일장 연설을 하지 않았던가요?

증인: 그 칼을 살인 흉기라고 생각하지 않았기 때문에 보고하지 않았습니다. 분명하게 확신할 수 없었습니다.

라주디스 검사: 확신할 수 없었다고요? 음, 어떻게 그럴 수가 있습니까? 증인은 그 칼을 감췄어요! 혈흔과 지문을 감식하고 상처와 흉기를 대조하는 등의 법의학적 검사를 받기 위해 칼을 제출해야 하는데 그러지 않았습니다. 그게 통상적인 절차 아닙니까?

증인: 현저하게 흉기로 의심되는 경우에는 그렇습니다.

라주디스 검사: 아, 그러면 증인은 그 칼을 흉기로 의심조차 하지 않았다는 말이군요?

증인: 그렇습니다.

라주디스 검사: 전혀 그런 의심이 들지 않았습니까?

증인: 내 아들의 일입니다. 아버지들은 자기 아들에 대해 그런 식으로 생각, 아니 상상조차 하지 않습니다.

라주디스 검사: 정말입니까? 상상조차 하지 않습니까?

증인: 그렇습니다.

라주디스 검사: 아이가 폭력적인 성향을 보인 적은 없습니까? 아이에게 소년 전과는 없었나요?

증인: 없습니다. 전혀.

라주디스 검사: 행동 장애나 심리적인 문제는요?

증인: 없습니다.

라주디스 검사: 그 애는 파리 한 마리 못 죽였다는 그런 말입니까?

증인: 비슷합니다.

라주디스 검사: 그럼에도 불구하고 증인은 칼을 발견하고서 그걸 은폐했습니다. 마치 아들을 유죄로 생각하는 사람처럼 행동했군요.

증인: 그렇지 않습니다.

라주디스 검사: 음, 증인은 칼에 대해 보고하지 않았어요.

증인: 나중에야 알아차렸습니다. 돌이켜 보니, 그랬습니다.

라주디스 검사: 바버 씨, 어떻게 나중에야 알아차릴 수가 있죠? 사실, 증인은 아들이 태어나던 그날부터 무려 십사 년 동안 그 순간을 기다리지 않았나요?

[증인이 대답하지 않음]

라주디스 검사: 증인은 그 순간을 기다렸어요. 그 순간을 겁내고 두려워하

기는 했지만 예상은 하고 있었죠.

증인: 그렇지 않습니다.

라주디스 검사: 그런가요? 바버 씨, 폭력성이 증인의 집안 내력이라고 말한다면 부당할까요?

증인: 이의를 제기합니다. 명백하게 부적절한 질문입니다.

라주디스 검사: 증인의 이의 제기는 기록으로 남기겠습니다.

증인: 검사는 배심원들을 오도하려 하고 있습니다. 검사는 폭력성이 무슨 빨강 머리나 털북숭이 귀라도 되는 양 제이컵이 폭력적인 성향을 물려받았을지도 모른다고 이야기하는데, 그건 생물학적으로도 법적으로도 부적절한 말입니다. 한마디로, 순 헛소립니다. 그리고 검사도 그 사실을 알고 있습니다.

라주디스 검사: 하지만 생물학에 대해 이야기하는 게 아닙니다. 증인의 심리 상태에 대해 이야기하는 겁니다. 그 칼을 발견하는 순간, 증인은 무슨 생각을 했습니까? 자, 증인이 헛소리를 믿건 말건 그건 증인의 소관입니다. 하지만 증인의 생각은 완벽한 관련 증거로써 완벽한 증거능력을 갖게 됩니다. 그리고 증인도 그 사실을 알고 있습니다. 하지만, 증인을 배려하기 위해 그 질문은 철회하겠습니다. 다른 방식으로 접근해보죠. 증인은 '살인 유전자'라는 표현을 들어본 적이 있습니까?

증인: 있습니다.

라주디스 검사: 어디에서 들었습니까?

증인: 대화를 나누다가. 그러니까, 아내하고 대화를 나누다가 그 표현을 사용했습니다. 그저 비유적인 표현일 뿐이었습니다.

라주디스 검사: 비유적인 표현이라.

증인: 그건 과학 용어가 아닙니다. 나는 과학자가 아닙니다.

라주디스 검사: 물론입니다. 이곳에 있는 우리는 모두 비전문가입니다. 자, 증인은 어떠한 의미로 '살인 유전자'라는 비유적인 표현을 사용했습

니까?

〔증인이 대답하지 않음〕

라주디스 검사: 아, 제발, 앤디. 대답을 망설일 까닭이 없어요. 전부 다 공식 기록에 남아 있는 내용이니까. 평생 동안 증인은 불안감에 휩싸여 살았죠?

증인: 오래전 일입니다. 어릴 때는 그랬지만, 지금은 아닙니다.

라주디스 검사: 오래전이라, 좋습니다. 증인은 오래전에, 그러니까 어릴 때, 자신의 집안 내력이 염려스러웠죠?

〔증인이 대답하지 않음〕

라주디스 검사: 증인의 집안에 대대로 폭력적인 남성들이 존재했다고 해도 틀린 말은 아니죠, 바버 씨?

〔증인이 대답하지 않음〕

라주디스 검사: 그게 틀린 말은 아니죠?

증인: 〔대답이 들리지 않음〕

라주디스 검사: 죄송합니다만, 못 들었습니다. 증인의 집안에 대대로 폭력적인 남성들이 존재해왔죠, 바버 씨?

폭력성은 우리 집안 내력이었다. 운명의 붉은 실처럼 삼 대에 걸쳐져 있다. 어쩌면 그 위로 더 이어질지도 모르겠다. 이 붉은 실이 카인까지 거슬러 올라갈 수도 있겠지만, 그 기원을 추적해보고 싶은 생각은 없었다. 섬뜩하고 대개는 확인 불가능한 이야기들이 사진 몇 장과 함께 나에게로 전해졌으며, 나는 그것만으로도 충분히 고통스러웠다. 어렸을 때 나는 그런 이야기들을 송두리째 잊고 싶었다. 그래서 마법 같은 기억상실증이 불시에 들이닥쳐 내 머릿속을 깡그리 지우고, 육체와 백지 상태의 자아, 내 모든 잠재력 그리고 부드러운 진흙만 남겨 놓는다면 어떨까 상상해보곤 했다. 물론,

내가 아무리 잊으려 애를 써도, 내 조상들의 이야기는 항상 기억 저편에 도사리고 있다가 언제라도 의식 속으로 튀어나오려고 했다. 나는 그 이야기와 더불어 살아가는 법을 배웠다. 그리고 나중에는 제이컵을 위해 그 이야기를 완전히 속으로 삼켜버렸다. 관련된 물건을 모두 치웠고, 누구와도 그 이야기를 공유하지 않았다. 로리는 공유와 대화의 치유 능력을 강하게 신봉했으나, 나는 스스로를 치유할 마음이 전혀 없었으며, 그런 일이 가능하리라 생각지도 않았다. 로리는 그런 나를 결코 이해하지 못했다. 로리는 내 아버지의 망령이 나를 괴롭힌다는 사실을 알았지만, 그 이유는 알지 못했다. 로리는 내가 아버지에 대해 전혀 모르기 때문에 내 삶에 영원히 아버지라는 공백이 존재할 거라고 염려했다. 로리는 나를 껍질 속의 굴처럼 비집어 열려고 애썼지만, 나는 결코 입을 열지 않았다. 장인어른은 정신과 의사셨고, 로리는 제이컵이 태어나기 전에 사우스 보스턴의 개빈 중학교에서 5, 6학년 아이들에게 영어를 가르쳤다. 그러한 경험을 바탕으로 로리는 아버지와 소원한 사내들을 어느 정도 이해한다고 믿었다. "말을 해야 문제를 해결할 수 있어." 로리가 내게 말하곤 했다. 아, 로리, 당신은 절대 이해하지 못해! 나는 문제를 해결할 마음이 전혀 없었다. 그저 문제를 한 번에 없애고 싶었다. 추악한 범죄자의 혈통을 내 안으로 모두 흡수해 완전히 끝장내고 싶었다. 기꺼이 총알받이가 되어 그 혈통으로부터 제이크를 보호하고 싶었다. 그래서 많은 것을 묻어두기로 했다. 나는 집안 내력을 조사하거나 인과관계를 분석하지 않았으며, 원인이니 결과니 하는 거창한 것들을 일부러 외면했다. 내가 아는 한, 내가 알고자 하는 한, 그 붉은 실은 내 증조부 제임스 버킷에게까지 거슬러 올라갔다. 이 뱁새눈의 폭력배는 뼛속 깊이 치명적이고 사악한 폭력성을 간직한 채 노스다코타 주에서 동쪽으로 건너왔으며, 그의 폭력성은 버킷 자신에게서, 그 아들에게서, 그리고 가장 두드러지게 그 손자(내 아버지)에게서 거듭거듭 발현될 운명이었다.

 제임스 버킷은 1890년쯤에 노스다코타 마이닛 인근에서 태어났다. 그리고 개척 시대가 끝나갈 즈음에 리틀 빅혼에서 자랐으며, 그 후로 몇 년 동안 다코타의 고원 지대에서 살았다. 그 외에 그의 어린 시절 환경이나 양친, 교육 수준 따위에 대해 나는 전혀 아는 바가 없다. 그가 존재했다는 첫 번째 물적 증거는 두꺼운 종이에 인화된 적갈색 사진 한 장이었다. 그 사진은 1911년 8월 23일 수요일에 뉴욕 풀턴 스트리트의 H. W. 해리슨 사진관에서 촬영되었으며, 뒷면에는 날짜와 요일, 그리고 '제임스 바버'라는 새로운 이름이 연필로 정성스럽게 적혀 있었다. 그가 뉴욕으로 이주한 배경 또한 석연치가 않았다. 내 아버지의 아버지로부터 그 사진을 건네받은 내 어머니의 이야기에 따르면, 버킷은 무장 강도 혐의로 기소될 위기에 처하자 노스다코타를 급히 떠났다. 그리고 슈피리어 호수 남쪽 기슭에서 낚싯배 선원으로 묵묵히 일하며 잠시 몸을 숨겼다가, 새로운 이름으로 뉴욕에 숨어들었다. 그가 이름을 바꾼 까닭을 확실하게 아는 사람은 아무도 없었다. 체포 영장을 피하기 위해서였는지, 아니면 멀리 동부에서 새로운 신분으로 새 출발을 하기 위해서였는지, 아니면 어떤 다른 이유에서였는지……. 내 증조부가 새로운 성으로 '바버'를 선택한 까닭을 설명할 수 있는 사람 또한 아무도 없었다. 이 시기에 대한 확실한 증거는 그 사진뿐이었다. 그리고 내가 아는 제임스 버킷-바버의 유일한 모습 또한 그 사진 속에 있었다. 전신사진 속 그는 스물한두 살쯤 되어 보였고, 몸은 군살 하나 없이 늘씬했으며 다리는 밖으로 휘어져 있었다. 그리고 빌린 듯한 외투를 걸치고 팔꿈치 안쪽에 중산모를 끼운 채, 뉴욕의 바워리 갱처럼 한쪽 입꼬리를 연기처럼 말아 올리고 억지웃음을 지으며 사진기를 향해 눈을 찡그렸다.

나는 버킷-바버가 노스다코타에서 무장 강도보다 더 심각한 범죄를 저질렀으리라 생각했다. 그는 기소를 피하기 위해 어떠한 고생도 마다하지 않았으며(도주 중인 삼류 권총 강도라면 그렇게 멀리까지 도망치거나 그렇게 완벽하게 변신할 필요가 없었다.), 뉴욕에 도착하자마자 폭력성을 드러냈다. 수습 기간도 거치지 않았다. 풋내기 범죄자는 경미한 폭행으로부터 시작해 차근차근 단계를 밟아 올라가지만, 그는 농익은 폭력배의 모습으로 무대에 올랐다. 그리고 뉴욕에서 흉기에 의한 특수폭행, 살해 의사를 지닌 폭행, 강도 상해, 상해, 위험물 소지, 불법 총기 소지, 강간, 살인미수로 체포되는 전과를 남겼다. 1912년 뉴욕 주에서 처음으로 체포된 이후 1941년 사망에 이르기까지 제임스 바버는 생애의 절반가량을 감옥에서, 혹은 재판을 기다리며 구치소에서 보냈다. 그리고 강간과 살인미수만으로 도합 십사 년을 복역했다.

그건 전문 범죄자에게나 어울릴 법한 전과였고, 판례에 기록된 제임스 바버의 행동이 그 사실을 증명해주었다. 1916년에 발생한 살인미수 사건 하나가 형식적으로 상고심에 회부되었고, 그 결과 1918년에 뉴욕 판례집에까지 수록되었다. 바턴 판사는 자신의 판결문에 범죄 사실을 단 몇 문장으로 요약해놓았다.

피고인은 브루클린의 어느 술집에서 피해자 페이턴과 언쟁에 휘말리었다. 페이턴은 피고인(피고 측 주장)에게, 혹은 피고인을 부채 수금원, 일명 '해결사'로 고용한 자(검찰 측 주장)에게 갚아야 할 빚이 있었고, 그 빚과 관련하여 언쟁이 발생하였다. 언쟁 과정에서 피고인은 분을 참지 못하고 병으로 피해자를 폭행하였다. 피고인은 병이 깨진 뒤에도, 싸움이 술집에서 거리로 옮아간 뒤에도, 피해자의 왼쪽 눈이 심하게 손상되고 왼쪽 귀가 거의 찢어진 뒤에도 폭행을 멈추지 않았다. 피해자를 아는 구경꾼 몇 명이 끼어들어서 우격다짐으로 피고인을 제압해 붙잡았고, 경찰이 도착하면서 폭행 사건은 마침내 끝이 났다.

법원 판결문의 또 다른 내용이 눈에 띄었다. 판사는 이렇게 기록했다.
"피고인의 폭력성은 이미 정평이 나 있었으며, 페이턴도 그 점을 잘 알고 있었다."

제임스 바버는 적어도 아들을 한 명 두었는데, 그가 바로 내 조부 러셀이었다. 러셀 바버는 반항아라는 의미로 '러스티'라고도 불렸으며 1971년에 사망했다. 나는 코흘리개였을 때 아주 잠깐 그를 겪었을 뿐이고, 그에 대한 이야기 대부분은 어머니에게서 전해 들었다. 어머니는 그에게 들었던 이야기를 나에게 들려주었다.

러스티는 아버지를 만난 적이 없었기에 아버지를 그리워하지도, 아버지를 생각하느라 엄청난 시간을 낭비하지도 않았다. 러스티는 코네티컷 주 메리던에서 성장했다. 그의 어머니는 임신한 상태로 뉴욕에서 고향 메리던으로 돌아와 그곳에서 아이를 키웠다. 어머니는 아이에게 아버지에 대해, 아버지가 저지른 범죄에 대해 말해 주었다. 어머니는 아무것도 숨기지 않았으며, 어머니도 아이도 그 사실에 대해 크게 호들갑을 떨거나 딱히 부담감을 갖지는 않았다. 당시에는 오히려 다른 사람들이 그 사실을 더 심각하게 받아들였다. 하지만, 누구도 러스티의 아버지가 아들의 미래에 어떤 식으로든 영향을 미칠 거라고 생각하지는 않았다. 오히려 러스티는 동네의 여느 아이들처럼 고만고만한 기대를 받으며 성장했고, 다소 거칠긴 했지만 평범한 학생으로 메리던 고등학교를 졸업했다. 그리고 1933년에 웨스트포인트 육군사관학교에 입학했으나, 신입생 시절

대부분을 근신과 벌칙 보행으로 허비하고서 학교를 그만두었다. 그 후 메리던으로 돌아와 여러 직업을 전전하다가 동네 아가씨(나의 조모)와 결혼을 했고, 칠 개월 후에 아들 윌리엄을 얻었다. 한 번은 사소한 싸움에 연루되었다가 경관 폭행 혐의로 무고하게 체포된 적이 있었다. 사실, 러스티는 경관의 제압 방식이 마음에 들지 않았지만 폭력을 행사하지는 않았다.

러스티 바버의 상황을 역전시킨 것은 바로 전쟁이었다. 그는 이등병으로 육군에 입대해서 제1보병사단과 함께 노르망디 상륙작전에 참가했다. 전쟁이 끝날 무렵에 그는 제3야전군 소위였고, 명예 훈장 한 개와 은성 훈장 두 개를 받은 공인된 영웅이었다. 1945년 4월 뉘른베르크 전투에서 그는 단신으로 독일군 기관총좌를 급습해 독일군 여섯 명의 목숨을 빼앗았으며, 마지막 두 명에게는 총검을 사용했다. 메리던에서 그의 귀향을 환영하는 가두 행진이 열렸다. 그는 오픈카 뒷좌석에서 아가씨들을 향해 손을 흔들었다.

전쟁이 끝난 후에 러스티는 아이를 두 명 더 얻었고 메리던에 아담한 목조 주택을 장만했다. 하지만 그는 평화로운 시기에 잘 적응하지 못했다. 보험업, 부동산 중개업, 식당 사업에 뛰어들었다가 줄줄이 실패했고, 결국 외판원으로 일하게 되었다. 그는 여러 종류의 옷과 신발을 판매했는데, 근무 시간 대부분을 자동차 트렁크에 견본 상자들을 싣고서 뉴잉글랜드 남부를 순회하며 보냈다. 옹색한 상점을 차례로 방문해서 주인들에게 견본을 보여주는 것이 그의 일이었다. 내 조부의 삶을 되돌아보건대, 이 시절에 그는 착하게 살려고 무던히도 노력했던 것 같다. 러스티 바버는 자신의 아버지에게서 천재적인 폭력성을 물려받았다. 전시에는 그러한 폭력성이 격려와 보상을 받았지만, 그는 다른 면에서는 딱히 재능이 없었다. 그렇더라도 버텨낼 수 있었을 것이다. 서투르게나마 삶을 평화롭게

헤쳐 나갈 수 있었을 것이다. 하지만, 삶이란 불확실한 것이고, 상황이 그에게 불리한 방향으로 전개되었다.

1950년 5월 11일, 러스티는 매사추세츠 로웰에 있었다. 버크 씨네 옷 가게를 방문해서 마이티맥 파카 가을 신상품을 소개한 다음, 점심을 먹으러 단골집인 엘리엇 핫도그 가게에 들렀다. 그리고 핫도그 가게를 떠날 때, 사고가 발생했다. 그가 느릿느릿 주차장을 빠져나가는데, 차 한 대가 앞쪽에서 그의 뷰익 스페셜을 들이받았다. 승강이가 벌어졌다. 몸싸움이 있었다. 상대편 남자가 칼을 꺼냈다. 상황이 종료되었을 때, 남자는 거리에 쓰러져 있었고 러스티는 아무 일 없었다는 듯 걸어서 자리를 떠났다. 남자가 손으로 배를 누르며 일어섰다. 손가락 사이로 피가 배어 나왔다. 남자는 셔츠를 열어 젖히더니, 뱃병이라도 난 사람처럼 잠시 두 손을 배 위에 올려놓았다. 마침내 남자가 손을 치우자, 미끈하게 똬리를 튼 뱀처럼 창자가 밖으로 쏟아져 나왔다. 골반에서부터 갈비뼈 아래까지 수직으로 배가 절개되어 있었다. 남자는 제 손으로 창자를 몸속으로 밀어 넣어 고정시키고는 안으로 걸어 들어가 경찰서에 전화를 걸었다.

러스티는 흉기에 의한 특수폭행, 살해 의사를 지닌 폭행, 상해 혐의로 엄벌에 처해졌다. 그는 재판에서 정당방위를 주장했으나, 결국엔 자신의 죄상이 하나도 기억나지 않는다고 자백했다. 그는 남자의 칼을 빼앗은 일도, 그 칼로 남자의 배를 가른 일도 전혀 기억하지 못했다. 남자가 칼을 들고 다가오는 순간, 그의 기억이 완전히 끊겨 버렸다. 그는 7년형인가 10년형인가를 언도받았고, 삼 년을 복역했다. 러스티가 메리던으로 돌아왔을 때, 큰아들 윌리엄(나의 아버지, 일명 빌리 바버)은 열여덟 살이었고 이미 너무나 제멋대로여서 어떤 아버지도, 러스티처럼 무시무시한 아버지조차도 그를 통제할 수 없었다.

그리고 여기에서 우리는 이야기의 얼개가 엉성하고 부실한 지점에 도달하게 된다. 나에게는 생부에 대한 기억다운 기억이 하나도 없다. 그저 기억의 파편들만이 남아 있을 뿐이다.

오른 손목 안쪽에 자리하고 있던, 감옥 어딘가에서 새겼다던, 십자가 혹은 단도 모양의 난잡한 청록색 문신……. 그럴듯한 살해 도구였던 두 손, 빨간 관절이 도드라졌던 창백하고 앙상한 손가락……. 길고 누런 이가 그득했던 입……. 자개 칼자루가 달린 굽이칼, 다른 사내들이 뒷주머니에 지갑을 밀어 넣듯, 그는 아침마다 기계적으로 그 칼을 뒷등 허리춤에 끼워 넣고서 하루 종일 차고 다녔다.

하지만, 이런 어렴풋한 기억들 말고는 아버지에 대해 떠오르는 게 없다. 그리고 이러한 단편적인 기억들조차 신뢰할 것이 못 된다. 나는 여러 해 동안 내 기억들을 미화했다. 마지막으로 아버지를 보았던 해가 1961년이었다. 그때 나는 다섯 살, 아버지는 스물여섯 살이었다. 코흘리개 시절에 나는 아버지라는 존재가 소멸되지 않도록 아버지에 대한 기억을 지키려고 오랫동안 안간힘을 썼다. 그때 나는 아버지가 어떤 인간인지 제대로 알지 못했다. 어쨌든, 해가 거듭될수록 아버지는 비물질적인 존재가 되어갔다. 내가 열 살쯤 되었을 때, 아버지에 대한 실제 기억은 모두 사라지고, 흩어진 퍼즐 조각 몇 개만이 남았다. 머잖아 나는 아버지를 전혀 생각하지 않게 되었다. 편의상, 나는 아비 없이 하늘에서 뚝 떨어진 사람처럼 살았으며, 그러한 태도에 의문을 품지도 않았다. 그래 봐야 좋을 게 없었으니까.

비록 불완전하긴 하지만, 뇌리에서 사라지지 않는 기억이 하나 있다. 1961년 어느 늦은 여름, 엄마는 나를 데리고 뉴헤이븐의 월리 애버뉴 교도소로 아버지를 만나러 갔다. 우리는 붐비는 면회실의 우묵우묵한 나무 탁자 앞에 앉았다. 죄수들은 헐렁한 작업복 바지와 잠옷 같은 윗도리를 입고 있었는데, 마치 내 또래 아이들이 크레용으로 그리던 납작하고 네모난 사람들 같았다. 그날 내가 겁을 먹었던 모양이다. (그 사람 주변에서는 당연히 몸을 사려야 한다.) 그래서 아버지가 나를 달랬다.

"이리 와, 얼굴 좀 보자."

아버지는 내 조그만 팔을 움켜쥐고서 나를 앞으로 잡아끌었다.

"이리 와. 나를 만나려고 이 먼 길을 왔잖아. 이리로 좀 와 봐."

아버지는 닭다리를 비틀어 뜯듯 내 팔을 가볍게 비틀었다. 몇 년이 지난 후에도, 나는 내 팔에 남은 그의 아귀힘을 고스란히 느낄 수 있었다.

아버지는 끔찍한 짓을 저질렀다. 나도 그 사실을 알고 있었다. 하지만 어른들은 그게 정확히 어떤 짓인지 나에게 말해주지 않았다. 어떤 여자아이, 그리고 콩그레스 애버뉴의 빈 목조 연립주택이 관련되어 있었다. 그리고 자개 칼자루가 달린 칼도. 어른들은 그 부분에 이르면 모두 입을 다물었다.

나의 유년기는 그해 여름에 끝이 났다. 나는 살인이라는 단어를 알게 되었다. 하지만, 그렇게 엄청난 단어를 듣는 것으로 끝이 아니었다. 나는 어디를 가든 그 단어와 함께였다. 그 주변을 서성거리고 또 서성거리면서, 매번 다른 시간에 다른 각도와 다른 조명으로 그 단어를 살폈다. 마침내 나는 그 뜻을 이해하고 되었고, 그 단어가 내 가슴에 박혀버렸다. 나는 흉측한 씨앗을 품은 복숭아처럼 몇 년이나 비밀스레 그 단어를 품고 살아야 했다.

로리가 이러한 사실을 얼마나 알고 있느냐고? 전혀 모른다. 로리를 처음 본 순간, 나는 그녀가 멋진 유대인 혈통의 멋진 유대인 아가씨임을 알아챘고, 로리가 진실을 알게 되면 나에게서 관심을 끊으리라고 생각했다. 그래서 로리에게 모호하고 낭만적인 어조로 내 아버지는 나쁜 남자였으며 나는 짧고 불행한 연애의 산물일 뿐 아버지에 대해 전혀 모른다고 말했다. 그 후로 삼십오 년 동안 그 말이 기정사실화되었다. 로리는 나를 사생아로 알고 있었다. 나는 스스로를 사생아라고 생각했으므로 로리에게 딱히 거짓말을 한 것은 아니다. 단언컨대, 나는 피투성이 빌리 바버의 아들이 아니었다. 내 이야기에 과장된 내용은 전혀 없었다. 내가 여자 친구이자 미래의 아내에게 내 아버지가 어떤 사람인지 모른다고 말했을 때, 나는 수년간 스스로에게 되뇌던 말을 그저 소리 내어 털어놓았을 뿐 그녀를 속이려는 의도는 없었다. 나는 한때 빌리 바버의 아들이었지만, 로리를 만나기 훨씬 전에 그의 아들이기를 그만두었고, 엄밀하게 생물학적으로만 그의 아들이었다. 따라서 실제 사실보다는 내가 로리에게 했던 말이 오히려 더 진실에 가까웠다. 그랬다손 치더라도 그동안 진실을 말할 기회가 분명히 있었을 거 아니냐고 누군가 말할지도 모르겠다. 하지만, 내가 로리에게 했던 말은 시간이 갈수록 점점 더 진실에 근접해갔다. 성인이 된 나는 더더욱 빌리의 아들이 아니었다. 내가 빌리의 아들이라는 사실은 현재의 나와는 전혀 상관없는, 오래된 전설 같은 이야기였다. 솔직히 나는 내 뿌리에 대해 그다지 많은 생각을 하지 않았다. 어른이 되고 어느 시점이 오면, 우리는 부모님의 아이로 살기를 그만두고 그 대신에 우리 아이들의 부모로 살게 된다. 게다가, 나는 그 아가씨를 얻었다. 나는 로리를 얻었고, 우리는 행복했다. 우리의 결혼은 규칙적인 흐름 속으로 편안하게 자리 잡았고, 우리는 서로를 잘 안다고 믿었으며, 우리는 자신이 아는 배우자의 모습에 만족했다. 왜 그걸 망치겠는가? 행복한 결혼은 드물고, 연애결혼이 오래가는 경우는 더더욱 드물다. 그런데 왜 완전한 진실, 무모한 진실, 투명한 진실처럼 하찮고 해로운 무언가를 위해 우리의 결혼 생활을 위태롭게 하겠는가? 내 고백이 누구에게 도움이 된다고? 나? 전혀 그렇지 않다. 장담컨대, 나는 무쇠로 만들어진 인간이다. 물론, 더 재미없는 설명도 가능하다. 아무도 나에게 진실을 물어본 적이 없었기에 말하지 않았을 뿐이다. 보통은 아내에게 자신이 살인자의 아들이라고 선언하기에 적합한 때를 찾을 수가 없는 법이다.

7
부인(否認)

절반쯤은 라주디스가 옳았다. 이 무렵에 나는 제이컵을 수상쩍게 여겼다. 그러나 그 아이를 살인 용의자로 의심하지는 않았다. 라주디스가 대배심을 설득하려고 제시한 각본, 즉 내 가족사 때문에 그리고 그 칼 때문에 내가 제이컵이 사이코패스라는 사실을 즉각적으로 알아차렸고 그래서 그 아이를 보호하려 했다는 이야기는 순 헛소리였다. 사건을 그런 식으로 부풀린 데 대해 라주디스를 비난할 생각은 없다. 배심원들이란 본래 귀가 어두운 사람들이고, 이번 사건의 경우 배심원들은 처음부터 손가락으로 귓구멍을 틀어막고 있었기 때문에 부풀리는 성향이 더욱 두드러졌다. 그래서 라주디스는 소리를 지를 수밖에 없었다. 하지만, 그다지 극적인 일은 벌어지지 않았다. 제이컵이 살인자일 수도 있다니, 말도 안 되는 소리였다. 나는 라주디스의 주장을 진지하게 받아들이지 않았다. 오히려, 나는 무언가 다른 일이 벌어졌다고 생각했다. 제이컵은 무언가를 감추고 말하지 않았다. 그게 사람을 얼마나 불안하게 하는지 신은 알 것이다. 일단 불신이 내 머릿속으로 빙글빙글 파고들기 시작하자, 나는 수사를 진행하는 검사로서 그리고 걱정에 휩싸인 아버지로서 모든 일을 두 가지 상이한 감정으로 바라봐야 했다. 전자는 진실을 갈구했고 후자는 진실을 두려워했다. 그리고 내가 대배심에서 모든 사실을 털어놓지 않은 까닭은, 음, 나 역시 사건을 부풀려야 한다는 걸 알고 있었기 때문이다.

내가 칼을 발견했던 날, 제이컵은 2시 30분쯤에 학교에서 집으로 돌아왔다. 로리와 나는 주방에서 귀를 기울였다. 제이컵이 달그락대며 현관으로 들어와 발꿈치로 문을 닫고서 입구에 배낭과 외투를 스르르 벗어놓았다. 우리는 초조하게 시선을 교환하며, 음파탐지 전문가들처럼 이 소리를 해석했다.

"제이컵, 이리 좀 와볼래?"

로리가 소리쳤다.

잠시 정적이 흐르고, 한 차례 헛기침이 들린 후에 제이컵이 대답했다.

"알았어요."

로리가 나를 안심시키려고 확신에 찬 표정을 지었다.

제이컵이 불안한 기색으로 어기적대며 주방으로 들어왔다. 앉은 자리에서 올려다보니, 제이컵은 어느새 훌쩍 자라 덩치가 어른 못지않았다.

"아빠. 집에서 뭐해요?"

"우리, 얘기 좀 해야겠다, 제이크."

제이컵은 안으로 좀 더 들어오다가 우리 사이에 놓인 식탁에서 칼을 발견했다. 칼날이 손잡이 안으로 접혀 있어서, 칼은 그 위협적인 기세를 잃었다. 지금은 그저 연장에 불과했다.

나는 간신히 어떤 감정에 치우치지 않은 어조로 말했다.

"이게 뭔지 말해볼래?"

"음, 칼인데요?"

"장난치지 말고, 제이컵."

"앉으렴, 제이컵, 앉아."

로리가 아이에게 권했다.

제이컵이 자리에 앉았다.

"제 방을 뒤졌어요?"

"네 엄마가 아니라 내가 그랬다."

"아빠가 제 방을 수색했다고요?"

"그래."

"사생활이라는 말도 못 들어봤어요?"

"제이컵, 아빠는 네가 걱정돼서 그러신 거야."

로리가 말했다.

제이컵이 눈을 뒤룩댔다.

로리가 말을 이었다.

"엄마랑 아빠는 네가 걱정된단다. 이게 대체 무슨 일인지 우리한테 말해주지 않으련?"

"제이컵, 너 때문에 내 입장이 난처해졌다, 알겠니? 주립 경찰 절반이 이 칼을 찾고 있어."

"이 칼을요?"

"이 칼이 아니라, 그냥 칼 말이다. 무슨 뜻인지 너도 알잖아. 이런 칼을 찾고 있다고. 너 같은 어린애가 이런 칼로 대체 뭘 하는지 아빠는 도무지 이해할 수가 없다. 이 칼이 왜 필요한 거냐, 제이크?"

"필요해서가 아니에요. 그냥 가지고 있는 거예요."

"왜?"

"잘 모르겠어요."

"가지고는 있지만 까닭은 모른다?"

"몰라요. 그냥 가지고 있는 거라고요. 아무 이유 없어요. 아무런 의미도 없다고요. 왜 모든 일에 어떤 의미를 부여해야 하죠?"
"그렇다면 그걸 왜 숨겼니?"
"아빠가 이렇게 흥분할 게 뻔하니까요."
"음, 적어도 그건 제대로 알고 있었구나. 왜 칼이 필요한 거냐?"
"말했잖아요. 필요한 게 아니라고요. 그냥 뭐랄까 멋지다고 생각했어요. 그 칼이 좋았어요. 그래서 갖고 싶었어요."
"다른 아이들하고 문제는 없니?"
"없어요."
"누구 두려운 사람이라도 있니?"
"없어요. 말했잖아요. 그 칼을 보고 멋지다고 생각했고, 그래서 샀어요."
제이컵이 어깨를 으쓱했다.
"어디서?"
"시내에 있는 군수품 판매점에서요. 그런 가게를 찾는 건 어렵지 않아요."
"구매 기록이 있을 텐데? 신용 카드를 사용했니?"
"아니요, 현금요."
내가 눈을 찡그렸다.
"그렇게 특별한 일도 아니잖아요, 제발요, 아빠. 사람들은 현금을 사용해요, 아시잖아요."
"칼을 가지고 뭘 하니?"
"아무것도 안 해요. 그냥 쳐다보고 쥐어도 보고, 느낌이 어떤지 알아보죠."
"가지고 다니니?"
"아니요. 보통은 안 그래요."

"그렇다면, 가끔씩?"
"아니요. 음, 드물게요."
"학교에도 가지고 가니?"
"아니요. 딱 한 번 빼고요. 아이들 몇 명한테 보여줬어요."
"누구?"
"데릭, 딜런. 그리고 두어 명쯤 더요."
"왜?"
"멋지다고 생각했으니까요. 그런 거 있잖아요. 야, 이것 좀 봐."
"다른 용도로 사용한 적은 없니?"
"어떤 용도요?"
"나도 모른다. 칼로 할 수 있는 건 뭐든지. 자른다던가."
"제가 콜드 스프링 공원에서 그걸로 사람이라도 찔렀다는 말인가요?"
"아니다. 내 말은, 그걸 한 번이라도 사용한 적이 있느냐고."
"아니요, 절대. 당연히 없어요."
"그러니까 그냥 그걸 사다가 서랍에 처박았다고?"
"거의 그래요."
"그건 말이 안 돼."
"음, 진짜예요."
"왜 너는……."
"앤디, 얘는 십 대야. 그게 이유라고."
아이의 엄마가 끼어들었다.
"로리, 제이컵은 당신 도움이 필요치 않아."
"십 대는 종종 어리석은 짓을 해."
로리가 설명했다. 그리고 제이컵을 향해서 고개를 돌리더니 덧붙였다.

"똑똑한 십 대조차 어리석은 짓을 한다고."
"제이컵, 내 마음이 편해지려면 너한테 이 질문을 꼭 해야만 해. 사람들이 찾는 칼이 이 칼이니?"
"아니에요! 아빠 제정신이에요?"
"벤 리프킨한테 일어난 일에 대해 아는 거 없니? 친구들한테 들은 얘기는? 나한테 해줄 얘기 없어?"
"없어요. 당연히 없다고요."
제이컵이 침착하게 나를 쳐다보며 시선을 맞췄다. 아주 잠깐이었지만 그건 명백한 도전이었다. 반항적인 증인이 증인석에서 나에게 던질 법한, 엿이나 먹으라는 눈빛. 일단 제이컵은 나에게 맞서 자신의 정당함을 주장한 다음, 다시 심통 난 아이로 되돌아갔다.
"저한테 이런 걸 물어보다니, 말도 안 돼요, 아빠. 이건 뭐랄까, 학교에서 집에 돌아왔는데 뜬금없이 이런 질문들을 받은 거잖아요. 이건 말도 안 되는 상황이에요. 아빠가 정말 저를 그런 식으로 생각했다니, 믿을 수가 없다고요."
"너를 어떤 식으로도 생각하지 않아, 제이컵. 내가 아는 건 네가 그 칼을 내 집 안으로 들여왔다는 사실 뿐이고, 그래서 나는 그 까닭을 알고 싶은 거야."
"그걸 찾아보라고 말해준 사람이 누구예요?"
"누가 말했든 네가 알 바 아니다."
"분명 학교 애들 중 한 명이겠죠. 어제 아빠랑 면담했던 애들 중에 있을 테고요. 누군지 말해줘요."
"누군지는 중요하지 않아. 지금 다른 아이들의 행동에 대해 이야기하는 게 아니잖아. 너는 피해자가 아니라고."
"앤디."
로리가 주의를 주었다.

'제이컵을 몰아세우거나 신문하거나 비난하지 마. 제이컵하고 그냥 대화를 나누라고, 앤디. 우리는 가족이야. 가족은 서로 대화를 나누는 거야.'

로리는 앞서 나에게 이렇게 말했었다.

나는 시선을 돌리고 숨을 깊게 들이쉬었다.

"제이컵, 만약에 내가 혈흔이나 다른 흔적을 검사하기 위해 그 칼을 제출하겠다면, 반대할래?"

"아니요. 그렇게 하세요. 무슨 검사든 마음대로 해요. 저는 신경 안 써요."

나는 잠시 생각했다.

"좋아. 너를 믿는다. 너를 믿어."

"칼을 도로 가져가도 돼요?"

"절대 안 돼."

"이건 제 칼이에요. 아빠가 그걸 빼앗을 권리는 없다고요."

"난 네 아빠야. 그 사실이 나에게 그런 권리를 부여한다."

"아빠도 경찰이랑 똑같아요."

"왜, 경찰이 신경 쓰이니, 제이크?"

"아니요."

"그런데 왜 권리 운운하는 거야?"

"제가 아빠한테 칼을 빼앗기지 않겠다고 하면 어떻게 되죠?"

"해봐."

제이컵은 그 자리에 서서 식탁 위의 칼과 나를 차례로 쳐다보며 위험과 보상을 저울질했다.

"이건 정말 옳지 않아요."

제이컵이 말했다. 그리고 그 부당함에 눈살을 찌푸렸다.

"제이크, 아빠는 너를 사랑하기 때문에 최선이라고 생각되는 일을 하고 계신 거야."

"제가 최선이라고 생각하는 건요? 그건 중요하지 않나요?"

"그래, 그건 중요하지 않아."

내가 말했다.

그날 오후에 내가 뉴턴 경찰서에 도착했을 때, 패츠가 붙잡혀 취조실에 와 있었다. 그는 이스터 섬의 모아이 석상처럼 가만히 앉아서, 벽시계 문자반 뒤에 감춰진 카메라를 응시했다. 패츠는 카메라가 그곳에 있다는 사실을 알고 있었다. 형사들은 진술을 녹화하기 전에 용의자에게 그 사실을 알리고 동의를 얻어야 한다. 어쨌든 용의자들이 카메라에 정신을 빼앗기지 않도록 카메라는 보이지 않는 곳에 설치되었다.

취조실 바로 바깥에 위치한 형사과의 작은 컴퓨터 화면으로 패츠의 영상이 전송되고 있었고, 뉴턴 경찰서와 시팩 소속 형사들 여섯 명이 일어선 채로 신문 장면을 지켜보고 있었다. 보아하니, 지금까지는 대단한 구경거리가 없었던 모양이다. 형사들은 별로 볼 것도, 기대할 것도 없다는 듯 김빠진 표정을 짓고 있었다.

나는 형사과 안으로 들어가서 형사들과 합류했다.

"뭐라고 하던가?"

"아무 말도요. '호건의 영웅들'에 나오는 슐츠 상사처럼 모른다는 말만 반복하는군요."

패츠의 모습이 화면을 가득 메웠다. 그는 기다란 나무 탁자 위쪽에 앉아 있었고, 그 뒤로 희고 휑한 벽이 보였다. 패츠는 덩치가 컸다. 보호관찰관에 따르면, 키가 190센티미터에 몸무게가 120킬로그램이었다. 탁자 뒤에 앉아 있는데도 거대해 보였다. 하지만 몸은 물렁했다. 축 처진 옆구리와 배, 젖가슴 때문에 검정 폴로셔츠가 터질 듯했다. 마치 검정 포대에 살덩어리를 가득 부은 뒤 목 부분을 단단히 매어놓은 모습이었다.
"맙소사, 저 자식 운동 좀 해야겠는걸."
내가 말했다.
"아동 포르노를 보면서 싸 재끼는 거 말입니까?"
시팩 형사 하나가 말했다.
우리는 모두 킬킬댔다.
취조실, 패츠의 양쪽으로 시팩 소속의 폴 더피 형사와 뉴턴 경찰서 소속의 닐스 피터슨 형사가 앉아 있었다. 둘은 카메라 프레임 안으로 몸을 기울일 때만 이따금씩 화면에 비쳤다.
더피가 신문을 이끌었다.
"좋아, 한 번 더 설명해봐. 그날 아침에 무슨 일이 있었다고?"
"이미 말했잖아요."
"한 번 더. 이야기를 반복하면, 놀랍게도 무언가가 떠오르게 되어 있어."
"더 말하고 싶지 않아요. 피곤하다고요."
"이봐, 레니, 너 자신을 위해 말해야 해, 알겠어? 나는 이 사건에서 너를 배제시키려고 이러는 거야. 이미 말했잖아. 너를 제외시키려고 이러는 거라고. 너를 위해서야."
"내 이름은 레너드라고요."
"목격자 하나가 그날 아침에 콜드 스프링 공원에서 너를 봤대."
그건 거짓말이었다.
"너도 알다시피, 나는 사실을 확인해야 해. 네 전과를 생각하면, 당연한 일이잖아. 나도 내 일을 하는 거라고."
화면 속에서 더피가 말했다.
패츠가 한숨을 쉬었다.

"한 번만 더 설명해 봐, 레니. 나는 관계없는 사람을 잡아들이고 싶지 않아."

"레너드라고요."

패츠가 눈을 문지르며 말을 이었다.

"좋아요. 공원에 갔었어요. 아침마다 그곳을 산책해요. 하지만 그 애가 살해당한 곳 근처엔 얼씬도 하지 않았어요. 그 길로는 안 다녀요. 그쪽으로는 산책을 안 한다고요. 아무것도 못 봤고, 아무 소리도 못 들었어요."

패츠는 손가락을 하나씩 꼽기 시작했다.

"나는 그 애를 몰라요. 그 애를 본 적도 없어요. 그 애에 대해 들어본 적도 없다고요!"

"알았어, 진정하라고, 레니."

"흥분하지 않았어요."

패츠가 카메라를 흘끗 쳐다보았다.

"그날 아침에 아무도 못 봤단 말이지?"

"네."

"네가 아파트를 떠나거나 아파트로 돌아오는 모습을 본 사람은 없어?"

"내가 어떻게 알아요?"

"공원에서 수상쩍은 사람을 한 명도 못 봤다고 그랬지? 그곳에 어울리지 않는 사람이나 우리가 알아둬야 할 사람 말이야."

"네."

"좋아, 잠깐만 쉬자, 알았어? 너는 여기에 있어. 우리는 몇 분 있다가 돌아올 테니까. 몇 가지 질문만 더 하면 그걸로 끝날 거야."

"변호사는 어떻게 됐어요?"

"변호사한테서 아직 아무 소식도 없어."

"변호사가 도착하면 말해줄 거죠?"

"물론이야, 레니."

두 형사는 나가려고 자리에서 일어섰다.

"나는 남을 해친 적이 없어요. 그 사실을 잊지 말라고요. 나는 절대로 남을 해치지 않아요, 절대."

패츠가 말했다.

"알았어, 네 말을 믿어."

더피가 패츠를 안심시켰다.

두 형사가 카메라 앞을 지나쳐 문밖으로 걸어 나갔다. 그리고 곧장 컴퓨터 모니터 속에서 현실로 넘어왔다.

더피가 고개를 흔들었다.

"아무것도 못 건졌어. 경찰을 상대하는 일에 익숙한 놈이야. 도무지 놈을 자극할 수가 없더라고. 열 좀 식히라고 저기에 잠시 앉히고 싶지만, 우리에겐 시간이 별로 없어. 변호사가 오는 중이라고. 어떻게 할까, 앤디?"

"얼마 동안 이런 식이었어?"

"아마 두 시간쯤 됐을 거야."

"계속 이런 상태였어? 부인하고, 부인하고, 또 부인하고?"

"어. 시간 낭비야."

"다시 시도해봐."

"다시 시도하라고? 장난해? 얼마나 지켜본 거야?"

"방금 왔어, 더프. 하지만 달리 뭘 할 수 있겠어? 저놈은 우리의 유일한 용의자야. 어린 소년이 죽었어. 저놈은 사내아이들을 좋아한다고. 그날 아침에 공원에 있었다고 놈이 벌써 인정했잖아. 놈은 그 지역을 잘 알아. 매일 아침 그곳에 가니까, 공원의 일상을 파악하고 있을 테고, 아이들이 아침마다 숲길을 지나다닌다는 사실도 잘 알 거야. 놈은 희생자를 제압할 수 있을 만큼 덩치가 커. 그게 동기고, 수단이고, 기회야. 그러니까, 놈이 뭔가 실마리를 제공할 때까지 계속 밀어붙이라고."

더피가 형사과의 다른 경찰들을 휙 훑어보더니 다시 나를 쳐다보았다.

"어쨌든 변호사가 곧 면담을 중단시킬 거야, 앤디."

"그렇다면 낭비할 시간이 없잖아? 저기로 돌아가서 자백을 받아내. 그러면 내가 오늘 오후에 그 자백을 대배심에 증거로 제출할 테니까."

"자백을 받아내라고? 밑도 끝도 없이?"

"그러라고 자네한테 월급을 주는 거잖아, 친구."

"학교 아이들은? 나는 우리가 학교 쪽에 비중을 두고 있다고 생각했는데."

"학교 쪽도 계속 주시할 거야, 더프. 하지만 우리가 실제로 얻은 게 뭐야? 흥분해서 페이스북에 나불대는 아이들 한 무더기? 그래서 뭐? 저놈한테 집중해. 그냥 저놈한테 집중하라고. 아니면 나한테 더 그럴듯한 용의자를 지목해주던가. 우리는 그럴듯한 용의자 한 명 못 잡았다고."

"정말 그렇게 믿는 거야, 앤디? 저놈이 범인이라고 생각하는 거야?"

"그래. 어쩌면. 어쩌면. 하지만 그 사실을 증명할 실재적인 무언가가 필요해. 자백을 받아내, 더프. 칼을 찾아와. 나한테 뭐라도 좀 가져오라고. 우리한테는 그런 게 필요해."

"그렇다면, 알았어."

더피가 이번 사건을 함께 맡은 뉴턴 경찰서 소속 형사를 결연하게 쳐다보았다.

"다시 시도해봅시다. 검사 양반 말씀처럼."
더피가 말했다.
동료 형사가 머뭇거리며 더피에게 눈빛으로 호소했다. '시간 낭비라고요.'
"다시 시도해보자고. 검사님 말씀처럼."
더피가 반복했다.

라주디스 검사: 그럴 기회가 없었죠? 그날 형사들은 레너드 패츠를 신문하러 취조실로 돌아가지 않았어요.
증인: 네, 그렇습니다. 그날뿐 아니라 다른 어떤 날에도.
라주디스 검사: 그 일에 대해서는 어떻게 생각하십니까?
증인: 실수였다고 생각합니다. 그 당시 우리가 알고 있던 사실에 근거하건대, 패츠를 그렇게 일찍 용의 선상에서 제외시킨 건 실수였습니다. 패츠는 단연코 가장 유력한 용의자였습니다.
라주디스 검사: 아직도 그렇게 믿니까?
증인: 한 치의 의심도 없습니다. 우리는 패츠를 계속 조사해야 했습니다.
라주디스 검사: 왜죠?
증인: 증거가 패츠를 지목하고 있었으니까.
라주디스 검사: 모든 증거가 다 그랬던 건 아니죠.
증인: 모두라고? 모든 증거가 한 방향을 가리키는 경우는 없습니다. 이렇게 어려운 사건의 경우엔 더더욱 그렇죠. 바로 그게 문젭니다. 정보는 부족하고, 자료는 불완전하죠. 명확한 유형도, 분명한 답도 없습니다. 그래서 형사들도 일반인들처럼 행동합니다. 머릿속으로 이야기, 즉 가설을 하나 세우고 그것을 뒷받침해줄 증거를 찾아 자료를 조사합니다. 제일 먼저 용의자를 하나 고르고, 그런 다음 그자의 유죄를 증명할 증거를 찾습니다. 그리고 다른 용의자들을 가리키는 증거는 무시하죠.

라주디스 검사: 레너드 패츠처럼.

증인: 레너드 패츠처럼.

라주디스 검사: 이번 사건도 그런 식이었다고 말하는 겁니까?

증인: 실수가 있었다고 말하는 겁니다. 틀림없이 실수가 있었습니다.

라주디스 검사: 그렇다면 그런 상황에서 형사는 어떻게 행동해야 합니까?

증인: 너무 성급하게 용의자 한 명을 겨냥하지 말아야 합니다. 만일 형사가 헛다리를 짚는다면, 정답을 가리키는 증거를 놓치게 됩니다. 아주 분명한 것들까지도 놓치게 되죠.

라주디스 검사: 하지만 형사는 가설을 세워야 합니다. 그리고 보통은 용의자가 범인이라는 확증을 얻기도 전에 용의자에게 초점을 맞춰야 합니다. 그 외에 달리 무슨 일을 할 수 있겠습니까?

증인: 그게 딜레마죠. 항상 추측에서부터 시작합니다. 그리고 가끔 헛다리를 짚기도 하죠.

라주디스 검사: 이번 사건에서 헛다리를 짚은 사람이 있었습니까?

증인: 모르겠습니다. 알 도리가 없었습니다.

라주디스 검사: 좋습니다. 증인의 이야기를 계속하죠. 형사들이 왜 패츠를 신문하지 않았습니까?

나이 든 남자 하나가 낡은 서류 가방을 들고 형사과로 들어왔다. 그의 이름은 조너선 클라인이었다. 그는 몸집이 왜소하고 어깨가 약간 구부정했으며, 검정 터틀넥 스웨터와 회색 양복을 입고 있었다. 그리고 긴 백발을 빗어 넘겨 옷깃 뒤로 늘어뜨렸고, 하얀 염소수염을 기르고 있었다.

"잘 지냈나, 앤디."

그가 부드러운 목소리로 말했다.

"조너선."

우리는 진심으로 다정하게 악수를 나누었다. 나는 언제나 조너선 클라인을 좋아하고 존경했다. 그는 문학적이며 어딘지 보헤미안 같은 분위기를 풍기는 사람으로, 나와는 달랐다. (나는 흰 빵 토스트만큼이나 진부한 사람이다.) 그는 설교나 거짓말을 하지 않았으며, 자기 편할 때만 진실을 존중하는 다른 변호사들과는 질적으로 달랐다. 그는 정말 똑똑했고, 법에 대해 잘 알았다. 그는 현명했다. 이보다 더 적절한 표현은 없다. 그리고 이 사실도 밝혀야겠다. 나는 어린애처럼 내 아버지 연배의 사내들에게 마음이 쏠렸다. 이 늦은 나이에도 아버지라는 존재에 대해 부질없는 희망을 품고 사는 모양이었다.

"지금 내 의뢰인을 만나고 싶네."

클라인의 목소리는 부드러웠다. 이 부드러운 목소리는 타고난 것이지, 가식이나 전략이 아니었다. 그래서 그가 말을 하면 그 주변이 으레 조용해지곤 했다. 그리고 사람들은 그의 말을 알아듣기 위해 자기도 모르는 사이에 가까이로 몸을 기울였다.

"이 친구를 변호하시는 줄은 몰랐네요. 좀 질 낮은 사건 아닌가요? 남의 거시기나 만지는 형편없는 소애성애자를? 명성에 안 좋아요."

"명성이라고? 나는 변호사야! 어쨌든, 이 친구가 소아성애자라 이곳에 붙잡혀 온 게 아니잖나. 우리 둘 다 그 사실을 알고 있어. 남의 불알 한 번 잡았다고 이렇게 많은 경찰이 달려들 리가 없지."

나는 옆으로 비켜섰다.

"좋습니다. 그 친구는 저 안에 있어요. 들어가 보세요."

"카메라하고 마이크는 끌 거지?"

"네. 혹시 다른 방을 원하세요?"

"아니, 물론 아니야. 자네를 믿네, 앤디."

조녀선이 부드럽게 웃었다.

"저 친구가 계속 신문에 응하도록 내버려두실 만큼요?"

"아니, 아니야. 그것보다 훨씬 더 자네를 믿네."

그로써 패츠에 대한 신문은 끝이 났다.

밤 9시 30분.

로리가 배 위에 책을 텐트처럼 얹어놓고서 소파에 누워 나를 쳐다보았다. 로리는 목둘레에 화환 모양으로 두툼하게 수가 놓인 갈색 브이넥 셔츠를 입고, 독서용 뿔테 안경을 쓰고 있었다. 몇 년 동안 로리는 젊은 감각의 옷을 중년의 나이에 맞게 변화시킬 방법을 모색했다. 그래서 총명하고 자유분방하던 십 대 시절에 즐겨 입던 헐렁한 자수 블라우스와 찢어진 청바지 스타일을 선택해서 좀 더 고상하고 깔끔하게 바꾸어 입었다.

로리가 입을 열었다.

"그 일에 대해 이야기 좀 할까?"

"무슨 일에 대해 이야기를 해?"

"제이컵."

"이미 했잖아."

"나도 알아. 하지만 당신 계속 그 일을 곱씹고 있잖아."

"뭘 곱씹어? 나 지금 텔레비전 보고 있잖아."

"요리 채널인데?"

로리가 퍽 의심스럽다는 듯이 웃었다.

"볼 만한 게 없어. 어쨌든, 나는 요리하는 걸 좋아해.

"아니, 그렇지 않아."

"요리하는 모습을 지켜보는 걸 좋아해."

"알았어, 앤디. 내키지 않으면 굳이 이야기할 필요 없어."

"그런 게 아니야. 그냥 할 말이 없는 거야."
"질문 하나 해도 돼?"
나는 눈알을 굴렸다. '내가 안 된다고 말하면 질문 안 할 거야?'
로리가 탁자에서 리모컨을 들어서 텔레비전을 껐다.
"오늘 제이컵하고 이야기하면서, 당신은 제이컵을 의심하지 않는다고 말했잖아. 그런데, 그때 당신은 마치 제이컵을 비난하고 신문하는 것 같았어."
"아니, 그러지 않았어."
"그랬어. 딱히 그 아이를 비난한 건 아니었지만, 당신의 어조는 뭐랄까…… 검사 같았어."
"그랬어?"
"조금."
"그럴 의도는 아니었어. 나중에 제이컵한테 사과할게."
"사과할 필요 없어."
"있어, 내가 그런 식으로 행동했다면."
"나는 그냥 이유를 묻는 거야. 나한테 말하지 않은 거라도 있어?"
"어떤 거?"
"당신이 제이컵을 그렇게 몰아붙일 수밖에 없었던 이유 말이야."
"나는 제이컵을 몰아붙이지 않았어. 어쨌든, 이유 같은 건 없어. 그냥 칼 때문에 당황했을 뿐이야. 그리고 데릭이 페이스북에 써놓은 글도."
"그동안 제이컵의 행동에 좀……."
"맙소사, 로리, 제발. 좀 진지해지라고. 그건 그냥 아이들끼리의 이야기일 뿐이야. 할 수만 있다면 데릭을 붙잡아서 혼내주고 싶어. 걔가 써놓은 글은 엄청나게 허무맹랑해. 솔직히, 평소에도 가끔 나는 개가 좀 모자란다고 생각했어."
"데릭은 나쁜 아이가 아니야."
"어느 날 경찰이 제이컵을 찾아와도 그렇게 말할래?"
"그럴 가능성이 실제로 있는 거야?"
"아니. 물론 없어."
"우리한테 어떤 책임이 있는 게 아닐까?"
"당신 말은, 어쨌든 그게 우리 잘못이라는 거야?"
"잘못? 아니. 내 말은, 우리가 그 사실을 신고해야 하는 거 아니냐고."
"아니야. 맙소사, 아니라고. 뭘 신고하겠다는 거야. 칼을 소지하는 건 범죄가 아니야. 어리석은 십 대 청소년인 것도 범죄가 아니라고. 다행스러운 일이지. 그렇지 않았다면 우리는 십 대의 절반을 철창에 처넣어야 했을 테니까."
로리가 무덤덤하게 고개를 끄덕였다.
"그러니까, 제이컵이 혐의를 받았고, 당신은 그 사실을 알고 있어. 그리고 어쨌든 경찰은 그 사실을 알아내지 못할 거야. 바로 페이스북에 적혀 있는데도 말이지."
"그건 신빙성 있는 혐의 제기가 아니야, 로리. 그런데 왜 제이컵이 온 세상의 주목을 받아야 해? 전부 터무니없는 이야기일 뿐이라고."
"정말 그렇게 생각해, 앤디?"
"그래! 물론이야. 당신은 아니야?"
로리가 내 표정을 살폈다.
"좋아. 그러니까 당신은 이 일 때문에 심란한 게 아니란 말이지?"
"이미 말했잖아. 나는 전혀 심란하지 않아."

"정말이야?"

"정말이야."

"그 칼은 어쨌어?"

"없앴어."

"어디에다 없앴어?"

"그냥 버렸어. 여기는 아니고. 다른 곳에 있는 쓰레기통에."

"당신이 제이컵의 허물을 덮었어."

"아니. 나는 그 칼이 내 집에 있는 게 싫었을 뿐이야. 그리고 그 칼 때문에 무고한 제이컵이 누명을 쓰는 것도 싫었고. 그게 다야."

"그거나 제이컵을 감싼 거나 매한가지 아니야?"

"결백한 사람을 뭐 하러 감싸?"

로리가 예리한 시선으로 나를 쳐다보았다.

"알았어. 나는 자러 올라갈 거야. 당신은?"

"조금 있다가."

로리가 일어나서 손가락으로 내 머리칼을 쓸어 넘긴 다음, 이마에 입을 맞췄다.

"너무 늦게까지 깨어 있지는 마, 여보. 아침에 일어나기 힘들어."

"로리, 당신 아직 내 질문에 답하지 않았어. 내가 당신 생각을 물었잖아. 제이컵에게 혐의를 두는 게 터무니없다는 내 말에 당신도 동의해?"

"상상하기 힘들기는 해, 맞아."

"하지만 상상은 할 수 있고?"

"모르겠어. 당신은 할 수 없다는 말이지, 앤디? 당신은 상상조차 할 수 없다는 거지?"

"그래, 나는 상상도 할 수 없어. 이건 우리 아들에 관한 이야기라고."

로리가 조심스럽게 나에게서 멀찌감치 뒤로 물러났다.
"모르겠어. 나도 그런 일은 상상조차 하기 싫어. 하지만, 오늘 아침에 눈을 떴을 때, 나는 그 칼에 대해서도 상상하지 못했어."

8
끝

2007년 4월 22일 일요일, 살인 사건 발생 열흘째

보슬비가 내리던 어느 서늘한 아침, 수백 명의 자원봉사자들이 사라진 칼을 찾아 콜드 스프링 공원을 수색하기 위해 모여들었다. 그들은 마을의 단면과도 같았다. 매코믹 중학교 학생들이 눈에 띄었다. 일부는 벤 리프킨의 친구들이었고, 일부는 분명히 다른 무리의 아이들(운동부 남학생들, 괴짜들, 적극적이고 착한 여학생들)이었다. 젊은 학부모들도 많았다. 끊임없이 이런저런 지역 운동을 조직하는 거물 활동가도 몇 명 참석했다. 아침 안개 속에 집결한 사람들은 폴 더피로부터 수색 과정에 대한 설명을 들은 후, 칼을 찾아 자신들에게 할당된 사분면을 수색하기 위해 무리를 지어 스펀지처럼 축축한 땅을 터벅터벅 가로질렀다. 이 모든 일에서 결연한 분위기가 엿보였다. 사람들은 마침내 자신들이 무언가를 하고 있다는 사실에, 수사에 참여하고 있다는 사실에 안도감을 느꼈다. 그들은 사건이 곧 해결되리라 확신했다. 그들을 기운 빠지게 하던 것은 기다림과 불확실성이었다. 칼이 이 사건을 끝맺을 것이다. 칼에는 지문이나 혈흔, 혹은 수수께끼를 풀어줄 작은 단서가 남아 있을 것이다. 그리고 마을은 마침내 숨을 내쉴 수 있게 될 것이다.

라주디스 검사: 증인은 수색에 참여하지 않았죠?
증인: 네, 그렇습니다.
라주디스 검사: 증인은 수색이 헛수고라는 사실을 알고 있었습니다. 경찰이 찾는 칼은 벌써 제이컵의 옷장 서랍에서 발견되었으니까. 그리고 증인은 아들을 위해 이미 그 칼을 버렸습니다.
증인: 아닙니다. 제이컵의 칼은 살인 흉기가 아니었습니다. 내 마음속엔 한 치의 의심도 없었습니다. 전혀.
라주디스 검사: 그렇다면 증인은 왜 수색에 참여하지 않았죠?
증인: 검사는 수색에 참여하지 않습니다. 자신의 사건에서 증인이 되는 위험을 감수하지 않습니다. 생각해보십시오. 내가 만약 살인 흉기를 발견한다면, 나는 중요한 증인이 됩니다. 그렇게 되면, 나는 법정을 가로질러 증인석에 서야 합니다. 그리고 사건을 포기해야 합니다. 그래서 능숙한 검사들은 언제나 뒤에 남습니다. 수색 영장이 집행되는 동안 경찰서나 거리에서 기다립니다. 그리고 형사가 신문을 하는 동안 옆방에서 지켜봅니다. 그건 검찰 실무의 기본입니다. 바로 표준 절차라고 하는 거죠. 내가 옛날 옛적에 검사님한테 가르쳤던 내용입니다. 검사님이 귀담아듣지 않았을지도 모르겠지만.
라주디스 검사: 그러니까 기술적인 이유에서 그랬다는 말입니까?
증인: 닐, 나만큼 수색이 성공하길 바랐던 사람은 아무도 없습니다. 나는 내 아들의 결백이 증명되길 바랐습니다. 진짜 칼을 찾으면 내 아들의 결백이 밝혀질 테니까.
라주디스 검사: 증인은 제이컵의 칼을 없앤 일에 대해 일말의 가책도 느끼

지 않습니까? 사건의 전말을 알게 된 지금도?

증인: 나는 내가 옳다고 생각하는 일을 했습니다. 제이크는 결백합니다. 그 칼은 살인 흉기가 아니었습니다.

라주디스 검사: 물론 증인은 그 가설을 검증해보고 싶지는 않았죠? 증인은 법의학적 검사 운운하며 제이컵을 위협하기는 했지만, 실제로 지문이나 혈흔, 섬유조직 따위를 채취하기 위해 칼을 제출하지는 않았어요.

증인: 그 칼은 살인 흉기가 아니었습니다. 그 사실을 확인하기 위해 검사까지 받을 필요가 없었습니다.

라주디스 검사: 증인은 이미 알고 있었다는 말이군요.

증인: 이미 알고 있었습니다.

라주디스 검사: 왜죠? 왜 그렇게 확신했던 거죠?

증인: 나는 내 아들을 잘 알고 있었습니다.

라주디스 검사: 그게 전부입니까? 증인은 자신의 아들을 잘 알고 있었다?

증인: 어떤 아버지라도 나처럼 했을 겁니다. 나는 내 아들이 저지른 어리석은 짓으로부터 내 아들을 보호하려고 했습니다.

라주디스 검사: 알겠습니다. 그 이야기는 잠시 미루기로 하죠. 자, 그래서 그날 아침에 다른 사람들이 콜드 스프링 공원을 수색하는 동안, 증인은 어디에서 대기했습니까?

증인: 공원 입구에 있는 주차장에서 기다렸습니다.

라주디스 검사: 그리고 그때 희생자의 아버지인 리프킨 씨가 나타났죠?

증인: 그렇습니다. 내가 리프킨 씨를 처음 봤을 때, 그 사람은 숲 쪽에서 걸어오고 있었습니다. 공원 앞에 축구장과 야구장 따위의 운동장이 있습니다. 그날 아침에 운동장은 비어 있었습니다. 그래서 그냥 크고 평평하고 탁 트인 풀밭이나 다름없었습니다. 그리고 리프킨 씨가 운동장을 가로질러 내 쪽으로 다가왔습니다.

홀로 고통에 휩싸여 있던 댄 리프킨의 모습이 영원히 내 머릿속에서 지워지지 않을 것이다. 고개를 푹 숙이고 손을 외투 주머니에 찔러 넣은 채 광대하고 푸른 공간을 헤매던 초라한 남자. 줄곧 바람이 거세게 불어 댄 리프킨을 자꾸만 항로에서 밀어냈다. 그는 바람을 거슬러 항해하는 작은 배처럼 이리저리 비틀댔다.

나는 그를 만나기 위해 운동장으로 나섰지만, 우리는 다소 멀찍이 떨어져 있었기 때문에 운동장을 가로지르는 데 시간이 걸렸다. 어색한 거리를 사이에 두고, 우리는 서로를 마주 보았다. 위에서 내려다보았다면 우리의 모습이 어땠을까? 푸른 공터를 가로질러 중간 어딘가에서 조우하기 위해 서서히 접근하는 두 개의 작은 형체.

리프킨이 가까워지자, 내가 손을 흔들었다. 하지만 그는 아무런 반응도 보이지 않았다. 나는 그가 우연히 수색대와 마주쳐서 당황한 모양이라고 생각했다. 피해자 지원 담당자는 리프킨에게 그날 공원 근처에 나오지 말라고 미리 알렸어야 했다. 무례하게도, 나는 자신의 의무를 잊은 담당자를 호되게 꾸짖어야겠다고 마음먹었다.

"이봐요, 댄."

내가 조심스러운 목소리로 말했다.

흐린 날씨에도 불구하고, 그는 조종사 선글라스를 착용하고 있었다. 렌즈를 통해 그의 눈이 희미하게 보였다. 그는 고개를 들고 나를 쳐다보았다. 렌즈에 가려진 그의 눈은 파리의 눈처럼 크고 무감정했으며, 화가 난 듯 보이기도 했다.

"괜찮아요, 댄? 여기에서 뭘 하고 있어요?"

"이곳에서 당신을 보게 되다니 놀랍군요."

"네? 무슨 뜻이죠? 내가 이곳이 아니면 어디에 있겠어요?"

리프킨이 콧방귀를 뀌었다.

"무슨 일이에요, 댄?"

"그러니까 말입니다."

리프킨의 어조가 싸늘해졌다.

"요즘 나는 지독히도 이상한 기분이 들어요. 내가 무대에 올라가 있고, 주위에 있는 사람들이 전부 연기를 하는 것 같은 기분 말이에요. 내가 인도를 걸어가면, 내 주변을 지나치는 사람들은 누구나 한 명도 빠짐없이 마치 아무 일도 일어나지 않았다는 듯 허공을 향해 고개를 치켜들고 행군을 하듯 내 곁을 지나쳐 가요. 내가 진실을 아는 유일한 사람이죠. 모든 게 변했다는 사실을 아는 유일한 사람이에요."

나는 그를 달래려고 유순하게 고개를 끄덕였다.

"그들은 가짜예요. 내가 무슨 말을 하는지 알죠, 앤디? 그들은 가식적으로 행동하고 있어요."

"나는 당신의 기분을 겨우 상상만 할 수 있을 뿐이에요, 댄."

"내 생각엔 당신도 연기를 하는 것 같아요."

"왜 그런 말을 하죠?"

"내 생각엔 당신도 가짜예요."

리프킨이 선글라스를 벗어서 조심스럽게 접은 다음, 외투 안주머니에 집어넣었다. 마지막으로 보았을 때보다 눈 밑 그늘이 훨씬 짙어져 있었다. 그의 황갈색 피부는 파리한 잿빛을 띠었다.

"당신이 이 사건에서 빠질 거라는 얘기를 들었어요."

리프킨이 말했다.

"뭐라고요? 그런 얘기를 누구한테서 들었죠?"

"그게 뭐가 중요합니까? 나는 단지 당신한테 이 말을 해주고 싶어요. 나는 다른 검사를 원해요."

"좋아요, 음, 확실히 그 부분에 대해서 이야기를 좀 나눠야겠군요."

"할 얘기 없습니다. 벌써 결정이 났으니까. 가서 당신 상사한테 전화 해봐요. 검찰 측 사람들하고 이야기하라고요. 나는 이미 당신한테 말했어요. 나는 다른 검사를 원해요. 사건을 그냥 깔아뭉개고 있지만은 않을 검사 말입니다. 그리고 곧 그렇게 될 거예요."

"사건을 깔아뭉개고 있다고요? 댄, 대체 그게 무슨 소립니까?"

"당신이 모든 노력을 쏟아붓고 있다고 말했었죠? 정확히 어떤 노력을 쏟아붓고 있었죠?"

"저기요, 이번 사건이 무척 까다롭다는 사실은 나도 인정합니다만……."

"아니, 아니요. 당신이 생각하는 것 이상이에요. 왜 그 아이들을 압박하지 않죠? 지금까지도? 내 말은, 왜 그 아이들을 진짜로 족치지 않느냐고요. 나는 그걸 알고 싶어요."

"아이들과 면담을 나눴습니다."

"당신 아들을 포함해서요, 앤디?"

내 입이 떡 벌어졌다. 내가 그의 팔을 잡으려고 손을 뻗었지만, 리프킨은 내 손을 뿌리치려는 듯 팔을 쳐들었다.

"당신은 나한테 거짓말을 했어, 앤디. 내내 거짓말을 했다고!"

리프킨은 시선을 돌려 숲을 바라보았다.

"나를 괴롭히는 게 뭔지 알아요, 앤디? 여기, 이 장소에 있으면? 잠깐 동안, 그러니까 몇 분 동안, 어쩌면 몇 초 동안, 얼마 동안인지는 나도 모르겠지만, 한동안 내 아들이 이곳에서 살아 숨 쉬고 있었어요. 그리고 저기 저 빌어먹을 젖은 낙엽 속에 누워서 피 흘리며 죽었죠. 그런데 나는 그 아이 곁에 없었어요. 내가 이곳에서 그 아이를 도와야 했는데. 아버지라면 마땅히 그래야 하는데. 하지만 나는 알지도 못했어요. 나는 다른 곳에 있었다고요. 차 안이나 사무실에서, 전화 통화든 뭐든 뭔가 다른 일을 하면서. 무슨 말인지 이해하겠어요, 앤디? 그게 어떤 기분인지 알겠어요? 상상이나 할 수 있겠어요? 나는 그 애가 태어나는 모습도, 첫걸음마를 떼는 모습도…… 자전거를 배우는 모습도 지켜봤다고요. 초등학교 입학식에도 내가 그 애를 데리고 갔어요. 하지만 그 애가 죽을 때 나는 이곳에서 내 아들을 도와주지 못했어요. 그게 어떤 기분인지 상상이나 할 수 있겠어요?"

"댄, 내가 여기로 순찰차를 불러서 당신을 집까지 태워다 주라고 할게요. 이곳에 있어 봐야 당신한테 좋을 게 없어요. 당신은 가족과 함께 있어야 해요."

내가 힘없이 말했다.

"나는 가족과 함께 있을 수가 없어요, 앤디. 바로 그게 문제라고, 빌어먹을. 내 가족은 죽었다고!"

"알았어요."

나는 땅을 내려다보았다. 그의 하얀 운동화가 진흙과 솔잎으로 뒤덮여 있었다.

"들어봐요. 나한테 무슨 일이 일어나든 그건 중요하지 않아요. 나는…… 마약중독자나 도둑이나 부랑자가 될 수도 있겠지. 이제부터 나한테 무슨 일이 일어나건 그건 전혀 중요하지 않다고! 그게 뭐가 중요하지? 내가 왜 신경을 써야 하지?"

리프킨이 격하게 으르렁댔다.

"사무실로 전화해요, 앤디."

한 박자 쉬고.

"어서 전화하라고. 다 끝났으니까. 당신은 이 사건에서 빠지게 됐다고!"

나는 휴대전화를 꺼내서 린 캐너밴의 휴대전화로 직접 전화를 걸었다. 신호음이 세 번 울렸다. 린이 발신인을 확인하고서 전화를 받으려고 마음의 준비를 하고 있을 것이다.

"지금 사무실이야. 당장 이리로 와."

린이 말했다.

리프킨이 만족스러운 표정으로 지켜보는 동안, 나는 린에게 할 말이 있으면 지금 당장 하라고, 그럼으로써 내가 그곳까지 가는 수고를 덜어달라고 말했다.

"아니. 사무실로 와, 앤디. 얼굴을 보면서 얘기하고 싶어."

린이 고집을 꺾지 않았다.

나는 전화기 폴더를 홱 닫았다. 리프킨에게 뭔가 말하고 싶었다. 작별 인사라든가, 행운의 말이라든가, 허튼 고별사라든가, 그게 뭐든 간에. 어떤지 그가 옳다는 생각이 들었다. 이게 우리의 마지막인 것 같았다. 하지만 리프킨은 내 말 따위는 듣고 싶어 하지 않았다. 그의 태도가 그렇게 말하고 있었다. 리프킨은 이미 나에게 악당 역할을 부여했다. 그 점은 리프킨이 나보다 더 잘 알 것이다.

나는 리프킨을 푸른 들판에 남겨두고서, 패배감에 젖은 채 차를 몰고 강을 건너 캠브리지로 향했다. 나는 이 사건에서 배제되는 걸 받아들일 참이었다. 하지만, 리프킨이 자기 혼자 이런 생각을 해냈을 리가 없다. 누군가가, 어쩌면 라주디스가 귀띔을 해줬을 것이다. 검사장의 귀에 속살대던 악마가 마침내 승리를 거두었다. 그렇다면, 좋다. 나는 이해의 상충이라는 세부 조항 때문에 제척될 것이다. 나는 허를 찔렸고, 그게 다였다. 이건 사내 정치였고, 나는 언제나처럼 정치와 무관한 인물이었다. 그래서 세간의 이목이 집중된 이번 사건은 라주디스에게 넘어가고, 나는 다음 문서, 다음 시체, 다음 사건으로 밀려나다가 결국 깔때기 속으로 빨려 들어갈 것이다. 내가 어리석거나 망상적이거나 자기 합리화에 빠진 사람인지는 모르겠으나, 나는 그때까지도 그렇게 믿었다. 나는 아직도 무슨 일이 다가오는지 알지 못했다. 제이컵을 범인으로 지목하는 증거는 너무도 적었다. 기껏해야 비밀을 간직한 여학생, 페이스북에서 나도는 아이들의 쑥덕공론, 칼이 전부였다. 그것들은 증거능력이 전혀 없었다. 제법 실력 있는 변호사라면 그러한 증거들을 거미줄 쓸듯 쉽게 물리칠 것이다.

법원 청사에 도착하니, 네 명의 사복 경찰이 현관에서 나를 기다리고 있었다. 모두 시팩 소속 경찰들이었는데, 그중 한 명은 내가 아주 잘 아는 모이니핸 형사였다. 그들은 마치 근위대처럼 나를 호위하더니 법원 로비를 통과해 검사장 사무실로 향했다. 일요일 아침, 우리는 휑한 복도와 좁은 사무실을 지나쳐 린 캐너밴의 전망 좋은 사무실에 도착했다.

캐너밴, 라주디스 그리고 제이컵 시프라는 기자가 회의용 탁자에 앉아 있었다. 시프는 지난 몇 년간 캐너밴 옆에 쉴 새 없이 등장했는데, 그건 캐너밴이 어디에서나 선거 운동을 계속하고 있다는 실망스러운 표시였다. 나는 시프에게 사적인 불만은 없었지만, 내 삶을 바친 신성한 소송절차에 그가 불쑥불쑥 끼어든다는 사실이 경멸스러웠다. 대개의 경우, 그는 입을 열 필요조차 없었다. 단순히 그가 존재하는 것만으로도 정치적 의미가 충분히 부각되었다.

캐너밴 검사장이 입을 열었다.

"앉아, 앤디."

"정말 이럴 필요까지 있었어, 린? 내가 무슨 짓을 할 거라고 생각했는데? 창문으로 뛰어내리기라도 할까 봐?"

"당신을 위해서야. 일이 어떻게 돌아가는지 알잖아."

"뭐가 어떻게 돌아가는데? 마치 내가 체포된 듯한 분위긴데?"

"아니야. 그냥 조심하려는 것뿐이야. 사람들이 흥분했어. 종잡을 수 없는 반응을 보이고 있다고. 큰 소동이 벌어지지 않았으면 좋겠어. 당신이라도 나처럼 했을 거야."
"그렇지 않아. 그래서 내가 당황할 만한 일이 대체 뭐야?"
내가 자리에 앉았다.
"앤디, 리프킨 사건에 대해 좋지 않은 소식이 좀 있어. 희생자의 상의에 찍혀 있던 지문 말이야. 그게 당신 아들 제이컵의 지문이야."
캐너밴이 스테이플로 철해진 보고서를 내 쪽으로 밀었다.
나는 주립 과학 수사 연구소에서 작성한 보고서를 훑어보았다. 살해 현장에서 발견된 잠복 지문과 용지에 채취된 제이컵의 지문이 열두 가지 비교 항목에서 일치했다. 보통 여덟 가지 항목이 일치하면 동일 지문으로 인정되는데, 제이컵의 지문은 요구 기준보다 훨씬 많이 일치했다. 오른손 엄지손가락 지문이었다. 제이컵이 손을 뻗어 희생자의 열어 젖혀진 상의를 쥐고 안쪽 라벨에 지문을 남긴 것이다.
"분명 그럴만한 이유가 있을 거야."
내가 얼떨떨하게 말했다.
"나도 그렇게 생각해."
"그 아이들은 같은 학교에 다니고, 게다가 같은 반이야. 그 아이들은 서로를 안다고."
"그래."
"그렇다고 내 아들이……."
"우리도 알아, 앤디."
모두가 나를 측은하게 쳐다보았다. 다만, 젊은 경관들은 창가에 무표정하게 서 있었는데, 그들은 나를 알지 못하기 때문에 다른 나쁜 놈을 대하듯 나를 경멸하고 있는지도 몰랐다.
"당신한테 유급 휴가를 줄 생각이야. 내 잘못도 있으니까. 우선 당신한테 이 사건을 맡긴 게 실수였어. 이 사람들이 사무실까지 동행할 거야."

캐너밴이 경관들을 가리켰다.

"개인 소지품은 챙겨도 돼. 하지만 사건과 관련된 서류나 문서는 안 돼. 컴퓨터에도 손을 대서는 안 돼. 일과 관련된 물건은 모두 사무실에 남겨 둬."

"이 사건은 누가 맡게 되는 거야?"

"닐이."

나는 미소를 지었다. '당연히 닐이겠지.'

"앤디, 혹시 닐한테 이 사건을 맡기는 게 싫어?"

"내 생각이 중요해, 린?"

"그럴 수도 있지. 만약 그 정당성이 입증된다면."

나는 고개를 저었다.

"아니야. 닐한테 맡겨. 그렇게 해."

라주디스가 고개를 돌리고서 내 시선을 피했다.

"그 애를 체포했어?"

더 많은 눈들이 내 시선을 피하며 사무실 여기저기로 휙휙 움직였다.

"린, 내 아들을 체포했어?"

"아니."

"그럴 거야?"

"우리가 선배한테 그걸 말할 의무는 없어요."

라주디스가 끼어들었다.

캐너밴이 라주디스를 자제시키려고 손을 뻗었다.

"체포할 거야. 이 상황에서는 별 다른 선택의 여지가 없어."

"이 상황? 그게 어떤 상황인데? 그 애가 코스타리카로 도망이라도 간다는 거야?"
 캐너밴이 어깨를 으쓱했다.
 "벌써 영장을 발부받았어?"
 "응."
 "린, 내가 약속할게. 그 애는 자진 출두할 거야. 그 애를 체포할 필요는 없어. 그 애는 감옥과는 어울리지 않아, 그게 단 하룻밤일지라도. 그 애한테는 도주의 위험이 없어, 자기도 알잖아. 그 애는 내 아들이야. 내 아들이라고. 린. 그 애가 체포되는 모습을 보고 싶지 않아."
 "앤디, 모두를 위해서 당분간 법원 근처에는 오지 마. 사태가 정리될 때까지. 알겠어?"
 검사장이 마치 연기를 몰아내듯 손을 저어 내 간청을 물리치더니, 충고의 말을 덧붙였다.
 "린, 친구로서 개인적으로 부탁하는 거야. 제발, 그 애를 체포하지 마."
 "그런다고 해결될 상황이 아니야, 앤디."
 "왜? 나는 이해를 못하겠어. 지문 때문에? 그 망할 놈의 지문 하나 때문에? 그게 전부야? 뭔가 더 있는 게 틀림없어. 그렇다고 말해."
 "앤디, 가서 변호사를 구하도록 해."
 "변호사를 구하라고? 나는 검사야. 내 아들한테 왜 이러는지 나한테 말해. 지금 내 가정을 무너뜨리고 있잖아. 나는 그 이유를 알 권리가 있어."
 "나는 그저 증거에 따라 행동할 뿐이야, 그게 다야."
 "증거는 패츠를 지목하고 있어. 내가 말했잖아."
 "당신이 모르는 사실이 있어, 앤디. 아주 많이."

그 말이 암시하는 바를 이해하기 위해 잠시 시간이 걸렸다. 하지만, 아주 잠깐이었다. 나 또한 내 패를 감추고 절대 보여주지 않으리라 결심했다.

나는 자리에서 일어섰다.

"좋소. 갑시다."

"그냥 그렇게 가실 건가요?"

"나한테 하고 싶은 말이 남았나? 닐?"

"그러니까, 우리는 여전히 당신을 염려하고 있어. 당신 아들이…… 무슨 짓을 저질렀든 그 애는 당신이 아니야. 당신하고 나는 오랫동안 알고 지냈어, 앤디. 나는 그 사실을 잊지 않아."

캐너밴이 말했다.

내 얼굴이 굳어졌다. 마치 돌 가면에 뚫린 눈구멍으로 밖을 내다보는 기분이었다. 나는 캐너밴을 쳐다보았다. 내가 여전히 아끼는, 이 모든 일에도 불구하고 여전히 신뢰하는, 내 오랜 친구 캐너밴을. 라주디스 쪽으로는 시선조차 던지지 않았다. 내 오른팔에서 격렬한 힘이 솟구쳤다. 그 순간 내가 라주디스를 쳐다보기라도 한다면, 내 손이 순간적으로 뻗어 나가 그의 목을 낚아채 으스러뜨릴 것만 같았다.

"다 끝났어?"

"그래."

"좋아. 나는 가야겠어. 지금 당장 내 가족을 찾아가야겠어."

캐너밴 검사장의 얼굴에 경계심이 서렸다.

"운전할 수 있겠어, 앤디?"

"괜찮아."

"알았어. 이 사람들이 사무실까지 동행할 거야."

사무실에서 나는 서류, 책상 위의 잡동사니, 벽에서 떼어 낸 사진, 일하면서 얻은 자질구레한 기념품 따위를 판지 상자에 던져 넣었다. 기념품 중에는 도낏자루도 하나 있었는데, 그건 내가 대배심에서 기소 승인을 얻어내지 못한 사건의 증거품이었다. 그 모든 세월과 노력과 우정, 그리고 내가 한 사건 한 사건 해결하면서 눈곱만큼씩 쌓아 올린 명망이 판자 상자 하나에 모두 들어갔다. 제이컵 사건이 어떤 식으로 결론 나든 이제 모든 것이 끝장났다. 제이컵이 혐의를 벗는다고 해도, 나는 비난의 멍에를 피하지 못할 것이다. 배심원단이 내 아들을 '무죄'라고 선언할 수는 있을지언정, 결코 '무고하다'고 말하지는 않을 것이다. 악취가 절대 우리를 떠나지 않을 것이다. 나는 검사로서 다시는 법정에 서지 못할 것이다. 하지만 상황이 너무 빠르게 돌아가서, 과거나 미래를 생각하며 미적거릴 여유가 없었다. 오로지 현재만이 존재했다.

이상하게도, 나는 허둥대지 않았다. 결코 겁을 먹지도 않았다. 제이컵의 살인 혐의는 수류탄과 같았다. 불가피하게 우리 모두는 그것에 의해 파괴되어 잔해만 남을 것이다. 하지만 낯설고 평온한 긴박감이 나를 덮쳤다. 틀림없이 경찰이 수색 영장을 집행하기 위해 우리 집으로 향하고 있을 것이다. 수색이 시작될 때까지 내가 집 안으로 들어가지 못하도록 검사장이 나를 내내 여기에 붙잡아둔 모양이었다. 나라도 그렇게 했을 것이다.

나는 사무실 밖으로 뛰쳐나갔다.

차 안에서 로리의 휴대전화로 전화를 걸었다. 받지 않았다.

"로리, 아주, 아주 중요한 일이야. 이 음성을 확인하는 즉시 나한테 전화해."

제이컵의 휴대전화로도 전화를 걸었다. 받지 않았다.

나는 너무 늦게 도착했다. 이미 뉴턴 경찰서 순찰차 네 대가 밖에서 우리 집을 감시하며, 영장이 도착하기를 기다리고 있었다. 나는 블록을 돌아서 차를 세웠다.
 우리 집은 교외 통근 열차 정차역과 맞닿아 있었다. 1.8미터짜리 울타리 하나가 승강장과 우리 집 뒷마당을 갈라놓았다. 나는 쉽게 울타리를 타 넘었다. 몸속에서 아드레날린이 과하게 분출되었기 때문에 나는 러시모어 산이라도 기어오를 수 있을 것 같았다.
 나는 마당의 잔디밭 언저리에 심어져 있는 측백나무를 헤치며 나아갔다. 내가 몸으로 관목을 밀치자, 바늘잎들이 나를 때리고 찔러댔다.
 나는 뒷마당을 가로질렀다. 이웃 하나가 제 뒷마당에서 정원 손질을 하다가 나를 보고 손을 흔들었다. 나는 전력 질주를 하면서도 이웃답게 반사적으로 손을 흔들었다.
 집 안으로 들어가서 나는 조용히 제이컵을 불렀다. 앞으로 벌어질 일에 대해 제이컵에게 마음의 준비를 시키고 싶었다. 하지만, 집에는 아무도 없었다.
 나는 잽싸게 계단을 올라 제이컵의 방으로 가서 서랍과 벽장을 열어젖히고 바닥에 놓인 세탁물 더미를 치뜨렸다. 조금이라도 유죄를 확정하는 것처럼 보이는 물건은 뭐든 찾아서 없애려고 필사적으로 노력했다.
 내 머릿속에서 작은 속삭임이 들렸다. '증거를 인멸해! 공무집행을 방해해!' 내 말이 끔찍하게 들리는가? 그렇다면 당신은 순진한 거다. 당신은 판사나 배심원이 책임감 있는 사람들이고 오심은 드문 일이기 때문에 나 역시 사법제도를 신뢰해야 한다고 생각할 것이다. 그리고 제이컵의 무고함을 진실로 믿는다면 경찰이 밀고 들어와서 원하는 것을 뭐든 가져가도록 내버려둬야 한다고 생각할 것이다. 하지만, 여기에는 추악한 작은 비밀이 있다. 형사소송 평결에서 발생하는 오류는 당신이 상상하는 것보다 훨씬 많다. 유죄인 범죄자가 처벌을 모면하는 '잘못된 부정의 오류'만 발생하는 것은 아니다. 여하튼, 우리는 그러한 오류를 인정하고 받아들인다. 피고인을 위해 부정한 수단이 흔하게 사용되므로, 그러한 오류는 예측이 가능하다. 진짜로 놀라운 일은 무고한 사람이 유죄 판결을 받는 '잘못된 긍정의 오류'가 너무나 자주 발생한다는 사실이다. 하지만 우리는 그러한 오류를 인정하지 않을 뿐 아니라 생각조차 하지 않는다. 그러한 오류를 인정하는 순간, 너무 많은 일에 의문이 제기되기 때문이다. 사실, 우리가 증거라고 부르는 것은 증거를 제공하는 목격자만큼이나, 혹은 모든 인간들만큼이나 신뢰할 수가 없다. 기억력은 별 도움이 안 되고, 목격자의 범인 식별은 믿을 수 없기로 악명이 높고, 선의를 가진 경찰관조차도 판단이나 기억의 오류에서 자유롭지 못하다. 어떤 제도에서든 인적 요소는 실수를 범하기 마련이다. 그런데 왜 판사나 배심원은 다르리라 생각하는가? 그들도 다르지 않다. 사법제도에 대한 우리의 눈먼 신념은 무지의 산물이자 마술적 사고이다. 나는 결코 내 아들의 운명을 사법제도에 맡길 수는 없었다. 이는 제이컵의 유죄를 믿기 때문이 아니라, 정확히 말하면 제이컵의 무죄를 믿기 때문이었다. 나는 올바른 결론, 공정한 결론을 확보하기 위해 적으나마 뭐라도 할 생각이었다. 내 말이 믿기지 않는다면, 가장 가까운 형사 법원으로 가서 몇 시간만 지내보라. 그리고 나서, 법원이 전혀 오류를 범하지 않는지 스스로에게 물어보라. 자신의 아이를 법원에 맡길 수 있을지 자문해보라.

    아무튼, 나는 제이컵의 방에서 조금이라도 염려스러운 물건을 전혀 발견하지 못했다. 그저 십 대의 흔한 허섭스레기, 더러운 빨랫감, 커다란 발에 꼭 맞는 운동화, 교과서, 비디오 게임 잡지, 다양한 전자 제품 충전기 따위가 널려 있을 뿐이었다. 사실, 뭐가 나오길 기대했는지 나도 잘 모르겠다. 문제는 검사장이 무엇을 확보하고 있는지, 무엇 때문에 제이컵을 기소하고 싶어 안달이 났는지 내가 아직 모른다는 사실이었다. 그래서 나는 잃어버린 조각이 무엇인지 궁금해 미칠 지경이었다.

내가 여전히 방 안을 뒤엎고 있는데 휴대전화가 울렸다. 로리였다. 로리는 이십 분 정도 떨어진 브루클린에서 친구를 만나고 있었다. 나는 로리에게 당장 집으로 오라고 말했다. 하지만 별다른 이야기는 하지 않았다. 로리는 지나치게 감정적이었다. 나는 로리가 어떻게 반응할지 예상할 수 없었고, 로리를 상대할 시간도 없었다. 우선은 제이컵을 돕고, 로리는 나중에 해결하기로 했다.

"제이컵은 어디에 있어?"

내가 물었다.

로리도 모른다고 했다. 나는 전화를 끊었다.

나는 마지막으로 방을 휙 둘러보았다. 제이컵의 노트북을 감추고 싶었다. 하드디스크에 무엇이 들어 있는지는 신만이 아실 것이다. 하지만, 컴퓨터를 치우면 어떤 식으로든 제이컵에게 해가 될 것이다. 제이컵의 온라인 사용 내역을 고려하건대 컴퓨터가 사라지면 의심을 받을 게 뻔했다. 반면에, 컴퓨터에서 강력한 증거가 나올지도 모른다. 결국, 나는 컴퓨터를 그냥 두기로 했다. 현명하지 못한 짓일 수도 있었지만, 생각할 여유가 없었다. 제이컵은 페이스북에서 공개적으로 비난을 받았기 때문에, 필요했다면 약삭빠르게 하드디스크를 지웠을 것이다.

초인종이 울렸다. 상황 종료. 나는 여전히 가쁜 숨을 몰아쉬었다.

출입구에는 다름 아닌 폴 더피가 서 있었다. 폴이 나에게 수색영장을 건넸다.

"미안하네, 앤디."

나는 파란 바람막이 재킷을 입은 경관들, 점멸등을 켠 순찰차들,

나에게 세 번 접은 영장을 내미는 오랜 친구를 물끄러미 바라보았다. 나는 어떻게 반응해야 할지 몰라서 별다른 반응을 보이지 않았다. 폴이 내 손에 종이를 쥐여주는 동안, 나는 제자리에 말없이 서 있었다.

"앤디, 자네는 밖에서 기다려야 해. 자네도 절차를 알잖아."

정신을 차리고 현실로 돌아와서, 이 일이 실제로 벌어지고 있다는 사실을 받아들이는 데 몇 초가 걸렸다. 하지만, 나는 초보적인 실수를 저지르지는 않으리라, 바보짓으로 경찰에게 빌미를 제공하지는 않으리라 단단히 결심했다. 사건 초반의 아슬아슬한 긴장감 속에서 멍청한 발언을 내뱉으면 안 된다. 사람들은 바로 실수 때문에 월폴 교도소에 갇히게 된다.

"제이컵은 집에 있어, 앤디?"

"아니."

"어디에 있는지 알아?"

"몰라."

"좋아, 자, 친구, 밖으로 나오게."

폴은 내 팔에 살며시 손을 얹었지만, 나를 집 밖으로 끌어내지는 않았다. 내가 준비될 때까지 기다리려는 모양이었.

"이 일을 제대로 끝내자고."

폴이 몸을 기울이고서 은밀하게 말했다.

"나는 괜찮아, 폴."

"미안하네."

"그냥 자네 일을 해, 알았지? 일을 망치지 말라고."

"알았어."

"자네가 일을 제대로 끝마치지 않으면, 라주디스가 자네한테 책임을 전가할 거야. 법정에서 자네를 무능한 경찰로 보이게끔 만들

거야. 내 말 명심하라고. 그 자식은 제 할 일만 할 거야. 나처럼 자네를 보호해주지는 않을 거라고."

"알았어, 앤디. 나는 문제없어. 어서 밖으로 나와."

나는 집 앞 보도에서 기다렸다. 입구의 순찰차들을 보고, 길 건너로 구경꾼들이 모여들었다. 나는 눈에 띄지 않도록 뒷마당에서 기다리는 편이 나았을 테지만, 로리나 제이컵이 집에 돌아올 때를 대비해서 그곳에 있었다. 내가 그들을 다독이고 이끌어야 했다.

수색이 시작된 지 몇 분 지나지 않아 로리가 도착했다. 로리는 소식을 듣더니 바들바들 떨었다. 내가 로리를 진정시키며 귀엣말을 했다. 어떤 말도 하지 마. 공포나 슬픔 같은 어떤 감정도 내보이지 마. 저들한테 어떤 빌미도 제공하지 마. 로리가 비웃음 비슷한 소리를 내더니 울음을 터뜨렸다. 주위의 시선을 전혀 의식하지 않는 듯, 로리의 오열에는 어떠한 가식도 거리낌도 없었다. 로리는 살면서 단 한 순간도 남에게 손가락질을 받아본 적이 없었기 때문에, 다른 사람들의 생각 따윈 신경 쓰지 않았다. 그 점은 나도 잘 알고 있었다. 우리는 집 앞에 함께 서 있었다. 나는 보호자처럼 그리고 연인처럼 한 팔로 로리를 감싸 안았다.

수색이 두 시간째로 접어들었을 무렵, 우리는 집 뒤편으로 물러나 테라스에 앉았다. 그곳에서 로리는 가만가만히 울다가, 마음을 추슬렀다가, 또다시 울었다.

어느 순간, 더피 형사가 뒷마당으로 와서 테라스를 향해 계단을 올랐다.

"앤디, 참고로 말하는데, 오늘 아침에 공원에서 칼이 발견됐어. 호수 옆 진흙 속에서."

"그럴 줄 알았어. 칼이 나타날 줄 알았다고. 칼에 지문이나 혈흔 같은 게 남아 있어?"

"확실한 건 아무것도 없어. 칼은 지금 연구소에 있어. 칼 표면에 초록 분말 같은 조류가 잔뜩 말라붙어 있었어."

"그 칼, 패츠 거야."

"잘 모르겠어. 그럴 수도 있겠지."

"어떤 종류의 칼이었어?"

"그냥 평범한 식칼 같았어."

"식칼이라고요?"

로리가 말했다.

"네. 각자 하나씩들 가지고 있죠?"

"제발, 더피, 농담하지 말라고. 그런 질문은 대체 왜 하는 거야?"

내가 말했다.

"알았어, 미안. 질문하는 게 내 일이잖아."

로리가 눈을 부라렸다.

"제이컵한테는 아직 아무 연락도 없어, 앤디?"

"없어. 우리도 그 애를 찾을 수가 없어. 여기저기로 계속 전화를 걸어보고는 있어."

더피가 의심스러운 표정을 간신히 억눌렀다.

"제이컵은 어린애야. 가끔씩 사라지기도 한다고. 제이컵이 집에 오면, 폴, 아무도 그 애한테 말을 걸지 않았으면 좋겠어. 질문도 안 돼. 제이컵은 미성년자야. 부모나 후견인의 동석을 요구할 권리가 있다고. 그러니까, 허튼 수작 부리지 마."

내가 말했다.

"맙소사, 앤디, 누구도 수작 따위는 부리지 않아. 하지만, 우리는 제이컵과 이야기를 나누고 싶어."

"꿈도 꾸지 마."

"앤디, 제이컵에게 도움이 될 거야."

"꿈도 꾸지 말라고. 제이컵은 아무 할 말도 없어. 단 한 마디도."
 그때, 마당 한가운데서 무언가가 우리의 시선을 잡아끌었다. 우리 셋은 모두 그쪽을 향해 몸을 돌렸다. 회백색 토끼 한 마리가 허공을 향해 코를 킁킁대고 고개를 휙휙 돌리며 경계를 하더니, 다시 긴장을 풀었다. 그리고 몇 발자국 깡충거리고서 제자리에 멈춰 섰다. 토끼는 꼼짝도 않고 풀과 어스름 속으로 섞여 들었다. 토끼가 다시 잿빛 물결을 일으키며 깡충거렸고, 나는 그제야 녀석을 분간할 수 있었다.
 더피가 로리를 향해 다시 몸을 돌렸다. 예전에 우리는 부부 동반으로 토요일 저녁에 몇 차례 외식을 한 적이 있었다. 그때가 마치 전생처럼 느껴졌다.
 "다 끝나갑니다, 로리. 우리는 곧 철수할 거예요."
 로리는 고개만 끄덕였다. 괜찮다고 말하기엔 너무 화가 나고, 가슴이 아프고, 배신감이 들었던 모양이다.
 "폴, 제이컵이 그런 게 아니야. 자네한테 이 말을 꼭 하고 싶었어. 그럴 기회가 없을 경우를 대비해서 말이야. 아마 자네하고 나는 한동안 이야기를 나누지 못할 거야. 그래서 내 입으로 직접 자네한테 이 말을 하고 싶었어, 알겠지? 제이컵이 그런 게 아니야. 제이컵이 그런 게 아니라고."
 내가 폴에게 말했다.
 "알았어. 알아들었다고."
 폴이 떠나려고 몸을 돌렸다.
 "그 애는 결백해. 자네 아이만큼이나 결백하다고."
 "알았어."
 폴이 자리를 떴다.
 토끼가 측백나무 저편에 웅크리고 앉아 턱을 옴쭉거렸다.

해가 저문 뒤에도, 경찰과 구경꾼들이 모두 떠난 뒤에도 우리는 제이컵을 기다렸다. 하지만, 제이컵은 돌아오지 않았다.

제이컵은 몇 시간 동안 콜드 스프링 공원의 숲 속에 숨어 있었다. 그리고 다른 집 뒷마당으로 떠돌아다니다가, 저녁 8시쯤에 제가 다녔던 초등학교 뒤편의 놀이터에서 경찰에게 붙잡혔다.

경찰 조서에 따르면, 제이컵은 군말 없이 수갑을 찼다. 제이컵은 도망치지 않았다. 오히려 경찰에게 말까지 걸었다.

"아저씨가 찾는 사람이 바로 저예요. 그런데, 제가 그런 게 아니에요."

"그렇다면, 시신에서 어떻게 네 지문이 나왔지?"

경찰이 멸시하듯 말했다.

그러자 제이컵이 불쑥 이렇게 내뱉었다. (어리석었던 건지 약삭빨랐던 건지, 나는 아직도 잘 모르겠다.)

"제가 걔를 발견했어요. 걔가 이미 그곳에 누워 있었다고요. 그래서 도와주려고 걔를 일으켰어요. 그러고 나서야 걔가 죽은 걸 알았고, 겁이 나서 도망쳤어요."

제이컵은 경찰에게 그 이상의 진술은 하지 않았다. 뒤늦게 제이컵은 그런 자백을 하는 게 얼마나 위험한 일인지 깨달았던 모양이다. 그래서 더는 한마디도 하지 않았다. 다른 아이들과는 달리 제이컵은 묵비권의 참뜻을 알고 있었다. 나중에, 제이컵이 왜 이런 단독 진술을 했는지에 대해, 진술이 어쩌면 그렇게 철저하고 자기방어적일 수 있었는지에 대해 여러 억측이 나돌았다. 사람들은 제이컵이 그러한 진술을 미리 생각해두었다가 적절한 때에 슬쩍 내뱉었으며, 수사에 혼선을 빚기 위해 일찌감치 방어기제를 작동시켰다고 생각하는 듯했다. 하지만, 내가 알기로 제이컵은 언론에서 묘사한 것처럼 그렇게 영악하거나 교활하지 않았다.
 어쨌든, 그 후로 제이컵은 경찰에게 줄곧 이 말만을 반복했다.
 "아빠를 만나고 싶어요."
 그날 밤에 제이컵은 보석으로 풀려나지 못했고, 집에서 2, 3킬로미터 떨어진 뉴턴 경찰서 유치장에 갇혔다.
 로리와 나는 창문도 없는 좁은 면회실에서 아주 잠깐 제이컵을 만날 수 있었다.
 제이컵은 확실히 충격을 받은 모습이었다. 눈이 축축하고 눈가가 벌겠다. 얼굴은 붉게 상기되어서, 마치 전쟁터에 나가는 인디언처럼 양 볼에 빨간 가로줄을 하나씩 그려놓은 듯했다. 제이컵은 몹시도 겁을 먹었다. 그러면서도, 침착함을 유지하려고 무진 애를 썼다. 제이컵의 태도는 억지스럽고 뻣뻣하고 기계적이었다. 한 소년이 사내다움을, 기껏해야 사춘기 아이가 이해하는 사내다움을 흉내 내고 있었다. 그 모습이 내 가슴을 찢어놓았다. 제이컵은 감정을 자제하려고, 폭풍처럼 휘몰아치는 공포, 분노, 슬픔 따위의 감정을 자신의 내부에 눌러두려고 안간힘을 쓰고 있었다. 하지만, 그다지 오래 버티지는 못할 것 같았다. 제이컵은 빠르게 연소하고 있었다.
 "제이컵, 너 괜찮니?"
 로리가 떨리는 목소리로 말했다.
 "아니요! 그럴 리가 없잖아요!"
 제이컵은 면회실을, 자신이 처한 상황을 둘러보았다. 그리고 냉소적인 표정을 지었다.
 "저는 끝장났다고요."
 "제이크……."
 "경찰이 제가 벤을 죽였다고 그래요? 아니에요, 절대 아니에요. 이런 일이 일어나다니 저는 도저히 믿을 수가 없어요. 믿을 수가 없다고요."

"이봐, 제이크, 이건 실수야. 뭔가 끔찍한 오해가 있는 거라고. 우리가 해결할 거야, 알겠지? 네가 희망을 잃지 않았으면 좋겠구나. 이제 겨우 소송절차가 시작되었을 뿐이야. 갈 길이 멀어."

내가 말했다.

"믿을 수가 없어요. 믿을 수가 없다고요. 제가 마치……."

제이컵이 입으로 폭발음을 내고서 두 손으로 버섯구름 모양을 만들었다.

"그 사람 있잖아요? 이건 마치, 마치, 그 남자가 누구죠? 그 이야기에 등장하는?"

"카프카."

"아니요. 거, 뭐냐, 그 영화에 나오는 남자요."

"모르겠다, 제이크."

"왜 거기에서 그 남자가 자기가 사는 세상이 진짜가 아니라는 걸 알아내잖아요? 뭐더라, 그게 꿈이었던가? 가상현실이었던가? 왜 컴퓨터가 그 모든 걸 만들어냈잖아요? 그런데, 그 남자가 진짜 세상을 보게 돼요. 뭐더라, 오래된 영화인데."

"잘 모르겠구나."

"매트릭스!"

"매트릭스? 그거 옛날 영화니?"

"키아누 리브스요, 아빠. 설마 몰라요?"

나는 로리를 쳐다보았다.

"키아누 리브스?"

로리가 어깨를 으쓱했다.

제이컵이 아직까지도 이렇게 엉뚱할 수 있다는 사실이 놀라웠다. 하지만, 그랬다. 제이컵은 몇 시간 전이나 지금이나 똑같이 얼빠진 어린애였고, 그 점만은 변하지 않았다.
"아빠, 저는 어떻게 해야 하죠?"
"우리는 싸울 거다. 매 순간 우리는 싸울 거야."
"아니요, 제 말은, 그러니까, 일반적인 거 말고요. 지금 말이에요. 다음 과정이 뭐죠?"
"내일 아침에 기소인부절차가 있을 거다. 법정에서 혐의 내용을 읽어줄 거야. 그리고 보석금을 책정한 다음, 너는 집에 가게 될 거다."
"보석금이 얼마죠?"
"내일이면 알게 되겠지."
"우리가 보석금을 부담하지 못하면요? 그럼 저는 어떻게 되죠?"
"우리가 보석금을 마련할 테니, 걱정하지 마라. 우리한테는 저축해놓은 돈이 조금 있어. 집도 있고."
제이컵이 코를 훌쩍였다. 제이컵은 내가 돈 때문에 푸념하는 소리를 수도 없이 들었다.
"정말 죄송해요. 그런데 제가 그런 게 아니에요. 맹세해요. 제가, 그러니까, 완벽한 아이가 아니라는 사실은 저도 알아요, 아시겠죠? 하지만 제가 그런 게 아니에요."
"나는 너를 믿는다."
"너는 완벽한 아이야, 제이컵."
로리가 덧붙였다.
"저는 벤을 알지도 못해요. 걔는, 뭐랄까, 그냥 같은 학교에 다니는 아이일 뿐이에요. 왜 제가 그런 짓을 하겠어요? 네? 왜요? 저, 경찰들은 제가 왜 그랬대요?"
"나도 모른다, 제이크."
"이건 아빠 사건이잖아요! 그게 무슨 소리에요, 모른다니요?"

"그냥 모른다."

"그러니까, 저한테 말해주기 싫은 거로군요."

"아니야. 그런 말 하지 마라. 제이크, 너는 이 아빠가 너를 수사했다고 생각하는 거니? 정말로?"

제이컵이 고개를 저었다.

"그래서, 그냥 아무 이유 없이, 아무 이유 없이 제가 벤 리프킨을 죽였대요? 제 말은, 제 말은, 그러니까 대체 뭐 하자는 짓인지 모르겠다고요. 이건 미친 짓이에요. 이 모든 게 완전히 미친 짓이라고요."

"제이컵, 우리를 납득시킬 필요는 없다. 우리는 네 편이야. 언제나. 무슨 일이 일어날지라도."

"맙소사. 이건 데릭 잘못이에요. 걔 때문이에요. 제가 알아요."

제이컵이 손가락으로 머리칼을 쓸어 넘겼다.

"데릭? 데릭이 왜?"

"걔는 그냥, 걔는 그러니까, 걔는 별것도 아닌 일에 맛이 가요, 아시겠어요? 그러니까, 걔는 아주 사소한 일에도 걸핏하면 맛이 간다고요. 맹세코, 여기에서 나가면 그 자식을 조져놓을 거예요. 진짜예요."

"제이크, 나는 데릭 때문이라고 생각하지 않는다."

"걔 때문이에요. 그 자식을 조심해야 해요."

로리와 나는 당혹스러운 표정으로 서로를 쳐다보았다.

"제이크, 우리가 너를 여기에서 꺼내주마. 보석금이 얼마든 그 돈을 지불하마. 우리가 그 돈을 마련할게. 너를 감옥에 내버려두지는 않으마. 하지만 너는 오늘 밤을 이곳에서 보내고, 내일 아침에 기소인부절차에 참석해야 해. 우리가 아침 일찍 법원으로 너를 만나러 가마. 변호사를 데리고 갈게. 내일 저녁은 집에서 먹게 될 거야. 내일이면, 네 침대에서 잘 수 있을 거야. 아빠가 약속하마."
 "저는 다른 변호사를 원하지 않아요. 저는 아빠를 원해요. 제 변호는 아빠가 해주세요. 아빠보다 더 나은 사람이 누가 있겠어요?"
 "그럴 수 없어."
 "왜요? 저는 아빠를 원해요. 아빠는 제 아빠잖아요. 저는 지금 아빠가 필요하다고요."
 "그건 좋지 않은 생각이야, 제이컵. 너한테는 전문 변호사가 필요해. 어쨌든, 그 부분은 이미 해결됐단다. 아빠 친구인 조너선 클라인 변호사에게 전화를 해뒀다. 그 사람은 아주, 아주 실력 있는 변호사야, 아빠가 장담하마."
 제이컵이 실망감으로 얼굴을 찌푸렸다.
 "어쨌든 아빠는 저를 변호할 수는 없을 테죠. 아빠는 검사니까요."
 "더는 아니야."
 "해고되셨어요?"
 "아직은 아니다. 지금은 휴가 중이야. 아마, 나중에 해고되겠지."
 "저 때문에요?"
 "아니, 너 때문이 아니다. 너랑은 상관없는 일이야. 그냥 상황이 그렇게 됐다."
 "그러면 앞으로 무슨 일을 하실 거예요? 그러니까, 돈벌이로요? 아빠는 직업이 필요해요."
 "돈 걱정은 하지 마라. 돈 걱정은 아빠한테 맡겨."
 나를 모르는 젊은 경찰 하나가 문을 두드리고서 말했다.
 "시간 종료."
 "우리는 너를 사랑한단다. 우리는 너를 아주 많이 사랑해."
 로리가 제이컵에게 말했다.

"알았어요, 엄마."

로리가 두 팔로 제이컵을 껴안았다. 잠시 동안 제이컵은 미동도 하지 않았고, 로리는 제이컵을 끌어안은 채로 가만히 서 있었다. 마치 로리가 나무나 건물 기둥을 안고 있는 듯했다. 결국 제이컵이 마지못해 제 엄마의 등을 토닥였다.

"그거 아니, 제이크? 우리가 너를 얼마나 사랑하는지?"

제이크가 로리의 어깨 위에서 눈을 뒤룩댔다.

"네, 엄마."

"좋아. 그럼, 됐어."

로리가 몸을 떼고서 눈물을 훔쳤다.

제이컵이 금방이라도 울음을 터뜨릴 듯 몸을 떨었다.

내가 제이컵을 포옹했다. 나는 제이컵을 가까이 끌어당겨서 꽉 껴안고는 뒤로 물러났다. 그리고 머리끝에서 발끝까지 아이를 훑어보았다. 청바지 무릎 부분에 진흙이 뭉개져 있었다. 그건 비오는 4월에 콜드 스프링 공원에 숨어서 시간을 보낸 흔적이었다.

"강해져야 한다, 알았지?"

"아빠도요."

제이컵이 이렇게 말하고는 빙긋이 웃었다. 자신의 대답이 얼마나 어처구니없었는지 알아차린 모양이었다.

우리는 제이컵을 그곳에 남겨두었다.

그리고 아직 밤은 끝나지 않았다.

새벽 2시, 나는 거실 소파에 털썩 주저앉았다. 고립된 기분이 들었다. 몸을 움직여 침실로 올라갈 수도, 소파에서 잠을 청할 수도 없었다.

로리가 잠옷 바지와 청록색 티셔츠 차림으로 맨발로 터덜터덜 계단을 내려왔다. 로리가 아끼는 저 티셔츠는 이제 너무 닳아서 잠옷 이외의 용도로는 사용할 수 없었다. 티셔츠에 가려진 젖가슴은 세월과 중력에 못 이겨 아래로 처졌고, 머리는 산발에 눈은 반쯤 감겨 있었다. 로리의 모습을 보자 왈칵 눈물이 쏟아질 것만 같았다. 세 번째 계단에서 로리가 말했다.

"앤디, 자러 가자. 오늘 밤에는 이제 우리가 할 수 있는 일이 없어."

"곧 갈게."

"안 돼. 지금 당장. 어서."

"로리, 이리 좀 와봐. 당신하고 해야 할 얘기가 있어."

로리가 발을 질질 끌며 현관 복도를 지나쳐서 거실에 있는 내게로 다가왔고, 그 십여 걸음을 걷는 동안 잠이 완전히 달아난 모양이었다. 나는 자주 도움을 요청하는 사람이 아니었다. 그래서 내가 도움을 청하면, 로리는 긴장했다.

"뭔데, 여보?"

"앉아. 당신한테 해야 할 이야기가 있어. 곧 밝혀질 얘기야."

"제이컵에 대해서?"

"나에 대해서."

나는 로리에게 모든 것을 이야기했다. 내 혈통에 대해 내가 아는 모든 것을 털어놓았다. 제임스 버킷, 그 빌어먹을 바버 가문의 시조에 대해서, 그가 개척자들과는 반대로 자신의 야생성을 안고 서부 변방에서 동부 뉴욕으로 옮겨 왔다는 사실에 대해서 이야기했다. 그리고 러스티 바버, 전쟁 영웅인 내 조부에 대해서, 그가 매사추세츠 로웰에서 발생한 교통사고에서 싸움에 휘말려 결국 어떤 남자의 배를 가른 일에 대해서 이야기했다. 그리고 내 아버지 피투성이 빌리 바버에 대해서, 그의 광포한 폭력성이 극에 달했던 그 사건에 대해서, 어떤 소녀와 칼과 폐가와 관련됐다던 그 사건에 대해서 이야기했다. 삼십사 년을 기다린 후에 이 모든 이야기를 털어놓는 데 고작 오 분에서 십 분 정도가 걸렸다. 일단 꺼내고 보니, 그렇게 오랜 세월 그토록 짐스럽게 여겨지던 이야기가 아주 보잘것없게 느껴졌다. 그리고 순간적으로 나는 로리도 내 이야기를 그런 식으로 받아들일 거라고 확신했다.

"그게 바로 내 출신 성분이야."

로리가 멍한 얼굴로 고개를 끄덕였다. 로리는 나에 대한, 나의 내력에 대한, 나의 부정직성에 대한 실망감으로 얼이 빠져 있었다.

"앤디, 왜 나한테 한 번도 이야기하지 않았어?"

"중요하지 않았으니까. 나란 사람과는 상관없는 일이었으니까. 나는 그들과는 다른 사람이니까."

"하지만 당신은 내가 그 점을 이해하지 못하리라 생각했던 거잖아."

"아니야. 로리, 그런 게 아니야."

"그럼, 그저 이야기할 시간이 없었던 거야?"

"아니. 처음에는 당신이 나를 그런 사람으로 생각할까 봐 겁이 났어. 그다음엔, 세월이 흐를수록 그 사실이 별로 중요해 보이지 않았어. 우리는 정말…… 행복했으니까."

"지금까지 당신은 달리 선택의 여지가 없을 때만 무언가를 털어놨어."

"로리, 당신한테 미리 알리고 싶었어. 내 집안 내력이 곧 파헤쳐질 테니까. 하지만, 이번 사건하고 어떤 관련이 있어서 그런 건 아니야. 그냥 이런 거지 같은 얘기는 늘 파헤쳐지기 마련인 거지. 그런 옛날 얘기 따윈 제이컵하고 아무 관계도 없어. 그리고 나하고도."

"확실해?"

나는 잠깐 동안 잠자코 있었다. 그런 다음에 대답했다.

"응, 확실해."

"분명히 당신은 나한테 그 얘기를 감춰야 한다고 생각했어."

"아니, 그렇지 않아."

"나한테 말하지 않은 게 또 있어?"

"아니."

"확실해?"

"응."

로리가 차분하게 생각했다.

"그렇다면, 알았어."

"알았다는 게 무슨 뜻이야? 더 궁금한 거 없어? 하고 싶은 말은?"

로리가 나를 향해 원망스러워하는 표정을 지었다. '당신 나한테 하고 싶은 말 없느냐고 묻는 거야? 그것도 새벽 2시에? 더군다나 오늘 새벽에?'

"로리, 달라지는 건 아무것도 없어. 변하는 건 아무것도 없다고. 나는 당신이 열일곱 살 때부터 알았던 바로 그 사람이야."

"알았어."

로리가 무릎을 내려다보았다. 그곳에서 로리의 두 손이 꼬무락대고 있었다.

"진작 나한테 이야기했어야지. 지금 당장은 그 말밖에 못하겠어. 나한테도 알 권리가 있었어. 내가 어떤 사람과 결혼하려고 하는지, 내가 어떤 사람의 아이를 낳으려고 하는지 알 권리가 있었다고."

"내가 어떤 사람인지 알고 있었잖아. 당신은 나랑 결혼했어. 그 외에 다른 자질구레한 것들은 모두 다 지나간 일일 뿐이야. 우리랑은 아무 상관도 없다고."
"당신은 나한테 이야기했어야 해. 그게 다야. 나한테도 알 권리가 있었어."
"내가 당신한테 말했다면, 당신은 나랑 결혼하지 않았을 거야. 결혼은 고사하고 나랑 사귀지도 않았을 거야."
"그건 모르는 일이야. 당신은 나한테 기회조차 주지 않았잖아."
"아, 제발. 내가 당신한테 데이트를 신청했는데 당신이 우리 집안 내력에 대해 알고 있었다면 어땠을 거 같아?"
"내가 뭐라고 대답했을지는 나도 몰라."
"나는 알아."
"어떻게?"
"당신 같은 아가씨들은…… 그런 청년에게 만족하지 않으니까. 있잖아, 그냥 잊어버리자."
"당신이 어떻게 알아, 앤디? 내가 어떤 선택을 했을지 당신이 어떻게 아느냐고."
"그래, 당신 말이 맞아. 내가 알 도리가 없지. 미안해."
잠시 대화가 끊겼고, 그 상태도 나쁘지 않았다. 그리고 그 순간에 우리는 어색한 침묵을 참아내고서 다른 주제로 넘어갔더라면 좋았을 것이다.
나는 로리 앞에 무릎을 꿇고서 양팔을 그녀의 무릎에, 그녀의 따뜻한 다리에 얹었다.
"로리, 미안해. 당신한테 말하지 못해서 정말 미안해. 하지만, 이미 엎질러진 물이잖아. 중요한 것은 말이야, 내가 아버지나 할아버지와는 다르다는 사실이야. 나는 당신이 그 사실을 이해하는지 알고 싶어. 당신이 그렇게 믿는지 알아야겠다고."
"믿어. 그러니까, 믿는 것 같아. 물론 믿어. 모르겠어, 앤디, 너무 늦었어. 나는 좀 자야겠어. 지금은 이런 얘기 하고 싶지 않아. 너무 피곤해."

"로리, 당신은 나를 알잖아. 나를 좀 봐. 당신은 나란 사람을 알잖아."

로리가 내 얼굴을 살폈다.

이렇게 가까이에서 들여다보니, 놀랍게도 로리는 꽤나 늙고 쇠잔해 보였다. 그저 내 마음의 부담을 덜자고, 내 마음이 편해지자고, 오늘 인생 최악의 날을 보낸 여자에게 한밤중에 이런 짐을 떠넘기다니, 이기적일 뿐 아니라 조금은 잔인한 짓이라는 생각이 들었다. 그리고 예전의 로리가 떠올랐다. 예일 대학교 신입생 시절에 올드 캠퍼스의 잔디밭에 비치타월을 깔고 앉아 있던, 갈색 다리의 소녀가 떠올랐다. 내게는 지나치게 과분했던 그 소녀에게 나는 오히려 쉽게 말을 건넸다. 나는 잃을 게 아무것도 없었으니까. 열일곱 살의 나이에 나는 내 어린 시절이 전부 이 소녀를 위한 전주곡에 지나지 않았음을 깨달았다. 그 전에도 그 후로도 그런 감정을 느껴본 적이 없었다. 나는 로리 때문에 완전히 변했다. 우리는 한 쌍의 밍크처럼 도서관 서고, 빈 강의실, 로리의 차, 로리네 해변 별장, 심지어 묘지에서까지 장소를 가리지 않고 사랑을 나누었다. 하지만 나의 변화는 성적인 것 이상이었다. 나는 새로운 사람, 본연의 나, 지금의 나로 변했다. 그리고 뒤따라온 모든 것(내 가족, 내 가정, 우리가 함께한 삶)은 로리가 나에게 준 선물이었다. 이러한 마법이 삼십사 년이나 지속되었다. 이제, 쉰한 살의 나이에 마침내 나는 로리를 있는 그대로의 모습으로 바라보게 되었다. 놀라움이 엄습했다. 빛나는 소녀는 이제 없었다. 결국엔 로리도 그저 나이 든 여자일 뿐이었다.

제2부

"살인이 국가의 소관이라는 생각은 비교적 근대적인 개념이다. 인류의 역사를 살펴보면 대개의 경우, 살인은 순수하게 사적인 일이었다. 전통적인 사회에서, 살인은 그저 두 씨족 간의 분쟁을 야기할 뿐이었다. 살인자의 가족이나 부족은 희생자의 가족이나 부족에게 어떤 식으로든 피해를 보상함으로써 정당하게 분쟁을 해결해야 했다. 보상의 종류는 벌금에서 살인자(혹은 대리인)의 처형에 이르기까지 사회마다 다양했다. 만약 희생자의 친족이 만족하지 못한다면, 피의 복수가 뒤따를 수도 있었다. 이러한 방식이 오랫동안 다양한 사회에서 지속되었다. ……현재의 관행에도 불구하고, 오랜 전통에 따르면 살인은 오로지 집안끼리의 문제였다."

―조지프 아이젠, 《살인의 역사》(1949)

9
기소인부절차

다음 날 아침, 손다이크 스트리트의 어두운 차고에서 로리와 내가 길 아래편 법원 입구에 모인 기자들을 대비해 무장을 하는 동안, 조너선 클라인이 우리 곁에 서 있었다. 클라인은 평소처럼 회색 양복과 검정 터틀넥 스웨터를 입고 있었다. 오늘 법정에 서야 하는데도 넥타이를 매지 않았다. 양복은 헐렁했으며, 바지가 특히 더 그랬다. 클라인은 마른 몸과 납작한 엉덩이 때문에 양복장이들에게 분명 악몽 같은 존재일 것이다. 목에는 인디언 구슬로 만든 안경 줄에 돋보기가 매달려 있었다. 클라인은 오래된 안장처럼 닳아서 반질반질한 구식 소가죽 가방을 들고 있었다. 틀림없이 외부인의 눈에 클라인은 이 직업에 부적합한 사람으로 보일 것이다. 클라인은 너무나 작고 너무나 온화했다. 하지만 클라인에게는 나를 안심시키는 무언가가 있었다. 뒤로 빗어 넘긴 백발하며, 하얀 염소수염하며, 인자한 미소하며, 클라인에게는 불가사의한 마력이 있었다. 평온함이 클라인을 에워싸고 있었다. 우리에게는 바로 그러한 자질이 필요했다.

클라인은 기자들이 할 일을 찾아 코를 킁킁대는 한 무리 늑대들처럼 길 저편에서 어정거리며 잡담하는 모습을 훔쳐보았다.

"좋아, 앤디, 전에도 이런 일을 겪어봤을 테지만, 지금하고는 상황이 달랐을 거야. 로리, 당신한테는 완전히 새로운 경험일 거예요. 그래서 내가 둘 모두에게 기본적으로 숙지해야 할 사항을 말해줄게요."

클라인이 말했다.

클라인이 손을 뻗어 로리의 소매를 건드렸다. 로리는 전날 제이컵의 체포와 바버 집안의 저주라는 연타를 얻어맞고서 아직 충격에서 벗어나지 못한 모습이었다. 우리는 아침에 식사를 하고, 옷을 입고, 법원에 출석할 준비를 하면서 거의 이야기를 나누지 않았다. 처음으로 내 마음속에서 이혼이라는 단어가 맴돌았다. 판결이 어떻게 내려지든 재판이 끝나면 로리는 나를 떠날 것이다. 로리가 나를 살피며 무언가 결정을 내리고 있었다. 속아서 나와 결혼했다는 사실을 깨닫고서 로리는 어떤 기분이 들었을까? 배신감을 느꼈을까? 아니면 불쾌감을 느꼈을까? 로리가 불쾌했다면 그건 내 말이 옳기 때문이다. 결국, 로리 같은 아가씨는 나 같은 청년과 결혼하지 않는 법이다. 어쨌든 조녀선의 손길이 로리에게 위안을 준 모양이었다. 로리는 조녀선을 향해 살짝 웃어 보이고서 다시 지친 표정으로 되돌아갔다.

"지금부터, 그러니까 법원에 도착하는 순간부터 오늘 밤 집에 돌아가서 현관문을 닫을 때까지 어떤 감정도 드러내서는 안 됩니다. 무표정을 유지하세요. 알았어요?"

클라인이 말했다.

로리는 멍한 표정으로 아무런 대답도 하지 않았다.

"저는 이제부터 화초와 다름없어요."

내가 클라인에게 장담했다.
"좋아. 어떤 표정, 어떤 반응, 어떤 일말의 감정이라도 자네들한테 불리하게 해석될 거야. 웃으면, 사람들은 자네들이 소송절차를 심각하게 받아들이지 않는다고 말할 거야. 쏘아보면, 사람들은 자네들이 무례하고 뻔뻔한 인간들이며, 법원 출두를 억울해한다고 말할 거야. 울면, 가식이라고 말할 테고."
클라인이 로리를 쳐다보았다.
"알았어요."
로리가 자신 없는 목소리로 대답했다. 특히 마지막 항목이 걱정스러운 모양이었다.
"어떤 질문에도 대답하지 말아요. 그럴 필요가 없으니까. 텔레비전에서는 화면만이 중요해요. 누군가가 소리치는 질문을 당신이 알아들었는지 어떤지 텔레비전으로는 분간할 수가 없어요. 유치장으로 가서 제이컵한테도 이 이야기를 할 테지만, 가장 중요한 것은 어떤 분노도 드러내지 않는 거예요. 특히 제이컵이 분노를 드러내면, 사람들에게 최악의 의혹을 확인시켜 주는 꼴밖에 안 돼요. 반드시 기억해둬요. 사람들의 눈에, 모두의 눈에 제이컵은 유죄예요. 당신들도 마찬가지고. 사람들은 자신들이 이미 알고 있는 내용을 확인시켜 줄 무언가를 원해요. 아주 작은 거로도 충분하죠."
"우리의 대외적인 모습을 걱정하기엔 다소 늦지 않았나요?"
로리가 말했다.
그날 아침, 〈글로브〉지는 1면에 '검사의 십 대 아들, 뉴턴 살인 사건으로 기소'라는 제목의 기사를 실었다. 〈헤럴드〉지는 선정적이었으며, 명성에 걸맞게 단도직입적이었다. 살인 현장으로 보이는 숲 속의 휑한 경사지를 타블로이드판 표지의 배경 사진으로 실었으며, 거기에 웹에서 수집한 게 분명한 제이컵의 사진과 '괴물'이라는 단어를 덧붙였다. 그리고 그 밑에 호기심을 불러일으키는 표제를 내걸었다. '뉴턴 칼 살인 사건의 검사, 십 대 아들의 혐의가 드러나자 은폐 의혹으로 면직.'

로리의 말이 옳았다. 이미 그런 기사가 실린 마당에, 우리가 법정에 들어서면서 무표정을 유지한다는 게 다소 부적절해 보였다.

하지만 클라인은 어깨만 으쓱했다. 그 규칙은 마치 신이 손가락으로 석판에 새겨 놓은 율법처럼 재론의 여지가 없었다.

"우리는 우리가 가진 것으로 우리가 할 수 있는 최선을 다할 거예요."

클라인이 차분하고 상식적으로 말했다.

그래서 우리는 들은 대로 했다. 우리는 법원 앞에서 우리를 기다리던 기자라는 대변인 무리를 헤치며 계속 걸었다. 우리는 어떠한 감정도 드러내지 않았고, 어떠한 질문에도 대답하지 않았으며, 우리 귀에 대고 소리치는 기자들의 질문을 못 들은 척했다. 어쨌든 기자들은 계속해서 질문을 외쳐댔고, 우리 주위로 마이크를 빽빽하게 들이밀며 답변을 요구했다.

"기분이 어떻습니까?"

"당신을 신뢰했던 사람들에게 한마디 하시죠?"

"희생자의 가족에게 할 말 없습니까?"

"제이컵이 그랬습니까?"

"당신의 의견을 들어보고 싶습니다."

"제이컵이 증언을 합니까?"

그리고 누군가가 나를 자극하려고 소리쳤다.

"바버 씨, 반대편 입장이 되시니 기분이 어떻습니까?"

나는 로리의 손을 잡고 로비로 밀고 들어갔다. 건물 안은 평소에 비해 놀랍도록 조용했다. 기자들은 법원으로 들어올 수 없었다. 우리가 로비의 검색대를 지나갈 수 있도록 사람들이 뒤로 물러섰다. 평소에는 나에게 그냥 들어가라고 웃으며 손짓하던 보안관들이 지금은 금속 탐지기로 나를 검사하고 주머니 속 동전까지 확인했다.

잠시 승강기에 우리만 남겨졌다. 일심 법정이 위치한 6층으로 올라가는 동안, 나는 로리의 손을 제대로 잡으려고 손가락으로 로리의 손가락을 더듬적거렸다. 내 아내는 나보다 상당히 작아서 나는 그녀의 손을 내 엉덩이 높이까지 끌어올려서 붙잡아야 했다. 로리는 마치 시계를 확인하는 듯한 모양새로 팔꿈치를 굽힌 채 가만히 있었다. 로리의 얼굴에 싫은 기색이 스쳤다. 눈꺼풀이 파르르 떨렸고, 입술이 앙다물어졌다. 거의 인지할 수 없는 미세한 움직임이었지만, 나는 그 변화를 알아차리고서 로리의 손을 놓았다. 승강기가 올라가자, 문이 흔들렸다. 클라인은 눈치 빠르게 숫자판만 쳐다보았다.

승강기 문이 덜컥대며 열렸고, 우리는 북적대는 복도를 뚫고서 6B 법정으로 급하게 걸어 들어갔다. 그리고 방청석 앞쪽 중간에 앉아 우리의 사건이 호명되기를 기다렸다.

판사가 자리에 착석할 때까지 어색한 시간이 지나갔다. 내가 듣기로는, 법원이 우리 사건을 10시 정각에 소환해서 처리한 다음, 기자와 구경꾼들의 소동이 끝나는 대로 재빨리 일상 업무로 되돌아갈 것이라고 했다. 우리는 10시 십오 분 전에 법정에 도착했다. 기다리는 동안 시간은 느릿느릿 흘렀고, 십오 분은 생각보다 훨씬 길게만 느껴졌다. 여기저기에 낯익은 검사들이 무리지어 서 있다가, 마치 우리 주위로 자기장이라도 형성된 듯 뒤로 물러났다.

폴 더피가 라주디스와 시팩 형사 두 명과 함께 저쪽 벽에 기대어 서 있었다. 더피는 원래 제이컵에게 삼촌 같은 존재였다. 우리가 자리에 앉는 동안 더피가 나를 한 번 쓱 쳐다보더니 시선을 돌렸다.

나는 불쾌하지 않았다. 따돌림 당하는 기분이 들지도 않았다. 이런 일에는 관례라는 것이 있고, 그게 다였다. 더피는 자신이 소속된 팀을 응원해야 한다. 그게 더피의 일이다. 제이컵이 혐의를 벗으면, 우리는 다시 친구로 되돌아갈 것이다. 어쩌면 그러지 못할 수도 있다. 당분간 우정은 집행이 유예되었다. 서로 감정 상할 필요가 없었고, 그 외에 달리 방법도 없었다. 로리는 더피나 다른 사람의 냉대를 그다지 태연하게 받아들이지 못했다. 이런 식으로 우정이 툭 끊어지는 모습을 지켜보는 일이 로리에게는 끔찍하게 느껴졌을 것이다. 우리는 예전과 똑같은 사람들이었고, 우리가 변하지 않았기 때문에 로리는 다른 사람들이 우리를, 제이컵뿐만 아니라 우리 가족 모두를 완전히 새로운 시선으로 바라보고 있다는 사실을 쉽게 잊었다. 로리는 제이컵이 무슨 짓을 저질렀든 우리 부부는 전적으로 결백하며 사람들이 최소한 그 사실만은 알아야 한다고 생각했다. 하지만, 나는 로리의 그러한 착각에 결코 공감할 수 없었다.

6B 법정에는 많은 배심원 후보자들을 수용하기 위해 여분의 배심원석이 마련되어 있었다. 그날 아침에는 비어 있는 배심원석에 텔레비전 카메라를 설치하고서 지방방송국들에 제공할 영상을 녹화하고 있었다. 기다리는 동안, 카메라맨이 카메라 렌즈를 줄곧 우리 쪽에 맞췄다. 우리는 피고인들처럼 무표정의 가면을 뒤집어쓴 채 서로에게 한마디도 하지 않고 간신히 눈만 깜박였다. 그렇게 오랫동안 누군가에게 관찰당하는 것은 쉬운 일이 아니다. 대기 시간이 길어지면 사람들이 으레 그러듯, 나 또한 작은 것들에 관심을 보이기 시작했다. 나는 내 손을 유심히 살폈다. 크고 허연 두 손에 상처투성이 관절들이 툭 튀어나와 있었다. 검사의 손 같지가 않았다. 양복 상의의 소매에 딸려 있는 내 손을 보고 있자니 이상한 기분이 들었다. 남들의 시선을 받으며 법정에서 십오 분 동안 대기하는 일

은 그 후에 뒤따라올 일보다 훨씬 더 끔찍했다. 예전에 내가 지배권을 행사했을 때는 이곳이 우리 집 주방만큼이나 나에게 편안한 공간이었는데…….

10시에 검정 법복을 입은 일심 판사가 스르르 안으로 들어왔다. 리베라 판사는 형편없는 판사였지만, 그 편이 우리에게는 행운이었다. 일심 법원인 6B 법정은 판사들에게 기피 지역이었다. 판사들은 몇 달에 한 번씩 돌아가며 이곳을 맡았다. 일심 판사들은 기차가 제시간에 운행되도록 만드는 일을 했다. 즉, 업무량이 고르게 분산되도록 사건을 여러 법정에 할당하고, 망설이는 검사와 피고인에게 형량 거래를 부추겨서 소송 사건의 양을 줄이고, 매일매일 처리되어야 할 행정적 잡무를 가능한 한 능률적으로 분류했다. 떠넘기고, 버리고, 미루는 일은 꽤 빡빡한 업무였다. 루데스 리베라는 쉰 살쯤 된 시들시들한 여자로, 기차를 제시간에 맞춰 운행시키기는 일을 하기에는 참으로 부적절한 인물이었다. 리베라 판사가 하는 일이라고는 법복 단추를 채우고 휴대전화 전원을 끈 다음 제시간에 법정에 나타나는 게 고작이었다. 검사들은 그녀를 경멸했으며, 그녀가 이 자리에 오른 것은 곱상한 외모, 혹은 정치적 연줄을 가진 검사와의 시의적절한 결혼, 혹은 라틴계 판사 증원 정책 덕분이라고 구시렁댔다. 그리고 그녀를 '엉뚱녀 리베라'라고 불렀다. 하지만 그날 아침 우리에게 그녀는 거의 최고의 판사였다. 리베라 판사는 고등법원 판사로 임명된 지 오 년이 채 안 되었지만, 이미 검찰청에서 피고인에게 호의적인 판사로 명성이 드높았다. 사실, 캠브리지 법원의 판사 대다수는 똑같은 평판을 가지고 있었다. '너그럽고, 비현실적이며, 진보적이다.' 이제 나에게는, 그런 식으로 편향된 판결을 내리는 것이 더할 나위 없이 타당해 보였다. 결국, 보수주의자도 기소를 당하면 모두 진보주의자가 된다.

"소장 번호 공팔-사사공칠, 매사추세츠 주 대 제이컵 마이클 바버 사건, 일급 살인 한 건."

법원 서기가 제이컵 사건을 호명했다.

내 아들이 유치장에서부터 이곳까지 법원 경관 두 명에게 이끌려 와서 법정 한가운데 배심원석 앞에 섰다. 제이컵은 사람들을 훑어보다가 우리를 발견하고는 즉시 바닥으로 시선을 떨궜다. 그리고 어색하고 얼떨떨한지 정장과 넥타이를 매만지기 시작했다. 그 옷은 로리가 골랐고, 클라인이 제이컵에게 가져다주었다. 제이컵은 정장을 입는 일에 익숙하지 않았기 때문에, 제 차림이 근사하기도 하고 불편하기도 한 모양이었다. 제이컵은 어느새 훌쩍 자라 양복 상의가 조금 작았다. 로리는 제이컵의 발육이 지나치게 빨라서 밤에 집이 조용해지면 제이컵의 뼈가 자라는 소리가 들릴 정도라고 농담을 하곤 했다. 이제 제이컵은 상의의 어깨 부분을 제 몸에 잘 맞춰 보려고 꼬무락댔으나, 옷이 그 정도까지 늘어날 리 없었다. 제이컵의 이런 모습을 두고 나중에 기자들은 제이컵을 허영심 강하고 세상 이목을 즐기는 아이라고 묘사할 것이다. 실제로 재판이 시작되면, 우리는 그런 식의 비방을 듣고 또 듣게 될 것이다. 사실, 제이컵은 당황한 어린애일 뿐이었고, 완전히 겁에 질려서 손을 어디에 둬야 하는지도 몰랐다. 하지만 이상하게도 제이컵은 평상시 못지않게 평정심을 유지하며 용케 그 자리에 버티고 서 있었다.

조너선이 법정 중간의 여닫이문을 밀치고 들어서서 피고석에 서류 가방을 올려놓고 제이컵 옆에 자리를 잡았다. 그리고 제이컵의 등에 손을 올렸다. 그건 제이컵을 위한 행동이 아니라, 자신의 생각을 분명히 밝히기 위한 행동이었다.

'이 소년은 괴물이 아니다. 나는 이 아이를 만지는 게 두렵지 않다. 게다가, 나는 그저 돈에 팔려서 혐오스러운 의뢰인을 위해 직업

적 의무를 다하는 게 아니다. 나는 이 아이를 믿는다. 나는 이 아이의 친구다.'

"검찰 측, 진술하세요."

리베라 판사가 말했다.

라주디스가 검사석에서 일어섰다. 그리고 손바닥으로 넥타이를 죽 훑어 내린 후, 손을 뻗어 양복 상의 뒷자락을 조금 잡아당겼다.

"재판장님, 이건 극악무도한 사건입니다."

라주디스가 비통하게 말문을 열었다. 라주디스는 '극악-무우-도'라고 발음을 길게 늘였고, 그 순간 나는 법정에 종종 창문이 없는 진짜 이유를 이해했다. 그건 피고 측이 검사를 창밖으로 집어던지지 못하게 하기 위해서다. 라주디스가 사건 개요를 읽어 내려갔고, 그 내용은 지난 스물네 시간 동안 신문사들이 앞다퉈 보도했기 때문에 이미 모두에게 익숙했다. 지금 라주디스는 신문 기사를 아주 약간만 다듬어서, 카메라 저편의 성난 군중들을 향해 다시 낭독하고 있었다. 라주디스의 목소리가 약간 단조로웠다. 라주디스는 우리 모두가 이번 사건의 개요를 싫증날 정도로 많이 들었을 거라고 생각하는 모양이었다.

하지만 보석에 반대하는 논거를 제시하면서 라주디스의 어조가 침울해졌다.

"재판장님, 우리 모두는 피고인의 아버지를 알고 있으며, 그에 대해 우호적인 감정을 가지고 있습니다. 그는 오늘 이 법정에 나와 있습니다. 저는 개인적으로 그와 친분이 있습니다. 그리고 그를 존중하고 존경합니다. 저는 이 사람에게 지대한 애정과 연민을 느낍니다. 분명 우리 모두가 그러할 것입니다. 그는 이 법정에서 언제나 가장 멋진 남자였습니다. 그에게는 모든 일이 아주 쉬웠습니다. 하지만. 하지만."

"이의 있습니다."

"인정합니다."

라주디스가 내 쪽을 바라보았으나, 몸은 돌리지 않고 어깨 위로 목만 홱 꺾었다.

그에게는 모든 일이 아주 쉬웠다고? 과연 본인도 그렇게 생각할까?

"라주디스 검사, 앤드루 바버 씨가 기소된 게 아니에요."

리베라 판사가 말했다.

라주디스가 다시 앞을 바라보았다.

"네, 재판장님."

"그렇다면, 보석금으로 넘어갑시다."

"재판장님, 검찰 측은 아주 높은 보석금 책정을 요구합니다. 현금 오십만 달러, 오백만 달러짜리 보증 증서. 피고인의 특이한 가정환경, 범죄의 포악성, 강력한 유죄 판결의 가능성을 고려할 때, 피고인의 도주 위험성은 매우 높습니다. 게다가, 피고인은 검사 아버지 밑에서 자랐기 때문에 법적 소양이 풍부합니다."

라주디스가 몇 분 동안 이러한 헛소리를 멈추지 않았다. 마치 암기한 대사를 별 감정 없이 그냥 읊어대는 듯했다.

라주디스가 뜬금없이 나에 대해 언급했던 말이 내 머릿속에서 대위선율처럼 계속해서 메아리쳤다. '저는 이 사람에게 지대한 애정과 연민을 느낍니다. 그는 이 법정에서 언제나 가장 멋진 남자였습니다. 그에게는 모든 일이 아주 쉬웠습니다.' 이 법정에서는 그 말을 실언으로 받아들인 모양이었다. 사람들은 그 말을 얼결에 터져 나온 눈물 젖은 헌사로 여기며 감동받았다. 전에도 이런 장면을 본 적이 있을 것이다. 현실에 눈뜬 젊은 제자가 자신의 스승이 평범한 사람으로 밝혀지거나 몰락하는 모습을 지켜보며 환멸감을 느낀다.

어쩌고저쩌고, 기타 등등. 다 개소리다. 라주디스는 카메라가 돌아가지 않을 때조차 즉흥 연설 따위는 하지 않는다. 분명 라주디스는 거울 앞에서 그 대사를 연습했을 것이다. 그렇다면, 이런 의문이 남는다. 라주디스는 이런 연극으로부터 무엇을 기대하는 걸까? 얼마나 정확히 제이컵에게 비수를 꽂으려는 걸까?

결국, 리베라 판사는 라주디스의 보석 반대 논거에 반응하지 않았다. 그리고 제이컵이 체포되던 날부터 이미 결심하고 있었다는 듯 1만 달러라는 쥐꼬리만 한 보석금을 책정했다. 이러한 형식적인 금액은 제이컵이 달리 도망갈 곳이 없다는 사실을 반영했다. 어쨌든, 판사들은 우리 가족을 잘 알고 있었다.

라주디스는 패배를 대수롭지 않게 넘겼다. 어쨌든 라주디스의 보석 반대는 사람들의 이목을 끌기 위한 행동에 지나지 않았다. 라주디스가 빠르게 다음으로 넘어갔다.

"재판장님, 검찰 측은 클라인 씨가 이번 소송의 변호인으로 참여하는 데 대해 이의를 제기합니다. 앞서 이 살인 사건의 또 다른 용의자가 클라인 씨를 변호사로 선임한 바 있습니다. 공개 법정이므로 그 사람의 이름은 언급하지 않겠습니다. 동일한 사건에서 또 다른 피고인을 변호하는 것은 명백한 이해상충의 소지가 있습니다. 변호사는 틀림없이 다른 용의자를 통해 기밀 정보를 알게 되었을 것이고, 그 정보가 이번 소송에서 피고 측에 어떠한 영향을 미쳤을지도 모릅니다. 피고인은 자신이 유죄 판결을 받게 될 경우를 대비해서, 변호인의 비효과적인 조력을 근거로 상소를 제기하려고 미리 물밑 작업을 벌이고 있는 듯합니다."

비열한 계략의 냄새가 풍기자, 조너선이 벌떡 일어섰다. 검사가 그렇게 공개적으로 변호사를 공격하는 경우는 매우 드물었다. 작은 충돌이 난무하는 격렬한 재판에서조차 검사와 변호사는 법정에 들어서면 언제나 동류의식을 가지고 형식적으로 예의를 지켰다. 조녀선은 영락없이 모욕을 당한 셈이었다.

"재판장님, 만약 검찰 측이 시간을 들여 사실을 확인했다면, 결코 저런 비난은 하지 않았을 것입니다. 저는 이번 사건과 관련해서 다른 용의자에게 선임된 적이 없으며, 이번 사건에 대해 그 사람과 대화를 나눈 적도 없습니다. 그 사람은 제가 몇 년 전에 어떤 사건에서 변호를 맡았던 고객인데, 뜬금없이 저에게 전화를 걸어서 자신이 지금 뉴턴 경찰서에서 신문을 받고 있으니 그곳으로 와달라고 했습니다. 그래서 제가 그 사람에게 어떠한 질문에도 대답하지 말라고 조언했으며, 그것이 이 사건에서 저와 그 사람의 유일한 연결고리입니다. 그 사람이 기소를 당하지 않았기 때문에, 저는 그 후로 그 사람과 이야기를 나눈 적이 없습니다. 그게 기밀 정보든 아니든, 예전이나 지금이나 저는 이번 사건과 손톱만큼이라도 관련이 있는 정보를 들은 바가 없습니다. 이해의 상충은 전혀 존재하지 않습니다."

"재판장님, 검사로서 이러한 일을 보고하는 것은 제 의무입니다. 만약 클라인 씨가 불쾌하셨다면……."

라주디스가 과장되게 어깨를 으쓱하며 말했다.

"피고인이 스스로 선택한 변호사를 거부하는 것이 당신의 의무입니까? 아니면 소송이 시작되기도 전에 변호사를 거짓말쟁이로 몰아붙이는 것이 당신의 의무입니까?"

"두 사람 다, 됐습니다. 라주디스 검사, 검찰 측에서 클라인 씨의 변호인 참여에 이의를 제기했다는 사실을 공판 기록에 남기겠습니다. 그리고 이의를 기각합니다."

리베라 판사가 서류에서 고개를 들더니 판사석 너머로 라주디스를 쳐다보며 이렇게 덧붙였다.

"자제하세요."

라주디스는 판사를 자극하지 않기 위해 고개를 갸웃하고 눈썹을 치켜세우는 동작만으로 불만을 표시했다. 하지만, 여론이라는 실체 없는 재판에서는 아마 라주디스가 득점했을 것이다. 내일 자 신문에서, 라디오 전화 토론에서, 이번 사건을 분석하는 인터넷 게시판에서, 사람들은 제이컵 바버의 거짓말 여부를 놓고 토론을 벌일 것이다. 어찌 되었든, 라주디스의 의도는 사람들에게 환심을 사는 게 아니었다.

"심리를 위해 이 사건을 프렌치 판사에게 넘기겠습니다."

리베라 판사가 단호하게 말했다. 그리고 서류를 서기에게 휙 던졌다.

"십 분간 휴정합니다."

리베라 판사가 카메라맨과 뒤편의 기자들을 향해 눈살을 찌푸렸다. 그리고 라주디스를 향해서도. 어쩌면 이건 내 착각이었는지도 모르겠다.

보석 절차가 빠르게 처리되었고, 제이컵이 우리에게 인도되었다. 우리 셋은 마구잡이로 덤벼드는 기자들을 뚫고서 법원을 떠났다. 기자들은 우리가 도착했을 때보다 훨씬 많았고, 훨씬 공격적이었다. 기자들이 손다이크 스트리트에서 길을 막고서 우리를 멈춰 세우려고 애를 썼다. 누군가(아마 기자였을 테지만 누구도 그 사람의 얼굴을 보지는 못했다.)가 제이컵의 반응을 끌어내리려고 그 아이의 가슴을 밀쳤고, 제이컵이 놀라서 몇 걸음 물러났다. 하지만, 제이컵은 아무런 반응도 보이지 않았다. 제이컵의 무표정한 얼굴은 조금도 흔들리지 않았다. 조금 정중한 기자들은 우리를 불러 세워 말을 시키려고 약삭빠른 전략을 구사했다. 그들은 아무것도 모른다는 듯 이렇게 물었다. "저 안에서 무슨 일이 있었는지 말씀해주시겠어요?" 하지만, 방송국에 제공되는 영상과 동료들의 문자 메시지를 통해 이미 모든 것이 그들에게 생중계되었을 것이다.

차를 타고 모퉁이를 돌아 집으로 향할 즈음, 우리는 모두 기진맥진했다. 특히 로리는 진이 다 빠져 있었다. 로리의 머리카락이 습기 때문에 제멋대로 뻗치기 시작했고, 얼굴이 핼쑥했다. 우리에게 재앙이 닥친 후로, 로리는 자꾸만 살이 빠졌고 예쁜 달걀형 얼굴이 수척해졌다. 내가 차를 진입로로 몰고 들어가는데, 로리가 가쁘게 숨을 몰아쉬었다. "오, 세상에." 그리고 재빨리 손으로 입을 막았다.

누군가가 우리 집 앞면에 두꺼운 검정 사인펜으로 낙서를 해놓았다.

살인자
우리는 너를 증오하노니
지옥에서 썩을지어다

글씨는 크고 뭉뚝하고 깔끔했으며, 딱히 서둘러 쓴 기색은 보이지 않았다. 우리 집 앞면에는 황갈색 널빤지들이 덧대어져 있기 때문에, 널빤지 가장자리마다 글자가 끊겨 있었다. 그것만 제외하면, 낙서에는 정성을 들인 티가 역력했다. 환한 대낮에, 우리가 집을 비운 사이, 누군가가 그곳에 낙서를 했다. 아침에 집을 나설 때는 분명히 낙서가 없었다.

나는 거리 이쪽저쪽을 살폈다. 인도는 텅 비어 있었다. 길 저편에 원예 회사 트럭이 한 대 세워져 있었고, 잔디 깎는 기계와 낙엽 청소하는 기계가 시끄럽게 윙윙댔다. 이웃들의 흔적은 없었다. 사람은 한 명도 보이지 않았다. 깔끔한 초록 잔디밭, 만개한 분홍색과 보라색 진달래, 일렬로 죽 늘어서서 거리에 그늘을 드리우고 있는 크고 오래된 단풍나무들, 그뿐이었다.
 로리가 밖으로 뛰쳐나가 집으로 달려 들어갔고, 제이컵과 나는 차 안에 남아서 낙서를 뚫어지게 쳐다보았다.
 "마음 쓰지 마라, 제이크. 그냥 너한테 겁을 주려고 저러는 거야."
 "알아요."
 "그냥 멍청이 한 놈이 저런 거야. 저런 짓을 하는 데는 멍청이 한 놈이면 충분해. 모두가 다 그런 건 아니야. 모든 사람이 저렇게 생각하는 건 아니야."
 "아니요, 모두가 저렇게 생각해요."
 "그렇지 않다니까."
 "당연히 모두가 저렇게 생각해요. 그래도 괜찮아요, 아빠. 저는 정말 신경 안 써요."
 나는 몸을 돌려 뒷좌석에 있는 제이컵을 바라보았다.
 "정말 신경 쓰이지 않니?"
 "네."
 제이컵은 팔짱을 끼고 앉아서, 눈을 찡그리고 입을 앙다물었다.
 "만약 신경이 쓰이면, 아빠한테 말할 거지?"
 "아마도요."
 "이 일에…… 상처 받아도 괜찮아. 너도 알지?"
 제이컵은 마치 관용을 용납하지 않는 황제처럼 경멸적으로 얼굴을 찌푸리며 고개를 저었다. '감히 나에게 상처를 주려 하다니.'
 "아빠한테 말해보렴. 바로 지금 이 순간에 네 속마음은 어떠니?"
 "아무렇지도 않아요."
 "아무렇지도 않아? 그건 불가능해."
 "아빠가 말했듯이, 그냥 머저리 한 놈이 그런 거예요. 멍청이라고 그랬나요? 어쨌든요. 그러니까, 그동안에도 아이들은 줄곧 제 험담을 했어요, 아빠. 제 얼굴 앞에서요. 학교가 어떻다고 생각해요? 바로 저래요."

제이컵이 턱으로 벽의 낙서를 가리켰다.

"저건 그냥 무대만 바뀐 거예요."

나는 잠시 제이컵을 바라보았다. 제이컵은 몸을 고정한 채 시선만 나에게서 창밖으로 돌렸다. 나는 제이컵의 무릎을 도닥였다. 하지만, 손을 쭉 뻗는 게 어색해서, 그저 손끝으로 제이컵의 단단한 무릎뼈를 톡톡 두드린 게 고작이었다. 나는 전날 밤에 제이컵에게 잘못된 충고를 했다. 나는 이 아이에게 강해지라고 말했다. 나는 이 아이에게 나처럼 되라고 누누이 말했다. 그렇지만, 제이컵이 내 말을 마음에 새기고서 마치 어린 클린트 이스트우드처럼 과장된 강인함으로 제 자신을 꽁꽁 싸매고 있는 모습을 보니, 내 말이 후회되었다. 나는 또 다른 제이컵이, 서툴고 엉뚱한 내 아들이 다시 모습을 드러내기를 바랐다. 하지만 너무 늦었다. 어쨌든, 제이컵의 터프가이 연기는 묘하게 나를 감동시켰다.

"넌 정말 굉장한 아이야, 제이크. 아빠는 네가 자랑스럽다. 그러니까, 네가 오늘 법정에 서 있던 모습도 그렇고, 지금 이렇게 대처하는 모습도 그렇고. 너는 멋진 아이야."

제이컵이 콧방귀를 뀌었다.

"네, 알았어요, 아빠."

집 안으로 들어가니, 로리가 주방 바닥에 엎드려서 개수대 수납장을 뒤지며 청소 용품을 찾고 있었다. 로리는 법원에 갈 때 입었던 남색 치마를 아직도 입고 있었다.

"그냥 내버려둬, 로리. 내가 처리할게. 당신은 가서 쉬어."

"언제 처리할 건데?"

"언제든 당신이 원하는 때에."

"당신은 항상 자기가 처리하겠다고 말하고는 그렇게 하지 않잖아. 내 집에 저딴 건 필요 없어. 단 일 분도 더는 싫어. 그냥 저렇게 내버려두지 않을 거야."

"내가 처리하겠다고 했잖아. 제발. 가서 쉬어."

"저런 걸 놔두고 내가 어떻게 쉬어, 앤디? 그것참. 뭐라고 써놨는지 못 봤어? 우리 집에! 바로 우리 집에 말이야, 앤디. 그런데 나더러 그냥 가서 쉬었으면 좋겠다고? 대단해. 대단하다는 말밖에는 안 나오네. 그 인간들이 똑바로 걸어 올라와서 우리 집에 낙서를 하는데, 아무도 뭐라고 하지 않았고, 누구도 손가락 하나 까딱하지 않았어. 염병할 이웃들 중에 단 한 사람도 말이야."

로리는 욕하는 데 익숙하지 않은 사람들이 종종 그러듯 욕설을 마지막 한 자까지 또박또박 내뱉었다.

"경찰을 불러야 해. 이건 범죄야, 맞지? 이건 범죄라고. 나도 그건 알아. 이건 기물손괴죄야. 경찰을 불러야겠지?"

"아니. 경찰을 부르지 않을 거야."

"그렇겠지. 당연히 그러시겠지."

로리가 청소용 세제를 한 병 들고 일어서더니, 마른행주를 낚아채서 수도꼭지를 틀고 적셨다.

"로리, 제발, 내가 할게. 적어도 돕게라도 해줘."

"제발 그만 좀 할래? 내가 하겠다고 했잖아."

로리는 신발도 신지 않은 채 스타킹 바람으로 급히 걸어 나갔다. 그리고 문지르고, 문지르고, 또 문질렀다.

나도 로리와 함께 밖으로 나갔지만, 지켜보는 것 외에 달리 할 수 있는 일이 없었다.

로리가 격렬하게 팔을 움직이는 동안 머리칼이 출렁였다. 로리의 눈가가 촉촉해졌고, 얼굴이 상기되었다.
"도와줄까, 로리?"
"아니. 내가 할게."
한참 후에, 나는 지켜보기를 그만두고 안으로 들어갔다. 한동안 로리가 집 담벼락에 대고 씨름하는 소리가 들려왔다. 로리가 글자를 문질러 지우는 데 성공했지만, 페인트 위에 잿빛 잉크 자국이 남았다. 그리고 그건 지금까지도 남아 있다.

10
표범

조녀선의 사무실은 하버드 광장 근처에 자리하고 있었는데, 백 년 쯤 된 빅토리아식 건물에 어수선한 방들이 빽빽이 들어차 있어 마치 작은 토끼우리 같았다. 변호사 업무는 기본적으로 조녀선 한 사람이 맡아서 했다. 서퍽 대학교 로스쿨을 갓 졸업한 엘런 커티스라는 젊은 여자 동료가 있기는 했지만, 조녀선은 본인이 직접 법정에 출두할 수 없는 날에만 엘런을 법원에 보내거나(보통 다른 지역에서 또 다른 재판이 열리는 경우), 엘런에게 기본적인 법률 조사를 맡겼다. 보아하니, 엘런은 변호사 사무실을 개업할 준비가 되면 이곳을 떠나기로 되어 있는 모양이었다. 현재 이 사무실에서 엘런은 어쩐지 당혹스러운 존재였다. 엘런은 조용히 검은 눈동자를 반짝이며, 오가는 살인범, 강간범, 절도범, 아동 성추행범, 탈세범 같은 의뢰인과 그들의 저주받은 가족들을 관찰했다. 엘런은 노샘프턴 지역의 정통 급진파 대학생 같은 분위기를 풍겼다. 엘런은 가차 없이 제이컵을 교외의 부잣집 아이, 운 좋게 타고난 자신의 모든 이점을 낭비하는 아이라고 판단했을 테지만, 그런 티를 내지는 않았다. 그리고 애써 우리를 공손하게 대했다. 줄곧 나를 바버 선생님이라고 불렀고, 내가 사무실에 나타날 때마다 내 외투를 받아주겠다고 했다. 조금이라도 격의 없이 행동하면 자신의 중립성이 약화된다고 생각하는 모양이었다.

그 외에 조너선과 함께 일하는 사람은 부르츠 부인뿐이었는데, 이 여자는 장부를 작성하고 전화를 받았으며, 난장판을 더는 두고 볼 수 없을 때 낮은 목소리로 욕지거리를 퍼부으며 마지못해 주방과 욕실을 청소했다. 이 여자는 묘하게 내 어머니와 닮았다.

사무실에서 가장 좋은 곳은 서재였다. 그곳에는 붉은 벽돌로 만들어진 벽난로와 친숙한 법률 서적이 가득한 책장이 있었다. 벌꿀색 장정의 매사추세츠 및 연방 법원 판례집, 국방색 장정의 매사추세츠 항소심 판례집, 적포도주 색 장정의 매사추세츠 법규집 총서.

제이컵의 기소인부절차가 끝나고 몇 시간이 흐른 점심나절, 우리는 소송에 대해 의논하기 위해 작고 따스한 서재에 모였다. 세 명의 바버 가족은 조너선과 함께 낡은 떡갈나무 원탁에 둘러앉았다. 엘런도 그곳에 앉아 법률 용지에 필요한 사항을 끼적였다.

제이컵은 가슴에 코뿔소 모양의 회사 로고가 인쇄된 진홍색 후드 점퍼를 입고 있었다. 회의가 시작되자, 제이컵은 마치 드루이드교 사제처럼 머리 위에 휑뎅그렁한 모자를 뒤집어쓰고 의자에 털썩 주저앉았다.

"제이컵, 모자를 벗어라. 예의를 지켜야지."

내가 제이컵에게 말했다.

제이컵은 뚱하게 모자를 홱 벗고서, 회의가 자신과는 별 상관없는 어른들의 일이라는 듯 멍한 표정으로 그곳에 앉아 있었다.

로리는 요염한 여교사 안경을 쓰고 가벼운 기모 풀오버를 입고 있었는데, 눈가의 어리벙벙한 표정을 제외하면, 교외에 거주하는 전형적인 중산층 엄마의 모습이었다. 로리는 자신에게도 법률 용지를 달라고 부탁하고는 엘런을 따라 의욕적으로 필기할 채비를 했다. 로리는 침착함을 잃지 않기로, 미로에서 벗어날 방법을 궁리하기로, 이 비현실적인 꿈속에서조차 냉철하고 바지런한 상태를 유지하기로 마음먹은 듯했다. 솔직히, 그렇게 열성을 보이지 않았더라면, 로리는 그나마 덜 힘들었을 것이다. 어리석고 호전적인 사람들은 이러한 상황에서 오히려 편안하게 지낸다. 그들은 생각을 그만두고 오로지 전투를 위해서 각오를 다진다. 전문가와 운명에 모든 걸 내맡기고, 만사가 결국 잘 해결되리라 믿는다. 로리는 어리석지도 호전적이지도 않았기에 결국 끔찍한 대가를 치렀다. 하지만, 이 이야기는 나중에 다시 해야겠다. 당장은, 법률 용지와 펜을 들고 있는 로리를 보니 어쩔 수 없이 우리의 대학 시절이 떠올랐다. 그때 로리는 적어도 나와 비교했을 때 약간은 공부벌레였다. 우리는 수업을 거의 같이 듣지 않았다. 우리는 관심사가 달랐다. 나는 역사를, 로리는 심리학과 국어와 영화를 좋아했다. 어쨌든 우리는 샴쌍둥이처럼 나란히 딱 붙어서 펀둥펀둥 교정을 돌아다니는 역겨운 연인이 되기는 싫었다. 사 년 동안 우리는 에드먼드 모건 교수의 초기 미국사 총론이라는 수업만을 같이 들었다. 그때 우리는 막 연애를 시작한 신입생이었고, 나는 빼먹은 강의를 따라잡기 위해 시험 전에 로리의 공책을 잠깐씩 빌리곤 했다. 나는 한 쪽 한 쪽 깔끔하게 필기체로 작성된 로리의 공책을 보고 말문이 막혔다. 로리는 강의 시간에 긴 단락을 그대로 받아 적은 후에, 강의별로 개념과 하위개념을 분류하고, 거기에 자기 생각을 덧붙였다. 내 엉성하고, 정신없고, 조악한 공책과는 달리 로리의 공책에는 죽죽 줄을 그은 곳이나 마구 휘갈겨 쓴 글씨나 구불구불한 화살표가 거의 없었다. 사실, 그 공책을 통해 나는 어느 정도 로리를 직시하게 되었다. 나를 놀라게

한 것은 로리가 나보다 똑똑할지도 모른다는 사실이 아니었다. 나는 뉴욕 주 워터타운이라는 촌구석 출신이기 때문에, 예일 대학교에는 로리 골드처럼 세상을 잘 아는 총명한 아이들이 득시글하리라고 충분히 예상했었다. 나는 제롬 데이비드 샐린저의 소설을 읽고, '러브 스토리'와 '하버드 대학의 공부벌레들'을 보면서 그들을 자세히 연구했다. 오히려, 내가 로리의 공책을 보며 직관적으로 깨달았던 것은 로리가 똑똑하다는 사실이 아니라 로리가 알 수 없는 존재라는 사실이었다. 로리는 나 못지않게 복잡했다. 어렸을 때 나는 앤디 바버라는 존재에 매우 극적인 요소가 존재한다고 믿으며 살았다. 그러나 로리 골드라는 존재의 내면에는 비밀과 슬픔이 가득했다. 다른 모든 이들과 마찬가지로 로리 또한 나에게 언제나 불가해한 존재였다. 대화를 나누고, 입을 맞추고, 나 자신을 그녀의 몸 안으로 밀어 넣으며 로리를 꿰뚫으려고 아무리 애를 써도, 나는 로리의 일부만을 겨우 알 수 있을 뿐이었다. 결국, 알 만한 가치가 있는 존재는 알기 어렵고, 소유할 만한 가치가 있는 존재는 소유하기 어렵다는 어린애 같은 깨달음이 찾아왔다. 하지만 어쨌든 우리는 어렸다.

조너선이 서류에서 고개를 들고 말문을 열었다.

"음, 이건 닐 라주디스 검사한테서 받은 1차 서류야. 지금 내가 입수한 건 공소장하고 경찰 조서 약간이 전부야. 확실히 아직까지는 검찰 측 증거를 다 입수하지는 못했어. 하지만 제이컵에 대한 공판이 어떻게 진행될지에 대해 나는 대략적인 그림을 가지고 있어. 따라서 우리는 적어도 이야기를 시작할 수 있고, 재판이 어떤 모습일지 대략적으로 그림을 그려볼 수는 있어. 그리고 재판 때까지 우리가 무엇을 해야 할지 생각해볼 수도 있어. 하지만, 제이컵, 시작하기에 앞서 너에게 특별히 두 가지를 말해두고 싶구나."

"네."

"우선, 지금 의뢰인은 바로 너야. 그건 가능한 한 네가 의사 결정자가 되어야 한다는 뜻이다. 네 부모님도 아니고, 나도 아니고, 다른 누구도 아니야. 이건 네 사건이야. 너는 언제나 평정을 잃지 말아야 해. 네가 동의하지 않는 한 어떤 일도 일어나지 않을 거야. 알았니?"

"알았어요."

"네가 의사 결정을 엄마와 아빠 혹은 나에게 맡기고 싶어 한다면, 그건 지극히 정상적인 일이야. 하지만 재판에서 너에게 발언권이 없다고 생각해서는 안 돼. 법은 너를 어른으로 취급해. 좋든 싫든 매사추세츠 법에 따르면 일급 살인으로 기소된 네 또래의 아이들은 어른으로 다뤄져. 따라서 나 역시 너를 어른으로 대하려고 최선을 다할 거야, 알겠니?"

"네."

제이컵이 말했다.

제이컵은 단 한 음절도 낭비하지 않았다. 만약 조너선이 감사의 말을 기대했다면, 상대를 잘못 고른 셈이었다.

"또 하나는, 네가 압도당하지 않았으면 좋겠다는 거야. 너에게 미리 경고해두마. 이런 재판에서는 언제나 '아, 젠장' 하는 순간이 있게 마련이야. 너는 너에게 불리한 주장과 맞닥뜨리게 될 거고, 증거와 검찰 측 증인들을 모두 보게 될 거고, 검사가 법정에서 하는 말을 전부 듣게 될 거야. 그리고 공황 상태에 빠질 수도 있어. 너는 절망적인 기분에 빠질 테고, 속으로 '아, 젠장!'이라고 웅얼거릴지도 몰라. 그런 일은 매 순간 일어날 수 있어. 네가 그 사실을 이해했으면 좋겠다. 물론 그런 순간이 오지 않을 수도 있어. 여하튼, '아, 젠장' 하는 기분이 들 때, 이 사실을 기억했으면 좋겠구나. 바로 지금, 우리는 소송에서 이길 만한 방책을 가지고 있어. 그러니 공황 상태에 빠질 이유가 없어. 검찰 측이 얼마나 거대해 보이든, 검사의 주장이 얼마나 강력해 보이든, 라주디스가 얼마나 자신만만해 보이든, 그런 건 중요하지 않아. 우리는 그들보다 약하지 않아. 그러니까 냉정을 잃지 말아야 해. 그렇게만 한다면, 우리는 소송에서 이기기 위한 모든 조건을 갖추는 거야. 자, 내 말을 이해하겠니?"

"모르겠어요. 정말로 모르겠어요."

"음, 나는 너에게 진실을 말하는 거야."

제이컵이 무릎으로 시선을 떨궜다.

조너선의 얼굴에 미세하게 실망의 빛이 스쳤다.

응원의 말은 그 정도면 충분했다.

조너선이 단념하고서, 반달 모양의 안경을 쓰고 서류를 휙휙 넘겼다. 대부분이 경찰 조서와 라주디스가 법원에 제출한 공소장의 복사본이었으며, 그곳에 검찰 측의 핵심 증거가 잘 정리되어 있었다. 조너선은 법원에서 입었던 검정 터틀넥 스웨터를 그대로 입고 있었는데, 양복 상의를 벗은 그의 어깨는 가냘프고 앙상해 보였다.

"검찰 측 주장은 이래. 벤 리프킨이 너를 괴롭혔고, 그래서 너는 칼을 샀어. 그리고 기회가 생기자, 그러니까 희생자가 너를 너무 심하게 괴롭히자, 네가 복수를 한 거야. 직접적인 목격자는 없는 것 같아. 콜드 스프링 공원을 산책하던 여자가 그날 아침에 그 부근에서 너를 봤대. 또 다른 산책객이 '그만해, 아프잖아.'라고 소리치는 희생자의 목소리를 들었지만, 실제로는 아무것도 보지 못했대. 그리고 어떤 학우가, 라주디스 검사가 학우라고 표현했구나, 여하튼 그 애가 네가 칼을 가지고 있었다고 주장했대. 내가 가지고 있는 조서에는 그 학우의 이름이 없구나. 제이컵, 그 아이가 누구인 거 같니?"

조녀선이 말했다.
"데릭이에요. 데릭 유."
"왜 그렇게 생각하니?"
"데릭이 페이스북에도 똑같은 말을 써놨거든요. 얼마동안 그렇게 말하고 다녔어요."
조녀선이 고개를 끄덕였지만 빤한 질문은 하지 않았다. '그게 진짜니?'
"음, 이건 아주 정황적인 사건이야. 엄지손가락 지문이 발견됐다는데, 그 부분에 대해 이야기할 필요가 있겠구나. 하지만 지문은 매우 제한적인 증거야. 지문이 정확히 언제 어떻게 그곳에 찍혔는지 알아낼 방법이 없으니까. 종종 무고함을 해명할 수도 있고."
조녀선이 고개를 들지 않고 무뚝뚝하게 내뱉었다.
내가 꼼지락거렸다.
"다른 게 더 있어요."
로리가 말했다. 사무실이 이상한 기운으로 흔들렸다.
로리가 불안하게 탁자를 둘러보았다. 목이 메는지 로리의 목소리가 순간적으로 갈라졌다.
"검찰 측에서 제이컵이 무슨 병 같은 걸 타고났다고 주장하면 어떻게 하죠?"
"무슨 말인지 모르겠군요. 무얼 타고났다는 거죠?"
"폭력성요."
"뭐라고요!?"
제이컵이 말했다.
"제 남편이 말씀드렸는지 모르겠지만, 폭력성이 우리 집안 내력인 것 같아요."
로리가 '우리' 집안이라고 말했다. 나는 벼랑에서 떨어지지 않기 위해 그 사실에 매달렸다.
 조녀선이 의자에 등을 기대고 안경을 벗었다. 안경이 줄에 매달려 대롱거렸다. 조녀선이 얼떨떨한 표정으로 로리를 바라보았다.
 "앤디하고 저는 아니고요. 제이컵의 할아버지, 증조할아버지, 고조할아버지 등등이오."
 로리가 말했다.
 "엄마, 무슨 말을 하는 거예요?"
 제이컵이 말했다.
 "그냥 궁금해서요. 검찰 측에서 제이컵이 어떤…… 소인을 타고났다고 주장할 수도 있을까요? 어떤…… 유전적인 소인 말이에요."
 "어떤 종류의 소인 말인가요?"
 "폭력에 대한."
 "폭력에 대한 유전적인 소인? 아니요. 물론 아니에요."
 조녀선이 고개를 저었지만, 결국에는 호기심을 이기지 못했다.
 "지금 누구의 아버지와 할아버지를 말하는 건가요?"
 "저요."
 온몸이 붉어지는 것 같았다. 열기가 뺨과 귀를 타고 올라왔다. 부끄러웠다. 그리고 부끄럽다고 느끼는 자신이, 침착하지 못한 자신이 부끄러웠다. 또한, 내 아들에게 이런 집안 내력을 들키는 모습을, 내가 거짓말쟁이로 나쁜 아빠로 판명되는 모습을 조녀선이 실시간으로 지켜본다는 사실이 부끄러웠다. 마지막으로, 내 아들의 눈을 보기가 부끄러웠다.
 조녀선이 노골적으로 다른 곳으로 시선을 돌리고, 나에게 마음을 추스를 시간을 주었다.
 "아니에요, 로리, 그런 종류의 증거는 절대로 인정되지 않을 거예요. 어쨌든, 내가 아는 한, 폭력에 대한 유전적인 소인 같은 건 존재하지 않아요. 앤디가 집안 내력에 따라 폭력성을 타고났다고 치더라도, 앤디의 선한 성품과 삶이 그런 소인은 존재하지 않는다는 사실을 증명하잖아요."

조너선이 나를 쳐다보며, 내가 그의 신뢰에 찬 목소리를 들었는지 확인했다.

"제가 걱정하는 건 앤디가 아니에요. 라주디스 검사죠. 그 사람이 알아내면 어쩌죠? 오늘 아침에 구글을 검색해봤어요. 이런 종류의 DNA 증거가 사용된 소송들이 있었어요. 그 DNA가 피고인을 공격적으로 만든대요. 그걸 '살인 유전자'라고 부르더군요."

"말도 안 돼요. 살인 유전자라니! 분명 매사추세츠에선 그런 소송이 없었어요."

"네."

"조너선, 로리는 지금 혼란스러운 상태예요. 어젯밤에 제가 로리한테 이 이야기를 했거든요. 제 잘못이에요. 이런 상황에서 로리에게 그런 짐을 떠안기다니."

내가 나섰다.

로리가 몸을 곧추세우고서 내가 틀렸음을 입증해보였다. 로리는 평정심을 잃지 않았으며, 감정적으로 격하게 반응하지도 않았다.

조너선이 위로하듯 말했다.

"로리, 내가 이거 하나는 약속할게요. 검찰이 그 부분을 문제 삼으려 한다면, 우리는 필사적으로 싸울 겁니다. 그건 미친 짓이에요."

조너선이 코웃음을 치며 고개를 저었다. 조너선처럼 온화한 사내에게 그런 행동은 꽤 격렬한 감정 표출이었다.

다른 누구도 아닌 로리가 '살인 유전자'라는 개념을 처음 들먹였던 그 순간을 떠올리면, 나는 지금도 등이 뻣뻣해지면서 등줄기를 따라 분노가 배어난다. 살인 유전자라는 말은 무시할 만한 개념도 허무맹랑한 비방도 아니었지만, 나에게는 전적으로 그렇게 느껴졌다. 또한, 검사로서도 그 말이 몹시 거슬렸다. 나는 즉각적으로 그 단어가 내포하는 후진성을 알아차렸다. 살인 유전자라는 개념은 행동의 유전적 요인과 DNA라는 진짜 과학을 왜곡하고 있었다. 그리고 추잡한 검사들이 과학적 확실성이라는 번드르르한 포장지로 배심원들을 속이고 오도하기 위해, 쓰레기 같은 자료와 까다로운 용어로 살인 유전자라는 개념을 잘 포장해서 사용하고 있었다. 살인 유전자는 거짓이며, 검사의 사기였다.

또한, 살인 유전자는 대단히 체제 전복적인 개념으로 형법의 모든 전제를 약화시킨다. 법정에서 우리는 범죄의 의도, 즉 범의를 단죄한다. '고의 없는 행위는 죄가 되지 않는다.'라는 오래된 라틴 법언이 있다. 그래서 우리는 어린이와 만취자, 정신병자에게 유죄판결을 내리지 않는다. 그러한 자들은 자기 행위의 중요성을 제대로 이해하지 못한 상태로 범죄를 저지르기 때문이다. 자유의지는 종교나 도덕률에서뿐만 아니라 법에서도 중요하다. 우리는 난폭성을 이유로 표범을 벌하지는 않는다. 어쨌든, 라주디스가 그러한 주장을 제기할 만한 배짱을 가지고 있을까? 악하게 타고났다는 주장을? 라주디스라면 분명히 시도하고도 남을 것이다. 과학적으로 법적으로 적합하든 적합하지 않든, 라주디스는 비밀을 퍼트리는 떠버리처럼 배심원들의 귀에 대고 그러한 주장을 속삭일 것이다. 라주디스라면 방법을 찾아낼 것이다.

물론, 결국엔 로리가 옳았다. 로리가 그런 상황을 기대하지는 않았을지라도, 여하튼 살인 유전자는 그 후로 오랫동안 우리를 괴롭혔다. 하지만, 법의 인본주의적 전통에 익숙했던 조너선과 나는 이 첫 번째 모임에서 본능적으로 그 개념을 거부하며 웃어넘겼다. 하지만, 로리와 제이컵은 그 생각에 사로잡혔다.
　내 아들의 입이 말 그대로 딱 벌어졌다.
　"지금 무슨 이야기들을 하고 계신 건지 아무나 말 좀 해주시겠어요?"
　"제이크."
　내가 입을 열었으나 말이 나오지 않았다.
　"뭐라고요? 아무나 저한테 말 좀 해달라고요!"
　"네 할아버지는 감옥에 있다. 아주 오랫동안 수감 중이야."
　"하지만 아빠는 할아버지를 모르잖아요."
　"꼭 그런 것만은 아니야."
　"하지만 아빠가 그렇게 말했잖아요. 항상 그렇게 말해왔잖아요."
　"그래, 그렇게 말했어. 그 점에 대해서는 미안하구나. 하지만 나는 정말 네 할아버지를 몰라. 그건 진짜야. 하지만 네 할아버지가 어떤 사람인지는 알고 있었다."
　"저한테 거짓말을 했어요?"
　"너한테 진실을 모두 말하지 않았을 뿐이야."
　"거짓말을 했잖아요."
　나는 고개를 저었다. 내가 어릴 때 느꼈던 감정과 내 나름의 동기가 이제는 터무니없고 부적절하게만 보였다.
　"나도 모르겠다."
　"세상에. 할아버지가 무슨 짓을 저질렀는데요?"
　나는 숨을 깊게 몰아쉬었다.
　"여자아이를 죽였다."
　"어떻게요? 왜요? 무슨 일이 있었죠?"

"그 일에 대해서는 정말 이야기하고 싶지 않구나."

"그 일에 대해 이야기하고 싶지 않다고요? 젠장, 지금 이 일에 대해 이야기하고 싶지 않은 거군요."

"네 할아버지는 나쁜 사람이었다, 제이컵. 그게 다야. 그 이야기는 그만하자꾸나."

"어떻게 저한테 비밀로 할 수가 있죠?"

"제이컵."

로리가 가만히 끼어들었다.

"엄마도 몰랐단다. 엄마도 지난밤에야 알았어."

로리가 제이컵의 손을 쓰다듬었다.

"괜찮아. 지금 이 모든 상황을 어떻게 처리해야 할지 알아보는 중이잖니. 진정 좀 하렴, 알겠지?"

"이건, 이건 말도 안 돼요. 어떻게 저한테 비밀로 할 수 있죠? 뭐요? 제 할아버지요? 어떻게 저한테 그런 말을 안 할 수 있죠? 대체 아빠가 뭔데요?"

"제이컵. 아빠한테 말조심하렴."

"아니, 괜찮아, 로리. 제이컵은 화를 낼 권리가 있어."

"그래요, 나 화났어요!"

"제이컵, 너뿐 아니라 다른 누구에게도 말하지 않았어. 사람들이 아빠를 다르게 볼까 두려웠다. 그리고 이제는 사람들이 너를 어떤 식으로 바라볼지 겁이 나는구나. 아빠는 그런 일이 일어나지 않기를 바랐어. 언젠가, 어쩌면 머잖아, 너도 이해하게 될 거다."

제이컵이 불만스러운 눈으로 나를 빤히 쳐다보았다.

"이러려던 게 아니었다. 아빠는, 아빠는 그 이야기를 그냥 흘려보내고 싶었어."

"하지만 아빠, 다른 사람도 아니고 저예요."

"아빠는 그렇게 생각하지 않았다."

"저한테도 알 권리가 있었어요."

"아빠는 그렇게 생각하지 않았어, 제이크."

"저한테 알 권리가 없었다는 말이에요? 제 가족에 대해서?"

"너는 모를 권리가 있었어. 너는 백지 상태로 출발할 권리가 있었어. 다른 아이들처럼 네가 원한다면 무엇이든 될 수 있는 권리가 있었다고."

"하지만 저는 다른 아이들과 달랐어요."

"물론, 다르지 않았어."

로리가 시선을 돌렸다.

제이컵이 의자에 휙 기댔다. 화가 났다기보다 충격을 받은 듯했다. 질문과 항의는 제이컵이 자신의 감정을 발산하는 방식이었다. 제이컵은 잠시 가만히 앉아서 생각에 잠겼다.

"못 믿겠어요. 그냥 못 믿겠다고요. 아빠가 그랬다는 걸 못 믿겠어요."

제이컵이 여전히 얼떨떨한 상태로 말했다.

"저기, 제이컵. 아빠가 거짓말한 것에 대해 네가 화를 내고 싶다면 그래도 좋다. 하지만 아빠는 좋은 의도로 그랬던 거야. 너를 위해서 그랬던 거라고. 네가 태어나기도 전부터, 아빠는 너를 생각했던 거야."

"아, 제발요. 아빠는 아빠 자신을 위해서 그랬던 거예요."

"그래, 나를 위해서, 그리고 내 아들을 위해서 그랬다. 언젠가 태어날 내 아들을 위해 그 아이의 삶을 조금 수월하게 만들어주고 싶었다. 너를 위해서였어."

"효과가 그렇게 좋지는 않았네요, 그렇죠?"

"아니, 괜찮았다고 생각한다. 아빠가 그랬던 덕에 네 삶은 더 수월했어. 분명히 그랬어. 확실히 아빠의 삶보다는 수월했어."
"아빠, 우리가 지금 어디에 있는지를 좀 봐요."
"그래서?"
제이컵은 아무 말도 하지 않았다.
"제이컵, 서로에게 말조심을 좀 해야겠구나, 알겠니? 의견이 다르더라도, 아빠의 입장을 이해하려고 노력해보렴. 처지를 바꿔 놓고 생각해봐."
로리가 부드러운 목소리로 달랬다.
"엄마, 엄마가 그렇게 말했잖아요. 제가 살인 유전자를 가지고 있다고."
"그렇게 말하지 않았어, 제이컵."
"그런 의미로 말했어요. 엄마가 그랬다고요!"
"제이컵, 엄마는 그렇게 말하지 않았어. 엄마는 그런 게 존재한다고도 생각하지 않아. 엄마가 읽었던 다른 소송에 대해 말했을 뿐이야."
"괜찮아요. 엄마. 그게 사실이니까. 맘에 걸리지 않았다면, 구글로 검색해보지도 않았겠죠."
"사실이라고? 그게 사실인지 아닌지 네가 어떻게 알아, 밑도 끝도 없이 무슨 소리니?"
"엄마, 뭣 좀 여쭤볼게요. 왜 사람들은 좋은 자질을 물려받았을 때만 그 사실을 이야기하고 싶어 할까요? 운동선수가 운동을 잘하는 아이를 가졌을 때, 사람들은 아이가 부모의 재능을 물려받았다고 당당하게 말해요. 음악가가 음악적인 아이를 가졌을 때, 교수가 학구적인 아이를 가졌을 때 등등. 그 차이가 뭐죠?"
"모르겠구나, 제이컵. 그냥 다른 거야."
"운동을 잘하거나 음악적이거나 학구적인 것은 범죄가 아니기 때문이지. 우리는 행동이 아닌 특성 때문에 사람들을 철창에 가두지는 말아야 해. 그런 추악한 일이 아주 오랫동안 자행되었거든."

조녀선이 침착하게 말했다. 그가 한참이나 침묵한 탓에 우리는 그의 존재를 거의 잊고 있었다.

"제가 그런 사람이라면 저는 어떻게 해야 하죠?"

"제이컵, 정확히 무슨 말을 하는 거냐?"

내가 말했다.

"제 안에 그런 게 존재하는데 제가 그걸 억제하지 못하면 어떻게 하냐고요?"

"네 안에는 아무것도 없어."

제이컵이 고개를 저었다.

기나긴 침묵이 흘렀다. 십여 초가 아주 길게만 느껴졌다.

"제이컵, '살인 유전자'는 그냥 용어에 불과해. 은유일 뿐이라고. 그 점을 이해하지?"

내가 말했다.

"잘 모르겠어요."

제이컵이 어깨를 으쓱했다.

"제이크, 너는 잘못 이해하고 있어, 알겠니? 살인자의 아이가 살인자가 되더라도, 그걸 설명하기 위해 유전학이 필요하지는 않아."

"아빠가 그걸 어떻게 알아요?"

"음, 줄곧 생각했으니까. 제이컵, 정말이야, 아빠가 오랫동안 그 일에 대해 생각해봤지만, 그런 일은 일어나지 않아. 아빠는 이런 식으로 생각한다. 만약에 요요마가 아들을 낳더라도, 그 아이가 태어날 때부터 첼로 연주하는 법을 알 수는 없어. 그 아이도 다른 사람들처럼 첼로 연주하는 법을 배워야 해. 너는 재능, 그러니까 잠재력을 더 많이 타고날 수는 있어. 하지만, 네가 그걸 가지고 무엇을 하든, 무엇이 되든, 그건 전적으로 너한테 달려 있어."

"아빠도 할아버지의 재능을 물려받았나요?"

"아니."

"어떻게 알아요?"

"아빠를 보렴. 조너선 변호사님 말씀처럼 아빠의 삶을 보렴. 너는 아빠를 알잖아. 너는 지금까지 십사 년 동안 아빠와 함께 살았어. 아빠가 한 번이라도 폭력적인 적이 있었니?"

제이컵이 무감하게 다시 어깨를 으쓱했다.

"어쩌면 첼로 연주하는 법을 배우지 못했다고 할 수도 있죠. 그렇다고 아빠가 재능을 물려받지 않았다고 말할 수는 없어요."

"제이컵, 네가 하고 싶은 말이 뭐니? 그런 일을 증명하는 건 불가능해."

"알아요. 그게 문제라고요. 제 안에 뭐가 들어 있는지 제가 어떻게 알겠어요?"

"네 안에는 아무것도 없어."

"제 말 좀 들어봐요, 아빠. 제가 지금 어떤 기분인지 아빠는 정확히 알 거예요. 저는 아빠가 왜 그렇게 오랫동안 이 이야기를 비밀로 했는지 정확히 알아요. 사람들의 시선 때문은 아니었을 거예요."

제이컵이 의자에 기대서 배 위에 양손을 포갬으로써 논의를 끝냈다. 제이컵은 이미 살인 유전자라는 개념에 사로잡혔고, 그 후로도 그 생각을 떨치지 못했다. 나 역시 논의를 그만두었다. 인간 잠재력의 무한함에 대해 설교를 늘어놓는 것은 무의미했다. 제이컵의 세대는 오래된 진리보다는 과학적 설명을 본능적으로 더 좋아했고, 과학과 마술적 사고가 대립하면 어떤 일이 일어나는지 잘 알고 있었다.

11
달리기

 나는 달리기에 재능이 없다. 다리가 너무 무겁고, 키와 덩치가 너무 크다. 나는 푸주한의 체격을 지녔다. 하지만, 솔직히 나는 달리면서 소소한 즐거움을 얻는다. 또한, 달려야 하기 때문에 달린다. 그러지 않으면, 어머니에게서 물려받은 불운한 기질 때문에 뚱뚱해질 것이다. 외가 쪽은 동유럽, 스코틀랜드 그리고 이런저런 지역에서 미국으로 이주해온 농부의 후손들로 모두 몸이 비대했다. 그래서 나는 거의 매일 아침 6시에서 6시 30분쯤에 길거리와 콜드 스프링 공원의 조깅 코스를 둔중하게 내달려서 기어이 하루에 5킬로미터를 완주했다.
 나는 제이컵이 기소된 후에도 달리기를 계속하기로 마음먹었다. 물론 이웃들은 우리 바버 가족이 다른 곳도 아닌 콜드 스프링 공원에는 더더욱 얼굴을 내밀지 않기를 바랐을 것이다. 그래서 나는 어느 정도 그들의 요구에 부응했다. 나는 아침 일찍 달렸고, 다른 사람들과 적당한 거리를 유지했으며, 반대 방향에서 누군가가 달려오면 도망자처럼 머리를 숙이고 지나갔다. 물론 살인 현장 부근으로는 달리지 않았다. 하지만 처음부터 나는 정신 건강을 위해 예전 생활에서 이런 부분은 그대로 유지하리라 결심했다.

조너선과 첫 번째 회의를 마친 다음 날 아침, 나는 모순적이고 규정하기 어려운 상황, 그러니까 '멋진 질주'를 경험했다. 몸이 가뿐하고 날랬다. 이날은 달리기가 풀쩍 뛰었다가 쿵 떨어지는 동작의 반복이 아니라, (지나치게 시적으로 표현할 생각은 없지만) 마치 비행 같았다. 원래부터 그랬던 것처럼, 내 몸이 포식자처럼 빠르고 자연스럽게 앞으로 돌진했다. 나는 아직까지도 그 까닭을 정확히는 모른다. 다만, 소송에 대한 부담감이 내 몸에 아드레날린을 넘치게 했기 때문이 아닐까 추측만 해본다. 나는 축축한 냉기를 뚫고 빠르게 콜드 스프링 공원 언저리를 돌면서, 나무뿌리와 돌덩이를 껑충껑충 뛰어넘고, 봄날의 공원에 널려 있는 작은 빗물 웅덩이와 질퍽대는 진흙땅을 풀쩍풀쩍 건너뛰었다. 사실, 나는 기분이 몹시도 좋은 나머지, 평소에 이용하는 출구를 지나쳐서 숲을 좀 더 내달리다가 공원 앞쪽에서 윈저 아파트 주차장으로 빠져나왔다. 뭘 어쩌겠다는 의도나 계획은 없었으나, 레너드 패츠가 범인이라는 생각은 이제 급속하게 확신으로 변하고 있었다.

나는 주차장 주변을 조금 거닐었다. 패츠의 아파트가 어디인지 짐작도 할 수 없었다. 아파트 단지에는 평범한 3층짜리 빨간 벽돌 건물들이 늘어서 있었다.

패츠의 자동차가 눈에 들어왔다. 90년대 후반에 출시된 낡은 자주색 포드 프로브. 나는 폴 더피가 수집하던 자료에서 패츠에 대한 정보를 읽었던 기억이 떠올랐다. 그건 딱 아동 성추행범이 몰고 다닐 법한 차였다. 소아성애자를 자동차로 구현한다면 정확히 90년대 후반에 출시된 자주색 포드 프로브가 탄생할 것이다. 안테나에서 '북미 남성-소년 사랑 협회'의 깃발이 휘날리지는 않았지만, 그 차는 패츠에게 더없이 어울렸다. 패츠는 상대를 안심시키기 위해 자신의 소아성애적 자동차를 다양한 표지로 장식했다. '아이들에게 교육을'이라고 적힌 매사추세츠 주 장식 번호판, 레드 삭스 범퍼 스티커, 사랑스러운 판다 로고가 박힌 세계 자연보호 기금 범퍼 스티커. 양쪽 문은 모두 잠겨 있었다. 나는 손을 둥그렇게 모아서 운전석 창문으로 안을 훔쳐보았다. 내부는 비록 낡았지만 몹시 깔끔했다.

가장 가까운 아파트 출입구에서 나는 '패츠, L.'이라고 적힌 초인종을 발견했다.

아파트 단지가 서서히 기지개를 켜기 시작했다. 주민들이 드문드문 밖으로 나와서 자신의 자동차로 향하거나, 길 아래편 던킨도너츠로 걸어 내려갔다. 대부분이 정장을 입고 있었다. 패츠네 아파트 건물에서 나오던 여자가 나를 위해 친절하게 문을 붙잡아주었다. 말끔하게 면도한 조깅복 차림의 백인 남자, 교외 주택가에서 미행을 위해 이보다 더 훌륭한 위장이 어디에 있겠는가. 하지만 나는 감사의 표정을 지으며 정중히 사양했다. 건물 안으로 들어가서 뭘 어쩌겠는가? 패츠네 현관문이라도 두드릴 것인가? 아니다. 적어도, 아직은 아니다.

나는 조녀선의 접근 방식이 너무 소극적이라고 생각하고 있었다. 조녀선은 지나치게 변호사답게 사고했다. 그래서 검찰 측에 입증 책임을 지우고, 반대신문에서 승부를 내려고 했다. 라주디스의 논거에서 허점을 찾아낸 다음, 배심원단에게 이렇게 주장할 참이었다. "네, 피고인에게 불리한 증거가 존재하기는 하지만, 그것으로는 불충분합니다." 나는 언제나 공격을 선호했다. 사실, 당시에 나는 조녀선의 말을 오해했으며, 조녀선을 심하게 과소평가하고 있었다. 하지만 나도 조녀선도 배심원단에게 대안적인 이야기를 제시하는 편이 더 좋은 전략이라는 사실을 분명히 알고 있었다. 당연히 배심원들은 제이컵이 범인인지 아닌지, 혹은 누가 범인인지 알고 싶었을 것이다. 우리는 그러한 열망을 충족시킬 이야기를 배심원들에게 제시해야 했다. 우리 인간들은 '입증책임'이나 '무죄추정' 같은 추상적인 개념보다는 이야기에 더 흔들린다. 우리는 동굴 벽에 그림을 그리기 시작한 이래로 줄곧 유형을 찾고 이야기를 만드는 동물이었다. 패츠는 우리의 이야기가 되어야 했다. 모든 것이 그저 소송 기술의 문제일 뿐이라는 듯, 내 말이 타산적이고 부정직하게 들릴지도 모르겠다. 그래서 이 말을 덧붙여야겠다. 이번 소송에서는 공교롭게도 이 대항적 이야기가 진실이었다. 패츠가 진짜 범인이었다. 나는 그 사실을 알고 있었다. 그러니 그저 배심원들에게 진실을 보여주기만 하면 충분했다. 나는 언제나처럼 공정하게 증거를 따르고 싶었다. 내가 패츠에 대해 원했던 건 그뿐이었다. 지금쯤 여러분은 내가 아주 강직해 보이려고, 그로써 배심원단에게 내 주장을 설파하려고, 지나치게 항변하고 있다고 생각할지도 모르겠다. 여하튼, 제이컵이 범인이 아니기 때문에 패츠가 범인이라는 나의 논리가 불합리했다는 사실은 인정한다. 하지만 당시에 나에게는 그러한 논리가 전혀 불합리해 보이지 않았다. 나는 제이컵의 아빠였다. 그리고 사실, 패츠를 의심한 내가 옳았다.

12
고백

정신과 의사를 끌어들인 사람은 조너선이었다. 조너선은 형사책임능력에 대해 감정을 받아 두는 것이 표준 절차라고 말했다. 하지만 빠르게 구글을 검색해보니, 조너선이 선택한 정신과 의사는 행동 유전학의 권위자였다. 조너선은 '살인 유전자'의 부조리에 대해 언급하긴 했지만, 그래도 만일을 대비해 그러한 쟁점에 맞설 준비를 하고 있었다. 그 학설의 과학적 가치가 대체 무엇이든 라주디스는 배심원들 앞에 그러한 논거를 들이대지 못할 것이다. 그러한 논거는 사이비이며, 오래된 법정 속임수를 말끔하게 다듬어서 과학으로 포장한 것에 지나지 않는다. 법률 용어로는 그걸 '성향 증거'라고 부른다. 피고인이 어떤 일을 저지를 성향이 다분하니, 비록 검찰 측이 입증을 하지는 못하더라도 그가 범인일 가능성이 높다는 것이다. 논리는 단순하다. 피고인이 은행 강도다. 은행이 강도를 당했다. 그렇다면 우리는 지금 무슨 일이 벌어졌는지 이해할 수 있다. 논거가 약할 때, 검찰 측은 배심원단의 옆구리를 쿡쿡 찔러서 유죄 판결을 이끌어내려고 이러한 수법을 사용한다. 하지만, 어떤 판사도 라주디스가 그런 짓을 하도록 내버려두지는 않을 것이다. 마찬가지로, 아직 행동 유전학이 법정에서 받아들여질 만큼 충분히 발전하지 못했다는 사실도 중요하다. 행동 유전학은 새로운 분야이고, 특히나 법은 과학보다 뒤떨어진다. 법정은 증명되지 않은 최첨단 학설을 시도함으로써 오류를 범할 여력이 없다. 살인 유전자 이론에 대항하기 위해 준비하는 조녀선을 탓할 수는 없었다. 재판 준비를 잘하려면 정말 과하게 준비하는 수밖에 없다. 조녀선은 모든 것에 대비해야 했다. 판사가 살인 유전자를 증거로 인정할지도 모를, 백에 하나의 가능성에 대해서까지. 오히려, 나를 괴롭힌 것은 조녀선이 나에게 자신의 계획을 털어놓지 않았다는 사실이었다. 조녀선은 나를 믿지 않았다. 나는 우리가 한 조로, 동료 변호사로, 동지로 행동할 거라고 착각했었다. 하지만 조녀선에게 나는 그저 의뢰인일 뿐이었다. 그것도 따돌려야 하는, 신뢰할 수 없는 미치광이 의뢰인.

 정신과 의사와의 면담은 매클레인 병원 구내에서 이루어졌다. 그곳은 엘리자베스 보걸 박사가 근무하는 정신병원이었다. 우리의 만남은 책 한 권 없는 휑한 방에서 이루어졌다. 방에는 의자와 낮은 탁자들이 드문드문 놓여 있었고, 벽에는 아프리카 토속 가면들이 걸려 있었다.

 보걸 박사는 덩치가 좋은 여자였다. 하지만, 군살은 없었다. 오히려, 교수이면서도, 교수 특유의 파리한 유약함이 전혀 보이지 않았다. (보걸 박사는 매클레인 병원에서뿐만 아니라 하버드 의대에서도 강의와 연구를 맡고 있었다.) 좀 더 정확히 설명하자면, 보걸 박사는 어깨가 넓고, 얼굴이 조각상처럼 크고 각이 졌다. 피부는 황갈색이었으며, 5월인데도 벌써부터 햇볕에 심하게 그을려 있었다. 머리는 짧았고, 백발에 가까웠다. 화장기는 전혀 없었다. 그리고 다이아몬드 귀걸이 세 개가 갈색 귓불에 별자리처럼 늘어서 있었다. 아마 보걸 박사는 주말마다 태양이 작열하는 산길을 오르거나 트루로에서 파도를 가르며 수영을 할 것이다. 보걸 박사는 평판 또한 좋았다. 그녀는 거물이었고, 그 때문에 그녀의 당당한 풍채가 더욱 두드러져 보였다. 나는 왜 이런 여성이 정신과학이라는 정적이고 참을성이 필요한 직업을 택했는지 이해할 수가 없었다. 그녀는 분명히 헛소리를 아주 많이 들어야 할 테지만, 그녀의 태도로 보아, 허튼소리를 잘 참지 못할 것 같았다. 보걸 박사는 다른 정신과 의사들과는 달리 그저 제자리에 앉아서 고개만 끄덕이지는 않았다. 마치 상대의 이야기를 잘 들으려는 듯, 격의 없는 대화, 진실한 이야기를 열망한다는 듯 몸을 앞으로 숙이고 고개를 기울였다.

로리는 보걸 박사에게 기꺼이 그리고 열심히 모든 것을 털어놓았다. 로리는 이 '어머니 대지(大地)' 같은 여자를 마땅한 동지로, 제이컵의 문제를 설명해줄 전문가로 생각했다. 마치 보걸 박사를 우리 편으로 확신한 듯했다. 오래도록 질문과 대답이 오가는 동안, 로리는 보걸 박사의 전문 지식에 의지하려고 애썼다. 로리는 박사에게 제이컵을 이해하고 도울 방법에 대해 물었다. 로리는 전문 용어도 몰랐고, 특별한 지식도 없었다. 그러한 것들을 보걸 박사에게서 얻어내고 싶어 했다. 로리는 보걸 박사 역시 로리에게서 무언가를 얻어내려 한다는 사실을 모르는 듯했다. 어쩌면 그냥 개의치 않는 걸 수도 있었다. 분명히 말해두지만, 나는 로리를 탓하지 않는다. 로리는 자신의 아들을 사랑했고, 정신과학을 믿었으며, 대화의 힘을 신봉했다. 또한, 로리는 약해져 있었다. 제이컵의 기소 사실을 가슴에 품고 몇 주를 사는 동안, 중압감이 서서히 고개를 쳐들기 시작했다. 로리는 보걸 박사처럼 공감하며 들어주는 사람에게 약할 수밖에 없었다. 그렇다고는 해도, 나는 그냥 앉아서 지켜볼 수가 없었다. 로리는 제이컵을 돕고자 하는 마음이 너무 앞선 나머지 오히려 제이컵의 목을 매달고 있었다.

정신과 의사와 처음 만난 자리에서 로리는 다소 놀라운 고백을 했다.
"제이컵이 아기였을 적에 제이컵이 정말 기분이 안 좋을 때면, 저는 그 애가 기어오는 소리만 듣고도 그 사실을 알 수 있었어요. 제 말이 허무맹랑하게 들리겠지만, 진짜예요. 제이컵이 네 발로 복도를 쿵쾅대며 기어오면, 저는 그냥 알 수 있었어요."
"뭘 알 수 있었죠?"
"곧 문제가 생기겠구나. 제이컵이 한동안 난폭하게 굴겠구나. 제이컵이 물건을 집어 던지며 괴성을 지르겠구나. 제가 할 수 있는 일은 아무것도 없었어요. 그래서 그냥 제이컵을 아기 침대에 눕히고, 자리를 떠났어요. 제이컵이 소리 지르고 몸부림치다가 스스로 진정할 때까지 그냥 내버려뒀죠."
"아기들은 모두 소리 지르고 몸부림치지 않나요, 로리?"
"그 정도까지는 아니죠. 그 정도는 아니에요."
"터무니없는 소리야. 제이컵은 아기였다고. 아기들은 울게 마련이야."
내가 말했다.
"앤디, 로리가 이야기하게 내버려둬요. 이따가 따로 이야기할 기회를 줄게요. 계속해요, 로리."
보걸 박사가 부드럽게 말했다.
"그래, 계속해, 로리. 제이컵이 파리의 날개를 어떻게 잡아 뜯었는지 말해주라고."
"박사님, 앤디를 이해해주세요. 앤디는 이런 걸 좋아하지 않아요. 그러니까 사적인 일을 솔직하게 털어놓은 일 말이에요."
"그렇지 않아. 나도 좋아해."
"그런데 왜 그렇게 하지 않아?"
"나한테는 그런 재주가 없어."
"대화하는 재주?"
"불평하는 재주."
"아니, 이건 대화야, 앤디, 불평이 아니라고. 그리고 대화는 기술이지, 재주가 아니야. 원한다면 배울 수 있어. 당신은 법정에서 몇 시간씩 대화를 나누잖아."
"그건 달라."
"검사는 정직할 필요가 없으니까?"
"아니, 그냥 상황이 다른 거야, 로리. 모든 일엔 때와 장소가 있는 법이야."
"맙소사, 앤디, 우리는 정신과 의사하고 이야기를 나누고 있어. 지금이 적당한 때와 장소가 아니라면……."
"그래, 하지만 우리가 이곳에 온 까닭은 제이컵을 위해서야. 우리를 위해서가 아니라고. 당신을 위해서도 아니고. 그 점을 잊지 말라고."
"나도 우리가 이곳에 온 까닭을 잊지 않고 있어, 앤디. 그러니 걱정하지 마. 나도 우리가 이곳에 온 까닭을 정확히 알고 있다고."
"그래? 그걸 모르는 사람처럼 이야기하던데?"
"나한테 설교하지 마, 앤디."
"그만들 해요. 분명히 해두고 싶은 게 있어요. 앤디, 나는 피고 측에게 고용됐어요. 나는 여러분을 위해서 일해요. 그러니 나한테 뭔가를 숨길 필요가 없어요. 나는 제이컵 편이에요. 내 연구 결과는 여러분의 아들을 돕기 위해서만 사용될 거예요. 내가 조녀선에게 보고서를 제출하면, 그걸로 무엇을 할지는 여러분이 결정할 수 있어요. 고스란히 여러분 결정에 달려 있다고요."

보걸 박사가 말했다.

"만약 우리가 그 보고서를 쓰레기통에 던져 버리고 싶다면 어떡할 겁니까?"

"그럴 수 있어요. 중요한 점은, 우리의 대화 내용이 완전히 비밀에 부쳐진다는 거예요. 그러니 망설일 까닭이 없어요. 이곳에서는 당신 아들을 보호하려고 하지 않아도 돼요. 나는 제이컵에 관한 진실을 알고 싶어요."

나는 시큰둥한 표정을 지었다. 제이컵에 관한 진실이라. 어떤 사람에 관한 진실이 과연 무엇인지 대체 누가 알 수 있겠는가?

"좋아요. 로리, 제이컵의 아기 때 이야기를 하고 있었죠. 그 이야기를 좀 더 듣고 싶군요."

보걸 박사가 말했다.

"제이컵이 두 살 때부터 제이컵 주변에서 아이들이 다치기 시작했어요."

나는 로리를 향해 냉엄한 표정을 지었다. 로리는 정직의 위험성을 털끝만치도 모르는 듯했다.

하지만 로리는 내 싸늘한 눈초리에 험악한 표정으로 응수했다. 그때 로리가 무슨 생각을 하고 있었는지 나는 지금도 정확히 모른다. 나의 비밀스러운 집안 내력이 밝혀진 그날 밤 이후로, 로리와 나는 예전처럼 자주 혹은 선뜻 대화를 나누지 않았다. 우리 사이에 작은 장막이 드리워져 있었다. 분명 로리는 검사의 충고를 들을 마음이 없었다. 로리는 이야기를 계속할 생각이었다.

"그런 일이 여러 번 있었어요. 한번은 어린이집에서, 제이컵이 놀이 기구 꼭대기에서 놀고 있을 때, 어떤 남자애가 떨어진 적이 있어요. 그 아이는 몇 바늘을 꿰매야 했죠. 또 한번은, 어떤 여자아이가 정글짐에서 미끄러져서 팔이 부러졌어요. 어떤 남자애는 가파른 내리막길에서 세발자전거를 타고 아래로 곤두박질쳤어요. 그 아이도 몇 바늘 꿰매야 했죠. 그 애는 제이크가 자기를 밀었다고 말했어요."

로리가 말했다.

"그런 일이 얼마나 자주 일어났죠?"

"거의 매년 일어났어요. 어린이집 선생님들은 제이컵한테서 눈을 뗄 수가 없다고, 아이가 너무 거칠다고 저희한테 자주 이야기했어요. 저는 제이컵이 어린이집에서 쫓겨날까 봐 걱정돼 죽을 지경이었죠. 그렇게 되면, 우리가 뭘 어쩌겠어요? 저는 당시에 일을 하고 있었어요. 선생님이었죠. 우리한테는 어린이집이 필요했어요. 다른 어린이집에 들어가려면 오랫동안 기다려야 했죠. 제이컵이 쫓겨나면, 저는 일을 그만둬야 할 형편이었어요. 만일의 경우를 대비해서, 실제로 다른 어린이집 대기자 명단에 이름을 올려뒀었죠."

"세상에, 로리, 제이컵은 고작 네 살이었어! 오래전 일이잖아! 당신, 대체 무슨 말을 하고 있는 거야?"

"앤디, 정말이지, 로리가 이야기할 수 있게 내버려둬야 해요. 그러지 않으면 이번 상담이 아무런 효과를 거둘 수 없어요."

"하지만 로리는 제이컵이 고작 네 살이었을 적 이야기를 하고 있다고요."

"앤디, 나는 당신의 집안 내력에 대해 알고 있어요. 그러니 그냥 로리가 이야기를 마칠 수 있게 내버려둬요. 그런 다음에 당신의 이야기를 듣도록 할게요, 알겠죠? 좋아요. 로리, 어린이집에서 다른 아이들은 제이컵을 어떻게 생각했나요? 궁금하군요."

"아, 아이들이요, 잘 모르겠어요. 제이컵은 아이들한테서 함께

놀자고 초대를 받은 적이 거의 없어요. 아이들이 제이컵을 딱히 좋아하지는 않았던 것 같아요."

"그렇다면 부모들은요?"

"확실히 다른 부모들은 자기 아이가 제이컵과 단둘이 있는 걸 좋아하지 않았어요. 하지만 어떤 엄마도 저한테 그런 이야기를 하지는 않았죠. 우리는 모두 그 정도의 교양은 갖추고 있었어요. 우리는 서로의 아이를 비난하지 않았어요. 교양 있는 사람들은 그런 짓을 하지 않죠. 뒤돌아서서는 어떨지 모르겠지만."

"당신은 어땠나요, 로리? 당신은 제이컵의 행동에 대해 어떻게 생각을 했나요?"

"까다로운 아이를 키우고 있다고 생각했어요. 정말로요. 그리고 제이컵의 행동에 문제가 좀 있다고 생각했어요. 제이컵은 제멋대로였거든요. 조금 지나치게 거칠고, 공격적이었죠."

"제이컵이 아이들을 괴롭혔나요?"

"아니요. 딱히 그랬던 건 아니에요. 그냥 제이컵은 다른 아이들을 고려하지 않았어요. 다른 아이들의 기분 같은 건 신경 쓰지 않았죠."

"참을성이 없었나요?"

"아니요."

"심술궂었나요?"

"심술궂었느냐고요? 아니요, 심술궂다는 말은 딱 들어맞는 표현이 아니에요. 뭐랄까, 정확히 그걸 뭐라고 말해야 할지 모르겠어요. 제이컵은 자기가 다른 아이들을 밀어서 넘어뜨리면 그 아이들의 기분이 어떨지 상상을 못하는 것 같았어요. 그래서 제이컵은…… 자기 행동을 조절하기가 힘들었죠. 맞아요. 제이컵은 자기 행동을 조절하지 못했어요. 하지만 남자애들은 거의 그렇잖아요. 당시에 우리도 그렇게 이야기했어요. '많은 남자애들이 그런 시기를 경험해. 그냥 거쳐야 할 단계일 뿐이야. 나이가 들면, 제이컵도 그러지 않을 거야.' 우리는 그렇게 생각했어요. 저는 다른 아이들이 다칠 때마다 섬뜩섬뜩했지만, 제가 무얼 할 수 있었겠어요? 우리가 무얼 할 수 있었겠어요?"

"당신은 어떤 조치를 취했나요, 로리? 도움을 받으려고 노력은 해봤나요?"

"아, 앤디하고 저는 그 일에 대해 끝도 없이 이야기를 나눴어요. 앤디는 항상 저한테 걱정하지 말라고 말했죠. 소아과 의사한테 물어보기도 했는데, 그 사람도 저한테 똑같은 이야기를 했어요. '걱정하지 마세요, 제이크는 아직 꼬맹이일 뿐이에요, 지나갈 거예요.' 두 사람 때문에 제가 좀 비정상적으로까지 느껴졌죠. 언제나 아이들 곁을 맴돌며, 조그만 상처나…… 땅콩 알레르기에 기겁하는 그런 신경질적이고 비정상적인 엄마가 된 것 같았어요. 앤디하고 그 소아과 의사가 이렇게 말했다고요. '지나갈 거다, 지나갈 거다.'"

"하지만 지나갔잖아, 로리. 당신이 과민반응을 보였던 거라고. 그 소아과 의사가 옳았어."

"그 사람이 옳았다고? 여보, 우리가 지금 어디에 있는지 좀 봐. 당신은 이 문제를 직시하고 싶어 하지 않아."

"뭘 직시해?"

"제이컵에게 도움이 필요했을지도 모른다는 사실. 그게 우리 잘못일지도 모른다는 사실. 우리는 뭔가 조치를 취해야 했어."

"무슨 조치를 취해? 달리 무슨 조치를?"

로리가 절망적으로 고개를 떨궜다. 로리는 수면 아래로 사라지는 상어 지느러미라도 본 사람처럼, 제이컵의 유아기 때 사건들을 기억에서 떨쳐 내지 못하고 괴로워하고 있었다. 그건 어리석은 짓이었다.

"로리, 대체 무슨 말을 하고 싶은 거야? 지금 우리 아들에 대해 이야기하고 있는 거라고."

"딱히 무슨 말을 하고 싶은 게 아니야, 앤디. 이 일을 무슨 충성심 경쟁이나 말싸움으로 변질시키지 마. 나는 그냥 그때 우리가 한 일에 대해 생각하고 있는 거야. 그러니까, 나도 정답은 몰라. 그때 우리가 무슨 일을 했어야 하는지 나도 모른다고. 어쩌면 제이컵은 약물치료나 상담이 필요했을지도 몰라. 나도 잘 모르겠어. 그냥 우리가 실수를 저질렀다는 생각을 떨칠 수가 없어. 분명히 우리는 실수를 저질렀어. 우리는 열심히 노력했고, 좋은 의도로 그랬어. 이런 일을 당해야 할 까닭이 없어. 우리는 선량하고 책임감 있는 사람들이었어. 그거 알아? 우리는 모든 일을 제대로 했어. 우리는 그렇게 어리지도 않았잖아. 그런데도 우리는 기다렸어. 사실, 너무 오래 기다렸는지도 몰라. 내가 제이컵을 가졌을 때, 내 나이 서른여섯이었어. 우리는 부유하지 않았지만, 둘 다 열심히 일했고, 아기에게 필요한 것을 모두 해줄 만큼 돈이 있었어. 우리는 모든 일을 제대로 했지만, 그런데도 이 모양이야. 이건 부당해."

로리가 고개를 저으며 다시 한 번 중얼거렸다.

"이건 옳지 않다고."

내가 곁에 있는데도, 로리는 손을 의자 팔걸이에 올려놓았다. 내가 로리를 달래기 위해 손을 잡아줘야겠다고 생각하는 동안, 로리는 손을 배로 가져가 단단히 팔짱을 끼었다.

"그때를 되돌아보니, 우리는 전혀 준비가 되어 있지 않았어. 그러니까, 되돌아보면 누구나가 그렇잖아, 맞지? 우리는 어린애들이었어. 우리가 몇 살이었는지는 중요하지 않아. 우리는 어린애들이었어. 그리고 우리는 어찌할 바를 몰랐고, 더럽게 겁을 먹었어. 처음 부모가 된 사람들이 모두 그렇듯 말이야. 그리고 잘은 모르겠지만, 우리가 실수를 저지른 것 같아."

로리가 말했다.

"무슨 실수 말이야, 로리? 정말이지, 당신은 지나치게 호들갑을 떨고 있어. 그 정도로 심각하지는 않았어. 제이컵은 조금 사납고 거칠었을 뿐이야. 그게 정말 그렇게 큰일이야? 제이컵은 꼬맹이였다고! 네 살배기 아이들은 쉽게 다치기 마련이야. 그 애들은 여기저기를 아장아장 걸어 다녀. 그리고 그 커다란 머리가 몸무게의 사분지 삼을 차지한다고. 그래서 자빠지고 부딪치고 그러는 거야. 아이들은 놀이 기구에서 떨어지기도 하고, 자전거에서 구르기도 해. 그런 일은 늘 일어난다고. 아이들은 술 취한 사람하고 다를 바가 없어. 어쨌든, 그 소아과 의사가 옳았어. 제이컵은 그 시기를 잘 넘겼으니까. 제이컵이 나이를 먹으면서 그런 일은 일어나지 않았어. 당신은 스스로를 닦달하고 있는데, 죄책감을 느낄 까닭이 전혀 없어, 로리. 우리는 아무것도 잘못하지 않았어."

"당신은 언제나 그렇게 말했어. 무언가 잘못됐다는 사실을 인정하고 싶어 하지 않았어. 그게 아니라면, 그냥 그 사실을 몰랐을 수도 있고. 그러니까, 당신을 비난하는 게 아니야. 당신 잘못이 아니야. 이제는 알겠어. 당신이 무엇을 상대하고 있었는지, 내면에 무엇을 품고 있었는지, 이제는 이해해."

"아, 그런 식으로 가져다 붙이지 마."

"앤디, 분명히 짐스러웠을 거야."

"그렇지 않아. 결코. 맹세할 수 있어."

"좋아, 알았어. 하지만 당신이 제이컵을 객관적으로 바라보지 못하는 걸 수도 있어. 그럴 가능성에 대해 생각해볼 필요가 있어. 당신은 신뢰성이 떨어져. 보걸 박사님도 그 사실을 알아야 해."

"내가 신뢰성이 떨어진다고?"

"그래, 맞아."

보걸 박사가 묵묵히 지켜보고 있었다. 물론, 보걸 박사는 내 배경 이야기를 알고 있었다. 그 부분을 상의하려고 우리가 유전적 사악함에 관한 전문가를 고용한 거니까. 하지만, 그 주제가 튀어나오자 나는 당황했다. 그래서 수치감으로 입을 다물어버렸다.

"그게 정말인가요, 로리? 나이가 들면서 제이컵의 행동이 나아졌나요?"

정신과 의사가 말했다.

"네, 어떤 부분에서는요. 그러니까, 확실히 나아지긴 했어요. 제이컵의 주변에서 더는 아이들이 다치지 않았어요. 하지만 제이컵은 여전히 나쁜 짓을 저질렀어요."

"어떻게요?"

"음, 도둑질을 했어요. 어린 시절 내내 그랬어요. 가게에서, 편의점에서, 심지어는 도서관에서도요. 제 돈을 훔치기도 했어요. 제 지갑에 손을 댔죠. 제이컵은 어렸을 때 가게에서 물건을 훔치다가 저한테 두 번 걸렸어요. 제가 제이컵을 붙들고 이야기를 했지만, 제이컵은 전혀 달라지지 않았어요. 제가 어찌해야 했나요? 그 아이의 손이라도 잘라야 했나요?"

"이건 정말 옳지 않아. 당신은 제이컵을 부당하게 대우하고 있다고."

내가 말했다.

"어째서? 내가 거짓말을 하는 게 아니잖아."

"아니, 당신은 그저 당신 감정에 솔직한 것뿐이야. 제이컵이 곤경에 처했고, 어쩐 일인지 당신은 책임감을 느끼고 있어. 그래서 당신은 제이컵의 삶을 되짚으면서, 실제로 존재하지도 않았던 지독한 일들을 마구 읊어대고 있는 거야. 그러니까, 정말 제이컵이 당신 지갑에서 돈을 훔쳤어? 그래서 뭐? 당신은 보걸 박사한테 정확한 상황을 제시하고 있지 않잖아. 우리는 제이컵의 소송 사건을 논의하려고 여기에 왔다고."

"그래서?"

"그래서 도둑질이 살인하고 대체 무슨 관계가 있어? 제이컵이 편의점에서 초코바나 펜 따위를 가져왔다고 해서 뭐가 달라지는데? 그게 벤 리프킨이 잔인하게 난자당해 죽은 거하고 대체 무슨 관계가 있어? 당신은 도둑질하고 피비린내 나는 살인을 동급으로 취급하고 있는데, 둘은 엄연히 다르다고."

"로리의 말을 들어보니, 일종의 규율 위반이 되풀이된 것 같군요. 어떤 이유에서인지, 제이컵은 용인된 행동의 테두리 내에서 머무르지 못한 것 같아요."

보걸 박사가 말했다.

"아니요. 그건 반사회적 인격 장애자죠."

"아니에요."

"박사님이 말하고 있는 것은……."

"아니라고요."

"……바로 반사회적 인격 장애자예요. 그 말을 하는 거 아닙니까? 제이컵이 반사회적 인격 장애자라고?"

"아니요."

보걸 박사 두 손을 들고서 말을 이었다.

"나는 그렇게 말하지 않았어요, 앤디. 나는 그런 단어를 사용하지 않았어요. 나는 제이컵을 완벽하게 파악하려고 노력하고 있을 뿐이에요. 나는 아직 어떠한 결론에도 도달하지 않았어요. 내 마음은 활짝 열려 있어요."

"나는 제이컵한테 문제가 있을지도 모른다고 생각해. 그 애한테 도움이 필요할지도 몰라."

로리가 진지하고 심각하게 말했다.

나는 고개를 저었다.

"그 애는 우리 아들이야, 앤디. 그 애를 돌보는 것이 우리 임무라고."

"나도 그러려고 노력하고 있어."

로리의 눈이 반짝였지만, 눈물은 흐르지 않았다. 로리는 이미 울 만큼 다 울었다. 그리고 한동안 마음속으로 어떤 생각을 곱씹다가 결국 이런 끔찍한 결론에 도달했다. '나는 제이컵한테 문제가 있을지도 모른다고 생각해.'

"로리, 제이컵의 결백을 의심하나요?"

보걸 박사가 위험한 연민을 드러내며 말했다.

로리가 눈을 쓱 훔치고서 허리를 꼿꼿이 펴고 앉았다.

"아니요."

"그런 말처럼 들렸는데요."

"아니에요."

"확실한가요?"

"네. 제이컵은 그런 짓을 저지르지 못해요. 엄마들은 자기 아이에 대해 아는 법이에요. 제이컵은 그런 짓을 저지를 수 없는 아이예요."

정신과 의사는 일단 로리의 말을 수긍하며 고개를 끄덕였지만, 그 말을 그다지 신뢰하지는 않는 눈치였다. 게다가, 박사는 그 문제에 관한 한 로리도 스스로의 말을 별로 신뢰하지 못한다고 생각하는 듯했다.

"박사님, 질문 좀 드려도 될까요? 제가 실수를 저질렀다고 생각하세요? 제가 파악하지 못한 행동 양식이 또 있을까요? 만약 제가 좀 더 나은 엄마였다면, 더 많은 조치를 취했을까요?"
 박사가 잠시 머뭇거렸다. 뒤편 벽, 박사의 머리 위에서 아프리카 가면 두 개가 으르렁댔다.
 "아니에요, 로리. 당신은 전혀 잘못한 게 없어요. 솔직히, 당신은 스스로를 그만 다그쳐야 해요. 어떤 행동 양식이 존재했다고 하더라도, 제이컵이 말썽을 일으킬 거라 예측할 수 있는 방법은 없었어요. 어떤 부모가 그 사실을 알 수 있겠어요. 당신이 지금까지 이야기한 내용에 기초해서는 예측이 불가능해요. 많은 아이들이 제이컵과 비슷한 문제 행동을 보이지만, 그런 건 아무런 의미가 없어요."
 "저는 할 수 있는 한 최선을 다 했어요."
 "잘해냈어요, 로리. 자신을 너무 다그치지 말아요. 앤디의 말도 틀리지 않아요. 당신이 지금까지 한 말을 생각해봐요. 당신은 여느 엄마들처럼 행동했어요. 당신은 아이를 위해 할 수 있는 최선을 다 했어요. 누구도 그 이상을 기대할 수는 없어요."
 로리는 고개를 꼿꼿이 세우고 있었지만, 위태로워 보였다. 마치 실처럼 가느다란 금이 점점 로리의 온몸으로 퍼져 나가는 것 같았다. 보걸 박사도 로리의 이런 허약한 자질을 감지한 듯했으나, 그게 얼마나 새로운 모습인지는 알지 못했을 것이다. 로리는 너무도 많이 변했다. 어떠한 변화가 일어났는지 알기 위해서는 로리의 본모습을 기억하고 있어야 한다. 한때 나의 아내는 시도 때도 없이 독서를 했다. 그래서 오른손으로 이를 닦으면서도 왼손에 책을 들고 있을 정도였다. 이제, 로리는 책을 집어 들지 않았다. 로리는 집중력은커녕 흥미도 보이지 않았다. 예전에, 로리는 대화를 나눌 때 상대방에게 집중하는 법을 알고 있었다. 그래서 상대는 그 공간에서 자신이 가장 매혹적인 사람인 것처럼 착각하지 않을 수 없었다. 이제, 로리는 시선을 한곳에 두지 못했으며, 마치 동일한 공간에 존재하지 않는 사람 같았다. 로리의 옷, 머리, 화장은 모두 약간씩 어색했고, 조금 이상하고 엉성했다. 언제나 로리를 빛나게 만들던 젊고 열정적인 낙천주의는 이제 사그라지기 시작했다. 물론, 로리가 무엇을 잃어버렸는지 이해하기 위해서는 로리의 예전 모습을 알아야 한다. 그리고 로리에게 어떤 변화가 일어났는지 알아보는 사람은 이곳에서 나뿐이었다.

하지만, 로리는 결코 굴복하지 않았다.

"저는 할 수 있는 한 최선을 다했어요."

로리는 밑도 끝도 없는 결의를 내비치며 큰 소리로 단언했다.

"로리, 이제는 제이컵에 대해 말해봐요. 제이컵은 어떤가요?"

"흠."

로리는 제이컵 생각에 미소 지었다.

"제이컵은 아주 영리해요. 아주 재미있고, 아주 매력적이죠. 게다가 잘생겼어요."

로리는 잘생겼다는 말을 하면서 실제로 얼굴을 조금 붉혔다. 모성애도 결국엔 사랑이다.

"제이컵은 컴퓨터에 빠져 살아요. 그리고 작은 기계 장치나 비디오 게임, 음악을 좋아하죠. 책도 많이 읽어요."

"분노나 폭력성을 조절하는 데 어떤 문제는 없나요?"

"없어요."

"당신은 제이컵이 어린이집에 다닐 때 폭력성에 문제가 있었다고 말했어요."

"제이컵이 유치원이 들어가자마자 없어졌어요."

"혹시 아직도 그 부분이 염려스럽나요? 여전히 제이컵의 행동이 어떤 식으로든 당신을 불안하게 하거나 걱정스럽게 하나요?"
"로리가 이미 아니라고 말했습니다, 박사님."
"음, 나는 그 부분을 좀 더 살펴보고 싶어요."
"괜찮아, 앤디. 아니요. 제이컵은 이제 더는 폭력적이지 않아요. 오히려 저는 제이컵이 좀 더 활발했으면 좋겠어요. 제이컵하고는 의사소통을 하기가 매우 어려워요. 제이컵은 속을 알기 어려운 아이거든요. 말이 별로 없고, 생각이 많아요. 매우 내성적이죠. 그렇다고 부끄러움을 타는 건 아니에요. 그러니까, 제이컵은 자신의 기분을 내색하지 않아요. 모든 에너지가 안으로 향하죠. 제이컵은 매우 냉정하고, 매우 신중해요. 그리고 감정을 속으로 쌓아두는 편이에요. 하지만, 아니요, 제이컵은 폭력적이지 않아요."
"제이컵이 다른 방식으로 자신을 표현하기도 하나요? 음악, 친구, 운동, 동호회, 뭐라도 좋아요."
"아니요. 제이컵은 모임에 가입하는 걸 좋아하지 않아요. 그냥 친구가 몇 명 있어요. 데릭하고 다른 애들 두어 명이오."
"여자 친구는요?"
"없어요, 그러기엔 아직 어리잖아요."
"그런가요?"
"아닌가요?"
보걸 박사가 어깨를 으쓱했다.
"어쨌든, 제이컵은 심술궂지 않아요. 아주 비판적이고, 신랄하고, 풍자적일 수는 있어요. 제이컵은 냉소적이에요. 열네 살인데도 이미 충분히 냉소적이죠! 제이컵은 냉소적일 수 있을 만큼 많은 일을 겪지 않았어요. 그렇지 않나요? 제이컵은 아직 그럴 자격이 없어요. 어쩌면 그냥 가식일 수도 있어요. 요즘 아이들이 그렇잖아요. 남을 깔보고 비꼬고."

"그건 안 좋은 자질처럼 들리는군요."
"그런가요? 그런 의미로 말한 건 아니에요. 제이컵은 그냥 복잡해요. 기분 변화가 심하죠. 그러니까, 제이컵은 분노한 소년처럼 보이고 싶어 해요. '제기랄, 누구도 나를 이해하지 못해.' 이런 식으로요."
도를 넘어섰다.
"로리, 제발, 모든 십 대들이 '제기랄, 누구도 나를 이해하지 못해.' 이러면서 분노한 소년처럼 보이고 싶어 해. 제발! 당신이 묘사하는 건 지구상에 존재하는 모든 청소년들의 모습이야. 그건 특정 아이에 대한 이야기가 아니라고. 바코드랑 다를 바가 없어."
내가 퉁명스럽게 내뱉었다.
"그럴지도 몰라. 나도 잘 모르겠어. 나는 항상 제이컵이 정신과 의사를 만나야 할지도 모른다고 생각했어."
로리가 고개를 숙였다.
"당신은 제이컵이 정신과 의사를 만나야 한다고 이야기한 적 없어!"
"그런 이야기를 했다고 하지는 않았어. 그게 올바른 일이 아니었을까, 그렇게 제이컵에게 이야기 나눌 상대를 만들어줘야 하지 않았을까 궁금하다고 말했을 뿐이야."
"앤디."
보걸 박사가 으르렁거렸다.
"음, 여기 더 못 있겠군요!"
"노력해봐요. 우리는 서로의 이야기를 들어주고 서로를 지지해주기 위해 여기에 있는 거예요. 논쟁을 하기 위해서가 아니에요."
"저기, 그만하면 충분한 거 아닙니까? 이 대화의 모든 가정은 제이컵이 무언가를 책임져야 하고, 무언가를 해명해야 한다는 거잖아요. 하지만 그렇지 않아요. 끔찍한 일이 발생했습니다. 맞죠? 끔찍하죠. 하지만 그건 우리 잘못이 아닙니다. 분명히 제이컵의 잘못도 아니고요. 그러니까, 나는 여기에 앉아서 귀를 기울이며 생각했어요. 대체 우리가 무슨 이야기를 나누고 있는 거지? 제이컵은 벤 리프킨 살해 사건과 아무 관계가 없습니다. 눈곱만큼도. 하지만 우리는 여기에 앉아서 제이컵을 무슨 괴짜나 괴물처럼 이야기하고 있어요. 제이컵은 괴짜나 괴물이 아닙니다. 그저 평범한 아이일 뿐이라고요. 제이컵도 다른 아이들처럼 결함을 가지고 있어요. 하지만 제이컵은 이번 사건과 아무 관계가 없어요. 미안하지만, 이쯤에서 누군가가 제이컵을 지지하고 나서야 합니다."

내가 짜증스럽게 말했다.

"앤디, 그때를 되돌아보면, 제이컵 주변에서 다쳤던 아이들에 대해 어떤 생각이 드나요? 놀이 기구에서 떨어지고 자전거를 박살내던 아이들 말이에요. 그 아이들 모두가 그저 운이 나빴던 걸까요? 우연의 일치였을까요? 어떻게 생각해요?"

보걸 박사가 말했다.

"제이컵은 힘이 넘쳤어요. 그래서 아주 거칠었죠. 나도 그 부분은 인정합니다. 하지만, 그건 제이컵이 어릴 때 다 끝난 일이에요. 그게 다예요. 그러니까, 그건 전부 제이컵이 유치원에 들어가기 전에 일어났던 일들이라고요. 유치원!"

"그렇다면 분노는요? 제이컵이 분노를 조절하는 데 문제가 있다고 생각하지는 않나요?"

"아니요, 그렇게 생각하지 않아요. 사람들은 화를 냅니다. 그건 문제가 아니라고요."

"제이컵에 대한 자료를 보니 이런 기록이 있네요. 제이컵이 자기 침실 벽을 주먹으로 때려서 구멍을 냈군요. 그래서 미장공을 불러야 했네요. 지난가을의 일이군요. 맞나요?"
"맞아요, 하지만 그 사실을 어떻게 알았죠?"
"조녀선한테서요."
"그건 제이컵을 변호하기 위한 자료라고요!"
"우리가 바로 여기에서 그 일을 하고 있잖아요. 제이컵의 변호를 준비하는 일 말이에요. 진짠가요? 제이컵이 주먹으로 벽을 때려서 구멍을 냈나요?"
"네. 그게 뭐 어때서요?"
"일반적으로 사람들은 주먹으로 벽을 때려서 구멍을 내지 않아요, 그렇죠?"
"사실, 가끔은 그러기도 하죠."
"당신은요?"
나는 심호흡을 했다.
"아닙니다."
"로리는 제이컵이…… 폭력적일 수도 있다는 사실을 당신이 인지하지 못한다고 생각해요. 당신은 어떻게 생각하죠?"
"로리는 내가 받아들이지 못한다고 생각해요."
"그런가요?"
나는 좁은 마구간에서 머리를 흔드는 말처럼 완강하고 침울하게 고개를 저었다.
"아니오. 그 반대예요. 나는 그 부분에 대해 지나치게 경계하고, 지나치게 의식하고 있어요. 내 말은, 당신도 내 배경에 대해 알잖아요. 내 모든 삶은……."
심호흡.
"로리, 들어봐. 당신은 아이들이 다칠 때마다 걱정해. 그게 사고 일지라도, 당신은 그런 상황을 맞닥뜨리고 싶어 하지 않아. 그리고 언제나 당신 아이가…… 불안하게 행동할 때마다 걱정하지. 그래 맞아, 나도 그 모든 일에 대해 의식하고, 염려하고 있었어. 하지만 나는 제이컵을 알고 있었어, 나는 내 아이를 알고 있었다고. 나는 제이컵을 사랑하고 신뢰했어. 그리고 지금도 마찬가지야. 나는 제이컵과 함께할 거야."

"우리 모두가 제이컵과 함께할 거야, 앤디. 당신 말은 순 억지야. 나도 제이컵을 사랑해. 이건 별개의 문제라고."

"내 말은 당신이 제이컵을 사랑하지 않는다는 게 아니잖아, 로리. 내가 그렇게 말했어?"

"아니, 하지만 당신은 언제나 그런 식으로 빠져나가잖아. '나는 제이컵을 사랑해.' 물론 당신은 제이컵을 사랑해. 우리 둘 다 그 애를 사랑해. 하지만, 자신의 아이를 사랑하면서 그 아이의 결함을 볼 수도 있는 거잖아. 당신은 그 아이의 결함을 직시해야 해. 그러지 않으면 어떻게 그 애를 도울 수 있겠어?"

"로리, 내가 당신이 제이컵을 사랑하지 않는다고 그랬어, 안 그랬어?"

"앤디, 내 말은 그게 아니잖아! 내 말 좀 제대로 들으란 말이야!"

"제대로 듣고 있어! 그저 당신 말에 동의하지 않을 뿐이야. 당신은 아무 근거도 없이 제이컵을 폭력적이고 변덕스럽고, 그리고 위험한 아이로 묘사하고 있어. 나는 거기에 동의하지 않을 뿐이야. 그리고 내가 동의하지 않으면, 당신은 내가 정직하지 않다고 말하잖아. 아니면 신뢰성이 떨어진다거나. 당신은 나를 거짓말쟁이라고 생각하잖아."

"나는 당신을 거짓말쟁이라고 생각하지 않았어. 나는 당신을 거짓말쟁이라고 생각한 적 없어."

"그래, 그 단어를 사용하지는 않았지."

"앤디, 누구도 당신을 비난하지 않아. 당신 아들에게 도움이 좀 필요할지도 모른다는 사실을 인정한다고 해서 문제될 건 하나도 없어. 당신에 대해 이야기하는 게 아니잖아."

그 말이 총검처럼 나를 찔렀다. 물론 로리는 나에 대해 이야기하고 있었다. 이 모든 것이 오롯이 나에 대한 이야기였다. 로리가 자신의 아들이 위험한 아이일지도 모른다고 생각하는 까닭은 바로 나, 오로지 나 때문이었다. 만약 제이컵이 바버의 아들이 아니었다면, 누구도 문제의 징후를 찾아내기 위해 그 아이의 어린 시절을 그렇게 엄밀하게 분석하지는 않았을 것이다.

하지만 나는 침묵을 지켰다. 다 무슨 소용이란 말인가? 바버라는 성을 타고난 데 대해 달리 변명의 여지가 없었다.

"좋아요, 이쯤에서 그만하는 게 좋겠네요. 더 계속하는 것은 비생산적일 듯해요. 이 과정은 누구에게도 쉽지 않아요. 그래도 우리는 어느 정도 진전을 거뒀어요. 다음 주에 다시 시도하도록 하죠."

보걸 박사가 조심스럽게 말했다.

나는 로리의 시선을 피하며 무릎을 내려다보았다. 정확히 무엇 때문인지는 모르겠지만 부끄러웠다.

"두 분에게 마지막으로 한 가지만 질문할게요. 어쩌면 우리는 한층 좋은 분위기로 이 모임을 끝낼 수도 있을 거예요, 알겠죠? 그러니 이 소송이 없어졌다고 잠시 가정해보죠. 몇 달 후에 이 소송이 기각되어서, 제이컵이 어디든 갈 수 있고, 원하는 것은 무엇이든 할 수 있다고 가정해봐요. 마치 이런 일이 일어나지 않았던 것처럼, 어떠한 유예 조건도, 어떠한 꼬리표도, 어떠한 제약도 제이컵을 따라다니지 않아요. 자, 만약 그런 일이 일어난다면, 십 년 후에 여러분의 아들은 어떤 모습일까요? 로리?"

"와우, 그런 건 생각도 못하겠어요. 저는 그저 하루하루를 버텨내고 있어요. 아시죠? 십 년 후라…… 상상하기가 어렵네요."
 "좋아요, 이해해요. 하지만 그냥 사고력 훈련이라고 생각하고, 한번 해봐요. 십 년 후에 당신의 아들은 어떤 모습일까요?"
 로리가 곰곰이 생각했다. 그리고 고개를 저었다.
 "못하겠어요. 그리고 생각하고 싶지도 않아요. 좋은 일은 아무것도 상상할 수가 없어요. 저는 제이컵의 상황에 대해 끊임없이 생각해요, 박사님. 끊임없이요. 그런데 어떻게 이 이야기가 행복하게 끝날 수 있을지 저는 도무지 모르겠어요. 가엾은 제이컵. 저는 그저 희망을 버리지 않을 뿐이에요, 아시겠어요? 그게 제가 할 수 있는 전부예요. 하지만 제이컵이 나이가 들었을 때 우리가 곁에 없으면 어쩌죠? 모르겠어요, 저는 그저 제이컵이 괜찮기만을 바랄 뿐이에요."
 "그게 다예요?"
 "그게 다예요."
 "좋아요, 당신은 어때요, 앤디? 만약 이 소송이 사라진다면, 십 년 후에 제이컵은 어떤 모습일까요?"
 "제이컵이 이번 소송에서 무죄 판결을 받는다면 말인가요?"
 "맞아요."
 "십 년 후에 제이컵은 행복할 겁니다."
 "행복하다, 좋아요."
 "아마 제이컵은 자신을 행복하게 해주는 아내와 함께 있겠죠. 혹은 아빠가 되어 있거나. 아들도 하나 있고."
 로리가 자세를 바꿨다.
 "하지만 십 대의 쓰레기 같은 통과의례를 모두 거쳐야겠죠. 모든 자기 연민과 자아도취. 제이컵에게 약점이 있다면, 그건 필요한 훈련을 하지 않았기 때문일 겁니다. 제이컵은…… 제멋대로예요. 제이컵에게는…… 뭐랄까…… 단단함이 없어요."
"무엇을 위한 단단함 말이죠?"
보걸 박사가 물었다.
로리가 호기심 어린 시선으로 어깨 너머로 나를 쳐다보았다.
우리 모두는, 보걸 박사까지도 대답을 알고 있었을 것이다. '바버 가문의 사내가 되기 위한 단단함.'
"성장하기 위해, 어른이 되기 위해."
내가 힘없이 말했다.
"당신처럼?"
"아니요. 나처럼은 아닙니다. 제이크는 자기 방식대로 해나가야 해요. 나는 그런 아빠가 아닙니다."
나는 좁은 통로를 비집고 나가려고 애쓰는 사람처럼 팔꿈치를 넓적다리 쪽으로 끌어당겼다.
"제이컵은 당신이 어렸을 때 했던 그런 훈련을 하지 않나요?"
"네, 그래요."
"그게 왜 중요하죠, 앤디? 무엇을 위해서 혹은 무엇에 맞서기 위해서 제이컵이 자신을 담금질해야 하죠?"
일순간, 두 여자가 시선을 교환했다. 그들은 서로 결탁하여 나를 살피고 있었다. 그리고 로리의 말을 빌자면, 그 둘은 나를 신뢰성이 떨어지는 사람으로 간주하고 있었다.
"삶, 제이컵은 삶에 맞서기 위해 스스로를 담금질해야 합니다. 다른 아이들과 마찬가지로."
내가 웅얼거렸다.
로리가 몸을 숙여 팔꿈치를 무릎에 댄 채로 내 손을 잡았다.

13
179일

제이컵의 체포라는 재앙이 들이닥친 후, 매일 매일이 견딜 수 없이 절박했다. 묵직하고 지속적인 근심이 시작되었다. 어떤 면에서, 체포 이후의 몇 주가 체포라는 사건 자체보다 더 나빴다. 우리는 모두 날짜만 헤아렸다. 제이컵의 공판은 10월 17일로 예정되어 있었고, 그 날짜가 머리에 들러붙어 떠나질 않았다. 예전에는 미래가 각자의 수명에 따라 달라졌다면, 이제는 하나의 뚜렷한 종점을 가지고 있는 듯했다. 우리는 재판 그 너머에 무엇이 있을지 상상도 할 수 없었다. 모든 것이, 온 우주가 10월 17일에 끝이 났다. 우리는 그때까지 179일을 거꾸로 세어 나가는 것 외에 달리 할 수 있는 일이 없었다. 나는 엄청난 순간보다는 오히려 대기 시간이나 자질구레한 사건, 기다림을 인내하기가 훨씬 더 힘들었다. 남들과 다를 바 없는 평범한 사람이라면 도무지 이해할 수 없는 일일 것이다. 하지만, 제이컵의 체포라는 긴박한 상황이나 법원에서의 기소인부절차 등은 비록 끔찍하기는 했지만 쏜살같이 질주해서 사라져 버렸다. 진정한 고통은 누구도 지켜보지 않는, 179일이라는 그 기나긴 나날 동안에 찾아왔다. 한가한 오후에 적막한 집에 있으면, 근심이 조용히 우리를 에워쌌다. 우리는 시간을 강하게 의식하며 지나가는 일 분 일 분의 무게에 짓눌렸고, 남은 날들이 그다지 짧지도 그다지 길지도 않다는 아찔하고 몽롱한 기분을 경험했다. 결국, 우리는 그저 기다림을 견딜 수 없어서 재판을 열망했다. 그건 마치 임종을 지키는 일 같았다.

체포 후 이십팔 일이 흐른, 재판까지 151일 남은, 5월의 어느 날 밤, 우리 셋은 저녁 식탁에 앉아 있었다.

제이컵은 뿌루퉁하게 접시만 쳐다보면서 어린애처럼 음식을 요란하게 씹어댔다. 축축하고 질척질척한 소리를 내며 음식을 먹는 것은 제이컵이 코흘리개 적부터 가지고 있는 습관이었다.

"매일 밤 왜 이래야 하는지 모르겠어요."

제이컵이 퉁명스럽게 말했다.

"뭘?"

"그러니까, 무슨 파티나 되는 것처럼 식탁에 둘러앉아서 저녁을 거하게 먹는 거 말이에요. 그냥 우리 셋뿐이잖아요."

"사실, 아주 단순해. 가족은 그렇게 하는 거야. 가족은 식탁에 둘러앉아서 제대로 된 저녁 식사를 함께하는 거야."

로리가 설명했다. 이번이 처음도 아니었다.

"하지만 우리뿐이잖아요."

"그래서?"

"그래서 이건 그러니까, 매일 밤 엄마는 세 사람 분 요리를 하느라 모든 시간을 허비하잖아요. 그다음에 우리는 자리에 앉아서, 그러니까, 십오 분 동안 음식을 먹죠. 그러고 나면, 설거지를 하면서 훨씬 더 많은 시간을 보내야 해요. 하지만, 엄마가 밤마다 저녁 식사에 그렇게 유난을 떨지 않으면, 설거지거리도 없을 거예요."

"그다지 나쁘진 않을 텐데. 너는 설거지를 안 하잖아, 제이컵."

"요점은 그게 아니잖아요, 엄마. 이건 낭비예요. 그냥 피자나 중국 음식 같은 걸 먹을 수도 있잖아요. 그러면 모든 과정이 십오 분 정도면 끝난다고요."

"하지만 엄마는 모든 과정이 십오 분 안에 끝나기를 원하지 않아. 나는 내 가족과 저녁 식사를 즐기고 싶다고."

"사실 엄마는 매일 밤 한 시간쯤 저녁 식사를 하고 싶죠?"

"두 시간이면 더 좋겠지만, 욕심은 부리지 않을게."

로리가 물을 홀짝이며 히죽거렸다.

"예전에는 저녁 식사에 그렇게 유난을 떨지 않았잖아요."

"음, 지금은 그래."

"저는 엄마가 정말 왜 그러는지 알아요."

"그래? 왜 그러는데?"

"그래야 제가 의기소침해하지 않을 테니까요. 엄마는 제가 매일 밤 가족과 멋진 저녁 식사를 하면 제 문제가 그냥 사라질 거라고 생각하잖아요."

"음, 물론 엄마는 그렇게 생각하지 않아."

"다행이네요, 제 문제는 그냥 사라지지 않을 테니까요."

"엄마는 그저 잠시라도 그 생각에서 벗어나고 싶은 거야, 제이컵. 하루에 단 한 시간만이라도. 그게 정말 그렇게도 엄청난 일이니?"

"네! 그래 봐야 아무 소용없으니까요. 사태를 악화시킬 뿐이니까요. 그러니까, 엄마가 모든 게 지극히 정상적인 척 행동할수록, 저는 이 모든 게 정말 얼마나 비정상적인지를 떠올리게 돼요. 그러니까, 이걸 좀 보라고요."

제이컵은 로리가 마련한, 친근한 옛날식 저녁 식사에 당혹스러위하며 두 팔을 흔들었다. 닭고기 파이, 신선한 깍지콩, 레모네이드 그리고 식탁 중앙에 놓인 원통형 양초 한 자루.

"이건 꾸며진 평범함이라고요."

"거대 새우라는 말처럼 모순적이지."

내가 말했다.

"앤디, 쉿. 제이컵, 엄마가 뭘 어떻게 했으면 좋겠니? 엄마는 이런 상황을 겪어본 적이 없어. 보통 엄마라면 어떻게 할까? 네가 가르쳐주면, 엄마가 그렇게 할게."

"저도 몰라요. 제가 의기소침하지 않기를 바라신다면, 차라리 저한테 마약을 줘요. 그러니까…… 닭고기 파이 말고요."

"안타깝게도, 때마침 다 떨어졌구나."

"제이크, 데릭이라면 조달할 수 있을지도 몰라."

내가 음식을 베어 물며 말했다.

"알려 줘서 퍽이나 고마워, 앤디. 제이컵, 엄마가 매일 밤 저녁을 만드는 까닭이, 엄마가 너한테 텔레비전 앞에서 식사를 하지 못하게 하는 까닭이, 엄마가 너한테 주방에 서서 플라스틱 그릇에 저녁을 먹지 못하게 하는 까닭이, 엄마가 너한테 저녁 식사를 아예 건너뛰고 네 방에서 비디오 게임이나 하며 앉아 있지 못하게 하는 까닭이, 이 엄마 때문이라는 생각은 한 번도 안 해봤니? 이 모든 건 나를 위해서야, 네가 아니라. 엄마한테도 이 상황이 쉽지는 않아."

"제가 무죄판결을 받지 못할 거라고 생각하니까 그렇겠죠."

"아니야."

전화벨이 울렸다.

"맞아요! 분명히 그런 거예요. 그렇지 않다면, 이렇게 일일이 저녁 식사를 세고 계실 필요가 없을 테니까요."

"아니야, 제이컵. 엄마는 그저 가족을 곁에 두고 싶은 것뿐이야.

힘든 시간이 찾아오면, 가족은 그렇게 하는 거야. 함께 모여서, 서로에게 힘이 되어주는 거야. 모든 일이 언제나 네 위주로 돌아가지는 않아, 알겠니? 너 또한 엄마를 위해 곁을 지켜줘야 해."
 잠시 침묵이 흘렀다. 제이컵은 사춘기의 자기중심적 자아도취가 부끄럽지 않은 모양이었다. 아니면 그럴듯한 멋진 말대꾸가 생각나지 않았는지도 모르겠다.
 다시 전화벨이 울렸다.
 로리가 눈썹을 치켜세우고 턱을 당긴 채, 제이컵을 향해 '그러니 그만해!'라는 표정을 지어 보이고서 전화를 받기 위해 자리에서 일어섰다. 네 번째 벨이 울리면 자동응답기가 통화를 가로채기 때문에 로리는 그 전에 전화기에 닿기 위해 조금 서둘렀다.
 제이컵이 경계하는 눈치를 보였다. 왜 엄마가 전화를 받으려고 하지? 이미 우리는 전화벨에 반응하지 말아야 한다는 사실을 알고 있었다. 확실히, 이 전화는 제이컵에게 온 것이 아니었다. 제이컵의 친구들은 하나같이 연락을 딱 끊었다. 어쨌든, 제이컵은 별로 전화를 사용하지 않았다. 제이컵은 전화를 성가시고, 불편하고, 비효율적인 구식 물건으로 생각했다. 제이크에게 할 말이 있는 친구들은 그냥 문자를 보내거나 페이스북에 접속해서 채팅을 했다. 이러한 새로운 과학 기술은 덜 친밀하기 때문에 오히려 더 편안했다. 제이크는 말보다는 자판 두드리기를 더 좋아했다.
 본능적으로 나는 로리에게 전화를 받지 말라고 경고하고 싶은 충동을 느꼈으나, 자제했다. 나는 저녁 시간을 망치고 싶지 않았다. 나는 로리를 지지하고 싶었다. 이러한 가족 식사는 로리에게 중요했다. 기본적으로 제이컵의 말이 옳았다. 로리는 가능한 한 평범한 상태를 유지하고 싶어 했다. 짐작컨대, 그래서 지금 로리가 경계 태세를 느슨하게 하는 모양이었다. 우리는 평범한 가족처럼 행동하려고 노력하고 있었고, 평범한 가족은 전화를 두려워하지 않는 법이다.

"발신인이 누구야?"

내가 이렇게 말하며 간접적으로 주의를 주었다.

"발신 번호 표시 제한."

로리가 수화기를 들었다. 전화는 주방에 있었기 때문에 식탁에서 훤히 다 보였다. 로리는 제이컵과 내 쪽으로 등을 돌리고 있었다. 로리가 "여보세요."라고 말하고서 침묵했다. 그리고 다음 몇 초 동안, 로리의 어깨와 등이 미세하게 구부러졌다. 마치 로리가 이야기를 듣는 동안 로리의 몸에서 바람이 조금씩 빠져나가는 듯했다.

"로리?"

내가 말했다.

"그쪽은 누구죠? 이 번호를 어떻게 알았나요?"

로리가 떨리는 목소리로 발신인에게 말했다.

조금 더 경청.

"다시는 전화하지 마요. 내 말 알아들었어요? 다시는 감히 전화하지 말라고요."

나는 로리에게서 부드럽게 수화기를 빼앗아 전화를 끊었다.

"세상에, 앤디."

"당신, 괜찮아?"

로리가 고개를 끄덕였다.

우리는 식탁으로 돌아가서 잠시 조용히 앉아 있었다.

로리가 포크를 들고 닭고기를 눈곱만큼 떠서 입에 넣었다. 로리의 얼굴이 경직되었고, 몸은 여전히 구부정했으며, 어깨가 축 처져 있었다.

"뭐라고 그래요?"

제이컵이 물었다.

"그냥 밥이나 먹으렴, 제이컵."

내 손이 식탁 너머 로리에게까지 닿지 않아서, 나는 그저 걱정스러운 얼굴로 바라보기만 했다.

"별표하고 69를 누르면 발신인한테 전화를 되걸 수 있어요."

제이컵이 제안했다.

"그냥 저녁 식사나 즐기자꾸나."

로리가 다시 닭고기를 조금 떠 넣고 바쁘게 씹었다. 그러더니 완전히 돌처럼 굳어버렸다.

"로리?"

로리가 목을 가다듬고서 "실례 좀 할게."라고 웅얼거린 다음, 식탁을 떠났다.

아직 151일이 남아 있었다.

14
신문

조너선: "칼에 대해 말해보렴."
제이컵: "뭘 알고 싶은데요?"
"음, 검사는 네가 괴롭힘을 당하고 있었기 때문에 칼을 샀다고, 바로 그게 동기라고 주장할 거야. 하지만 너는 사람들한테 아무 이유 없이 칼을 샀다고 말했어."
"아무 이유 없이 칼을 샀다고 말하지 않았어요. 갖고 싶어서 샀다고 말했죠."
"그래, 하지만 왜 그 칼을 갖고 싶었니?"
"왜 그 넥타이를 갖고 싶으셨어요? 뭔가를 사는 데 항상 이유가 있어야 하나요?"
"제이컵, 칼은 넥타이하고는 조금 달라. 그렇지 않니?"
"아니요. 그냥 물건일 뿐이잖아요. 그게 우리 사회가 돌아가는 방식이에요. 모든 시간을 돈 버는 데 쓰고, 그 돈으로 물건을 사고, 그리고……."
"지금 그 칼을 가지고 있니?"

"……그리고 밖으로 나가서 더 많은 돈을 벌고, 더 많은 물건을 사고……."

"제이컵, 그 칼을 가지고 있니?"

"아니요. 아빠가 가져갔어요."

"자네가 칼을 가지고 있나, 앤디?"

"아니오. 없어요."

"자네가 칼을 없앴나?"

"그 칼은 위험했어요. 아이들이 갖고 있기에 적합한 칼이 아니었어요. 장난감 칼이 아니었다고요. 어떤 아빠라도……."

"앤디, 나는 자네를 비난하는 게 아니야. 단지 무슨 일이 있었는지 확인하려는 거야."

"죄송합니다. 네, 제가 없앴어요."

조너선은 고개를 끄덕였지만 아무 말도 하지 않았다. 우리는 조너선의 사무실, 떡갈나무 원탁에 앉아 있었다. 우리 가족을 모두 수용할 만큼 넓은 사무실은 그곳뿐이었다. 젊은 동료 엘런도 함께 자리해서 부지런히 필기를 하고 있었다. 나는 엘런이 우리를 돕기 위해서가 아니라 조너선을 보호하기 위해서 그곳에 앉아 대화를 지켜보고 있을지도 모른다고 생각했다. 조너선은 의뢰인과 사이가 틀어져서 대화 내용에 대한 논쟁이 발생할 경우를 대비해 기록을 남겨두고 있었다.

로리가 무릎에 손을 포갠 채 지켜보았다. 예전에 로리는 아주 자연스럽게 평정심을 유지했지만, 이제는 조금 더 노력을 기울여야 했다. 로리는 말수를 줄였고, 이런 법률적인 전략 회의에는 참여를 자제했다. 마치 순간순간 자신을 지탱하는 데 전력을 다하기 위해 힘을 비축하는 사람 같았다.

제이컵이 샐쭉해져서는 탁자 표면을 손톱으로 눌러 댔다. 자본

주의의 근본 원리에 대한 자신의 통찰력에 조녀선이 감격해하지 않자, 제이컵은 십 대의 어리석은 자존심에 상처를 입었다.

조녀선이 생각에 잠겨 짧은 턱수염을 쓰다듬었다.

"하지만 벤 리프킨이 살해당했던 날에는 그 칼을 가지고 있었니?"

"네."

"그날 아침 공원에서도 그 칼을 가지고 있었니?"

"아니요."

"집을 나설 때 그 칼을 가지고 있었니?"

"아니요."

"칼은 어디에 있었니?"

"제 방 서랍에요, 언제나처럼."

"확실하니?"

"네."

"그렇다면 그날 아침에 학교에 가려고 집을 나설 때, 뭐 특별한 점은 없었니?"

"집을 나설 때요? 아니요."

"늘 다니던 길로 등교했니? 공원을 가로질러서?"

"네."

"그렇다면, 네가 평소에 공원을 가로지르던 길목에 벤이 살해당한 장소가 있었니?"

"그랬을 거예요. 사실, 그런 식으로 생각해본 적은 없지만요."

"시체를 발견하기 전에, 공원을 걸으며 보거나 들은 건 없니?"

"없어요. 그냥 걷고 있는데, 거기에 걔가 누워 있었어요."

"그 아이의 모습에 대해 설명해보렴. 처음 봤을 때, 그 아이는 어떤 자세로 누워 있었니?"

"그냥 거기에 누워 있었어요. 그러니까, 조금 비탈진 길에 엎드려 있었는데, 주위에 나뭇잎이 수북했어요."

"마른 잎이었니, 젖은 잎이었니?"

"젖은 잎이오."

"확실하니?"

"그렇게 생각해요."

"그렇게 생각하는 거니? 아니면 어림짐작하는 거니?"

"사실 그 부분은 기억이 잘 안 나요."

"그렇다면 그 질문에 왜 대답했니?"

"잘 모르겠어요."

"지금부터는 완전히 정직하게 대답해야 해, 알았지? 만약 정확한 대답이 기억나지 않는다면, 그렇다고 말해야 해. 알았지?"

"알았어요."

"그래서 너는 땅바닥에 누워 있는 시체를 봤어. 피가 있었니?"

"발견했을 당시에는 피가 보이지 않았어요."

"시체 쪽으로 다가가면서 어떻게 했니?"

"이름을 불렀어요. 그러니까, '벤, 벤. 너 괜찮아?' 이런 식으로요."

"그러니까 너는 발견 즉시 그 아이를 알아봤니?"

"네."

"어떻게? 내 생각에, 그 아이는 머리를 비탈 아래쪽으로 향한 채 엎드려 있었고, 너는 위에서 아래를 내려다보고 있었을 텐데."

"그냥 알아봤어요. 그러니까 걔의 옷이랑, 있잖아요, 걔의 외모랑."

"외모?"

"네. 그러니까, 걔의 겉모습요."

"너는 기껏해야 벤의 운동화 바닥만을 볼 수 있었을 텐데."
"아니에요. 그것보다는 더 많이 보였어요. 그냥 구별할 수 있었어요, 무슨 말인지 아시죠?"
"알았다. 그래서 너는 시체를 발견하고서 '벤, 벤.' 하고 말했어. 그다음엔?"
"음, 그 애는 대답도 하지 않았고 움직이지도 않았어요. 그래서 심하게 아픈 모양이라고 생각했어요. 그래서 괜찮은지 확인하려고 그 애한테 내려갔어요."
"도움을 요청했니?"
"아니요."
"왜? 휴대전화 가지고 있었잖아?"
"네."
"그래서 너는 살해된 채 피투성이로 누워 있는 희생자를 발견했고, 주머니에 휴대전화가 있었는데도, 911에 전화를 걸어야 한다는 생각을 못 했니?"
조녀선은 모든 것을 알아내려고 애쓰는 사람처럼, 매번 호기심 어린 목소리로 조심스럽게 질문을 했다. 이것은 신문이었지만, 적의를 품은 신문은 아니었다. 분명히 적대적이지는 않았다.
"응급처치에 대해 뭐 아는 것 있니?"
"아니요, 저는 우선 그 아이가 괜찮은지 확인부터 해야겠다고 생각했어요."
"범죄가 발생했다고 생각했니?"
"그렇게 생각했던 것 같아요. 하지만 완전히 확신할 수는 없었어요. 사고일 수도 있었으니까요. 그러니까 개가 그냥 넘어졌다거나 그랬을지도 모르고요."
"뭐에 걸려서 넘어져? 왜?"

"몰라요. 그냥 말한 거예요."

"그래서 그 애가 그냥 넘어졌다고 생각할 만한 이유는 없었다는 거지?"

"네. 아저씨는 모든 것을 배배 꼬아서 이야기하고 있네요."

"나는 그냥 이해하려고 노력하는 거야, 제이컵. 왜 도움을 요청하지 않았니? 왜 너의 아빠한테 전화를 걸지 않았니? 너의 아빠는 검사고, 검찰에서 일하잖아. 너의 아빠라면 어떻게 해야 할지 알았을 텐데."

"그냥, 저도 모르겠어요. 그 생각을 못했어요. 그건 뭐랄까, 돌발적인 사건이었어요. 저는, 그러니까, 그런 일에 준비가 되어 있지 않았어요. 뭘 해야 하는지 몰랐다고요."

"알았다, 그다음에 무슨 일이 있었니?"

"비탈길을 내려가서 그 아이 옆에 앉았어요."

"무릎을 꿇었다는 얘기니?"

"그랬던 것 같아요."

"젖은 잎 위에?"

"모르겠어요. 어쩌면 서 있었는지도 모르겠어요."

"너는 서서 그 아이를 내려다보고 있었어, 맞니?"

"아니요. 정말 기억이 나질 않아요. 아저씨가 그렇게 말하니까, 제가 무릎을 꿇고 있었던 것 같기도 해요."

"몇 분 후에 학교에서 데릭이 너를 봤다던데, 그 아이는 네 바지가 젖었다거나 진흙투성이였다는 말은 하지 않았어."

"그렇다면, 제가 분명히 서 있었던 모양이네요."

"좋아, 서 있었어. 그래서 너는 서서 그 아이를 내려다봤어. 그다음엔?"

"제가 말했듯이, 확인하려고 걔를 돌려 눕혔어요."

"먼저 그 아이에게 말을 걸었니?"

"그런 것 같지는 않아요."

"너는 같은 반 친구가 의식을 잃은 채 얼굴을 땅에 묻고 누워 있는 모습을 봤고, 말 한마디 없이 그 아이를 돌려 눕혔어."

"아니에요. 어쩌면 뭔가 말을 했는지도 모르겠어요. 완벽하게 확신은 못하겠어요."

"너는 비탈길 아래서 벤을 내려다보며 서 있었어. 그때 어떤 범죄의 흔적을 발견했니?"

"아니요."

"벤의 상처에서 나온 피가 비탈길에 길게 얼룩져 있었는데도 너는 그걸 알아채지 못했니?"

"네. 제 말은, 저는, 그러니까, 맛이 갔어요, 아시겠어요?"

"어떻게 맛이 갔니? 정확하게 그게 무슨 뜻이니?"

"모르겠어요. 그냥, 그러니까, 당황했어요."

"왜 당황했니? 무슨 일이 벌어졌는지 몰랐다고 했잖아. 너는 범죄가 발생했다고 생각하지 않았어. 너는 사고일지도 모른다고 생각했잖아."

"저도 알아요. 하지만 걔가 그냥 거기에 누워 있었어요. 그건 그냥 소름 끼치는 상황이었다고요."

"몇 분 후에 데릭이 너를 봤을 때, 너는 맛이 간 상태가 아니었어."

"아니, 그렇지 않아요. 겉으로 표현하지 않았을 뿐이지, 속으로는 완전히 맛이 갔었다고요."

"알았다. 그래서 너는 시체 위에 서 있었어. 벤은 이미 죽어 있었고, 가슴에 난 상처 세 곳에서 피가 흘렀고, 혈흔이 비탈길을 따라 시체까지 이어져 있었어. 하지만 너는 피를 전혀 보지 못했고, 무슨 일이 벌어졌는지도 몰랐어. 그리고 너는 맛이 갔지만, 속으로만 그랬어. 그다음엔?"

"제 말을 믿지 않는 것 같네요."

"제이컵, 내 말 좀 들어봐. 내가 너를 믿든 안 믿든, 그런 건 중요하지 않아. 나는 네 변호사지, 엄마나 아빠가 아니야."

"네, 하지만, 아저씨가 말하는 방식이 정말 맘에 안 들어요. 이건 제 이야기예요, 아시겠어요? 그런데 아저씨는 제가 거짓말이라도 하는 것처럼 말하잖아요."

이번 모임 내내 한마디도 하지 않던 로리가 입을 열었다.

"제발 그만하세요, 조녀선. 죄송해요. 제발 그만해주세요. 이만하면 당신 생각은 충분히 알겠어요."

조녀선이 갑자기 신문을 멈추고, 훈계를 시작했다.

"좋아, 제이컵. 너의 엄마 말씀이 옳다. 여기서 그만하는 편이 좋겠구나. 너를 기분 나쁘게 할 생각은 아니었다. 하지만 생각을 좀 해보렴. 네가 제시한 이 모든 이야기는 네가 방 안에서 혼자 머릿속으로 생각했을 때는 괜찮게 들렸을지도 몰라. 하지만 반대신문에서는 다르게 들릴 가능성이 커. 그리고 내가 장담하건대, 지금 여기에서 우리가 하고 있는 일은 네가 증인석에 섰을 때 닐 라주디스 검사가 너를 상대로 할 일에 비하면 정말 아무것도 아니야. 나는 네 편이지만 라주디스 검사는 아니야. 나는 좋은 사람이지만, 라주디스 검사는, 뭐랄까, 해야 할 일이 있는 사람이야. 자, 네가 나한테 하려는 말이 이거니? 너는 엎드려 있는 시체와 마주쳤는데, 시체의 가슴에는 크게 벌어진 상처가 세 군데 있었고, 그곳에서 피가 흐르고 있었어. 너는 어쩐 일인지 시체 밑으로 팔을 집어넣었고, 벤의 운동복 상의 안쪽에 엄지손가락 지문을 하나 남겼어. 하지만 네가 다시 팔을 빼냈을 때 팔에는 피가 묻어 있지 않았어. 그래서 네가 몇 분 후에 학교에 나타났을 때, 무언가 잘못됐다고 생각하는 사람은 아무도 없었어. 자, 네가 배심원이라면, 이 이야기를 어떻게 생각하겠니?"

"하지만 진짜예요. 세부 사항은 다르지만요. 아저씨가 세부 사항을 엉망진창으로 만들었어요. 걔는, 그러니까, 얼굴을 완전히 파묻고 엎드려 있지는 않았어요. 그리고 피가 사방으로 뿜어져 나오고 있었던 것 같지도 않고요. 그랬던 것 같지는 않아요. 아저씨는, 그러니까, 저를 가지고 놀고 있어요. 저는 진실을 말하고 있다고요."

"제이컵, 내가 너를 기분 나쁘게 했다면 미안하구나. 하지만 나는 너를 가지고 노는 게 아니야."

"신한테 맹세컨대, 제 말은 진짜예요.

"좋아. 알았다."

"아니요. 저를 거짓말쟁이라고 생각하잖아요."

조너선은 대답하지 않았다. 물론, 거짓말쟁이는 최후의 수단으로, 신문자가 자신을 거짓말쟁이라고 생각한다며 직접적으로 이의를 제기한다. 게다가, 제이컵의 목소리에는 날이 서 있었다. 이는 위협의 목소리일 수도 있었고, 금방이라도 눈물을 쏟을 듯 겁을 먹은 소년의 목소리일 수도 있었다.

"제이크, 괜찮아. 조너선은 해야 할 일을 하는 거야."

내가 말했다.

"저도 알아요, 하지만 저를 믿지 않는다고요."

"괜찮아. 너를 믿건 믿지 않건 조너선은 너를 변호해줄 거야. 피고 측 변호사란 원래 그런 거야."

내가 제이컵에게 눈을 찡긋했다.

"제가 직접 해보는 건 어떨까요? 어떻게 해야 제가 증인석에 설 수 있죠?"

"아니, 너는 증인석 근처에도 가지 않을 거야. 너는 피고석에 앉아 있다가, 밤에 집에 갈 때만 자리에서 일어설 거야."

내가 말했다.

"내 생각에도 그게 현명할 것 같구나."

조녀선이 슬쩍 끼어들었다.

"그러면 제가 사람들한테 어떻게 제 이야기를 해요?"

"제이컵, 지금 무슨 말을 하는지 알고는 있는 거니? 여하튼, 너는 증인석에 서지 않을 거야."

"그렇다면 어떻게 방어를 해요?"

"우리는 방어방법을 제출할 필요가 없단다. 우리에게는 입증책임이 없거든. 입증책임은 온전히 검찰 측에 있어. 우리는 매번 검찰 측 주장을 공격할 거야, 제이컵, 마지막 하나까지. 그게 우리의 방어야."

조녀선이 말했다.

"아빠?"

내가 머뭇거렸다.

"그걸로 충분할지 확신이 서질 않아요, 조녀선. 달걀로 바위 치기예요. 라주디스는 이미 엄지손가락 지문도 확보했고, 제이컵을 칼잡이로 몰아붙일 증인도 확보했어요. 우리는 뭔가를 더 해야 해요. 배심원들에게 뭔가 쓸 만한 것을 제공해야 해요."

"그래서 무슨 말을 하고 싶은 건가, 앤디?"

"제 생각에, 우리는 유효한, 그리고 적극적인 방어방법을 제출할 필요가 있을 것 같아요."

"그거 좋지. 생각해둔 거라도 있나? 내가 아는 바로는, 모든 증거가 한 방향을 가리키고 있어."

"패츠는 어떨까요? 적어도 배심원단에게 그자에 대해 알려줘야 해요. 배심원단에게 진짜 살인자를 던져주자고요."
"진짜 살인자? 맙소사. 우리가 그걸 어떻게 증명해?"
"그걸 파헤칠 탐정을 고용하는 거예요."
"뭘 파헤쳐? 패츠? 파헤칠 건더기도 없어. 검찰은 주립 경찰, 지방 경찰청, FBI, CIA, KGB, NASA 할 것 없이 온갖 기관과 공조해서 수사를 펼치잖나."
"검찰은 피고 측에서 상상하는 것보다 자원이 부족해요."
"그럴 수도 있겠지. 하지만 자네는 지금보다 검찰청에 있을 때 더 많은 자원을 보유하고 있었어. 그런데도 아무것도 밝혀내지 못했어. 열두 명의 주립 경찰도 하지 못한 일을 고작 사설탐정이 할 수 있겠나?"

나는 아무 대답도 하지 않았다.

"앤디, 이보게, 피고 측에 입증책임이 없다는 사실을 알잖나. 자네는 그 사실을 알지만, 그 정당성을 신뢰하지 않는지도 몰라. 하지만, 피고 측에서는 이런 식으로 게임이 진행돼. 우리는 의뢰인을 고를 수가 없어. 우리는 증거가 없다고 해서 소송을 취하할 수도 없어. 이게 우리의 방식이야."

조너선이 앞에 놓인 서류를 가리켰다.

"우리는 주어진 카드로 게임을 한다네. 선택의 여지가 없어."
"그렇다면 새 카드를 찾아야죠."
"어디에서?"
"저도 몰라요. 소맷부리에서 끄집어낼까요."
"자네는 반팔 셔츠를 입고 있잖나."

조너선이 느릿느릿 말했다.

15
탐정노릇

뉴턴 센터 스타벅스에서 세라 그롤이 맥북에 고개를 처박고 있었다. 세라는 나를 보자마자 컴퓨터에서 몸을 일으키더니, 머리를 왼쪽 오른쪽으로 기울이며 마치 여자들이 귀걸이를 빼듯 이어폰을 빼냈다. 그리고 나를 향해 나른하게 눈을 깜박이며 웹 세상에서 빠져나왔다.
"안녕, 세라. 내가 방해했니?"
"아니요, 저는 그냥…… 무슨 일이에요?"
"얘기 좀 할 수 있을까?"
"무슨 얘기요?"
나는 세라를 쳐다보았다. '제발.'
"원한다면 다른 곳으로 자리를 옮겨도 좋고."
세라는 대답하지 않고 뜸을 들였다. 탁자가 다닥다닥 붙어 있었지만, 사람들은 커피숍의 예절에 따라 타인의 말이 들리지 않는 척했다. 남들이 듣는 곳에서 대화를 나눌 때 경험하는 평범한 어색함이 내 가족의 오명과 거북해하는 세라 때문에 더 커졌다. 세라는 나와 함께 있다는 사실에 당혹스러워했다. 어쩌면 나를 두려워하고 있는지도 몰랐다. 어쨌든, 이 아이도 귀는 있을 테니까. 한참을 생각하고도 세라는 대답하지 못했다. 나는 길 건너편 공원 벤치에 앉아서 이야기를 나누자고 제안했다. 그곳이라면 남들의 이목으로부터 안전할 것이다. 세라가 머리를 휙 흔들어서 이마의 앞머리를 눈에서 치우며 좋다고 말했다.

"커피 한잔 살까?"

"저는 커피 안 마셔요."

우리는 길 건너편 초록색 나무 벤치에 나란히 앉았다. 세라는 완전히 몸을 곧추세우고 있었다. 세라는 뚱뚱하지 않았지만, 지금 입고 있는 딱 달라붙는 티셔츠를 소화할 수 있을 만큼 마르지도 않았다. 세라의 반바지 위로 군살이 도도록하게 삐져나와 있었다. 아이들은 태연하게 그 부분을 '배둘레햄'이라고 불렀다. 나는 세라가 제이컵에게 어울릴 만한 멋진 여자애일지도 모른다고 생각했다. 물론, 이 모든 일이 끝나고 난 후에 말이다.

나는 스타벅스 종이컵을 들고 있었다. 이미 커피에는 흥미를 잃었지만, 컵을 버릴 곳이 마땅치 않아서 그냥 손에 쥐고 있었다.

"세라, 나는 벤 리프킨에게 실제로 무슨 일이 일어났었는지 알아내려고 애쓰고 있단다. 진짜 범인을 찾아야 해."

세라는 의심스러운 시선으로 나를 곁눈질했다.

"무슨 말이세요? 진짜 범인이라뇨?"

"제이컵이 그런 게 아니야. 경찰은 사람을 잘못 체포했어."

"이제 그건 아저씨 일이 아니잖아요. 지금 탐정 일을 하는 건가요?"

"지금은 아빠로서 해야 할 일을 하는 거야."

"그-렇군요."

세라가 히죽이며 고개를 저었다.

"제이컵이 결백하다는 말이 헛소리처럼 들리니?"

"아니요. 그렇진 않아요."

"너도 제이컵이 결백하다는 사실을 알고 있잖아. 네가 했던 말들이……."

"저는 그런 말 한 적 없어요."

"세라, 너도 알다시피 우리 어른들은 너희들의 삶 속에서 어떤 일들이 벌어지고 있는지 전혀 몰라. 우리가 어떻게 알겠니? 하지만 누군가가 우리에게 마음을 좀 열어줘야 해. 너희 아이들이 좀 도와줘야 해."

"그렇게 했잖아요."

"그것으론 충분하지가 않아. 모르겠니, 세라? 네 친구 한 명이 자기가 저지르지도 않은 살인 때문에 감옥에 가게 생겼어."

"제이컵이 그러지 않았다고 제가 어떻게 확신하죠? 뭐랄까, 그게 가장 중요한 문제 아닌가요? 그러니까, 누군가가 어떻게 그걸 알 수 있겠어요? 아저씨를 포함해서요."

"음, 제이컵이 유죄라고 생각하니?"

"모르겠어요."

"그렇다면 너도 의심하는구나."

"제가 말했잖아요. 모르겠다고요."

"나는 알아, 세라. 알겠니? 나는 오랫동안 이런 일을 해왔고, 그래서 알아. 제이컵은 범인이 아니야. 너한테 장담하는데, 제이컵은 범인이 아니야. 제이컵은 완전히 결백해."

"물론 그렇게 생각하겠죠. 아저씨는 제이컵의 아빠잖아요."

"그래, 그건 사실이야. 하지만 내가 제이컵의 아빠이기 때문만은 아니야. 증거가 있어, 세라. 너는 못 봤겠지만, 나는 봤어."

세라가 자상하게 미소 지으며 나를 쳐다보았다. 순간적으로 세라가 어른이고 내가 멍청한 어린애 같았다.

"아저씨가 무슨 말을 하고 싶어 하는지 모르겠어요, 바버 아저씨. 제가 뭔가를 알고 있다고요? 저는 제이컵하고도 벤하고도 친하지 않았어요."

"세라, 나한테 페이스북을 보라고 알린 사람은 바로 너야."

"저 아니에요."

"좋아, 음, 그렇다면 이런 식으로 가정해보자. 만약 네가 나한테 페이스북을 보라고 말해준 사람이라면, 대체 왜 그랬을까? 그 사람은 내가 무엇을 알아내기를 바랐던 걸까?"

"좋아요. 저는 아저씨한테 무언가를 말했다는 그 사람이 아니에요, 알겠죠?"

"알았다."

"저는, 그러니까, 이 일에 관련되고 싶지 않아요, 알겠죠?"

"알았다."

"그러니까, 있잖아요. 그런 소문들이 나돌고 있었고, 저는 아이들이 수군대는 말을 아저씨가 알아야 한다고 생각했어요. 왜냐하면 아무도 모르는 것 같았거든요, 알죠? 그러니까, 이 사건을 맡고 있는 사람들 말이에요. 기분 상하게 하려는 말은 아니지만, 아저씨 같은 책임자들은 정신없는 것 같았어요. 하지만 아이들을 알고 있었죠. 아이들은 제이컵이 칼을 가지고 있었고, 제이크와 벤이 싸웠다고 쑥덕거리고 있었어요. 하지만 아저씨들은 완전히 헤매면서 갈팡질팡하고 있었죠. 실제로 벤은 오랫동안 제이크를 괴롭혔어요, 알아요? 그렇다고 누군가가 살인을 저지르지는 않아요, 맞죠? 하지만 저는 이런 것들을 아저씨 같은 책임자들이 알아야 한다고 생각했어요."

"벤이 왜 제이크를 괴롭혔니?"

"제이크한테 물어보지 그래요? 아저씨 아들이잖아요."

"나도 물어봤단다. 하지만 제이크는 벤이 자기를 괴롭혔다는 말을 하지 않았어. 제이크는 나한테 모든 게 괜찮다고, 벤하고도 다른 누구하고도 문제가 없었다고 말했어."

"알았어요, 그렇다면, 아마, 글쎄요, 그러니까, 어쩌면 제가 틀렸는지도 모르겠네요."

"제발, 너는 네가 틀렸다고 생각하지 않잖아, 세라. 제이크가 왜 괴롭힘을 당했니?"

세라가 어깨를 으쓱했다.

"저기요, 그렇게 큰일이 아니에요. 모든 아이들이 괴롭힘을 당해요. 음, 괴롭힘이 아니라 놀림요, 알죠? 제가 '괴롭힘'이라고 말했을 때, 아저씨의 눈이 반짝하는 걸 봤어요. 무슨 큰일이라도 난 것처럼 말이에요. 어른들은 괴롭힘에 대해 이러쿵저러쿵 떠들길 좋아하죠. 하지만 우리는 괴롭힘이나 뭐 그런 거에 질리도록 익숙하다고요."

세라가 머리를 흔들었다.

"알았다. 그렇다면 괴롭힘이 아니라 놀림. 무엇 때문에? 무엇 때문에 아이들이 제이크를 귀찮게 했니?"

"일상적인 거요. 걔는 게이야, 걔는 괴짜야, 걔는 패배자야."

"누가 그런 말을 했니?"

"그냥 아이들이요. 모두가 그랬어요. 별일 아니었어요. 한동안 그러다가, 또 다른 아이한테 그러곤 해요."

"벤이 제이컵을 놀렸니?"

"네, 하지만, 그러니까, 벤만 그랬던 게 아니에요. 오해하지 말고 들으세요. 제이컵은 딱히 '짱' 무리에 속하는 아이는 아니에요."

"뭐? 제이컵이 어떤 무리에 속하지 않는다고?"
"저도 몰라요. 제이컵은 사실 어디에도 속하지 않아요. 그냥 아무것도 아닌 아이에요. 설명하기가 어려워요. 제이컵은 멋진 괴짜에요. 그러니까, 진짜 꼴통은 아닌 괴짜 말이에요. 이해해요?"
"아니."
"음, 그러니까, 학교에 운동 잘하는 애들이 있죠? 제이컵은 분명히 그런 아이는 아니에요. 그리고 공부 잘하는 애들이 있죠? 제이컵은 그 애들 틈에 낄 정도로 똑똑하지는 않아요. 제 말은, 제이컵은 똑똑해요, 그렇죠? 하지만, 유별나게 똑똑하지는 않아요. 그러니까 아이들은 한 가지 두드러진 특징을 가지고 있어야 해요, 아시겠어요? 악기를 연주한다든가, 운동을 한다든가, 연극을 한다든가 등등. 아니면 소수민족이라든가, 레즈비언이라든가, 저능아라든가. 물론, 그런 아이들에게 무슨 문제가 있다는 뜻은 아니에요. 그러니까, 그런 특징 중에 하나를 가지고 있지 않으면, 그냥 아무것도 아닌 아이가 되는 거예요, 알겠죠? 그냥 평범한 아이 같은 경우에, 그 아이를 뭐라고 불러야 할지 모르잖아요. 그러니까, 그냥 아무것도 아닌 아이가 되는 거예요. 하지만 나쁜 의미는 아니에요. 그리고 제이컵은 그런 아이에요, 알죠? 제이컵은 그냥 평범한 아이 같은 거예요. 이해해요?"
"완벽하게."
"정말요?"
"그래. 너는 뭐니, 세라? 너의 '특징'은 뭐니?"
"없어요. 제이컵하고 마찬가지예요. 저는 아무것도 아니에요."
"하지만 나쁜 의미는 아니지."
"바로 그거예요."
"음, 클리프 헉스터블(드라마 '코스비 가족'에서 빌 코스비의 극중 이름—옮긴이) 흉내를 내고 싶지는 않다만, 나는 너를 아무것도 아닌 아이라고 생각하지 않는단다."

"클리프 헉스터블이 누구예요?"

"아니야."

길 건너편에서 사람들이 스타벅스로 드나들면서 우리를 훔쳐보았다. 하지만 그들이 나를 알아보는지는 분명하지 않았다. 어쩌면 내 피해망상이었는지도 모르겠다.

"저는 그냥 이렇게 말하고 싶어요."

세라는 잠시 적합한 표현을 찾았다.

"저는 아저씨가 하는 일이 정말 멋지다고 생각해요. 제이컵의 결백을 증명하려고 노력하는 일까지 포함해서요. 아저씨는 정말 좋은 아빠 같아요. 그냥 제이컵은 아저씨하고 달라요. 아저씨도 알죠?"

"아니? 왜?"

"그냥, 그러니까, 제이컵의 태도요? 제이컵은 조용한 편이잖아요? 그리고 정말 수줍음을 많이 타죠? 저는 제이컵이 나쁜 아이라고 말하는 게 아니에요. 그러니까, 전혀 그런 뜻이 아니에요. 하지만 제이컵은 친구가 별로 없어요, 알겠어요? 제이컵은, 몇 명하고만 어울려요. 데릭이랑 그 조시라는 애? (그런데, 조시라는 애는 완전 괴상해요. 그러니까, 제 말은, 완전 특이한 애라고요.) 제이컵은 정말 친구가 별로 없어요. 그러니까, 제가 생각하기에 제이컵은 그런 걸 좋아하는 것 같아요, 알죠? 그건 나쁘지 않아요, 완전 괜찮아요. 그냥 그렇다고요. 여하튼, 틀림없이 속에서는 많은 일들이 일어나고 있을 거예요, 있잖아요, 제이컵의 내면 말이에요. 저는 그냥, 제이컵이 행복한지 궁금해요."

"네 눈엔 제이컵이 불행해 보이니, 세라?"

"네, 조금요. 하지만 제 말은, 모든 사람은 불행해요, 그렇죠? 그러니까 가끔씩요."

나는 대답하지 않았다.

"데릭하고 이야기를 해봐요. 데릭 유요. 그 애가 이 모든 일에 대해 저보다 더 많이 알고 있어요."

"지금 당장은 너랑 이야기하고 싶어, 세라."

"아니요, 가서 데릭하고 이야기하세요. 저는 이 일에 끼고 싶지 않아요, 알겠어요? 데릭하고 제이컵은 어릴 때부터 정말 친했잖아요. 분명히 저보다는 데릭이 아저씨한테 더 많은 이야기를 해줄 수 있을 거예요. 그러니까, 분명히 데릭은 제이컵을 돕고 싶어 할 거예요. 데릭은 제이컵의 가장 친한 친구잖아요."

"왜 너는 제이컵을 돕고 싶어 하지 않니, 세라?"

"돕고 싶어요. 저는 그냥, 저는 정말 몰라요. 저는 이 일에 대해 잘 몰라요. 하지만 데릭은 알아요."

나는 아버지의 마음으로 세라의 손이나 어깨 같은 곳을 좀 다독이고 싶었지만, 우리 사이에 그런 다정한 접촉은 어울리지 않았다. 그래서 나는 다만 건배를 청하듯 종이컵을 세라 쪽으로 기울이며 말했다.

"내 예전 직장에서는 면담을 끝내면서 꼭 물어보는 질문이 있단다. 내가 묻지는 않았지만, '당신이 생각하기에 내가 반드시 알아야 할 사항이 있습니까? 무엇이든 좋습니다.'"

"아니요. 떠오르는 게 없어요."

"확실하니?"

세라가 새끼손가락을 들었다.

"약속해요."

"좋아, 세라, 고맙다. 지금은 제이컵의 평판이 그다지 좋지 않다는 사실을 나도 안단다. 그런데도 네가 이렇게 나하고 이야기를 해 주다니, 정말 용감하구나."

"용감하지 않아요. 만약에 용감했다면 이러지 않았겠죠. 저는 용감한 사람이 아니에요. 그보다는, 제가 제이크를 좋아한다고 말하는 편이 맞을 거예요. 제 말은, 제가 그 사건 따위에 대해 몰랐다면요. 하지만 저는 제이크를 좋아했어요, 그러니까 예전에요. 제이크는 좋은 아이였어요."

"지금, 지금도 좋은 아이야."

"그래요. 맞아요."

"고맙다."

"그거 알아요, 바버 아저씨? 틀림없이 아저씨는 정말 좋은 아빠가 있었을 거예요. 왜냐하면, 그러니까, 아저씨는 정말 좋은 아빠 같거든요. 그래서 분명히 아저씨는 좋은 아빠한테서 그런 점을 본받았을 거예요. 제 말이 맞죠?"

세상에, 이 아이는 신문도 안 읽는단 말인가?

"딱히 그렇지는 않단다."

내가 말했다.

"딱히 그렇지는 않지만 비슷하죠?"

"나한테는 아버지가 없어."

"양아버지는요?"

나는 고개를 저었다.

"모든 사람한테는 아버지가 있어요, 바버 아저씨. 그러니까, 신이나 그런 존재 빼고요."

"나도 없단다, 세라."

"아. 음, 그렇다면, 어쩌면 그게 좋은 걸 수도 있겠네요. 그러니까, 뭐냐면, 아예 아버지가 없는 상황 말이에요."

"어쩌면. 하지만 나는 그런 질문에 답할 수 있는 사람이 아니란 다."

유 씨네 가족은 도서관 뒤편의 구불구불하고 그늘진 주택가에 살았고, 그 근처에 우리 아이들이 처음 만난 초등학교가 있었다. 유 씨네 집은 작은 대지에 세워진 아담하고 하얀 식민지풍 가옥으로 건물 중앙에 현관이 위치하고 있으며 창문에 검정 덧문이 달려 있었다. 예전 집주인이 현관 근처에 벽돌로 대피소를 만들어놓았기 때문에, 집은 마치 하얀 얼굴에 빨간 립스틱을 칠해놓은 듯 눈에 띄었다. 로리와 나는 겨울철에 유 씨네 집에 방문해서 좁은 대피소에 비집고 들어가 본 적이 있었다. 당시에 제이컵과 데릭은 초등학교를 다니고 있었고, 우리 가족들은 서로 친했었다. 그때는 제이컵의 친구 부모가 곧 우리의 친구가 되던 시절이었다. 우리는 다른 가족들을 퍼즐 조각처럼 죽 늘어놓고 아빠와 아빠, 엄마와 엄마, 아이와 아이가 서로 잘 어울리는지 가늠해보곤 했었다. 유 씨네 가족은 우리에게 딱 들어맞는 구성이 아니었다. 데릭에게는 애버게일이라는 세 살 어린 여동생이 있었다. 하지만 한동안은 그러한 사실이 우리 두 가족의 우정에 별 문제가 되지 않았다. 지금 우리가 서로에게 소원해진 까닭은 우리 사이에 어떤 불화가 있었기 때문이 아니다. 그저 아이들이 자라서 더는 우리를 필요로 하지 않는 것뿐이다. 아이들은 이제 자기들끼리 어울렸으며, 엄마 아빠들끼리 만나야 할 만큼 두 가족 간에 돈독한 우정이 남아 있지도 않았다. 하지만 나는 아직까지도 우리가 친구라고 생각했다. 내가 순진했다.

내가 초인종을 누르자 데릭이 현관으로 나왔다. 데릭은 제자리에 얼어붙어서, 크고 멍하고 감상적인 갈색 눈으로 얼빠진 듯 나를 바라만 보았다. 마침내 내가 입을 열었다.

"안녕, 데릭."

"안녕하세요, 앤디 아저씨."

유 씨네 아이들은 언제나 로리와 나를 이름으로 불렀는데, 나는 그런 관대한 관행이 늘 거북했고, 지금 이 상황에서는 더욱더 거슬렸다.

"잠깐 이야기 좀 할 수 있을까?"

다시 한 번, 데릭은 아무런 대답도 하지 못한 채, 나를 쳐다만 보았다.

주방에서 데릭의 아빠 데이비드 유가 소리쳤다.

"데릭, 누구냐?"

"괜찮아, 데릭."

내가 데릭을 안심시켰다. 공황 상태에 빠진 데릭이 우습기까지 했다. 데릭이 이렇게 허둥댈 까닭이 대체 뭐란 말인가? 데릭은 이미 나를 수천 번은 보았다.

"데릭, 누구냐니까?"

의자가 주방 바닥에 끌리는 소리가 들렸다. 데이비드 유가 현관으로 나와서 한 손을 데릭의 목덜미에 가볍게 얹고는 제 아들을 문 뒤로 잡아끌었다.

"어이, 앤디."

"잘 지냈나, 데이비드."

"우리가 뭐 도울 일이라도 있나?"

"데릭하고 이야기를 좀 나누고 싶어."

"무슨 이야기?"

"사건에 대해서. 무슨 일이 있었는지에 대해서. 나는 진짜 범인이 누군지 알아내려고 노력하고 있어. 제이컵은 결백해, 알겠나? 나는 공판 준비를 돕고 있네."

데이비드가 이해한다는 듯 고개를 끄덕였다.
 이제 데이비드의 아내, 캐런이 주방에서 나와서 나를 향해 가볍게 인사를 건넸다. 그들 모두는 마치 가족 초상화처럼 출입구에 함께 서 있었다.
 "들어가도 될까, 데이비드?"
 "별로 좋은 생각 같지는 않아."
 "왜?"
 "우리는 증인 명단에 올라 있어, 앤디. 그래서 누구와도 이야기를 나누면 안 돼."
 "그것 참 우습군. 여기는 미국이야. 원한다면 누구와도 이야기를 나눌 수 있어."
 "검사가 우리한테 누구와도 이야기하지 말라고 했어."
 "라주디스가?"
 "맞아. 그 사람이 누구와도 이야기하지 말라고 했어."
 "음, 그자는 기자들에 대해 말한 거야. 그자는 자네가 여기저기 돌아다니며 상충되는 이야기를 하지 않았으면 했던 거야. 그자는 그저 반대신문에 대해서나 생각하고 있지만, 나는 진실을 밝히려고 노력하고 있어."
 "검사는 그런 식으로 말하지 않았어, 앤디. 검사는 누구와도 이야기하지 말라고 했어."
 "그래, 하지만 그자는 그런 걸 요구할 수 없어. 누구도 자네한테 누구와도 이야기하지 말라고 말할 수는 없어."
 "미안하네."
 "데이비드. 이건 내 아들의 일이야. 자네도 제이컵을 알잖나. 그 애가 꼬맹이일 때부터 알았잖아."
 "미안하네."

"음, 적어도 안으로 들어가서 이야기를 좀 나눌 수는 없을까?"
"안 되네."
"안 돼?"
"안 돼."
우리는 서로를 처다보았다.
"앤디, 지금은 가족이 함께하는 시간이야. 나는 자네가 이곳에 있는 게 정말 불편하네."
데이비드가 말했다.
데이비드가 문을 닫으려고 했다. 그러자 그의 아내가 문 가장자리를 붙잡으며 그를 저지했다. 그리고 눈으로 그에게 애원했다.
"제발 다시는 이곳에 오지 말게."
데이비드가 말했다. 그리고 힘없이 이렇게 덧붙였다.
"행운을 비네."
데이비드가 문에서 캐런의 손을 치우고 살며시 문을 닫았다. 그리고 사슬문고리가 채워지는 소리가 들렸다.

16
증인

매그래스 씨네 집 현관에서 어떤 여자가 나를 맞았다. 여자는 키가 땅딸막하고 얼굴이 둥글넓적했으며 검정 곱슬머리가 푸석푸석했다. 그리고 검정 스판덱스 레깅스와 아주 헐렁한 티셔츠를 입고 있었다. 티셔츠 앞판에는 아주 커다랗게 이런 문구가 인쇄되어 있었다. '나한테 까칠하게 굴지 마, 나도 한 까칠 하거든.' 장장 여섯 줄에 걸쳐 적혀 있는 글자들을 좇느라, 내 시선이 여자의 몸을, 출렁이는 가슴에서 들어간 배까지 아래쪽으로 훑어 내렸다. 나는 지금까지도 그 일을 유감스럽게 생각한다.

"매슈 있습니까?"

내가 말했다.

"그러는 그쪽은 누구죠?"

"저는 제이컵 바버를 변호하는 사람입니다."

멍한 표정.

"콜드 스프링 공원에서 발생했던 살인 사건 말입니다."

"아. 그 사람 변호사인가요?"

"사실, 아빠입니다."

"그럴 때도 됐죠. 나는 걔가 천애 고아가 아닌가 생각하던 참이었거든요."

"뭐라고요?"

"그러니까, 우리는 누군가가 이곳에 나타나기를 기다리고 있었어요. 몇 주 동안. 경찰도 왔나요?"

"저기 그러니까, 매슈 매그래스 있습니까? 그쪽 아드님인 거 같은데."

"확실히 그쪽은 경찰이 아닌 거죠?"

"네, 확실합니다."

"보호관찰관은?"

"아닙니다."

여자가 허리께에 한 손을 얹은 다음, 옆구리 주변의 비곗살 아래로 손을 밀어 넣었다.

"매슈에게 레너드 패츠에 대해 묻고 싶습니다."

"알아요."

여자의 행동이 매우 낯설었는데, 그건 여자의 아리송한 대답들 때문이 아니라 나를 올려다보는 괴상한 방식 때문이었다. 그래서 나는 여자가 패츠에 대해 이야기하고 있었다는 사실을 깨닫는 데 시간이 좀 걸렸다.

"매슈 있나요?"

나는 여자한테서 벗어나고 싶은 마음에 거듭 물었다.

"네."

여자가 문을 열어젖혔다.

"맷, 누가 너를 찾아왔다."

여자는 모든 일에 흥미를 잃었다는 듯 느릿느릿 집 안으로 걸어

들어갔다. 집은 좁고 어수선했다. 비록 뉴턴이 교외 상류층 동네이기는 하지만, 그곳에도 노동자들이 사는 변두리는 존재한다. 매그래스 가족은 방 두 개짜리 작은 집에 살았고, 하얀 비닐 합판으로 외장을 마감한 이 연립주택에는 네 가구가 거주하고 있었다. 지금은 초저녁이었고, 집 안은 어둑했다. 크고 오래된 프로젝션 텔레비전에서 레드 삭스 경기가 중계되고 있었다. 텔레비전 앞에는 얼룩덜룩한 겨자색 플러시 천을 씌운 안락의자가 하나 놓여 있었는데, 방금 매그래스 부인이 그곳에 풀썩 앉았다.

"야구 좋아해요? 나는 좋아하는데."

여자가 이깨 너미로 말을 걸었다.

"물론입니다."

"지금 어느 팀하고 경기하는지 알아요?"

"아니요."

"야구를 좋아한다고 그랬던 거 같은데."

"머릿속이 좀 복잡해서요."

"블루 제이스."

"아. 블루 제이스. 내가 왜 잊고 있었지?"

"맷!"

여자가 소리쳤다. 그런 다음, 나에게 이야기를 계속했다.

"저기에서 여자 친구랑 뭔 짓거리를 하는지 누가 알겠어요. 크리스틴, 그게 여자 친구 이름이에요. 쟤는 이곳에 올 때마다 나한테 단 두 마디도 안 해요. 나를 똥 덩어리 취급하죠. 내가 존재하지 않는다는 듯이, 그저 맷하고 도망칠 궁리만 해요. 맷도 그렇고. 맷은 크리스틴하고 있으려고만 해요. 둘 다 나랑 보낼 시간은 없죠."

"아."

나는 고개를 끄덕였다.

"우리 이름은 어떻게 알았죠? 성범죄 피해자들은 기밀로 다루어져야 한다고 생각하는데."

"예전에 검찰청에서 일했습니다."

"아, 그래, 맞아요, 나도 알아요. 당신이 그 사람이군요. 신문에서 당신에 대해 읽었어요. 그래서 당신이 모든 서류를 봤다는 건가요?"

"네."

"그래서 레너드 패츠에 대해 알고 있나요? 맷한테 무슨 짓을 했는지도?"

"네. 도서관에서 매슈의 몸을 더듬은 것 같습니다."

"그 자식이 맷의 불알을 더듬었어요."

"음, 맞아요, 거기도요."

"맷!"

"혹시 지금 곤란한 시간이라면……."

"아니에요. 그쪽은 운이 좋아요. 맷이 지금 집에 있거든요. 보통은 여자 친구랑 밖으로 나돌아서 얼굴 보기도 힘들어요. 맷의 통금 시간은 8시 30분이지만, 맷은 그런 거에 전혀 신경 안 써요. 그냥 밖에 나가죠. 보호관찰관도 그 사실을 다 알아요. 맷이 보호관찰 중이라는 사실을 그쪽한테 말해도 괜찮은 거죠? 맷을 어떻게 해야 할지 모르겠어요. 누구한테 무슨 말을 더 해야 하는 건지도 모르겠고요, 아시겠어요? 맷이 소년원에 수감된 적이 있는데, 금방 풀려났어요. 우리는 퀸시에서 이곳으로 이사 왔어요. 그래서 맷은 친구들과 헤어져야 했죠. 뭐, 좋은 애들이라고는 하나도 없었지만. 이곳으로 이사 온 까닭은 맷한테 도움이 될까 싶어서였어요, 아시겠어요? 이 동네에서 정부 보조금으로 집을 구해본 적 있어요? 휴우. 나는요, 나는 어디에 살든 신경 안 써요. 그런 건 나한테 하나도 중요하지 않아요. 그래서 그거 알아요? 요즘에 맷이 나더러 뭐라는 줄 알아요? 내가 저를 위해서 이렇게까지 했는데? '오, 엄마는 변했어. 뉴턴으로 이사 오더니, 상류층이라도 된 줄 알아. 고급 안경을 쓰고, 고급 옷을 입고, 자기가 뉴턴 사람들처럼 보인다고 착각하지.' 내가 왜 이 안경을 쓰는지 알아요?"

여자가 안락의자 옆 탁자에서 안경을 들었다.

"눈이 안 보이기 때문이라고요! 맷이 나한테 하도 지랄을 해대서, 이제는 내 집에서도 안경을 못 써요. 퀸시에서도 이런 똑같은 안경을 썼었는데, 그때는 한마디도 안 했거든요. 그러니까, 내가 저를 위해 무엇을 하든, 그것으로는 늘 부족한 거예요."

"엄마 노릇을 하기가 쉽지는 않죠."

내가 조심스럽게 말했다.

"아, 음, 맷은 이제 내가 자기 엄마가 아니면 좋겠대요. 항상 그렇게 말해요. 그 이유를 알아요? 아마 내가 뚱뚱한 데다 매력적이지 않아서 그런 모양이에요. 나는 크리스틴처럼 몸이 깡마르지도 않았고, 운동을 하러 다니지도 않고, 머릿결이 좋지도 않아요. 나도 어쩔 수 없다고요! 그게 나라고요! 하지만 나는 여전히 맷의 엄마예요! 맷이 화가 나면 나를 뭐라고 부르는지 알아요? 뚱돼지라고 불러요. 자기 엄마를 그렇게 부른다고 생각해봐요. 자기 엄마를 뚱돼지라고 부른다니까요. 나는 이 애를 위해 뭐든지 해요, 뭐든지. 그렇다고 맷이 고마워할까요? '오, 사랑해, 엄마, 고마워.' 이렇게 말할 거 같아요? 천만에요. 나한테 돈 달라는 소리만 해요. 맷이 나한테 돈을 요구하면 나는 이렇게 말하죠. '너한테 줄 돈이 없어, 매티.' 그러면 맷이 이렇게 말해요. '제발, 엄마, 2달러도 없어?' 그러면 내가 말하죠. '네가 원하는 것들을 사주려면 나도 돈이 필요해.' 맷이 150달러짜리 셀틱스 재킷을 갖고 싶다고 고집을 부린 적이 있었는데, 나는 바보처럼 그 옷을 사줬어요. 그저 그 애를 행복하게 해주려고요."

침실 문이 열리고 맷 매그래스가 나왔다. 맷은 맨발에 아디다스 운동복 반바지와 티셔츠를 입고 있었다.

"엄마, 그쯤 해두라고, 어? 엄마가 그 아저씨를 식겁하게 만들고 있잖아."

레너드 패츠의 성추행 사건 경찰 조서에는 희생자의 나이가 열네 살이라고 적혀 있었지만, 맷 매그래스는 그보다 몇 살은 많아 보였다. 맷은 잘생겼고, 턱이 네모졌으며, 태도가 조숙하고 불량스러운 편이었다.

여자 친구 크리스틴이 맷을 따라 침실에서 나왔다. 크리스틴은 맷만큼 매력적이지는 않았으며, 갸름한 얼굴, 작은 입, 주근깨, 납작한 가슴을 가지고 있었다. 그리고 목이 넓게 파인 상의를 입고 있었는데, 옷이 한쪽으로 흘러내려 우윳빛 어깨와 야한 연보라색 브래지어 끈이 드러났다. 나는 이 소년이 여자 친구를 좋아하지 않는다는 걸 즉시 알아챘다. 맷은 조만간에 여자 친구의 가슴을 찢어놓을 것이다. 크리스틴이 침실 밖으로 다 나오기도 전에 나는 이 여자애에게 측은한 생각이 들었다. 크리스틴은 열서너 살쯤 되어 보였다. 크리스틴이 더는 쓸모가 없어질 때까지 얼마나 많은 남자들이 이 애의 가슴을 찢어놓을까?

"네가 매슈 매그래스니?"

"네. 왜요? 누구예요?"

"몇 살이니, 매슈? 생년월일이 언제니?"

"1992년 8월 17일요."

1992년을 생각하니 순간적으로 마음이 산란해졌다. 그때가 아주 가깝게 느껴졌지만, 어느덧 아주 오랜 세월이 흘렀다. 1992년에 나는 이미 검사 팔 년차였다. 그리고 로리와 나는 제이컵을 가지려고 애쓰고 있었다.

"아직 열다섯 살이 안 됐구나."

"그래서요?"

"아무것도 아니다."

나는 크리스틴을 힐끗 쳐다보았다. 그 애는 진짜 불량소녀처럼 게슴츠레한 눈으로 나를 지켜보고 있었다.

"너한테 레너드 패츠에 대해 물어보려고 왔다."

"렌에 대해서요? 뭘 알고 싶은데요?"

"렌? 그 남자를 그렇게 부르니?"

"가끔씩요. 다시 묻겠는데, 누구죠?"

"나는 제이컵 바버의 아빠란다. 콜드 스프링 공원 살인 사건으로 기소된 아이 말이다."

"그렇군요."

맷이 고개를 끄덕였다.

"나는 아저씨가 뭐 그런 사람인 줄 알았어요. 경찰 같은 거 말이에요. 아저씨가 나를 쳐다보는 방식이 그렇잖아요. 내가 무슨 잘못이라도 했다는 듯이."

"뭐 잘못한 거라도 있니, 맷?"

"아니요."

"그렇다면 걱정할 거 없잖아? 내가 경찰인지 아닌지는 중요하지 않아."

"저 여자애는요?"

매슈가 여자아이 쪽으로 고개를 기울였다.

"저 여자애?"

"어린애랑 섹스를 하면 범죄 아닌가요? 쟤는, 그러니까, 너무 어려요. 그래서 그러니까, 그걸 뭐라고 부르죠?"

"의제 강간."

"맞아요. 내가 어리든 아니든 그런 건 상관없죠? 뭐냐, 어린애 두 명이 서로 섹스를 한다면, 그러니까 둘 다 미성년자인데 둘이서 떡을 치고 있다면……."

"맷!"

아이의 엄마가 놀라서 내뱉었다.

"매사추세츠에서는 합법적인 성관계 연령이 열여섯 살이야. 열네 살인 아이 둘이서 섹스를 하면, 그건 서로를 강간한 거야."

"둘이서 서로를 강간한다는 말인가요?"

"엄밀히 따지자면, 그래."

매슈가 공모라도 하듯 크리스틴을 쳐다보았다.

"몇 살이지, 아가씨?"

"열여섯."

크리스틴이 말했다.

"오늘 운이 좋네."

"아직은 아니야, 애송이. 아직 오늘이 끝나지 않았거든."

"그거 알아요? 아저씨랑 이야기하지 않는 편이 나을 것 같네요. 렌에 대해서든 다른 뭐에 대해서든."

"맷, 나는 경찰이 아니야. 나는 네 여자 친구가 몇 살이건, 너희가 무슨 짓을 하건 신경 안 써. 나는 레너드 패츠한테만 관심이 있을 뿐이야."

"아저씨가 그 아이의 아빠라고요?"

보스턴 억양이 묻어났다.

"그래."

"아저씨 아들이 그런 게 아니에요, 알죠?"

나는 잠시 기다렸다. 심장이 두방망이질치기 시작했다.
"렌이 그랬어요."
"네가 그걸 어떻게 아니, 맷?"
"그냥 알아요."
"네가 어떻게 알아? 나는 너를 성추행 사건의 희생자라고 생각했어. 나는 네가…… 렌을 아는지도 몰랐어."
"음, 그게 좀 복잡해요."
"그래?"
"네. 레니하고 나는 친구, 뭐 그런 거예요."
"네가 성추행범으로 경찰에 신고한 사람이 네 친구라고?"
"솔직하게 말할게요. 내가 레니를 뭐라고 신고했든, 레니는 그러지 않았어요."
"아니라고? 그렇다면 왜 그 사람을 신고했지?"
엷은 미소.
"말했듯이, 좀 복잡해요."
"그자가 네 거기를 움켜잡은 게 맞아?"
"네, 그랬어요."
"그렇다면 뭐가 복잡하다는 거야?"
"저기요, 그거 알아요? 이런 거 정말 불편해요. 내가 아저씨랑 이야기를 해야 할 의무는 없는 것 같은데. 나는 침묵할 권리가 있어요. 그 권리를 행사할게요, 알겠어요?"
"너는 경찰에게 침묵할 권리가 있어. 하지만 나는 경찰이 아니야. 묵비권은 나한테 적용되는 사항이 아니야. 지금 이곳에서는 묵비권이 행사될 여지가 없어."
"내가 곤란해질 수도 있다고요."
"맷, 얘야. 내 얘기 좀 들어봐. 나는 아주 인내심이 많은 사람이야. 하지만 너는 지금 내 인내심을 시험하고 있어. 지금 나는 (심호흡) 화가 나려고 해, 맷, 알겠니? 하지만 그러고 싶지 않아. 그러니까 장난은 이제 그만하자, 알겠어?"

나는 나를 담고 있는 육체의 거대함을 느꼈다. 이 아이에 비하면 나는 얼마나 커다란가. 그런데도 내가 계속 팽창하는 듯한 기분이 들었다. 내가 너무 커져서 내 몸이 나를 담지 못할 것만 같았다.

"콜드 스프링 공원 살인 사건에 대해 뭐라도 아는 게 있다면, 맷, 나한테 말해줘. 왜냐하면, 얘야, 너는 내가 지금껏 무슨 일을 겪었는지 상상도 못할 테니까."

"사람들 앞에서 이야기하고 싶지 않아요."

"좋아."

나는 아이의 오른팔을 움켜쥐고 비틀었다. 하지만 그 순간 내 힘의 최대치에 비하면, 그 정도는 비튼 것도 아니었다. 나는 작은 회전력만 가지고도 아이의 팔을 몸에서 쉬이 떼어낼 수 있을 것 같았다. 그 팔의 피부며 근육이며 뼈까지 모두 뜯어버릴 수 있을 것 같았다. 나는 아이를 데리고 아이 엄마의 침실로 갔다. 방에 있는 가구라고는, 기억하기 쉽게도, 우유 상자 두 개를 뒤집어 쌓아 올린 탁자가 전부였다. 그리고 잡지에서 조심스럽게 오려 낸 남자 배우 사진들이 스카치테이프로 벽에 붙여져 있었다. 나는 문을 닫고 팔짱을 낀 채 그 앞에 섰다. 아드레날린이 내 팔과 어깨로 분비되자마자 사그라지기 시작했다. 위험한 고비가 지나갔다는 사실을, 아이가 이미 굴복했다는 사실을 내 몸이 감지한 듯했다.

"레너드에 대해 말해 봐. 그자를 어떻게 알아?"

"맥도널드에 있는데, 레너드가 완전 역겹고 느끼하게 다가오더니, 햄버거 같은 거 필요하냐고 물었어요. 그러더니 내가 원하는 건 뭐든 사주겠다고 하더라고요. 단, 자기랑 탁자에 앉아서 같이 먹는 조건으로요. 나는 레너드가 호모라는 사실을 알았지만, 나한테 빅 맥을 사주고 싶다는데, 그런 게 무슨 상관이에요? 나는 게이가 아니지만, 그게 뭐가 중요해요? 그래서 좋다고 대답하고서, 같이 햄버거를 먹었어요. 레너드는 멋있게 보이려고 무지하게 노력했어요. 자기가 무슨 멋진 녀석인 척, 내 친구인 척. 그러더니 자기 아파트를 보러 가지 않겠느냐고 묻더라고요. 자기한테 DVD가 잔뜩 있는데, 함께 영화 따위를 보자면서요. 나는 레너드가 무얼 원하는지 알아챘죠. 그래서 레너드랑 아무 짓도 하고 싶지 않다고 바로 말했어요. 하지만 레너드한테 돈이 좀 있다면, 우리가 해결책을 찾아낼 수 있을 거라고 말했죠. 그랬더니 레너드가 바지 위로 내 거시기를 만지게 해주면, 오십 달러를 주겠다고 하더라고요. 그래서 백 달러를 주면 그럴 수 있다고 했죠. 그래서 그렇게 했어요."

"그자가 너한테 백 달러를 줬다고?"

"네. 그냥, 그러니까, 내 엉덩이 따위를 만지려고요."

아이는 그런 사소한 일로 자신이 갈취했던 돈을 생각하며 코웃음을 쳤다.

"계속해봐."

"그래서, 일이 끝난 다음에 레너드가 앞으로도 그 짓을 계속하고 싶다고 말했어요. 매번 나한테 백 달러를 주겠다면서."

"그래서 너는 그자를 위해 무얼 했어?"

"아무것도요. 맹세해요."

"이봐, 맷. 백 달러인데?"

"정말이에요. 내가 한 일이라고는 레너드가 내 엉덩이를 만지게 내버려 둔 것뿐이라고요, 그러니까…… 내 앞쪽도."

"옷을 벗지는 않았고?"

"아니요. 내내 옷을 입고 있었어요."

"매번?"

"매번."

"몇 번이나 그랬어?"

"다섯 번."

"오백 달러?"

"맞아요."

아이가 다시 킬킬거렸다. 눈먼 돈.

"그자가 팬티 안으로 손을 넣었어?"

아이가 머뭇거렸다.

"한 번요."

"한 번?"

"정말이에요. 딱 한 번."

"얼마나 오랫동안 그런 일이 지속됐어?"

"몇 주 동안요. 레너드가 자기가 지불할 수 있는 돈은 그게 전부라고 했어요."

"그래서 도서관에서는 무슨 일이 있었던 거야?"

"아무 일도요. 나는 도서관에 간 적도 없어요. 심지어 도서관이 어디에 있는지도 몰라요."

"그런데 왜 그자를 신고했어?"

"레너드가 더는 돈을 내고 싶지 않다고 했어요. 돈을 내기 싫다고 그러더라고요. 우리가, 그러니까, 친구라면 돈을 낼 필요가 없다면서. 그래서 내가 그랬죠. 돈을 내지 않으면 신고하겠다고. 나는 레너드가 보호관찰 중이라는 사실을 알고 있었어요. 그리고 레너드가 성범죄자 명단에 올라 있다는 사실도요. 보호관찰 중에 법을 어기면 끝장이거든요. 레너드도 그 사실을 알고 있었어요."

"그래서 그자가 돈을 지불하지 않았어?"

"약간만 지불했어요. 나한테 와서 이러더라고요. '나는 돈을 반만 지불할 거야.' 그래서 내가 그랬죠. '전부 지불해.' 레너드는 돈을 가지고 있었어요. 아주 많이 가지고 있었다고요. 어쨌든, 나도 이러고 싶지는 않았어요. 하지만 나는 돈이 필요했다고요, 알겠어요? 그러니까, 여기를 좀 봐요. 돈이 없다는 건 이런 거예요. 아무것도 못 한다고요."

"너는 그자한테 돈을 갈취했어. 그래서 뭐? 그게 콜드 스프링 공원하고 무슨 관계가 있어?"

"그게, 그러니까, 레너드가 나하고 관계를 끊은 이유니까요. 레너드는 자기가 다른 아이를 좋아한다고 말했어요. 그 애가 아침에 자기 아파트 근처에 있는 공원을 지나간다고 그랬다고요."

"어떤 아이?"

"살해당한 아이요."

"같은 아이인지 아닌지 네가 어떻게 알아?"

"레너드가 그 애를 만나 볼 거라고 말했으니까요. 레너드가, 그러니까, 그 애를 살펴볼 거라고 그랬어요. 그러니까, 아침에 공원을 걸으면서 그 애를 만날 거라고요. 레너드는 그 애의 이름까지 알고 있었어요. 친구가 그 애의 이름을 부르는 걸 들었대요. 이름이 벤이라고. 레너드는 그 애한테 말을 걸겠다고 했어요. 레너드가 그런 이야기를 한 건 사건이 발생하기 전이었어요. 나는 그 애가 살해당하기 전까지는 그 얘기에 대해 신경도 안 쓰고 있었어요."

"레너드가 그 아이에 대해 무슨 말을 했어?"

"그 애가 아름답다고 했어요. 레너드가 그런 단어를 사용했어요, 아름답다고."

"너는 왜 그자가 폭력적일 수도 있다고 생각하지? 그자가 너를 위협한 적이 있었어?"

"아니요. 농담해요? 그랬다면 내가 레니를 조져 놨을걸요. 그렇고말고요. 레니는 계집애 같은 놈이에요. 그래서 아이들을 좋아하죠. 레니는 덩치가 크고, 아이들은 작으니까."
"그래서 만약에 레너드가 공원에서 벤 리프킨을 만났다면 왜 그 애한테 난폭하게 굴었을까?"
"나야 모르죠. 나는 거기에 없었으니까. 하지만 레니는 칼을 가지고 있었어요. 그리고 사람들을 만나려고 할 때면 칼을 가지고 나갔어요. 왜냐하면, 그러니까, 레니가 종종 그런 말을 했는데, 호모가 상대를 잘못 고르면, 위험한 상황이 벌어질 수도 있으니까."
"그 칼을 봤어?"
"네. 내가 레니를 만났던 날, 레니가 그 칼을 가지고 있었어요."
"칼이 어떻게 생겼어?"
"잘 모르겠어요. 그냥 칼이었어요."
"식칼처럼?"
"아니요, 내 생각에는 싸움용 칼에 가까워요. 그러니까 톱니가 있었어요. 레니한테서 그 칼을 뺏고 싶을 정도였다니까요. 정말 멋진 칼이었어요."
"왜 누구한테도 이 이야기를 하지 않았어? 그 아이가 살해당했다는 걸 알고 있었잖아."
"나도 보호관찰 중이에요. 내가 레니한테서 돈을 받았다는 이야기나, 레니가 도서관에서 내 거시기를 잡은 게 거짓말이라는 사실을 누구한테도 말할 수 없었어요. 범죄 같이 들리잖아요."
"같다는 말은 빼라. 범죄 같은 게 아니야. 그건 범죄야."
"맞아요. 정확히."
"맷, 얼마나 오랫동안 이 이야기를 비밀로 할 생각이었어? 어떤 남자가 매주 네 허락하에 네 불알을 만졌다는 사실이 창피해서, 너는 내 아들이 자기가 저지르지도 않은 살인으로 유죄 판결을 받게 내버려둘 생각이었어? 내 아들이 월폴 교도소에 갇혀도 너는 계속 입을 다물고 있을 생각이었어?"

아이는 대답하지 않았다.

내가 지금 느끼는 분노는 오래되고 익숙한 것이었다. 순수하고, 의롭고, 안온한 분노는 나에게 오랜 친구나 마찬가지였다. 나는 이 건방진 양아치에게 화가 난 것이 아니었다. 어쨌든, 삶은 맷 매그래스 같은 바보들에게 머잖아 벌을 내린다. 그렇다, 나는 패츠 그놈에게 화가 난 것이었다. 왜냐하면 그놈이 살인자였기 때문에, 그것도 최악의 살인자, 아동 살해범, 경찰과 검사가 특히 경멸하는 그런 부류의 살인자였기 때문이다.

"누구도 내 말을 믿어주지 않을 거라고 생각했어요. 내 진짜 문제는, 그러니까, 살해당한 그 아이에 대해 말할 수 없다는 거였어요. 왜냐하면 나는 이미 도서관 사건에 대해 거짓말을 했어요. 그래서 내가 진실을 이야기해도, 사람들은 이렇게 말했을 거예요. '음, 너는 이미 한 번 거짓말을 했잖아. 우리가 지금 왜 너를 믿어야 하지?' 그러니, 내가 진실을 말한들 무슨 소용이 있었겠어요?"

물론, 맷이 옳았다. 맷 매그래스는 사람들이 생각해낼 수 있는 가장 나쁜 유형의 증인이었다. 공인된 거짓말쟁이, 어떤 배심원도 맷을 믿지 않을 것이다. 유일한 문제는, 늑대라고 외치던 양치기 소년처럼 맷이 이번에는 진실을 말하고 있다는 사실이었다.

17
저한테 아무 문제도 없다고요!

페이스북에서 제이컵의 계정을 비활성화시켰다. 아마 제이컵의 게시물을 모두 제출하도록 강제하는 소환장이 발부된 모양이었다. 하지만 제이컵은 자멸적이고도 고집스럽게 '마빈 글래스콕'이라는 이름으로 새로운 페이스북 계정을 만들고, 주변 아이들을 다시 친구로 추가하기 시작했다. 제이컵은 이 일을 굳이 비밀로 하지 않았고, 나는 고래고래 아우성을 쳤다. 하지만 놀랍게도, 로리는 제이컵을 두둔하고 나섰다.
"제이컵은 혼자 지내잖아. 제이컵한테는 사람이 필요해."
로리가 말했다.
로리는, 언제나처럼 로리는 제 아들을 편들려고만 했다. 로리는 지금 제이컵이 완전히 고립되어 있다고 주장했다. 또한, 아이들끼리 어울리기 위해서는 '온라인 생활'이 몹시 필요하고 요긴하고 '당연한' 부분이기 때문에, 제이컵에게 이러한 최소한의 인간적 접촉조차 허락하지 않는다면, 그건 가혹한 짓이라고 말했다. 나는 매사추세츠 주가 제이컵에게서 그보다 더 엄청난 권리를 박탈하려고 한다는 사실을 로리에게 상기시켜 주었다. 최소한 우리는 새로운 계정에 어느 정도 제한을 가하기로 동의했다. 우리가 제이컵의 계정에 접근해서 게시물을 수정할 수 있도록, 제이컵은 비밀번호를 변경할 수 없었다. 또한, 사건을 약간이라도 언급하는 글은 올릴 수 없었고, 사진이나 비디오는 절대 게시할 수 없었다. 사진이나 비디오는 한 번 손을 떠나면 인터넷을 통해 걷잡을 수 없이 퍼져 나가며, 쉽게 오해를 낳을 수도 있었기 때문이다. 그래서 쫓고 쫓기는 추격전이 시작되었다. 제이컵은 총명한 아이였지만, 페이스북에 대해서만큼은 그렇지 못했다. 제이컵은 내가 자기 글을 삭제하지 않게 하려고, 가능한 한 모호한 우스갯소리로 자신의 상황을 늘어놓곤 했다.

나는 아침마다 인터넷을 순회하며, 전날 밤에 마빈 글래스콕이 페이스북에 올린 글을 확인했다. 매일 아침, 나는 가장 먼저 지메일을, 두 번째로 페이스북을 확인한 다음, 사건과 관련된 뉴스를 보려고 구글로 '제이컵 바버'를 검색했다. 그리고 모든 것에 이상이 없으면, 내가 처한 지독히도 끔찍한 상황을 잊기 위해 몇 분 동안 인터넷이라는 토끼 굴 아래로 사라지고는 했다.

내 아들이 페이스북에 다시 등장한 후에 나로서는 정말 놀라운 일이 일어났다. 제이컵을 기꺼이 친구로 추가하는 사람이 존재했던 것이다. 현실 세계에서 제이컵은 친구가 없었다. 완전히 혼자였다. 누구도 제이컵에게 전화를 걸거나 찾아오지 않았다. 제이컵은 학교에서 정학 처분을 당했고, 9월까지는 뉴턴 시티에서 제이컵을 위해 가정교사를 고용해야 했다. 법에 그렇게 정해져 있었다. 로리는 몇 주 동안 교육부와 협상을 벌였고, 제이크의 가정교사 비용을 놓고 실랑이를 했다. 그 사이, 제이컵은 친구가 전혀 없는 아이 같았다. 온라인에서는 제이컵과 기꺼이 접촉하는 아이들도 오프라인에서는 제이컵을 외면했다. 사실, 온라인에서도 '마빈 글래스콕'을 친구로 받아주는 아이들은 몇 명 되지 않았다. 리프킨 살인 사건 이전에는 제이컵의 페이스북 친구가, 즉 제이컵과 댓글을 주고받는 아이들이 474명이었다. 대부분이 동급생들이었고, 대다수가 내가 들어본 적도 없는 아이들이었다. 살인 사건 이후에는 페이스북 친구가 고작 네 명이었고, 그중 하나가 데릭 유였다. 그들 네 명 또는 제이컵은 자신들의 온라인 활동이 모두 기록에 남는다는 사실을, 자신들이 자판으로 두드리는 내용이 모두 서버 어딘가에 기록되어 저장된다는 사실을 혹시 알고 있을까. 웹에서는 어떠한 일도 결코 은밀하게 행해질 수 없었다. 전화 통화와는 달리, 웹상의 의사소통은 모두 기록으로 남았다. 그들은 자신들의 대화를 모두 문서로 남기고 있는 거나 다름없었다. 웹은 검사에게 환상적인 존재였다. 웹은 가장 내밀하고 충격적인 비밀을 엿들을 수 있는, 결코 큰 소리로 말해지지 않는 비밀까지도 들을 수 있는 감시 및 기록 장치였다. 웹은 도청기보다 훨씬 나았다. 웹은 모든 사람들의 머릿속에 심어진 도청기였다.

물론, 시간문제일 뿐이었다. 머잖아 제이컵은 어느 늦은 밤에 웹 서핑의 행복에 취해 노트북 자판을 두드리다가 어리석은 십 대의 실수를 저지를 터였다. 그리고 8월 중순에 마침내 그 일이 벌어졌다. 어느 이른 일요일 아침, 나는 마빈 글래스콕의 페이스북 페이지를 휙 훑어보다가 영화 '사이코'의 주인공 앤서니 퍼킨스의 사진을, 샤워 중인 재닛 리를 찌르려고 칼을 어깨 위로 들어 올린 그 유명한 실루엣 사진을 발견했다. 그런데 그 사진에 제이컵의 얼굴이 포토샵으로 합성되어 있었다. 제이컵이 바로 노먼 베이츠였다. 보아하니 파티에서 찍은 사진에서 얼굴만 오려다가 붙인 모양이었다. 제이컵은 빙그레 웃고 있었다. 제이컵은 '사람들이 생각하는 내 모습'

이라는 설명을 붙여 이 합성사진을 페이스북에 올렸다. 친구들이 댓글을 달았다.

"이 봐, 아줌마처럼 보이잖아."

"솜씨 좋은데. 이 사진을 새 프로필 사진으로 쓰지그래."

"위-위-위 [사이코 배경음악]"

"마빈 글래스콕! 완전 무시무시한 걸 들고 왔군!!!"

나는 사진을 바로 삭제하지 않았다. 그 사진을 제이컵 앞에 들이밀고 싶었다. 그래서 노트북을 들고 위층으로 향했다. 기계가 내 손에서 윙윙대고 있었다.

제이컵은 방에서 아식까지 자고 있었다. 침대 옆 탁자에 청소년 소설 한 권이 책등을 위로 한 채 펼쳐져 있었다. 제이컵은 언제나 '알파 포스' 같은 이름의 극비 특수부대에 관한 군사 환상 소설이나 미래 과학 소설을 읽었다. (제이컵은 침울한 십 대 뱀파이어에 관한 소설은 읽지 않았다. 그 정도로까지 현실 도피자는 아니었다.)

시간은 아침 7시경이었다. 블라인드가 쳐져 있어서, 방 안은 어스레했다.

내가 맨발로 저벅저벅 침대맡으로 다가가자, 제이컵이 잠에서 깨어나 몸을 뒤틀며 나를 쳐다보았다. 분명히 내 시선이 곱지 않았을 것이다. 나는 노트북을 돌려서 제이컵에게 화면을, 범죄의 흔적을 보여주었다.

"이게 뭐야?"

아직 잠이 덜 깬 채로 제이컵이 낑낑거렸다.

"이게 뭐냐고?"

"뭐요?"

"이거!"

"모르겠어요. 무슨 말을 하는 거예요?"

"페이스북에 있는 이 사진 말이야. 어젯밤에 네가 이 사진을 올렸어?"

"장난이에요."

"장난이라고?"

"그냥 장난이라고요, 아빠."

"장난이라고? 대체 너 왜 그래?"

"그렇게 유난 떨 필요……."

"제이컵, 검찰이 이 사진을 가지고 무슨 짓을 할 거 같아? 배심원들 앞에서 이 사진을 흔들면서 뭐라고 말할 거 같아? 이게 바로 죄의식을 보여주는 증거라고 말할 거야. 그들은 죄의식이라는 표현을 사용할 거야. 검찰이 이렇게 말하겠지. '이것은 제이컵 바버가 자신을 바라보는 방식입니다. 사이코. 제이컵 바버가 거울을 들여다볼 때 거울에 비치는 모습이 바로 노먼 베이츠입니다.' 그들은 사이코라는 단어를 되풀이해서 사용할 거야. 그리고 이 사진을 들어서 배심원들한테 보여주겠지. 배심원들이 이 사진을 보고 무슨 생각을 할까? 배심원들은 이 사진을 결코 잊지도, 뇌리에서 지우지도 못할 거야. 이 사진이 배심원들 머릿속에 달라붙어서 그들한테 영향을 미칠 거라고. 이 사진이 그들의 생각을 왜곡시키고 손상시킬 거야. 어쩌면 배심원들 전부가 그러진 않을지도 몰라. 일부만이 그럴지도 몰라. 하지만 이 사진은 분명히 너한테 불리하게 작용할 거야. 이 사진이 그럴 거라고. 네가 이 사진으로 무턱대고 검찰한테 선물을 안긴 거야, 선물. 만약 라주디스가 이 사진을 발견하면, 결코 그냥 넘어가지 않을 거야. 모르겠어? 뭐가 문젠지 모르겠어, 제이컵?"

"알아요!"

"그들이 너한테 무슨 짓을 하려고 하는지 너 정말 모르는 거야?"

"물론 알아요."

"그런데 왜 그랬어? 말 좀 해봐. 도무지 이해가 되질 않는다고. 대체 왜 이런 짓을 한 거야?"

"이미 말했잖아요. 장난이었다고요. 아빠가 말한 것과는 정반대예요. 그건 다른 사람들이 저를 보는 방식이라고요. 제가 저를 보는 방식이 아니라. 그 사진은 저에 대한 게 아니에요."

"오. 그거 매우 이치에 맞는 설명이로구나. 너는 그저 똑똑하고 빈정대기 좋아하는 아이일 뿐이지. 그리고 물론 검사와 배심원 모두가 그 사실을 이해할 거야. 세상에. 너 바보야?"

"아니에요."

"그럼 대체 뭐가 문제야?"

뒤에서 로리의 목소리가 들려왔다.

"앤디! 됐어."

로리가 졸린 눈을 하고서 팔짱을 낀 채 서 있었다.

"나한테 아무 문제도 없다고요."

제이컵이 애처롭게 말했다.

"그렇다면 뭐 때문에······."

"앤디, 그만해."

"왜 그랬어, 제이컵? 왜 그랬는지 말 좀 해보라고."

내 분노는 이미 절정을 지나쳤지만, 나는 여전히 흥분한 상태였기 때문에 그 불똥이 로리 쪽으로도 튀었다.

"묻지도 못해? 이유를 묻지도 못하냐고? 그게 그렇게 지나친 요구야?"

"그냥 장난이었다고요, 아빠. 그 사진 그냥 삭제하면 안 돼요?"

"안 돼! 그냥 삭제할 수가 없어. 그게 문제라고! 이 사진은 사라지지 않아, 제이컵. 우리가 사진을 삭제한다고 해도, 이 사진은 사라지지 않아. 네 친구 데릭이 검사한테 가서 네가 멜빈 글래스콕인지 뭔지 하는 이름으로 페이스북 계정을 가지고 있고, 그리고 이 사진을 올렸다고 말하면, 검사는 페이스북 측에 소환장을 보내서 사진을 입수할 거야. 페이스북 측은 검사한테 그 사진이든 뭐든 다 제출해야 한다고. 이게 계속 너한테 들러붙어 있을 거야. 이건 네이팜 같은 거라고. 너는 이런 짓을 하면 안 되는 거야. 이러면 안 되는 거라고."

"알았어요."

"너는 이 따위 짓을 하면 안 돼. 더는 안 된다고."

"알았다고 말했잖아요. 죄송해요."

"죄송할 필요 없다. 죄송한 걸로는 문제를 해결할 수 없어."

"앤디, 이제 그만해. 당신 때문에 무섭단 말이야. 제이컵한테 뭘 바라는 거야? 다 끝났잖아. 제이컵이 죄송하다고 말했잖아. 왜 자꾸 제이컵한테 장광설을 늘어놓는 거야."

"중요하기 때문에 계속 장광설을 늘어놓는 거야!"

"이미 끝난 일이잖아. 제이컵이 실수했어. 제이컵은 어린애잖아. 제발 진정해, 앤디. 제발."

로리가 방을 가로질러 와서 내 손에서 노트북을 빼앗았다. 나는 의식도 못한 채 여전히 노트북을 들고 있었다. 로리가 식당 쟁반을 나르듯 양손으로 노트북 양쪽 가장자리를 붙잡고서 사진을 자세히 살폈다.

"좋아."

로리가 어깨를 으쓱했다.

"그냥 사진을 삭제하고 이 일을 마무리 짓자. 이거 어떻게 삭제해? 버튼을 못 찾겠어."

내가 노트북을 건네받아서 화면을 살폈다.

"나도 못 찾겠어. 제이컵, 이거 어떻게 삭제하니?"

침대맡에 앉아 있던 제이컵이 노트북을 받아 들고서 몇 차례 마우스를 클릭했다.

"자요. 삭제했어요."

제이컵이 노트북을 닫아서 나에게 건넸다. 그리고 자리에 눕더니 내 쪽으로 등이 향하도록 몸을 돌렸다.

로리가 미친 사람 보듯 나를 쳐다보았다.

"나는 좀 더 잘래, 앤디."

로리가 조용히 방을 나갔다. 그리고 다시 침대로 올라가는지 바스락대는 소리가 들렸다. 로리는 항상, 일요일에도 일찍 일어났었다. 이 일이 우리에게 들이닥치기 전에는.

나는 노트북을 책처럼 옆구리에 끼고 잠시 제자리에 서 있었다.

"소리 질러서 미안하다."

제이컵이 훌쩍거렸다. 나는 그 훌쩍임이 어떤 신호인지, 제이컵이 울려고 하는 건지 아니면 나에게 화를 내는 건지 알 수 없었지만, 그 소리에 아기였던 제이크가 떠올랐고 감상적인 기분이 되었다. 우리 작고 예쁘고 천진하고 소중한 금발의 아기. 이 소년이, 이 앳된 사내가 그 아기와 동일 인물이라니, 마치 전혀 몰랐던 새로운 사실처럼 놀라웠다. 하지만, 아기가 소년으로 탈바꿈한 것은 아니었다. 그 아기와 이 소년은 동일한 피조물이며, 본질은 그대로였다. 이 소년은 내가 두 팔로 안았던 바로 그 아기였다.

나는 침대 위 제이컵의 옆에 앉아서, 그 애의 맨 어깨에 손을 얹었다.

"소리 질러서 미안하다. 흥분하지 말았어야 하는데. 아빠는 너를 지키려고 애쓰고 있단다. 너도 알지?"

"다시 잘래요."

"알았다."

"저 좀 그냥 내버려둬요."

"알았다."

"알았어요. 이제 가세요."

나는 고개를 끄덕이며 제이컵의 어깨를 몇 차례 쓰다듬었다. 그렇게 살갗을 통해 '아빠는 너를 사랑한단다.'라는 말을 아이의 몸속으로 주입하려는 듯이. 하지만 제이컵은 제자리에 돌처럼 누워 있었다. 나는 떠나려고 일어섰다.

침대 위의 형체가 말했다.

"저한테는 아무 문제도 없어요. 그리고 사람들이 저한테 무슨 짓을 하려고 하는지 저도 정확히 알고 있어요. 아빠까지 저한테 그런 말을 할 필요는 없다고요."

"나도 안다, 제이크. 나도 알아."

그리고 제이컵은 어린애 특유의 허세와 무심함으로 잠에 빠져들었다.

18
돌아온 살인 유전자

늦여름의 어느 화요일 아침, 로리와 나는 주 1회 상담을 위해, 울부 짖는 아프리카 가면의 시선을 느끼며 보걸 박사의 사무실에 앉아 있었다. 아직 면담은 시작되지 않았고, 우리는 익숙한 의자에 앉아 더운 바깥 날씨에 대해 의례적인 이야기를 몇 마디 나누었다. 로리는 에어컨 때문에 약간 떨고 있었다. 박사가 진지하게 이야기를 시작했다.

"앤디, 당신한테 해야 할 이야기가 있어요. 어쩌면 이번 상담은 당신한테 힘든 시간이 될 수도 있어요."

"네? 왜죠?"

"우리는 이번 소송과 관련된 생물학적 쟁점들, 그러니까 유전학에 대해 이야기를 나눌 필요가 있어요."

보걸 박사가 머뭇거렸다. 박사는 상담 기간 내내, 자신의 감정이 우리에게 영향을 끼치지 않도록 의도적으로 무표정을 유지했다. 하지만 이번에 박사는 눈에 띄게 입과 턱을 앙다물고 있었다.

"그리고 당신한테서 DNA 표본을 채취해야 해요. 그냥 당신의 입 안을 살짝 닦아낼 거예요. 주사 바늘 따위로 피부를 찌르진 않을 거예요. 그냥 살균된 면봉으로 당신의 잇몸을 문질러서 타액을 채취하면 돼요."

"DNA 표본이오? 농담하지 마세요. 그런 건 증거에서 배제하기로 하지 않았나요?"

"이봐요, 앤디. 나는 의사지, 변호사가 아니에요. 그래서 무엇이 증거로 채택될지 무엇이 증거에서 배제될지 그런 건 몰라요. 그건 당신과 조너선 사이의 일이에요. 내가 당신에게 말할 수 있는 건, 행동 유전학이, 그러니까 유전자가 어떤 식으로 행동에 영향을 미치는지 연구하는 학문이 양쪽 모두에서 다 사용될 수 있다는 사실이에요. 검찰 측에서 제이컵이 선천적으로 폭력적이라는 점을, 타고난 살인자라는 점을 증명하기 위해 이런 종류의 증거를 제출하려고 할지도 몰라요. 그러한 증거가 제이컵이 살인을 저질렀다는 주장을 더 설득력 있어 보이게 만들 테니까요. 하지만 우리 또한 이러한 증거를 제출해야 할 수도 있어요. 만약에 검사가 제이컵이 실제로 이 소년을 죽였다는 주장을 증명할 수 있을 것처럼 보이면, 나는 만약이라고 말했어요. 그 일을 예견하는 게 아니에요. 내가 그걸 믿는다고 말하는 게 아니에요. 그냥 가정이에요. 그렇다면 우리는 감죄를 위해 유전적 증거를 제출해야 할지도 몰라요."

"감죄요?"

로리가 말했다.

"일급 살인죄를 이급 살인이나 과실치사로 낮추는 거야."

내가 설명했다.

로리가 움찔했다. 전문 용어는 사람들의 기를 꺾고, 사람들에게 사법 체계가 얼마나 효율적으로 돌아가는지를 상기시켜 준다. 법원은 폭력을 다양한 범죄로 분류하고, 용의자를 범죄자로 가공하는 공장이다.
 나 역시 기가 꺾였다. 내 안의 검사 본능이 조녀선의 의중을 즉각적으로 알아차렸다. 조녀선은 전투를 준비하는 장군처럼 여러 가지 대비책을 고려하며, 신중한 전략적 후퇴까지 계획하고 있었다.
 나는 내 아들의 어미에게 온화한 목소리로 말했다.
 "일급 살인죄는 가석방 없는 종신형을 선고받아. 그게 법으로 정해진 형량이야. 판사한테는 재량권이 없어. 이급 살인죄라면 가석방이 가능한 20년 형을 선고받게 될 거야. 형기를 마치면 제이크는 고작 서른네 살이야. 인생을 새로 시작할 수 있는 나이지."
 "조녀선이 만일의 경우를 대비해서 그 부분을 검토해달라고 부탁했어요. 로리, 이렇게 생각하면 쉬울 거예요. 법은 의도적인 범죄를 처벌해요. 법은 모든 행동을 의도적이라고, 그러니까 자유 의지의 산물이라고 간주하죠. 만약에 우리가 어떤 행동을 한다면, 그건 그럴 의도가 있었기 때문이에요. 법은 '네, 하지만' 유형의 피고인들에게 결코 관대하지 않아요. 네, 하지만 나는 힘겨운 유년기를 보냈어요. 네, 하지만 나는 정신병을 앓고 있어요. 네, 하지만 나는 만취 상태였어요. 네, 하지만 나는 분노로 제정신이 아니었어요. 만약에 우리가 죄를 저지른다면, 법은 사정이야 어쨌건 우리에게 유죄라고 말하죠. 그렇지만 범죄를 정확하게 정의하거나 형을 선고할 시점이 오면, 그러한 사정들을 참작하죠. 적어도 이론적으로는, 폭력에 대한 유전적 성향이나 낮은 충동 억제 능력처럼 자유 의지에 영향을 미치는 요인들을 고려해야 해요."
 "터무니없는 소리예요. 어떤 배심원도 그런 주장을 믿지 않을 겁니다. 배심원한테 이렇게 이야기할 건가요? '내가 열네 살 소년을 죽였어요. 그래도 나를 그냥 놔줘요.' 집어치워요. 그런 일은 일어나지 않아요."

내가 비웃었다.
"우리는 선택의 여지가 없어요, 앤디, 만약."
"허튼소리 말아요. 내 DNA 표본을 채취하겠다고요? 나는 파리 한 마리도 못 죽이는 사람입니다."
내가 보걸 박사에게 말했다.
박사가 고개를 끄덕였다. 하지만 아무 말도 하지 않았다. 완벽한 정신과 의사인 보걸 박사는 그저 제자리에 앉아서, 파도가 방파제를 덮치듯 이야기가 자신에게 쏟아져 내리도록 내버려두었다. 그것이 나로부터 계속 말을 끌어내는 방법이었다. 어느 순간부터 보걸 박사는 질문하는 쪽에서 조용히 있으면 대답하는 쪽에서 침묵을 메우려고 덤벼든다는 사실을 알게 되었다.
"나는 결코 누군가를 해친 적이 없습니다. 성미가 사납지도 않아요. 나는 그런 사람이 아니에요. 나는 미식축구도 안 했어요. 어머니가 못하게 하셨죠. 어머니는 내가 그런 운동을 좋아하지 않을 거라고 생각하셨어요. 그렇게 생각하셨죠. 우리 가정에 폭력은 없었습니다. 어렸을 때, 내가 뭘 했는지 압니까? 클라리넷을 연주했어요. 내 친구들이 전부 미식축구를 할 때, 나는 클라리넷을 연주했다고요."
로리가 점점 흥분하는 나를 달래려고 살며시 내 손을 잡았다. 우리 사이에 이런 행동이 점점 줄어들고 있었기에, 나는 로리의 손길에 감동받았다. 그리고 이내 차분해졌다.
"앤디, 당신이 자신의 정체성과 명성을 위해, 현재의 모습이 되기 위해, 스스로를 갈고닦기 위해 얼마나 많은 노력을 쏟아부었는지 나도 알아요. 우리는 줄곧 그런 이야기를 해왔고, 나는 그 부분을 완벽히 이해했어요. 그리고 바로 그게 중요한 점이에요. 우리는 단순히 유전자의 산물이 아니에요. 우리 모두는 아주 많은 것들의 합작품이죠. 유전자와 환경, 천성과 교육. 당신이 현재의 당신이 되었다는 사실은 자유 의지의 힘, 개인의 힘을 보여주는 가장 좋은 예죠. 당신의 유전자에 어떠한 정보가 암호화되어 있다고 해도, 그 유전자 정보는 당신이 현재 어떤 사람인지에 대해 아무것도 설명하지 못해요. 인간의 행동은 그보다 훨씬 더 복잡해요. 똑같은 유전자 배열이라도 사람이나 환경에 따라 완벽하게 다른 결과를 만들어낼 수 있어요. 우리는 지금 유전적 성향에 대해 논하고 있어요. 유전적 성향이 운명을 예정하지는 못해요. 우리 인간은 DNA 그 이상의 존재예요. 사람들이 이러한 새로운 과학으로 흔히 저지르는 실수가 바로 지나친 결정론이에요. 전에도 이런 이야기를 한 적이 있지만, 우리는 지금 파란 눈을 결정짓는 유전자에 대해 논하고 있는 게 아니에요. 인간의 행동은 신체적인 특성과는 달리 훨씬, 훨씬 다양한 원인에 의해 발생해요."

보걸 박사가 말했다.

"그거 참 멋진 연설이군요. 하지만 여전히 내 입에 면봉을 집어넣고 싶죠? 내가 내 DNA 속에 무엇이 존재하는지 알고 싶지 않다고 하면 어떻게 할 겁니까? 내 유전자에 예정되어 있는 것이 내 마음에 들지 않으면 그때는 어떻게 할 거죠?"

"앤디, 당신도 힘들겠지만, 이 일은 당신을 위한 게 아니에요. 제이컵을 위한 거죠. 문제는, 당신이 제이컵을 위해 어떤 일까지 할 수 있느냐 하는 거예요. 당신 아들을 보호하기 위해 어떤 선택을 할 건가요?"

"이건 부당해요."

"다 그런 거죠. 하지만, 이건 내가 결정한 일이 아니에요."

"그래요. 조너선이 그랬겠죠. 그리고 나에게 이런 이야기를 했어야 하는 사람은 당신이 아니라 조너선이에요."

"아마 조녀선은 이 문제로 당신과 다투고 싶지 않았을 거예요. 조녀선은 그러한 증거를 재판에서 사용할지 여부도 아직 결정하지 못했어요. 그저 만일을 대비해서 호주머니 속에 넣어두려는 거죠. 게다가, 조녀선은 당신이 거부할 거라고 생각했던 모양이에요."

"조녀선이 제대로 생각했네요. 그러니까 더더욱 조녀선 본인이 나하고 이 대화를 나눴어야 하는 겁니다."

"조녀선은 자신의 일을 하고 있는 것뿐이에요. 여러분은 그 점을 이해해야만 해요."

"조녀선의 일은 의뢰인이 원하는 대로 따르는 겁니다."

"조녀선의 일은 승소하는 거예요, 앤디. 다른 사람의 감정을 염려하는 게 아니라. 어쨌든, 의뢰인은 당신이 아니라 제이컵이에요. 지금 중요한 사람은 제이컵뿐이에요. 우리가 이곳에 모인 까닭도 바로 제이컵을 돕기 위해서죠."

"그래서 조녀선은 법정에서 제이컵이 살인 유전자를 보유하고 있다고 주장할 셈인가요?"

"만약에 그런 상황이 닥친다면, 우리가 절박해진다면, 맞아요, 우리는 제이컵이 어떤 특정한 변종 유전자를 보유하고 있기 때문에 더 공격적이고 반사회적으로 행동한다고 주장해야 할 거예요."

"그런 단서와 암시는 일반인들에게는 그저 뜻을 이해할 수 없는 주문처럼 들릴 겁니다. 신문에서는 그걸 살인 유전자라고 부르겠죠. 사람들은 우리 가족 모두가 타고난 살인마라고 떠들어 댈 거라고요."

"우리가 할 수 있는 일은 사람들에게 진실을 말하는 것뿐이에요. 사람들이 진실을 왜곡하고 과장하고 싶어 한다면, 우리가 뭘 어쩌겠어요?"

"좋아요, 내가 그 진실을 수긍하게 되면, 내 DNA 표본을 드리죠. 당신이 찾고 있는 게 정확하게 뭡니까?"

"생물학에 대해 아는 게 좀 있나요?"

"고등학교 때 배운 게 전부예요."

"고등학교 때 생물을 잘했나요?"

"클라리넷 실력이 더 나았죠."

"좋아요, 간략하게 설명하죠. 인간 행동의 원인은 대단히 복잡하기 때문에 유전 인자만으로는 특정한 행동이 유발되지 않는다는 사실을 명심하세요. 그래서 우리는 언제나 유전자와 환경의 상호작용에 대해 이야기하죠. 어쨌든 '범죄행위'는 과학 용어가 아니에요. 법률 용어죠. 그리고 특정한 행동이 어떤 상황에서는 범죄로 정의될 수 있지만, 다른 상황에서는 그렇지 않을 수도 있어요. 그러니까 전쟁처럼……."

"좋아요, 좋아요, 알았어요. 거참 복잡하군요. 그러니까 거두절미하고 그냥 이것만 말해요. 당신이 내 침에서 찾고 있는 게 뭡니까?"

보걸 박사가 마지못해 미소를 지었다.

"좋아요. 남성의 반사회적 행동과 관련된 특정한 변종 유전자는 두 종류가 있어요. 그리고 그 변종 유전자들로 당신 집안처럼 폭력성이 여러 세대에 걸쳐 나타나는 경우를 설명할 수 있죠. 첫 번째는 MAOA라고 불리는 대립유전자예요. MAOA 유전자는 세로토닌, 노르에피네프린, 도파민 같은 특정 신경전달물질을 분해하는 효소를 제어하죠. MAOA 유전자는 공격적인 행동과 관련이 있기 때문에 '전사 유전자'라고도 불려요. 이러한 돌연변이를 MAOA 변종이라고 부르죠. 예전에 MAOA 변종이 폭력성을 유발한다는 주장이 법정에서 제기된 적이 있었지만, 주장이 지나치게 단순했기 때문에 증거로 인정되지는 않았어요. 그 후로 유전자와 환경의 상호작용에 대한 우리의 지식은 진일보했어요. 과학은 아주 빠르게 발전하고 있어요. 그래서 이제 우리는 더 나은 증거를 확보하고 있어요.

두 번째 돌연변이는 세로토닌 운반체 유전자에서 발생해요. 이 유전자의 공식 명칭은 SLC6A4예요. 17번 염색체에 자리하고 있죠. 이 유전자는 세로토닌 운반계의 활동을 촉진하는 단백질을 암호화하는데, 이 단백질이 있어야만 시냅스에서 세로토닌을 재흡수해서 뉴런으로 보낼 수가 있어요."

나는 한 손을 들었다. '그만하면 됐어요.'

보걸 박사가 이야기를 계속했다.

"중요한 것은, 이 분야의 학문이 질적으로 훌륭하며, 나날이 발전하고 있다는 사실이에요. 생각해봐요. 지금까지 우리는 항상 이런 의문을 품어 왔죠. '인간 행동의 원인이 대체 무엇일까? 천성일까, 아니면 교육일까?' 그리고 우리는 두 가지 원인 중 교육적 측면에 대한 연구에서 상당한 성과를 거두었어요. 환경이 행동에 어떠한 영향을 미치는지에 대한 훌륭한 연구가 아주아주 많아요. 하지만, 우리는 이제야 인류 역사상 최초로 천성적 측면을 검토할 수 있게 되었죠. 천성적 측면에 대한 연구는 아주 최첨단 분야예요. DNA 구조는 고작 1953년에 처음으로 밝혀졌죠. 우리는 우리가 어떤 존재인지 이제 막 이해하고 관찰하기 시작했어요. '영혼' 같은 어떤 추상적인 개념이나 '인간의 마음' 같은 은유가 아니라, 인간의 실제 작동 원리에 대한 아주 기초적인 사항들 말이에요."

보걸 박사가 자신의 팔을 꼬집어서 살갗을 잡아당기며, 자신의 몸을 실례로 제시했다.

"인간의 육체는 기계예요. 분자로 구성되어 있고, 화학 반응과 전기 자극에 의해 작동되는 아주 복잡한 장치죠. 우리의 정신은 그러한 장치의 일부일 뿐이에요. 사람들은 교육이 행동에 영향을 미친다는 사실을 아주 자연스럽게 받아들이죠. 그렇다면 본성이 행동에 영향을 미치지 못할 건 뭐죠?"

"박사님, 이걸로 내 아이를 감옥에 가지 않게 할 수 있나요?"

"어쩌면요."

"그렇다면 원하는 대로 하세요."

"더 있어요."

"이제는 전혀 놀랍지도 않군요."

"당신 아버지의 DNA 표본도 필요해요."

"내 아버지요? 농담하지 마요. 나는 다섯 살 이후로 아버지와 이야기를 나눠본 적도 없어요. 나는 그 사람이 살았는지 죽었는지조차 모른다고요."

"살아 있어요. 코네티컷 소머스의 노던 교도소에서 복역 중이에요."

한 호흡 쉬고.

"그렇다면 직접 가서 검사하시죠."

"시도는 해봤지만, 나를 만나려고 하지 않아요."

나는 놀란 눈으로 보걸 박사를 쳐다보았다. 나는 아버지가 살아 있다는 소식과 보걸 박사가 이미 아버지로부터 거절을 받았다는 사실 둘 다에 당황했다. 보걸 박사가 나보다 유리했다. 그녀는 내 내력을 알고 있을 뿐만 아니라, 내 내력을 과거의 일로 치부하지도 않았다. 내 내력이 그녀에게 짐이 될 까닭이 없었다. 보걸 박사에게는, 빌리 바버와 접촉을 시도하는 일이 전화기를 집어 드는 일만큼이나 쉬웠을 것이다.

"당신더러 직접 부탁하라고 하더군요."

"나요? 그 사람은 내가 그 사람 스프 속에 들어가 있어도 나를 못 알아볼걸요."

"당신 아버지는 그런 상황을 바꾸고 싶어 하는 것 같더군요."

"그 사람이? 왜요?"

"아버지들은 나이가 들면, 자기 아들에 대해 조금 더 알고 싶어 하죠. 인간의 마음을 누가 이해할 수 있겠어요?"

보걸 박사가 어깨를 으쓱했다.

"그래서 그 사람이 나에 대해 알고 있나요?"

"아, 당신에 대해 전부 알고 있어요."

나는 어린아이처럼 흥분으로 얼굴이 벌겋게 달아올랐다. 아버지! 그리고 역겨운 피투성이 빌리 바버가 떠오르자 이내 기분이 곤두박질쳤다.

"그 사람한테 꺼지라고 전해줘요."

"나는 그렇게 전할 수 없어요. 우리는 당신 아버지의 도움이 필요해요. 유전적 돌연변이가 한 차례 이상 일어났고, 가족적 특성이 아버지에게서 아들로 또 그 아들로 전해져 내려왔다는 사실을 입증할 표본이 필요해요."

"법원 명령을 받으면 되잖아요."

"검사에게 우리의 계획을 누설하지 않고서는 불가능하죠."

나는 고개를 저었다.

로리가 마침내 입을 열었다.

"앤디, 당신은 제이컵을 생각해야 해. 제이컵을 위해 어떤 일까지 할 수 있어?"

"지옥에라도 갔다 올 수 있어."

"그래, 알았어. 당신은 그러고도 남을 사람이야."

19
편집실

8월의 마지막 주, 평일은 없고 일요일만 계속되는 한 주 동안, 우리는 모두 약간 굼뜨게 움직이며, 지나가는 여름을 애석해하고 가을을 준비한다. 그 주에 기온이 오르고 공기가 습해지자, 사람들은 모두 늦더위에 대한 이야기만 했다. 더위가 언제 물러갈까, 기온이 얼마나 더 치솟을까, 숨 막히는 습도가 얼마나 더 지속될까. 그리고 사람들은 마치 겨울인 양 실내로 몰려들었다. 거리와 상점은 이상하게 한산했다. 나는 더위가 고통스럽지 않았다. 신열이 감기의 징후이듯 더위 또한 단순한 징후일 뿐이었다. 더위는 세상이 빠르게 견딜 수 없는 곳으로 변해간다는 사실을 가장 확실하게 보여주고 있었다.

그 무렵, 로리와 제이컵과 나는 모두 더위에 조금 얼이 빠져 있었다. 그때를 되돌아보면, 내가 얼마나 내 생각에만 골몰해 있었는지, 믿기 어려울 정도다. 이 모든 이야기가 제이컵에 관한 것도 우리 가족 모두에 관한 것도 아닌, 그저 나에 관한 것처럼 여겨졌다. 누구도 나를 노골적으로 비난하지는 않았지만, 내 마음속에서 제이컵의 죄와 나의 죄가 하나로 뒤엉켜 있었다. 물론, 나는 무너지고 있었고, 나 역시 그 사실을 알고 있었다. 하지만 당시에 나는 스스로에게 견디라고, 체면을 지키라고, 위축되지 말라고 끊임없이 타일렀다.

하지만 나는 내 감정을 로리와 공유하지 않았고, 로리의 감정을 끌어내려고 애쓰지도 않았다. 우리 둘 다 무너져 내리고 있었기에 그럴 여력이 없었다. 나는 솔직하고 속 깊은 대화를 거부했고, 곧 내 아내를 살피는 일도 완전히 그만두었다. 나는 내 아내에게 살인자 제이컵의 어미로 사는 일이 어떠한지 묻지 않았다. 묻지도 않았다! 나는 스스로 버팀목이 되는 것이, 적어도 버팀목처럼 보이는 것이, 그리고 로리에게 강해지라고 독려하는 것이 더 중요하다고 생각했다. 어려움을 인내하라, 우선 재판부터 끝내라, 제이컵을 안전하게 지키기 위해 무엇이든 하라, 그리고 감정의 손상은 나중에 치유하라. 나는 그것이 가장 현명한 접근법이라고 생각했다. 나중에! 마치 '나중에'라고 불리는 땅이 존재하기라도 하는 것처럼, 내 가족을 그 땅 기슭까지만 밀고 가면 모든 것이 괜찮아질 것처럼, '나중에'라는 땅에 도착하기만 하면 이런 '사소한' 문제들을 전부 해결할 시간이 있을 것처럼……. 하지만 내 생각이 틀렸다. 그때 내가 로리를 어떤 눈으로 바라봤어야 했는지, 로리에게 얼마나 더 많은 관심을 기울였어야 했는지 나는 지금에 와서야 후회한다. 로리는 한때 내 삶을 구원해주었다. 내가 상처받은 모습으로 그녀에게 왔을 때, 로리는 그런 나를 사랑해주었다. 하지만 로리가 상처받았을 때, 나는 그녀를 돕기 위해 손가락 하나 까딱하지 않았다. 나는 로리의 머리칼이 하얗게 헝클어져 가는 모습을, 로리의 얼굴이 오래된 사기 꽃병처럼 주름으로 망가져 가는 모습을 그저 지켜보기만 했다. 로리는 살이 너무 많이 빠져서 골반뼈가 툭 튀어나왔고, 나와 함께 있으면 말수가 줄었다. 하지만, 그 모든 것에도 불구하고 나는 제이컵을 먼저 구하고 로리는 나중에 치유하겠다는 결심을 굽히지 않았다. 아직도 나는 그때의 냉혹했던 외고집을 합리화하려고 노력한다. 당시에 나는 위험한 감정을 억제하는 데 능숙했다. 그리고 내 머리는 그 길고 긴 여름에 시달리느라 과열되어 있었다. 이건 모두 진실이며, 동시에 모두 헛소리다. 사실, 나는 바보였다. 로리, 내가 바보였어. 이제야 그걸 알겠어.

어느 날 아침 10시경, 나는 유 씨네 집으로 갔다. 데릭의 부모는 이 임시 휴가철에도 둘 다 일을 했다. 그래서 나는 데릭이 집에 혼자 있으리라는 사실을 알았다. 데릭과 제이컵은 여전히 정기적으로 문자를 주고받았다. 데릭의 부모가 주변에서 엿듣지 않는 낮 동안에는 둘이서 통화도 했다. 나는 데릭이 친구를 돕고 싶어 할 거라고, 나와 이야기를 나누고 싶어 할 거라고, 나에게 진실을 말할 거라고 확신했다. 하지만 어쨌든 데릭은 나를 집 안으로 들이지는 않을 것이다. 데릭은 착한 아이였다. 그래서 언제나 그렇듯, 그리고 언제나 그랬듯 지시받은 대로만 행동할 것이다. 나는 데릭을 구슬려서 집 안으로 들어가거나, 그게 안 되면 억지로라도 밀고 들어가려고 마음먹었다. 그럴 수 있을 것만 같았다. 나는 헐렁한 카고 반바지와 티셔츠 차림으로 데릭의 집으로 향했고, 티셔츠가 내 땀투성이 등에 달라붙었다. 이 모든 일이 시작된 이후로 나는 몸무게가 조금 늘었고, 내 뱃살에 눌려 반바지가 자꾸만 엉덩이 밑으로 흘러내렸다. 그래서 나는 끊임없이 반바지를 추켜올려야 했다. 내 몸은 늘 탄탄하고 늘씬했었다. 나는 늘어진 새 몸뚱이가 부끄러웠지만, 몸매를 다듬고 싶은 마음은 없었다. 거듭, 나중에 그럴 시간이 있을 테니까.

나는 유 씨네 집에 도착했지만, 문을 두드리지는 않았다. 아이에게 숨을 기회를 주고 싶지 않았다. 아이가 나를 본다면, 집에 없는 척 현관에 나오지 않을 수도 있었다. 그래서 나는 작은 꽃밭을 지나 쳐 뒷마당으로 향했다. 꽃밭에서는 수국이 마치 폭죽처럼 원뿔 모양의 하얀 꽃송이 다발들을 사방으로 내뻗고 있었다. 데이비드 유는 일 년 내내 수국이 피기만을 기다렸다.

유 씨네 가족은 집 뒤쪽을 증축했는데, 증축 건물에는 다용도실과 거실이 있었다. 벽은 유리로 되어 있어서 뒤편 테라스에서 주방을 통해 작은 거실이 들여다보였다. 데릭이 텔레비전 앞 소파에 쭉 뻗어 있었다. 테라스에는 야외용 가구로 파라솔 탁자 하나와 의자 여섯 개가 놓여 있었다. 만약 데릭이 나를 안으로 들이지 않으려 했다면, 나는 영화 '보디 히트'에 나오는 윌리엄 허트처럼 무거운 의자 하나를 들어서 유리문에 집어 던졌을지도 모른다. 하지만 문은 잠겨 있지 않았다. 나는 잡동사니를 내다 놓으러 차고에 다녀오는 집주인처럼, 곧장 집 안으로 걸어 들어갔다.

집 안은 에어컨이 가동되고 있어 시원했다.

데릭은 허둥지둥 자리에서 일어섰지만 내 쪽으로 오지는 않았다. 가슴에 질지언 로고가 박힌 검정 티셔츠와 운동복 반바지를 입고서, 깡마른 종아리를 소파에 붙이고 서 있었다. 데릭의 맨발은 길고 앙상했다. 양탄자를 밟고 있는 발가락이 마치 작은 애벌레들처럼 굽어 있었다. 데릭이 긴장하고 있다는 표시였다. 내가 처음 데릭을 만났을 때, 데릭은 다섯 살이었고 아직 포동포동했다. 지금 데릭은 내 아들처럼 수척하고 껑충하고 다소 멍한 십 대 아이였다. 데릭은 모든 면에서 제이컵과 닮았다. 다만, 데릭의 미래에는 먹구름이 끼어 있지 않았고, 그 무엇도 데릭의 앞날을 가로막지 않았다. 데릭은 제이컵과 마찬가지로 쓰레기 같은 옷을 입고서 흐리멍덩한 표정으로 어물어물 남들의 시선을 피하며 청소년기를 보낸 후에 곧바로 성인이 될 것이다. 데릭은 무고한 아이였고, 제이컵도 그럴 수 있었다. 순간적으로 나는 내 아들이 이렇게 단순한 아이였다면 얼마나 좋을까 싶었다. 당시에 나는 데릭 유를 세상없는 멍청이라고 생각하면서도 내심 그 아이가 부러웠다.

"안녕, 데릭."

"안녕하세요."

"왜 그러니, 데릭?"

"아저씨는 여기에 있으면 안 되잖아요."

"나는 여기에 수백 번은 왔었어."

"네, 하지만 지금은 여기 있으면 안 돼요."

"그냥 이야기를 하고 싶어. 제이컵에 대해서."

"저는 그럴 수 없어요."

"데릭, 무슨 일 있니? 너 완전히…… 당황했구나."

"아니에요."

"내가 무섭니?"

"아니요."

"그런데 왜 그런 식으로 행동하니?"

"뭘요? 저는 아무 짓도 안 했는데요."

"몹시 조바심이 난 표정인데."

"아니에요. 그냥, 아저씨는 여기 있으면 안 돼요."

"진정해라, 데릭. 앉아. 나는 그냥 진실을 알고 싶어, 그게 다야. 지금 대체 무슨 일이 일어나고 있는 거니? 정말로 무슨 일이 일어나고 있는 거야? 그저 누군가가 나에게 말 좀 해줬으면 좋겠구나."

나는 겁 많은 동물에게 다가가듯 조심스럽게 주방을 가로질러 거실로 향했다.

"나는 너의 부모님이 했던 말 따윈 신경 쓰지 않는다, 데릭. 너의 부모님이 틀렸어. 제이컵은 네 도움을 받을 자격이 있어. 제이컵은 네 친구야. 네 친구라고. 나도 마찬가지야. 나도 네 친구고, 친구라면 말이야, 데릭, 서로를 도와야 해. 내가 원하는 건 네가 제이컵의 친구가 되어주는 것뿐이야, 지금 당장. 제이컵은 네가 필요해."

나는 자리에 앉았다.

"라주디스 검사에게 무슨 말을 했니? 네가 그 사람한테 무슨 말을 했기에, 그 사람이 내 아들을 살인자라고 믿는 거니?"

"저는 제이크가 살인자라고 말한 적 없어요."

"그렇다면, 그 사람한테 무슨 말을 했니?"

"라주디스 검사님한테 물어보지 그러세요? 검사님이 아저씨한테 말해줘야 하지 않나요?"

"그래야 하는 게 맞지만, 데릭, 라주디스는 나를 가지고 놀고 있어. 라주디스는 좋은 사람이 아니야, 데릭. 물론, 너는 그 사실을 이해하기 어려울지도 몰라. 라주디스는 네 진술을 소송기록에 남기지 않으려고 너를 대배심 법정에 세우지 않았어. 또한 네 진술이 경찰 조서에 남지 않도록 너를 형사와 대면시키지도 않았을 거야. 그래서 네가 나한테 직접 말해줘야 해, 데릭. 나는 네가 옳은 일을 했으면 좋겠구나. 네가 라주디스한테 무슨 이야기를 했기에 라주디스가 제이컵이 유죄라고 그렇게 확신하는지, 네가 나에게 말해주렴."

"저는 진실을 말했어요."

"아, 나도 알아, 데릭. 모든 사람이 진실을 말해. 그건 정말 짜증스러운 일이야. 그게 다 똑같은 진실이 아니기 때문이지. 그래서 나는 네가 정확히 무슨 말을 했는지 알아야겠어."

"저는 그럴 수……."

"젠장, 데릭! 무슨 말을 했느냐고!"

데릭이 움찔하더니 소파에 풀썩 주저앉았다. 마치 내 고함이 데릭을 뒤로 날려 버린 것 같았다.

나는 마음을 가라앉히고서, 단념하지 않고 부드러운 목소리로 재촉했다.

"제발, 데릭. 제발 말해다오."

"저는 그냥, 그러니까, 학교에서 일어났던 일을 말했을 뿐이에요."

"어떤?"

"제이크는 괴롭힘을 당했어요. 벤 리프킨이, 그러니까, 그 애들의 우두머리였어요. 그 찌질이들 말이에요. 걔들이 제이크를 힘들게 했어요."

"어떻게?"

"주로, 제이크를 게이라고 불렀어요. 그건 그냥 헛소문 같은 거예요. 벤이 지어낸 얘기죠. 그리고 있잖아요, 제이크가 게이라고 해도 저는 신경조차 안 써요. 정말이에요. 만약 제이크가 게이라면, 차라리 그렇다고 직접 말해주면 좋겠어요."

"너도 제이크가 게이라고 생각하니?"

"모르겠어요. 어쩌면 그럴 수도 있겠죠. 하지만 그건 중요하지 않아요. 벤은 제이크가 하지도 않은 일을 사실인 것처럼 말했으니까요. 벤은 그냥 거짓말을 했어요. 왜인지는 모르겠지만, 벤은 제이크를 헐뜯으며 재밌어했어요. 그건 벤한테 장난 같은 거였어요. 벤은 불량 학생이었으니까요."

"벤이 무슨 말을 했니?"

"저도 몰라요. 그러니까, 그냥, 소문을 만들어냈어요. 파티에서 제이크가 어떤 남자애의 거기를 빨았다든가, 물론, 제이크는 그러지 않았어요. 아니면 어느 날 제이크가 육상 수업이 끝나고 샤워를 하면서 발기했다든가. 아니면 어느 날 선생님이 쉬는 시간에 교실로 들어갔다가 제이크가 자위하는 모습을 목격했다든가. 전부 다 새빨간 거짓말이었어요."

"그렇다면, 왜 벤이 그런 이야기를 했니?"

"벤은 얼간이였으니까요. 벤은 제이크를 싫어했는데, 제이크를 보면 그냥 짜증이 났나 봐요, 알죠? 그냥 가만히 있을 수가 없는 모양이었어요. 벤은 제이크가 보이면 막말을 해댔어요. 매번요. 벤은 그러고도 무사할 거라고 생각했나 봐요. 솔직히 말해서, 벤은 그냥 얼간이였어요. 하지만 누구도 그런 말을 하고 싶어 하지 않죠. 벤은 살해당했고, 뭐 그러니까요. 하지만 벤은 야비한 아이였어요. 누가 그런 짓을 했는지, 음, 저는 알지도 못하고 말하고 싶지도 않아요. 벤은 그냥 야비한 아이였어요."

"하지만 벤이 왜 제이컵한테 야비하게 굴었니? 나는 그걸 모르겠구나."

"벤은 제이크를 좋아하지 않았어요. 제이크는, 그러니까, 저는 제이크를 잘 알아요, 알죠? 그리고 저는 제이크를 좋아해요. 하지만, 있잖아요, 뭐랄까, 아저씨도 제이크가 평범한 아이가 아니라는 사실을 알아야 해요."

"왜? 아이들이 제이컵을 게이라고 생각하니까?"

"아니요."

"그렇다면 '평범하다'는 게 무슨 뜻이야?"

데릭이 날카로운 눈초리로 나를 쳐다보았다.

"제이컵한테도 야비한 구석이 있어요."

데릭은 나에게서 시선을 떼지 않았다.

나는 감정을 드러내지 않으려고 애썼다. 나는 울대뼈조차 까닥대지 않으려고 안간힘을 썼다.

"제 생각에 벤은 그 사실을 몰랐던 것 같아요. 벤은 괴롭힐 상대를 잘못 골랐어요. 벤은 자신이 고른 상대가 좀 괴짜라는 사실을 전혀 몰랐어요."

데릭이 말했다.

"그래서 네가 페이스북에 가서 모두에게 칼에 대해 이야기했니?"

"아니요. 그것 때문만은 아니었어요. 제 말은, 그러니까, 제이크가 칼을 가지고 있었던 이유는 벤을 두려워했기 때문이에요. 제이컵은 벤이 언젠가는 자기를 뒤쫓아 와서 폭행을 가할 거라고 생각했어요. 그리고 그런 때가 오면 제이크는 자신을 방어해야 했죠. 이 일에 대해 전혀 몰랐어요?"

"몰랐다."

"제이컵이 이런 이야기를 전혀 하지 않았나요?"

"그래."

"음, 저는 제이크가 칼을 가지고 있다는 사실을 알고 있었고, 제이크가 벤을 두려워해서 그 칼을 마련했다는 사실도 알고 있었어요. 그래서 그렇다고 말한 거예요. 하지만 그런 말을 하지 말아야 했는지도 모르겠어요. 저도 잘 모르겠어요. 제가 왜 그런 말을 했는지 저도 모르겠다고요."

"그게 진실이기 때문에 말한 거야. 너는 진실을 말하고 싶었던 거야."

"그랬었나 봐요."

"하지만 그 칼은 살인 흉기가 아니었어. 네가 봤다던 그 칼, 제이컵이 가지고 있었던 그 칼? 그건 벤을 살해한 흉기가 아니야. 경찰이 콜드 스프링 공원에서 다른 칼을 찾았어. 너도 그 사실을 알지, 그렇지?"

"네, 하지만 누가 알겠어요? 경찰이 칼을 찾긴 했죠."
데릭이 어깨를 으쓱했다.
"어쨌든, 그러니까, 당시에 모두가 칼을 찾고 있었잖아요. 그리고 제이크는 항상 이렇게 말했어요. '우리 아빠가 검사야. 그리고 나는 법에 대해 잘 알아.' 그러니까, 누군가가 제이크를 범인으로 지목한다고 해도, 제이크는 빠져나갈 방법을 알고 있는 것 같았어요. 무슨 말인지 알겠어요?"
"제이컵이 그렇게 말했니?"
"아니요. 정확히 그렇게 말했던 건 아니에요."
"그래서 네가 라주디스한테 그렇게 말했니?"
"아니요! 물론 아니에요. 왜냐하면, 그러니까, 그건 정말 제가 아는 게 아니니까요, 알죠? 그건, 그러니까, 그냥 제 생각이니까요."
"그래서 라주디스 검사한테 정확하게 무슨 말을 했니?"
"그냥 제이컵이 칼을 가지고 있었다고요."
"살인 흉기가 아니었어."
"음, 그렇게 말한다면, 뭐 상관없어요. 저는 라주디스 검사님한테 칼에 대해 이야기했어요. 그리고 벤이 제이크를 괴롭혔다는 이야기도요. 그리고 사건이 일어났던 날 아침에 제이크가 피를 묻힌 채로 학교에 왔다는 이야기도요."
"그 부분은 제이컵도 인정했어. 제이컵이 벤을 발견했대. 그래서 벤을 도와주려고 했대. 그래서 피가 묻은 거야."
"알아요, 저도 안다고요, 앤-, 바버 아저씨. 지금 제이크에 대해 말하고 있는 게 아니잖아요. 제가 검사님한테 이야기했던 내용을 말하고 있는 거잖아요. 제이크가 학교에 왔을 때 저는 제이크의 몸에 피가 묻어 있는 걸 봤어요. 제이크가 저한테 그랬어요. 사람들이 이해하지 못할 테니 피를 씻어야겠다고요. 그리고 제이크가 옳았어요. 사람들이 이해하지 못했으니까요."
"데릭, 뭣 좀 물어봐도 되겠니? 정말 그게 가능하다고 생각하니? 그러니까 내 말은, 너 나한테 뭐 숨기는 거 있니? 내가 들을 사실만으로는, 제이컵이 범인이라는 게 말이 안 돼. 앞뒤가 맞질 않는다고."
데릭이 꼼지락댔다. 데릭이 몸을 비틀며 나로부터 물러났다.
"너도 제이컵이 그랬다고 생각하니, 데릭?"
"아니요. 제 말은, 그러니까 1퍼센트의 가능성은 있어요, 알죠? 그러니까 아주 조금요."
데릭이 손가락을 1밀리미터쯤 벌려 보였다.
"저도 모르겠어요."
"의심은 하는구나."
"네."
"왜? 왜 털끝만큼이라도 제이컵을 의심하니? 너는 거의 평생 동안 제이컵을 알았잖아. 너희 둘은 가장 친한 친구잖아."
"왜냐하면 제이크는 다른 아이들하고 좀 달라요. 그러니까, 딱히 뭐라고 말은 못하겠어요, 아시겠어요? 하지만, 제이크는 그러니까, 제가 제이크한테 야비한 구석이 있다고 말했지만, 그건 정확한 표현이 아니에요. 어떻게 말해야 할지 모르겠어요. 그러니까 제이크는 성질이 더럽다거나 화를 잘 낸다거나 그런 게 아니에요, 알죠? 제이크는 그냥, 제이크는 야비해요. 저한테는 안 그래요. 저는 제이크의 친구니까요. 하지만 다른 아이들한테는 가끔씩 그래요. 제이크는 이상한 말들을 해요. 인종차별적인 이야기 같은 거요, 그냥 농담으로요. 아니면 뚱뚱한 여자애들한테 대놓고 뚱뚱하다고 말하거나, 걔들의 몸에 대해 안 좋은 말을 해요. 그리고 인터넷으로 그런 이야기를 읽어요. 고문에 관한 포르노 같은 거요. 제이크는 그걸

'난도질 포르노' 또는 '난도질'이라고 불러요. 제이크는 이런 식으로 말해요. '친구, 어젯밤에 인터넷으로 난도질을 읽느라 늦게까지 잠을 못 잤어.' 제이크가 저한테 그 이야기를 보여준 적이 있어요. 그러니까, 자기 아이팟으로요. 그래서 제가 이렇게 말했죠. '친구, 이거 정말 역겨워.' 그러니까, 그 이야기는…… 뭐냐면, 사람들을 난도질하는 내용이에요. 여자들을 묶어놓고 난도질하고 죽이고 그런 거요. 남자들을 묶어놓고 거기를 자르기도 해요."

데릭이 얼굴을 찌푸렸다.

"그러니까, 남자들을 거세한다고요. 완전 역겨워요. 제이크는 아직도 그래요."

"제이크가 아직도 그런다는 게 무슨 뜻이야?"

"그걸 읽는다고요."

"그렇지 않아. 내가 항상 컴퓨터를 확인하고 있어. 제이컵이 무엇을 하는지, 인터넷에서 어디를 돌아다니는지 알려주는 프로그램을 컴퓨터에 깔아놨다고."

"제이크는 아이팟을 사용해요. 아이팟 터치요."

그 순간, 나는 현실과 동떨어진 어리석은 부모였다.

"제이크는 그런 이야기들을 인터넷 공개 사이트에서 찾아내요. '편집실'이라고 불리는 사이트예요. 그곳에서 사람들이 이야기를 공유해요. 그런 이야기를 써서 다른 사람들이 읽을 수 있도록 사이트에 게시하죠."

데릭이 부연 설명을 했다.

"데릭, 애들은 포르노를 봐. 나도 그 정도는 알아. 하지만, 지금 네가 이야기하는 건 확실히 그런 포르노가 아니란 말이니?"

"완전, 완전 확실히요. 그건 포르노가 아니에요. 어쨌든, 제가 하고 싶은 말은 그게 아니에요. 그러니까, 제이컵은 자기가 원하면 뭐든 읽을 수 있어요. 그건 제가 상관할 바가 아니에요. 하지만 제이컵은 싸늘한 면이 있어요."

"무엇에 대해 싸늘하다는 거니?"

"사람들에 대해서, 동물들에 대해서, 모든 것에 대해서요."

데릭이 고개를 저었다.

나는 조용히 앉아서 기다렸다.

"한 번은 우리 패거리가 밖으로 나가서 담장 위에 앉아 빈둥거린 적이 있어요. 그때가 한낮이었는데, 어떤 남자가 목발 같은 걸 짚고서 인도를 걸어가고 있었어요. 그거 있잖아요, 팔꿈치까지 올라오고, 팔을 고정하는 고리가 달려 있는 거 말이에요. 그 남자는 다리를 마음대로 쓰지 못했어요. 몸이 마비되었거나 병을 앓는 사람처럼 다리를 질질 끌었죠. 그 남자가 우리 앞을 지나가는데 제이크가 웃기 시작했어요. 그러니까, 조용히 웃는 게 아니라 정말 미친 듯이 크게 웃었어요. '하 하 하.' 이렇게요. 제이크는 멈출 생각을 하지 않았어요. 그 남자가 분명히 웃음소리를 들었을 거예요. 우리 바로 앞으로 지나갔거든요. 그래서 우리가 전부 제이컵을 이런 식으로 쳐다봤어요. '친구, 대체 왜 그래?' 그랬더니 제이컵이 이러더라고요. '너희들 모두 장님이야? 저 남자 안 보여? 완전 엽기잖아!' 그건…… 야비한 짓이었어요. 제 말은, 아저씨한테 이런 식으로까지 말하고 싶지는 않지만, 제이크는 그 정도로 야비해요. 제이컵이 그렇게 행동할 때면, 저는 제이컵 옆에 있기가 싫어요. 솔직히 말하면, 제이컵이 조금 무서워요."

데릭은 슬픈 표정으로 얼굴을 조금 찌푸렸다. 자신의 친구 제이크가 자신을 실망시켰다는 사실을 처음으로 자신에게 어렵게 시인하는 듯했다. 데릭이 이야기를 계속했다. 이제 데릭의 목소리에서 혐오감 대신 애절함이 묻어났다.

"예전에, 아마 작년 가을이었나 봐요. 제이크가 개를 한 마리 발견했어요. 작은 잡종견이었는데, 길을 잃은 것 같았어요. 목줄이 채워져 있는 걸로 봐서 주인이 있는 개 같았어요. 그런데 제이크가 그 개를 노끈으로 묶어서 끌고 갔어요. 그러니까, 개 줄이 아니라요."

"제이컵은 개를 데려온 적이 없는데."

내가 말했다.

데릭이 바로 그 슬픈 표정으로 나를 향해 고개를 끄덕였다. 제이컵의 가련하고 무지한 아빠에게 그 일에 대해 설명하는 것이 자신의 의무라고 생각하는 듯했다. 결국, 데릭은 부모가 자식에게 얼마나 무관심할 수 있는지 깨달았을 테고, 그 때문에 실망했을 것이다.

"나중에 제이크를 만났을 때 제가 그 개에 대해서 물어봤어요. 그랬더니 제이크가 이렇게 말했어요. '묻어버려야 했어.' 그래서 제가 이렇게 물었죠. '무슨 뜻이야? 개가 죽었어?' 하지만 제이크는 제대로 대답을 해주려고 하지 않았어요. 그냥 이렇게만 말했죠. '친구, 그냥 묻어버려야 했다니까.' 그 후로 한동안 저는 제이크를 만나지 않았어요. 뭐랄까, 그냥 알았어요. 뭔가 나쁜 일이 일어났다는 걸 알았어요. 그리고 벽보가 나붙었죠. 그 개의 주인 가족이 전신주나 나무 여기저기에 스테이플러로 벽보를 붙였다고요, 아시겠어요? 그 개의 사진도 같이요. 저는 그 개에 대해서 아무 말도 하지 않았어요. 결국 그 가족도 벽보 붙이기를 그만 뒀어요. 그리고 저는 그 일을 잊으려고 노력했죠."

잠시 침묵의 시간이 흘렀다. 데릭은 더 덧붙일 말이 없어 보였고, 그래서 내가 입을 열었다.

"데릭, 그 모든 일을 알면서도 어떻게 여전히 제이컵하고 친구로 지낼 수가 있니?"

"우리는 어릴 때처럼 친한 친구가 아니에요. 그저 옛 친구일 뿐이죠, 알아요? 둘은 달라요."

"옛 친구도 여전히 친구 아니니?"

"저도 모르겠어요. 제이크가 제 진짜 친구였던 적이 한 번도 없었다는 생각이 들 때가 있어요, 알겠죠? 제이크는 그냥 학교에서 알고 지내는 아이 같아요. 제이크는 저한테 한 번도 신경을 쓴 적이 없어요. 제이크가 저를 싫어한다거나 그런 게 아니에요. 보통 제이크는 좋은 쪽으로든 싫은 쪽으로든 남들한테 전혀 관심이 없어요."

"그렇다면 가끔은?"

데릭이 어깨를 으쓱했다. 데릭의 대답이 다소 뜬금없었지만, 나는 데릭의 말을 그대로 옮겨 적을 생각이다.

"항상 저는 제이크가 언젠가는 곤경에 빠질 거라고 생각했어요. 다만 우리가 어른이 되었을 때 그런 일이 일어날 거라고 생각했어요."

우리는, 데릭과 나는, 잠시 아무 말도 없이 제자리에 앉아 있었다. 우리 둘 다 데릭의 말을 결코 되돌릴 수도, 무효로 할 수도 없다는 사실을 알고 있었다.

나는 중심가를 통과해 집 쪽으로 느릿느릿 차를 몰면서 운전을 음미했다. 지나고 나니 틀린 예감이었지만, 당시에 나는 무슨 일이 일어날지 알 것 같았고, 이로써 다 끝장이라는 생각이 들었다. 그래서 조금 더 오래 차를 운전함으로써, 조금 더 오래 '정상'으로 남아 있음으로써 아주 소소한 기쁨을 누리고 있었다.

집에 도착해서 나는 찬찬히 몸을 움직여 2층 내 아들의 방으로 올라갔다.

제이컵의 아이팟 터치는 서랍장 위에 놓여 있었다. 날렵하고 미끈한 작은 사각형 기계가 내 손에서 살아났다. 아이팟에는 비밀번호가 걸려 있었지만, 제이컵은 아이팟을 계속 보유하는 조건으로 우리 부부에게 비밀번호를 넘겨주었다. 나는 비밀번호 네 자리를 입력하고, 웹 브라우저를 열었다. 제이컵은 빤한 사이트만 몇 개만 즐겨찾기를 해놓았다. 페이스북, 지메일, 제이컵이 좋아하는 과학 기술, 비디오게임 및 음악 관련 블로그 몇 개. 그곳에는 '편집실'이라는 사이트와 관련된 흔적이 전혀 없었다. 그래서 나는 그 사이트를 찾기 위해 구글로 검색을 해야 했다.

'편집실'은 그냥 게시판이었고, 방문자들이 그곳에 글을 게재하면 다른 사람들이 그 게시물을 읽을 수 있었다. 이 사이트에는 데릭이 설명했던 것과 본질적으로 비슷한 이야기들이 넘쳐 났다. 결박과 가학증, 심지어는 신체 절단과 강간, 살인까지 광범한 성적 환상들이 가득했다. 일부, 아주 소수의 글에는 성적인 요소가 없었다. 하지만 요즘 극장가를 장악한, 선혈이 낭자한 하드고어 공포 영화처럼 고문 그 자체를 위한 고문이 묘사되어 있었다. 이 사이트에는 사진이나 동영상 없이 오로지 글만 있었는데, 글조차도 특정한 서식이 없었다. 가장 기본적인 것만 있는 아이팟 웹 브라우저로는 제이컵이 어떤 이야기를 읽었는지, 이 사이트에서 얼마나 많은 시간을 보냈는지 알 길이 없었다. 하지만 제이컵이 이 사이트의 회원인 것만은 분명했다. '잡(Job)'이라는 별명이 페이지 상단에 표시되어 있었다. '잡'은 제이컵의 변형이거나, 자기 이름의 머리글자를 딴 형태(제이컵의 가운데 이름이 O로 시작되지는 않지만)이거나, 자신이 견디고 있는 시련에 대한 은밀한 언급인 것 같았다.

사용자 이름 '잡'을 클릭하자, 이 사이트에서 잡이 즐겨 읽는 이야기들이 저장된 페이지가 나왔다. 그곳에는 십여 개의 이야기가 나열되어 있었고, 목록 맨 위에 '숲 속 산책'이라는 글이 있었다. 그 글은 3개월 전인 4월 19일에 등록되었으며, 작가의 이름도 게시자의 이름도 없었다.
 그 글은 이렇게 시작되었다.
 "그날 아침 제임스 피어스는 필요할지도 모른다는 생각에 칼을 챙겨서 숲으로 갔다. 그는 운동복 상의 주머니에 칼을 넣은 채로 걸으면서 손가락으로 칼자루 움켜쥐었고 칼이 주먹 안으로 들어오자 팔과 어깨 그리고 뇌로 흥분이 전달되면서 하늘에서 폭죽이 터지듯 그의 명치에서 환하게 불꽃이 일었다."
 글은 이렇게 미사여구가 가득한 만연체 문장들로 계속 이어졌다. 이건 콜드 스프링 공원에서 일어난 벤 리프킨 살인 사건을 거의 그대로 옮겨 놓은 선정적인 이야기였다. 이 글에서는 콜드 스프링 공원이 '록 리버 공원'으로, 뉴턴이 '브룩타운'으로, 벤 리프킨이 '브렌트 맬리스'라는 교활하고 악랄한 불량 학생으로 바뀌어 있었다.
 나는 제이컵이 이 글을 썼으리라 추측했지만, 확신할 수 있는 방법은 없었다. 글에는 작가의 신원을 드러내는 단서가 전혀 없었다. 이야기의 화자는 청소년 같았다. 제이컵은 책을 좋아했으며, 이러한 장르에 익숙할 만큼 오랫동안 '편집실'을 지켜보았다. 그리고 콜드 스프링 공원이 아주 정확하게 묘사된 것으로 보아, 작가는 그곳에 대해 아주 잘 알고 있었다. 하지만, 내가 확실하게 말할 수 있는 것은 제이컵이 이 글을 읽었다는 사실뿐이었고, 그것으로는 정말 아무것도 증명할 수 없었다.
 그래서 나는 변호사처럼 증거물을 살피며, 증거를 축소하고 제이컵을 옹호하려고 애썼다.
 이 글은 자백이 아니었다. 이 이야기에는 미공개 정보로 보이는 사항이 전혀 없었다. 이 글은 신문 기사와 생생한 상상력의 짜깁기에 불과할 수도 있었다. 가장 섬뜩한 부분, 즉 벤 혹은 '브렌트 맬리스'가 '그만해, 아프다고!'라고 소리치는 부분조차도 이미 신문에 대대적으로 보도된 내용이었다. 미공개 정보로 보이는 사항이 있더라도, 그것이 실제 사실과 얼마나 비슷한지 누가 알겠는가? 정말로 벤 리프킨이 그날 아침에 숲에서 살인자를 만났을 때, 글에서 '브렌트 맬리스'가 '제이슨 피어스'에게 그러듯, '어이, 호모!'라고 말했는지, 혹은 살인자가 칼로 벤의 가슴을 찌를 때, 칼이 아무런 저항 없이, 뼈에 부딪치지도 않고, 살갗이나 질긴 장기에 들러붙지도 않고, '마치 공기를 찌르듯' 몸속으로 미끄러져 들어갔는지, 형사들조차 알 도리가 없었다. 이러한 부분은 증명도 확인도 불가능했다.

어쨌든, 제이컵이 실제로 유죄이든 아니든, 그 아이라면 이런 쓰레기 같은 글을 쓰는 게 얼마나 멍청한 짓인지 알고 있었을 것이다. 그렇다, 제이컵이 페이스북에 사이코 사진을 올리기는 했지만, 분명 이 정도로까지 어리석지는 않을 것이다.

설사 제이컵이 그 글을 썼다고 하더라도, 혹은 그저 읽기만 했더라도, 그걸로 무엇을 증명할 수 있겠는가? 물론, 그건 어리석은 짓이지만, 아이들은 어리석은 짓을 하기 마련이다. 십 대의 마음속에선 멍청이와 똑똑이가 끝없이 전쟁을 벌인다. 이번 일은 멍청이가 전투에서 승리한 경우에 지나지 않았다. 제이컵이 받았을 압력, 실제로 몇 달 동안 집에서만 갇혀 지냈던 현실, 재판이 다가옴에 따라 점점 커졌을 심적 동요를 고려하면, 그 애의 행동은 이해됨 직했다. 아이가 내뱉은 서툴고, 천박하고, 어리석은 말 하나하나에 대해 정말 아이에게 그 책임을 물어야 하는가? 제이컵의 상황에 처해 있다면, 어떤 아이인들 다소 미친 짓을 시작하지 않겠는가? 어쨌든, 우리 중에 누구인들 십 대 시절에 저질렀던 가장 멍청한 짓으로 자신을 평가받고 싶겠는가?

나는 스스로에게 이런 말들을 주절대며, 배운 대로 논거를 정리

해나갔다. 하지만 그 아이의 외침이 내 머릿속에서 떠나지 않았다. '그만해, 아프다고.' 그리고 내 속에서 무언가가 터져 버렸다. 달리 어떻게 표현해야 할지 모르겠다. 여전히 나는 내 사고 속으로 의혹이 비집고 들어오는 걸 허락지 않았다. 나는 여전히 제이컵을 믿었고, 신은 아실 테지만 나는 여전히 제이컵을 사랑했다. 그리고 제이컵의 유죄에 대한 어떠한 증거도, 어떠한 물증도 없었다. 검사로서 나는 모든 상황을 이해했다. 하지만, 제이컵의 아버지로서 나는 베이고, 상처 입었다. 감정은 생각이고, 관념이다. 하지만 그와 동시에 감각이고, 육체의 통증이다. 욕망, 사랑, 증오, 공포, 반감 같은 감정은 마음에서뿐만 아니라 근육과 뼈에서도 느껴진다. 나는 그런 식으로 이 비통함을 느꼈다. 마치 내 몸 깊은 곳에 상처가 나서 내출혈이라도 발생한 듯, 마음속 터진 자리에서 계속 피가 배어 나왔다.

나는 그 글을 다시 읽은 다음, 브라우저 메모리에서 삭제했다. 그리고 아이팟을 제이컵의 서랍장 위에 도로 올려놓았다. 나는 아이팟을 그곳에 그대로 두고 제이컵에게 이 일에 대해 한마디도 하지 않을 생각이었다. 물론 로리에게도 아무 말 하지 않을 작정이었다. 하지만 아이팟에 어떤 위험이 도사리고 있지는 않을까 염려스러웠다. 나는 인터넷과 경찰 업무에 어느 정도 익숙했기 때문에, 디지털 족적이 쉽게 지워지지 않는다는 사실을 알고 있었다. 웹에서 무언가를 클릭할 때마다, 이더넷 서버는 물론 개인 컴퓨터 하드 드라이브에도 그 기록이 남는다. 그리고 그러한 기록은 아무리 기를 쓰고 삭제해도 사라지지 않는다. 혹시 검사가 어떻게든 제이컵의 아이팟을 입수해서 증거를 찾아낸다면? 아이팟은 다른 면에서도 위험했다. 아이팟은 제이컵에게 웹으로 들어가는 출입문 역할을 했으며, 나는 제이컵의 아이팟을 가족 공용 컴퓨터처럼 쉽게 단속할 수가 없었다. 아이팟은 휴대전화처럼 생긴 소형 기기였고, 제이컵은 휴대전화를 사용할 때처럼 아이팟을 사용할 때도 사생활이 보호될 거라고 기대했다. 그래서 제이컵은 아이팟을 조심성 없이 그리고 몰래 사용했다. 아이팟은 누설 지점이자, 위험 요소였다.

 나는 아이팟을 지하실로 가지고 내려가서, 액정이 위를 향하도록 작은 작업대 위에 올려놓은 다음, 망치로 힘껏 내리쳤다.

20
한 아들은 살았고, 한 아들은 죽었다

 우리 집에서 가장 가까운 대형 할인점은 홀푸드 마켓이었는데, 우리는 그곳을 혐오했다. 흠집 하나 없는 과일과 채소를 피라미드처럼 그렇게 높이 쌓아 올리려면, 겉모습에 결함이 있는 식품들이 어마어마하게 버려져야 했는데, 그것은 낭비였다. 그럼에도 홀푸드 마켓은 다른 고급 백화점과 차별화를 두기 위해 정교하게 친환경을 표방했다. 물론 가격도 비쌌다. 우리는 비싼 가격 때문에 그곳에서 장을 보지 않았다. 제이컵의 소송으로 이제 우리는 파산 위기에 처했고, 그곳에서 장을 본다는 생각은 더더욱 터무니없게 느껴졌다. 우리는 그곳에서 장을 볼 자격이 없었다.
 우리는 이미 재정적으로 파산 상태였다. 우리는 처음부터 부자가 아니었다. 그나마 우리가 이 동네에 거주할 수 있었던 까닭은 아직 집값이 쌀 때 산더미 같은 빚을 내서 집을 구매했기 때문이었다. 조녀선의 수임료도 이미 여섯 자리에 이르렀다. 우리는 제이컵의 대학 학자금 전부를 소송비용으로 썼고, 노후 자금을 야금야금 축내기 시작했다. 우리는 소송이 끝나기도 전에 파산할 것이고, 남은 소송비용을 지불하려면 집을 담보로 돈을 대출받아야 할 것이다. 또한, 검사로서 내 경력도 끝장났다. 비록 무죄 평결이 내려진다고 해도, 나는 비난의 멍에를 벗어던지고서 다시 법정으로 걸어 들어갈 수는 없을 것이다. 소송이 끝난 후에 린 캐너밴은 올바른 일을 한 답시고 나에게 계속 월급을 지불하겠다고 제안할지도 모른다. 하지만 나는 구호 대상자로 검찰청에 남아 있을 수는 없었다. 로리가 다시 교사로 일할 수도 있을 테지만, 로리의 수입만으로는 생활비를 감당하지 못할 것이다. 나는 몸소 경험하기 전까지는 범죄 사건의 이러한 일면을 제대로 인식하지 못했었다. 피고 측이 되면 감당하지 못할 만큼 많은 비용이 들기 때문에, 죄의 유무를 떠나서 기소 자체만으로도 엄청난 형벌이 된다. 피고인은 모두 대가를 치른다.

우리가 홀푸드 마켓을 피했던 데는 또 다른 이유가 있었다. 나는 가능한 한 동네에서 눈에 띄지 않기로, 소송을 가볍게 여기고 있다고 여겨질 만한 어떠한 행동도 하지 않기로 결심했다. 그것은 이미지의 문제였다. 나는 사람들이 우리를 결딴난 가족으로 보기를 원했다. 왜냐하면 우리는 결딴났으니까. 나는 배심원 후보자 중 누구도 우리 가족에 대한 나쁜 감정, 즉 리프킨네 아들은 땅속에 묻혀 있는데 바버네 가족은 값비싼 상점에서 사치를 즐기고 있더라는 기억 따위를 품고 법정에 들어서지 않기를 바랐다. 배심원들은 신문의 비호의적인 기사, 기상천외한 헛소문, 근거 없는 선입견으로도 쉽사리 우리에게 반감을 품을 수 있었다.

하지만 어느 저녁, 우리 세 사람은 홀푸드 마켓으로 향했다. 시간이 얼마 없었고, 우리는 신중함과 기다림에 진력이 나 있었으며, 배가 고팠다. 그날은 노동절 전날이었고, 마을은 휴일로 텅텅 비어 있었다.

그리고 그곳에 있다는 사실이 얼마나 위안이 되었는지 모른다.

우리는 상점에서 장을 본다는 그 근사하고 나른한 평범함에 안도했다. 우리는 그제야 우리 자신 같았다. 로리는 능숙한 구매자이자 영양사였고, 나는 여기저기에서 충동적으로 특이한 물건을 집어 드는 시원찮은 남편이었으며, 제이컵은 당장 먹을 것을 내놓으라고 징징대는 어린애였다. 우리는 계산대에 도착할 때까지 현실을 잊었다. 우리는 통로를 따라 이리저리 어슬렁거리며 주변에 쌓여 있는 제품들을 신나게 구경했고, 선반 위 유기농 식품에 대해 자질구레한 농담을 해댔다. 치즈 코너에서 시식용으로 제공되는 그뤼에르 치즈를 보더니 제이컵이 그 지독한 냄새와 과식이 불러일으킬 위장의 참사에 대해 농담을 던졌고, 우리 세 사람은 웃음을 터뜨렸다. 농담이 딱히 우스웠기 때문이 아니라 (비록 내가 방귀와 관련된 재미난 농담을 좋아하기는 하지만) 어쨌든 제이컵이 농담을 했기 때문이었다. 여름 내내 제이컵은 우리에게 너무나 과묵하고 너무나 수수께끼 같은 존재였기에, 우리는 어린 아들이 다시금 우리를 살짝살짝 쳐다본다는 사실만으로도 감격스러웠다. 제이컵의 미소를 보니, 남들이 생각하는 그 괴물과 이 아이가 동일 인물이라는 사실이 도무지 믿기지를 않았다.

우리는 마지막 통로를 빠져나와 상점 앞쪽의 계산대로 향하면서도 계속 웃고 있었다. 상점의 모든 통로는 계산대로 연결되었고, 그곳에서 손님들은 계산을 하기 위해 빙빙 돌아서 줄을 섰다. 우리는 두 명이 서 있는 짧은 줄 뒤로 가서 자리를 잡았다. 로리가 카트의 손잡이를 잡고 있었고, 내가 로리 옆에, 제이컵이 우리 뒤에 서 있었다.

댄 리프킨이 카트를 밀면서 우리 옆쪽 계산대로 다가왔고, 기껏해야 우리한테서 1.5미터쯤 떨어져 있었다. 잠시 동안 댄은 우리를 보지 못했다. 그는 선글라스를 머리 위에 베개처럼 얹어놓았고, 잘

다려진 카키색 반바지 안에 폴로셔츠를 넣어 입었으며, 작은 닻 문양이 수놓인 파란 허리띠를 맸고, 맨발에 굽 낮은 로퍼를 신고 있었다. 소위 컨트리클럽 풍 캐주얼로, 성인 남자에게 그런 복장은 우스꽝스러웠다. 타고난 게으름뱅이가 양복을 입으면 어색해 보이듯, 격식이 몸에 밴 사람이 간편하게 옷을 입으려고 애를 쓰면 괴상해 보였다. 댄은 반바지 차림이 자연스럽게 어울리는 그런 남자가 아니었다.

나는 댄 쪽으로 등을 돌리고서 로리에게 그가 우리 옆에 있다고 속삭였다.

로리가 손으로 입을 가렸다.

"어디?"

"바로 내 뒤에. 쳐다보지 마."

로리가 쳐다보았다.

내가 다시 몸을 돌렸을 때, 댄의 아내 조운이 남편 옆에 서 있었다. 조운은 어딘지 인형 같은 외모가 남편의 축소판이었다. 그녀는 아담하고 날씬했으며, 얼굴이 예뻤다. 그리고 젖빛 금발 머리를 짧게 잘랐다. 분명히 예전에는 무척 아름다웠을 것이다. 그녀는 자신의 매력을 활용할 줄 아는 여인처럼 여전히 쾌활하고 과장된 태도를 유지했지만, 이제는 시들고 있었다. 세월과 스트레스와 슬픔으로 얼굴이 수척했고 눈이 약간 때꾼했다. 이 모든 일이 벌어지기 전에 우리는 수년간 몇 차례 만난 적이 있었지만, 그녀는 그때의 나를 기억하지 못했다.

이제 그들 부부가 우리를 쳐다보았다. 댄은 거의 움직이지 않았다. 구부린 검지에서 열쇠들이 쨍그랑 소리도 없이 대롱거렸다. 댄이 느끼고 있을 경악이나 놀람 따위의 감정이 가까스로 얼굴에 드러났다.

조운의 얼굴이 더 생기 있었다. 조운은 우리의 존재가 불쾌하다는 듯 눈을 부라렸다. 말이 필요 없었다. 이건 숫자의 문제였다. 우리는 셋이고, 저들은 둘이었다. 한 아들은 살았고, 한 아들은 죽었다. 분명히 제이컵의 생존 자체가 그들에게는 불경스러운 일이었을 것이다.

우리 다섯 사람이 놀라서 말문이 막힌 상태로 잠시 그곳에 서서 서로를 향해 숨만 헐떡이는 동안 우리 주위가 혼잡스러워졌고, 그 상황이 너무도 거슬리고 꼴사나웠다.

"차에 가서 기다리렴."

내가 제이컵에게 말했다.

"알았어요."

제이컵이 걸음을 옮기기 시작했다.

여전히 리프킨 부부가 빤히 쳐다보고 있었다.

나는 저들이 먼저 대화를 시도하지 않는 한 아무 말도 하지 않기로 즉각적으로 결정했다. 내가 저들을 불쾌하게 하거나 자극하지 않으면서 어떤 말을 얼마나 요령 있게 할 수 있겠는가.

하지만 로리는 이야기를 나누고 싶어 했다. 그들에게 다가가고자 하는 로리의 갈망이 손에 만져질 듯 생생했다. 하지만 로리는 온 힘을 다해 자신을 억누르고 있었다. 대화와 접촉의 치유 능력에 대한 내 아내의 믿음은 철저하다 못해 고지식하고 애처롭기까지 했다. 사실, 로리는 소소한 대화를 통해 나아지지 않을 문제는 없다고 생각했다. 게다가, 로리는 이번 사건이 어찌됐건 공동의 불행이라고 진심으로 믿고 있었다. 로리의 입장에서는, 우리 가족도 고통 받고 있었고, 자신의 아들이 무고하게 살인죄로 기소되어 괜스레 삶을 망치는 모습을 지켜보는 일도 쉽지는 않았다. 살해당한 벤 리프킨의 비극에 비해 희생양이 된 제이크의 비극이 하찮은 것도 아니었다. 물론, 로리는 그런 말을 하지는 않았을 것이다. 로리는 지나치게 인정이 많은 사람이었다. 그래서 대화와 접촉을 통해, '뭐라고 위로의 말을 전해야 할지.' 같은 진부한 표현을 통해 어떻게든 자신의 연민을 드러내고 싶었을 것이다.

"저기……."

로리가 입을 열었다.

"로리, 차에 가서 제이컵이랑 기다려. 물건은 내가 계산할게."

내가 로리를 저지했다.

나는 그냥 떠나야겠다는 생각을 하지 못했다. 우리는 그곳에 있을 권리가 있었다. 분명히, 우리에게도 먹을 권리는 있었다.

로리가 나를 지나쳐 조운 리프킨 쪽으로 움직였다. 나는 마지못해 로리를 막으려 했지만, 일단 내 아내가 무언가를 하기로 결심하면 그녀를 말릴 방법은 없었다. 로리는 고집쟁이였다. 로리는 상냥하고, 다감하고, 총명하고, 세심하고, 사랑스러운 여자였지만, 동시에 고집쟁이였다.

로리가 양손을 뻗으며 곧장 그들에게 걸어갔다. 마치 조운의 손을 잡고 싶다는 듯, 혹은 딱히 무슨 말을 해야 좋을지 모르겠다는 듯, 혹은 자신에게 무기가 없음을 알리려는 듯 손바닥을 위로 펼쳐 보였다.

조운은 팔짱을 낀 채로 로리의 이러한 행동을 지켜보았다.

댄이 팔을 살짝 들었다. 행여 로리가 달려들기라도 하면 그녀를 떼어내려고 준비를 하는 모양이었다.

"조운……."

로리가 말했다.

조운이 로리의 얼굴에 침을 뱉었다. 너무 갑작스럽게 벌어진 일이라 입 안에 침을 모을 시간이 없었는지 침의 양은 많지 않았다.

조운은 이러한 상황에서는 그러한 행동이 적절하다고 생각했을 것이다. 하지만, 모든 상황에 대비해 항상 만반의 준비를 하고 있는 사람이 어디에 있겠는가?

로리가 두 손으로 얼굴을 가리고, 손가락으로 침을 닦아냈다.

"살인자들."

조운이 말했다.

내가 다가가서 로리의 어깨에 손을 얹었다. 로리는 돌처럼 굳어 버렸다.

조운이 나를 쏘아보았다. 조운이 남자였다면, 혹은 덜 고상했다면, 나에게 덤벼들었을지도 모른다. 조운은 증오로 소리굽쇠처럼 몸을 떨었다. 나는 조운에게 증오로 대응할 수도, 화를 낼 수도 없었다. 사실, 나는 조운에게 어떠한 감정을 내보여야 할지 알 수가 없었다. 그저 슬펐다. 우리 모두가 그저 애처로웠다.

"미안하네."

내가 댄을 향해 말했다. 조운에게 말해봐야 아무 소용없다는 듯, 감정을 다스리는 일은 아내들이 아닌 우리 남자들의 몫이라는 듯.

나는 로리의 손을 붙잡고 상점 밖으로 향하면서, 다른 손님들과 카트 사이를 비집고 지날 때마다 애써 공손하게 "실례합니다. ······ 죄송합니다. ······실례합니다."라는 말을 조용히 되풀이했다. 마침내 우리는 주차장으로 빠져나왔고, 그곳에서는 누구도 우리를 알아보지 못했다. 우리는 재판이 시작되기 전에, 대홍수가 시작되기 전에 몇 주 동안 향유하던 반쪽짜리 익명성을 되돌려 받았다.

"물건을 놓고 왔어."

로리가 말했다.

"괜찮아. 그딴 거 필요 없어."

21
참을성 있는 자의 분노를 조심하라

사람들에게서 좋은 면을 볼 수 있다면, 그건 변호사로서 행운이다. 범죄가 아무리 사악하고 불가해할지라도, 유죄의 증거가 아무리 강력할지라도, 변호사는 자신의 의뢰인이 우리 같은 인간이라는 사실을 절대로 잊지 않는다. 물론, 그 때문에 모든 피고인에게는 변호인의 조력을 받을 권리가 있다. 변호사들은 자신이 변호하는 아동학대범이나 가정폭력범이 '실제로는 나쁜 사람이 아니라고' 입이 닳도록 말한다. 롤렉스 금시계를 차고 악어가죽 가방을 들고 다니며 으스대는 돈벌레 같은 변호사들도 마음속에는 조금이나마 선한 인도주의적 생각을 품고 있다. '범죄자들 역시 인간이고, 선과 악의 복합체이며, 충분히 동정과 자비를 받을 자격이 있는 존재다.' 하지만, 경찰과 검사들에게는 모든 상황이 그렇게 낙관적이지 않다. 우리는 그와는 상반된 충동을 느낀다. 우리는 가장 훌륭한 사람들에게서조차 오점, 버러지 같은 면, 잠재적인 범죄성을 재빨리 찾아낸다. 그간의 경험에 따르면, 옆집의 멋진 남자도 무슨 짓이든 저지를 수 있다. 신부님이 소아성애자일 수도 있고, 경찰이 사기꾼일 수도 있다. 또한, 자상한 남편이자 아버지가 추잡한 비밀을 감추고 있을 수도 있다. 물론, 우리는 피고 측과 똑같은 이유로 그러한 사실을 믿는다. '우리는 그저 인간일 뿐이다.'

　레너드 패츠를 지켜볼수록, 그자가 벤 리프킨의 살인자라는 확신은 강해져만 갔다. 나는 레너드 패츠가 아침에 던킨도너츠에 들렀다가 스테이플스 문구점으로 일하러 가는 동안 뒤를 쫓았고, 그자가 퇴근할 때도 마찬가지였다. 스테이플스 유니폼을 입은 패츠의 모습은 우스꽝스러웠다. 빨간 폴로셔츠가 패츠의 늘어진 몸뚱이에 너무 딱 달라붙었다. 카키색 바지는 불룩한 골반 부위를 더욱 두드러져 보이게 했다. 제이컵과 그 또래 아이들은 그런 똥배를 '앞쪽 엉덩짝'이라고 부른다. 나는 패츠가 무엇을 판매하는지 보기 위해 가게에 들어가지는 않았다. 패츠는 전자 제품이나 컴퓨터, 휴대전화 따위를 팔 것처럼 생겼다. 물론 피고인을 결정하는 것은 검사의 특권이지만, 나는 왜 라주디스가 이 남자 대신 제이컵을 선택했는지 도무지 이해할 수가 없었다. 어쩌면 이러한 내 생각은 부모의 희망 사항이거나 검사의 냉소주의일 수도 있지만, 나는 아직도 라주디스의 결정을 이해할 수가 없다. 심지어 지금까지도.

　팔월 무렵에 나는 이미 몇 주 동안 아침저녁으로 패츠의 출퇴근길을 따라다녔다. 맷 매그래스가 제공한 정보는 확증이었지만, 내가 보기에 그러한 증거는 법정에서 받아들여지지 않을 것이다. 어떠한 배심원도 맷의 말을 믿지 않을 것이다. 그런 수상쩍은 아이에게 의존하지 않아도 되는, 더 구체적인 증거가 필요했다. 이렇게 패츠를 쫓아다니며 정확히 무엇을 목격하게 되길 바랐던 건지 나도 잘 모르겠다. 한 차례의 실수, 그걸로 충분했다. 범행 현장 재방문, 증거 처리를 위한 심야 운전, 무엇이든 상관없었다.

　정작, 패츠는 딱히 의심스러운 짓을 하지 않았다. 사실, 패츠는 별로 많은 일을 하지 않았다. 근무 외 시간에는 상점가를 어슬렁거리거나 콜드 스프링 공원 근처의 제 아파트에서 빈둥거리는 걸로 만족하는 듯했다. 그리고 브라이턴의 솔저스 필드 로드에 있는 맥도널드에서 식사하는 걸 좋아했는데, 차에 탄 채로 음식을 주문해서 자주색 자동차 안에서 라디오를 들으며 먹곤 했다. 한 번은 혼자 영화를 보러 간 적도 있었다. 조금도 특별할 것 없는 행동들이었다. 하지만 패츠의 이런 행동들이 그자가 범인이라는 내 확신을 흔들어 놓지는 못했다. 그자를 구하기 위해 내 아들이 희생될 거라는 망상은 이제 강박관념이 되었다. 패츠를 미행하고 주시하고, 생각에 골몰할수록 나는 더욱더 혼란스럽기만 했다. 패츠의 따분한 일상이 내 의심을 몰아내기는커녕 오히려 나를 격노케 했다. 패츠는 남의 눈에 띄지 않게 몸을 낮추고서, 라주디스가 자신을 위해 일을 처리해주기만을 기다리는 듯했다.

  팔월의 어느 후텁지근한 수요일 저녁, 나는 퇴근하는 패츠의 차를 바짝 뒤쫓아서 뉴턴 센터를 가로지르며, 상점가와 광장 그리고 몇몇 혼잡한 교차로를 지나쳤다. 시간은 5시쯤이었고, 햇살이 아직 눈부셨다. 교통량은 평소보다 적었지만 (이 동네는 8월이 되면 텅텅 빈다.) 여전히 차들이 꼬리에 꼬리를 물고 있었다. 운전자 대부분은 습한 열기를 피해서 창문을 꽉 닫고 있었다. 패츠와 나를 포함한 몇몇 운전자는 약간의 기분 전환을 위해 창문을 열고 거기에 왼쪽 팔꿈치를 걸치고 있었다. 인도에서 제이 피 릭스 아이스크림을 먹는 사람들조차 지치고 무기력한 표정을 짓고 있었다.

  나는 빨간 불에서 패츠의 차 뒤로 달라붙었다. 그리고 운전대를 꽉 움켜잡았다.

  패츠의 브레이크 등이 깜박이더니 자동차가 살짝 휘청거렸다.

  나는 브레이크에서 발을 떼었다. 지금도 그 까닭을 모르겠다. 정말 그럴 의도였는지도 잘 모르겠다. 하지만, 내 차가 앞으로 굴러가서 패츠의 차를 박으며 만족스럽게 쾅 소리를 내자, 오랜만에 기분이 좋았다.

패츠가 백미러로 나를 보더니 양손을 들었다. '이게 뭐하는 짓이야!'

나는 어깨를 으쓱하고서 차를 1미터쯤 후진했다. 그리고 다시 한번 좀 더 세게 패츠의 범퍼를 박았다. 쾅!

패츠의 자동차 뒤 유리를 통해, 어슴푸레한 형체가 짜증스레 다시 양손을 올리는 모습이 보였다. 나는 패츠가 갓길에 차를 세우고, 문을 열고 차 밖으로 자신의 육중한 몸을 끌어내는 모습을 지켜보았다.

그리고 나는 완전히 다른 사람이 되었다. 다른 사람. 그렇지만 자연스럽고 능숙하게 움직이고 행동했다. 그런 내 모습이 어이없고 낯설면서도 짜릿했다.

나는 내 행동을 제대로 의식하기도 전에, 패츠와 정면으로 부딪쳐야겠다고 실제로 결정을 내리기도 전에, 차 밖으로 나가서 패츠를 향해 움직이고 있었다.

패츠가 손바닥을 정면으로 해서 제 가슴 앞으로 손을 들어 올리더니, 놀란 표정을 지었다.

나는 두 손으로 패츠의 셔츠를 거머쥐고서 패츠를 거칠게 자동차로 밀쳤다. 패츠의 몸이 뒤로 젖혀졌고, 나는 그자의 얼굴에 코를 박고 으르렁댔다.

"네가 무슨 짓을 했는지 다 알아."

패츠는 대답하지 않았다.

"네가 무슨 짓을 했는지 다 안다고."

"무슨 말을 하는 거야? 당신 누구야?"

"나는 콜드 스프링 공원의 그 소년에 대해 알아."

"오 세상에, 당신 미쳤구먼."

"너는 짐작도 못할 거야."

"무슨 말을 하는 건지 모르겠는데. 진짜로. 사람을 착각한 것 같은데."

"그래? 그 공원으로 벤 리프킨을 만나러 갔던 거 기억나? 그렇게 할 거라고 맷 매그래스한테 말했던 거 기억나?"

"맷 매그래스?"

"얼마 동안 벤 리프킨을 지켜봤던 거야? 얼마 동안 그 아이를 몰래몰래 쫓아다닌 거냐고? 그날 칼을 가지고 갔지? 무슨 일이 있었어? 맷한테 그랬듯이 그 아이한테도 똑같은 거래를 제안했나? 한 번 만지는 데 백 달러? 그 아이가 네 제안을 거절했어? 너를 비웃기라도 했어? 너한테 욕이라도 했어? 아니면 너를 두들겨 패려고 하거나, 난폭하게 밀치거나, 겁을 줬어? 뭣 때문에 폭발한 거야, 레너드? 왜 그런 짓을 저지른 거냐고?"

"그 아이의 아빠로군요, 그렇죠?"

"아니, 나는 벤의 아빠가 아니야."

"아니요, 기소당한 아이 말이에요. 그 아이의 아빠로군요. 검사가 당신에 대해 말해줬어요. 당신이 나한테 말을 걸 거라고 그랬어요."

"어떤 검사?"

"라주디스 검사요."

"그 인간이 뭐라고 그랬어?"

"당신이 그런 생각을 하고 있기 때문에, 언젠가는 나한테 말을 걸지도 모른다고 그랬어요. 나더러 당신하고 말하지 말라고 그랬어요. 당신은……."

"뭐?"

"그 사람이 당신은 미쳤다고 그랬어요. 당신이 난폭하게 굴 수도 있다고 그랬다고요."

나는 패츠를 놓아주고 뒤로 물러섰다.

놀랍게도, 내가 패츠를 땅 위로 들어 올리고 있었다. 패츠는 자동차 옆면으로 미끄러져 내려와 발꿈치로 착지했다. 패츠의 빨간 스테이플스 유니폼 셔츠가 카키색 도커스 바지 밖으로 나와 있었고, 넓디넓은 둥근 배가 고스란히 드러났다. 하지만 패츠는 감히 옷매무새를 추스릴 생각도 하지 못한 채, 조심스럽게 나를 쳐다보았다.

"나는 네가 무슨 짓을 했는지 알아. 너 때문에 내 아들이 감방에 가는 일은 없을 거야."

내가 정신을 차리며 패츠에게 단언했다.

"하지만 나는 아무 짓도 안 했어요."

"아니, 네가 그랬어. 네가 그랬고말고. 맷이 그 일에 대해 전부 다 말했어."

"제발 나 좀 내버려둬요. 나는 아무 짓도 안 했다고요. 나는 검사가 시킨 대로 하고 있을 뿐이에요."

나는 고개를 끄덕였다. 나는 치부가 드러난 사람처럼 통제력을 잃고 당황했다.

"나는 네가 무슨 짓을 했는지 알아."

나는 낮고 분명하게 다시 한 번 말했다. 이번에는 패츠뿐 아니라 나 자신을 향해서도 이 말을 되뇌었다. 그 문장이 짧은 기도문처럼 나를 위로했다.

라주디스 검사: 그날부터 계속 레너드 패츠를 미행했습니까?
증인: 네.

라주디스 검사: 왜죠? 대체 목적이 뭐였죠?

증인: 사건을 해결하려고, 패츠가 살인자라는 사실을 증명하려고 그랬습니다.

라주디스 검사: 증인은 정말로 그렇게 믿었습니까?

증인: 네. 당신은 오판을 했어요, 닐. 증거는 제이컵이 아니라 패츠를 지목하고 있었어요. 당신은 증거가 가리키는 대로 따라야 했어요. 최선의 결과를 얻으려면 그래야 했다고요. 그게 당신의 일이었어요.

라주디스 검사: 맙소사, 증인은 아직 포기하지 않았군요, 그렇죠?

증인: 아직 아이가 없죠, 닐?

라주디스 검사: 없습니다.

증인: 그럴 거라고 생각했어요. 만약 아이가 있다면, 나를 이해했을 테니까. 당신이 패츠더러 나하고 이야기하지 말라고 했나요?

라주디스 검사: 그렇습니다.

증인: 만약에 배심원단이 패츠에게 불리한 증거에 대해 알았다면, 제이컵을 범인이라고 생각하지 않았을 겁니다. 그래서 당신은 속임수를 썼어요, 그렇지 않나요?

라주디스 검사: 나는 내 사건에 대해 공소를 제기했습니다. 나는 내가 범인이라고 생각하는 용의자를 기소했습니다. 그게 내 일입니다.

증인: 그렇다면, 왜 당신은 배심원단이 패츠에 대해 알게 될까 봐 그렇게 노심초사했나요?

라주디스 검사: 그가 범인이 아니기 때문입니다! 나는 당시에 입수한 증거에 입각해서 내가 옳다고 생각하는 일을 했습니다. 이봐요, 앤디. 당신은 질문을 하러 이곳에 나온 게 아닙니다. 그건 이제 당신의 일이 아니에요. 바로 내 일입니다.

증인: 이상하지 않나요? 어떤 남자한테 피고 측과 이야기하지 말라고 당부하다니. 그건 무죄 증거를 감추는 행위예요. 하지만, 당신도 나름대로

이유가 있었겠죠, 닐?

라주디스 검사: 적어도, 아니 제발 라주디스 검사라는 호칭을 사용해주시겠습니까. 적어도 나는 그렇게 불릴 자격이 있습니다.

증인: 배심원들에게 말해요, 닐. 당신이 어떻게 레너드 패츠를 알고 있었는지 말하라고요. 어서. 배심원들에게 그들이 들어본 적도 없는 이야기를 주라고요.

라주디스 검사: 다음으로 넘어가죠.

22
두 치수 작은 심장

라주디스 검사: 증거물, 음, 22호라고 표시된 문서를 봐주시죠. 이 문서를 알아보시겠습니까?

증인: 네, 보결 박사가 우리 측 변호사인 조너선 클라인에게 발송한 편지입니다.

라주디스 검사: 날짜는요?

증인: 10월 2일이라고 적혀 있군요.

라주디스 검사: 재판이 시작되기 두 주 전이었죠.

증인: 얼추, 그렇습니다.

라주디스 검사: 편지 끝머리에 '참조 수신인: 앤드루 바버 씨 부부'라고 적혀 있습니다. 증인은 당시에 이 편지를 봤습니까?

증인: 네, 봤습니다.

라주디스 검사: 하지만 피고 측 변호인은 공판 전 증거 개시 때 이 문서를 제출하지 않았습니다, 맞습니까?

증인: 내가 아는 한은 그렇습니다.

라주디스 검사: 누가 봐도 그렇습니다.

증인: 증언은 나한테 맡기고, 닐, 자, 질문을 해요.

라주디스 검사: 좋습니다. 왜 이 문서를 검찰 측에 제출하지 않았습니까?

증인: 특권이 부여된 문서이기 때문입니다. 이건 의사와 환자가 주고받은 편지이자 소송 준비 자료입니다. 즉, 소송 준비의 일환으로 변호사 측에서 마련한 자료입니다. 그러한 자료는 기밀이 유지되며, 증거 개시 때 제출하지 않을 수 있습니다.

라주디스 검사: 하지만 증인은 이제 와서 이 문서를 제출했습니다. 기본적인 문서만을 공개하도록 강제하는, 의례적인 증거 개시 명령에 답해서 말이죠. 왜죠? 증인은 왜 특권을 포기했습니까?

증인: 그건 내가 포기할 수 있는 특권이 아닙니다. 하지만 이제 그런 건 중요하지 않습니다. 이제 중요한 것은 오직 진실뿐입니다.

라주디스 검사: 또 시작이군요. 이제 증인이 얼마나 사법제도 등등을 신뢰하는지 말할 차례군요.

증인: 사법제도는 그것을 운용하는 사람들만큼이나 훌륭해요, 닐.

라주디스 검사: 증인은 보걸 박사를 신뢰했습니까?

증인: 네, 전적으로.

라주디스 검사: 그렇다면 지금도 보걸 박사를 신뢰합니까? 박사의 의견에 대한 증인의 신뢰를 흔들어놓을 만한 일이 발생하지는 않았습니까?

증인: 나는 보걸 박사를 신뢰합니다. 그 사람은 훌륭한 의사입니다.

라주디스 검사: 그렇다면 증인은 이 편지의 내용에 대해 아무런 이의가 없습니까?

증인: 없습니다.

라주디스 검사: 그렇다면 이 편지의 용도는 무엇이었습니까?

증인: 그것은 일종의 의견서였습니다. 보걸 박사가 제이컵에 관해 연구한 결과를 요약한 내용입니다. 조너선이 그 내용에 따라 보걸 박사를 증인으로 소환할지, 이러한 주제를, 그러니까 제이컵의 정신 건강 문제를 증

거로 사용할지 여부를 결정할 예정이었습니다.

라주디스 검사: 두 번째 단락을 대배심원 여러분께 읽어주시겠습니까?

증인: 의뢰인은 논리적이고, 총명하고, 공손한 열네 살 소년이다. 수줍음을 많이 타고, 대화를 나눌 때 다소 과묵하지만, 이번 소송과 관련된 일들을 인지하고, 상기하고, 진술하는 데 있어, 혹은 소송 변호인을 도와 자신의 변호와 관계된 현명하고, 이성적이고, 조리 있는 결정을 내리는 데 있어 능력상 결함이 없어 보인다.

라주디스 검사: 박사의 전문가적 의견으로는 제이컵에게 소송능력이 있었다는 거죠, 맞습니까?

증인: 그건 법률적 소견이지 임상적 소견이 아닙니다. 하지만 네, 분명히 보걸 박사는 소송능력의 기준에 대해 알고 있습니다.

라주디스 검사: 그렇다면 형사책임능력은 어떻습니까? 박사가 자신의 의견서에 그 문제에 대해서도 언급했습니다. 세 번째 단락을 보시죠.

증인: 그렇습니다.

라주디스 검사: 그 부분도 읽어주시죠.

증인: 따옴표 열고, 제이컵이 옳고 그름의 차이를 제대로 인지하는지 그리고 그 차이에 따라 자신의 행동을 적절하게 통제할 수 있는지 여부를 최종적으로 결론지을 만한 증거가 아직까지는 충분치 않다. 하지만, '불가항력적 충동' 이론과 유전학 및 신경학적 근거에 기초해서 그럴듯한 주장을 내세우기에는 증거가 충분할 수도 있다. 따옴표 닫고.

라주디스 검사: '증거가 충분할 수도 있다' '그럴듯한 주장' 모호한 표현이 많군요, 그렇지 않습니까?

증인: 그럴 만하죠. 사람들은 살인에 대한 변명에 회의적인 태도를 보입니다. 만약 보걸 박사가 증인석에 서서 그러한 주장을 개진하려면, 강력한 확신이 필요했을 겁니다.

라주디스 검사: 하지만, 적어도 그 당시에 보걸 박사는 '그럴듯한 주장'이

가능하다고 말한 거죠?

증인: 네.

라주디스 검사: 그게 살인 유전자에 대한 주장인가요?

증인: 보걸 박사는 그러한 용어를 사용하지 않았습니다.

라주디스 검사: '개략적 진단'이라는 제목이 붙어 있는 단락을 읽어주시겠습니까? 세 번째 페이지 상단에 있습니다.

증인: 닐, 내가 배심원들한테 이걸 전부 읽어줘야 합니까? 이 문서는 이미 증거에 포함되어 있어요. 배심원들도 직접 읽을 수 있다고요.

라주디스 검사: 제발, 장단 좀 맞춰주시죠.

증인: 따옴표 열고, 제이컵은 개인 상담에서도 그리고 직접적인 임상 관찰 외의 과거 행적에서도 다음과 같은 진단의 일부 혹은 전부를 뒷받침할 만한 행동 및 사고와 성향을 보인다. 제이컵에게서는 반응성 애착장애와 자기애적 성격장애가 개별적으로 혹은 복합적으로 관찰된다. 저기, 지금 정신과 의사의 임상 진단에 대한 내 소견을 묻는 거라면…….

라주디스 검사: 제발, 하나만 더요. 네 번째 페이지, 두 번째 단락, 포스트잇으로 표시한 문장이오.

증인: 따옴표 열고, 이러한 일단의 관찰 결과 즉, 공감의 결여, 충동 조절의 어려움, 우발적 잔인성을 요약하는 최선의 방법은 제이컵이 닥터 수스의 그림책에 등장하는 '그린치'를 닮았다고 말하는 것이다. 즉, 그의 심장은 남들보다 두 치수 작다. 따옴표 닫고.

라주디스 검사: 당황한 표정이군요. 유감입니다. 그 표현 때문에 당황했습니까?

증인: 맙소사, 닐. 맙소사.

라주디스 검사: 아들의 심장이 남들보다 두 치수 작다는 이야기를 처음 들었을 때 이런 기분이었습니까?

〔증인이 대답하지 않음〕

라주디스 검사: 이런 기분이었습니까?

증인: 이의 있습니다. 사건과 관련 없는 질문입니다.

라주디스 검사: 이의는 기록으로 남기겠습니다. 이제 질문에 답해주시죠. 이런 기분이었습니까?

증인: 네! 내가 어떤 기분이었을 것 같습니까, 맙소사! 나는 그 애의 아버지입니다.

라주디스 검사: 바로 그렇습니다. 그런데 어떻게 증인은 그 오랜 세월 동안 이런 폭력성을 가진 아이와 함께 살면서 그 사실을 전혀 인식하지 못할 수가 있었죠? 무언가 이상하다는 생각을 전혀 하지 않을 수가 있었죠? 이런 정신적인 문제에 대처하려는 노력을 전혀 기울이지 않을 수가 있었죠?

증인: 내가 무슨 말을 하기를 원합니까, 닐?

라주디스 검사: 증인은 알고 있었어요. 알고 있었다고요, 앤디. 당신은 알고 있었어요.

증인: 아니요.

라주디스 검사: 어떻게 그런 일이 가능하죠, 앤디? 어떻게 모를 수가 있죠? 대체 어떻게 그런 일이 가능하죠?

증인: 나도 모릅니다. 하지만 그게 진실입니다.

라주디스 검사: 또 그 말이군요. 증인은 자신의 논지를 확실하게 고수하고 있군요. 증인은 계속 이 말만 반복하고 있어요. '진실, 진실, 진실.' 그렇게 말하면 정말 진실이 되는 것처럼.

증인: 당신은 아이가 없어요, 닐. 그래서 나는 당신이 이해할 거라고 기대도 하지 않아요.

라주디스 검사: 나를 이해시켜 보시죠. 우리 모두를 이해시켜 보시죠.

증인: 당신은 자신의 아이를 객관적으로 볼 수가 없어요. 누구라도 그렇죠. 아이를 지나치게 사랑하기 때문에, 아이와 지나치게 가깝기 때문에.

만약 당신한테 아들이 있다면. 만약 당신한테 아들이 있다면.

라주디스 검사: 정신을 가다듬을 시간이 좀 필요하십니까?

증인: 아니요. 확증 편향에 대해 들어본 적이 있습니까? 확증 편향은 자신의 선입관에 부합되는 정보는 받아들이지만, 자신의 신념과 상충되는 정보는 받아들이지 않는 성향을 말합니다. 나는 그런 현상이 아이들에 대해서도 일어난다고 생각합니다. 사람들은 자신이 보고 싶은 것만 봅니다.

라주디스 검사: 그렇다면 보고 싶지 않은 것은 보지 않기로 결정합니까?

증인: 결정하는 게 아닙니다. 그냥 안 보이는 겁니다.

라주디스 검사: 하지만 그것이 진실이 되려면, 확증 편향이 되려면, 어떤 사실을 진정으로 믿어야 합니다. 왜냐하면 확증 편향은 무의식적으로 발생하는 과정이기 때문이죠. 그래서 증인은 제이컵이 평범한 아이라고, 제이컵의 심장이 남들보다 두 치수 작지 않다고, 마음 깊숙한 곳에서 진정으로 믿어야 했을 겁니다. 맞습니까?

증인: 네.

라주디스 검사: 하지만, 이 경우에 그건 진실일 수가 없어요. 왜냐하면 증인한테는 문제의 징후를 경계해야 할 까닭이 있었기 때문이죠, 그렇지 않나요? 앤디, 당신은 평생 그러한 가능성을 인지하고 있었어요. 그게 진실 아닙니까?

증인: 아니요, 그렇지 않습니다.

라주디스 검사: 아니라고요? 증인은 자신의 아버지가 어떤 사람인지 잊었습니까?

증인: 네. 삼십여 년 동안, 나는 잊었습니다. 나는 잊어야 했고, 의도적으로 잊었습니다. 나한테는 잊을 수 있는 권리가 있었습니다.

라주디스 검사: 권리가 있었다고요?

증인: 네. 그건 사적인 일이었습니다.

라주디스 검사: 그렇습니까? 사실, 증인은 사적인 일이라고 생각하지 않았어요. 아버지가 어떤 사람인지 잊었다고요? 증인의 아들이 할아버지처럼 될지도 모르는 상황에서, 증인이 아버지를 잊었다고요? 제발, 증인은 잊었을 리가 없어요. 증인은 알고 있었어요. 그게 바로 '확증 편향'이에요!

증인: 물러서요, 닐.

라주디스 검사: 증인은 알고 있었어요.

증인: 물러서. 내 앞에서 꺼지라고. 이번 한 번만이라도 검사답게 행동하라고.

라주디스 검사: 음, 자. 증인은 우리 모두가 아는 그 유명한 앤디 바버가 아닙니까. 다시금 스스로를 통제하시죠. 증인은 자제력의 대가, 자기기만의 대가, 연기의 대가 아닙니까. 뭣 좀 물어보죠. 자신이 어떤 사람인지, 자신이 어떤 집안 출신인지 잊었던 그 삼십 년 동안, 증인은 스스로에게 지어낸 이야기를 들려주었나요? 사실, 증인은 모두에게 지어낸 이야기를 들려주었죠. 한마디로, 증인은 거짓말을 했어요.

증인: 나는 진실이 아닌 말은 한 마디도 하지 않았습니다.

라주디스 검사: 그렇죠, 하지만 몇 가지 사항은 빼놓고 언급하지 않았죠? 증인은 몇 가지 사항을 언급하지 않았어요.

〔증인이 대답하지 않음〕

라주디스 검사: 그럼에도 불구하고, 이제 와서 증인은 대배심이 당신의 말을 전부 믿어주기를 바라죠.

증인: 그렇습니다.

라주디스 검사: 그렇다면, 좋습니다. 증인의 이야기를 계속하죠.

23
그

코네티컷 주 소머스
노던 교도소

노던 교도소의 면회 부스는 격리와 방향감각 상실을 목표로 설계된 듯했다. 폐소공포증을 불러일으킬 만큼 밀폐된 하얀 칸막이 방은 폭이 1.5미터, 높이가 2.5미터 정도였고, 내 뒤로 창이 달린 출입문이, 앞으로 판유리가 있었다. 오른쪽 벽에는 다이얼 없는 베이지색 전화기가 설치되어 있었고, 앞에는 팔을 얹을 수 있는 하얀 받침대가 있었다. 물론, 면회 부스는 죄수를 계속 격리시킬 목적으로 만들어졌다. 노던 교도소는 경비가 가장 삼엄한 5급 감옥으로 방문자와 죄수 간의 접촉이 허용되지 않았다. 그러나 무덤에 파묻힌 듯한 기분이 드는 쪽은 오히려 나였다.

그리고 내 아버지, 피투성이 빌리 바버가 수갑 찬 손을 허리께에 얹고서 헝클어진 백발로 판유리 너머에 등장해서는, 자신의 하찮은 자식이 마침내 이곳에 나타났다는 사실이 재미있다는 듯 나를 내려다보며 히죽거렸을 때, 나는 두꺼운 유리판이 우리 사이를 가로막고 있다는 사실에, 그가 나를 볼 수는 있어도 만질 수는 없다는 사실에 감사했다. 동물원의 표범은 우리 가장자리를 어슬렁거리며, 빗장 혹은 뛰어넘을 수 없는 웅덩이 저편에 서 있는 인간들을 쳐다본다. 그리고 방어벽을 필요로 하는 인간의 열등함을 비웃는다. 그 순간에 둘은 무언의 진정한 이해를 공유한다. 즉, 표범은 포식자이고 인간은 먹잇감일 뿐이며, 인간이 우월성과 안전성을 느낄 수 있는 것은 오로지 방어벽 때문이다. 표범 우리에 서 있으면, 그 짐승의 우월한 힘, 오만함, 상대를 얕잡아 보는 태도에 인간은 수치심을 느끼게 된다. 놀랍게도, 나는 내 아버지가 등장하자마자 정확히 동물원 관람객이 느낄 법한 그런 미묘한 수치심을 느꼈다. 감정의 동요에 나 스스로도 깜짝 놀랐다. 나는 내가 어떠한 감정을 느끼리라고 기대하지 않았다. 솔직히, 빌리 바버는 나에게 타인이나 다름없었다. 나는 어릴 때 이후로 사십오 년여 동안 그를 만난 적이 없었다. 그런데도 나는 그를 보는 순간 완전히 얼어붙었다. 어쩐 일인지 그가 유리를 넘어와서 나를 두 팔로 껴안고 있는 것처럼, 나는 그에게 완전히 장악됐다.

  빌리 바버는 유리 액자에 갇힌 듯 그곳에 서 있었다. 어느 늙은 재소자의 칠분신(七分身) 초상화. 그는 나에게 눈을 고정한 채 조금씩 씩씩거렸다.

  내가 시선을 피하자, 그가 자리에 앉았다.

  교도관이 1미터쯤 뒤 휑한 벽 근처에 자리를 잡고 섰다. (이곳에서는 벽, 문, 바닥 할 것 없이 모든 것이 휑했다. 내가 볼 수 있는 한도 내에서, 노던 교도소는 견고한 흰색 석고 벽과 회색 콘크리트 벽으로만 이루어져 있었다. 이 교도소는 고작 1995년에 완공된 신축 건물이었다. 따라서 이러한 색채의 부족은 사람을 미치게 만드는 형벌의 일부인 모양이었다. 어쨌든, 벽을 노란색이나 파란색으로 칠하는 것이 흰색으로 칠하는 것보다 어려울 까닭이 없으니까.)

아버지가 수화기를 들었다. (아버지라는 단어를 적고 있는 이 순간에도 나는 약간 소름이 끼친다. 그리고 내 삶이 마치 영화 필름처럼 1961년 윌리 애버뉴 교도소 면회실에서 그를 마지막으로 보았던 순간으로 되감긴다. 그 순간이 내 인생의 분기점이었다. 그곳에서부터 우발적으로 우리 둘의 삶이 완전히 갈라지기 시작했다.) 그리고 나도 수화기를 들었다.

"만나러 와줘서 고맙다."

"사람들이 줄을 서 있지는 않네요."

그의 손목에는 내가 오랫동안 기억하던 파란 문신이 있었다. 실제로 그 문신은 아주 작고 희미했으며, 가장자리가 불분명한 십자가 모양이었고, 깊은 멍처럼 세월의 흐름에 따라 자줏빛으로 짙어져 있었다. 나는 그 문신을 잘못 기억하고 있었다. 나는 이 남자도 잘못 기억하고 있었다. 그는 평균 키에 말랐으며, 내가 상상했던 것보다 더 근육질이었다. 일흔두 살의 나이에도 감옥에서 키운 조잡한 근육들이 몸에 붙어 있었다. 그리고 새로운 문신도 새겼는데, 예전 것보다 훨씬 복잡하고 정교했다. 용 한 마리가 목을 휘감고 있었고, 꼬리와 주둥이가 마치 목걸이 펜던트처럼 목 아랫부분에서 만났다.

"이제는 나를 만나러 올 때도 됐지."

내가 콧방귀를 뀌었다. 상처 받은 사람은, 희생자는 바로 자신이라는 듯한 이 어이없는 말투가 나를 열 받게 했다. 웬 개소리! 이자는 전형적인 사기꾼으로 사탕발림과 낚시질과 도박의 명수였다.

"그러니까, 평생이 걸렸냐? 평생 내가 이곳에서 썩는 동안 너는 늙은 아비를 만나러 올 시간도 없었던 게지. 단 한 번도. 너는 대체 어떤 인간이냐? 어떤 자식이 그런 짓을 해?"

그가 계속했다.
"그 말 연습했나요?"
"이기죽대지 마라. 내가 너한테 뭘 어쨌다고? 어? 아무 짓도 안 했어. 그런데 너는 평생 나를 만나러 오지 않았어. 나는 네 아버지다. 어떤 자식이 사십 년 동안 제 아버지를 만나러 오지도 않냐?"
"저는 아버지 아들이잖아요. 그걸로 모든 게 설명이 되죠."
"내 아들이라고? 너는 내 아들이 아니야. 나는 너를 몰라. 너를 만난 적도 없다."
"출생증명서라도 보여드려요?"
"망할 놈의 출생증명서 따위엔 관심도 없다. 아들이 어떻게 만들어진다고 생각하는 거냐? 그래, 오십 년 전에 한 번 쌌다. 너는 나한테 그런 의미일 뿐이야. 뭔 생각을 했는데? 너를 만나면 내가 행복해할 줄 알았냐? 야호 소리치며 폴짝폴짝 뛰기라도 할 줄 알았어?"
"거절할 수도 있었을 텐데요. 그랬다면 저는 방문자 명단에 오르지 못했을 텐데요."
"내 망할 놈의 명단엔 아무도 없어. 뭔 생각을 하는 거야? 내 망할 놈의 명단에 누가 있을 거 같은데? 어쨌든 직계 가족 이외엔 누구도 면회가 허락되지 않는다고."
"제가 떠나길 원하세요?"
"아니. 내가 그렇게 말하던?"
그가 고개를 저으며 얼굴을 찌푸렸다.
"이 망할 곳. 이곳은 최악이야. 너도 알다시피, 내가 내내 이곳에 있었던 건 아니야. 나는 여기저기로 옮겨지니까. 다른 곳에서 나쁜 짓을 하면 이곳으로 보내지지. 여기는 짐승 굴이야."
그는 그 주제에 관심을 잃은 듯 입을 다물어버렸다.

나는 아무 말도 하지 않았다. 나는 법정이나 증인신문 따위에서 질의응답을 하면서 가끔은 아무 말 없이 그냥 기다리는 편이 최선이라는 사실을 깨닫게 되었다. 결국 증인은 어색한 침묵을 메우고 싶어 하기 마련이다. 증인은 말을 계속하고 싶다는 막연한 충동을 느낀다. 증인은 자신이 아무것도 감추고 있지 않음을, 자신이 훌륭한 정보통임을 입증해서 상대의 신임을 얻고 싶어 한다. 이번에도, 나는 습관적으로 기다렸다. 확실히 나는 떠날 생각이 없었다. 그가 떠나라고 말할 때까지는.

그의 기분이 변했다. 그는 갑자기 풀이 죽었다. 강퍅하던 사람이 눈에 띌 정도로 온순해지더니 자기 연민으로 빠져들었다.

"음, 너는 적어도 덩치는 좋아 보이는구나. 그 여자가 너를 잘 먹인 모양이다."

그가 말했다.

"잘해주셨어요. 모든 면에서."

"그 여자, 그러니까 네 어미는 어떻게 지내냐?"

"무슨 상관이에요?"

"상관없지."

"그렇다면 어머니에 대해 말하지 마세요."

"왜 안 되는데?"

내가 고개를 저었다.

"너보다는 내가 그 여자를 먼저 알았어."

그가 말했다. 그리고 음흉한 표정으로 의자에서 꼼지락거리더니, 엉덩이를 씰룩대며 섹스하는 흉내를 냈다.

"손자가 어려움에 처했어요. 아셨어요?"

"알았냐고? 나한테 손자가 있는지도 몰랐다. 그 애 이름이 뭐냐?"

"제이컵."
"제이컵?"
"뭐가 그렇게 우습죠?"
"웬 호모 새끼 같은 이름이냐?"
"그냥 이름이에요!"
그가 웃느라고 몸을 들썩이며 새된 소리를 냈다.
"제에에이이컵!"
"입조심하세요. 제이컵은 좋은 아이에요."
"그래? 그렇게 좋은 아이였다면 네가 여기에 왔을 리가 없지."
"입조심하시라고요."
"무엇 때문에 꼬맹이 제이컵이 어려움에 처했냐?"
"살인이오."
"살인? 살인이라. 걔가 지금 몇 살이냐?"
"열네 살이오."
내 아버지가 수화기를 무릎에 내려놓고 의자에 털썩 기댔다. 그리고 다시 바로 앉으며 말했다.
"누굴 죽였냐?"
"아무도 죽이지 않았어요. 제이컵은 결백해요."
"그래, 나도 마찬가지다."
"제이컵은 정말로 결백하다고요."
"알았다, 알았다고."
"이 사건에 대해 전혀 못 들었어요?"
"여기서는 아무 얘기도 못 들어. 이곳은 똥간이야."
"여기 재소자 중에서 가장 나이가 많죠?"
"그중에 하나지."
"어떻게 살아남았는지 모르겠군요."

"강철에 흠집을 낼 수는 없는 법이지."

그는 수갑 때문에 양팔을 모두 올리고 있었는데, 왼손에 수화기를 들고서 사용하지 않는 오른팔을 구부려 근육을 뽐냈다.

"강철에 흠집을 낼 수는 없다고."

하지만 그의 허세가 곧 사그라졌다.

"이곳은 짐승 굴이야. 염병할 동굴에서 사는 거나 마찬가지라고."

그는 과도한 남성성과 자기 연민의 양극단을 오가고 있었다. 어느 쪽이 속임수인지 구별하기가 어려웠다. 어쩌면 둘 다 진짜였는지도 모르겠다. 누군가가 길거리에서 이런 식의 감정 기복을 보인다면 미친 사람으로 여겨졌을 것이다. 하지만, 이런 곳에서는 그게 자연스러운 반응일지 누가 알겠는가?

"자기 발로 이곳에 들어왔잖아요."

"내 발로 이곳에 들어왔지. 그리고 불평 한마디 없이 최선을 다해 버티고 있어. 내가 불평하던?"

나는 대답하지 않았다.

"그래서 나한테 원하는 게 뭐야? 내가 그 가련하고 결백한 꼬맹이 제이컵을 위해 뭘 해주면 좋겠냐?"

"증언을 좀 해주세요."

"무슨 증언?"

"뭣 좀 물어볼게요. 그 여자애를 죽였을 때, 느낌이 어땠어요? 육체적인 거 말고요. 그러니까, 마음속이 어땠냐고요. 무슨 생각을 했죠?"

"무슨 뜻이냐? 무슨 생각을 했느냐고?"

"왜 그랬어요?"

"내가 무슨 말을 했으면 좋겠냐? 네가 나한테 말해봐라."

"그냥 진실을 알고 싶어요."
"그래, 좋다. 누구도 진실을 원하지 않아. 진실을 원한다고 말하는 사람들은 특히나 더 그렇지. 내 말을 믿어라. 그 사람들은 진실을 원하지 않아. 내가 그 애를 돕기 위해 무슨 말을 했으면 좋겠냐? 네가 말해주면 내가 그렇게 말하마. 나는 아무 상관없다. 내가 무슨 상관이겠냐?"
"이런 식으로 설명해보죠. 그 일이 벌어졌을 때, 무슨 생각을 했죠? 뭐든 상관없어요. 불가항력적 충동 같은 걸 느꼈나요?"
그의 입꼬리가 말려 올라갔다.
"불가항력적 충동?"
"그냥 대답해요."
"네가 원하는 게 그런 거냐?"
"제가 뭘 원하든 신경 쓰지 마세요. 아무것도 원하지 않으니까. 어떤 느낌이었는지 그것만 말해요."
"나는 불가항력적 충동을 느꼈다."
나는 크고 길게 숨을 내쉬었다.
"저기요, 아버지가 썩 괜찮은 거짓말쟁이라면, 그 안에 있지도 않았겠죠."
"네가 그렇게 괜찮은 거짓말쟁이가 아니라면, 그 바깥에 있지도 않았겠지."
그가 나를 쳐다보았다.
"너는 그 애가 벌을 받지 않도록 내가 도와주기를 바라잖아. 내가 너를 돕겠다고. 그 애는 내 손자야. 그러니까 그냥 나한테 필요한 걸 말해."
나는 피투성이 빌리 바버를 증인석 근처에는 얼씬도 못하게 하겠노라고 이미 결심했다. 그는 거짓말쟁이보다 더 나빴다. 그는 서툰 거짓말쟁이였다.

"좋아요. 제가 무엇을 원하는지 알고 싶으세요? 바로 이거예요."
내가 작은 상자 하나를 들어서 보여주었다. 그곳에는 살균된 면봉과 그것을 담을 비닐 봉투가 들어 있었다.
"이걸로 아버지 잇몸을 문질러서 DNA를 채취하고 싶어요."
내가 말했다.
"간수가 허락하지 않을 거다."
"간수는 저한테 맡기세요. 아버지만 허락하면 돼요."
"왜 내 DNA가 필요한 거냐?"
"어떤 돌연변이를 확인하려고요. MAOA 변종이라고 불리는."
"망할 놈의 MAOA 변종이 대체 뭐냐?"
"유전적 돌연변이예요. 사람들은 그 돌연변이가 유전 정보를 조작해서 특정 환경에서 사람을 더 공격적으로 만든다고 생각해요."
"어떤 사람들이 그렇게 생각하는데?"
"과학자들이요."
그가 눈을 가늘게 떴다. 실제로 누구라도 그의 표정에서 그의 생각, 감옥에 이골이 난 재소자의 이기적인 기회주의, 자신의 유죄 판결을 뒤집을 만한 논거가 존재할지도 모른다는 기대감을 읽을 수 있었을 것이다.
"네 말을 들을수록, 나는 제이컵이 그다지 결백하지 않다는 생각이 든다."
"아버지의 의견이나 듣자고 여기에 온 게 아니에요. 이 면봉에 침을 묻혀 가려고 온 거예요. 거절하시면, 가서 법원 명령을 받아 올게요. 그러면 조금 힘들게 침을 얻게 되겠죠."
"내가 왜 거절하겠냐?"
"왜 거절하지 않으시죠? 아버지 같은 남자들을 도무지 이해할 수가 없어요."

"이해할 게 뭐가 있어? 나도 남들하고 똑같은 인간이야. 너하고도 똑같고."

"네, 알았어요, 어찌됐든."

"나한테 '알았어요, 어찌됐든.' 그런 식으로 말하지 마라. 내가 없었으면 네가 존재하지 않았으리란 생각은 안 해봤냐?"

"매일 해요."

"그래? 저런."

"그다지 유쾌한 생각은 아니에요."

"음, 그래도 나는 여전히 네 아비야, 인마. 네가 그 사실을 좋아하든 싫어하든 상관없다고. 그 사실이 너를 유쾌하게 만들어야 할 필요는 없잖아."

"그럴 필요는 없죠."

교도소 부소장에게 전화를 걸어서 약간의 승강이를 벌인 후에 합의가 이루어졌다. 증거물 보관의 연속성을 완벽하게 유지하기 위해서 내가 직접 아버지의 입 안을 문지를 수 있다면 좋았을 것이다. 그러면, 면봉이 결코 내 손을 떠난 적이 없으므로 나는 DNA 표본이 진짜임을 입증할 수 있었다. 하지만 노던 교도소에서는 그런 일이 절대로 허락되지 않았다. '접촉 금지'는 말 그대로 접촉 금지였다. 우여곡절 끝에, 내가 간수에게, 간수가 내 아버지에게 실험 장비를 건넸다.

나는 면회 부스에서 수화기로 차근차근 과정을 설명했다.

"상자를 열어서 면봉으로 뺨 안쪽을 살짝 문지르기만 하면 돼요. 그러면 면봉이 침을 약간 흡수할 거예요. 처음에 침을 한 번 삼키세요. 그런 다음에 면봉으로 입 안 뒤쪽, 턱이 만나는 지점 부근을 문지르세요. 그리고 면봉 끝이 어디에도 닿지 않게 조심해서 면봉을 거기에 있는 플라스틱 통에 넣은 다음, 뚜껑을 돌려서 닫으세요. 그리고 뚜껑에 딱지를 붙이고 그곳에 이름과 날짜를 적으세요. 제가 모든 과정을 지켜봐야 하니까 제 시야를 가리지 마세요."

그는 수갑 찬 손으로 종이 상자를 찢어서 개봉한 다음, 표본 채취용 면봉을 손에 쥐었다. 그 나무 막대는 일반 면봉보다 길었다. 그는 면봉을 막대 사탕처럼 곧장 입 안에 집어넣고서 깨무는 시늉을 했다. 그런 다음, 창문으로 나를 쳐다보면서 치아를 드러내고 면봉 끝으로 윗잇몸을 죽 문질렀다. 그리고 면봉을 입 안 뒤쪽, 볼 안쪽에 넣고 빙빙 돌렸다. 그러더니, 면봉을 창가 쪽으로 들어 보였다.

"이제 네 차례야."

제3부

"나는 실험을 하나 구상하고 있다. 젖먹이를 한 명 데려오면, 내가 그 아이를 당신이 원하는 존재로 만들어주겠다. 혈통, 인종, 소질, 취향을 막론하고 기본적으로 건강한 아이라면 족하다. 나는 예술가, 군인, 의사, 법률가, 성직자를 배출할 수도 있고, 아니면 그 아이를 도둑으로 키울 수도 있다. 결정은 당신이 하라. 아이는 어떠한 존재라도 될 수 있다. 필요한 것은 교육과 시간, 그리고 엄격하게 통제된 환경뿐이다."

—존 F. 왓킨스, 《행동주의 원론》(1913)

24
엄마들에겐 달라

몇 해 동안 나는 소송에서 패하리라는 생각을 해본 적이 없었다. 물론, 나는 실제로 소송에서 패하기도 했다. 야구 선수가 타석에 나가면 7할은 아웃을 당하듯, 모든 검사는 패소한다. 하지만 나는 결코 겁을 먹은 적이 없었고, 정치꾼이나 흥정꾼 같은 검사들을 향해 침을 뱉었다. 그들은 불확실한 소송을 피했으며, 무죄 평결의 위험을 감수하지 않았다. 추잡한 뒷거래로 이루어진 무죄 평결이 아니라면, 검사에게 패소는 불명예가 아니다. 우리는 단순히 승률로 평가받지 않는다. 사실, 어려운 사건으로 최고의 승률을 기록하기란 불가능하다. 승률을 위해서는 옳고 그름에 상관없이 승소할 만한 사건을 잘 선별하고 나머지는 형량 거래를 해야 한다. 하지만, 그것은 라주디스의 방식이지 내 방식이 아니었다. 피해자를 버리느니 싸우다가 지는 편이 나았다.

 그런 이유로 나는 살인 사건을 선호했다. 매사추세츠 주에서는 살인에 대해 유죄를 인정할 수가 없다. 살인 사건은 모두 재판에 회부되어야 한다. 이러한 원칙은 살인을 사형으로 다스리던 시절의 유산이다. 사형의 경우엔 지름길도 거래도 허용되지 않았다. 그러기에는 위험성이 너무 높았다. 그래서 오늘날까지 살인 사건은, 평결이 아무리 불 보듯 뻔하다고 해도, 모두 재판을 받아야 한다. 살인 사건의 경우에 검사는 확실한 승산이 있는 재판만을 선택하고 승산 없는 재판을 버릴 수가 없다. 그래서 나는 이런 식으로 생각하기를 좋아했다. '음, 살인 사건이 훨씬 나아. 그래야 내 진가가 발휘될 거야. 나는 어려운 소송에서도 승소할 테니까.' 나는 그런 식으로 살인 사건을 바라보았다. 하기야, 우리 모두는 스스로에게 자기 자신을 합리화한다. 자본가는 자신이 부유해짐으로써 다른 이들을 풍요롭게 만들고 있다고 스스로에게 말하고, 예술가는 자신의 작품이 불후의 명작이라고 스스로에게 말하고, 군인은 자신이 정의의 편에 서 있다고 스스로에게 말한다. 나, 나는 법정에서 내가 상황을 바로잡을 수 있다고, 내가 승소함으로써 정의가 구현될 거라고 스스로에게 말했다. 누구나 그런 생각에 취할 수 있다. 그리고 제이컵의 소송에서 바로 내가 그랬다.

  재판이 다가올수록, 나는 익숙한 전장(戰場)의 희열을 느꼈다. 나는 우리가 질 수도 있다는 생각을 결코 하지 않았다. 나는 활기차고 낙관적이었으며, 자신만만하고 호전적이었다. 돌이켜 보니, 그때의 내 행동은 이상하게 현실감이 떨어진다. 하지만 생각해보면, 그렇게 이상할 것도 없다. 누구라도 모루처럼 두들겨 맞으면, 되받아치고 싶은 생각이 간절해지는 법이니까.

  재판은 2007년 10월 중순, 낙엽의 계절이 절정에 달했을 때 시작되었다. 머지않아 나무들이 일순간에 낙엽을 떨굴 테지만, 당장은 무성한 잎들이 빨강, 주황, 노랑으로 마지막 화려한 자태를 뽐내고 있었다.

소송 전날, 화요일 밤, 바람이 계절에 어울리지 않게 따뜻했다. 밤새 기온이 15도 이하로 내려가지 않았으며, 대기가 짙고, 습하고, 불안정했다. 나는 로리가 잠을 이루지 못할 때면 언제나 그렇듯 뭔가 분위기가 심상치 않음을 감지하고 한밤중에 잠에서 깨어나곤 했다.

로리가 한쪽 팔꿈치를 세워서 손으로 머리를 받치고 모로 누워 있었다.

"왜 그래?"

내가 로리에게 속삭였다.

"들어봐."

"뭘?"

"쉬. 그냥 가만히 들어봐."

밖에서 밤이 바스락거렸다.

그리고 높고 날카로운 소리가 들렸다. 어떤 동물의 울음소리가 귀청을 찢을 듯한 새된 비명으로 빠르게 높아져 갔다. 마치 기차가 끼이익 브레이크를 밟는 것 같았다.

"저게 대체 무슨 소릴까?"

로리가 말했다.

"모르겠어. 고양이? 아니면 새? 뭔가가 저 놈을 죽이고 있어."

"고양이를 죽일 만한 게 뭐가 있지?"

"여우나 코요테. 아니면 너구리일지도 모르지."

"갑자기 우리가 숲 속에 살고 있는 것 같잖아. 여기는 도시라고! 나는 평생을 이곳에서 살았지만, 여우나 코요테를 본 적이 없어. 마당에 커다란 야생 칠면조를 키우는 집도 없다고."

"새로운 개발이 많이 진행되고 있잖아. 마을이 점점 커지면서 자연 서식지가 사라지고 있어. 그래서 동물들이 노천으로 쫓겨 나오는 거야."

"저 소리 좀 들어봐, 앤디. 저 소리가 어느 방향에서 들려오는 건지, 얼마나 멀리에서 들려오는 건지 도무지 분간을 못하겠어. 바로 옆에서 들리는 것 같기도 하고. 이웃집 고양이 중에 한 마리인가 봐."

우리는 귀를 기울였다. 또다시 소리가 들렸다. 이번에는 죽어가는 동물의 비명이 틀림없이 고양이 소리처럼 들렸다. 울음소리는 확연하게 고양이의 가냘픈 야옹거림으로 시작되었다가 거칠고 처절한 비명으로 변했다.

"왜 저렇게 오래 걸리지?"

"아마 먹잇감을 가지고 장난치는 모양이야. 고양이가 쥐를 가지고 장난치듯이 말이야."

"끔찍해."

"그게 자연이야."

"잔인한 게? 먹잇감을 죽이기 전에 괴롭히는 게? 그게 어떻게 자연이야? 잔인성이 무슨 진화론적 장점이라도 부여하는 거야?"

"나도 몰라, 로리. 그냥 원래 그런 거야. 고양이를 공격하는 게 굶주린 코요테든 들개든 뭐든 그놈도 분명히 필사적일 거야. 이 주변에서 사냥을 하는 게 쉬울 턱이 없잖아."

"그렇게 필사적이라면, 벌써 잡아서 먹었겠지."

"잠 좀 자두자. 내일 큰일을 치러야 하잖아."

"저 소리를 들으면서 어떻게 잠을 자?"

"수면제 한 알 줄까?"

"아니. 그걸 먹으면 내일 아침 내내 멍할 거야. 내일은 맑은 정신으로 있고 싶어. 어떻게 당신이 그런 걸 먹는지 나는 도무지 이해할 수가 없어."

"농담이지? 나는 수면제를 사탕처럼 먹어. 그런데도 전혀 멍해지지 않는다고."
"약은 필요 없어, 앤디. 그냥 저 소리가 멈췄으면 좋겠어."
"자, 누워봐."
로리가 머리를 내려놓았다. 내가 로리의 등에 몸을 포개자, 로리가 내 품에 자리를 잡았다.
"당신은 그냥 좀 초조한 거야, 로리. 그럴 만하지."
"내가 이 일을 해낼 수 있을지 잘 모르겠어, 앤디. 사실, 나는 버틸 힘이 없어."
"우리는 이 일을 잘 끝마칠 수 있을 거야."
"당신은 조금 수월할 거야. 재판 과정을 지켜본 경험이 많으니까. 그리고 엄마가 아니니까. 그러니까 당신한테 이번 소송이 쉬울 거라는 이야기가 아니야. 그렇지 않다는 건 나도 알아. 하지만 나는 달라. 나는 못하겠어. 나는 버텨내지 못할 거야."
"이번 소송을 포기할 수 있다면 당신을 위해서 그러고 싶어, 로리, 하지만 그럴 수가 없어."
"아니야. 어쨌든 당신이 지금 이렇게 위로해주는 것만으로도 도움이 돼. 그냥 이렇게 누워 있자. 머잖아 다 끝나겠지."
비명은 그 후로 십오 분쯤 계속되었다. 소리가 멎은 후에도 우리 둘은 잠을 잘 이룰 수가 없었다.

다음 날 아침 8시에 우리가 집을 나섰을 때, 길 건너편에서 폭스 25 뉴스 중계차가 배기관으로 연기를 내뿜으며 공회전을 하고 있었다. 우리가 차로 걸어가는 동안 카메라맨 하나가 우리를 찍었다. 카메라맨은 어깨에 멘 카메라 때문에 얼굴이 가려져 있었다. 더 정확히 말하자면, 눈 하나짜리 곤충 머리처럼 카메라가 마치 그의 얼굴 같았다.

　우리는 손다이크 스트리트를 걸어서 캠브리지 법원 정문으로 향했고, 그곳에서 기자들이 벌 떼처럼 우글댔다. 우리가 거리에 나타나자, 다시금 기자들이 서로를 밀치며 윙윙거렸다. 다시금 카메라들이 또렷한 사진을 찍기 위해 경쟁을 벌였고, 다시금 마이크들이 우리 앞으로 비집고 들어왔다. 기소인부절차 때 이미 한 차례 경험했던 터라, 이번에는 기자 떼를 상대하기가 훨씬 수월했다. 제이컵이 등장하자 기자들이 극도로 흥분했지만, 나는 제이컵이 이러한 고난을 겪어야 한다는 사실이 이상하게도 감사했다. 나는 피고인이 보석으로 풀려나서 거리로 나오는 것이 재판 전 구속으로 구금되는 것보다 훨씬 낫다고 생각했다. 내가 맡았던 살인 사건의 피고인 대부분이 그랬듯이, 보석금을 마련하지 못한 피고인은 딱 한 가지 방법으로 법원 건물을 떠날 수 있었다. 미결수 이동 통로를 거쳐 집이 아닌 콩코드 교도소로 향하는 것. 미결수들은 분쇄기를 통과하는 고깃덩이처럼, 혹은 파친코 기계를 튕겨 내려오는 쇠공처럼 법원 건물을 통해 아래로 이동했다. 꼭대기 층의 유치장에서 출발해 다양한 법정을 지나쳐 마침내 지하 차고까지 내려오면, 보안관들이 그들을 수송차에 싣고서 각지의 구치소로 출발했다. 따라서 제이컵은 법원 정문으로 걸어 들어가는 편이, 자유와 존엄성을 가능한 한 오래 유지하는 편이 훨씬 나았다. 이 건물은 일단 사람을 손아귀에 넣으면 좀처럼 놓아주려 하지를 않았다.

25.
여교사, 안경잡이 아가씨, 서머빌 뚱보, 어클, 녹음실 직원, 주부, 교정기 아줌마, 그 외 진실의 사제들

 겉으로 보기에는 미들섹스 카운티에서 판사들이 무작위로 재판에 배정되는 듯했다. 하지만 그런 복권 추첨식 배정이 존재한다고 믿는 사람은 아무도 없었다. 몇몇 판사들만이 세간의 이목을 끄는 사건에 반복적으로 배정되었고, 줄곧 당첨 복권을 뽑는 판사들, 즉 배역을 따내기 위해 무대 뒤에서 막후교섭을 펼치는 자들이 결국엔 주연이 되었다. 그러나 누구도 불평하지 않았다. 그러한 법원의 확고한 관행에 맞서는 일은 대개 바람을 마주 보고 오줌을 누는 격이었고, 어쨌든 자기중심적인 판사들끼리 지지고 볶도록 내버려두는 편이 최선이었다. 쟁송 중인 법정을 통솔하려면 적당량의 자존감이 필요하다. 그리고 그 편이 더 멋진 볼거리를 만들어 낸다. 큰 소송은 큰 인물을 요구하는 법이다.
 그래서 제이컵 재판에 버턴 프렌치 판사가 배정되었다는 사실은 전혀 놀라운 일이 아니었다. 그러리라는 사실을 모두가 알고 있었다. 텔레비전 카메라가 법정을 비추면 판사석에 버턴 프렌치 판사가 앉아 있으리라는 사실을, 헤어네트를 한 식당 여종업원들, 정신병을 앓는 수위들, 하다못해 천장 위를 헤집고 다니는 생쥐들까지도 모두 알고 있었다. 그는 종종 지역 방송 뉴스 프로그램에 출연해서 법적인 문제들을 설명하곤 했기 때문에, 대중에게 얼굴이 알려진 유일한 판사였다. 카메라도 그를 좋아했다. 직접 보면, 프렌치 판사는 좀 우스꽝스러운 만화 주인공 블림프 대령(술통 같은 몸매와 그 몸을 아슬아슬하게 지탱하는 가느다란 두 다리)을 닮았지만, 텔레비전 화면에서는 말하는 얼굴만 보였기 때문에 그는 사람들에게 믿음직스러운 위엄을 보여줄 수가 있었다. 그리고 우리는 으레 판사에게서 그러한 모습을 기대했다. 프렌치 판사는 '한편으로는 이렇지만, 다른 한편으로는 저렇다' 같은, 기자들이 애용하는 표현을 절대 사용하지 않았으며 단정적으로만 말했다. 그렇다고 호언장담을 하지도 않았다. 그는 텔레비전이 좋아하는 '긴장감'을 조성할 목적으로 사람들을 속이거나 선동하지는 않았다. 오히려, 각지고 엄숙한 얼굴을 십분 활용해서, 턱을 당기고 카메라에 시선을 맞추고는 이런 식으로 말했다. "법은 이런 일 혹은 저런 일을 허용하지 않습니다." 시청자들이 '만약 법이 말을 한다면 저렇게 들릴 거야.'라고 생각한대도 무리는 아니었다.

검사들이 매일 아침 첫 공판 전이나 갤러리아 쇼핑몰의 시나본 빵집에서 점심을 먹으며 잡담을 나눌 때에 정말 열통을 터트리는 부분은 프렌치 판사의 무뚝뚝하면서도 거짓 없는 태도가 새빨간 거짓이라는 사실이었다. 대중에게 마치 법의 화신처럼 보이는 그 남자는 사실 언론의 관심에 목매는 인간이자 따라지 지식인이며 법정의 좀스러운 독재자였다. 하지만, 잘 생각해보면, 그러한 것들이 프렌치 판사를 완벽한 법의 화신으로 만드는 요소일 수도 있었다.

물론, 제이크의 재판이 시작될 때까지 나는 프렌치 판사의 결점에 대해 코딱지만큼도 신경 쓰지 않았다. 중요한 것은 재판 자체였고, 버턴 프렌치 판사는 우리 쪽에 유리한 인물이었다. 그는 기본적으로 보수주의자였고, 위험을 무릅쓰고 살인 유전자 같은 새로운 법 이론을 받아들일 위인도 아니었다. 마찬가지로 중요한 사실은, 그가 법정에 출두한 검사들을 즐겨 시험한다는 점이었다. 그는 본능적으로 약점이나 불확실성을 못 참는 심술쟁이였기 때문에, 준비가 부족해서 갈팡질팡하는 검사들을 못살게 굴기를 좋아했다. 닐 라주디스를 그런 남자 앞에 던져 놓는 것은 물속에 밑밥을 뿌리는 행위나 마찬가지였으며, 린 캐너밴은 매우 중요한 소송에서 그런 실수를 저지르고 말았다. 하지만, 린에게 달리 무슨 선택권이 있었겠는가? 이제 린은 나를 법정에 내보낼 수가 없는데.

그렇게 재판이 시작되었다.

그러나 아주 오랫동안 아주 간절히 고대했던 일들이 흔히 그렇듯, 이번 재판도 용두사미가 될 듯한 느낌이 들었다. 우리가 12B 법정의 초만원 방청석에서 기다리는 동안, 시곗바늘은 9시 정각을 지나쳐 9시 15분, 그리고 9시 30분을 가리켰다. 조너선은 재판 지연에 동요하지 않고 우리 곁에 앉아 있었다. 조너선이 몇 차례 법원 서기에게 확인했지만, 그때마다 똑같은 대답만이 들려왔다. 법률 전문 방송사인 '코트 티비'를 포함해 여러 뉴스 방송사에 영상을 제공하려고 법정에 공동 카메라를 설치하고 있는데, 그 부분이 지체되고 있다는 것이었다. 우리는 조금 더 기다렸다. 그러는 동안, 우리가 미리 선정해 둔 예비 배심원단이 구성되고 있었고, 그 수가 평소보다 훨씬 많았다. 조너선은 그러한 내용을 우리에게 전하고는 〈뉴욕 타임스〉를 펼쳐서 조용히 읽었다.

법정 앞쪽에서 프렌치 판사의 여성 법원 서기 메리 매쿼드가 몇 가지 서류를 만지작거렸다. 그러더니 만족한 듯 일어서서 팔짱을 낀 채 법정을 살폈다. 나는 언제나 메리와 잘 지냈다. 또한, 책임지고 그렇게 했다. 법원 서기는 판사의 문지기였고, 그래서 영향력이 있었다. 특히 메리는 자신의 직위가 갖는 간접적인 권세, 즉 권력에의 인접성을 즐기는 듯했다. 그리고 사실, 메리는 프렌치 판사의 엄포와 이익을 향한 검사들의 끝없는 획책 사이에서 그들을 중재하며 자신을 임무를 잘 수행했다. 관료라는 단어가 갖는 부정적인 의미에도 불구하고 결국 우리는 관료제를 필요로 했고, 관료제를 굴러가게 하는 자들은 바로 좋은 관료들이었다. 메리는 체제 내에서 자신의 위치를 당연하게 생각했다. 그리고 다른 법정의 서기들로부터 자신을 분리하려는 듯 비싸고 세련된 안경을 쓰고 고상한 정장을 입었다.

크고 뚱뚱한 법원 경관 어니 지넬리가 저편 벽에 놓인 의자에 앉아 있었다. 어니는 나이가 예순이 넘었고, 몸무게가 140킬로그램에 육박했다. 그래서 실제로 법정에서 어떤 문제가 발생하기라도 한다면, 이 가엾은 사내는 심장마비로 무릎을 꿇고 쓰러질 수도 있었다. 판사의 집행인으로서 어니의 존재는 의사봉처럼 순전히 상징적이었다. 하지만 나는 어니를 좋아했다. 어니는 수년에 걸쳐 점차 나에게 마음을 열고 자신의 의견을 말하게 되었는데, 대개 피고인에 대해서는 극도로 부정적이었고, 판사와 검사에 대해서는 그보다 아주 조금 긍정적이었다.

그날 아침, 내 오랜 동료 두 명은 나를 거의 알은체하지 않았다. 메리는 간간이 내 쪽을 쳐다보았지만, 예전에 나를 본 적이 있다는 내색을 전혀 하지 않았다. 어니는 위험을 무릅쓰고 살짝 웃어 보였다. 그 둘은 자신들이 내 옆에 앉아 있는 제이컵에게 우호적인 태도를 보이는 것으로 비쳐질까 봐 염려하는 듯했다. 혹시 나를 무시하도록 지시를 받았는지도 모르겠다. 어쩌면 그냥 나를 다른 편으로 생각하는 걸 수도 있었다.

10시가 조금 못 되어 마침내 판사가 법정에 들어섰을 때, 우리는 오랫동안 앉아 있던 탓에 온몸이 뻐근했다.

어니가 익숙한 목소리로 "정숙, 정숙, 정숙, 이제 매사추세츠 주 고등법원을 개정합니다."라고 외치자, 모두가 기립했다. 제이컵이 줄곧 몸을 꼼지락댔다. "이 법정과 관련 있는 사람들은 모두 앞으로 나오십시오. 심리가 있겠습니다." 로리와 내가 제이컵의 등에 손을 얹고 아이를 안심시켰다.

사건이 호명되자 조너선이 제이컵에게 손짓을 했고, 두 사람은 법정 중간의 칸막이를 지나서 피고석에 앉았다. 앞으로 두 주 동안, 둘은 매일 아침 이 일을 반복할 것이다.

로리는 매일 방청석 앞줄에 무표정하게 앉아서 매시간 제이컵의 뒤통수를 바라보았다. 로리는 그런 식으로 재판 전체를 지켜보았다. 의자에 붙박인 내 아내는 방청객들 틈에서 몹시도 창백하고 가냘파 보였다. 그래서 제이컵의 소송이 로리에게는 마치 암처럼 견뎌내야 할 육체적 고난이기라도 한 것 같았다. 하지만, 로리가 아무리 시들었어도, 나는 로리에게서 젊은 시절의 환영을, 통통하고 사랑스러운 달걀형 얼굴의 십 대 소녀를 보았다. 나는 이것이 바로 변치 않는 사랑의 진정한 의미라고 생각한다. 앞에 앉은 중년 여인을 보고 있노라면 열일곱 소녀에 대한 기억이 현실처럼 생생하게 재현되는 것. 이렇게 시각 작용과 기억 작용이 겹쳐서 일어나는 것은 행복한 일이다. 사람들은 보이는 대로 이해하는 법이니까.

로리는 그곳에 앉아 있기가 괴로웠을 것이다. 이런 재판에서 어린 피고인의 부모는 독특한 연옥에 갇히게 된다. 우리는 법정에 나와야 했지만, 아울러 침묵해야 했다. 우리는 피해자이자 가해자로 제이컵의 범죄에 연루되어 있었다. 우리는 잘못이 없었기에 동정을 받았다. 우리는 그저 운이 없어서 임신이라는 제비뽑기에서 꽝을 뽑았고 불한당 같은 아이를 떠안게 되었다. '정자＋난자＝살인자' 이런 식이다. 어쩔 도리가 없다. 그와 동시에 우리는 경멸도 받았다. 누군가가 제이컵에 대해서 책임을 져야 했는데, 우리가 그 아이를 창조하고 양육했으니, 분명 우리에게 책임이 있었다. 더 심각한 것은 우리가 지금 뻔뻔스럽게도 살인자를 옹호하고 있다는 사실이었다. 실제로 우리는 제이컵이 처벌받지 않기를 원했으며, 그로 인해 우리의 반사회적 본성, 우리의 뼛속 깊은 사악함을 확인시켜 주고 있었다. 물론, 우리를 향한 대중의 시선은 너무나 상반되고 감정적이었다. 그래서 거기에 반응하거나 대처할 적절한 방법은 없었다. 사람들은 자기들이 원하는 대로 생각할 테고, 우리의 내적 생활이 불행할 거라는 둥 고통스러울 거라는 둥 자기들 좋을 대로 상상할 것이다. 앞으로 두 주 동안 로리는 자신의 역할을 충실히 수행할 것이다. 로리는 대리석 조각상처럼 표정도 움직임도 없이 법정 뒤편에 앉아서, 아들의 뒤통수를 바라보며 미세한 움직임까지 읽어내려고 애쓸 것이다. 또한, 어떠한 것에도 반응을 보이지 않을 것이다. 옛날에 로리가 어린 아들을 품에 안고 아기의 귀에 '쉬, 쉬' 하며 속삭이던 일은 이제 아무런 의미도 없었다. 현시점에서 누구도 그런 과거 따위는 신경 쓰지 않았다.

프렌치 판사가 마침내 판사석에 앉아 법정을 훑어보자, 법원 서기가 사건을 호명했다.
"소장 번호 공팔－사사공칠, 매사추세츠 주 대 제이컵 마이클 바버 사건, 일급 살인 한 건. 피고 측 변호사, 조너선 클라인. 검찰 측 검사, 닐 라주디스."
판사가 근엄하고 잘생긴 얼굴로 제이컵과 변호사, 검사 그리고 우리 부부까지 소송관계인 한 명 한 명을 잠깐씩 바라보았다. 그의 시선 안에 머무는 동안은 순간적으로 자신이 가장 중요한 사람처럼 느껴졌지만, 그가 시선을 거두자마자 그러한 기분은 사라졌다.

나는 수년간 프렌치 판사 앞에서 많은 소송을 다투면서 그를 다소 빈껍데기처럼 생각했지만, 그래도 그를 제법 좋아했다. 그는 하버드 대학교 미식축구부에서 수비 라인맨으로 활약했었다. 그리고 4학년 때 예일 대학교와 시합을 하던 도중에 공격 팀이 엔드 존에서 공을 떨어뜨리자 그가 그 공을 향해 달려들었고, 이 한 번뿐인 눈부신 순간이 항상 그를 따라다녔다. 그는 그때의 사진을 액자에 넣어서 사무실 벽에 걸어두었다. 사진 속에서 덩치 큰 버턴 프렌치가 진홍색과 황금색으로 된 운동복을 입고 운동장에 모로 누운 채 자신이 잡아낸 소중한 계란 모양의 공을 껴안고 있었다. 이 사진을 통해 프렌치 판사와 내가 받는 느낌은 달랐을 것이다. 내가 보기에 프렌치 판사는 그런 일들이 일어날 법한 사내였다. 부유하고 잘생겼으며 좋은 조건을 고루 갖춘 사내에게 기회는 길목에 놓여 있는 수많은 공처럼 항상 그 모습을 드러냈을 테고, 그는 기회를 향해 달려들기만 하면 되었을 것이다. 그러는 내내 프렌치 판사는 그러한 행운을 본인의 재능에 따른 자연적 산물이라 여겼을 것이다. 프렌치 판사처럼 운 좋은 남자가 피투성이 빌리 바버 같은 아버지에게 영향을 받았다면 어땠을까. 그의 느긋하고 자연스러운 태도와 순진한 자부심은 과연 어떻게 되었을까. 오랫동안 나는 버턴 프렌치 같은 사내들을 연구하고, 경멸하고, 모방했다.

"클라인 변호사, 예비 배심원단에게 질문을 시작하기에 앞서, 사전에 신청할 것이 있습니까?"

판사가 반달 모양의 안경을 쓰면서 말했다.

조너선이 일어섰다.

"두 가지가 있습니다. 재판장님. 첫 번째, 피고인의 아버지인 앤드루 바버 씨가 피고인을 위해 소송에 참여하고 싶어 합니다. 법원의 허가에 따라, 앤드루 바버 씨가 이번 재판에서 차석 변호를 맡을 것입니다."

조너선이 법원 서기에게 다가가서 신청서를 건넸고, 그 종잇장에는 내가 피고 측에 합류할 거라는 내용이 적혀 있었다. 서기가 판사에게 종이를 건네자, 판사가 이맛살을 찌푸렸다.

"이건 내가 결정할 문제가 아니오, 클라인 변호사. 하지만 이게 현명한 방법인지 나는 잘 모르겠군요."

"가족의 바람입니다."

조너선이 이러한 결정으로부터 거리를 두며 말했다.

프렌치 판사가 종이에 자신을 이름을 갈겨쓰고, 그 신청을 받아들였다.

"바버 씨, 앞으로 나와도 좋습니다."

나는 칸막이를 돌아 피고석으로 가서 제이컵 옆에 앉았다.

"다른 사항은?"

"재판장님, 본인은 폭력성의 유전적 소인을 주장하는 과학 증거를 배제해주십사 하고 증거 배제 신청서를 제출하였습니다."

"알고 있소. 변호인의 신청서를 읽었고, 받아들일 생각입니다. 내가 결정을 내리기에 앞서, 변호인은 자신의 의견을 개진하고 싶소? 내가 이해한 바에 따르면, 변호인은 그러한 과학이 아직 확립되지 않았고, 만약 확립되었다고 할지라도, 이번 사건에서는 유전적이든 아니든 폭력적 성향에 대한 구체적인 증거가 없다고 주장하고 있소. 그게 신청서의 요지 아닙니까?"

"그렇습니다, 재판장님, 그것이 요지입니다."

"라주디스 검사? 검사도 의견을 진술하겠소, 아니면 변론 취지서로 갈음하겠소? 내가 보기에 피고인은 그러한 종류의 증거가 받아들여지기 전에 공정한 심리를 받을 자격이 있소. 그러니까, 나는 그러한 증거를 완전히 배제하지는 않을 생각이오. 다만, 검사 측에서 폭력의 유전적 성향에 대한 증거를 제출하려고 한다면, 우리는 배심원이 없는 자리에서 심리를 열어 증거능력의 인정 여부를 결정해야 할 것이오."

"네, 재판장님. 그 부분에 대해 의견을 진술하고 싶습니다."

판사가 라주디스를 보며 눈을 깜박였다. 판사의 얼굴이 정확히 이렇게 말하고 있었다. '닥치고 앉으시오.'

라주디스가 일어서서, 몸에 딱 붙는 양복 상의의 단추를 세 개 모두 채웠다. 그런 식으로 단추를 전부 잠그면 양복과 라주디스가 따로 놀았다. 라주디스는 목이 약간 앞으로 튀어나온 편이라 상의가 빳빳하게 고정되어 있으면, 옷깃이 마치 수도승의 두건처럼 목에서 4, 5센티미터쯤 위로 솟아올랐다.

"재판장님, 매사추세츠 주 검찰 측은 행동 유전학이 진일보했고 하루하루 발전하고 있으며, 이제 증거능력이 인정될 정도로 충분히 발달했다고 생각합니다. 저희는 이에 대한 전문가의 증언을 제시할 수 있습니다. 이번 소송은 매우 극단적인 경우이기 때문에 그러한 증거가 배제되는 것은 부당하며……"

"신청이 받아들여졌소."

라주디스는 소매치기를 당한 사람처럼 상황 파악을 못한 채 잠시 멍하게 서 있었다.

"라주디스 검사."

판사는 신청서에 '허가됨. 프렌치 판사'라고 서명을 하며 설명을 덧붙였다.

"본인은 그러한 증거를 배제하지 않았소. 다만, 검사가 그러한 증거를 제출하기를 원한다면 미리 피고 측에 통지를 해야 하고, 증거를 배심원 앞에 제시하기 전에 증거능력에 대한 심리를 열어야 한다고 말했을 뿐이오, 알았소?"

"알았습니다, 재판장님."

"분명히 말해두겠는데, 본인이 증거능력을 인정할 때까지는 그러한 증거에 대해서 한 마디도 하지 마시오."

"알았습니다, 재판장님."

"우리는 이번 소송을 곡예로 변질시키지 않을 것이오."

판사가 한숨을 쉬고 말을 이었다.

"좋소, 예비 배심원단을 입정시키기 전에, 다른 사항은 없습니까?"

검사와 변호사가 고개를 저었다.

판사가 법원 서기에게, 법원 서기가 법원 경관에게 차례로 고개를 끄덕이자, 예비 배심원들이 건물 아래층에서 법정으로 인도되어 왔다. 그들은 느릿느릿 안으로 들어와서는 베르사유를 돌아다니는 관광객들처럼 법정을 두리번거렸다. 그들은 법정을 보고 실망한 모양이었다. 볼품없는 현대식 법정은 높고 네모진 천장, 단풍나무 목재와 검정 판자로 만들어진 최소한의 집기, 조도를 낮춘 간접 조명으로 이루어져 있었다. 판사의 오른편에는 미국 국기가, 왼편에는 매사추세츠 주기가 비스듬한 깃대에 매달려 축 늘어져 있었다. 적어도 미국 국기는 원래의 선명한 색상을 유지하고 있었지만, 한때는 순백색이었을 매사추세츠 주기는 이제 우중충한 상아색으로 바래 있었다. 그 외에는 아무것도 없었다. 조각상도, 라틴 법언이 새겨진 석판도, 이제는 망각 속에 묻힌 어느 판사의 초상화도, 스칸디나비아식 실내장식의 단순함을 상쇄해줄 어떠한 장식품도 없었다. 나는 이 법정에 수천 번은 왔었다. 하지만, 배심원들의 얼굴에 어리는 실망감 때문에 결국 나는 법정을 다시 한 번 둘러보았고, 이곳이 얼마나 황량해 보이는지를 깨달았다.

예비 배심원단이 법정 뒤편의 방청석을 가득 채웠고, 긴 의자 두 개만이 피고인의 가족, 기자, 그리고 법원과의 연줄로 재판 방청권을 얻은 몇몇 사람들을 위해 따로 남겨졌다. 예비 배심원단에는 근로자, 주부, 젊은이, 퇴직자들이 섞여 있었다. 배심원 후보자들은 보통 육체노동자와 비정규직 노동자가 조금 더 많은데, 그러한 사람들이 소환에 응할 가능성이 더 높기 때문이다. 하지만 이번 예비 배심원들에게서는 어쩐지 전문성이 엿보였다. 많은 사람들이 머리를 단정하게 다듬고 새 신발을 신었으며 허리에 블랙베리 휴대전화 케이스를 차고 주머니에 펜을 꽂았다. 나는 이 또한 우리에게 유리하다고 생각했다. 우리는 똑똑하고 냉철한 배심원들, 즉 과학 증거의 한계나 전문 변론을 이해할 수 있는 머리와 무죄라고 말할 배짱을 가진 사람들을 원했다.

우리는 예비 심문 절차, 즉 배심원 선정을 위한 질의응답 과정을 시작했다. 조너선과 나는 각자 배심원 좌석 배치도를 가지고 있었다. 배치도에는 2행 6열로 된 표(도합 12석)가 그려져 있었고 종이 오른쪽에 칸 두 개가 여분으로 덧붙여져 있었는데, 이는 배심원석의 의자 개수와 일치했다. 정식 배심원 열두 명과 대체 배심원 두 명. 대체 배심원들은 모든 증언을 듣게 되지만, 정식 배심원 중 한 명이 도중하차하는 경우가 아니면 심의에 참여하지는 않는다. 열네 명의 후보자들이 앞으로 불려 나와 열네 개의 의자를 채웠고, 우리는 배치도에 이름과 몇 가지 참고 사항을 휘갈겨 적었다. 그리고 절차가 시작되었다.

조너선과 나는 예비 배심원 하나하나에 대해 의논했다. 우리는 여섯 차례 '무이유부기피'를 신청할 수 있었는데, 이 방법을 통해 우리는 아무런 이유를 제시하지 않고도 배심원을 배제할 수 있었다. 또한 횟수 제한 없이 '이유부기피'를 신청할 수도 있었는데, 이는 배심원이 편견을 가졌다고 여길 만한 명백한 이유를 근거로 기피를 신청하는 방법이었다. 아무리 빈틈없이 계획을 짜도, 배심원 선정은 마치 어둠 속에서 사격을 하듯 언제나 어림짐작에 의존할 수밖에 없었다. 값비싼 전문가들은 초점집단, 심리학적 분석, 통계학 등의 과학적 방법을 활용해서 어림짐작을 어느 정도 배제할 수 있다고 주장하기도 하는데, 배심원 질문지에 적힌 매우 제한된 정보에 근거해서 어떤 낯선 이의 평결을 예측하는 일은 솔직히 과학이라기보다는 예술이며, 배심원에 대한 질문 내용을 법률로 엄격하게 제한하는 매사추세츠 주에서는 더더욱 그랬다. 그럼에도 불구하고, 우리는 예비 배심원들을 분류하려고 노력했다. 우리는 교육 수준을 살피며, 제이컵의 안락한 배경 때문에 무작정 그 아이를 비난하지 않고 도리어 측은하게 여길 만한 교외 거주자들 그리고 회계사, 기술자, 프로그래머 같은 냉철한 전문직 종사자들을 찾았다. 반대로 라주디스는 노동자, 부모, 그러한 범죄에 격분할 만한 사람들, 사소한 도발에도 한 소년이 살인을 저지를 수 있다고 믿을 만한 사람들로 배심원단을 채우려고 노력했다.

  배심원 후보자들이 앞으로 나와서 앉았다가 물러갔고, 새로운 후보자들이 앞으로 나와서 앉았고, 우리는 좌석 배치도에 그들에 대한 세부사항을 끼적였고……

  그리고 두 시간 후에 우리는 배심원단을 구성했다.

  우리는 기억하기 쉽게 배심원 각자에게 별명을 붙였다. 여교사(배심원 대표), 안경잡이 아가씨, 할아버지, 서머빌 뚱보, 녹음실 직원, 어클(시트콤 주인공 어클을 닮은 남자), 운하(파나마 출신의 아줌마), 월섬 엄마(월섬에 사는 아기 엄마), 여급, 건설 노동자(정확하게는 마루 시공업자, 처음부터 우리를 걱정스럽게 했던 사팔뜨기 사내), 콩코드 주부,

트럭 운전사(실제로는 어느 식료품 공급업체의 배달원), 교정기 아줌마(대체 배심원), 바텐더(대체 배심원). 이들은 배심원 자질이 확연히 부족하다는 점 말고는 공통분모가 전혀 없었다. 그들이 얼마나 법이나 재판 과정에 무지한지를 생각하면 웃음이 나올 지경이었다. 게다가, 그들은 신문과 저녁 뉴스를 온통 장식했던 이번 소송에 대해서도 아는 바가 없었다. 그들은 그러한 완벽한 무지 때문에 선택되었는지도 모른다. 그것이 사법 체계가 돌아가는 방식이다. 결국, 판사와 검사는 기꺼이 옆으로 비켜서서, 생판 초짜 열두 명에게 재판 과정 전체를 넘겨준다. 사정이 그러하니, 재판 과정이 왜곡되지 않는다면 그 편이 더 이상할 것이다. 이 모든 과정이 얼마나 무가치한 짓인가. 분명히 제이컵도 14인의 멍한 얼굴을 쳐다보며 그 사실을 깨달았을 것이다. 형법 체계의 터무니없는 거짓말, 즉 우리가 진실을 확실하게 밝혀낼 수 있으며 '합리적 의심의 여지없이' 누가 유죄이고 누가 무죄인지 가려낼 수 있다는 거짓말 속에는 다음과 같은 엄청난 자백이 담겨 있다. 천여 년 동안 꾸준히 소송절차를 개선했음에도 불구하고, 판사와 검사들 역시 거리에서 마구잡이로 선택된 열두 명의 얼간이들과 마찬가지로 진실이 무엇인지 단언할 수 없다는 자백이……. 제이컵은 그 생각에 몸서리를 쳤을 것이다.

26
누군가 지켜보고 있다

그날 밤, 우리는 안전한 우리 집 주방에서 저녁을 먹으며, 흥분에 겨워 재잘댔다. 말이, 불평이, 자랑이, 우려가 마구 쏟아져 나왔다. 이런 식으로 우리는 다른 무엇보다 초조함을 해소하고 있었다.

  로리는 최선을 다해 이야기를 이끌어 나갔다. 로리는 불면의 밤과 긴 하루로 분명히 지쳤을 테지만, 여전히 대화를 많이 할수록 더 이롭다고 믿고 있었다. 그래서 질문을 제기하고 자신의 두려움을 고백하고 음식 접시를 건네면서, 우리에게 계속 대화를 유도했다. 이렇게 밝은 순간에는 예전의 활기찬 로리를 언뜻언뜻 볼 수 있었다. 더 정확히 말하면, 결코 나이 먹지 않은 예전의 목소리를 들을 수 있었다. 제이컵에게 위기가 닥친 후로, 로리는 모든 면에서 시들어갔다. 눈은 퀭하고 멍해 보였고, 윤기 흐르던 분홍빛 안색은 누렇고 푸석해졌다. 하지만 다행히도 목소리만은 변하지 않았다. 로리가 입을 열면, 내가 삼십오 년 전쯤에 처음 들었던 그 십 대 소녀의 목소리가 흘러나왔다. 마치 1974년으로부터 온 전화를 받는 기분이었다.

어느 순간, 제이컵이 배심원들에 대해 이야기하기 시작했다.
"그 사람들이 저를 싫어하는 것 같아요. 저를 쳐다보는 눈빛이 그래요."
"제이컵, 그 사람들은 고작 하루 배심원석에 앉아 있었을 뿐이야. 그 사람들한테 기회를 주렴. 게다가, 지금까지 그 사람들이 아는 거라고는 네가 살인으로 기소되었다는 사실뿐이잖아. 그 사람들이 무슨 생각을 할 거라고 기대하니?"
"그 사람들은 아무 생각도 하지 말아야 해요."
"그들도 인간이야, 제이크. 그냥 그 사람들이 너를 싫어할 만한 다른 빌미를 제공하지 마. 그러면 돼. 냉정을 유지하고, 아무 반응도 보이지 마. 특히 그런 표정은 짓지 말고."
"어떤 표정이오?"
"딴생각을 할 때 나오는 특유의 표정이 있어. 째려보는 듯한."
"안 째려봐요!"
"째려봐."
"엄마, 제가 째려봐요?"
"엄마는 모르겠던데. 가끔 아빠는 지나치게 전략에 집착하잖아."
"째려봐, 제이크. 마치……."
내가 째려보는 표정을 지었다.
"아빠, 그건 째려보는 게 아니에요. 변비에 걸린 표정이라고요."
"어이, 지금 농담하는 거 아니야. 딴생각할 때 네가 그런 표정을 짓는다니까. 화난 것처럼 보이니까, 배심원들한테 그런 표정 짓지 마."
"제 표정이 원래 그래요! 저더러 어쩌라고요?"
"그냥 원래의 멋진 네 모습으로 있으면 돼, 제이컵."

로리가 다정하게 말했다. 그리고 제이컵을 향해 힘없이 살짝 웃어 보였다. 로리는 상의를 반대로 입고 있었다. 상표가 목에 쓸릴 텐데도, 로리는 그 사실을 의식하지 못하는 모양이었다.

"저기, 멋진 제 모습에 대한 이야기가 나와서 말인데, 혹시 트위터에 제 이름이 검색어로 올라가 있다는 사실을 알아요?"

"그게 무슨 말이니?"

로리가 말했다.

"사람들이 트위터에서 제 이야기를 하고 있다고요. 사람들이 뭐라는 줄 알아요? 이런 식이에요. 제이컵 바버는 멋지다. 그의 아이를 갖고 싶다. 제이컵 바버는 결백하다."

"그렇군, 다른 말은?"

내가 말했다.

"그래요, 나쁜 말들도 있어요. 하지만 대부분이 긍정적이에요. 70퍼센트 정도요."

"70퍼센트가 긍정적이라고?"

"대략요."

"그렇게까지 자세히 살펴봤어?"

"그냥 오늘요. 하지만, 맞아요. 물론 글을 읽어 봤어요. 아빠도 확인해봐요. 트위터에 가서 우물 정자 표시를 하고 제이컵 바버를 검색해하면 돼요. 띄지 말고 붙여서."

제이컵이 종이 냅킨에 '#제이컵바버'라고 적었다.

"제가 실시간 트렌드라고요! 그게 무슨 뜻인지 알아요? 보통 코비 브라이언트나 저스틴 팀버레이크나 그런 사람들이 실시간 트렌드가 된다고요."

"그거, 음, 멋지구나, 제이컵."

내가 아이의 엄마를 향해 회의적인 표정을 지었다.

우리 아들이 인터넷에서 유명해진 게 이번이 처음은 아니었다. 누군가가, 아마 학교 친구가 제이컵을 응원하기 위해 'JacobBarber.com'이라는 웹사이트를 만들었다. 이 사이트에는 게시판이 하나 마련되어 있었는데, 그곳에서 사람들은 제이컵의 결백을 단언하거나, 제이컵을 지지하거나, 제이컵의 성인군자 같은 인품에 대해 상술할 수 있었다. 부정적인 글은 여과되었다. 제이컵을 응원하는 페이스북 그룹도 있었다. 대체로 온라인에서 사람들은 제이컵이 약간 이상하고, 다분히 살인 성향을 지녔으며, 확실히 매력적인 아이라고 떠들어댔고, 그러한 평가들은 사건과 무관하지 않았다. 가끔 제이컵은 모르는 사람들에게서 문자 메시지를 받기도 했다. 대부분이 악의에 찬 내용이었지만, 전부 그런 것은 아니었다. 어떤 여자애들은 제이컵에게 멋지다고 말하거나 성적인 제안을 하기도 했다. 제이컵은 부정적인 문자와 긍정적인 문자가 2대 1의 비율로 섞여서 온다고 주장했고, 그 정도면 나쁘지 않다고 생각하는 듯했다. 결국에 제이컵은 자신이 결백하다는 사실을 알고 있었으니까. 어쨌든, 제이컵은 전화번호를 바꾸고 싶어 하지 않았다.

"페이스북 같은 것을 좀 멀리해야 할 필요가 있어, 제이컵. 적어도 소송이 끝날 때까지는."

로리가 말했다.

"저는 그냥 읽기만 해요, 엄마. 글을 쓰지는 않는다고요. 저는 눈팅족이에요."

"눈팅족? 그런 단어는 쓰지 마. 제발, 잠시 동안 인터넷을 안 할 수는 없겠니? 네가 상처받을까 봐 그래."

"제이컵, 엄마 말은 우리가 냉정함을 유지하려고 노력한다면, 앞으로 두 주를 견디기가 조금은 수월할 거란 뜻이야. 그러려면, 우리는 어느 정도 귀를 닫고 있어야 해."

"이 짧았던 명예가 그리울 거예요."

제이컵이 빙그레 웃었다. 어린애답게 무신경하고 태평하고 씩씩했다.

로리가 뜨악한 표정을 지었다.

"그거 참 애석하구나."

내가 웅얼거렸다.

"제이컵, 네가 다른 일로 명예를 얻게 되길 기원하자꾸나."

우리는 모두 입을 다물었다. 날붙이가 그릇 위에서 쨍그랑댔다.

"저 남자가 자동차 시동을 좀 껐으면 좋겠어."

로리가 말했다.

"어떤 남자?"

"저 남자."

로리가 나이프로 창문 쪽을 가리켰다.

"안 들려? 저기 밖에 웬 남자가 시동을 켜 놓고 차 안에 앉아 있잖아. 저 소리 때문에 골치가 아파. 귓속에서 윙윙거리는 소리가 사라지지를 않아. 그걸 뭐라고 하지? 귓속에서 자꾸 윙윙거리는 소리가 들리는 거 말이야."

"이명 현상."

내가 말했다.

로리가 얼굴을 찌푸렸다.

"십자말풀이 덕택이지."

내가 설명했다.

나는 염려보다는 호기심으로 자리에서 일어나 창문을 내다보았다. 커다란 세단 한 대가 눈에 들어왔다. 정확한 차종을 분간할 수가 없었다. 미국 자동차 산업의 쇠망기에 만들어진, 문 네 개짜리 대형 쓰레기, 아마 링컨 자동차 같았다. 차가 길 건너 두 집 아래쪽,

가로등 사이 어두운 구역에 주차되어 있어서, 운전자의 윤곽조차 보이지 않았다. 하지만, 운전자가 담배를 한 모금 빨 때마다, 차 안에서 작은 황색 불빛이 별처럼 반짝였다. 그러더니 그 작은 별이 별안간 빛을 잃었다.

"누군가를 기다리는 모양이야."

"그렇다면 시동을 끄고 기다려야지. 저 남자는 지구온난화에 대해 들어보지도 못했나?"

"그러기엔 나이가 많은 남자인 모양이야."

나는 담배와 공회전 중인 엔진, 항공모함 크기의 차를 보고 그렇게 유추했다. 그러한 습성은 나이 든 세대의 전유물이었다.

"아마 기자 새끼일 거예요."

제이컵이 말했다.

"제이크!"

"죄송해요, 엄마."

"로리, 내가 나가서 말하고 올까? 저 남자한테 가서 시동 좀 끄라고 말할게."

"아니야. 저 사람이 뭘 원하는지 누가 알겠어? 저 사람의 목적이 뭐든 간에, 좋은 건 아닐 거야. 그냥 가만히 있어."

"여보, 피해망상이야."

나는 여보니 자기니 내 사랑이니 하는 호칭을 사용하지 않지만, 지금은 다정한 말투가 필요해 보였다.

"그냥 어떤 노인네가 궐련을 한 대 피우면서 라디오를 듣고 있는 거야. 저 사람은 자기가 켜 놓은 엔진 때문에 누군가가 짜증스러워한다는 사실도 모를 거야."

로리가 회의적으로 얼굴을 찌푸렸다.

"줄곧 우리더러 자중하라고, 사고 치지 말라고 말하던 사람은 바로 당신이야. 저 남자는 당신이 밖으로 나와서 뭐라도 하기를 바라는지 몰라. 당신한테 미끼를 던지고 있는 건지도 모른다고."
"로리, 제발. 저건 그냥 차야."
"그냥 차라고, 어?"
"그냥 차야."
하지만 그냥 차가 아니었다.

9시경에 나는 쓰레기를 내다 버리려고, 플라스틱 쓰레기통 하나와 재활용품을 담은 불편한 초록색 사각 들통 하나를 들고 밖으로 나섰다. 재활용품 통은 한 손으로 운반하기에는 불편한 크기여서, 언제나 진입로 중간쯤에 이르면 손가락에 쥐가 나기 시작했다. 그래서 통 두 개를 한꺼번에 인도에 내다 놓으려면, 재활용품이 사방으로 쏟아지기 전에 거리까지 뒤뚱뒤뚱 전속력으로 걸어야 했다. 쓰레기통과 재활용품 들통을 내려놓고서 보기 좋게 나란히 정리하고 나니, 아까 그 차가 눈에 들어왔다. 차의 위치가 바뀌어 있었다. 이번에 그 차는 우리 집에서 몇 집 위쪽, 길 건너편에 주차되어 있었다. 시동은 꺼져 있었다. 차 안에서 반딧불 같은 담뱃불도 보이지 않았다. 차에 아무도 없는 모양이었다. 하지만 어두워서 도저히 확인할 수가 없었다.

나는 몇 가지 세부 사항을 알아내려고 어둠 속에서 차를 유심히 살폈다.

시동이 켜지고, 전조등이 들어왔다. 차에는 앞 번호판이 없었다.

나는 궁금증을 참지 못하고 차 쪽으로 걷기 시작했다.

차는 위험을 감지한 동물처럼 나한테서 천천히 물러서더니, 빠르게 뒤로 내달렸다. 그리고 첫 번째 교차로에서 날쌔고 노련하게 몸체를 틀어 그대로 달아나 버렸다. 나는 차와의 거리를 20미터 이내로 좁히지 못했다. 그리고 어둠 때문에 차에 대해 아무것도 알아내지 못했다. 심지어는 차의 색깔이나 종류조차도. 차는 좁은 도로 위를 난폭하게 질주했다. 난폭하면서도 부드럽게.

잠시 후, 로리는 현명하게 잠을 자러 갔고, 나는 거실에서 제이컵과 '존 스튜어트 데일리 쇼'를 보았다. 나는 소파 위에 몸을 쭉 펴고 앉아서 오른발을 쿠션에 얹고 오른팔을 등받이에 걸치고 있었다. 그런데 누군가 지켜보는 듯한, 근질근질하고 기분 나쁜 느낌이 들었다. 나는 블라인드를 올리고 다시 한 번 밖을 살폈다.

그 차가 돌아와 있었다.

나는 뒷문으로 나가서, 이웃집 뒷마당을 지나, 차 뒤쪽으로 나왔다. 그 차는 링컨 타운 카로, 번호가 75K S82이었다. 차 내부는 어두웠다.

천천히 운전석 옆으로 다가갔다. 나는 차 유리를 두드리고 문을 연 다음, 남자를 차 밖으로 끌어내서 인도 위에 깔아뭉개고, 우리 가족 근처에는 얼씬도 하지 말라고 경고할 준비가 되어 있었다.

하지만 차는 비어 있었다. 나는 운전자, 그 담배 피우는 남자를 찾아서 주변을 빠르게 둘러보았다. 하지만 나는 바보짓을 하고 있었다. 로리가 나까지 피해망상증 환자로 만들고 있었다. 이건 그냥 주차된 차였다. 아마 운전자는 근처 자신의 집에서 숙면을 취하거나, 아내와 섹스를 하거나, 텔레비전을 보거나, 평범한 사람들이 하는 그런 일, 예전에 우리가 하던 그런 일을 하고 있을 것이다. 그렇다면, 내가 봤던 건 대체 뭐란 말인가?

하지만, 미안함보다는 안전이 우선이었다. 나는 폴 더피에게 전화를 걸었다.

"변호사 양반."

폴이 예전과 다름없이 간단명료하게 전화를 받았다. 나한테 전화가 와서 반갑다는 듯이, 반갑기는 하지만 놀랍지는 않다는 듯이. 우리는 몇 달 동안 말 한 마디 않고 지냈다. 게다가, 지금은 밤 11시 30분이고, 내일 공판 모두진술이 있을 예정이었다.

"더프, 방해해서 미안하네."

"방해는 무슨. 어쩐 일이야?"

"아무 일 아닐 수도 있는데, 누군가가 우리를 감시하는 것 같아. 그가 밤새 밖에 차를 세워두고 있어."

"남자야?"

"잘 모르겠어. 사람은 못 봤고, 차만 봤어."

"방금 자네가 '그'라고 말했어."

"그냥 내 짐작이야."

"그 사람이 무슨 짓을 했는데?"

"시동을 끄지 않은 차 한 대가 우리 집 앞에 주차되어 있었어. 그때가 6시쯤, 저녁 식사 시간이었어. 그런데 9시쯤에 그자가 또 보이더라고. 그래서 내가 다가가니까 그자가 차를 돌려서 급하게 떠났어."

"그 사람이 어떤 식으로든 자네를 위협했어?"

"아니."

"전에 그 차를 본 적이 있어?"

"아니. 없는 것 같아."

전화기에서 깊은 한숨소리가 들려왔다.

"앤디, 충고 한마디 할까?"

"누군가가 그래 주면 좋겠어."

"가서 눈 좀 붙여. 내일은 자네한테 중요한 날이잖아. 자네는 지나치게 압박감에 시달리고 있어."

"그냥 주차된 차라고 생각하는 거야?"

"내가 듣기에는 그냥 주차된 차 같아."
"부탁 하나만 들어줄래? 번호판 좀 조회해줘. 그냥 확인 차원에서. 로리가 심하게 스트레스를 받고 있어. 로리를 안심시키고 싶어."
"자네와 나 사이의 비밀이지?"
"물론이야, 더프."
"좋아, 번호 불러 봐."
"매사추세츠 번호판이야. 번호는 75K S82. 차종은 링컨 타운카."
"알았어, 기다려."
폴이 전화로 조회를 하는 동안 긴 침묵이 흘렀다. 나는 소리를 죽여 놓고 '스티븐 콜베어 쇼'를 보았다.
폴이 돌아와서 말했다.
"그 번호판 소유 차량은 혼다 어코드야."
"젠장. 훔친 번호판이잖아."
"아니. 적어도 도난 신고가 접수되지는 않았어."
"그렇다면 그게 왜 링컨에 붙어 있는 거야?"
"누군가가 그 차를 수상하게 여기고 경찰에 신고할 경우를 대비해서 번호판을 빌린 모양이지. 드라이버 하나만 있으면 되니까."
"젠장."
"앤디, 뉴턴 경찰서에 신고해야 해. 아직 아무 일 아닐 수도 있지만, 일단 신고해서 이 일을 알리기라도 해."
"지금은 그러고 싶지 않아. 내일부터 공판이야. 만약 내가 신고를 하면, 이 일이 바로 기사화될 거야. 그렇게 둘 수는 없어. 지금 당장은 우리가 평범하고 안정된 가족으로 보이는 게 중요해. 배심원들이 우리를 자신들과 똑같은 보통 가족으로 생각했으면 좋겠어. 왜냐하면 우리는 그들하고 다르지 않으니까."

"앤디, 누군가가 자네 가족을 위협하고 있다면……."

"아니. 누구도 우리를 위협하고 있지 않아. 실제로 누가 무슨 짓을 한 것도 아니잖아. 자네도 그랬잖아. 그냥 주차된 차 같다고."

"하지만 걱정스러우니까 나한테 전화를 건 거잖아."

"상관없어. 내가 처리할게. 배심원들이 이 일에 대해 알게 되면, 그중 반은 우리를 거짓말쟁이라고 생각할 거야. 우리가 동정표를 얻기 위해서 속임수를 쓰고 있다고, 이 일의 희생자인 양 연기를 하고 있다고 생각할 거라고. 우리가 조금이라도 특이하고, 찜찜하고, 수상쩍고, 이상해 보이면, 배심원들은 무죄라고 말하기를 꺼려할 거야."

"그래서 어쩔 생각이야?"

"혹시 신고 접수 없이 순찰차 한 대 보내줄 수 있어? 그냥 저자를 떠나게 하려고. 겁을 줘서 쫓아버리려고. 그러면 로리한테 걱정할 필요 없다고 말할 수 있을 거야."

"내가 직접 하는 편이 낫겠어. 그렇지 않으면 반드시 신고가 있어야 하니까."

"고마워. 이 은혜를 어떻게 갚지."

"그냥 자네 아들이나 안전하게 집에 잘 데리고 있어, 앤디."

"그게 무슨 말이야?"

잠시 침묵.

"나도 잘 모르겠어. 이 모든 일이 불편해. 피고석에 앉아 있는 자네와 제이컵을 보는 일도 그렇고. 나는 제이컵이 태어날 때부터 녀석을 봐 왔잖아."

"폴, 제이컵은 범인이 아니야. 내가 보증해."

폴이 의심스럽다는 듯 앓는 소리를 냈다.

"앤디, 자네 집을 감시할 만한 사람이 누가 있을까?"

"희생자의 가족? 아니면 벤 리프킨의 친구? 신문에서 이 사건에 대한 기사를 읽은 어떤 미친놈? 누구라도 될 수 있어. 경찰에서 패츠에 대한 후속 조사를 진행했어?"

"누가 알겠어? 앤디, 나는 그곳에서 무슨 일이 벌어지는지 전혀 몰라. 나는 빌어먹을 대외 관계 부서에 배속됐다고. 조금 있으면, 나더러 순찰차를 타고 고속도로를 돌아다니면서 신호 위반 딱지나 발부하라고 그러겠지. 제이컵이 기소되자마자 나는 이번 사건에서 제외됐어. 그리고 자네랑 관련해서 무슨 은폐 혐의 같은 걸로 조사를 받겠구나 싶었지. 여하튼, 그래서 나는 아는 게 거의 없어. 하지만, 일단 누군가가 기소된 상황에서 경찰이 패츠를 계속 조사할 까닭이 없잖아. 사건은 이미 해결됐다고."

우리 둘은 잠시 조용히 그 말의 의미를 생각했다.

"좋아, 내가 가볼게. 아무 문제없다고 로리한테 말해."

폴이 말했다.

"이미 그렇게 말했어. 그런데 믿지를 않아."

"내 말도 믿지 않을 거야. 전혀. 가서 좀 자. 이런 식으로라면, 자네 부부는 끝까지 버티지 못할 거야. 오늘이 고작 첫째 날 밤이잖아."

나는 폴에게 감사를 전하고 2층으로 올라가서 로리 옆에 누웠다. 로리가 내 쪽으로 등을 돌린 채 고양이처럼 웅크리고 있었다.

"누구야?"

로리가 베개에 대고 웅얼거렸다.

"폴."

"뭐래?"

"그냥 주차된 차 같대. 아무 문제없대."

로리가 끙끙거렸다.
"그리고 당신이 자기 말을 믿지 않을 거래."
"제대로 맞혔네."

27
공판개시

닐 라주디스는 배심원단에게 모두진술을 하려고 자리에서 일어섰을 때 무슨 생각을 하고 있었을까? 라주디스는 자신을 촬영하는 두 대의 무인 카메라를 뚜렷하게 의식하고 있었다. 양복 단추 두 개를 꼼꼼하게 채운 걸로 봐서는 의심의 여지가 없었다. 라주디스는 오늘도 단추 세 개짜리 최신식 양복을 입고 있었지만, 분명히 그 옷은 어제 입었던 것과는 다른 새 양복이었다. (흥청망청 옷을 사들인 것은 실수였다. 라주디드는 새 옷을 입으면 우쭐대는 경향이 있었다.) 라주디스는 틀림없이 자기 자신을 영웅으로 생각했을 것이다. 라주디스는 패기만만하고 자신감이 넘쳤지만, 그의 목표가 대중의 목표와 일치했기에, 그의 태도에 문제 될 것은 없었다. (닐에게 좋은 것은 모두에게 좋았다. 물론 제이컵은 빼고.) 또한, 말 그대로 추방당해서 피고석에 앉아 있는 나를 보며 일종의 정당성도 느꼈을 것이다. 그날 라주디스의 머릿속에 어떤 오이디푸스적 보복 심리가 있었다는 뜻은 아니다. 어쨌든, 라주디스는 그러한 내색을 전혀 하지 않았다. 라주디스가 새 양복 상의를 매만지고서 자리에서 일어나 잠시 배심원단(법정에 있는 배심원단과 텔레비전 카메라 너머에 있는 배심원단 모두)을 바라보는 동안, 내 눈에는 그저 젊은 사내의 허영심만이 보였다. 그렇다고 나는 라주디스를 미워할 수도, 그 보잘것없는 자기만족을 시기할 수도 없었다. 라주디스는 학교를 졸업하고 성장해서 마침내 사내가 되었다. 우리 모두는 한 번쯤 그런 기분을 느낀다. 오이디푸스적이든 아니든, 오랜 세월이 흘러 아버지의 자리에 선다는 것은 기쁨이며, 그것도 더없이 순수한 기쁨이다. 어쨌든, 왜 오이디푸스를 비난하는가? 오이디푸스는 피해자였다. 가련한 오이디푸스는 결코 남을 해할 의도가 없었다.

라주디스가 판사를 향해 고개를 끄덕였다. (자신이 공손하다는 사실을 배심원들에게 보여줘라.) 그리고 지나가면서 적대적인 시선으로 제이컵을 노려보았다. (자신이 피고인을 두려워하지 않는다는 사실을 배심원들에게 보여줘라. 만약 검사가 담대하게 피고인의 눈을 쳐다보며 '유죄'라고 말하지 못한다면, 어떻게 배심원들에게 그러한 일을 기대할 수 있겠는가?) 라주디스는 배심원단을 마주하고 서서 손끝을 배심원석 앞쪽 난간에 얹었다. (배심원과의 거리를 좁혀라. 그렇게 하면 배심원들은 검사를 자기편으로 느끼게 된다.)

라주디스가 입을 열었다.

"한 십 대 소년이 어느 봄날 이른 아침에 콜드 스프링 공원이라는 숲 속에서 숨진 채 발견되었습니다. 열네 살 소년은 가슴을 가로 방향으로 세 차례 난자당한 뒤, 진흙과 젖은 잎으로 미끄러운 경사지에 던져졌습니다. 그리고 걸어서 등교하던 학교로부터 400미터도 떨어지지 않은 곳에서, 불과 몇 분 전에 떠나온 집에서 400미터 떨어진 곳에서 죽은 채 엎드려 있었습니다."

라주디스의 시선이 천천히 배심원석을 훑었다.

"그런데, 이 모든 일이 일어나는 데에는, 이러한 짓을 저지르겠다는 결정을, 사람의 목숨을 빼앗겠다는 선택을, 이 소년의 생명을 빼앗겠다는 선택을 내리는 데에는 고작 일 초도 걸리지 않습니다."

라주디스는 그 말이 잠시 허공을 떠다니도록 내버려두었다.

"순식간에."

라주디스가 손가락을 튕겼다.

"폭발합니다. 자제력을 잃는 데 일 초도 걸리지 않습니다. 사람을 살해하겠다고 마음먹는 데 필요한 시간은 고작 일 초, 순간입니다. 의식적인 살해 의도를 법정에서는 살의라고 부릅니다. 살의가 얼마나 빠르게 형성되었는지, 살인자가 얼마나 순식간에 살의를 품었는지는 중요하지 않습니다. 일급 살인은 단지…… 그런 식으로도 일어날 수 있습니다."

라주디스가 배심원석을 따라 걸으면서, 시간을 들여 배심원 하나하나와 눈을 맞추기 시작했다.

"피고인에 대해 잠시 생각해보죠. 이번 소송은 모든 것을 가진 한 소년과 관련되어 있습니다. 좋은 가족, 좋은 성적, 교외 부촌의 멋진 집. 피고인은 남들보다 많은, 훨씬 많은 것들을 가졌습니다. 하지만 다른 것도 가지고 있었습니다. 바로 파괴적인 성격입니다. 그리고 피고인은 누군가에게 괴롭힘을 당했습니다. 심하게는 아니고, 그저 놀림이나 지분거림 정도, 이 나라의 모든 학교에서 매일 벌어지는 그런 일을 당했습니다. 하지만 그 괴롭힘이 조금 심해지자 피고인은 더는 참지 않기로 결정했고, 그 파괴적인 성격이 마침내…… 폭발했습니다."

검사는 배심원들에게 '사건의 개요'를 말해야 하는데, 그 이야기가 최종 판결을 이끌어낸다. 사실만으로는 충분치 않다. 사실들을 하나의 이야기로 짜 맞춰야 한다. 배심원들은 '이번 소송이 무엇에 관한 것입니까?'라는 질문에 답할 수 있어야 한다. 배심원을 대신해서 그 질문에 답을 해주면, 소송에서 승리할 수 있다. 배심원들을 위해 사건을 하나의 구절, 하나의 주제, 하나의 단어로까지 정제하고, 그 구절을 배심원들의 마음속에 아로새겨야 한다. 배심원들이 그 구절을 품고 배심원 협의실로 돌아가게 해야 한다. 그래서 배심원들이 사건을 논의하기 위해 입을 열었을 때, 검사가 했던 말이 흘러나오게 해야 한다.

"피고인은 폭발했습니다."

라주디스가 다시 한 번 손가락을 튕겼다.

라주디스가 피고석으로 바짝 다가와서 우리의 영역을 침범함으로써 의도적으로 우리에게 무례를 범했다. 라주디스가 손가락 하나를 제이컵에게 겨눴고, 제이컵은 그 손가락질을 피하려고 무릎을 내려다보았다. 라주디스는 순 허풍쟁이였지만, 기교만은 훌륭했다.

"하지만 피고인은 멋진 교외에 사는, 멋진 가정 출신의 여느 소년이 아니었습니다. 그리고 그저 성미만 급한 여느 소년이 아니었습니다. 이 피고인에게는 남들과는 다른 무언가가 있었습니다."

라주디스의 손가락이 슬그머니 제이컵에게서 나에게로 향했다.

"피고인에게는 지방검사였던 아버지가 있었습니다. 그것도 평범한 지방검사가 아니었습니다. 네, 피고인의 아버지 앤드루 바버는 차장검사이자 제가 일하는 검찰청에서, 바로 이 건물에서 단연 최고였습니다."

그 순간, 나는 손을 뻗어 라주디스의 창백한 점투성이 손에서 그 망할 놈의 손가락을 뽑아버리고 싶었다. 하지만, 나는 무표정하게 라주디스의 눈을 쳐다보았다.

"이 피고인은······."

라주디스가 손가락을 거두어들였다. 그리고 마치 바람의 방향을 확인하듯 손가락을 어깨 위로 쳐들더니 허공에 흔들면서 배심원석 앞으로 되돌아갔다.
"이 피고인은……."
피고인의 이름을 언급하지 마라. 그냥 '피고인'이라고만 불러라. 이름은 피고인에게 인간성을 부여해서, 배심원들로 하여금 피고인을 연민, 심지어는 자비를 받을 자격이 있는 한 인간으로 바라보게 만든다.
"이 피고인은 아무것도 모르는 어린애가 아니었습니다. 결코 아니었습니다. 피고인은 자신의 아버지가 미들섹스 카운티에서 발생한 모든 중대한 살인 사건을 기소하는 모습을 수년간 지켜보았습니다. 저녁 식사를 하면서 대화에 귀를 기울였고, 전화 통화나 직업상의 대화를 우연히 듣기도 했습니다. 피고인은 살인이 가업인 집에서 자라났습니다."
조녀선이 펜을 노트 위에 떨어뜨리고서, 격분해서 숨을 씩씩 내쉬며 고개를 내저었다. '살인이 가업'이라는 말은 판사의 허락 없이는 발언이 금지된 주장을 에둘러 표현한 것이었다. 하지만 조녀선은 이의를 제기하지 않았다. 기교적이고 형식적인 항변으로 검찰 측을 방해하는 것으로 비쳐질까 봐 염려스러운 모양이었다. 조녀선은 단순하게 변론할 예정이었다. '제이컵은 범인이 아니다.' 그래서 그러한 논지를 흐리고 싶지 않았을 것이다.
나는 조녀선의 의중을 이해했다. 하지만, 그렇게 비열한 헛소리가 이의 제기 없이 통과되는 모습을 지켜보려니 정말로 분통이 터졌다.
판사가 라주디스를 쳐다보았다.
라주디스가 계속했다.
"적어도, 살인 사건 공판이 가업인 집에서 자라났습니다. 그래서 피고인은 살인자의 유죄를 입증하는 일, 바로 지금 바로 이곳에서 우리가 하고 있는 일에 대해 어느 정도 지식을 가지고 있었습니다. 텔레비전 프로그램을 통해 얻은 지식이 아니었죠. 그래서 피고인이 폭발했을 때, 그 순간이 찾아왔을 때, 마지막 치명적인 도발이 있었을 때, 피고인은 사냥용 칼을 들고 같은 반 친구를 뒤쫓았습니다. 만일을 대비해서 이미 준비 작업을 끝내 놓은 상태였죠. 그리고 모든 일을 끝냈을 때, 피고인은 전문가처럼 증거를 감췄습니다. 어떤 면에서 피고인은 전문가였으니까요.

하지만 단 한 가지 문제가 있었습니다. 전문가조차 실수를 저지른다는 사실입니다. 앞으로 며칠 동안 우리는 피고인에게로 향하는 증거를 밝혀 나갈 것입니다. 오직 피고인에게로만 향하는 증거. 모든 증거를 보고 나면, 여러분은 합리적 의심의 여지없이, 한 점의 의혹도 없이, 이 피고인이 유죄라는 사실을 알게 될 것입니다."

잠시 멈춤.

"하지만 왜? 여러분은 이러한 의문을 품을지도 모릅니다. 왜 피고인이 어느 8학년 소년을 죽였을까? 왜 어떤 아이가 다른 아이에게 이런 짓을 저질렀을까?"

라주디스는 당혹스럽다는 듯 눈썹을 치켜세우고, 어깨를 크게 으쓱했다.

"음, 우리는 모두 학교를 다녔습니다."

라주디스는 입술을 말아 올리더니, 음모가 담긴 선웃음을 지었다. '우리 버릇없이 법정에서 한번 웃어봅시다.'

"자, 우리는 모두 그곳에 다녔어요. 우리 중에 몇몇은 다른 사람보다 최근까지 다녔죠."

라주디스가 악어처럼 음흉하게 미소 짓자, 놀랍게도 배심원 몇몇이 다 안다는 듯 살짝 웃어 보였다.

"맞습니다, 우리 모두는 그곳에 다녔습니다. 그리고 우리 모두는 아이들이 어떤지 알고 있습니다. 솔직히 말해서, 학교는 힘든 곳일 수도 있습니다. 아이들은 짓궂게 굴기도 합니다. 아이들은 장난도 치고, 법석도 떨고, 조롱도 합니다. 여러분은 이 사건의 희생자, 벤 리프킨이라는 열네 살 소년이 피고인을 놀렸다는 증언을 듣게 될 것입니다. 딱히 충격적일 것은 없습니다. 대다수의 아이들에게 그건 대수롭지 않은 일입니다. 지금 당장 이 법정을 떠나서 조금만 차를 몰고 어느 마을의 어느 운동장을 가봐도, 그런 일은 흔하게 일어납니다.

분명하게 해둬야 할 부분이 있습니다. 이 사건의 희생자 벤 리프킨을 성자로 만들 필요는 없습니다. 앞으로 여러분은 벤 리프킨에 대해 그다지 좋지 않은 이야기들을 듣게 될 것입니다. 하지만 이 사실을 기억해주시기 바랍니다. 벤 리프킨은 여느 소년들과 다름없는 소년일 뿐이었습니다. 벤 리프킨은 완벽하지 않았습니다. 일반적인 십 대들처럼 많은 결함을 안고 성장통을 앓던 평범한 아이였습니다. 그 아이는 열네 살이었습니다. 열네 살! 앞날에 모든 인생이 펼쳐져 있는 그런 나이였습니다. 그 아이는 성자가 아니었습니다. 성자가 아니었어요. 우리 중에 누가 인생의 처음 십사 년만으로 자신을 평가받고 싶어 하겠습니까? 우리 중에 누군들 열네 살의 나이에 완전했겠습니까? 그리고…… 그리고 삶이 끝났겠습니까?

피고인은 벤 리프킨을 동경했습니다. 벤은 잘생기고, 멋지고, 인기 많은 아이였습니다. 반면에, 피고인은 반 친구들 사이에서 이방인이었습니다. 조용하고, 외톨이고, 예민하고, 특이한 왕따였습니다.

하지만 벤은 이 괴상한 소년을 놀리는 치명적인 실수를 저질렀습니다. 벤은 피고인의 성미에 대해, 숨겨진 살인 능력, 혹은 살인 욕망에 대해 알지 못했습니다."

"이의 있습니다!"

"인정합니다. 배심원단은 피고인의 욕망에 대한 검사의 발언을 무시하시기 바랍니다. 그 말은 전적으로 추측성 발언입니다."

라주디스는 배심원들에게서 시선을 떼지 않았다. 라주디스는 돌처럼 꼼짝 않고 서서, 이의 제기를 회피하며 아무 소리도 못 들은 척했다. '판사와 피고 측은 여러분에게 그 사실을 숨기려 하지만, 우리는 진실을 알고 있습니다.'

"피고인은 계획을 세웠습니다. 그리고 칼을 구했습니다. 그 칼은 아동용 칼도, 조각칼도, 스위스 군용 칼도 아닌, 살생을 위해 제작된 사냥용 칼이었습니다. 여러분은 피고인의 가장 친한 친구로부터 그 칼에 대한 이야기를 듣게 될 것입니다. 그 친구는 피고인이 칼을 들고 있는 모습도 보았고, 피고인이 벤 리프킨에게 칼을 사용할 계획이라고 말하는 소리도 들었습니다.

여러분은 피고인 스스로가 그 모든 것을 생각해냈다는 사실을 알게 될 것입니다. 피고인은 살인을 계획했습니다. 심지어, 몇 주 후에 살인에 대한 이야기를 써서 뻔뻔스럽게 인터넷에 올리기도 했습니다. 그 이야기에서 피고인은 살인이 어떻게 구상되고, 면밀하게 계획되고, 실행되었는지 자세히 서술하고 있습니다. 이제, 피고인은 그 이야기에 대해, 벤 리프킨 살인 사건에 대한 세밀한 묘사가 포함되어 있는 그 이야기에 대해, 실제 살인자만이 알 수 있는 정보가 포함된 그 이야기에 대해 해명하려 들 것입니다. 피고인은 이렇게 말할지도 모릅니다. '그냥 상상해낸 이야기예요.' 본인은 그 말에 대해 이렇게 반문하고 싶습니다. 물론 여러분도 그럴 겁니다. 대체 어떤 아이이기에 친구를 살해하는 상상을 한단 말입니까?"

라주디스는 그 질문이 허공에 떠다니도록 내버려두고, 천천히 걸음을 옮겼다.

"우리는 다음과 같은 사실을 알고 있습니다. 2007년 4월 12일 아침, 피고인이 집을 나서서 콜드 스프링 공원을 향해 출발했을 때, 숲으로 걸어 들어갔을 때, 피고인은 주머니에 칼을, 그리고 머릿속에 계획을 가지고 있었습니다. 피고인은 이미 준비가 되어 있었습니다. 그 시점에서 필요한 것은 어떤 도화선, 피고인을…… 폭발하게 만들 불꽃뿐이었습니다.

그래서 그 도화선이 무엇이었을까요? 대체 무엇이 살인에 대한 상상을 실제 행동으로 바꾸어놓았을까요?"

라주디스가 잠시 말을 멈추었다. 어떻게 폭력 이력이 전무한 평범한 소년이 갑자기 그렇게 잔인한 짓을 저지르게 되었을까? 그것은 반드시 대답해야 할 핵심 질문이자 라주디스가 풀어야 할 수수께끼였다. 동기는 모든 사건의 필수 요소다. 법적으로는 그렇지 않지만, 배심원들 한 명 한 명은 모두 그렇게 생각한다. 그래서 동기가 없는 (혹은 동기가 불충분한) 범죄는 입증하기가 어렵다. 배심원들은 무슨 일이 일어났는지 이해하고 싶어 한다. 그 까닭을 알고 싶어 한다. 배심원들은 논리적인 답변을 요구한다. 보아하니, 라주디스는 답변을 마련하지 못한 모양이었다. 라주디스가 제시할 수 있는 거라고는 학설, 추측, 확률, '살인 유전자'뿐이었다.

"우리는 결코 알 수 없을지도 모릅니다."

라주디스가 시인했다. 그러면서도 자신이 맡은 소송의 커다란 허점을, 이번 범죄의 생소함과 명백한 불가해성을 대수롭지 않게 취급하려고 최선을 다했다.

"벤이 피고인에게 욕을 했을까요? 평소처럼 피고인을 호모 혹은 계집애라고 불렀을까요? 아니면 변태 혹은 패배자라고 불렀을까요? 피고인을 밀치거나, 위협하거나, 어떤 식으로든 괴롭혔을까요? 아마 그랬을 겁니다."
 내가 고개를 흔들었다. '아마 그랬을 거라고?'
 "피고인을 폭발시킨 것이 무엇이든 간에, 피고인은 2007년 4월 12일 8시 20분경, 그 운명적인 아침에 콜드 스프링 공원에서 벤 리프킨을 만났을 때, 자신의 계획을 실행에 옮기기로 결정했습니다. 피고인은 벤이 그곳에 있으리라는 사실을 알았습니다. 그들 둘은 몇 년 동안 그 숲을 걸어서 학교에 다녔으니까요. 그리고 피고인은 벤을 세 차례 찔렀습니다. 벤의 가슴에 칼을 찔러 넣었습니다."
 라주디스가 자신의 오른팔로 칼잡이의 찌르기 동작을 세 차례 시현했다.
 "한 번, 두 번, 세 번. 깔끔하고 간격이 고른 상처 세 개가 가슴을 가로질러 일직선으로 새겨졌습니다. 상처의 형태만 보더라도 범인의 계획성, 냉정함, 자제력을 짐작할 수 있습니다."
 라주디스가 이번에는 다소 머뭇머뭇 말을 멈추었다.
 배심원들 역시 확신이 없어 보였다. 배심원들은 우려의 표정으로 라주디스를 바라보았다. 라주디스의 모두진술은 매우 강하게 시작되었지만, '왜'라는 가장 중요한 질문에 이르러서 허물어지기 시작했다. 라주디스는 양다리를 걸치고 있었다. 앞서, 라주디스는 제이컵이 폭발해서 자제력을 잃고 순간적인 분노에 휩싸여서 같은 반 친구를 살해했다고 말했다. 그리고 이제는 제이컵이 몇 주 동안 살인을 계획하고, 검사의 아들로서 법률가적 전문 지식을 활용해서 침착하게 세부 사항을 숙고한 다음, 기회를 기다렸다고 말하고 있었다. 명백한 문제는 라주디스 자신도 동기에 대한 질문에 답을 할 수가 없다는 사실이었다. 아무리 많은 학설을 가져다 붙여도 불가능했을 것이다. 벤 리프킨 살인 사건은 도무지 말이 되질 않았다. 수사가 시작된 지 몇 달이 흐른 지금도 우리는 '왜?'라는 질문을 하고 있었다. 나는 배심원단이 라주디스의 문제점을 알아채리라 확신했다.

"일을 끝내고, 피고인은 칼을 처리했습니다. 그리고 학교로 출발했습니다. 학교에 폐쇄 조치가 내려지고, 경찰이 사건을 해결하려고 미친 듯이 애쓰는 동안에도 피고인은 아무것도 모르는 척했습니다. 피고인은 냉정을 유지했습니다.

아, 하지만 피고인은 검사의 아들로서 자신의 오랜 수습 기간을 통해, 살인은 언제나 흔적을 남긴다는 사실쯤은 알고 있어야 했습니다. 깔끔한 살인 같은 것은 없습니다. 살인은 피로 얼룩진 지저분하고 추잡한 작업입니다. 피가 튀고 흩뿌립니다. 살인의 흥분 속에서 실수가 생기기 마련입니다.

피고인은 피해자의 운동복 상의에 피해자의 젖은 피로 지문을 남겼습니다. 그 지문은 살인 직후에만 생길 수 있는 것이었습니다.

그리고 거짓말이 쌓이기 시작합니다. 살인이 발생하고 몇 주 후에, 마침내 지문이 확인되자, 피고인은 이야기를 바꿉니다. 몇 주 동안 살인에 대해 아무것도 모른다고 부인하더니, 이제는 살인이 일어난 후에 그곳에 있었다고 주장합니다."

회의적인 표정.

"동기: 왕따 남학생이 자신을 놀리던 같은 반 친구에게 앙심을 품음.

흉기: 칼.

방법: 피고인이 직접 살인에 대해 서술한 글에 상세히 설명되어 있음.

물적 증거: 피해자의 혈액으로 피해자의 몸에 찍힌 지문.

신사 숙녀 여러분, 증거가 너무나도 강력합니다. 증거가 산더미 같습니다. 의심의 여지가 전혀 없습니다. 이 심리가 끝나면, 제가 방금 여러분에게 말했던 것을 모두 증명하고 나면, 본인은 바로 이곳 여러분 앞에 다시 서서, 이번에는 여러분에게 자신의 본분을 다해주십사, 명백한 진실이 무엇인지 말해주십사, 여러분이 내릴 수 있는 유일한 결론인 유죄 판결을 내려주십사 요청할 것입니다. 장담컨대, 유죄라는 그 말을 하기가 쉽지는 않을 것입니다. 다른 사람을 심판하는 것은 어려운 일입니다. 평생 우리는 남을 심판하지 말라고 배웁니다. '심판하지 말라.' 성경은 우리에게 그렇게 가르칩니다. 피고인이 어린아이일 때는 특히나 더 어렵습니다. 우리는 아이들의 결백을 열렬하게 믿으며, 또한 믿고 싶어 합니다. 우리는 우리의 아이들이 결백하기를 원합니다. 하지만 이 아이는 결백하지 않습니다. 그렇습니다. 피고인에게 불리한 증거를 전부 보고 나면, 여러분은 이번 재판에 단 하나의 평결만이 존재한다는 사실을 마음 깊숙한 곳에서 깨닫게 될 것입니다. 바로 유죄 평결입니다. 평결은 라틴어에서 유래된 말로 '진실을 말하다'라는 뜻입니다. 본인은 여러분에게 바로 그렇게 해주십사, 진실을 말해주십사, 유죄 평결을 내려주십사 요청할 것입니다. 유죄. 유죄. 유죄. 유죄."

라주디스는 단호하고, 정의롭고, 간절한 표정으로 배심원들을 바라보았다.

"유죄입니다."

라주디스가 한 번 더 말했다.

라주디스는 비통하게 고개를 숙이고, 의자로 돌아가서 털썩 주저앉았다. 겉으로 보기에는 녹초가 되었거나, 생각에 잠겼거나, 죽은 소년 벤 리프킨을 애도하는 것 같았다.

내 뒤로, 방청객들 틈에서 웬 여자가 훌쩍거렸다. 그리고 발자국 소리와 여닫이문 소리가 들리더니, 여자가 법정을 뛰쳐나갔다. 나는 감히 뒤돌아보지 못했다.

내가 느끼기에 라주디스의 모두진술은 꽤 괜찮았다. 이제껏 내가 보았던 라주디스의 모두진술 중에 최고였다. 하지만 라주디스가 원하던 홈런은 아니었다. 여전히 의심의 여지가 남아 있었다. '왜 피고인이 범행을 저질렀는가?' 배심원들은 이번 소송의 약점을, 한 가운데에 뚫린 도넛 구멍을 분명히 감지했을 것이다. 그리고 그것이 검찰 측의 진짜 문제였다. 왜냐하면 공판 중에 검찰 측의 논거가 가장 강력해 보이는 때는 바로 모두진술을 하는 순간이기 때문이다. 모두진술에서는 검사의 이야기가 재판의 실체, 즉 무능한 우호 증인들, 숙련된 적대 증인들, 반대신문 따위에 손상되기 전이라, 오염되지 않고 반박되지 않은 상태로 배심원들에게 전달된다. 내 생각에 라주디스가 우리에게 기회를 남겨준 듯했다.

"피고 측?"

판사가 말했다.

조너선이 자리에서 일어섰다. 그 순간에 나는 조너선이 백발이 성성한 육십 대의 나이에도 소년처럼 보이는 그런 사람이라고 생각했다. 그리고 지금까지도 조너선을 볼 때면 그런 생각이 든다. 조너선의 머리는 항상 헝클어져 있었고, 양복 단추는 풀어져 있었으며, 넥타이와 옷깃은 언제나 삐뚜름했다. 그래서 전체적인 옷차림이 마치 규정 때문에 어쩔 수 없이 교복을 입고 있는 남학생 같은 모습이었다. 조너선은 배심원석 앞에 서서 뒤통수를 긁었다. 그리고 곰 곰이 생각에 잠겨 착잡한 표정을 지었다. 어쩌면, 조너선은 발언할 내용을 전혀 준비하지 않았기 때문에 생각을 가다듬을 시간이 필요했는지도 모른다. 어딘지 모르게 주도면밀하기도 하고 산만하기도 했던 라주디스의 긴 모두진술이 끝나고 조너선의 흐트러진 자연스러움을 마주하니, 마치 신선한 공기를 호흡하는 듯했다. 음, 내가 조너선을 존경하고 좋아해서 조너선을 도두보는지도 모르겠다. 하지만, 내가 보기에, 조너선은 말을 하려고 입을 열기 전부터도 라주디스에 비해 훨씬 호감이 가는 인물이었고, 그러한 사실은 꽤나 중요했다. 숨 한 번 내쉬면서도 다른 사람들에게 어떻게 보일지를 계산할 것 같은 라주디스에 비해, 조너선은 매우 자연스럽고 매우 편하게 행동했다. 후줄근한 양복을 입고 법정에 구부정히 서서 자신만의 생각에 정신이 팔려 있는 모습이 마치 자기 집 주방 개수대 앞에서 잠옷 차림으로 무언가를 먹고 있는 남자처럼 편안해 보였다.

조너선이 발언을 시작했다.

"그러니까, 저는 검사가 했던 어떤 말을 생각하고 있습니다."

조너선이 팔을 뒤로 해서 대충 라주디스 쪽을 향해 흔들었다.

"벤 리프킨 같은 젊은이의 죽음은 끔찍한 일입니다. 모든 범죄, 모든 살인 사건, 우리가 아는 모든 지독한 사건을 통틀어도, 가히 비극적인 일입니다. 벤 리프킨은 고작 소년이었습니다. 이 소년은 앞날이 창창했으며, 훌륭한 의사, 위대한 예술가, 현명한 지도자, 그 무엇이든 될 수 있었을 것입니다. 그런데 그 모든 것을 잃었습니다. 모두 잃고 말았습니다.

사람들은 그런 엄청난 비극을 보면 바로잡고 싶어 합니다. 어떻게든 올바르게 고치고 싶어 합니다. 정의가 실현되는 모습을 보고 싶어 합니다. 어쩌면 여러분은 분노를 느끼는지도 모릅니다. 그래서 누군가가 대가를 치르는 모습을 보고 싶어 하는지도 모릅니다. 우리 모두는 그러한 감정을 느낍니다. 우리 모두는 그저 인간이기 때문입니다.

하지만 제이컵 바버는 결백합니다. 오해의 소지가 없도록 다시 한 번 이 말을 반복하고자 합니다. 제이컵 바버는 전적으로 결백합니다. 제이컵 바버는 아무 짓도 저지르지 않았습니다. 이번 살인과 관련해서 아무 짓도 저지르지 않았습니다. 이 소년은 무고합니다.

방금 여러분이 들으신 증거는 아무것도 증명하지 못합니다. 그러한 증거를 슬쩍 들여다보기만 해도, 여러분은 진짜로 무슨 일이 일어났는지 이해하게 될 것이며, 검찰 측의 논거는 연기처럼 사라지게 될 것입니다. 검찰 측이 매우 중요시하는 그 지문을 예로 들어 보죠. 그 지문이 어떻게 그곳에 찍히게 되었는지 말씀드리겠습니다. 제이컵이 자신을 체포한 경찰에게 질문을 받자마자 이야기한 내용 그대로입니다. 제이컵은 같은 반 친구가 다쳐서 바닥에 쓰러져 있는 모습을 발견했습니다. 그리고 여느 선량한 사람들처럼 친구를 도우려고 했습니다. 제이컵은 벤의 상태를 확인하려고, 그 아이가 괜찮은지 보려고, 그 아이를 도우려고, 그 아이를 돌려 눕혔습니다. 그리고 벤이 죽었다는 사실을 알았을 때, 제이컵은 우리들 대다수가 했을 법한 행동을 했습니다. 제이컵은 겁에 질렸습니다. 사건에 관련되고 싶지 않았습니다. 시신을 만지기는커녕 보았다고만 말해도, 자신이 용의자가 되어 무고하게 기소되지는 않을까 걱정스러웠습니다. 그것이 올바른 반응이었을까요? 물론 아닙니다. 제이컵은 자신이 용기를 내서 처음부터 진실을 말했으면 좋았을 거라고 생각할까요? 물론 그렇습니다. 그러나 제이컵은 소년이고, 인간입니다. 그래서 실수를 저질렀습니다. 그뿐입니다.

절대……."

조너선이 말을 멈추고 바닥을 내려다보며 다음 문장을 생각했다.

"절대 그런 일이 두 번 일어나게 해서는 안 됩니다. 한 소년이 죽었습니다. 그 일을 만회하고자 또 다른 무고한 소년의 인생을 망쳐서는 안 됩니다. 이번 소송이 두 번째 비극이 되게 해서는 안 됩니다. 우리는 이미 충분한 비극을 겪었습니다."

첫 번째 증인은 폴라 잔네토로 조깅을 하다가 시체를 발견한 여자였다. 나는 개인적으로 이 여자를 몰랐지만, 시내에서 그리고 식료품점이나 스타벅스나 세탁소 등지에서 가끔 본 적이 있었다. 뉴턴은 소도시는 아니지만 몇몇 마을로 나누어져 있어서, 같은 마을에 살면 같은 얼굴들을 계속해서 마주치게 된다. 하지만, 분명히 우리 둘 다 살인 사건이 발생했을 무렵에 콜드 스프링 공원에서 자주 조깅을 했을 텐데도, 이상하게 나는 이 여자가 그곳에서 달리는 모습을 본 기억이 없었다.

증언 내내 라주디스가 폴라 잔네토에게 유도신문을 해대는 통에, 시간이 너무 오래 지체되었다. 라주디스는 지나치게 철두철미했으며, 증인으로부터 얻어내야 할 모든 정보와 정념을 마지막 한 방울까지 끌어내려고 안간힘을 썼다. 대개, 검사는 첫 번째 증인이 증인석에 들어서는 순간 우스운 변화를 겪게 된다. 모두진술을 하는 동안에는 무대 중앙에 서 있었지만, 이제는 조명 밖으로 물러나야 한다. 초점이 증인에게로 옮겨 가고, 규정에 따라 검사는 신문 내내 거의 수동적인 자세를 유지해야 한다. 검사는 증인을 이끌어주거나, '그다음에 무슨 일이 있었죠?' 혹은 '그러고서 무엇을 보았죠?' 같은 중립적인 질문으로 증인에게 대답을 촉구한다. 하지만 라주디스는 폴라 잔네토로부터 원하는 정보를 얻어내려고 꽤나 까다롭게 굴었고, 이것저것 캐묻느라 자꾸만 증인의 말을 가로챘다. 증언의 어떤 부분도 제이컵을 살인에 결부시키지 않았으므로, 조너선은 아무런 이의도 제기하지 않았다. 하지만 다시 한 번 나는 라주디스가 자신의 소송을 망치고 있다고 느꼈다. 어떤 커다란 전략적 실수가 있는 것은 아니었지만, 자잘한 실수들이 조금씩 조금씩 수없이 쌓여 갔다. (그저 내 희망 사항이었을까? 어쩌면 그랬을지도 모르겠다. 나는 객관성을 가장하고 싶지는 않다.) 잔네토는 거의 한 시간가량 증인석에서 증언을 했고, 그 이야기는 살인 사건이 발생했던 날 처음 진술했던 내용과 본질적으로 다르지 않았다.

　차고 습한 봄날 아침, 잔네토는 콜드 스프링 공원의 언덕길을 달리다가, 소년으로 보이는 무언가가 낙엽이 흩뿌려진 경사지에 엎드려 있는 모습을 발견했다. 그 밑으로는 조류에 뒤덮인 작은 연못이 있었다. 소년은 운동복 상의와 청바지를 입고, 운동화를 신고 있었다. 배낭이 근처 비탈에서 나뒹굴고 있었다. 잔네토는 혼자 조깅을 하고 있었으며, 시신 근처에는 아무도 없었다. 잔네토는 조깅하는 사람 두 명과 학교로 걸어가는 아이들을 지나쳤지만, 시신 근처에서는 아무도 보지 못했다. (공원은 매코믹 중학교와 인접해 있어서 일상적인 등굣길로 사용되었다.) 잔네토는 밴드로 위팔에 부착해놓은 아이팟으로 음악을 듣고 있었기 때문에, 비명이나 싸우는 소리 같은 걸 전혀 듣지 못했다. 잔네토는 시신을 발견하던 그 순간에 재생되던 노래 제목까지 기억하고 있었다. '더 더(The The)'라는 그룹의 '바로 오늘(This Is the Day)'.

　잔네토는 멈춰 서서 이어폰을 빼고, 언덕길에서 소년을 내려다보았다. 고작 1, 2미터 아래로 소년의 운동화 바닥이 보였고, 원근법에 따라 소년의 몸은 실제보다 짧아 보였다. 잔네토가 물었다. "괜찮니? 좀 도와줄까?" 대답이 없자, 잔네토는 소년의 상태를 확인하려고, 낙엽으로 미끄러운 비탈을 조심조심 게걸음으로 내려갔다. 잔네토는 자신이 아이엄마이고, 다른 사람들도 자신의 아이들에게 그렇게 해주기를 바라기 때문에, 소년을 확인하지 않을 수 없었다고 말했다. 잔네토는 소년이 병이나 알레르기, 혹은 약물 따위로 의식을 잃었다고 생각했다. 그래서 소년의 옆에 무릎을 꿇고서 한쪽 어깨를 밀쳤고, 그다음에는 양쪽 어깨를 밀쳤고, 그리고 나서 어깨를 붙잡고 소년을 돌렸다.

　잔네토가 피를 발견한 것은 바로 그때였다. 피가 소년의 가슴을 흠뻑 적시고, 시신 아래와 주변의 나뭇잎을 붉게 물들이고 있었다. 피는 아직도 축축하게 번들거렸으며, 가슴의 세 군데 자상으로부터 계속 흘러나오고 있었다. 소년의 피부는 잿빛이었지만, 얼굴에 작은 분홍 반점들이 있었다. 잔네토는 살갗의 감촉이 차가웠지만, 실제로 살갗을 만진 기억은 없다고 모호하게 말했다. 아마 잔네토가 시신을 돌릴 때, 살갗이 잔네토의 손을 스친 모양이었다. 시신의 고개가 무겁게 뒤로 젖혀졌고, 입은 헤벌쭉 벌려져 있었다.

잔네토는 품 안의 소년이 죽어 있다는 비현실적인 사실을 이해하는 데 잠시 시간이 걸렸다. 그리고 양손으로 어깨 밑을 받치고 있던 시신을 바닥에 떨어뜨리고서 비명을 질렀다. 잔네토는 엉덩이를 뒤로 밀어 시신으로부터 물러난 다음, 몸을 돌려 네 발로 낙엽 쌓인 비탈을 기어서 길 위로 올라왔다.

잠시 동안, 아무 일도 일어나지 않았다. 잔네토는 숲 속에 홀로 서서 시신을 바라보고 있었다. 이어폰에서 여전히 '바로 오늘'이라는 노래가 희미하게 흘러나왔다. 그 모든 일이 일어나는 데에는 고작 노래 한 곡에 소요되는 삼 분이 채 걸리지 않았다.

이 단순한 이야기를 끌어내려고 터무니없이 긴 시간을 허비했다. 그렇게 장황한 주신문이 끝난 뒤, 조녀선의 반대신문은 거의 코미디라고 생각될 만큼 간단했다.

"증인은 그날 아침에 공원에서 피고인, 제이컵 바버를 보았나요?"

"아니요."

"이상입니다."

다음 증인에게서 라주디스는 발을 헛디뎠다. 아니, 그 이상이었다. 라주디스는 똥을 밟았다. 두 번째 증인은 뉴턴 경찰서 형사로,

지방 경찰서에서 수사 업무를 책임지고 있었다. 이 사람은 표준적이고 형식적인 증인이었다. 우선, 라주디스는 몇몇 증인을 증언대에 세워서 살인 사건이 발견됐던 첫날의 주요 사실과 시간대별 상황을 규명해야 했다. 최초로 사건을 담당했던 경찰은 종종 증인으로 소환되어서, 살해 현장의 상태에 대해서, 그리고 주립 경찰 시팩이 합류하여 사건을 인계하기 전까지의 중요한 초동수사에 대해서 증언하게 된다. 따라서 이 사람은 사실 라주디스가 의무적으로 소환해야 하는 증인이었다. 라주디스는 그저 규정에 따르고 있었다. 나라도 그렇게 했을 것이다. 문제는 라주디스보다 내가 증인을 훨씬 잘 알고 있다는 사실이었다.

  수사 반장 닐스 피터슨이 뉴턴 경찰서에 배속되고 몇 년 후에 내가 로스쿨을 갓 졸업하고 지방검찰청에서 근무를 시작했다. 다시 말해서, 나는 1984년부터 닐스를 알았고, 그때 닐 라주디스는 고등학교에서 대학과목 선이수제 수업과 밴드 활동, 그리고 상습적인 자위행위로 바쁜 일정을 소화하느라 버둥대고 있었다. (그냥 내 추측이다. 나는 라주디스가 밴드 활동을 했는지 어쨌는지 확실히 모른다.) 젊었을 때, 닐스는 미남이었다. 그리고 이름에서도 연상되듯 금모래 빛 머리칼을 가지고 있었다. 이제, 닐스는 오십 대 초반이 되었고, 머리색이 짙어졌으며, 등이 약간 굽었고, 허리도 굵어졌다. 하지만, 닐스는 부드러운 목소리와 매력적인 태도로 증언에 임했으며, 몇몇 경찰에게서 볼 수 있는 거칠고 독단적인 허세 따위는 전혀 부리지 않았다. 배심원들은 닐스에게 푹 빠졌다.

  라주디스는 닐스에게 기본적인 사항들을 확인했다. 최초 발견자에 의해 뒤집혀서, 얼굴을 하늘로 향한 채로 누워 있던 시신의 모습. 자상 세 개의 형태. 용의자나 명백한 동기의 부족. 불의의 습격 혹은 기습적 공격을 암시하는, 저항흔이나 방어흔의 부재. 그리고 시신 및 현장 사진이 증거로 제출되었다. 수사 초기에 공원을 봉쇄하고 수색을 진행했지만, 아무런 소득도 얻지 못했다. 공원에서 발자국 몇 개를 찾아냈지만, 모두 시신에서 멀리 떨어진 곳에서 발견되었으며, 용의자의 발자국으로 보이는 것도 없었다. 어쨌든 그곳은 공공 유원지였다. 찾으려고만 했다면, 족적이 아마 수천 개는 있었을 것이다.

그리고 다음과 같은 질문이 이어졌다.

"즉각적으로 검사가 배정되어서 살인 사건 수사를 지휘하는 것이 일반적인 절차입니까?"

라주디스가 물었다.

"네."

"그날 사건에 배정된 검사가 누구였습니까?"

"이의 있습니다!"

"검사와 변호인은 협의를 위해 잠시 앞으로 나오세요."

프렌치 판사가 말했다.

라주디스와 조너선은 판사석 건너편으로 가서 낮은 목소리로 웅얼웅얼 대화를 나누었다. 프렌치 판사는 여느 때와 마찬가지로 그들을 내려다보며 꼿꼿하게 앉아 있었다. 대부분의 판사는 소곤대기 편하도록 의자를 난간 쪽으로 끌어당기거나 가까이로 몸을 숙였다. 하지만 버턴 프렌치는 그러지 않았다.

협의는 배심원과 나에게 들리지 않는 곳에서 이루어졌다. 그래서 다음 몇 단락은 공판 기록에서 발췌해서 옮겨 적었다.

판사: "대체 뭘 어쩌려는 거요?"

라주디스: "재판장님, 배심원단은 피고인의 아버지가 수사 초기 단계의 책임자였다는 사실을 알 권리가 있습니다. 피고 측에서 수사가 잘못 처리되었다는 식으로 문제를 제기하려 한다면 더더욱 그

렇습니다. 그리고 저는 피고 측에서 반드시 그렇게 나올 거라고 생각합니다."

"변호인?"

조녀선: "음, 두 가지 측면에서 이의를 제기합니다. 첫째, 그 질문은 소송과 무관하며, 연좌제에 해당합니다. 설사 피고인의 아버지가 사건을 맡지 말았어야 했다고 해도, 그리고 어떤 면에서 사건을 잘못 처리했다고 해도, 뭐, 저는 둘 다 사실이 아니라고 생각합니다만, 어쨌든 그것은 피고인과는 하등의 관계가 없는 사항입니다. 라주디스 검사가 아들과 아버지가 공모해서 범죄 증거를 은폐했다고 주장하려는 게 아니라면, 아버지에게 불리한 증거를 아들의 유죄 혹은 무죄와 연관 지어 해석할 까닭이 전혀 없습니다. 라주디스 검사가 피고인의 아버지를 사법방해죄나 뭐 그런 걸로 기소하고 싶다면, 어서 가서 그렇게 하면 됩니다. 그럴 경우, 우리는 언젠가 다시 이곳에 모여서 그 죄목을 놓고 심리를 벌이겠지요. 하지만 오늘 이곳에서 우리가 심리하는 소송은 피고인의 아버지에 대한 것이 아닙니다.

둘째, 그 질문은 부당하게 편파적이며, 유죄를 암시합니다. 라주디스 검사는 피고인의 아버지가 아들의 연루 사실을 알았기 때문에 무언가 부적절한 일을 저질렀다고 시사함으로써 배심원단에게 편견을 심어주려고 하고 있습니다. 하지만, 피고인의 아버지가 아들을 의심했다거나, 물론 그러지 않았습니다, 그리고 수사를 이끌면서 무언가 부적절한 일을 했다는 증거가 전혀 없습니다. 솔직히 말해서, 검사는 이 법정에 악취 탄을 던져서 배심원들의 주의를 흩트려 놓음으로써, 피고인에게 불리한 직접증거가 전혀 없다는 사실을 감추고 싶어 합니다. 이는……."

"좋아요, 좋아요, 알아들었소."

라주디스: "재판장님, 사안이 얼마나 중요한지는 배심원들이 판단할 일입니다. 하지만 배심원들은 알 권리가 있습니다. 피고인은 양쪽을 다 가질 수 없습니다. 경찰이 수사를 망쳐 놓았다고 주장하면서, 자기 편의대로, 책임자가 피고인의 아버지였다는 사실만을 빼놓을 수는 없습니다."

판사: "검사의 신문을 허락하겠소. 하지만 라주디스 검사, 경고해두겠는데, 만약 이번 심리가 옆길로 새서, 피고인의 아버지가 수사를 망쳤는지에 대한 토론으로 변질된다면, 그것이 의도적이었든 아니었든 상관없이, 신문을 중단시키겠소. 피고 측 주장도 일리가 있소. 이곳에서 우리가 심리하는 소송은 피고인의 아버지에 대한 것이 아니오. 만약 피고인의 아버지를 기소하고 싶다면, 그렇게 하시오."

공판 기록에는 라주디스의 반응이 적혀 있지 않지만, 나는 그것을 또렷하게 기억하고 있다. 라주디스는 법정을 가로질러 똑바로 나를 쳐다보았다.

라주디스가 배심원석 근처의 작은 낭독대로 되돌아와서 닐스 피터슨을 마주 보고 신문을 재개했다.

"형사님, 질문을 반복하겠습니다. 그날 사건에 배정된 검사가 누구였습니까?"

"앤드루 바버입니다."

"오늘 이곳 법정에 앤드루 바버 씨가 있습니까?"

"네, 저기에 있습니다. 피고인 옆에."

"바버 씨가 검사로 일할 때 서로 아는 사이였습니까? 두 사람이 함께 일한 적이 있습니까?"

"물론, 아는 사이였습니다. 우리는 여러 차례 함께 일했습니다."

"바버 씨와 친했습니까?"

"네, 그렇다고 말할 수 있습니다."

"바버 씨가 아들의 학교, 그리고 같은 반 친구가 연관된 사건을 지휘한다고 했을 때, 이상하다는 생각이 들지는 않았습니까? 바버 씨의 아들이 그 소년에 대해 무언가를 알지도 모르는 상황이었으니까요."

"아니요, 꼭 그렇지는 않았습니다."

"음, 당연히 바버 씨의 아들이 사건의 증인이 될 텐데, 그 점이 이상해 보이지 않았습니까?"

"아니요, 미처 그런 생각까지는 못했습니다."

"하지만, 피고인의 아버지는 수사를 지휘하면서, 공원 근처에 사는 성범죄 전과가 있는 어떤 남자를 용의자로 지목했죠? 결국 그 사람은 사건과 관계가 없음이 밝혀졌고요."

"네. 레너드 패츠라는 사람입니다. 그 사람은 어린이 성추행 따위의 전과를 가지고 있었습니다."

"그리고 바버 씨, 피고인의 아버지 앤드루 바버 씨는 이 남자를 용의자로 밀어붙이고 싶어 했죠?"

"이의 있습니다. 사건과 관련 없는 질문입니다."

"인정합니다."

"피고인의 아버지가 수사를 지휘하는 동안, 증인도 레너드 패츠를 용의자라고 생각했습니까?"

라주디스가 말했다.

"네."

"그리고 피고인이 기소되었을 때, 패츠는 혐의를 벗었습니까?"

"이의 있습니다."

"기각합니다."

피터슨은 덫을 감지한 듯 이 부분에서 머뭇거렸다. 만약 친구를 도우려고 도를 넘어선다면, 필연적으로 피고 측을 돕는 결과를 초래할 것이다. 피터슨은 중도를 찾으려고 애썼다.
"패츠는 기소되지 않았습니다."
"그리고 바버 씨의 아들이 기소되었을 당시, 증인은 바버 씨가 사건에 초기부터 관여하고 있었다는 사실에 놀랐습니까?"
"이의 있습니다."
"기각합니다."
"놀랐던 것 같습니다, 네, 어떤 의미에서는······."
"증인은 검사나 경찰이 자기 아들의 수사에 관여했다는 이야기를 들어본 적이 있습니까?"
구석에 몰린 피터슨이 숨을 깊게 몰아쉬었다.
"아니요."
"그러한 상황은 이해의 상충이 되겠죠?"
"이의 있습니다."
"인정합니다. 다음으로 넘어가세요, 라주디스 검사."
라주디스는 승리의 여운을 즐기면서 두서없고 무성의한 질문을 몇 개 더 던진 후에 자리에 앉았다. 그리고 막 섹스를 끝낸 사람처럼 멍하고 상기된 얼굴로 고개를 숙이고서 자신을 추슬렀다.
반대신문에서 조너선은 피터슨이 범죄 현장에 대해 증언했던 내용을 그다지 공격하지 않았다. 왜냐하면, 다시금 피터슨의 증언 중 어떠한 부분도 실질적으로 제이컵을 범인으로 지목하지 않았기 때문이었다. 부드러운 목소리를 가진 두 남자는 서로에게 적대감을 보이지 않았고, 사실상 질문도 모두 대수롭지 않은 것들이어서, 마치 조너선이 피고 측 증인에게 질문을 하고 있는 듯했다.
"증인이 현장에 도착했을 때, 시신은 뒤틀린 자세로 누워 있었어요, 맞나요, 형사님?"

"네."

"그렇다면, 시신이 움직여졌다는 사실을 감안할 때, 증인이 현장에 도착하기 전에 사라진 증거도 있겠군요. 예를 들어, 시신의 자세는 종종 공격 과정을 재구성하는 데 도움이 되죠, 맞죠?"

"네, 그렇습니다."

"그리고 시신이 뒤집히면, 시반의 결과, 그러니까 중력 때문에 가라앉아 있던 혈액의 위치 또한 바뀝니다. 마치 모래시계를 뒤집는 것과 마찬가지죠. 혈액이 반대 방향으로 이동하기 시작하고, 보통 시반으로부터 도출해낼 수 있는 결론들도 사라지죠, 맞나요?"

"네. 저는 법의학 전문가가 아니지만, 그렇습니다."

"알겠습니다. 하지만 증인은 강력계 형사입니다."

"네."

"그리고 일반적으로, 살해 현장에서 시신의 자세가 흐트러지거나 바뀌면, 종종 증거가 사라진다고 말해도 큰 무리가 없겠군요."

"일반적으로 그렇습니다. 그러한 경우에, 실질적으로 어떠한 증거가 사라졌는지 알 수 있는 방법은 없습니다."

"살인 흉기가 발견되었나요?"

"아니요, 그날은 아닙니다."

"발견되기는 했나요?"

"아니요."

"그리고 피해자의 운동복 상의에서 발견된 지문 하나를 제외하고는, 특정 피고인을 범인으로 지목하는 증거가 전혀 없었죠?"

"맞습니다."

"그리고 물론 지문은 한참 후에야 확인되었고요, 그렇죠?"

"네."

"그러니까, 첫날, 범죄 현장에서는 특정 용의자를 지목하는 증거가 전혀 발견되지 않았나요?"

"네. 확인되지 않은 지문 하나가 전부였습니다."

"그렇다면, 수사 초기에는 확실한 용의자가 한 명도 없었다고 말해도 큰 무리가 없겠군요."

"네."

"그렇다면, 그러한 상황에서, 수사관으로서 당연히 궁금하지 않을까요? 유죄판결까지 받았던 공공연한 소아성애자가 공원 근처에 살고 있다는 사실이 유의미한 정보인지 아닌지? 그리고 희생자 또래의 어린 소년들을 성폭행했던 전과를 가진 남자에 대해?"

"그렇겠죠."

나를 향한 배심원들의 시선이 느껴졌다. 그들은 마침내 조녀선의 목적지가 어디인지 알아차린 모양이었다. 조녀선은 그저 일련의 단타로 만족하지는 않을 것이다.

"그렇다면, 피고인의 아버지, 앤디 바버 씨가 레너드 패츠라는 남자에게 주목했을 때, 그 점이 부적절하다거나 특이하다거나 조금이라도 이상해 보였나요?"

"아니요, 그렇지 않았습니다."

"사실, 당시에 증인이 알고 있던 정보에 근거한다면, 그 남자를 조사하지 않는 것이 오히려 직무 유기 아닌가요?"

"네, 그렇다고 생각합니다."

"그리고, 사실, 증인은 후속 조사를 통해 패츠가 아침마다 그 공원을 산책한다는 사실을 알아냈죠, 맞나요?"

"네."

"이의 있습니다."

라주디스의 목소리에 그다지 확신이 없었다.

"기각합니다. 검사 측이 먼저 시작했소."

판사의 목소리에는 확신이 넘쳤다.

나는 드러내고 자신의 지지를 표명하는 프렌치 판사의 습성에 언제나 반감을 느껴 왔다. 프렌치 판사는 삼류 배우였고, 그의 과장된 연기는 대개 피고 측에게 호의적이었다. 프렌치 판사의 법정은 피고인에게는 늘 홈경기처럼 여겨졌다. 물론, 지금은 내가 피고 측에 서 있기 때문에, 판사가 그렇게 공개적으로 우리를 응원하는 것이 매우 기뻤다. 어쨌든, 판사는 간단한 판결을 내놓았다. 라주디스가 먼저 이 주제를 언급했다. 그러니, 이제 피고 측에서 그 주제를 파헤치는 것을 막을 수는 없었다.

내가 조너선에게 손짓을 하자, 조너선이 나에게 와서 쪽지를 하나 건네받았다. 조너선이 쪽지를 읽더니 눈썹을 치켜세웠다. 나는 종이에 세 가지 질문을 적어두었다. 조너선은 종이를 깔끔하게 접은 다음, 증인석으로 바짝 다가갔다.

"증인은 앤디 바버 씨가 수사를 지휘하면서 내렸던 결정에 한 번이라도 반대했던 적이 있나요?"

"아니요."

"그리고, 사실, 증인 역시 초기에는 패츠라는 남자를 계속 수사하고 싶었죠, 맞죠?"

"네."

배심원 중 한 명이, 그러니까 7번 의자에 앉아 있던 서머빌 뚱보가 실제로 코웃음을 치며 고개를 흔들었다.

조너선이 어깨 너머로 그 웃음소리를 듣고는 금방이라도 자리로 돌아와 앉을 듯한 자세를 취했다.

내가 조너선을 쳐다보았다. '계속해요.'

조너선이 얼굴을 찌푸렸다. 텔레비전 드라마가 아닌 현실에서는 변호인이 반대신문에서 치명타를 날리지 않는다. 그저 몇 차례 타격을 가한 후에 엉덩이를 붙이고 자리에 앉는다. 변호인이 아니라 증인이 모든 권력을 쥐고 있다는 사실을 명심해야 한다. 게다가, 쪽지의 세 번째 줄에는 반대신문에서 절대 하지 말아야 할 전형적인 질문이 적혀 있었다. 길고, 예측 불가능한 답변을 유도하는 주관적인 개방형 질문. 노련한 변호사에게 그 순간은 마치 공포 영화의 한 장면처럼 느껴졌을 것이다. 보모가 지하실에서 들려오는 시끄러운 소리에 아래로 내려가 확인을 하려고 삐걱거리는 문을 연다. '안 돼!' 관객들이 소리친다.

'어서요.' 내가 표정으로 촉구했다.

조녀선이 입을 열었다.

"형사님, 이상한 말이라는 것은 알아요. 하지만, 지금 본인이 증인에게 요구하는 것은 피고인에 대한 의견이 아닙니다. 물론, 그 부분에 있어서 증인이 수행해야 할 임무가 있다는 사실은 이해해요. 하지만 우리의 논의를 피고인의 아버지 앤디 바버 씨로 제한해보죠. 이곳에서 그 사람의 판단력과 정직성에 의문이 제기되었고……."

"이의 있습니다."

"기각합니다."

"바버 씨와 알고 지낸 지는 얼마나 됐습니까?"

"오래됐습니다."

"얼마나 오래요?"

"이십 년은 더 됐을 겁니다."

"이십 년 넘게 바버 씨를 알고 지내면서, 검사로서 그 사람의 능력과 정직성, 판단력에 대해 어떻게 생각하나요?"

"지금 아들에 대해 말하는 게 아니죠? 아버지에 대해서만 말하는 거죠?"

"그렇습니다."
피터슨이 나를 똑바로 쳐다보았다.
"그 사람은 검찰청 최고의 검사입니다. 게다가, 최고의 검사이기도 했습니다."
"이상입니다."
'이상이다, 어떠냐?' 앞으로 공판이 진행되는 동안, 라주디스는 이번 수사에서의 내 역할에 대해 몇 차례 간단히 언급은 하겠지만, 그렇게 노골적으로 문제 삼지는 않을 것이다. 확실히, 첫날 라주디스는 성공적으로 배심원들의 마음에 의심의 씨앗을 심어놓았다. 당분간은 그걸로 충분했을 것이다.
하지만, 그날 오후 우리는 법정을 걸어 나오며 승리감을 만끽했다.
그러나 잠시뿐이었다.

28
진단

보걸 박사가 우리에게 엄숙하게 알렸다.
"유감스럽게도, 말하기 꽤 곤란한 이야기가 좀 있어요."
우리는 완전히 진이 빠져 있었다. 온종일 법원에 있다 보니, 그 스트레스로 뼈마디가 저리고 근육이 쑤셨다. 하지만 박사의 침울함 때문에 우리는 비상경계 태세에 돌입했다. 로리는 몰두한 표정으로, 그리고 조너선은 평소처럼 호기심 어린 심각한 표정으로 박사에게 집중했다.
"내가 장담하죠. 우리는 나쁜 소식에 이골이 났습니다. 이제는 총알도 우리를 뚫지 못해요."
내가 말했다.
보걸 박사가 내 시선을 피했다.
돌이켜 보니, 내 말이 얼마나 어처구니없게 들렸을까. 부모는 자식에 관해서 이야기할 때 종종 터무니없는 허세를 부린다. 부모는 자식을 위해서라면 어떠한 폭언도 받아들일 수 있고, 어떠한 도전도 물리칠 수 있으며, 어떠한 시련도 견딜 수 있다고 장담한다. 하지만 누구도 총알을 맞고 무사할 수 없다. 부모는 특히 더 그렇다. 부모는 자식 때문에 더욱 쉽게 상처를 입는다.

돌이켜 보니, 이 면담은 절묘하게 때를 맞추어 우리를 무너뜨렸다. 그날 법정이 휴정한 지 고작 한 시간가량 지났을 뿐이지만, 아드레날린이 감소함에 따라 승리감도 사라졌고, 우리는 멍하고 얼떨떨한 상태였다. 나쁜 소식을 들을 만한 상황이 전혀 아니었다.

장소는 하버드 광장 근처에 위치한 조녀선의 사무실이었다. 우리는 책으로 둘러싸인 조녀선의 서재에서 떡갈나무 원탁에 둘러앉아 있었다. 로리와 나, 조녀선과 보걸 박사, 이렇게 네 사람뿐이었다. 제이컵은 조녀선의 젊은 동료 엘런과 대기실에 있었다.

보걸 박사는 내게서 등을 돌리거나 내 시선을 피할 때마다, 분명히 이런 생각을 하고 있었을 것이다. '총알도 당신을 뚫지 못할 거라고요? 두고 봐요.'

"당신은 어때요, 로리? 지금 이야기해도 괜찮겠어요?"

보걸 박사가 세심하고 부드러운 목소리로 말했다.

"물론이에요."

보걸 박사가 로리를 바라보았다. 늘어난 용수철처럼 구불대는 머리칼, 황달에 걸린 듯한 안색, 짙은 눈 밑 그늘. 로리는 살이 너무 많이 빠져서, 볼이 자루처럼 처지고, 앙상한 어깨 위로 옷이 축 늘어졌다. 언제 이렇게 악화되었을까? 이번 사건의 중압감으로 일시에? 아니면 내가 알아차리지 못하는 사이에 수년간 서서히? 이 여자는 이제 나의 로리가 아니었다. 나를 창조했던, 그리고 내가 나를 위해서 창조해냈던 그 용감한 소녀가 아니었다. 사실, 로리는 너무나 쇠약해 보여서 마치 내 눈 앞에서 죽어가는 듯했다. 이번 사건으로 로리는 소모되고 있었다. 로리는 이런 싸움에 적합한 사람이 아니었다. 로리는 한 번도 강했던 적이 없었다. 그럴 필요가 없었다.

삶은 로리를 강하게 만들지 못했다. 물론, 로리의 잘못은 아니었다. 하지만, 사건의 후반부까지도 강인함을 유지하던 나는 로리의 유약함이 못내 마음 아팠다. 나는 우리 둘을 위해, 그리고 우리 셋을 위해 강해질 각오가 되어 있었다. 하지만 압박감으로부터 로리를 보호하기 위해 내가 할 수 있는 일은 없었다. 그러니까, 나는 한순간도 로리를 사랑하지 않은 적이 없었고, 지금도 마찬가지다. 냉혹한 본성을 가진 사람은 쉽게 강해질 수 있다. 하지만, 그날 의자 가장자리에 꼿꼿하게 앉아서, 용감하게 박사에게 집중하며, 또 다른 타격에 대비하는 동안, 로리는 얼마나 힘이 들었을까. 로리는 매순간 제이컵을 옹호했다. 쉬지 않고 사태를 분석하며 모든 방책과 대항책을 강구했다. 로리는 마지막 순간까지도 제이컵을 보호했다.

"잠시 연구 결과를 설명한 후에, 여러분의 질문을 받을게요, 알았죠? 제이컵에 대한 거북한 소식을 듣는 게 무척이나 힘들겠지만, 몇 분만 견디세요, 알았죠? 일단 내가 먼저 이야기를 하고, 그다음에 대화를 나누도록 하죠."

보걸 박사가 말했다.

우리는 고개를 끄덕였다.

"공식적으로 말해두자면, 이곳에서 나눈 이야기는 검사가 절대 알 수 없어요. 그러니까 걱정할 필요도 없어요. 우리가 이곳에서 논의하는 내용, 그리고 보걸 박사가 지금부터 여러분에게 이야기할 내용은 모두 특권으로 보호받아요. 이 대화는 절대적으로 기밀에 붙여질 것이고, 절대 이 방 밖으로 나가지 않을 거예요. 그러니까 박사처럼 여러분도 터놓고 이야기하도록 해요, 알았죠?"

조너선이 말했다.

우리는 거듭 고개를 끄덕였다.

"왜 이래야 하는지 이해가 안 되네요. 조너선, 우리는 제이컵이 절대 범인이 아니라고 변론할 거예요. 그렇다면 이런 일이 왜 필요하죠?"

내가 말했다.

조너선이 손을 브이 자 모양으로 만들어서 짧고 하얀 턱수염을 쓰다듬었다.

"자네가 옳기를 바라네. 이번 소송이 순조로이 진행되어서, 이러한 쟁점을 제기할 필요가 없기를 바라네."

"그렇다면, 왜 이래야 하죠?"

조너선이 내 말을 묵살하며, 고개를 약간 돌렸다.

"왜 이래야 하느냐고요, 조너선?"

"제이컵이 유죄처럼 보이기 때문이네."

로리가 숨을 헐떡였다.

"제이컵이 유죄라는 말이 아니네. 제이컵에게 불리한 증거가 많다고 말하는 것뿐이네. 아직 검찰 측은 가장 강력한 증인들을 내놓지 않았어. 따라서 곧 소송이 우리한테 불리하게 돌아갈 거야. 아주 많이. 그때를 대비해야 하네. 앤디, 다른 누구보다 자네가 그 점을 이해해줘야 해."

"좋아요."

박사가 불쑥 끼어들어서 이야기를 시작했다.

"방금 조너선에게 보고서를 넘겼어요. 사실, 보고서라기보다는 연구 결과를 요약해놓은 의견서에 가까워요. 내가 증인으로 소환된다면 증언할 내용들, 그리고 이러한 쟁점이 재판에서 심리된다면 여러분에게 필요할 사항들을 그곳에 정리해두었어요. 우선은 제이컵 없이 두 사람하고만 이야기를 나누고 싶었어요. 아직 제이컵한테는 연구 결과에 대해 말하지 않았어요. 이번 소송이 끝나고 나면, 소송이 어떻게 결론 나느냐에 따라 다르긴 하겠지만, 그때 우리는 임상적인 차원에서 이 문제들을 어떻게 다룰 것인지에 대해 좀 더 유의미한 대화를 나눌 수 있을 거예요. 하지만 당분간 우리의 관심사는 치료가 아니라 재판이에요. 나는 피고 측 전문가 증인으로, 특정 목적을 위해 고용되었어요. 그래서 지금 제이컵을 이곳에 들이지 않은 거예요. 소송이 끝나면 제이컵은 해야 할 일이 훨씬 많아질 거예요. 하지만 당장 우리는 제이컵에 대해 감추는 것 없이 이야기할 필요가 있고, 그러려면 제이컵이 이곳에 없는 편이 더 나을 거예요.

제이컵은 아주 뚜렷하게 두 가지 장애를 보이는데, 바로 자기애적 성격장애와 반응성 애착장애예요. 반사회적 성격장애의 징후도 약간 보이기는 하지만, 이건 흔한 동반 질환이기도 하고, 내 진단이 그렇게 확실하지도 않아서, 보고서에는 포함시키지 않았어요.

지금부터 내가 설명할 내용들이 개별적이든 복합적이든 반드시 병적인 행동은 아니라는 사실을 반드시 염두에 두세요. 모든 십 대는 어느 정도 자기애적 성향을 보이고, 모든 청소년은 애착 문제를 경험해요. 정도의 문제일 뿐이에요. 우리는 지금 괴물에 대해 이야기하는 게 아니에요. 그런 성향이 약간 강한, 평범한 아이에 대해 이야기하는 거예요. 그러니까 내 이야기를 유죄 판결 같은 걸로 받아들이지 말았으면 좋겠어요. 그리고 내가 이야기하는 내용에 압도되지 말고, 그것들을 잘 활용했으면 좋겠어요. 여러분의 아들을 돕기 위해, 내가 여러 수단과 관련 용어를 설명해줄게요. 중요한 점은 제이컵을 더 잘 이해하는 거예요. 알겠어요? 로리? 앤디?"

우리는 순순히, 하지만 거짓으로 동의했다.

"좋아요. 자, 자기애적 성격장애부터 시작하죠. 이 성격장애에 대해서는 여러분도 어느 정도 알고 있을 거예요. 이 장애의 주된 특징은 과대성, 그리고 공감의 결여예요. 흔히 사람들은 과대성이 극적이거나 과시적이거나 무례하거나 거만한 모습으로 나타난다고 생각하는데, 제이컵의 경우에는 그렇지 않아요. 제이컵의 과대성은 더 은밀해요. 제이컵의 과대성은 과장된 자존감, 즉 자신이 특별하고 예외적인 존재라는 확신으로 나타나요. 다른 사람들에게 적용되는 규칙이 자신에게는 적용되지 않죠. 제이컵은 또래 아이들, 특히 학교 친구들이 자신을 이해하지 못한다고 생각해요. 하지만, 예외적으로 몇몇 사람을 자신처럼 특별한 존재로 인정하기도 하는데, 보통 지적 능력에 근거해서 엄선하죠.

   자기애적 성격장애의 또 다른 측면은 바로 공감의 결여예요. 특히 형사 사건과 관련해서 공감의 결여는 매우 중요해요. 제이컵은 다른 사람들에게 이례적인 냉담함을 드러내는데, 심지어는 벤 리프킨과 그 가족에 대해서도 마찬가지더군요. 전후 사정을 고려할 때, 그 점은 매우 놀라웠어요. 상담 시간에 제이컵에게 그 사건에 대해 물어본 적이 있는데, 그때 제이컵이 이렇게 대답하더군요. 매일 수백만 명이 죽고, 통계상으로 자동차 사고가 살인 사건보다 훨씬 많이 일어나고, 군인들은 수천 명 넘게 죽이고도 훈장을 받는데, 왜 우리가 살해된 아이 하나 때문에 괴로워해야 하죠? 내가 다시 리프킨 가족 이야기를 꺼내면서 제이컵에게 벤이나 그 가족에 대해 연민의 마음을 표현해보라고 촉구했을 때조차, 제이컵은 그러지 못했어요. 어쩌면 그러고 싶지 않았는지도 모르죠. 그 모든 관찰 내용이 제이컵의 어린 시절 내내 주변에서 일어나던 사고 유형과 들어맞아요. 다른 아이들이 제이컵 주변에서 다치고, 정글짐에서 떨어지고, 자전거에서 곤두박질치고 그랬다면서요.

   제이컵은 다른 사람들을 자신보다 못하다고 생각하는 게 아니라, 그냥 인간 이하로 여기는 듯해요. 제이컵은 어떤 식으로도 남들에게 자신의 모습을 투영하지 못해요. 제이컵은 다른 사람들도 자신처럼 고통, 슬픔, 외로움 같은 인간의 보편적인 감정을 느낀다고 생각하지 못하는 것 같아요. 그 나이 또래의 일반적인 청소년이라면 그런 보편적인 감정을 무리 없이 이해할 수 있어요. 그 부분에 대해서는 상세히 논하지 않을게요. 법의학적 맥락에서, 이러한 감정들은 명백한 관련성을 가지고 있어요. 공감이 없다면 무엇이든 허용되죠. 도덕성이 매우 주관적이고 유연한 개념으로 변하거든요.

좋은 소식은 자기애적 성격장애가 화학적 불균형 때문에 발생하는 게 아니라는 사실이에요. 그리고 유전적인 문제도 아니에요. 그저 행동의 집합체, 즉 깊이 몸에 밴 습관일 뿐이에요. 그러니까, 시간이 지나면서 사라질 수도 있다는 뜻이에요."

박사가 아주 잠깐 말을 멈추었다가 계속했다.

"사실, 나머지 장애가 더 문제예요. 반응성 애착장애는 비교적 최근에 확인된 장애예요. 새롭기 때문에, 알려진 것도 적죠. 연구가 별로 이루어지지 않았어요. 이 장애는 흔하지도 않고, 진단하기도 어렵고, 치료하기도 어려워요.

반응성 애착장애는 유아기의 평범한 정서적 애착 형성이 좌절됨으로써 발생해요. 학설에 따르면, 대개 유아들은 한 명의 믿음직한 양육자와 애착을 맺고, 그 사람을 안전한 기지 삼아 세상을 탐색해요. 유아들은 자신들의 정서적, 신체적 기본 욕구가 그 한 사람에 의해 충족될 거라고 생각해요. 따라서 믿음직한 양육자가 존재하지 않거나, 양육자가 너무 자주 바뀌면, 아이들은 부적절한 방식으로, 때로는 극도로 부적절한 방식으로 다른 사람과 관계를 맺기도 해요. 즉 공격성, 분노, 거짓말, 반항, 죄책감 결여, 잔인성을 보이거나, 과도한 친밀성, 과잉 행동, 위험 행동을 보이기도 하죠.

이러한 장애로 정의되려면 유아기의 양육에 어떤 문제가 있어야 해요. 그걸 '병리적 양육'이라고 하는데, 일반적으로 부모나 양육자의 학대나 무관심을 뜻해요. 하지만 병리적 양육의 정확한 의미에 대해서는 약간의 논란이 있어요. 지금 여러분에게 어떤 결함이 있었다고 말하는 것도, 여러분의 육아에 대해 말하는 것도 아니에요. 최근 연구에 따르면, 양육에 아무런 문제가 없어도 이러한 장애가 발생할 수 있어요. 어떤 아이들은 기질적으로 애착장애에 취약해서, 사소한 좌절만으로도 애착장애를 보이기도 해요. 예를 들어, 어린이집에 보내졌다든가, 양육자가 너무 자주 바뀌었다든가."

"어린이집요?"

로리가 말했다.

"그건 예외적인 경우예요."

"제이컵은 삼 개월 때부터 어린이집에 맡겨졌어요. 우리 둘 다 일을 했거든요. 제이컵이 네 살이 되고서야, 저는 교사 일을 그만뒀어요."

"로리, 지금 우리의 지식으로는 원인과 결과를 짐작할 수 없어요. 스스로를 비난하려고 하지 말아요. 무관심이 원인이라고 생각할 까닭이 없어요. 그저 제이컵은 취약하고 과민한 그런 아이들 중에 하나였는지도 몰라요. 반응성 애착장애는 매우 새로운 분야예요. 우리 연구자들도 그 장애를 이해하려고 애쓰는 중이에요."

보걸 박사가 용기를 북돋우는 표정으로 로리를 쳐다보았지만, 박사의 목소리에서 지나치게 부정하는 기색이 엿보였고, 로리는 전혀 진정하지 못했다.

별 수 없이, 보걸 박사는 그냥 이야기를 계속했다. 이 충격적인 소식을 전하는 최선의 방법은 그냥 빨리 해치우는 거라고 생각하는 모양이었다.

"제이컵의 경우, 계기가 무엇이었든 간에, 유아기에 비정형 애착을 보였다는 증거가 있어요. 로리가 말했듯이, 어렸을 적에 제이컵은 어떤 때는 신중함과 과잉 경계심을 보이다가도, 또 다른 때는 변덕스럽게 굴고, 지나치게 화를 내고, 공격성을 드러냈어요."

"하지만 모든 아이들은 변덕스럽게 굴고, 지나치게 화를 냅니다. 많은 아이들이 어린이집에 가지만······."

내가 말했다.

"거의 대부분 경우, 무관심이 반응성 애착장애의 원인으로 작용하기는 하지만, 확실한 건 없어요."

"됐어요!"

로리가 그만하라는 표시로 두 손을 들었다.

"그만하세요!"

로리가 자리에서 벌떡 일어나서 의자를 밀치고, 저편 구석으로 물러났다.

"박사님은 제이컵이 범인이라고 생각하잖아요."

"그렇게 말하지 않았어요."

보걸 박사가 항변했다.

"꼭 말로 해야 하는 건 아니에요."

"아니에요, 로리, 사실, 나는 제이컵이 범인인지 아닌지 알 도리가 없어요. 그건 내 일이 아니에요. 내가 결정해야 할 문제가 아니에요."

"로리, 이건 정신 분석학적 말장난일 뿐이야. 박사도 말했듯이, 자기애적이라든가, 자기중심적이라는 말은 어떤 아이에게도 적용될 수 있어. 그렇지 않은 십 대를 찾아서 데려와봐. 다 쓰레기 같은 이야기야. 나는 한 마디도 안 믿어."

내가 말했다.

"물론 안 믿겠지! 당신 눈에는 그런 것들이 안 보이니까. 당신은 자신이 평범하다고, 우리 모두가 평범하다고 지나치게 확신한 나머지, 눈을 감고서 당신 생각에 부합하지 않는 건 모두 못 본 척하잖아."

"우리는 평범해."

"세상에. 이게 평범하다고 생각해, 앤디?"

"이 상황? 아니. 하지만 제이컵이 평범하다고 생각하느냐고? 그래! 그게 그렇게 미친 소리야?"

"앤디. 당신은 상황을 제대로 보지 못하고 있어. 나는 우리 둘 다를 위해 생각을 좀 해야겠어. 왜냐하면 당신은 장님이니까."

나는 로리를 달래기 위해 다가가서, 로리의 팔짱 낀 두 팔 위에 내 손을 얹었다.

"로리, 이건 우리 아들에 관한 이야기야."

로리는 팔을 마구 흔들어서 내 손을 떨쳐냈다.

"앤디, 그만해. 우리는 평범하지 않아."

"당연히 우리는 평범해. 대체 무슨 말을 하는 거야?"

"당신은 나를 속여 왔어. 오랫동안. 지금껏 나를 속였잖아."

"아니. 중요한 것들에 대해서는 아니야."

"중요한 것들이라고! 앤디, 당신은 진실을 말하지 않았어. 지금껏 진실을 말한 적이 없다고."

"거짓말을 한 적은 없어."

"당신이 진실을 말하지 않았던 매일매일 당신은 거짓말을 한 거야. 매일. 매일."

로리가 나를 밀치고서 다시 보걸 박사를 상대했다.

"박사님은 제이컵이 범인이라고 생각하잖아요."

"로리, 제발 앉아요. 당신은 흥분했어요."

"그냥 말해요. 거기에 앉아서 나한테 보고서를 읽어주면서 정신 질환 편람이나 인용하지 말라고요. 나도 직접 정신 질환 편람을 읽을 수 있으니까. 그냥 하고 싶은 말을 하세요. 제이컵이 범인이라고."

"나는 제이컵이 범인인지 아닌지 말할 수 없어요. 나도 정말 몰라요."

"그래서 박사님은 제이컵이 범인일지도 모른다고 말하는 거잖아요. 실제로 그런 일이 가능하다고 생각하는 거잖아요."

"로리, 제발 앉아요."

"앉기 싫어요! 그냥 대답이나 하세요!"

"나는 제이컵에게서 특정 성향과 행동들을 관찰했어요. 맞아요. 하지만 그건 전혀 별개의 문제예요……."

"그리고 그건 우리의 잘못이죠? 아니, 우리 잘못일 수도 있죠? 우리는 아주 못된 부모들이고, 제이컵을 어린이집에 보낼 만큼 뻔뻔하고, 그리고…… 잔인했으니까, 우리 잘못일지도 모르잖아요. 이 도시의 모든 아이들이 어린이집에 다닌다고요, 모든 아이들이!"

"아니에요. 나는 그렇게 생각하지 않아요, 로리. 분명히 당신들 잘못이 절대 아니에요. 그런 생각은 떨쳐 버려요."

"그리고 그 유전자, 그러니까 박사님이 확인했던 그 돌연변이 말이에요. 그게 뭐였죠? 무슨 변종이었는데."

"MAOA 변종."

"제이컵한테 그게 있나요?"

"그 유전자는 당신이 생각하는 그런 게 아니에요. 내가 전에도 설명했듯이, 기껏해야 유전자는 어떤 유전적 소인을 만들어낼 뿐이에요……."

"박사님. 제이컵한테. 그게. 있나요?"

"네."

"그리고 내 남편한테도?"

"네."

"그리고, 뭐라고 불러야 좋을지 모르겠네요, 음, 내 시아버지한테도?"

"네."

"음, 그거 봐요. 당연히 그렇겠죠. 박사님이 예전에 제이컵에 대해서 했던 말 있잖아요. 제이컵의 심장이 그린치처럼 남들보다 두 치수 작다고 그랬나요?"

"그런 식으로 표현하지 말았어야 했는데. 바보 같은 말이었어요. 미안해요."

"뭐라고 표현했든 그런 건 신경 쓰지 말아요. 아직도 그렇게 생각하세요? 내 아들의 심장이 두 치수 작다고?"

"제이컵을 위해서, 사람들의 감정에 호소할 만한 어휘를 공들여서 만들어낼 필요가 있어요. 그건 심장 크기에 대해 한 말이 아니에요. 제이컵의 정서적 성숙도가 또래 아이들의 수준에 못 미쳐요."

"수준이 어느 정도인데요? 그 애의 정서적 성숙도가?"

보걸 박사가 심호흡을 했다.

"제이컵은 본인 나이의 절반에 해당하는 아이의 특징을 보이고 있어요."

"일곱 살! 내 아들이 일곱 살 아이의 정서적 성숙도를 가지고 있군요! 지금 그 말을 하는 거죠!"

"그런 식으로 말하고 싶지는 않아요."

"그러면 나는 어떡하죠? 나는 어떡하죠?"

대답이 없었다.

"나는 어떻게 해야 하죠?"

"쉿, 제이컵이 듣겠어."

내가 말했다.

29
불타는 수도승

공판 셋째 날.
 제이컵이 피고석 내 옆자리에 앉아서 오른손 엄지손가락 주변 거스러미를 쑤셔 파고 있었다. 제이컵은 잠시 동안 멍하니 신경질적으로 엄지의 그 부분을 긁어내다가 결국 손톱 뿌리에서 손가락 관절 쪽으로 0.5센티미터쯤 살갗을 뜯어버리고 말았다. 제이컵은 다른 아이들과는 달리 손거스러미를 물어뜯지는 않았다. 그 대신, 손톱으로 살갗을 긁어서 껍질과 각질을 조금씩 뜯어내다가, 결국 꽤 큰 살 조각을 파낸 다음, 비어져 나온 질긴 살을 열심히 흔들고 당겨서 제거했다. 그러다가 모든 방법이 실패로 돌아가면, 무딘 손톱 끝으로 그 살을 끊어냈다. 이렇게 파내진 부분은 아물 겨를이 없었다. 특히 심하게 뜯긴 상처에서는 피가 배어나는데, 그러면 제이컵은 화장지로 엄지손가락을 꾹 누르거나, 화장지가 없으면 손가락을 입에 넣고 피를 깨끗하게 빨아냈다. 어이없게도, 제이컵은 누구도 이 역겨운 행동을 개의치 않는다고 생각하는 모양이었다.
 나는 제이컵이 벌주고 있는 손을 붙잡아서, 배심원의 눈에 띄지 않게 그 아이의 무릎 위로 내려놓았다. 그런 다음에 제이컵을 보호하듯 내 팔을 그 아이의 의자 등받이 위에 올려놓았다.

증인석에서 어떤 여자가 증언을 하고 있었다. 루던 아무개라는 사람이었다. 여자는 쉰 살쯤 되어 보였다. 호감 가는 얼굴에 짧고 수수한 머리 모양을 하고 있었으며, 흑발보다는 백발이 많은 머리를 굳이 감추지 않았다. 손목시계와 결혼반지 외에는 아무런 장신구도 하지 않았고, 검정 클로그 신발을 신고 있었다. 이 여자는 매일 아침 콜드 스프링 공원의 숲길을 따라 개를 산책시키는 그런 이웃 중에 하나였다. 여자는 그날 아침에 살해 현장 근처에서 대충 제이컵을 닮은 어떤 소년을 지나쳤다고 증언하기 위해 라주디스에 의해 소환되었다. 여자가 증언을 제대로 수행했다면, 그 증언은 훌륭한 증거가 되었을 것이다. 하지만 분명히 여자는 증인석에서 갈등하고 있었다. 여자는 거듭해서 무릎에 손을 문질렀다. 그리고 매 질문마다 대답 전에 깊이 고민했다. 이윽고, 여자의 불안한 모습이 실제 증언보다 더욱 흥미진진해져서, 증언은 그다지 큰 도움이 되지 못했다.

"그 소년의 인상착의를 말씀해주시겠습니까?"

라주디스가 말했다.

"평범했던 것 같아요. 키는 175센티미터쯤이었고, 말랐어요. 운동화에 청바지 차림이었고, 머리는 검었어요."

여자는 소년이 아닌 그림자를 설명하고 있었다. 뉴턴에 사는 아이들 절반이 그 설명에 들어맞았다. 그리고 그게 다가 아니었다. 여자는 말을 얼버무리고 또 얼버무렸다. 그래서 결국 라주디스는 방송 출연자에게 큐 카드로 대사를 알려주듯 질문에 슬쩍슬쩍 어떤 언질을 끼워 넣음으로써, 증인이 살인 사건 당일에 경찰에게 진술했던 최초의 대답을 다시금 증인에게 상기시켜야 하는 지경에 이르렀다. 검사가 계속 답변을 유도하자 조녀선이 거듭 자리에서 일어나서 이의를 제기했고, 상황은 점점 더 우스워졌다. 마침내 증인이 신원 확인을 철회하려 했으나, 라주디스는 너무나 아둔해서 증인의 공식적인 의사 표시가 있기 전에는 증인을 증인석에서 내리려 하지 않았고, 조녀선이 벌떡 일어났다 앉았다 하며 유도신문에 이의를 제기했다……

그리고 어쩐 일인지 나에게는 그 모든 일이 배경처럼 희미해져만 갔다. 나는 염려는커녕 집중도 할 수 없었다. 나는 허탈감에 사로잡혀서 이 재판은 아무래도 상관없다고 생각했다. 이미 너무 늦었다. 적어도 보걸 박사의 진단이 이 재판의 평결 못지않게 중요했다.

내 옆에 제이컵이, 로리와 내가 창조한 이 불가사의가 앉아 있었다. 제이컵의 몸집과 나를 닮은 외모가 나를 당황스럽게 했다. 이 아이는 몸집이 더 커지고, 더욱 나를 닮아갈 것이다. 모든 아버지들은 자신의 아이가 기이하게 변형된 자신처럼 보이는 당혹스러운 순간을 알고 있다. 마치 자신의 실체가 잠시 동안 아이에게 투영된 것처럼 느껴진다. 그리고 자신의 소년 시절 내적 자아가 실제로 살아서 자신 앞에 서 있는 모습을 보게 된다. 아이는 나이기도 하고 내가 아니기도 하며, 친근하기도 하고 낯설기도 하다. 아이는 다시 시작된, 처음으로 되감긴 나 자신이다. 그와 동시에 아이는 타인처럼 이질적이고 불가해한 존재다. 나는 이러한 상반된 당혹감 속에서, 제이컵의 의자 등받이에 얹혀 있던 팔로 아이의 어깨를 건드렸다.

제이컵은 죄지은 사람처럼 양손을 반듯하게 펴서 무릎에 얹고 있다가, 다시 오른손 엄지의 생살을 떼기 시작하더니 결국 새로운 살 조각을 뜯어냈다.

바로 내 뒤로, 로리가 방청석 앞줄에 혼자 앉아 있었다. 로리는 공판 내내 매일 혼자 앉아 있었다. 물론, 우리는 뉴턴에 친구가 없었다. 나는 로리의 부모님께 법정에서 로리 곁에 앉아 있어주십사 부탁드리고 싶었다. 그분들은 분명히 그래 주셨을 것이다. 하지만 로리가 허락하지 않았다. 로리는 이곳에서 일종의 순교자였다. 로리는 나와 결혼함으로써 자신의 가족에게 재앙을 안겼고, 이제 혼자서 그 값을 치르기로 굳게 결심했다. 법정에서 사람들은 로리의 양옆으로 30센티미터가량 거리를 두고 앉았다. 내가 돌아볼 때마다. 로리는 방청석의 격리 구역에 홀로 앉아서, 산란한 표정으로 반쯤 팔짱을 낀 채 한 손으로 턱 밑을 받치고서, 증언에 귀를 기울이며 증인 대신 바닥을 바라보고 있었다. 전날 밤, 로리는 보걸 박사의 진단에 너무나 충격을 받은 나머지 나에게서 수면제를 한 알 얻어먹고도 여전히 잠을 이루지 못했다. 어둠 속에서 침대에 누운 채로 로리가 말했다. "만약 제이컵이 유죄라면, 앤디, 우리는 어쩌지?" 나는 로리에게 지금으로서는 그 애가 유죄인지 아닌지 배심원이 결정을 내릴 때까지 기다리는 수밖에 달리 도리가 없다고 말했다. 나는 로리를 끌어안아 달래고 싶었다. 그렇게 하는 것이 남편의 도리라고 생각했다. 하지만 내 손길이 닿자 로리는 흠칫 놀라더니 꼼지락꼼지락 나에게서 물러나 침대 가장자리로 움직였다. 그리고 그곳에서 최대한 가만히 누워 있었다. 하지만 로리는 분명히 깨어 있었다. 로리는 자기도 모르는 새에 훌쩍이기도 하고, 조금씩 움직이기도 했다. (내가 보기에) 교사 시절에 로리는 놀라운 잠꾸러기였다. 로리는 아침 일찍 일어나야 했기 때문에 저녁 9시만 되면 불을 껐고, 베개에 머리가 닿자마자 잠이 들었다. 하지만 그건 또 다른 로리였다.

    그러는 동안, 법정에서는 라주디스가 이 증인과 끝까지 가기로 결심한 모양이었다. 하지만 증인은 붕괴의 조짐을 보이고 있었다. 전략적인 측면에서 라주디스의 결정은 정당화되기 어려웠다. 아마, 라주디스는 조녀선이 증인의 최종 철회를 끌어내는 영광을 차지하지 못하게 막고 싶었던 모양이었다. 아니면, 여전히 라주디스는 증인이 끝내 정신을 차리기를 필사적으로 바랐는지도 몰랐다. 하지만, 저 고집스러운 녀석은 결코 포기하지 않을 것이다. 사실, 그러한 결정은 자신의 배와 함께 침몰하는 선장이나 자신의 몸에 휘발유를 들이붓고 불을 붙이는 수도승처럼 다소 섬뜩하기는 하지만 숭고한 행위였다. 라주디스는 황색 법률 용지에 증인신문의 순서와 내용을 적어두고서, 그 대본을 굳게 지켰다. 증인이 자유롭게 즉흥적으로 증언을 하는 경우에도 마찬가지였다. 라주디스가 마지막 질문에 이르렀을 즈음, 조녀선이 펜을 내려놓고서 자신의 손가락을 들여다보았다.

질문: "증인이 그날 아침에 콜드 스프링 공원에서 보았던 소년이 지금 이 법정에 앉아 있나요?"

대답: "잘 모르겠어요."

질문: "음, 증인이 공원에서 목격했다고 진술했던 소년과 생김새가 일치하는 소년이 보이나요?"

대답: "저는, 그러니까, 사실 더는 확신하지 못하겠어요. 그냥 어떤 아이였어요. 제가 확실하게 아는 건 그것뿐이에요. 오래 전 일이라고요. 생각을 하면 할수록, 말하기가 싫어져요. 제가 틀릴지도 모르는 상황에서, 어떤 아이를 평생 감옥에 보내고 싶지 않아요. 만약 그런 일이 일어난다면, 저는 떳떳하게 살아가지 못할 거예요."

프렌치 판사가 길고 익살맞게 한숨을 내쉬었다. 그리고 눈썹을 치켜세우더니 안경을 벗었다.

"클라인 변호사, 아무런 질문이 없는 걸로 간주해도 되겠소?"

"네, 재판장님."

"그런 것 같았소."

이후로도 그날의 상황은 라주디스에게 그다지 유리하게 전개되지 않았다. 라주디스는 자신의 증인들을 논리적인 방식으로 무리 지어놓고, 오늘을 일반인 증인에게 할애했다. 증인들은 모두 행인이었다. 그들 중에 누구도 제이컵에게 불리한 장면을 목격한 사람은 없었다. 그도 그럴 것이, 이번 소송은 증거가 불충분했고, 라주디스로서는 자신이 가진 모든 것을 쏟아부을 수밖에 없었다. 그래서 우리는 두 차례 증언을 더 들었다. 남자 한 명과 여자 한 명이 증인으로 나서서, 살해 현장 근처는 아니지만 공원에서 제이컵을 보았다고 증언했다. 또 다른 증인이 살해 현장 쪽에서 누군가가 뛰어오는 모습을 보았다고 증언했다. 여자는 그 사람의 나이나 특징에 대해서는 서술하지 못했지만, 옷이 그날 제이컵이 입었던 옷과 대충 일치했다. 하지만 청바지와 밝은색 상의는 학교로 걸어가는 아이들이 가득한 공원에서는 딱히 특별할 것 없는 옷차림이었다.

라주디스는 비참한 상태로 신문을 마쳤다. 마지막 증인은 샘 스터드니처라는 이름의 남자로, 그날 아침에 공원에서 개를 산책시키고 있었다. 스터드니처는 머리가 짧고, 어깨가 좁았으며, 태도는 점잖았다.

"증인은 어디에 가고 있었습니까?"

라주디스가 물었다.

"개들이 목줄 없이 뛰어다닐 수 있는 들판이 있습니다. 거의 매일 아침 그곳에 개를 데리고 갑니다."

"개의 품종이 뭔가요?"

"검정 래브라도레트리버입니다. 이름은 '보'예요."

"그때가 몇 시였습니까?"

"8시 20분쯤. 평소에는 더 일찍 다닙니다."

"증인과 보는 공원 어디에 있었습니까?"

"숲 속 오솔길에 있었습니다. 개가 주변을 킁킁대며 앞서 가고 있었습니다."

"그리고 무슨 일이 일어났습니까?"

스터드니처가 머뭇거렸다.

리프킨 부부가 법정에 있었다. 검사석 뒤편, 방청석 앞줄에 앉아 있었다.

"어떤 소년의 목소리가 들렸습니다."

"그 소년이 뭐라고 말했나요?"

"'그만해, 아프다고.'라고 말했습니다."

"그 아이가 다른 말은 안 했습니까?"

"안했습니다."

스터드니처가 어깨를 축 늘어뜨리더니 얼굴을 찡그리고서 조용히 말했다.

"그저 '그만해, 아프다고.'라고만 말했습니까?"

스터드니처는 대답하지 않았다. 그리고 손으로 눈을 가리고서 손가락으로 관자놀이를 눌렀다.

라주디스가 기다렸다.

법정이 쥐 죽은 듯 고요해서 스터드니처의 킁킁대는 숨소리가 또렷하게 들려왔다. 스터드니처가 얼굴에서 손을 치웠다.

"네. 그게 제가 들은 전부입니다."

"주변에서 누군가를 보았습니까?"

"아니요. 그다지 멀리까지 볼 수가 없었습니다. 시야가 제한되어 있었어요. 공원의 그 지역은 언덕인 데다가, 나무들이 빽빽하게 우거져 있죠. 저희는 얕은 비탈을 내려가고 있었어요. 저는 아무도 보지 못했습니다."

"그 소리가 어느 방향에서 들려오는지 분간할 수 있었습니까?"

"아니요."

"주위를 둘러보았습니까? 주변을 조사했습니까? 어떤 식으로든 소년을 도우려고 시도했습니까?"

"아니요. 저도 모르겠어요. 그냥 아이들이라고 생각했어요. 잘 모르겠어요. 그런 생각을 못했어요. 매일 아침 그 공원에서는 아주 많은 아이들이 웃고 떠들어요. 그냥…… 시끄럽게 노는 소리라고 생각했어요."

스터드니처가 시선을 떨궜다.

"소년의 목소리가 어떻게 들렸습니까?"

"아픈 것 같았어요. 고통스러워했어요."

"그 외침 이후에 아무 소리도 들리지 않았습니까? 밀치는 소리라든가, 몸싸움하는 소리라든가, 그 어떤 소리도?"

"아니요. 그런 소리는 전혀 듣지 못했습니다."

"그다음에 무슨 일이 있었습니까?"

"개가 경계했고, 몹시 흥분했고, 이상하게 행동했습니다. 저는 개가 왜 그러는지 몰랐습니다. 그래서 개를 재촉해서, 계속 공원을 걸었습니다."

"걷는 동안 누군가를 봤습니까?"

"아니요."

"그날 아침에 평소와는 다른 무언가를 목격했습니까?"

"아니요. 그 후에 사이렌 소리가 들렸고, 경찰들이 공원으로 쏟아져 들어오기 시작했습니다. 그리고 그제야 저는 무슨 일이 일어났는지 알았습니다."

라주디스가 자리에 앉았다.

법정에 있는 모든 사람의 머릿속에서 그 말이 반복적으로 울리고 있었다. '그만해, 아프다고. 그만해, 아프다고.' 나는 아직까지도 내 머릿속에서 그 소리를 몰아내지 못했다. 그리고 앞으로도 평생 그러지 못할 것 같다. 하지만 사실, 그러한 세부 사항조차 제이컵을 범인으로 지목하지는 않았다.

그 사실을 강조하기 위해, 조녀선은 반대신문에서 단 하나의 형식적인 질문을 던졌다.

"스터드니처 씨, 이 소년, 제이컵 바버를 그날 아침에 공원에서 보았나요?"

"아니요."

조녀선이 배심원 앞에 서서 잠시 고개를 흔들었다.

"끔찍한 일입니다, 끔찍한 일이에요."

그리고 이렇게 말함으로써 우리 역시 정의의 편임을 보여주었다.

상황이 그러했다. 보걸 박사의 엄청난 진단, 로리의 신경증, 칼에 찔린 소년이 남긴 평범하지만 잊히지 않는 말, 이 모든 것에도 불구하고, 공판 사흘째 우리는 여전히 기분 좋게 순항 중이었다. 만약 이번 공판이 어린이 야구 경기라면, 우리는 콜드게임을 이야기했을지도 모른다. 하지만, 나중에 밝혀지듯이, 이날이 우리에게 남아 있던 마지막 좋은 하루였다.

라주디스 검사: 잠시만 멈추세요. 증인의 아내가 혼란스러워했다는 사실은 알겠습니다.

증인: 우리 모두 혼란스러웠습니다.

라주디스 검사: 하지만 증인의 아내가 특히 더 힘들어했죠.

증인: 네, 로리는 압박감을 다스리느라 힘든 시간을 보내고 있었습니다.

라주디스 검사: 그 이상이었죠. 분명히 증인의 아내는 제이컵의 결백을 의심하고 있었어요. 보걸 박사와 이야기를 나누고, 모든 진단을 상세하게 듣고 난 후에는 더더욱 그랬죠. 증인의 아내는 만약 제이컵이 유죄라면

두 사람은 어떻게 해야 하느냐고 증인에게 단도직입적으로 묻기까지 했어요, 그렇죠?

증인: 네. 얼마 있다가 그랬습니다. 하지만 로리는 당시에 매우 혼란스러운 상태였습니다. 그 압박감이 어땠을지 당신은 상상도 못할 겁니다.

라주디스 검사: 증인은 어떤가요? 증인은 혼란스럽지 않았나요?

증인: 물론 나도 혼란스러웠습니다. 그리고 겁이 났습니다.

라주디스 검사: 제이컵이 유죄일지도 모른다는 생각이 들기 시작해서, 겁이 났나요?

증인: 아니요, 제이컵이 실제로 유죄이든 아니든 상관없이, 배심원들이 제이컵에게 유죄 평결을 내릴까 봐 겁이 났습니다.

라주디스 검사: 그때까지도 증인은 제이컵이 실제로 범인일지도 모른다는 생각은 하지 않았나요?

증인: 네.

라주디스 검사: 단 한 번도? 단 일 초도?

증인: 단 한 번도 하지 않았습니다.

라주디스 검사: 그게 바로 '확증 편향'이죠, 앤디?

증인: 닥쳐, 닐. 이 잔인한 자식.

라주디스 검사: 흥분하지 마세요.

증인: 내가 흥분하는 걸 본 적 있습니까?

라주디스 검사: 아니요. 하지만 충분히 상상이 됩니다.

[증인이 대답하지 않음]

라주디스 검사: 좋습니다, 계속하죠.

30
제삼레일

공판 넷째 날.
폴 더피가 증인석에 앉았다. 폴은 파란색 양복 상의에 회색 플란넬 바지를 입고 넥타이를 매고 있었다. 폴에게는 이것이 가장 격식을 차린 복장이었다. 조녀선처럼 폴도 소년다워 보이는 사내, 겉모습을 통해 내면의 소년이 들여다보이는 그런 사내였다. 폴의 외모에는 특별할 것이 없었지만, 그의 태도에는 소년 같은 구석이 있었다. 어쩌면 내가 폴과 오랫동안 친구로 지냈기 때문에 그럴지도 모른다. 나에게 폴은 우리가 처음 만났던 그때의 모습 그대로 스물일곱 살에 영원히 머물러 있었다.
물론, 라주디스에게 폴은 나와의 우정 때문에 미덥지 못한 증인이었다. 처음부터 라주디스는 망설이는 태도로 지나치게 신중하게 질문을 했다. 하지만, 폴은 나를 위해서조차 거짓말을 할 사람이 아니었다. 만약 라주디스가 나에게 폴에 대해 물어보았다면, 나는 있는 그대로 대답해주었을 것이다. 폴은 거짓말에 소질이 없었다. (그리고 더럽게 초보자 같아 보이니, 그 우스꽝스러운 황색 법률 용지 좀 내려놓으라고 덧붙였을 것이다.)
"기록을 위해 성명을 말씀해주시겠습니까?"
"폴 마이클 더피입니다."
"무슨 일을 하십니까?"
"매사추세츠 주립 경찰 소속 형사과 경위입니다."
"주립 경찰로 근무한 지는 얼마나 됐습니까?"
"이십육 년 됐습니다."
"현재 어떤 임무를 맡고 있습니까?"
"대외 관계 부서에서 일하고 있습니다."
"2007년 4월 12일로 되돌아가서, 그날 증인의 임무는 무엇이었습니까?"
"미들섹스 지방 검찰청에서 특별 수사반을 이끌었습니다. 이 수사반은 '범죄 예방과 통제'라는 의미로 시팩(CPAC)이라고 불립니다. 수사반은 언제나 열다섯 명에서 스무 명의 형사로 구성되며, 그들 모두 지방검사와 지방 경찰을 도와 다양한 종류의 복잡한 사건들, 특히 살인 사건을 수사하고 기소하는 데 필요한 특수한 자격 요건을 갖추고 있습니다."
더피는 기계적으로 암기한 이 짧은 대사를 저음으로 암송했다.
"그렇다면 2007년 4월 12일 이전에 살인 사건 수사에 자주 참여하셨습니까?"
"네."
"대략 어느 정도?"
"백 건이 넘습니다만, 전부 제가 이끌었던 것은 아닙니다."
"좋습니다. 2007년 4월 12일에 뉴턴에서 발생한 살인 사건과 관련해서 전화를 받았습니까?"
"네. 오전 9시 15분쯤에 뉴턴 경찰서의 폴리 경위가 전화를 걸어서, 콜드 스프링 공원에서 아동 살해 사건이 발생했다고 알렸습니다."

"그래서 가장 먼저 무엇을 했습니까?"

"검찰청에 전화를 걸어서 그 사실을 알렸습니다."

"그것이 표준 절차입니까?"

"네. 지방 경찰은 법에 따라 모든 살인 사건과 변사 사건을 주립 경찰에 알려야 합니다. 그리고 우리는 즉시 검사장에게 그 사실을 알립니다."

"구체적으로 누구에게 전화를 걸었습니까?"

"앤디 바버한테 걸었습니다."

"왜 앤디 바버 씨였죠?"

"그 사람은 차장검사였습니다. 그건 그 사람이 지휘 체계에서 검사장 바로 다음이라는 뜻입니다."

"증인이 알기로, 바버 씨는 그러한 보고를 어떻게 처리합니까?"

"검찰청에서 수사를 지휘할 수 있도록 검사를 배정합니다."

"바버 씨가 사건을 직접 맡기도 합니까?"

"그렇습니다. 그 사람은 많은 살인 사건을 직접 다뤘습니다."

"그날 아침에 증인은 바버 씨가 직접 사건을 맡을 거라고 예상했습니까?"

조녀선이 의자에서 15센티미터쯤 엉덩이를 들었다.

"이의 있습니다."

"기각합니다."

"더피 형사님, 당시에 증인은 바버 씨가 그 사건을 어떻게 처리할 거라고 생각했습니까?"

"잘 모르겠습니다. 그 사람이 사건을 맡을지도 모른다고 생각했던 것 같습니다. 처음부터 큰 사건처럼 보였으니까요. 그 사람은 그런 종류의 사건을 많이 맡았습니다. 하지만 그 사람이 다른 검사에게 사건을 맡겼더라도 그다지 놀랍지는 않았을 겁니다. 바버 씨 곁에는 좋은 검사들이 많이 있습니다. 솔직히, 그런 생각은 별로 해보지 않았습니다. 저한테는 제 할 일이 있었습니다. 그래서 검찰청 업무에 대한 고민은 그 사람에게 맡겼습니다. 제 임무는 시팩을 지휘하는 것이었습니다."

"혹시 린 캐너밴 검사장에게 즉각적으로 사건 소식이 전달되었습니까?"

"잘 모르겠습니다. 아마 그랬을 거라고 생각합니다."

"좋습니다. 바버 씨에게 전화를 건 후에 무엇을 했습니까?"

"사건 현장으로 갔습니다."

"몇 시에 그곳에 도착했습니까?"

"오전 9시 35분입니다."

"처음 도착했을 때 사건 현장이 어땠는지 설명해주시죠."

"콜드 스프링 공원 입구는 비컨 스트리트에 있습니다. 공원 입구에 주차장이 있고, 주차장 뒤쪽에 테니스장과 운동장이 있습니다. 그리고 운동장 뒤로는 온통 숲이고, 숲 속으로 오솔길들이 나 있습니다. 주차장과 공원 앞 도로에 경찰차가 많이 있었습니다. 그리고 주변에 경찰도 많이 있었습니다."

"증인은 무엇을 했습니까?"

"비컨 스트리트에 차를 세워두고, 걸어서 사건 현장으로 접근했습니다. 그리고 뉴턴 경찰서의 피터슨 형사와 바버 씨를 마주쳤습니다."

"재차, 바버 씨가 살해 현장에 나타난 것에 대해 이상한 점은 없었습니까?"

"없었습니다. 그 사람은 현장에서 매우 가까운 곳에 살았고, 보통은, 자신이 사건을 맡을 생각이 없더라도 살해 현장을 방문했습니다."

"바버 씨가 콜드 스프링 공원 근처에 산다는 사실은 어떻게 알았습니까?"

"그 사람을 오랫동안 알았기 때문입니다."

"사실, 두 사람은 사적으로 친구 사이죠?"

"네."

"친한 친구 사이입니까?"

"네. 그랬습니다."

"지금은요?"

더피가 대답하기 전에 잠시 머뭇거렸다.

"지금은 그 사람과 이야기를 나눌 수 없습니다. 하지만 여전히 그 사람을 친구로 생각합니다."

"두 사람은 여전히 사적으로 만납니까?"

"아니요. 제이컵이 기소된 이후로는 아닙니다."

"증인과 바버 씨가 마지막으로 이야기를 나눈 때가 언젭니까?"

"기소 이전입니다."

거짓말, 하지만 하얀 거짓말. 진실이 배심원들을 오도했을 것이다. 진실이 더피를 신뢰할 수 없는 증인으로 잘못 보이게 만들었을 것이다. 더피는 편향된 증인이었지만, 중대한 질문에 대해서는 정직했다. 더피는 거짓말을 하면서 움찔하지 않았다. 나 역시 그 말에 움찔하지 않았다. 재판의 요지는 올바른 결론에 도달하는 것이다. 그러려면, 바람을 거슬러 나아가는 범선처럼, 그 과정에서 끊임없는 항로 교정이 필요하다.

"좋습니다. 증인은 공원에 도착해서 피터슨 형사와 바버 씨를 만났습니다. 그다음에 무슨 일이 있었습니까?"

"그 사람들은 희생자의 신원이 이미 벤저민 리프킨으로 확인되었다는 기본 상황을 설명한 다음, 공원을 가로질러서 실제 살해 현장으로 저를 데리고 갔습니다."

"그곳에 도착해서 무엇을 보았습니까?"

"현장 주변에 이미 테이프가 둘러져 있었습니다. 검시관과 범죄 현장 감식반 기술자들은 그때까지 현장에 도착하지 않았습니다. 지방 경찰서에서 나온 사람이 사진을 찍고 있었습니다. 희생자는 여전히 바닥에 누워 있었고, 시신 주변에는 별것 없었습니다. 기본적으로, 경찰이 도착하자마자 현장 보존을 위해 그곳을 통제한 상태였습니다."

"실제로 시신을 보았습니까?"

"네."

"처음 시신을 봤을 때 자세가 어땠는지 설명해주시겠습니까?"

"희생자는 비탈에 누워 있었는데, 머리는 낮은 쪽을, 다리는 언덕 쪽을 향해 있었습니다. 그리고 자세가 뒤틀려서, 머리는 하늘을 올려다보고 있었고 하반신과 다리는 모로 놓여 있었습니다."

"그다음에 무엇을 했습니까?"

"피터슨 형사와 바버 씨와 함께 시신 쪽으로 다가갔습니다. 피터슨 형사가 저에게 사건 현장을 자세히 보여주었습니다."

"증인은 무엇을 보았습니까?"

"비탈 위쪽, 오솔길과 가까운 곳 땅바닥에 상당량의 혈액, 이탈 혈흔이 있었습니다. 직경이 2.5센티미터가 안 되는 아주 작은 핏방울들이 많이 눈에 띄었습니다. 좀 더 큰 얼룩들도 보였는데, 문지름 혈흔 같았고, 나뭇잎에 남아 있었습니다."

"문지름 혈흔이 무엇인가요?"

"젖은 혈액이 묻어 있는 표면이 다른 표면에 접촉하면 혈액이 이동하는데, 그러면서 얼룩을 남깁니다."
 "현장에 있던 문지름 혈흔에 대해 묘사해주시죠."
 "비탈 아래편에 여러 개가 있었습니다. 처음에는 혈흔의 길이가 10센티미터 안팎이었는데, 비탈 아래로 내려갈수록 혈흔이 더 두껍고 길어졌으며, 혈액이 더 많이 묻어 있었습니다."
 "자, 증인이 범죄학자가 아니라는 사실은 알고 있습니다만, 당시에 증인은 그러한 혈흔을 보고 어떤 느낌이라든가, 어떤 생각 같은 게 떠올랐습니까?"
 "네, 그랬습니다. 살인은 핏방울이 떨어져 있는 오솔길 근처에서 일어난 것 같았습니다. 그런 다음에, 시신이 비탈로 쓰러지거나 떠밀려서, 엎드린 자세로 비탈을 따라 미끄러지다가 나뭇잎에 긴 문지름 혈흔을 남긴 것 같았습니다."
 "좋습니다, 그런 생각이 떠올랐고, 그다음에 무엇을 했습니까?"
 "아래로 내려가서 시신을 살폈습니다."
 "무엇을 보았습니까?"
 "가슴에 나란히 세 군데에 상처가 있었습니다. 시신의 앞면, 희생자의 상의가 피로 물들어 있어서, 식별하기가 약간 어려웠습니다. 시신 주변에도 상당량의 혈흔이 있었습니다. 상처 세 곳에서 계속 피가 흘러나온 것 같았습니다."
 "그 핏자국, 그러니까 시신 주변에 고여 있던 피에 특이 사항이 있었습니까?"
 "네. 피 속에 신발 자국과 다른 흔적들이 찍혀 있었습니다. 그건 누군가가 젖은 피를 밟아서 그곳에 자국을 남겼다는 뜻이었습니다. 마치 본을 뜬 것처럼 말입니다."
 "증인은 그 신발 자국으로부터 어떠한 결론에 이르렀습니까?"
 "분명히, 살인이 발생한 직후에, 피가 채 마르지 않아서 자국이 남을 만한 시간 내에, 누군가가 시신 옆에 서 있거나 무릎을 꿇고 있었습니다."

"조깅을 하다가 시신을 발견한, 폴라 잔네토라는 사람을 알고 있었습니까?"

"네, 그렇습니다."

"그 자국들과 관련해서 생각했을 때, 그 사람은 어땠습니까?"

"그 사람이 남겼을 수도 있지만, 확신할 수는 없었습니다."

"또 어떤 결론에 이르렀습니까?"

"음, 공격 중에 혈액이 상당량 튀었습니다. 혈액이 뿌려지고 그리고 뭉개졌습니다. 살인자가 어떻게 서 있었는지는 모르겠지만, 희생자의 가슴에 난 상처의 위치로 보아, 그자는 희생자 바로 앞에 서 있었을 것입니다. 그래서 우리가 찾고 있던 그자에게도 아마 피가 튀었을 것입니다. 칼은 작고 처리하기도 아주 쉽지만, 저는 그자가 흉기를 버리지 않고 가지고 있을지도 모른다고 생각했습니다. 여하튼, 피는 중요한 단서였습니다. 현장이 꽤 지저분했으니까요."

"증인은 희생자에 대해, 특히 희생자의 손에 대해 어떤 소견이 있었습니까?"

"네, 손에 상처나 베인 자국이 없었습니다."

"그 사실이 증인에게 무엇을 시사했습니까?"

"방어흔이 없다는 것은 희생자가 가해자에게 저항이나 반격을 하지 않았다는 뜻이며, 희생자가 놀랐거나 공격을 인식하지 못했기 때문에 타격을 막기 위해서 손을 들 기회가 없었다는 뜻입니다."

"희생자가 가해자를 알았을지도 모른다는 뜻입니까?"

조녀선이 다시 의자에서 몇 센티미터쯤 엉덩이를 들었다.

"이의 있습니다. 추측성 발언입니다."

"인정합니다."

"좋습니다. 그다음에 무엇을 했습니까?"

"음, 그때는 살인이 발생하고서 비교적 시간이 얼마 경과하지 않았습니다. 공원이 봉쇄되었고, 의심스러운 사람이 있는지 확인하기 위해 즉시 공원을 수색했습니다. 제가 공원에 도착하기 전에 이미 수색이 시작되었습니다."

"그래서 누군가를 찾아냈습니까?"

"살해 현장에서 아주 멀리 떨어진 곳에서 몇 사람을 찾았습니다만, 딱히 수상쩍어 보이는 사람은 없었습니다. 그들 중에 누군가가 어떤 식으로든 살인과 관계되어 있다고 생각할 만한 이유가 전혀 없었습니다."

"그 사람들에게 피가 묻어 있지 않았습니까?"

"네."

"칼도 없었습니까?"

"네."

"그렇다면, 수사 초기에 유력한 용의자가 없었다고 해도 틀린 말은 아니죠?"

"용의자 자체가 전혀 없었습니다."

"그래서 다음 며칠 동안, 얼마나 많은 용의자를 찾아내서 조사했습니까?"

"전혀요."

"그다음에 무엇을 했습니까? 어떤 식으로 수사를 진행했습니까?"

"음, 정보를 보유하고 있을 법한 사람들 모두와 면담을 했습니다. 희생자의 가족과 친구들, 그리고 살인 사건 당일 아침에 무언가를 목격했을 만한 사람은 누구라도."

"거기에 희생자의 급우들도 포함되어 있었습니까?"

"아니요."

"왜죠?"

"학교 측과의 교섭이 약간 지연되었습니다. 지역의 학부모들은 경찰이 아이들과 면담하는 일에 대해 염려했습니다. 그래서 면담 시에 학생들이 변호사를 대동해야 할지, 그리고 경찰이 영장 없이 학교에 들어가서 사물함이나 개인 소지품을 조사해도 되는지 여부를 놓고 약간의 논의가 있었습니다. 또한, 면담 장소로 학교 건물을 사용하는 것이 적절한지, 그리고 어떤 학생들과의 면담이 허용될 것인지에 대해서도 약간의 논의가 있었습니다."

"면담이 지연되는 상황에 대해 증인은 어떻게 반응했습니까?"

"이의 있습니다."

"기각합니다."

"솔직히, 화가 났습니다. 시간이 경과하면 할수록, 사건 해결은 더욱 어려워집니다."

"증인과 함께 검찰청에서는 누가 사건을 지휘하고 있었습니까?"

"바버 씨입니다."

"앤드루 바버, 피고인의 아버지 말입니까?"

"네."

"그 무렵 증인은 앤디 바버 씨가 자기 아들의 학교가 관련된 사건을 담당한다는 사실이 뭔가 부적절하다고 생각했습니까?"

"꼭 그렇지는 않습니다. 그러니까, 그 사실을 인지하고는 있었습니다. 하지만 그 사건은 컬럼바인 사건과는 달랐습니다. 아이가 아이를 살해한 사건이라고 확신할 수가 없었습니다. 제이컵은 고사하고 그 학교 학생이 관련되었다고 생각할 만한 실질적인 이유가 전혀 없었습니다."

"그래서 증인은 그 부분에 있어서 바버 씨의 판단력을 절대 의심하지 않았습니까, 마음속에서조차?"

"네, 절대."

"그 부분에 대해서 바버 씨와 논의한 적이 있습니까?"

"한 번 있습니다."

"그 대화를 묘사해주시겠습니까?"

"제가 앤디한테, 그러니까, 그냥…… 몸조심하는 차원에서, 이번 사건을 다른 사람한테 넘기는 게 어떻겠느냐고 말했습니다."

"증인이 이해의 상충을 알아차렸기 때문인가요?"

"저는 그 학교가 사건에 관련되어 있을지도 모른다고 생각했습니다. 그래서 혹시 모르니, 거리를 두는 게 어떻겠느냐고 말했습니다."

"그래서 바버 씨가 뭐라고 말했습니까?"

"이해의 상충은 없다고, 자신의 아들이 어떤 살인자에게 위협받고 있다면 그 때문에라도 사건이 해결되는 모습을 더욱 지켜보고 싶다고 말했습니다. 게다가, 사건이 일어난 동네에 살고 있기 때문에 어떤 책임감을 느낀다고 말했습니다. 그 동네에서는 살인 사건이 드문 일이어서 사람들이 더욱 당혹스러워했고, 앤디는 그 사람들을 위해 옳은 일을 하고 싶어 했습니다."

라주디스가 그 마지막 문장에서 멈칫하더니, 잠시 더피를 노려보았다.

"피고인의 아버지, 바버 씨가 벤 리프킨의 급우가 살인을 저질렀을 가능성에 무게를 두고 수사를 진행하라고 했습니까?"

"아니요. 그런 가능성에 무게를 두라고도, 그런 가능성을 배제하라고도 하지 않았습니다."

"하지만 바버 씨는 벤이 급우에게 살해당했을 가능성에 적극적으로 무게를 두지는 않았죠?"
"네. 하지만 그런 가능성에 적극적으로 무게를 둘 수는 없는 법입니다."
"바버 씨가 수사를 어떤 방향으로 몰고 갔습니까?"
"몰고 간다는 게 어떤 의미입니까?"
"바버 씨가 다른 용의자들을 염두에 두고 있었나요?"
"네. 공원 근처에 살던 레너드 패츠라는 남자가 있었습니다. 그자가 사건에 관련되었을지도 모른다는 정황적 징후들이 있었습니다. 앤디는 그자를 용의자로 조사하고 싶어 했습니다."
"사실, 앤디 바버 씨 혼자서 패츠를 용의자로 밀어붙이지 않았습니까?"
"이의 있습니다. 유도신문입니다."
"인정합니다. 그 사람은 검찰 측 증인이오, 라주디스 검사."
"질문을 철회합니다. 결국 매코믹 중학교에서 벤의 급우들을 면담했습니까?"
"네."
"무엇을 알아냈습니까?"
"음, 아이들이 말하기를 꺼렸기 때문에 시간이 좀 걸렸습니다만, 벤과 피고인 사이에, 그러니까 벤과 제이컵 사이에 계속적인 다툼이 있었다는 사실을 알아냈습니다. 벤은 제이컵을 괴롭혔습니다. 그래서 저희는 제이컵을 용의자로 생각하기 시작했습니다."
"피고인의 아버지가 수사를 지휘하는 동안에도 말입니까?"
"수사의 어떤 부분은 바버 씨 모르게 수행되어야 했습니다."
그 말이 망치처럼 나를 강타했다. 나는 그런 이야기를 들어본 적이 없었다. 그런 상황을 예상은 했었지만, 더피가 직접 관련되어 있으리라고는 상상도 하지 못했다. 더피의 얼굴에 무력한 표정이 떠올랐다. 아마 내가 고개를 떨구는 모습을 본 모양이었다.

"그래서 어떻게 그런 일이 가능했습니까? 바버 씨 모르게 사건을 수사하기 위해서 다른 검사가 선임되었습니까?"

"네. 당신이죠."

"그래서 누구의 승인하에 그런 일이 이루어졌습니까?"

"린 캐너밴 검사장입니다."

"그래서 수사를 통해 무엇이 밝혀졌습니까?"

"증거가 피고인에게 불리하게 전개되었습니다. 피고인은 상처와 일치하는 칼을 가지고 있었고, 피고인에게는 충분한 동기가 있었으며, 무엇보다 피고인은 희생자가 계속해서 자신을 괴롭히면 칼로 자신을 지키겠다는 의사를 밝혔습니다. 또한 피고인은 그날 아침에 오른손에 소량의 피, 그러니까 핏방울들을 묻히고 학교에 왔습니다. 우리는 그러한 사실을 피고인의 친구, 데릭 유에게서 알아냈습니다."

"피고인의 오른손에 피가 묻어 있었다고요?"

"피고인의 친구 데릭 유에 따르면, 그렇습니다."

"그리고 피고인이 벤 리프킨에게 칼을 사용하겠다는 의사를 공공연하게 밝혔다고요?"

"데릭 유가 그렇게 말했습니다."

"그 무렵 증인은 편집실이라는 웹사이트에 올라온 글에 대해 알고 있었습니까?"

"네. 데릭 유가 그 이야기도 했습니다."

"그래서 편집실이라는 웹사이트를 조사했습니까?"

"네. 그곳은 사람들이 공상 소설을 게시하는 사이트였습니다. 글 대부분이 섹스와 폭력을 다루고 있었고, 매우 충격적인······."

"이의 있습니다."

"인정합니다."

"편집실이라는 웹사이트에서 이번 사건과 관련된 글을 찾았습니까?"

"네, 그랬습니다. 기본적으로 살인자의 관점에서 살인을 묘사하는 글을 찾았습니다. 이름이 바뀌었고, 세부적인 내용이 약간 달랐지만, 상황은 똑같았습니다. 분명히 이번 사건에 관한 내용이었습니다."

"누가 그 글을 썼습니까?"

"피고인이 썼습니다."

"어떻게 그걸 알았습니까?"

"데릭 유가 알려주었습니다. 피고인이 그렇게 말했다더군요."

"다른 방법으로도 그 사실을 확인할 수 있었습니까?"

"아니요. 저희는 최초로 그 글이 업로드된 컴퓨터의 아이피를 알아낼 수 있었습니다. 아이피는 컴퓨터의 위치를 식별할 수 있는 일종의 지문 같은 것입니다. 그리고 아이피가 뉴턴 센터의 피츠 커피숍으로 확인되었습니다."

"그 글을 업로드하는 데 사용된 실제 기기를 확인할 수 있었습니까?"

"아니요. 누군가가 커피숍의 무선 네트워크에 접속해서 그 글을 올렸습니다. 그것이 추적할 수 있는 전부였습니다. 피츠 커피숍은 어떤 컴퓨터가 네트워크에 들어왔다가 나갔는지를 기록해두지 않습니다. 그리고 네트워크에 접속하기 위해서 이름이나 신용카드 따위도 필요하지 않습니다. 그래서 그 이상의 추적은 불가능했습니다."

"하지만 피고인이 그 글을 자신이 썼다고 인정했다는 데릭 유의 진술을 확보했죠?

"맞습니다."

"그래서 그 글의 어떤 부분 때문에, 증인은 살인자만이 그 글을 쓸 수 있었을 거라고 그렇게 강하게 확신했습니까?"

"모든 세부 정보가 그 글에 들어 있었습니다. 그리고 결정적으로, 자상의 각도가 묘사되어 있었습니다. 그 글에 따르면, 장기 손상을 극대화하기 위해서 칼날이 갈비뼈 사이를 관통할 수 있도록 의도적으로 칼의 각도를 생각해서 칼을 가슴에 찔러 넣었다고 되어 있습니다. 모든 사람이 칼의 각도에 대해 알고 있었던 건 아닙니다. 그건 공적인 정보가 아니었습니다. 그리고 생각해내기 쉬운 내용도 아니었을 겁니다. 칼이 갈비뼈 사이로 미끄러져 들어가려면, 가해자가 칼을 수평으로 쥐어야 하는데, 그건 부자연스러운 각도이기 때문입니다. 정보의 수준하며, 범행 계획하며, 그 글은 본질적으로 자백서나 다름없었습니다. 그 시점에서 이미 체포 사유가 존재했습니다."

"하지만 그 즉시 피고인을 체포하지는 않았죠?"

"네. 여전히 저희는 피고인이 자신의 집에 숨겨두었을지도 모를 칼과 다른 증거들을 찾고 싶었습니다."

"그래서 어떻게 했습니까?"

"영장을 발부받아서 피고인의 집으로 갔습니다."

"그래서 무엇을 찾았습니까?"

"아무것도 찾지 못했습니다."

"피고인의 컴퓨터를 압수했습니까?"

"네."

"어떤 종류의 컴퓨터였습니까?"

"흰색 애플 노트북이었습니다."

"그래서 그런 종류의 하드 드라이브에서 자료를 찾아내도록 훈련받은 전문가들이 컴퓨터를 수색했습니까?"

"네. 전문가들은 직접적으로 유죄를 입증할 수 있는 어떠한 자료도 찾아내지 못했습니다."

"사건과 관련 있는 무언가를 찾아내기는 했습니까?"

"디스크 스크레이퍼라는 소프트웨어 프로그램을 찾았습니다. 그 프로그램은 하드 드라이브에서 오래되었거나 삭제된 문서 혹은 프로그램의 흔적을 지웁니다. 제이컵은 컴퓨터를 아주 잘 다뤘습니다. 그래서 우리가 그 글을 찾아내지는 못했지만, 그 글이 컴퓨터에서 삭제되었을 가능성은 남아 있습니다."

"이의 있습니다. 추측성 발언입니다."

"인정합니다. 배심원단은 마지막 문장을 무시하시기 바랍니다."

"포르노를 찾아냈습니까?"

라주디스가 말했다.

"이의 있습니다."

"기각합니다."

"포르노를 찾아냈습니까?"

"네."

"폭력적인 글이나 살인 사건과 관련된 자료는요?"

"아니요."

"제이컵이 칼을 가지고 있었다는 데릭 유의 주장을 어떤 식으로든 입증할 수 있었습니까? 예를 들어, 칼을 구매한 영수증 같은 게 있었습니까?"

"아니요."

"실제 살인 흉기가 발견되었습니까?"

"아니요."

"하지만 그 무렵 콜드 스프링 공원에서 칼이 발견되었죠?"

"네. 살인 사건 이후에 얼마 동안 공원 수색이 계속되었습니다. 우리는 범인이 발각되지 않으려고 공원 어딘가에 칼을 버렸을 거라고 생각했습니다. 그리고 결국 얕은 연못에서 칼을 찾아냈습니다. 칼은 크기가 얼추 비슷했습니다만, 이후 법의학적 분석을 통해 살인 흉기가 아니라는 사실이 밝혀졌습니다."

"왜 그렇게 결정되었습니까?"

"칼날이 상처에 비해 컸고, 칼날에 톱니가 없어서 상처의 찢긴 가장자리와 일치하지 않았습니다."

"그래서 증인은 칼이 그곳 연못에 버려졌다는 사실로부터 어떠한 결론에 이르렀습니까?"

"누군가가 우리를 따돌리기 위해서, 우리를 잘못된 길로 몰아넣기 위해서 칼을 그곳에 가져다 놓았다고 생각했습니다. 그자는 아마 흉기의 예상 특징과 상처를 묘사해놓은 법의학 보고서에 접근할 수 없는 사람이었을 겁니다."

"혹시 누군가 그 칼을 그곳에 심어놓았을까요?"

"이의 있습니다. 추측을 요구하고 있습니다."

"인정합니다."

라주디스가 잠시 생각에 잠겼다. 그리고 깊고 만족스러운 숨을 내쉬며, 자신이 마침내 전문적인 증인과 한 차례 신문을 마쳤다는 사실에 안도했다. 더피가 나를 알고 좋아한다는 사실, 더피가 제이컵에게 다소 유리하게 편향된 증인이며 증언을 하면서 눈에 띄게 갈등했다는 사실이 오히려 더피의 증언을 더욱 강력하게 만들었다. 마침내, 라주디스도 그 사실을 분명하게 깨달았다, 마침내.

"이상입니다."

라주디스가 말했다.

조너선이 벌떡 일어나서 배심원석 맨 끝 쪽으로 가더니 난간에 등을 기대고 섰다. 만약 배심원석으로 기어 올라가서 신문을 할 수 있다면, 조너선은 그렇게 했을 것이다.

"혹은 칼이 아무 이유 없이 그냥 그곳에 떨어졌을 수도 있지 않나요?"

조너선이 말했다.

"가능합니다."

"항상 많은 것들이 공원에 버려지기 때문이죠?"

"맞습니다."

"그러니까, 증인은 누군가가 증인을 속이기 위해서 칼을 그곳에 심어놓았을지도 모른다고 말했는데, 그 말은 추측이죠?"

"네, 경험에 근거한 추측입니다."

"본인은 억측이라고 말하고 싶군요."

"이의 있습니다."

"인정합니다."

"조금 전으로 되돌아가보죠, 경위님. 증인은 살해 현장에서 이탈 혈흔, 비산 혈흔, 문지름 혈흔 같은 많은 피가 발견되었고, 희생자의 상의도 물론 피로 물들어 있었다고 증언했어요."

"네."

"현장에 그렇게 많은 피가 있었고, 사실, 증인의 증언에 따르면 증인은 공원에서 용의자를 수색하면서 피가 묻어 있는 누군가를 찾고 있었어요. 증인이 그렇게 말했죠?"

"피가 묻었을지도 모르는 사람을 찾고 있었습니다, 맞습니다."

"그 사람한테 피가 많이 묻어 있었을까요?"

"그 점은 확신할 수 없었습니다."

"아, 지금이라도 생각해봐요. 증인은 상처의 형태에 근거해서, 벤 리프킨의 살인자가 아마 희생자의 정면에 서 있었을 거라고 증언했어요, 맞죠?"

"네."

"그리고 이탈 혈흔이 있었다고 증언했어요."

"네."

"'이탈'이라는 건 무언가가 던져지거나 내팽개쳐져서 어딘가에서 떨어져 나갔다는 뜻이죠?"

"네, 하지만……."

"사실, 그렇게 피가 많고, 그렇게 상처가 심한 사건이라면, 상처에서 피가 뿜어져 나왔을 테니, 증인은 살인자의 몸에 피가 아주 많이 묻어 있을 거라고 생각해야 해요, 맞죠?"

"꼭 그렇지는 않습니다."

"꼭 그렇지는 않지만 그럴 가능성이 매우 크죠, 형사님?"

"그럴 가능성이 있기는 합니다."

"그리고 물론 칼로 찌를 때, 살인자는 희생자와 아주 가까운 거리에, 팔이 닿는 거리에 서 있어야 해요, 분명하죠?"

"네."

"분사되는 피를 피하려면 어느 정도 떨어져 있어야 하나요?"

"저는 분사라는 용어를 사용하지 않았습니다."

"이탈하는 피를 피하려면 어느 정도 떨어져 있어야 하나요?"

"확실하게 말할 수 없습니다."

"그리고 그날 아침에 제이컵이 피를 묻힌 채 학교에 왔다고 했는데, 증인은 그 이야기를 제이컵의 친구 데릭 유에게서 들었어요, 맞죠?"

"네."

"그리고 데릭 유는 제이컵의 오른손에 소량의 피가 묻어 있었다고 말했어요, 맞죠?"

"네."
"옷에는 피가 전혀 묻어 있지 않았죠?"
"네."
"얼굴이나 신체의 다른 부위에도 피가 전혀 묻어 있지 않았죠?"
"네."
"신발에도 없었죠?"
"네."
"제이컵은 살인이 발생한 후에 시신을 발견했고 오른손으로 시신을 건드렸다고 자신의 친구 데릭 유에게 말했는데, 모든 정황이 그 설명과 완벽하게 일치해요, 그렇죠?"
"네, 일치합니다. 하지만 다른 설명도 가능합니다."
"그래서 물론 그날 아침에 제이컵은 학교에 갔죠?"
"네."
"우리가 아는 바로는, 제이컵은 살인이 발생한 직후에 학교에 있었군요, 맞죠?"
"네."
"매코믹 중학교는 몇 시에 수업을 시작하나요?"
"8시 35분입니다."
"검시관이 살해 시간을 언제로 추정했는지 혹시 아나요?"
"8시에서 8시 30분 사이입니다."
"하지만 제이컵은 8시 35분에 몸에 피 한 방울 묻히지 않고서 학교에 앉아 있었죠?"
"네."
"제이컵이 쓴 그 글, 증인에게 그렇게 강한 인상을 남겼다던 그 글, 증인이 사실상 자백서와 다름없다고 설명했던 그 글에 대해 가정적으로 한번 말해보죠. 만약에 제이컵이 글 속의 사건을 직접 지어낸 게 아니라면, 글 속의 모든 세부 정보가 이미 매코믹 중학교 학생들 사이에 널리 알려져 있었다면, 그리고 그러한 사실을 뒷받침하는 증거를 내가 증인한테 제시한다면, 그 글을 아주 중요한 증거로 여기던 증인의 생각이 혹시 달라질까요?"

"네."

"네, 물론 그렇겠죠!"

더피가 무표정하게 조너선을 쳐다보았다. 더피의 임무는 가능한 한 말을 적게 하는 것, 불필요한 말을 모두 잘라내는 것이었다. 자발적으로 세부 사항을 말하면 피고 측을 돕는 결과만 초래할 수도 있었다.

"자, 수사에 있어서 앤디 바버 씨의 역할에 대해 질문하죠. 증인은 친구인 앤디가 무언가 잘못됐거나 부적절한 행동을 했다고 생각하나요?"

"아니요."

"증인은 앤디 바버 씨의 실수나 미심쩍은 결정을 지적할 수 있나요?"

"아니요."

"그때든 지금이든, 뭔가 의심스러운 점은?"

"없습니다."

"앞서 레너드 패츠라는 남자에 대한 언급이 있었죠. 우리가 지금 알고 있는 사실에 근거해서도, 한때 패츠가 타당한 용의자로 여겨졌다는 점이 부적절해 보이나요?"

"아니요."

"아니군요, 수사의 초기 단계에서는 타당한 단서를 모두 뒤쫓아야 하기 때문에, 그물을 가능한 한 넓게 던져야 하죠, 맞나요?"

"네."

"사실, 앤디 바버 씨가 여전히 패츠를 이 사건의 진짜 범인으로 믿고 있다면, 좀 의외인가요, 경위님?"

더피가 얼굴을 조금 찌푸렸다.

"아니요. 앤디는 늘 그렇게 믿었습니다."

"맨 처음 바버 씨에게 레너드 패츠의 존재를 알려준 형사는 바로 증인이에요. 맞죠?"

"네, 하지만……."

"그리고 살인 사건 수사에 있어서 앤디 바버 씨의 판단력은 대체로 신뢰할 만했죠?"

"네."

"앤디 바버 씨가 벤 리프킨 살인 사건에서 레너드 패츠에 대한 수사를 진행하고 싶어 했다는 사실이 어떤 식으로든 이상해 보였나요?"

"이상해요? 아니요. 당시에 우리가 가지고 있던 제한된 정보에 근거하면, 타당했습니다."

"그럼에도 불구하고 패츠에 대한 수사는 결코 본격적으로 진행되지 않았죠?"

"제이컵 바버의 기소가 결정되자 패츠에 대한 수사는 중단되었습니다, 네."

"그래서 패츠에게 주력하지 말라는 결정은 누가 내렸죠?"

"린 캐너밴 검사장입니다."

"그러한 결정은 검사장 혼자서 내렸나요?"

"아니요, 라주디스 검사가 조언을 했을 겁니다."

"당시에 레너드 패츠를 용의자에서 배제시킬 만한 증거가 있었나요?"

"아니요."

"직접적으로 레너드 패츠의 혐의를 벗길 만한 어떤 증거라도 나왔나요?"
"아니요."
"아니군요. 그저 패츠에 대한 수사가 중단되었기 때문이었죠?"
"그렇게 생각합니다."
"라주디스 검사가 원했기 때문에 그쪽 방향의 수사가 중단되었죠, 아닌가요?"
"모든 수사관이 함께 논의를 했습니다. 검사장과 라주디스 검사를 포함해서……."
"라주디스 검사가 밀어붙였기 때문에 그 수사가 중단되었어요, 맞죠?"
"음, 결국 여기까지 왔군요. 네, 분명히 그랬습니다."
더피의 목소리에서 짜증이 묻어났다.
"그렇다면, 우리가 지금 알고 있는 사실에 근거해서도, 증인은 앤드루 바버 씨의 정직성에 대해 어떤 의혹을 품고 있나요?"
"아니요."
더피가 잠시 생각했다. 혹은 생각하는 척했다.
"아니요. 저는 앤디가 제이컵을 전혀 의심하지 않았다고 생각합니다."
더피가 말했다.
"증인은 앤디가 어떤 것도 의심하지 않았다고 생각하나요?"
"네."
"평생 그 아이와 함께 살았던 아버지가 아무것도 몰랐다고요?"
더피가 어깨를 으쓱했다.
"확실히는 모르겠습니다만, 그렇게 생각합니다."
"십사 년 동안 아이와 함께 살았으면서 어떻게 아이에 대해 그 정도로 모를 수 있을까요?"
"저도 확실히는 모릅니다."
"그렇군요. 사실, 증인 역시 제이컵이 태어날 때부터 줄곧 그 아이를 알았죠?"
"네."
"그리고 증인도 처음에는 제이컵에 대해 어떠한 의심도 품지 않았죠?"
"네."
"그 세월 동안, 제이컵에게 위험한 구석이 있어 보이지는 않았죠? 증인은 제이컵을 의심할 이유가 전혀 없었죠?"
"네."
"네, 물론 그렇겠죠."
"이의 있습니다. 클라인 변호사가 증인의 대답에 자신의 해석을 덧붙이지 말 것을 요청합니다."
"인정합니다."
"사과드립니다."
조녀선이 몹시도 무성의하게 말했다.
"이상입니다."
"라주디스 검사, 직접 재신문을 하시겠소?"
판사가 말했다.
라주디스가 숙고했다. 어쩌면 상황을 그대로 놓아두는 편이 더 나았을지도 모른다. 물론 라주디스는 배심원들에게 내가 부정직한 인간이며 제 미친 아들을 보호하기 위해서 수사를 장악했다고 주장할 만한 충분한 근거를 가지고 있었다. 젠장, 라주디스는 그러한 주장을 직접 펼칠 필요조차 없었다. 배심원들은 증언 중에 그러한 내용이 여러 차례 넌지시 언급되는 것을 이미 다 들었다. 어쨌든, 이곳에서 재판을 받는 사람은 내가 아니었다. 라주디스는 그냥 제가 딴 돈을 챙겨서 다음 판으로 넘어갈 수도 있었을 것이다. 하지만, 라주디스는 새롭게 탄력을 받아 한껏 부푼 상태였다. 얼굴만 보아도, 라주디스가 굉장히 고취되어 있다는 사실을 알 수 있었다. 라주디스는 주먹만 내뻗으면 결정타를 날릴 수 있다고 믿는 듯했다. 라주디스는 제 앞에 놓인 쿠키 단지를 거부하지 못하는, 어른 몸에 갇힌 어린애에 불과했다.

"네, 재판장님"

라주디스가 곧바로 증인석 앞으로 걸어갔다.

법정이 조금 부스럭댔다.

"더피 형사님, 증인은 앤드루 바버 씨가 이번 사건을 지휘했던 방식에 대해 어떠한 의구심도 없다고 말했죠?"

"맞습니다."

"앤드루 바버 씨가 아무것도 몰랐기 때문이죠, 맞습니까?"

"네."

"이의 있습니다. 유도신문입니다. 이 사람은 검찰 측 증인입니다."

"용인되는 질문입니다."

"증인은 얼마 동안 앤디 바버 씨를 알았다고 했었죠? 그러니까 몇 년 동안?"

"이의 있습니다. 사건과 관련 없는 질문입니다."

"기각합니다."

"앤디를 안 지 이십 년이 넘은 것 같습니다."

"그렇다면 증인은 앤디 바버 씨를 아주 잘 압니까?"

"네."

"안팎으로 속속들이?"

"그렇습니다."

"증인은 앤디 바버 씨의 부친이 살인자라는 사실을 언제 알았습니까?"

쾅.

조너선과 내가 자리에서 튀어 오르며 탁자를 거칠게 밀쳤다.

"이의 있습니다!"

"인정합니다! 증인은 이 질문에 답하지 마시고 배심원단은 이 질문을 무시하세요! 전혀 염두에 두지 마세요. 이 질문을 아예 없었던 것으로 치부하세요."

프렌치 판사가 검사와 변호사를 향해 몸을 돌렸다.

"협의를 위해 지금 당장 앞으로 나오세요."

나는 조너선을 따라 협의를 하러 갈 수 없었다. 그래서 판사가 속삭였던 말들을 재차 공판 기록에서 인용하고자 한다. 하지만 나는 프렌치 판사가 말하는 모습을 지켜보았다. 판사는 분명히 격노하고 있었다. 판사는 벌건 얼굴로 판사석 모서리에 손을 얹고는 몸을 앞으로 숙이고서 라주디스를 향해 낮게 식식댔다.

"충격이오, 당신이 그런 짓을 하다니, 그저 기가 막힐 따름이오. 내가 그런 내용을 언급하지 말라고 분명하고 확실하게 말했잖소. 그럴 경우에 무효 심리를 선언하겠다고 했잖소. 뭐 할 말이라도 있소, 라주디스 검사?"

"피고인 아버지의 품성과 수사의 신뢰성이라는 문제에 대해 반대신문을 하기로 결정한 사람은 바로 피고 측 변호인입니다. 변호인이 그 부분을 쟁점화하기로 결정했다면, 검찰 측도 그러한 주장의 반대편에서 논거를 펼칠 권리가 충분히 있습니다. 저는 그저 클라인 변호사의 신문 방향을 이어갔을 뿐입니다. 변호인은 피고인의 아버지가 자신의 아들을 의심할 만한 이유가 있었는가, 라는 쟁점을 구체적으로 제기했습니다."

"클라인 변호사, 무효 심리를 신청할 생각이오?"

"넵."

"들어들 가요."

검사와 변호사가 각자의 자리로 돌아갔다.

프렌치 판사는 평소 습관처럼 배심원단에게 연설을 하기 위해 선 채로 그냥 있었다. 그리고 마치 조각상 제작을 위해 자세를 취하듯, 법복을 약간 풀고 옷깃 모서리를 움켜잡았다.

"신사 숙녀 여러분, 마지막 질문은 무시하시기 바랍니다. 마음속에서 완전히 지워버리세요. 법조계에는 이런 말이 있습니다. '이미 울린 종을 안 울린 것으로 할 수는 없다.' 하지만 본인은 여러분에게 바로 그렇게 할 것을 요청합니다. 그 질문은 부적절했으며, 검찰 측에서는 그 질문을 하지 말았어야 합니다. 여러분은 그 점을 인지하여 주시기 바랍니다. 자, 오늘은 이만 해산하도록 하겠습니다. 이후에 법정에서는 다른 사안을 처리할 예정입니다. 격리 명령은 여전히 유효합니다. 절대 누구와도 이 소송에 대해 이야기 나누지 마세요. 이 사건에 관한 언론 보도도 듣지 마시고, 신문도 읽지 마세요. 라디오와 텔레비전을 끄세요. 그런 것들을 완전히 차단하세요. 좋습니다. 배심원단은 해산하세요. 내일 아침 9시 정각에 뵙겠습니다."

배심원들이 서로 눈빛을 교환하며 열을 지어 퇴장했다. 그 중 몇 사람은 라주디스를 슬쩍 훔쳐보았다.

배심원들이 나가자, 판사가 말했다.

"클라인 변호사."

조너선이 일어섰다.

"재판장님, 피고 측은 무효 심리를 신청하는 바입니다. 이 사안은 공판 전에 이미 광범위하게 논의되었던 주제입니다. 그리고 그러한 토론을 통해, 이 사안은 너무나도 불안정하고 너무나도 편파적이기 때문에 이 사안을 언급하는 것만으로도 무효 심리로 이어질 수 있다는 결론을 내렸습니다. 분명히 검찰 측은 이러한 제삼레일을 절대 건드리지 말라는 지시를 받았습니다. 하지만, 검사는 제삼레일을 건드렸습니다."

판사가 이마를 지압했다.

조너선이 계속했다.

"만약 법정에서 무효 심리를 선언하지 않는다면, 피고 측은 증인 목록에 레너드 패츠와 윌리엄 바버, 이 두 사람을 추가해달라고 신청할 것입니다."

"윌리엄 바버라면 피고인의 조부 말이오?"

"맞습니다. 윌리엄 바버를 이곳으로 이송하기 위해서는 주지사의 영장이 필요할지도 모릅니다. 하지만 검찰 측에서 피고인이 유전으로 인해 유죄이고, 범죄자 가족의 일원이며, 살인자로 태어났다는 괴상한 논리를 계속 고집한다면, 우리 측에서도 그러한 주장을 반박할 권리가 있습니다."

판사가 어금니를 갈며 잠시 제자리에 서 있었다.

"이 문제에 대해 숙고한 다음, 내일 아침에 내 결정을 전달하겠소. 내일 9시까지 휴정합니다."

라주디스 검사: 그 칼, 그러니까 수사관들을 따돌리려고 누군가가 연못에 던졌던 그 칼에 대한 질문으로 넘어가기 전에, 바버 씨, 혹시 누가 그 칼을 그곳에 심어놓았는지 아십니까?

증인: 물론입니다. 처음부터 알고 있었습니다.

라주디스 검사: 그래요? 어떻게요?

증인: 그건 우리 집 주방에서 없어진 칼이었습니다.

라주디스 검사: 동일한 칼이었나요?

증인: 내가 들었던 설명과 일치하는 칼이었습니다. 그리고 그 후 검찰 측에서 증거를 제시할 때, 연못에서 찾아냈다는 그 칼을 직접 봤습니다. 그건 우리 칼이었습니다. 그 칼은 낡았으며, 매우 독특했습니다. 그리고 세트가 아닌 개별 제품이었습니다. 나는 그 칼을 알아봤습니다.

라주디스 검사: 그렇다면 증인의 가족 중 어떤 사람이 그 칼을 연못에 던졌나요?

증인: 물론입니다.

라주디스 검사: 제이컵인가요? 자기가 실제로 소지하고 있던 칼 때문에 유죄로 추정될까 봐, 그걸 피하려고?

증인: 아닙니다. 제이크는 그 정도로 아둔하지 않았습니다. 그리고 나도 마찬가지였고요. 나는 상처의 모양을 알고 있었습니다. 나는 이미 법의학 쪽 사람과 이야기를 나눴습니다. 그래서 그 칼로는 벤 리프킨에게 그런 상처를 낼 수 없다는 사실을 알고 있었습니다.

라주디스 검사: 그렇다면, 로리였나요? 왜죠?

증인: 아들을 믿었기 때문입니다. 제이컵이 우리에게 자기가 한 짓이 아니라고 말했습니다. 우리는 바보처럼 칼을 구입했다는 이유만으로 그 아이의 삶이 망가지는 모습을 보고 싶지 않았습니다. 우리는 사람들이 그 칼을 보고 잘못된 속단을 내리리라는 사실을 알았습니다. 우리는 그럴 위험성에 대해 이야기를 나눴습니다. 그래서 로리는 경찰에게 다른 칼을 넘기기로 결심했습니다. 유일한 문제는, 그런 일에 관한 한 우리 셋 중에서 로리가 가장 약삭빠르지 못했다는 점입니다. 그리고 로리가 가장 혼란스러워했습니다. 로리는 충분한 주의를 기울이지 못했습니다. 그래서 잘못된 칼을 선택했고, 미진한 부분을 남겼습니다.

라주디스 검사: 로리가 칼을 버리기 전에 증인에게 이야기했나요?

증인: 버리기 전에는, 아닙니다.

라주디스 검사: 그렇다면, 후에는?

증인: 내가 아내를 다그쳤습니다. 아내는 그 사실을 부인하지 않았습니다.

라주디스 검사: 그래서 살인 사건의 수사를 방해한 그 사람에게 증인은 뭐라고 말했나요?

증인: 내가 뭐라고 말했느냐고요? 나하고 상의부터 했으면 좋았을 거라고 말했습니다. 그랬다면 내가 던지기에 적합한 칼을 가져다주었을 거라고 했습니다.

라주디스 검사: 진심인가요, 앤디? 지금 이게 다 장난 같아요? 정말로 증인은 지금 우리가 이곳에서 하고 있는 일이 그렇게도 우습나요?

증인: 내가 아내한테 그렇게 말했을 때는, 장담컨대, 농담을 하는 게 아니었습니다. 그쯤 해두죠.

라주디스 검사: 좋습니다. 이야기를 계속하세요.

우리가 법원에서 한 블록 떨어진 차고로 돌아왔을 때, 우리 차 와이퍼에 하얀 종이쪽지가 끼워져 있었다. 쪽지는 4등분으로 접혀 있었다. 내가 쪽지를 펼쳐서 읽었다.

심판의 날이 다가온다
살인자여, 죽어라

그곳에는 조너선을 포함해 우리 네 사람이 함께 있었다. 조너선이 쪽지를 노려보더니 서류 가방에 밀어넣었다.

"이 문제는 내가 처리할게요. 캠브리지 경찰서에 신고할 생각이에요. 여러분은 집에 가도록 해요."

"그 방법밖에 없을까요?"

로리가 말했다.

"만약을 대비해서, 뉴턴 경찰서에도 알려야 해. 우리 집 주변에 순찰차를 배치해달라고 요청해야 할 때인지도 몰라. 세상에 미친 놈들이 가득해."

내가 제안했다.

그 순간 나는 차고 구석에 서 있는 어떤 남자에게로 주의가 쏠렸다. 거리가 조금 멀기는 했지만, 남자는 분명히 우리를 지켜보고 있었다. 일흔에 가까운 노인이었는데, 골프 셔츠에 재킷을 입고 헌팅캡을 쓰고 있었다. 여느 보스턴 남자처럼 보였다. 어쩌면 거친 아일랜드 노인일 수도 있었다. 남자는 담배에 불을 붙이고 있었다. 그 라이터 불빛이 내 눈길을 사로잡았다. 벌겋게 타오르는 담배 끝을 보니, 요전 밤에 우리 집 바깥에 주차되어 있던 자동차가 떠올랐다. 그 차는 내부가 시커멨고, 차 유리 너머로 담뱃불만이 작은 반딧불처럼 반짝이고 있었다. 그자는 망할 놈의 링컨 타운 카를 모는, 평범한 구시대적 인물이 아니었던 걸까?

잠시 우리의 시선이 마주쳤다. 남자는 라이터를 바지 주머니에 쑤셔 넣고서 계속 걸었다. 그리고 출입구를 지나 계단 쪽으로 가더니 사라졌다. 내가 쳐다보기 전부터 남자는 계속 걷고 있었던 걸까? 어쩐지 남자는 한자리에 서서 우리를 지켜본 것 같았지만, 나는 그저 한 번 흘끗 보았을 뿐이었다. 어쩌면 남자는 담뱃불을 붙이려고 잠시 걸음을 멈췄던 건지도 모른다.

"저 남자 봤어요?"

"어떤 남자?"

조너선이 말했다.

"저기에서 우리를 쳐다보던 남자요."

"못 봤네. 누군데?"

"몰라요. 본 적 없는 사람이에요."

"자네는 그 남자가 이 쪽지하고 어떤 관련이 있다고 생각하나?"

"모르겠어요. 그 남자가 우리를 쳐다보고 있었는지조차 모르겠어요. 하지만 그런 것 같았어요, 아시겠어요?"

"자, 최근에는 많은 사람들이 우리를 쳐다보고 있어. 곧 끝날 거네."

조녀선이 우리를 차 쪽으로 이끌었다.

31
통화

그날 저녁 6시쯤, 우리 셋은 저녁 식사를 마쳤다. 제이컵과 나는 다소 신중한 낙관주의에 빠져서 라주디스와 그의 무모한 작전에 침을 뱉었다. 로리는 대범하고 정상적인 모습을 유지하려고 애썼지만, 우리 둘을 약간 못 미더워하고 있었다. 그때 전화벨이 울렸다.

내가 받았다. 전화교환원이 수신자 부담 전화라고 알렸다. 요금을 부담하겠느냐고? 아직도 수신자 부담 전화를 거는 사람이 있다니 놀라웠다. 장난 전화인가? 수신자 부담 전화를 걸 만한 공중전화가 남아 있는 곳이 어디더라? 감옥뿐이었다.

"발신자가 누굽니까?"

"빌 바버 씨요."

"맙소사. 아니요, 받지 않겠습니다. 잠시만, 끊지 마세요."

나는 심장으로 이야기하려는 사람처럼 수화기를 잠시 가슴에 가져다 댔다.

"좋습니다. 요금을 부담하겠습니다."

"감사합니다, 고객님. 연결될 때까지 전화 끊지 마시고요, 좋은 하루 보내세요."
 딸깍.
 "여보쇼?"
 "무슨 일인가요?"
 "무슨 일이냐고? 네놈이 나를 또 만나러 올 거라고 생각했었다."
 "좀 바빴어요."
 그가 내 말투를 흉내 냈다.
 "오, 좀 바빴어요. 긴장 풀어라, 알았냐? 그냥 너를 놀리는 거야, 이 멍청아. 뭔 생각을 했냐? 어이, 한번 내려와라, 아들아, 내가 너를 데리고 낚시를 하러 가마! 너한테 낚시질을 시켜 준다고. 뭐를 낚느냐고? 바로 대어들이지!"
 나는 무슨 뜻인지 전혀 이해하지 못했다. 짐작컨대, 교도소 은어인 모양이었다. 그게 무슨 뜻이건, 그에게는 재미있는 농담인 모양이었다. 그가 전화기 너머에서 폭소를 터트렸다.
 "세상에, 말이 많네요."
 "제기랄, 이 망할 곳에는 이야기를 나눌 사람이 하나도 없거든. 내 아들이 면회를 오지 않아서 말이야."
 "뭐 필요한 거라도 있어요? 아니면 그냥 수다나 떨려고 전화한 건가요?"
 "꼬맹이의 재판이 어떻게 되어 가는지 알고 싶다."
 "무슨 상관이에요?"
 "걔는 내 손자야. 알고 싶어."
 "지금껏 그 애의 이름도 모르고 살았잖아요."
 "그게 누구 잘못이냐?"
 "아버지 잘못이죠."
 "그래, 네가 그렇게 생각할 줄 알았다."

잠시 멈춤.

"오늘 법정에서 내 이름이 튀어나왔다는 얘기를 들었다. 여기서도 모든 상황을 유심히 지켜보고 있지. 그 재판은 재소자들한테 월드 시리즈나 다름없거든."

"네, 아버지 이름이 언급됐죠. 보세요, 아버지는 감옥에 앉아서도 여전히 가족들을 엿 먹이고 있어요."

"오, 아들아, 그렇게 열 내지 마라. 그 아이는 무죄판결을 받을 거야."

"그렇게 생각해요? 스스로를 퍽 훌륭한 변호사로 착각하는 모양이네요, 가석방 없는 종신형 씨?"

"나도 조금은 알아."

"조금은 아는군요. 휴. 부탁 하나만 하죠. 클래런스 대로 변호사님. 이쪽으로 전화해서 내 일에 대해 왈가왈부하지 마세요. 나한테는 이미 변호사가 있다고요."

"네 일에 대해 왈가왈부하는 게 아니다, 아들아. 네 변호사가 나를 증인석으로 부르겠다고 말했으니, 이제 그건 내 일이 된 거지, 안 그러냐?"

"그런 일은 일어나지 않을 거예요. 우리는 아버지가 증인석에 나와서 이 모든 일을 서커스로 변질시키기를 원하지 않아요."

"더 좋은 전략이라도 있는 거냐?"

"네, 그래요."

"그게 뭐냐?"

"우리는 어떠한 주장도 제기하지 않을 거예요. 그리고 검찰 측에 입증책임을 지울 거예요. 검찰 측은······. 내가 왜 이런 이야기를 하고 있는 거죠?"

"그러고 싶으니까. 막상 일이 닥치면, 아이한테는 아빠가 필요한 법이지."

"그거 농담이에요?"

"아니! 나는 여전히 네 아비야."

"아니, 그렇지 않아요."

"아니라고?"

"네."

"그럼 누가 네 아비야?"

"저요."

"너한테 아비가 없다고? 그럼 넌 뭐냐, 나무냐?"

"맞아요. 저는 아버지가 없어요. 그리고 필요하지도 않아요."

"누구한테나 아비가 필요해, 누구한테나 아비가 필요하다고. 너한테는 다른 어느 때보다 지금 내가 필요해. 내가 아니면, '불가항력적 충동'인지 뭔지는 달리 어떻게 증명할 테냐?"

"증명할 필요 없어요."

"그래? 왜?"

"라주디스는 그러한 주장을 증명할 수 없을 테니까요. 틀림없어요. 그래서 우리의 변론은 단순해요. 제이컵은 범인이 아니다."

"상황이 변하면 어쩔 테냐?"

"그럴 리 없어요."

"그렇다면 뭐 하러 여기까지 내려와서 나한테 그런 걸 물어봤냐? 그리고 내 침은 왜 검사했냐? 그건 다 뭐였어?"

"그저 만반의 대비를 하기 위해서."

"그저 만반의 대비를 하기 위해서라. 네 아들은 범인이 아니지만 혹시 범인일 경우를 대비해서?"

"비슷해요."

"그래서 네 변호사는 내가 무슨 말을 하기를 원하는 거냐?"

"아무 말도 원하지 않아요. 그 사람은 오늘 법정에서 그 말을 하지 말았어야 해요. 그건 실수였어요. 그 사람은 아버지를 이곳으로 불러 올려서 할아버지와 손자 사이에 아무런 관계도 없다는 사실을 증언하도록 만들 생각이었던 모양이에요. 하지만 이미 말했듯이, 아버지가 법정 근처에 올 일은 없을 거예요."

"너는 그 문제에 대해 변호사랑 의논을 좀 하는 게 좋겠다."

"잘 들어요, 피투성이 빌리 씨. 두 번은 말하지 않을 테니까. 당신은 존재하지 않는 사람이에요. 당신은 내 어릴 적 악몽에 지나지 않는다고요."

"이봐, 아들아, 내 감정을 상하게 하고 싶은 거냐? 차라리 내 불알을 발라라."

"그게 무슨 뜻이죠?"

"괜히 나를 모욕하려 들지 말라는 뜻이다. 그래 봤자, 나를 괴롭힐 수 없으니까. 네가 무슨 말을 하든 나는 그 애의 할아비다. 네가 할 수 있는 일은 아무것도 없어. 원하는 만큼 실컷 나를 부정하고, 내가 존재하지 않는 척해라. 상관없다. 진실은 변하지 않으니까."

나는 갑자기 휘청거리며 자리에 주저앉았다.

"네 경찰 친구가 증언했던 그 패츠란 놈이 누구냐?"

나는 격노했고, 당황했고, 흥분했다. 그래서 잠시 멈추어서 생각을 가다듬을 여력이 없었다. 내가 불쑥 내뱉었다.

"범행을 저지른 남자요."

"그놈이 아이를 죽였냐?"

"네."

"확실하냐?"

"네."

"어떻게 아는데?"

"증인을 확보했어요."

"그래서 너는 내 손자가 죄를 뒤집어쓰게 내버려둘 참이냐?"

"제이컵이오? 아니오."

"그렇다면 뭐라도 좀 해라, 아들아. 나한테 패츠란 놈에 대해 말해봐라."

"뭘 알고 싶어요? 그자는 사내아이들을 좋아해요."

"그놈이 아동 성추행범이라고?"

"비슷해요."

"비슷해? 아동 성추행범이면 성추행범이고 아니면 아닌 거지, 어떻게 비슷할 수가 있냐?"

"아버지가 실제로 누군가를 죽이기 전부터 이미 살인자였던 것과 같은 이치예요."

"아, 그만해라, 아들아. 내가 말했듯이, 너는 내 감정을 상하게 할 수 없어."

"'아들아'라고 좀 부르지 마요."

"거슬리냐?"

"네."

"그럼 뭐라고 불러?"

"그냥 부르지 마요."

"휴우. 뭐라고 부르긴 해야지. 안 그러면 어떻게 너한테 말을 걸겠냐?"

"걸지 마요."

"아들아, 너 정말 열 받았구나, 그거 알고 있냐?"

"달리 원하는 게 있나요?"

"원하는 거? 나는 너한테 아무것도 원하지 않아."

"줄칼이 들어 있는 케이크를 원할 거라고 생각했는데요."

"웃긴 놈일세. 줄칼이라. 아하, 내가 감방에 있으니까?"
"맞아요."
"잘 들어라, 아들아, 줄칼이 들어 있는 케이크는 필요 없다, 알겠냐? 왠지 아냐? 그 이유를 말해주마. 왜냐하면 나는 지금 감방에 있지 않으니까."
"설마요. 풀려났어요?"
"풀려날 필요 없어."
"풀려날 필요 없다고요? 한 가지 알려드릴까요, 미친 영감님. 창살이 있는 그런 큰 건물, 마음대로 나갈 수 없는 그런 곳, 사람들은 그곳을 감옥이라고 불러요. 그리고 아버지는 틀림없이 그 안에 있어요."
"아니. 봐라, 너는 지금 이해를 못하는구나, 아들아. 사람들이 이 구덩이에 가둬놓은 건 내 몸뚱이뿐이다. 사람들이 가둔 건 내 몸뚱이지, 내가 아니야. 나는 어디에나 있어, 알겠냐? 네가 보는 곳 어디에나, 아들아, 네가 가는 곳 어디에나. 알겠냐? 자, 너는 내 손자를 이런 곳에 얼씬도 못하게 해라. 알겠냐, 아들아?"
"직접 하지 그래요? 어디에나 있다면서요."
"그럴 생각이다. 내가 곧장 그곳으로 날아가서……."
"저기요, 가봐야 해요, 알았죠? 전화 끊을게요."
"안 돼. 우린 아직……."

나는 전화를 끊어버렸다. 하지만 그가 옳았다. 그가 나와 함께 있었다. 그의 목소리가 내 귓속에서 계속 떠들어댔다. 나는 수화기를 도로 들어서 전화기에 힘껏 내려놓았다. 한 번, 두 번, 그리고 세 번. 그의 목소리가 더는 들리지 않을 때까지.

제이컵과 로리가 눈을 똥그랗게 뜨고 나를 쳐다보았다.
"네 할아버지다."

"눈치챘어요."

"제이크, 나는 네가 그 사람하고 말 한마디 나누지 않으면 좋겠다. 알았니? 진지하게 하는 말이야."

"알았어요."

"절대 그 사람이랑 이야기하지 마라. 혹시 그 사람이 너한테 전화를 걸면, 그냥 끊어버려. 알았지?"

"알았어요, 알았어요."

로리가 노려보았다.

"당신도 마찬가지야, 앤디. 나는 그 사람이 우리 집에 전화를 걸지 않았으면 좋겠어. 그 사람은 독이야. 다음에 그 사람이 전화를 걸면, 그냥 끊어버려, 알았어?"

내가 고개를 끄덕였다.

"괜찮아, 여보?"

"잘 모르겠어."

32
증거의 부재

공판 다섯째 날.

9시 종이 울리자, 프렌치 판사가 판사석으로 돌진해서, 피고 측의 무효 심리 신청이 기각되었다고 단호하게 알렸다. 그러는 동안, 법원 속기사가 원뿔 모양의 마이크를 마치 산소마스크처럼 얼굴 위에 대고 판사의 말을 되풀이했다.

"검찰 측에서 피고인의 조부를 언급한 데 대한 피고 측의 이의 제기는 공식적인 기록으로 남겨지며, 그러한 사안은 상소를 위해 보존됩니다. 본인은 이미 배심원들에게 교정 지시를 내렸으며, 그것으로 충분하다고 생각합니다. 그러한 사안을 더는 언급하지 말 것을 검사에게 경고합니다. 그리고 이것으로 이 문제에 대한 논의를 마칩니다. 자, 다른 반대 의견이 없으면, 법원 경관, 배심원들을 입정시키세요. 재판을 재개합니다."

나는 놀라지 않았다. 무효 심리는 드문 일이다. 프렌치 판사는 어쩔 수 없는 경우가 아니라면, 이 재판을 끝내기 위해서 매사추세츠 주가 쏟아부은 막대한 투자를 함부로 날리지 않을 것이다. 무효 심리가 선언될 경우, 판사가 법정에 대한 통제력을 잃은 것으로 비치기 때문에 프렌치 판사 역시 무안한 상황일 수밖에 없었다. 물론, 라주디스는 이 모든 사실을 알고 있었다. 그래서 의도적으로 선을 넘었는지도 모른다. 이번 소송에서는 무효 심리가 선언될 가능성이 특히 적다는 데 모험을 건 것이다. 하지만 그건 다소 잔인한 짓이었다.

재판이 계속 이어졌다.

"성함을 말씀해주시겠습니까?"

"캐런 라코스키입니다."

"증인의 직업과 현재 직책은 무엇입니까?"

"매사추세츠 주립 경찰 소속 범죄학자입니다. 현재는 주립 과학 수사 연구소에서 일하고 있습니다."

"범죄학자가 정확히 무엇입니까?"

"범죄학자는 자연과학의 원리를 적용해서, 범죄 현장에 남겨진 증거를 확인하고, 보존하고, 분석하는 사람입니다. 그리고 나중에 재판정에서 자신의 조사 결과를 진술합니다."

"주립 경찰 소속 범죄학자로 일한 지는 얼마나 됐습니까?"

"십일 년 됐습니다."

"범죄학자로 일하는 동안 대략 얼마나 많은 범죄 현장을 조사했는지 말씀해주시겠습니까?"

"대략 오백 곳 정도 됩니다."

"증인은 전문 기관에 소속되어 있습니까?"

라코스키가 여섯 개의 기관 명칭, 자신의 학위와 교직 그리고 몇몇 출판물을 줄줄 쏟아냈고, 그 모든 것이 화물열차처럼 순식간에 지나갔다. 상세하게 알아듣기는 어려웠지만 그 길이만으로도 인상적이었다. 사실, 누구도 라코스키의 자질을 의심하지 않았기 때문에, 누구도 그러한 정보 더미에 귀를 기울이지 않았다. 라코스키는 유명했고, 존경받았다. 한 가지 주지해야 할 사실은, 범죄학자라는 직업이 내가 처음 일을 시작할 때보다 훨씬 더 전문적이고 정교해졌다는 점이다. 심지어는 인기도 있었다. 법의학은 특히 DNA 증거와 관련하여 더욱 세분화되었다. 또한, 이 직업은 'CSI' 같은 드라마 때문에 다분히 미화되었다. 이유가 무엇이든, 이제 더 많고 더 우수한 지망자들이 범죄학자가 되기를 희망했다. 캐런 라코스키는 미들섹스 카운티의 1세대 전문 범죄학자였으며, 결코 아마추어 과학자 노릇까지 떠맡는 경찰이 아니었다. 라코스키는 진짜였다. 라코스키에게는 주립 경찰의 승마 바지와 가죽 장화보다 하얀 실험 가운이 더 잘 어울렸다. 나는 이번 사건에 라코스키가 배정되어서 반가웠다. 라코스키라면 분명히 공정하게 일을 처리할 터였다.

"2007년 4월 12일 오전 10시경에 뉴턴의 콜드 스프링 공원에서 발생한 살인 사건과 관련하여 전화를 받았죠?"

"네, 그렇습니다."

"어떻게 대응했습니까?"

"현장으로 가서, 더피 경위를 만났습니다. 더피 경위가 현장 상황과 제 임무에 대해 간략하게 설명했습니다. 그리고 저를 데리고 시신이 누워 있는 현장으로 갔습니다."

"증인이 보기에, 시신이 움직여졌나요?"

"경찰이 현장에 도착한 후로는 누구도 시신을 건드리지 않았다고 들었습니다."

"검시관이 이미 도착해 있었습니까?"

"아니요."

"검시관보다 범죄학자가 현장에 먼저 도착하는 편이 나은가요?"

"네. 검시관은 시신을 움직이지 않고는 조사를 진행할 수 없습니다. 일단 시신이 움직여지면, 당연히 시신의 자세로부터 어떠한 것도 추론해낼 수 없습니다."

"자, 증인은 이번 사건에서 시신이 조깅을 하던 발견자에 의해 이미 움직여졌다는 사실을 알고 있었죠?"

"그랬습니다."

"그럼에도 불구하고 증인은 현장을 처음 보는 순간, 시신의 자세와 주변 환경에서 어떤 결론을 도출할 수 있었나요?"

"네. 분명히 공격은 비탈 위 오솔길에서 일어났고, 그 후에 시신이 비탈을 미끄러져 내려왔습니다. 핏자국이 비탈을 따라 시신의 마지막 정지 위치까지 죽 이어져 있었다는 점이 그 사실을 입증했습니다."

"문지름 혈흔이 있었습니까? 우리는 어제 그렇게 들었습니다만."

"네. 제가 도착했을 때, 시신은 얼굴을 위로 한 상태로 돌려져 있었고, 희생자의 티셔츠가 젖은 피 같은 걸로 흠뻑 적셔져 있었습니다."

"희생자의 시신에 묻어 있던 다량의 혈액에 혹시 어떤 의미를 부여할 수 있었나요?"

"당시에는 아니었습니다. 분명히, 상처는 크고 치명적이었지만, 그 점은 현장에 도착하기 전부터 알고 있었습니다."

"하지만 현장에서 발견된 다량의 혈액은 유혈 싸움을 암시하지 않나요?"

"꼭 그렇지는 않습니다. 혈액은 끊임없이 신체를 순환합니다. 일종의 유압 방식이죠. 혈액은 반복적으로 뿜어져 나와 압력을 받으며 혈관을 따라 순환계를 이동합니다. 사람이 사망하면 혈액의 흐름에 더는 유압이 적용되지 않기 때문에, 혈액의 이동은 일반적인 물리법칙을 따르게 됩니다. 따라서 범죄 현장에서 눈에 띄는 다량의 피, 즉 희생자의 몸과 시신의 아래와 주변에서 발견되는 피는 단순히 중력 때문에 몸에서 흘러나온 것일 수도 있습니다. 당시에 시신은 얼굴을 바닥으로 향한 채 엎드려 있었고, 발의 위치가 머리의 위치보다 높았습니다. 따라서 시신에서 발견된 피는 사후 출혈일 수도 있었습니다. 그때까지는 확실하게 판단할 수 없었습니다."

"좋습니다. 그래서 그다음에 무엇을 했습니까?"

"현장을 더 자세히 조사했습니다. 비탈 위쪽, 공격 지점으로 보이는 곳에 약간의 혈흔이 있었습니다. 몇 군데에 피가 튀어 있더군요."

"잠시만요. 법의학에서 혈흔을 분석하는 분야가 따로 있습니까?"

"네. 혈흔의 유형을 연구하는 분야가 있는데, 유용한 정보를 제공합니다."

"이 사건에서 혈흔으로부터 유용한 정보를 얻을 수 있었습니까?"

"네. 앞서 말씀드렸듯이, 공격 지점에 크기가 2.5센티미터도 안 되는 아주 작은 혈흔이 몇 개 있었습니다. 혈흔의 크기로 보건대, 피가 바닥으로 다소 일직선으로 떨어졌으며, 모든 방향으로 고르게 튄 것으로 보입니다. 이를 가리켜 저속 투하 또는 '수동적 출혈'이라고 부릅니다."

"자, 어제 피고 측은 이와 같은 공격이 발생한 후에 살인자의 몸이나 옷에서 혈액이 발견될 수 있는지 여부에 대해 논의했습니다. 혈흔에 대한 관찰 내용을 근거로, 이에 대해 증인은 나름의 견해가 있나요?"

라주디스가 말했다.

"네. 이 경우 살인자에게 혈액이 묻었을 거라고 단정할 수는 없습니다. 혈액을 몸속으로 보내는 순환계를 다시 언급하자면, 일단 몸 밖, 즉 공기 중으로 배출된 혈액은 다른 것들과 마찬가지로 일반적인 물리법칙을 따르게 됩니다. 음, 동맥의 위치에 따라 다르기는 하겠지만, 동맥이 절단되면 피가 뿜어져 나옵니다. 이를 가리켜 '동맥 분출'이라고 부릅니다. 그리고 정맥도 마찬가지입니다. 하지만 모세혈관의 경우에는 이처럼 혈액이 똑똑 떨어지기만 합니다. 현장에서 힘에 의해 이탈된 듯한 혈흔은 발견하지 못했습니다. 이탈 혈흔은 일정한 각도로 떨어지며 불규칙하게 튑니다. 이렇게요."

라코스키는 충격 시 핏방울이 표면에 어떻게 분포되는지를 보여주기 위해 팔뚝을 따라 주먹을 죽 미끄러뜨렸다.

"가해자가 피해자를 찌를 때 피해자의 뒤에 서 있었을 가능성도 있습니다. 그렇다면, 가해자는 흩뿌리는 혈액의 궤도에서 벗어나게 되죠. 물론 가해자가 공격 후에 옷을 갈아입었을 수도 있고요. 요약하자면, 이번 사건의 경우에 현장에서 다량의 혈액이 발견되기는 했지만, 그렇다고 해서 가해자가 공격 후에 피로 뒤덮였을 거라고 자동적으로 가정할 수는 없습니다."

"이런 말을 들어보신 적 있습니까? '증거의 부재가 부재의 증거는 아니다.'"

"이의 있습니다. 유도신문입니다."

"용인되는 질문입니다. 증인은 질문에 답해도 좋습니다."

"네."

"그 말이 어떤 뜻입니까?"

"그 말은, 어떤 사람이 특정 시간에 특정 장소에 있었다는 사실을 증명하는 물적 증거가 없다고 해서, 그 사람이 실제로 그곳에 없었다는 결론을 내릴 수는 없다는 뜻입니다. 이런 식으로 바꾸어 말하면 이해하기가 조금 수월할지도 모르겠군요. 범인은 범죄 현장에 어떠한 물적 증거를 남기지 않을 수도 있다."

라코스키의 증언이 한동안 계속되었다. 그녀의 증언은 라주디스의 논거에서 중요한 부분을 차지했고, 그래서 라주디스는 자꾸만 끼어들며 시간을 허비했다. 라코스키는 범죄 현장에서 발견된 혈액이 모두 피해자의 것이라고 상세하게 증언했다. 피해자의 시신 근처에서 다른 사람과 관련된 물적 증거, 즉 지문이나 손자국이나 신발 자국, 모발이나 섬유조직, 혈액이나 다른 유기물질은 발견되지 않았다. 그 망할 놈의 지문을 제외하고는.

"지문이 정확히 어디에 있었습니까?"

"희생자는 지퍼가 달린 운동복 상의를 입고 있었는데, 지퍼가 열려 있었습니다. 상의 안쪽 이 부분이오."

라코스키는 자신의 재킷을 열어서, 안감 왼쪽 부분, 종종 안주머니가 위치하는 지점을 가리켰다.

"여기에 제조사명이 적힌 라벨이 있었습니다. 지문은 그 라벨에서 발견되었습니다."

"지문이 발견된 곳의 표면이 지문의 가치에 영향을 미칩니까?"

"음, 지문이 더 잘 찍히는 표면이 있기는 합니다. 그 라벨은 표면이 평평했고, 마치 인주처럼 피로 젖어 있었습니다. 그래서 지문이 아주 선명하게 잘 보였습니다."

"그래서 지문이 선명하게 남았습니까?"

"네."

"그 지문을 분석한 후에 누구의 지문이라고 결론 내렸습니까?"

"피고인, 제이컵 바버의 지문이었습니다."

"피고 측은 그 지문이 피고인의 것이라는 사실을 인정합니다."

조너선이 자리에서 일어나서 대수롭지 않다는 듯 말했다.

"이의 없습니다."

판사가 말했다. 그리고 배심원단을 향해 몸을 돌렸다.

"피고 측에서 검사 측의 증명 과정 없이도 그 사실을 진실로 인정하겠다는 뜻입니다. 양측이 해당 사실의 진실성에 동의했으니, 여러분은 그것을 진실하고 입증된 사실로 받아들여도 좋습니다. 계속하세요, 라주디스 검사."

"피해자의 피에 지문이 찍혀 있었다는 사실에서 혹시 어떤 의미를 유추할 수 있었습니까?"

"분명히, 피고인의 지문이 그런 식으로 찍히기 위해서는 우선 피가 라벨에 묻어 있었어야 합니다. 따라서 공격이 시작된 뒤에, 즉 피해자가 최소한 한 번 찔리고 난 뒤에, 그리고 공격 후 라벨에 묻은 피가 마르기 전에 지문이 찍혔다는 의미입니다. 일단 피가 마르면 지문이 남는다고 해도 그런 식으로 남지는 않습니다. 따라서 그 지문은 공격 중에 혹은 공격 직후에 찍힌 것입니다."

"시간을 어느 정도로 한정할 수 있을까요? 라벨에 묻은 피가 말라서 지문이 남지 않으려면 시간이 어느 정도 흘러야 할까요?"

"많은 요인이 영향을 미칩니다. 하지만 야외에서라면 십오 분 이상은 걸리지 않을 겁니다."

"더 빠를 수도 있나요?"

"알 수 없습니다."

'잘한다, 캐런. 미끼를 물지 말라고.'

유일한 논쟁은 라주디스가 칼을 증거로 제출하려고 할 때 벌어졌다. 그 칼은 스파이더코의 시빌리언이라는 날렵하고 위험하게 생긴 칼이었는데, 바로 제이컵이 리프킨 살인 사건을 상상하며 쓴 글에서 구체적으로 언급한 칼이었다. 제이컵이 그런 칼을 소지했었다는 증거가 없기 때문에, 조녀선은 그 칼을 배심원들에게 제시하는 것을 격렬하게 반대했다. 나는 경찰이 제이컵의 방을 수색하기 한참 전에 제이컵의 칼을 내다 버렸지만, 스파이더코 시빌리언을 보는 순간 창백해졌다. 그 칼은 제이컵의 칼과 매우 흡사해 보였다. 나는 감히 고개를 돌려 로리를 바라볼 수 없었다. 나중에 로리는 나에게 "그걸 보는 순간, 숨이 멎는 줄 알았어."라고 말했다. 결국 프렌치 판사는 라주디스가 그 칼을 증거로 제출하도록 허락하지 않았다. 판사는 검찰 측이 제시한 칼과 제이컵의 연관성이 아주 적다는 사실을 감안할 때 그 칼의 물리적 외양은 '선동적'이라고 언급했다. 즉, 프렌치 판사는 라주디스가 법정에서 치명적인 모양의 칼을 휘두름으로써 배심원들을 분노한 군중으로 바꾸어 놓도록 허락하지 않겠다고 말하고 있었다. 그러려면, 검찰 측은 제이컵이 그런 칼을 가지고 있었다고 증언해줄 증인부터 내세워야 했다. 하지만 판사는 전문가가 일반적인 용어로 그 칼에 대해 증언하는 것만은 허락했다.

"그 칼이 피해자의 상처와 일치합니까?"

"네. 칼날의 크기와 모양을 상처와 비교하여 검토한 결과, 일치했습니다. 그 특정한 칼은 칼날이 굽어 있으며 가장자리가 톱니 모양입니다. 이는 상처 가장자리가 들쭉날쭉 찢겨 있던 까닭을 잘 설명합니다. 이 칼은 칼싸움에서 상대를 베는 용도로 만들어졌습니다. 깔끔한 절단을 목적으로 만들어진 칼은 일반적으로 수술용 메스처럼 가장자리가 매끈하고 아주 날카롭습니다."

"그러니까 살인자가 정확히 그런 종류의 칼을 사용했을 거라는 말입니까?"

"이의 있습니다."

"기각합니다."

"그랬을 겁니다, 네."

"상처의 각도와 칼의 형태로 판단하건대, 살인자가 어떤 식으로 치명적인 상처를 입혔는지, 살인자가 어떤 동작을 사용했는지 알 수 있을까요?"

"상처가 기본적으로 일직선, 즉 수평으로 몸 안에 들어간 점으로 미루어볼 때, 가해자는 피해자 정면에 서 있었고, 피해자와 키가 비슷하며, 팔을 거의 수평으로 든 상태에서 똑바로 세 차례 찌른 것 같습니다."

"말씀하신 동작을 보여주시겠습니까?"

"이의 있습니다."

"기각합니다."

라코스키가 일어나서 오른팔로 세 차례 앞으로 찌르는 동작을 해 보였다. 그리고 자리에 도로 앉았다.

라주디스는 몇 초 동안 아무 말도 하지 않았다. 그 순간 법정은 아주 고요해서, 뒤쪽 방청석에서 누군가가 '휴우' 하고 긴 숨을 내뱉는 소리가 들려왔다.

조너선은 반대신문에서 정중하게 싸웠다. 조너선은 라코스키를 직접적으로 공격하지 않았다. 라코스키는 확실히 유능한 전문가였고, 공정하게 증언하고 있었다. 그러한 증인을 맹렬하게 공격해봤자 얻을 수 있는 것은 없었다. 그래서 조너선은 물적 증거와 그 증거의 빈약성에 줄곧 초점을 맞추었다.

"검찰 측에서 이런 말을 인용했어요. '증거의 부재가 부재의 증거는 아니다.' 기억하나요?"

"네."

"증거의 부재는 말 그대로 증거의 부재다. 이 말도 사실일 수 있죠?"

"네."

조너선이 배심원들을 향해 쓴웃음을 지었다.

"이번 사건에서, 우리는 아주 실질적인 증거의 부재에 당면해 있어요, 그렇죠? 피고인에게 불리한 혈흔은 전혀 없었죠?"

"네."

"유전적 증거는요? DNA 같은?"

"없었습니다."

"모발은요?"

"없었습니다."

"섬유조직은요?"

"없었습니다."

"그 지문 말고, 피고인과 살해 현장을 연관 지을 수 있는 게 뭐라도 있었나요?"

"없었습니다."

"손자국은요? 다른 지문은요? 신발 자국은요? 모두 없었죠?"

"그렇습니다."

"음! 자, 그것이 바로 제가 증거의 부재라고 부르는 것입니다!"

배심원들이 웃었다. 제이컵과 나도 웃었다. 다른 무엇보다 안도감이 밀려왔다. 라주디스가 벌떡 일어나서 이의를 제기했고, 이의 제기가 받아들여졌다. 하지만 그건 별로 중요하지 않았다.

"피해자의 상의에서 발견된 제이컵의 지문 말인데요. 그 지문 증거는 한 가지 큰 한계점을 가지고 있어요. 그렇지 않나요? 그 지문이 언제 찍혔는지 시간을 확정할 수가 없죠?"

"그렇습니다. 다만 피고인의 손가락이 피와 접촉할 당시에 피가 아직 마르지 않은 상태였다는 사실에서 어떤 추론을 도출할 수는 있습니다."

"네, 피가 아직 마르지 않은 상태였어요. 정확히 그랬죠. 라코스키 씨, 제가 가설을 하나 제시해도 될까요? 피고인 제이컵이 학교로 걸어가는 길에 공원 땅바닥에 누워 있는 친구이자 급우인 피해자를 우연히 발견했다고 가정해보죠. 그게 공격이 발생하고서 겨우 몇 분이 지난 시점이었다고 가정해보죠. 그리고 마지막으로 제이컵이 피해자를 돕기 위해, 혹은 피해자가 괜찮은지 확인하기 위해 피해자의 상의를 붙잡았다고 가정해보죠. 이렇게 가정해도 지문이 정확히 그 위치에 남을 수 있죠?"

"네."

"그렇다면 마지막으로 그 칼, 이름이 뭐였더라, 아, 스파이더코 시빌리언에 대해 말해보죠. 그런 상처를 낼 수 있는 칼은 많지 않나요?"

"네, 그럴 거라고 생각합니다."

"증인이 판단하는 것은 상처의 특징, 즉 크기와 모양, 관통 깊이 등이죠, 맞죠?"

"네."

"그렇다면 증인이 알 수 있는 것은 살인 흉기에 톱니 모양이 있었고 칼날이 특정 크기였다는 사실 정도죠, 맞죠?"

"네."

"그러한 설명에 들어맞는 칼이 몇 개나 되는지 조사해봤나요?"

"아니요. 검사는 그 특정 칼이 피해자의 상처와 일치하는지 여부만을 판단해달라고 요청했고, 비교용 칼들은 제공하지 않았습니다."

"음, 그렇다면 그건 토끼를 모자에 집어넣었다가 그대로 꺼내서 보여주는 것과 다름없지 않나요?"

"이의 있습니다."

"인정합니다."

"수사관들은 그런 상처를 낼 수 있는 칼이 몇 개나 되는지 조사하지 않았죠?"

"네, 다른 칼에 대한 요청은 받지 않았습니다."

"폭이 5센티미터에 깊이가 8센티미터에서 10센티미터쯤 되는 상처를 낼 수 있는 칼이 대충 몇 개나 될까요?"

"모릅니다. 추측만 할 수 있을 뿐입니다."

"천 개? 자, 적어도 그 정도는 되겠죠."

"단언할 수 없습니다. 많기는 하겠죠. 기억해둬야 할 점은, 작은 칼로 칼날보다 큰 상처를 낼 수 있다는 사실입니다. 살인자는 상처를 베는 데 작은 칼을 사용할 수도 있어요. 수술용 메스는 꽤 작지만 확실히 아주 큰 부위를 절개할 수 있습니다. 따라서 칼날과 관련해서 상처의 크기를 이야기할 때는 칼날의 최대 크기, 즉 외측 한계를 논하게 됩니다. 삽입된 구멍보다 칼날이 더 클 수는 없으니까요. 적어도 지금처럼 자상에 대해 이야기하는 경우에는 말이죠. 그러한 제한하에서, 상처의 크기만으로 칼의 크기가 정확히 얼마나 되는지 알 수는 없습니다. 따라서 변호인의 질문에 답하는 것은 불가능합니다."

조녀선이 고개를 갸웃했다. 조녀선은 증인의 말을 받아들이려 하지 않았다.

"오백 개?"

"모릅니다."

"백 개?"

"가능합니다."

"아, 가능하군요. 그렇다면 가능성이 백에 하나인 셈이군요?"

"이의 있습니다."

"인정합니다."

"왜 수사관들은 그 특정 칼, 스파이더코 시빌리언에만 관심을 두었나요, 라코스키 씨? 왜 검찰 측은 증인에게 그 칼을 상처와 비교해달라고 요청했나요?"

"왜냐하면 그 칼이 피고인이 썼던 살인에 대한 글에 언급되어 있었기 때문입니다."

"데릭 유의 진술에 따르면 그렇죠."

"맞습니다. 그리고 동일한 증인이 아마 피고인이 유사한 칼을 소지하고 있는 모습을 본 모양입니다."

"이번에도 데릭 유죠?"

"그렇다고 생각합니다."

"그래서 그 칼과 제이컵을 연결해주는 유일한 끈은 이 불안정한 소년, 데릭 유뿐이군요?"

라코스키는 대답하지 않았다. 라주디스가 아주 빠르게 이의를 제기했다. 하지만 상관없었다.

"이상입니다, 재판장님."

33
파더 오리어리

소송은 승패를 가늠할 수 없는 상황이었지만, 나는 여전히 낙관적이었다. 라주디스는 지저분한 2-3-5-6 패를 들고서 스트레이트로 이기기 위해 4를 뽑고 싶어 했다. 하지만 실제로 그럴 가능성은 없었다. 라주디스는 필패 카드를 들고 있었다. 에이스도 없었고, 배심원에게 유죄판결을 요구할 수 있는 강력한 증거도 없었다. 라주디스의 마지막 희망은 제이컵의 급우 중에서 골라 모은 증인들이었다. 나는 매코믹 중학교 아이들이 배심원들로부터 높은 신뢰를 얻어낼 수 있으리라 생각하지 않았다.

제이컵도 나와 같은 생각이었고, 우리는 라주디스의 논거를 비웃으며 굉장히 즐거운 한때를 보냈다. 우리는 라주디스가 깔아놓은 카드가 죄다 2나 3이었다고 확신했으며, 조너선이 '증거의 부재'에 관해 변론한 일과 라주디스가 살인 유전자 문제를 넌지시 언급해서 질책을 받은 일을 특히 만족스러워했다. 그렇다고 해서 제이컵이 전혀 겁을 먹지 않은 것은 아니었다. 제이컵은 겁을 먹었다. 우리 모두가 그랬다. 제이컵은 불안할 때 가볍게 자기 가슴을 쳤다. 나도 마찬가지였다. 나는 공격적이었고, 아드레날린과 테스토스테론이 넘쳤다. 마치 빠르게 공회전하는 엔진 같았다. 유죄 평결 같은 거대한 재앙이 가까워 오자 모든 감각이 날카로워졌다.

로리는 훨씬 더 침울했다. 로리는 팽팽한 소송에서는 배심원들이 유죄 평결을 자신의 의무로 여기리라 생각했다. 배심원들은 절대 요행을 바라지 않을 것이다. 이 괴물 같은 소년을 감옥에 가두고, 다른 사람들의 무고한 아이들을 보호할 것이다. 그리고 그렇게 일을 마무리 지을 것이다. 또한, 로리는 배심원들이 벤 리프킨 살인 사건과 관련하여 누군가가 교수형에 처해지는 모습을 보고 싶어 한다고 생각했다. 교수형 이하의 형벌로는 정의가 이루어지지 않을 것이다. 올가미에 걸리는 목이 제이컵의 목이라면, 배심원들은 받아들일 것이다. 이러한 로리의 종말론에서, 나는 무언가 더 음울한 암시를 받았지만, 감히 로리에게 따져 묻지는 않았다. 어떤 느낌들은 표면화되지 않는 편이 더 낫다. 자신의 육감을 믿는 어머니라 하더라도 아들에 대한 불길한 예감을 반드시 이야기할 필요는 없는 법이다.

그래서 우리는 그날 밤에 휴전을 선언했다. 우리는 그날 들었던 법의학 관련 증언들을 끊임없이 되풀이하지 않기로 합의했다. 혈흔의 미묘한 차이나 칼의 삽입 각도 따위에 대해 더는 말하지 않기로 했다. 그 대신, 우리는 소파에 앉아 편안한 침묵 속에서 텔레비전을 시청했다. 10시쯤에 로리가 2층으로 올라갔고, 나도 로리를 따라가야 할 것 같은 막연한 생각이 들었다. 한때는 그랬다. 나는 성욕이라는 목줄에 매인 그레이트데인처럼 2층으로 올라가곤 했다. 하지만 그런 시절은 이제 끝났다. 섹스에 대한 로리의 관심은 사라졌고, 나는 로리 옆에서 잠드는 것 혹은 아예 잠드는 것 그 자체를 상상할 수 없었다. 어쨌든 누군가는 텔레비전을 끄고, 시간이 되면 제이컵에게 자러 가라고 말해야 했다. 그러지 않으면 제이컵은 2시까지 제 방으로 올라가지 않았다.

11시가 막 지나고 존 스튜어트가 텔레비전 화면에 등장했을 때 제이크가 말했다.

"저 사람 또 왔네요."

"누구?"

"그 담배 피우는 남자요."

나는 거실의 나무 덧문을 통해 밖을 내다보았다.

길 건너에 링컨 타운 카가 있었다. 그 차는 뻔뻔스럽게도 우리 집 바로 맞은편, 가로등 아래에 주차되어 있었다. 운전자가 담뱃재를 길 위에 털 수 있도록 창문이 약간 열려 있었다.

"경찰에 신고하실 거예요?"

제이컵이 말했다.

"아니. 내가 처리하마."

나는 현관 복도에 있는 수납장으로 가서, 몇 년 동안 우산과 장화 사이에 갇혀 있던 야구방망이를 뒤적뒤적 찾아냈다. 그건 예전에 제이컵이 어린이 야구단을 끝내고 그곳에 처박아두었던 빨간 어린이용 알루미늄 방망이로 루이빌 슬러거 제품이었다.

"별로 좋은 생각이 아닌 것 같아요, 아빠."

"끝내주는 생각이야, 내 말을 믿어라."

돌이켜 보건대, 사실, 그건 끝내주는 생각이 아니었다. 나는 그러한 행동이 우리 가족에 대한, 심지어는 제이컵에 대한 사람들의 인식에 해를 끼칠 수도 있다는 생각을 하지 못했다. 나는 그저 담배 피우는 남자에게 겁을 주겠다는 막연한 생각을 했을 뿐, 그자에게 실질적인 해를 가할 의도는 없었다. 더 중요한 것은, 그 순간에 나는 벽도 통과할 수 있을 것 같았고, 뭐라도 하고 싶었다. 솔직히, 내가 무슨 짓까지 하려던 건지는 잘 모르겠다. 결국, 그걸 확인할 기회도 없었다.

내가 집 앞 보도로 다가가는데, 위장 순찰차로 보이는 검정 인터셉터 한 대가 우리 사이로 질주해 들어왔다. 그 차는 어디선가 갑자기 나타나서는 등화신호와 파란 점멸등으로 거리를 환하게 밝혔다. 순찰차는 링컨 앞에 비스듬히 서서 링컨의 도주로를 차단했다.

순찰차에서 폴 더피가 튀어나왔다. 더피는 주립 경찰의 바람막이 점퍼와 허리띠에 고정된 경찰 배지를 제외하고는 사복을 입고 있었다. 더피가 나를 쳐다보았다. 적어도 나는 이미 야구방망이를 내 옆에 떨어뜨린 상태였다. 어쨌든 내 모양새가 우스워 보였을 것이다. 더피가 눈썹을 치켜세웠다.

"집으로 돌아가게, 베이브 루스."

나는 움직이지 않았다. 너무 놀라기도 했고, 당시에 더피에 대한 감정이 너무 복합적이기도 해서 어쨌든 그 말이 귀에 들어오지 않았다.

더피가 나를 무시하고 링컨 쪽으로 다가갔다.

윙 하는 기계음과 함께 운전석 창문이 열렸고, 운전자가 물었다.

"무슨 문제 있소?"

"운전 면허증과 차량 등록증을 제시해주십시오."

"내가 뭘 어쨌다고 그러시오?"

"운전 면허증과 차량 등록증을 제시해주십시오."

"내 차 안에 앉아 있을 권리도 없소?"

"선생님, 신분증 제시를 거부하는 겁니까?"

"아무것도 거부하지 않았소. 그저 당신이 왜 나를 귀찮게 하는지 알고 싶을 뿐이오. 나는 공공 도로에서 내 차에 앉아서 그냥 내 할 일이나 하고 있었을 뿐이오."

하지만, 운전자는 결국 누그러들었다. 남자는 담배를 입에 물고 몸을 앞으로 숙여서 엉덩이 밑에서 꼼지락꼼지락 지갑을 꺼냈다. 더피가 면허증을 받아서 순찰차로 돌아갔다. 남자가 헌팅캡 챙 아래로 나를 쳐다보며 말했다.

"어떻게 지내시나, 친구?"

나는 대답하지 않았다.

"자네와 자네 가족 모두 안녕하신가?"

내가 계속 쳐다보았다.

"가족을 갖는 건 좋은 일이지."

나는 거듭 대답하지 않았고, 남자는 일부러 태연하게 계속 담배를 피웠다.

더피가 다시 순찰차 밖으로 나왔고, 남자에게 운전 면허증과 차량 등록증을 건넸다.

"요전 밤에도 이곳에 주차하셨습니까?"

더피가 말했다.

"아니오, 경관. 나는 그런 일에 대해 전혀 모르오."

"다른 곳으로 이동하십시오, 오리어리 씨. 좋은 밤 보내시고, 다시는 이곳으로 돌아오지 마십시오."

"이곳은 공공 도로 아니오?"

"선생님한테는 아닙니다."

"알겠소, 경관."

남자는 다시 몸을 앞으로 숙이고 끙끙대며 지갑을 주머니에 찔러 넣었다.

"동작이 굼떠서 미안하오. 늙어서 말이지. 모두에게 일어나는 일 아니겠소?"

남자가 더피를 향해 그리고 나를 향해 빙긋이 웃었다.

"신사 양반들, 좋은 밤 보내시오."
남자는 안전벨트를 가슴으로 당겨서 과장되게 찰칵하고 채웠다.
"찰칵 아니면 딱지."
남자가 말했다.
"경관, 차를 좀 치워줘야 할 것 같소. 내 앞을 가로막고 있잖소."
더피가 순찰차로 가서 차를 1미터쯤 후진했다.
"잘 있으시오, 바버 씨."
남자가 말했다. 그리고 천천히 차를 몰고 떠났다.
더피가 다가와서 내 옆에 섰다.
"이게 다 무슨 일인지 말해줄 텐가?"
내가 말했다.
"우리 이야기 좀 해야 할 것 같아."
"안으로 들어갈까?"
"저기, 앤디, 내가 자네 집 안은 고사하고 집 주변에 있는 것도 자네한테는 거슬릴지 몰라. 자네가 그렇게 생각해도 나는 다 이해할 수 있어. 그러니까 괜찮아. 그냥 여기에서 이야기해도 돼."
"아니야. 상관없어. 들어가자."
"나는 차라리……."
"괜찮다고, 더프."
더피가 얼굴을 찌푸렸다.
"로리는 위에 있어?"
"로리랑 마주칠까 봐 겁나?"
"응."
"하지만 나랑 마주치는 건 괜찮고?"
"솔직히, 별로야."
"음, 걱정하지 마. 로리는 잠들었을 거야."

"그것 좀 나한테 줄 텐가?"

나는 더피에게 야구방망이를 건넸다.

"정말로 이걸 사용할 생각이었어?"

"나한테는 묵비권이 있어."

"그러는 편이 좋을 거야."

더피는 야구방망이를 순찰차에 던져 넣고 나를 따라 안으로 들어왔다.

로리가 플란넬 잠옷 바지와 운동복 상의를 입고 팔짱을 낀 채 계단 꼭대기에 서 있었다. 로리는 아무 말도 하지 않았다.

"잘 지냈어요, 로리?"

더피가 말했다.

로리가 외면하고 침대로 돌아갔다.

"안녕, 제이컵."

"안녕하세요."

제이컵이 말했다. 제이컵은 예의와 습관 때문에 분노나 배신감을 표현하지 못했다.

주방에서 나는 더피에게 우리 집 밖에서 무얼 하고 있었느냐고 물었다.

"자네 변호사가 나한테 전화를 걸어서, 자기는 뉴턴이나 캠브리지에 아무런 연줄도 없다고 그러더라고."

"그래서 우리 변호사가 자네한테 전화를 걸었다고? 자네는 지금 대외 관계 부서에 있잖아."

"맞아, 음, 나는 일종의 개인적인 임무를 수행하고 있었어."

나는 고개를 끄덕였다. 그 순간 폴 더피에 대한 내 감정이 어땠는지 나도 잘 모르겠다. 나는 제이컵에게 불리한 증언을 해야 했던 더피를 이해했던 것 같다. 나는 더피를 적으로 생각할 수가 없었다.

하지만 우리는 다시 친구가 되지는 못할 것이다. 만약 제이컵이 월폴 교도소에서 가석방 없는 종신형을 살게 된다면, 내 아들을 그곳에 집어넣은 장본인은 바로 더피일 것이다. 우리 둘 다 그 사실을 알고 있었다. 하지만, 우리 둘 다 그러한 사실에 대해 직접적으로 할 말이 없었기 때문에, 그냥 모른 척했다. 남자들의 우정에서 가장 좋은 점이 바로 이것이다. 대부분의 어색함은 상호 동의하에 무시될 수 있으며, 진정한 교감이란 상상도 할 수 없기에 오히려 더 쉽게 더불어 살아갈 수 있다.

"그래서 그 남자가 누구야?"

"제임스 오리어리라는 사람이야. 사람들은 그자를 파더 오리어리라고 불러. 1943년 2월생이니까, 올해로 예순넷이야."

"그랜파더 오리어리가 더 낫겠군."

"그 남자 장난 아니야. 늙은 깡패인데, 전과가 오십 년 전으로 거슬러 올라가. 완전히 법령집 수준이야. 모든 게 다 있어. 무기, 마약, 폭력. 연방 정부에서 80년대에 그자하고 다른 사람들 한 무더기를 조직범죄 피해자 보상법에 근거해서 기소했는데, 그자는 처벌을 면했어. 내가 듣기로, 예전에는 힘깨나 쓰는 폭력배였대. 지금은 그러기엔 너무 늙었지."

"그래서 지금은 무슨 일을 하는데?"

"'픽서'로 벌어먹고 살아. 하지만 삼류야. 그자는 문제를 사라지게 해주지. 수금, 추방, 감금, 의뢰인이 요구하는 건 뭐든지 해."

"파더 오리어리. 그래서 그자가 제이컵한테 무슨 악감정이 있는데?"

"없어, 확실해. 문제는 누가 무엇 때문에 그자를 고용했느냐 그거야."

"그래서?"

더피가 어깨를 으쓱했다.

"나도 몰라. 분명히 제이컵한테 불만을 가진 누군가일 거야. 지금은 가능성이 너무 많아. 벤 리프킨을 아는 누군가일 수도 있고, 이번 사건으로 화가 난 누군가일 수도 있고, 젠장, 그냥 케이블 티브이를 시청하는 누군가일 수도 있어."

"멋지군. 그래서 그자가 다시 나타나면 어떻게 해야 해?"

"길을 건넌 다음에 나한테 전화를 걸어."

"대외 관계 부서 사람들을 보내려고?"

"필요하다면 82 공수 사단이라도 보낼게."

내가 웃었다.

"아직 경찰서에 친구들이 좀 있어."

더피가 나에게 자신감 있게 말했다.

"자네, 시팩으로 복귀할 수 있을 거 같아?"

"상황에 따라서. 라주디스가 검사장이 되면 어떤 처분을 내릴지 두고 봐야지."

"라주디스가 검사장으로 출마하려면, 아직 큰 한 방이 필요해."

"그래, 그건 또 다른 문제지. 라주디스는 그 한 방을 날리지 못할 거야."

"그래?"

"응. 내가 자네 친구 패츠를 조사하고 있어."

"뭔가 떠오른 게 있었어?"

"그것도 그렇고, 자네가 패츠하고 라주디스에 대해서, 둘 사이에 어떤 연관성이 없는지에 대해서 물어봤던 게 생각나서. 라주디스가 왜 이번 살인 사건의 용의자로 패츠를 조사하고 싶어 하지 않았을까?"

"그런데?"

"음, 연관성이 딱 하나 있어. 라주디스가 아동 학대 담당 부서에 있을 때, 패츠 사건을 맡은 적이 있었어. 강간 사건이었는데, 라주디스가 그 사건을 성추행으로 낮추고 형량을 줄였어."

"그래서?"

"아무 일 아닐지도 몰라. 어쩌면 희생자가 소송을 꺼렸거나 어떤 이유에서인지 소송을 끝까지 마칠 수 없었는지도 모르지. 그래서 라주디스가 올바르게 처리한 걸 수도 있어. 아니면, 라주디스가 사건을 잘못 처리하는 바람에 패츠가 풀려나서 살인을 저질렀을지도 모르고. 어쨌든 그런 내용을 선거 포스터에 올릴 수는 없잖나."

더피가 어깨를 으쓱하며 말을 이었다.

"나는 검사장의 서류에는 접근하지 못해. 내가 남들의 주의를 끌지 않고서 모을 수 있었던 정보는 그게 다야. 이봐, 크진 않지만 중요한 정보 같아."

"고맙네."

"그래, 곧 알게 되겠지. 그 정보가 사실이든 아니든 그런 건 중요하지 않아. 자네가 법정에서 이런 이야기를 언급한다면, 사람들의 눈에 약간의 먼지 정도는 뿌릴 수 있을 거야. 내 말 무슨 뜻인지 알지?"

더피가 웅얼거렸다.

"그래, 자네가 무슨 말 하는지 알아. 페리 메이슨."

"그리고 만약에 라주디스가 큰 타격을 입는다면, 그건 그냥 보너스야, 맞지?"

"그래."

내가 웃었다.

"앤디, 미안해, 알지?"

"알아."

"우리 일이란 게 가끔은 진짜 엿 같아."

우리는 선 채로 몇 초 동안 서로를 바라보았다.

"좋아, 음, 이제 자네를 잠자리로 보내줘야겠군. 내일 큰일을 치러야 하니까. 자네 친구가 돌아올 경우를 대비해서 내가 잠시 밖에 앉아 있을까?"

더피가 말했다.

"아니야, 고맙네. 괜찮을 거야."

"알았어. 그렇다면, 나중에 보세, 가능하다면."

이십 분 후, 나는 침대로 들어가기 전에, 침실 블라인드를 올리고 거리를 내다보았다. 내 짐작대로, 검정 순찰차가 여전히 그곳에 있었다.

34
제이컵은 정신병자

공판 여섯째 날.

다음 날 아침 재판이 재개될 때, 파더 오리어리가 법정 뒤편 방청석에 있었다.

로리는 지치고 창백한 표정으로, 방청석 맨 앞줄 자신의 고립 지역에 앉아 있었다.

라주디스는 일련의 전문적인 증인들과 성공적으로 신문을 마치고 자신감이 상승한 상태여서 약간 거들먹거리며 움직였다. 재판에서 특이한 점은, 표면적으로 증인이 주인공이지만 그 순간 법정에서 마음대로 자유롭게 돌아다닐 수 있는 유일한 사람은 신문을 하는 검사라는 사실이다. 유능한 검사는 배심원들의 시선을 증인에게 고정시키기 위해 많이 움직이지 않는다. 하지만 라주디스는 안락한 위치를 찾지 못한 듯, 증인석에서 배심원석으로, 검사석으로 그리고 중간의 여러 지점으로 배회했다. 그러다가 마침내 낭독대로 가서 자리를 잡았다. 라주디스는 그날의 민간인 증인들, 즉 제이컵의 급우들 때문에 초조한 모양이었다. 라주디스는 이 비전문가 증인들이 지난번 민간인 증인들처럼 자신의 소송을 망치도록 내버려두지 않기로 작정한 듯했다.

증인석으로 데릭 유가 들어섰다. 예전에 데릭은 우리 집 주방에서 수도 없이 밥을 먹었고, 우리 집 소파에 느긋하게 앉아 풋볼 경기를 보며 양탄자에 과자 부스러기를 흘렸고, 우리 집 거실에서 제이컵과 닌텐도 게임을 하며 폴짝거렸다. 또한, 데릭은 제이컵과 함께 아이팟에서 흘러나오는 세찬 베이스 비트에 맞추어 몇 시간 동안 행복하고 몽롱하게 머리를 흔들어댔다. 음악이 너무 커서 데릭의 헤드폰에서 웅성대는 소리가 밖으로 다 들릴 정도였다. 마치 아이들의 생각이 들려오는 듯했다. 그런 데릭 유를 증인석에서 보다니, 나는 기꺼이 산 채로 데릭의 가죽이라도 벗기고 싶었다. 데릭은 아마추어 록밴드 멤버처럼 흐늘흐늘한 더벅머리에 졸리고 게으른 표정을 하고 앉아서, 내 아들을 영원히 월폴 교도소로 보내겠다고 위협하고 있었다. 증인신문을 위해 데릭은 트위드 재킷을 입었는데, 좁은 어깨에 비해 옷이 헐렁했다. 그리고 셔츠의 깃이 너무 컸다. 넥타이로 꽉 죄어진 셔츠 깃은 주름이 잡히고 뒤틀려서, 마치 사형 집행을 기다리는 올가미처럼 데릭의 앙상한 목에 걸려 있었다.

"피고인과 알고 지낸 지 얼마나 됐나요? 데릭?"

"유치원 때부터 알았어요."

"초등학교도 함께 다녔나요?"

"네."

"어느 학교였나요?"

"뉴턴에 있는 메이슨-라이스 초등학교요."

"그 후로 두 사람은 줄곧 친하게 지냈나요?"

"네."

"가장 친한 친구였나요?"

"그랬다고 생각해요. 가끔은요."
"서로의 집에도 가고 그랬나요?"
"네."
"방과 후나 주말에 많은 시간을 함께 보냈나요?"
"네."
"같은 반이었나요?"
"가끔은요."
"마지막으로 언제 같은 반이었나요?"
"작년에는 아니었고, 올해는 제이크가 학교에 안 나오고 가정 교습을 받으니까, 이 년 전이었던 것 같아요."
"하지만 같은 반이 아닐 때도 두 사람은 친하게 지냈나요?"
"네."
"그래서 몇 년 동안 피고인하고 친한 친구 사이였나요?"
"팔 년이에요."
"팔 년이라. 그러면 증인은 지금 몇 살인가요?"
"열다섯 살이요."
"2007년 4월 12일, 벤 리프킨이 살해당했던 날에도 제이컵 바버가 증인의 가장 친한 친구였다고 말해도 괜찮을까요?"
"네."
데릭의 목소리가 작아졌다. 데릭은 그때를 생각하자 슬프고 당황스러운 모양이었다.
"좋아요. 2007년 4월 12일 아침으로 거슬러 올라가서, 그날 아침에 어디에 있었는지 기억하나요?"
"학교에요."
"몇 시쯤에 학교에 도착했나요?"
"8시 30분이오."

"그날 학교에 어떻게 갔나요?"

"걸어서요."

"콜드 스프링 공원을 가로질러서 등교했나요?"

"아니요. 저는 다른 길로 다녀요."

"좋아요. 학교에 도착한 다음에 어디로 갔나요?"

"사물함에 들러서 짐을 풀어 놓고, 교실로 갔어요."

"그때 피고인은 증인이랑 같은 반은 아니었어요, 맞죠?"

"네."

"그날 아침 교실로 가기 전에 피고인을 봤나요?"

"네, 사물함 있는 곳에서 봤어요."

"피고인은 뭘 하고 있었나요?"

"그냥 사물함에 짐을 넣고 있었어요."

"피고인의 모습에서 특이한 점은 없었나요?"

"없었어요."

"옷에는?"

"없었어요."

"피고인의 손에는?"

"커다란 얼룩이 있었어요. 피 같았어요."

"그 얼룩에 대해 설명해봐요."

"그건 그냥, 그러니까, 빨간 얼룩이었는데, 25센트짜리 동전만 했어요."

"피고인에게 그 얼룩에 대해 물어봤나요?"

"네. 제가 '친구, 손은 왜 그래?'라고 물었더니, 제이크가 '아, 아무것도 아니야. 그냥 긁혔어.'라고 대답했어요."

"피고인이 피를 없애려고 했나요?"

"그때 바로는 그러지 않았어요."

"피고인이 자기 손에 있는 얼룩이 피라는 사실을 부정했나요?"
"아니요."
"좋아요. 그다음에 무슨 일이 있었나요?"
"저는 교실로 갔어요."
"당시에 벤 리프킨은 증인이랑 같은 반이었나요?"
"네."
"하지만 그날 아침에 벤은 교실에 없었죠?"
"네."
"그게 이상하지는 않았나요?"
"아니요. 그랬는지 어쨌는지 잘 모르겠어요. 아마 저는 벤이 아파서 결석한 모양이라고 생각했을 거예요."
"그래서 교실에서는 어떤 일이 있었나요?"
"특별한 건 없었어요. 선생님이 출석을 부르고 몇 가지 지시 사항을 전달했고, 그런 다음에 우리는 각자 수업을 들으러 교실을 나섰어요."
"그날 1교시 수업이 뭐였나요?"
"영어요."
"증인은 수업을 들으러 갔나요?"
"네."
"피고인도 그 영어 수업을 들었나요?"
"네."
"그날 아침, 수업 시간에 피고인을 봤나요?"
"네."
"피고인하고 이야기를 나눴나요?"
"우리는 그냥 인사만 했어요."
"피고인의 행동이나 말에 특이한 점은 없었나요?"

"네, 딱히 그렇지는 않았어요."
"피고인이 혼란스러워 보이지는 않았나요?"
"네."
"피고인의 모습에 특이한 점은 없었나요?"
"네."
"옷에 피 같은 게 묻어 있지는 않았나요?"
"이의 있습니다."
"인정합니다."
"그날 아침 영어 수업 시간에 피고인의 모습이 어땠는지 설명해 줄 수 있나요?"
"제이크는 그냥 평소처럼 청바지에 운동화 차림이었어요. 옷에 피는 없었어요. 그런 걸 물어보시는 거라면요."
"피고인의 손에는?"
"얼룩은 사라지고 없었어요."
"피고인이 손을 씻었나요?"
"그랬을 거예요."
"피고인의 손에 베이거나 긁힌 상처가 있었나요? 피고인이 피를 흘릴 만한 원인이 있었나요?"
"기억이 안 나요. 주의를 기울이지 않았거든요. 당시에는 그게 중요하다고 생각하지 않았어요."
"좋아요, 그다음에 무슨 일이 있었나요?"
"우리는 오십 분 정도 영어 수업을 받았고, 그러고 나서 학교 폐쇄에 들어간다는 방송을 들었어요."
"학교 폐쇄가 뭔가요?"
"학교 폐쇄 시에는 모두 교실로 돌아가서 출석을 확인한 다음, 문을 전부 걸어 잠그고 그곳에 머물러 있어야 해요."

"학교에 폐쇄 조치가 왜 내려지는지 아나요?"
"어떤 위험이 있기 때문이에요."
"학교 폐쇄에 들어간다는 말을 들었을 때, 무슨 생각을 했나요?"
"컬럼바인 총기 난사 사건이오."
"누군가가 학교에 총을 가지고 왔다고 생각했나요?"
"네."
"누군지 짐작 가는 사람이 있었나요?"
"아니오."
"무서웠나요?"
"네, 물론이에요. 모두가 그랬어요."
"교장선생님이 학교 폐쇄를 알렸을 때, 피고인이 어떻게 행동했는지 기억나나요?"
"아무 말도 하지 않았어요. 그리고 그냥 좀 웃었어요. 시간이 별로 없었어요. 방송을 듣자마자 모두가 뛰기 시작했어요."
"피고인이 초조하거나 겁먹은 것처럼 보였나요?"
"아니오."
"당시에, 학교 폐쇄 조치가 내려진 까닭을 아는 사람이 있었나요?"
"아니오."
"학교 폐쇄와 벤 리프킨을 관련지어 생각한 사람이 있었나요?"
"아니오. 그러니까, 나중에, 그날 아침이 가기 전에 그 얘기를 듣기는 했지만, 처음에는 몰랐어요."
"그다음에 무슨 일이 있었나요?"
"우리는 문을 걸어 잠그고 교실에 있었어요. 그리고 교내 방송에서 아무 위험도 없다고, 총이나 그런 건 없다고 말했어요. 그래서 선생님들이 문을 열었고, 우리는 교실에서 대기했어요. 뭐 훈련 같은 건 줄 알았어요."

"전에도 학교 폐쇄 훈련을 한 적이 있나요?"

"네."

"그다음에 무슨 일이 있었나요?"

"우리는 그냥 교실에 있었어요. 방송에서 우리더러 책을 꺼내서 읽거나 숙제 따위를 하라고 했어요. 그리고 조금 있다가, 그날은 휴교를 한다고 했어요. 그래서 우리는 11시쯤에 집으로 갔어요."

"누구도 증인이나 다른 학생들에게 질문을 하지 않았나요?"

"네, 그날은 아니에요."

"누구도 학교나 사물함이나 학생들의 소지품을 조사하지 않았나요?"

"제가 보기엔 아니었어요."

"그래서 학교가 파하고, 마침내 교실을 나섰을 때, 증인은 무엇을 보았나요?"

"많은 부모님들이 아이들을 데려가려고 학교 밖에서 기다리고 있었어요. 부모님이란 부모님은 다 학교에 온 것 같았어요."

"증인은 그다음에 피고인을 언제 보았나요?"

"그날 오후에 문자를 했을 거예요."

"문자를 했다는 말은, 휴대전화로 문자메시지를 주고받았다는 뜻인가요?"

"네."

"무슨 얘기를 나눴나요?"

"음, 당시에 우리가 아는 것은 벤이 살해당했다는 사실뿐이었어요. 우리는, 그러니까, 정확히 무슨 일이 일어났는지 몰랐어요. 그래서 우리 둘 다 이런 식이었어요. 뭐 들은 얘기 있어? 무슨 얘기를 들었는데? 대체 무슨 일이래?"

"그래서 피고인이 증인에서 무슨 이야기를 했나요?"

"음, 제가, 그러니까, 이런 식으로 물었어요. 친구, 자네 그 길로 등교하지 않아? 뭐 본 거 없어? 그랬더니 제이크가 없다고 말했어요."

"없다고 말했다고요?"

"맞아요."

"피고인이 땅바닥에 누워 있는 벤을 보고, 벤을 되살리려고 혹은 벤이 괜찮은지 확인하려고 했다는 말을 하지 않았다고요?"

"네."

"피고인이 증인과 문자를 하면서 또 어떤 다른 말을 했나요?"

"음, 벤이 한동안 제이컵을 괴롭혔기 때문에, 우리는 농담을 좀 했어요. 이런 식으로요. '좋은 녀석에게는 그런 일이 일어나지 않지.' 그리고 '네 소원이 드디어 이루어졌네.' 등등요. 나쁜 말처럼 들린다는 사실은 알지만, 그건 그냥, 그러니까, 농담이었어요."

"증인은 벤 리프킨이 제이컵을 괴롭혔다고 말했는데, 그 말이 무슨 뜻인지 설명해봐요. 정확히 둘 사이에 무슨 일이 있었나요?"

"벤은 그러니까, 다른 패거리에 속해 있었어요. 걔는 그냥, 그러니까, 이런 일이 벌어진 후에 걔에 대해서 좋지 않은 이야기를 하고 싶지는 않지만, 걔는 제이컵이나 저, 그리고 우리 패거리한테 그다지 친절하지 않았어요."

"증인의 패거리에 누가 있나요?"

"얼추 저하고, 제이크하고, 딜런이라는 아이요."

"그래서 증인의 패거리는 어땠나요? 학교에서 평판이 어땠나요?"

"우리는 괴짜였어요."

데릭은 당황해하지도, 비통해하지도 않고 말했다. 그런 말은 데릭에게 별 문제가 되지 않았다. 언제나처럼.

"그리고 벤, 벤은 어땠나요?"

"몰라요. 걔는 잘생겼어요."

"벤이 잘생겼나요?"

"몰라요. 걔는 그냥 우리랑은 다른 패거리였어요."

데릭의 얼굴이 상기되었다.

"증인은 벤 리프킨과 친구였나요?"

"아니요. 제 말은, 걔를 알기는 했지만, 그러니까 인사를 주고받기는 했지만, 친구는 아니었어요."

"하지만 벤이 증인을 괴롭히지는 않았죠?"

"잘 모르겠어요. 걔는 저를 호모나 뭐 그런 걸로 불렀어요. 저는 그런 걸 괴롭힘이라고 말하고 싶지는 않아요. 여하튼, 다른 사람을 호모니 뭐니 그렇게 부르는 사람도 있잖아요. 별거 아니었어요."

"벤이 다른 아이들도 그런 식으로 불렀나요?"

"네."

"어떻게요?"

"모르겠어요. 호모, 괴짜, 창녀, 암캐, 패배자 따위요. 그건 그냥 걔의 방식이었어요. 걔가 말하는 방식."

"모두에게 그랬나요?"

"아니요, 모두에게 그러지는 않았어요. 자기가 싫어하는 아이들한테만, 자기가 생각하기에 멋지지 않은 아이들한테만 그랬어요."

"제이컵은 멋졌나요?"

수줍은 미소.

"아니요. 우리는 모두 멋지지 않았어요."

"벤이 제이컵을 좋아했나요?"

"아니요. 절대요."

"왜죠?"

"그냥요."

"아무 이유도 없이? 둘 사이에 어떤 구체적인 다툼이 있었나요?"

"아니요. 그러니까, 벤은 제이크를 멋지지 않다고 생각했어요. 우리 모두를 그렇게 생각했어요. 걔는 우리를 그런 식으로 불렀어요."

"하지만 증인이나 딜런보다 제이컵에게 유독 더 심했나요?"

"네."

"왜죠?"

"벤은 그렇게 하면 제이크가 열 받는다고 생각했던 것 같아요. 제가 말씀드렸듯이, 저는 누가 호모니, 괴짜니, 뭐니 그렇게 불러도, 신경 안 쓰거든요. 저는 대꾸도 하지 않았어요. 하지만 제이크는 완전히 화가 나서 제정신이 아니었어요. 그래서 벤은 계속 그렇게 했어요."

"뭘 그렇게 했죠?"

"욕하는 거요."

"어떤 욕?"

"주로 호모라고 불렀어요. 더 심한 것들도 있었고요."

"더 심한 것들은 뭐였죠? 어서, 말해봐요."

"주로 게이와 관련된 거였어요. 걔는 제이컵한테 이상한 게이 행동을 했냐고 계속 물어봤어요. 그런 말을 하고 또 하고 또 했어요."

"무슨 말을 했죠?"

데릭이 심호흡을 했다.

"그런 단어를 사용해도 되는지 모르겠어요."

"괜찮아요. 계속해요."

"걔는 이런 식으로 말했어요. '다른 사람 거기를 빨…….' 정말 말하고 싶지 않아요. 그냥 그런 식이었어요. 걔는 그만둘 생각을 안 했어요."

"다른 학생들도 제이컵을 실제로 게이라고 생각했나요?"

"이의 있습니다."

"기각합니다."

"아니요. 그러니까, 그렇지 않았다고 생각해요. 어쨌든 다른 애들은 상관없다고 생각하는 것 같았어요. 저도 상관없고요."

데릭이 제이컵을 쳐다보았다.

"저는 지금도 상관없어요."

"제이컵이 증인에게 자기가 게이인지 아닌지 말한 적이 있나요?"

"게이가 아니라고 말했어요."

"어떤 상황에서 그랬죠? 제이컵이 왜 증인에게 그런 말을 했죠?"

"제가 그냥, 그러니까, 제이크한테 벤을 무시하라고 말했어요. 이런 식으로요. '어이, 제이크, 어쨌든 너는 게이가 아닌 것 같은데, 뭘 그렇게 신경을 써?' 그랬더니 제이크가 자기는 게이가 아니라고 말했어요. 그리고 이건 자기가 게이인지 아닌지 그런 것과는 상관없는 일이라고 말했어요. 벤이 그냥 자기를 씹는 거라고, 그러니까, 그냥 자기를 괴롭히는 거라고 했어요. 그리고 누군가가 그걸 멈추지 않으면 그게 얼마나 오래 계속될지 모른다고 했어요. 제이크는 그냥 그런 행동이 잘못되었다고 생각했고, 누구도 그걸 멈추려 하지 않는다고 생각했어요."

"그래서 제이컵이 그 일로 속상해했나요?"

"네."

"제이컵은 자신이 괴롭힘을 당한다고 생각했나요?"

"제이크는 괴롭힘을 당했어요."

"증인은 벤이 증인의 친구를 괴롭히지 못하도록 끼어든 적이 있나요?"

"아니요."

"왜죠?"

"그래 봐야 소용없었을 테니까요. 벤은 들으려고 하지 않았을 테니까요. 그런 식으로는 해결되지 않아요."

"그냥 말로만 괴롭혔나요? 아니면 신체적인 괴롭힘도 있었나요?"

"가끔 벤은 제이크를 밀거나, 제이크가 옆으로 지나가면 제이크한테 부딪치거나, 어깨로 제이크를 치고는 했어요. 가끔은 제이크의 물건을 가로채기도 했고요. 배낭에 달려 있는 물건이나, 점심이나 뭐 그런 거요."

"자, 피고인은 덩치가 커 보이는군요. 그런데 어떻게 벤이 그런 피고인을 괴롭히고도 무사할 수 있었죠?"

"벤도 덩치가 컸어요. 그리고 더 거칠었어요. 게다가 친구도 많았어요. 우리 모두, 그러니까 제이크하고 딜런하고 저는 중요한 아이들이 아니었어요. 제 말은, 저도 잘 모르겠어요. 말이 좀 이상하긴 한데, 여하튼 설명하기가 어려워요. 하지만 벤하고 진짜 싸움을 했다면, 우리는 그냥 매장됐을 거예요."

"사회적으로 말이죠."

"네. 그런 다음, 우리가, 그러니까, 따돌림을 당했다면, 학교를 어떻게 다니겠어요?"

"벤이 다른 아이들에게도 그랬나요, 아니면 제이컵에게만 그랬나요?"

"제이컵한테만요."

"왜 그랬을까요?"

"그렇게 하면 제이컵을 화나게 만들 수 있으니까요."

"증인은 그게 제이컵을 화나게 만든다는 사실을 알았나요?"

"모두가 알았어요."

"제이컵이 화를 많이 냈나요?"

"벤한테요? 물론이에요."

"다른 일에도?"

"네, 약간요."

"제이컵의 성미에 대해 말해봐요."

"이의 있습니다."

"기각합니다."

"자, 데릭, 피고인의 성미에 대해 말해봐요."

"제이컵은, 그러니까, 사소한 일에 정말 속상해했어요. 제이컵은 그런 일로 속을 끓이고, 그 생각에서 벗어나지 못했어요. 제이컵은 마음속에 분노를 쌓아두었다가, 가끔 다른 사소한 일에 폭발하곤 했어요. 그리고 나서 항상 후회하고 당황스러워했어요. 왜냐하면 제이컵은 늘 지나치게 행동했고, 화를 낼 일이 아닌데도 폭발했고, 자기 생각과는 다른 행동을 하곤 했거든요."

"그래서 증인은 그런 것들을 어떻게 알았나요?"

"제이컵이 말해줬어요."

"피고인이 증인에게도 화를 냈나요?"

"아니요."

"피고인이 증인 앞에서 화를 낸 적이 있나요?"

"네, 가끔 제이컵은 약간 정신병자처럼 굴기도 해요."

"이의 있습니다."
"인정합니다. 배심원단은 마지막 말을 무시하시기 바랍니다."
"데릭, 피고인이 화를 내던 모습을 설명해줄 수 있나요?"
"이의 있습니다. 사건과 관련 없는 질문입니다."
"인정합니다."
"데릭, 피고인이 길 잃은 개를 발견했을 때 어떤 일이 있었는지 법정에 있는 여러분에게 말해줄 수 있나요?"
"이의 있습니다. 사건과 관련 없는 질문입니다."
"인정합니다. 다음으로 넘어가세요, 라주디스 검사."
 라주디스는 입술을 오므리고서, 황색 법률 용지를 한 장 넘겼다. 아마 이미 끝낸 질문이 적힌 면을 한쪽으로 치워놓는 모양이었다. 라주디스는 횃대에서 바스락대는 새처럼 다시 법정 주변을 초조하게 돌아다니기 시작했다. 그리고 한참 후에야 배심원석 근처의 낭독대로 돌아와서 질문을 시작했다.
"벤 리프킨이 살해된 뒤 며칠 동안, 어떤 이유에서든, 증인은 친구 제이컵이 살인과 연관되어 있을지도 모른다고 염려했죠?"
"이의 있습니다."
"기각합니다."
"대답해도 돼요, 데릭."
"네."
"제이컵의 성미 외에도, 증인이 제이컵을 의심할 만한 특별한 이유가 있었나요?"
"네. 제이컵은 칼을 가지고 있었어요. 군용 칼, 그러니까 전투용 칼 같은 거요. 그 칼은 칼날이 정말 정말 날카로웠고…… 톱니가 있었어요. 정말 무시무시한 칼이었어요."
"그 칼을 직접 봤나요?"

"네. 제이크가 그 칼을 저한테 보여줬어요. 한 번은 그 칼을 학교에 가져오기까지 했어요."
"피고인이 왜 그 칼을 학교에 가져왔나요?"
"이의 있습니다."
"인정합니다."
"피고인이 학교에서 증인에게 그 칼을 보여줬나요?"
"네, 제이크가 저한테 보여줬어요."
"피고인이 증인에게 그 칼을 보여주는 이유에 대해 말했나요?"
"아니요."
"피고인이 왜 칼을 원했는지 증인에게 말했나요?"
"제이크는 그냥 그 칼을 멋지다고 생각했던 것 같아요."
"그래서 증인은 그 칼을 보고 어떻게 반응했나요?"
"저는, 그러니까, '친구, 그거 멋진데.' 이렇게 말했어요."
"증인은 그 칼에 대해 신경 쓰지 않았나요?"
"네."
"걱정도 하지 않았나요?"
"네, 당시에는 안 했어요."
"제이컵이 그날 칼을 보여주었을 때, 주변에 벤 리프킨이 있었나요?"
"아니요. 제이크가 칼을 가지고 있다는 사실을 아무도 몰랐어요. 그게 문제였어요. 제이크는 그 칼을 가지고 돌아다녔어요. 그리고 그 사실을 비밀로 하는 것 같았어요."
"피고인이 어디에 칼을 넣고 다녔나요?"
"배낭이나 주머니에요."
"피고인이 그 칼을 다른 사람에게 보여주거나 그 칼로 다른 사람을 위협한 적이 있나요?"

"아니요."
"좋아요. 그래서 제이컵이 칼을 가지고 있었어요. 그리고 벤 리프킨이 살해당한 뒤에 시간이 지나면서 증인은 제이컵을 의심할 만한 또 다른 이유가 있었나요?"
"음, 말했듯이, 맨 처음에는 무슨 일이 일어났는지 아무도 몰랐어요. 그러고 나서, 벤이 콜드 스프링 공원에서 칼로 살해당했다는 사실이 알려졌고, 그제야 저는 알았어요."
"무엇을 알았나요?"
"알았다는 게 아니라, 제이크가 그랬을지도 모른다고 생각했어요."
"이의 있습니다."
"인정합니다. 배심원단은 마지막 대답을 무시하시기 바랍니다."
"제이컵이 그랬다는 걸 어떻게……."
"이의 있습니다."
"인정합니다. 다음으로 넘어가세요, 라주디스 검사."
라주디스는 입술을 오므리고서 마음을 가다듬었다.
"제이컵이 편집실이라는 웹사이트에 대해 말한 적이 있나요?"
"네."
"배심원 여러분에게 편집실이 무엇인지 말해줄 수 있나요?"
"포르노 사이트 같은 거예요. 그냥 글만 있는 곳인데, 누구라도 글을 써서 그곳에 게시할 수 있어요."
"어떤 종류의 글인가요?"
"사디즘과 마조히즘 같은 거요. 저도 정말 몰라요. 섹스나 폭력에 관한 글이에요."
"제이컵이 그 사이트에 대해 자주 이야기했나요?"
"네. 제이컵이 그 사이트를 좋아했던 것 같아요. 그곳을 자주 방문했거든요."

"증인도 그 사이트를 방문했나요?"

데릭은 멋쩍게 얼굴을 붉혔다.

"아니요. 저는 그 사이트를 좋아하지 않았어요."

"증인은 제이컵이 그 사이트를 방문한다는 사실이 신경 쓰였나요?"

"아니요. 그건 제이컵이 알아서 할 일이에요."

"제이컵이 편집실에 올라온 글, 그러니까 벤 리프킨 살인 사건을 묘사한 글을 증인에게 보여준 적이 있나요?"

"네."

"제이컵이 그 글을 언제 보여줬나요?"

"4월 말쯤에요."

"살인 사건이 발생한 후에?"

"네, 며칠 후에요."

"제이컵이 그 글에 대해 무슨 말을 했나요?"

"그 글을 자기가 썼고, 자기가 게시판에 올렸다고 말했어요."

"다른 사람들이 읽을 수 있도록 온라인에 그 글을 게시했다는 말인가요?"

"네."

"그래서 증인도 그 글을 읽었나요?"

"네."

"증인은 그 글을 어떻게 찾았나요?"

"제이컵이 링크를 보내줬어요."

"어떻게? 이메일로? 페이스북으로?"

"페이스북이오? 설마요! 페이스북은 아무나 볼 수 있어요. 아마 이메일이었던 것 같아요. 그래서 저는 그 사이트로 가서 그 글을 읽었어요."

"그래서 처음 그 글을 읽고 무슨 생각을 했나요?"

"모르겠어요. 제이컵이 그 글을 썼다는 사실이 좀 섬뜩하다고 생각했어요. 하지만 글은 재미있었던 것 같아요. 제이컵은 글을 정말 잘 썼거든요."

"제이컵이 그런 종류의 다른 글을 쓴 적이 있나요?"

"아니요, 꼭 그런 건 아니에요. 제이컵이 글을 쓰기는 했는데, 그러니까……."

"이의 있습니다."

"인정합니다. 다음 질문으로 넘어가세요."

라주디스가 레이저 프린터로 종이 양면에 글자를 출력한 두꺼운 문서를 꺼내서, 증인석 위, 데릭의 앞에 올려놓았다.

"그것이 피고인이 자신이 썼다고 말했던 바로 그 글인가요?"

"네."

"그 인쇄물에 그날 증인이 읽었던 바로 그 글이 정확하게 기록되어 있나요?"

"네, 그런 것 같아요."

"그 문서를 증거로 제출하겠습니다."

"그 문서는 증거로 받아들여졌고, 검찰 측 증거물…… 메리?"

"26호."

"검찰 측 증거물 26호로 표시됩니다."

"증인은 피고인이 이 글을 썼다는 사실을 어떻게 그렇게 확실하게 알죠?"

"사실이 아니라면, 제이컵이 뭐하러 그런 말을 했겠어요?"

"그래서 증인은 그 글의 어떤 부분을 읽고서 제이컵과 리프킨 살인 사건에 대해 그렇게 염려하게 되었나요?"

"그 글에는 작은 세부 사항까지 모두 묘사되어 있었어요. 제이크는 칼이나 가슴을 찌르는 동작 따위를 전부 묘사했어요. 주인공, 그러니까 칼에 찔린 아이 말이에요. 제이크는 글에서 그 애를 '브렌트 맬리스'라고 불렀지만, 그건 분명히 벤 리프킨이었어요. 벤을 아는 사람이라면 누구라도 눈치챘을 거예요. 그 글은 백 퍼센트 허구는 아닌 것 같았어요. 그건 확실해요."

"증인과 증인의 친구들은 종종 페이스북에서 메시지를 주고받았나요?"

"당연하죠."

"2007년 4월 15일, 그러니까 벤 리프킨이 살해당하고 사흘 뒤에, 증인이 페이스북에 이런 글을 올렸죠? '제이크, 네가 그랬다는 걸 모르는 사람이 없어. 너 칼 가지고 있잖아. 내가 봤어.'"

"네."

"왜 그런 글을 올렸나요?"

"그 칼에 대해 아는 사람이 저밖에 없다는 게 싫었어요. 그러니까, 그 사실을 혼자만 아는 게 싫었어요."

"증인이 살인에 대해 친구를 비난하는 글을 페이스북에 올렸을 때, 피고인이 반응을 보였나요?"

"저는 정말로 제이크를 비난한 게 아니에요. 그냥 그 말을 하고 싶었을 뿐이에요."

"어쨌든 피고인이 반응을 보였나요?"

"검사님 말이 무슨 뜻인지 잘 모르겠어요. 그러니까, 제이크가 페이스북에 글을 쓰기는 했지만, 제 글에 대해서 반응을 보인 것은 아니었어요."

"음, 피고인은 자신이 벤 리프킨을 죽이지 않았다고 말했나요?"

"아니요."

"증인이 반 아이들이 다 볼 수 있도록 페이스북에 비난의 글을 발표한 후에는요?"

"저는 그걸 발표하지 않았어요. 그냥 페이스북에 올렸을 뿐이라고요."

"피고인이 혐의를 부인했나요?"

"아니요."

"증인은 피고인의 면전에서 피고인을 직접 비난한 적이 있나요?"

"아니요."

"증인은 편집실에서 그 글을 보기 전에, 경찰에게 제이컵에 대한 의혹을 알렸나요?"

"딱히 그랬던 건 아니에요."

"왜죠?"

"완전히 확신할 수가 없었으니까요. 게다가, 그 사건을 맡은 경찰이 제이컵의 아빠였어요."

"그래서 그 사건을 지휘하는 사람이 제이컵의 아빠라는 사실을 알았을 때, 증인은 무슨 생각을 했나요?"

"이, 의, 있습니다."

조너선의 목소리에서 혐오감이 묻어났다.

"인정합니다."

"데릭, 마지막 질문이에요. 이러한 정보를 알리기 위해 경찰을 찾아간 사람은 증인 본인이에요, 맞죠? 누구도 증인을 신문하러 갈 필요가 없었죠?"

"맞아요."

"증인은 자신의 가장 친한 친구를 신고해야 한다고 느꼈던 거죠?"

"네."

"이상입니다."

조너선이 일어섰다. 조너선은 방금 들었던 내용에 전혀 동요하지 않는 모습이었다. 조너선은 용감하게 반대신문을 끌어갈 것이다. 하지만 법정에서는 무엇인가가 분명히 변했다. 분위기가 긴박해졌다. 마치 모두가 어떤 결정을 내린 듯했다. 배심원들과 프렌치 판사의 얼굴에서도, 군중의 절대 고요 속에서도 그 사실을 알아챌 수 있었다. 제이컵은 이 법정을 걸어 나가지 못할 것이다. 어쨌든 정문으로는 불가능할 것이다. 그러한 흥분 속에는 안도감과 복수에 대한 뚜렷한 열망이 뒤섞여 있었다. 제이컵의 범행 여부와 처벌 여부에 대한 모두의 의혹이 마침내 해결되었다. 이제 남은 재판 동안 형식적인 절차에 따라 세부 사항을 정리하며 미진한 부분을 마무리 지으면 될 것이다. 내 친구인 법원 경관 어니조차도 조심스러운 눈으로 제이컵을 바라보며 제이컵이 수갑에 어떠한 반응을 보일지 가늠하고 있었다. 하지만 조너선은 이러한 기압의 하강을 의식하지 못한 듯했다. 조너선은 낭독대로 가서, 안경 줄에 매달린 반달 모양의 안경을 쓰고서, 차근차근 맹렬한 공격을 시작했다.

"증인이 우리에게 말했던 것들이 증인을 괴롭히기는 했지만, 제이컵과의 우정을 깨뜨릴 정도는 아니었군요?"

"네."

"사실, 두 사람은 살인 사건이 발생한 후로도 며칠 동안, 심지어는 몇 주 동안 계속 친구로 지냈어요, 맞죠?"

"네."

"증인은 살인 사건이 발생한 후에도 제이컵의 집에 간 적이 있죠?"

"네."

"당시에 증인은 제이컵을 진짜 살인자로 확신하지 않았어요, 맞죠?"

"네, 맞아요."

"물론, 살인자와는 친구로 남아 있고 싶지 않았을 테니까?"

"네, 그렇게 생각해요."

"증인은 살인에 대해 제이컵을 비난하는 글을 페이스북에 올린 후에도, 여전히 제이컵과 친구로 남아 있었죠? 두 사람은 여전히 연락하고, 여전히 함께 어울렸죠?"

"네."

"증인은 제이컵을 두려워했나요?"

"아니요."

"제이컵이 어떤 식으로든 증인을 위협하거나 겁을 준 적이 있나요? 혹은 증인에게 화를 낸 적이 있나요?"

"아니요."

"증인의 부모님이 증인에게 제이컵과 친구로 지내지 말라고 했을 때도, 증인은 제이컵과 절교하겠다는 결정을 내리지 않았죠?"

"어느 정도는요."

데릭이 얼버무리기 시작하자, 조너선은 공격을 늦추고 새로운 주제로 넘어갔다.

"살인 사건이 발생했던 날, 증인은 수업 전에 그리고 수업이 시작된 직후 영어 시간에 제이컵을 보았다고 말했죠?"

"네."

"하지만 제이컵이 어떤 싸움에 휘말렸던 듯한 흔적은 없었죠?"

"네."

"피도 없었죠?"

"손에 작은 핏자국이 있었어요."

"긁힌 상처나 찢어진 옷이나 그런 건 전혀 없었죠? 진흙도 없었죠?"

"네."

"사실, 증인은 그날 아침 영어 시간에 제이컵을 보면서, 제이컵이 등굣길에 어떤 일에 휘말렸을지도 모른다는 생각을 전혀 하지 않았죠?"

"네."

"나중에, 제이컵이 살인을 저질렀을지도 모른다는 결론에 도달했을 때, 증인은 방금 말했던 그 사실도 계산에 넣었나요? 칼로 잔학하고 치명적인 공격을 가한 후에, 제이컵은 어쩐 일인지 몸에 피 한 방울 묻히지 않고, 긁힌 상처 하나 없이 나타났죠? 그 점에 대해 생각해봤나요, 데릭?"

"어느 정도는요."

"어느 정도는?"

"네."

"증인은 벤 리프킨이 제이컵보다 덩치가 큰 아이였다고, 더 크고 더 거친 아이였다고 말했죠?"

"네."

"하지만 제이컵은 몸에 상처 하나 없이 그 싸움에서 빠져나왔죠?"

데릭은 대답하지 않았다.

"자, 증인은 학교 폐쇄 조치가 내려졌을 때, 제이컵이 빙그레 웃었다는 식으로 이야기했어요. 다른 아이들도 빙그레 웃었죠? 흥분되는 일이 생기면, 그래서 긴장되면, 빙그레 웃는 것이 자연스러운 반응 아닌가요?"

"아마도요."

"아이들은 때때로 그런 행동을 해요."

"그런 것 같아요."

"자, 증인이 보았다는 그 칼, 제이컵의 칼 말인데요. 분명히 말해서, 증인은 그 칼이 살인에 사용되었는지 여부는 모르죠?"

"네."

"그래서 제이컵이 그 칼을 벤 리프킨에게 사용할 의도라고 증인에게 말했나요?"

"의도요? 아니요, 제이컵은 그렇게 말하지 않았어요."

"제이컵이 증인에게 그 칼을 보여주었을 때, 증인은 제이컵이 벤 리프킨을 죽일 계획이라는 생각을 전혀 하지 않았죠? 만약 그런 생각을 했다면, 증인이 무슨 조치를 취했을 테니까, 맞죠?"

"그런 것 같아요."

"그렇다면, 증인이 아는 한, 제이컵은 벤 리프킨을 살해할 계획을 가지고 있지 않았죠?"

"계획요? 아니요."

"제이컵은 언제 어떻게 벤 리프킨을 살해하겠다고 말한 적이 없죠?"

"네."

"그리고 나중에, 제이컵이 그 글을 증인에게 보냈죠?"

"네."

"증인은 제이컵이 이메일로 링크를 보냈다고 말했죠?"

"네."

"증인은 이메일을 보관하고 있나요?"

"아니요."

"왜죠?"

"그건 영리한 행동이 아닌 것 같았으니까요. 그러니까, 제이크를 위해서요, 제이컵의 관점에서요."

"그래서 증인은 제이컵을 보호하려고 이메일을 삭제했군요?"

"그런 것 같아요."

"그 글의 모든 세부 사항 중에서, 증인에게 새로운 내용이 있었나요? 증인이 웹이나 뉴스 기사에서 읽지 못했던 내용이나, 다른 아이들의 대화에서 듣지 못했던 내용이 있었나요?"

"아니요, 꼭 그렇지는 않아요."

"칼, 공원, 세 개의 자상, 그런 건 그 즈음에 이미 널리 알려져 있던 내용이죠?"

"네."

"그렇다면, 그걸 자백이라고 보기는 어렵죠?"

"잘 모르겠어요."

"이메일에서 제이컵이 자기가 그 글을 썼다고 말했나요, 아니면 그냥 발견했다고 말했나요?"

"이메일에 정확히 뭐라고 쓰여 있었는지는 기억이 안 나요. 그냥 '친구, 이걸 확인해봐.' 이런 식으로 쓰여 있었던 것 같아요."

"하지만 제이컵이 그 글을 그냥 읽었다고 말한 게 아니라, 자기가 썼다고 말한 게 확실한가요?"

"아주 확실해요."

"아주 확실해요?"

"아주 확실해요, 네."

조너선은 한동안 이런 식으로 자신이 할 수 있는 일을 했다. 데릭 유의 증언을 깎아내리고 또 깎아내리면서 자신이 얻을 수 있는 점수를 획득했다. 배심원들이 조너선의 반대신문을 정말 어떻게 생각했는지 누가 알겠는가? 다만, 데릭이 직접 증언을 하는 동안에는 여섯 명의 배심원이 열심히 필기를 했지만, 지금은 모두 펜을 내려놓았다. 심지어 어떤 배심원들은 이제 데릭을 쳐다보지도 않고 자신의 무릎만 내려다보았다. 어쩌면 그날의 승리자는 조너선이었고, 배심원들은 데릭의 증언을 깡그리 무시하기로 결심했는지도 모른다. 하지만 그런 것 같지는 않았다. 나는 스스로를 속여 왔다. 처음으로 나는 제이컵이 콩코드 교도소에 수감되면 어떨지 현실적으로 생각하기 시작했다.

35
아르헨티나

그날 나는 시무룩하게 법원에서 집으로 차를 몰았고, 내 슬픔이 제이컵과 로리에게 전염되었다. 처음부터 나는 흔들림 없는 사람이었다. 그런 내가 희망을 잃은 모습을 보였으니, 다들 당황스러웠을 것이다. 나는 제이컵과 로리를 위해 거짓말을 하려고 노력했다. 나는 좋은 날에 지나치게 들뜨지 말고 나쁜 날에 지나치게 가라앉지 말자는 식으로 온갖 평범한 이야기들을 했다. 그리고 소송의 전체적인 맥락에서 보면, 검찰 측 증거는 언제나 처음에 가장 나쁘게 보인다는 이야기도 했다. 또한, 배심원단은 예측이 불가능한 사람들이며, 배심원의 몸짓 하나하나에 지나치게 신경 쓸 필요가 없다는 이야기도 했다. 하지만 내 말투에서 내 기분이 고스란히 드러났다. 그날 나는 우리가 소송에서 이미 패했을지도 모른다고 생각했다. 최소한, 우리는 실질적인 항변을 해야 할 정도로 피해가 컸다. 그 시점에서 '합리적 의심'에 의존하는 것은 어리석은 짓이었다. 제이컵이 살인에 대해 쓴 글은 마치 자백서 같았다. 조녀선이 애를 쓰기는 했지만, 제이컵이 그 글을 썼다는 데릭의 증언을 반증하지는 못했다. 하지만, 나는 어떠한 것도 시인하지 않았다. 진실을 말한다고 해서 얻을 수 있는 것은 없었다. 그래서 나는 침묵했다. 나는 가족들에게 "좋은 날은 아니었어."라고만 말했다. 하지만 그것으로 충분했다.

그날 밤, 파더 오리어리나 다른 사람이 우리를 지켜보는 것 같지는 않았다. 우리 바버 가족은 완전한 고립 속에 남겨졌다. 우주에 떨어진다고 해도 그보다 외롭지는 않았을 것이다. 우리는 지난 몇 달 동안 수도 없이 시켜 먹었던 중국 음식을 주문했다. '차이나 시티'에서는 배달도 해줬고, 배달원이 영어를 잘 못했기 때문에 우리는 현관문을 열며 타인의 시선을 의식할 필요도 없었다. 우리는 거의 침묵 속에서 뼈 없는 돼지갈비와 깐풍기를 먹은 다음, 집 반대편 구석으로 슬그머니 이동해서 저녁 시간을 보냈다. 우리는 소송에 대해 이야기하기에는 너무 신물이 났고, 다른 주제에 대해 이야기하기에는 소송에 너무 집착하고 있었다. 텔레비전이라는 바보상자를 보기에는 너무나 우울했고(갑자기 우리의 삶이 유한해 보여서 낭비하기에는 너무 짧다는 생각이 들었다.), 무언가를 읽기에는 상황이 너무나 산만했다.

10시쯤, 나는 제이컵의 방으로 들어가서 제이컵을 확인했다. 제이컵은 침대에 똑바로 누워 있었다.

"괜찮니, 제이컵?"

"꼭 그렇지는 않아요."

나는 다가가서 침대맡에 앉았다. 제이크가 엉덩이를 들어서 나에게 공간을 내주었지만, 그 아이는 이미 덩치가 아주 커져서 우리 둘이 함께 있기에는 침대가 비좁았다. (제이크는 아기였을 때 내 가슴에 누워서 낮잠을 자곤 했었다. 그때 제이크는 빵 덩이만 했었다.)

제이컵이 옆으로 돌아누워서 팔로 머리를 받쳤다.

"아빠, 뭣 좀 물어봐도 돼요? 만약에 상황이 안 좋아 보인다면, 그러니까, 소송이 잘못된 방향으로 흘러가려고 한다면, 저한테 말해줄 건가요?"
"왜?"
"아니요, '왜'냐고 묻지 마시고요, 그냥 저한테 말해줄 건가요?"
"그래, 그럴 거야."
"왜냐하면, 이건 말이 안 되겠지만, 음, 만약에 제가 떠난다면, 아빠하고 엄마한테 무슨 일이 일어나죠?"
"돈을 잃게 되겠지."
"집을 빼앗기게 되나요?"
"결국에는 그럴 거야. 네 보석금 때문에 집을 담보로 맡겼으니까."
제이컵이 잠시 생각에 잠겼다.
"그냥 집일 뿐이야. 아빠는 전혀 섭섭해하지 않을 거야. 너에 비하면 집은 중요하지 않아."
내가 제이컵에게 말했다.
"네, 그렇지만. 아빠 엄마는 어디에서 살아요?"
"여기에 누워서 그 생각을 하고 있었니?"
"조금요."
로리가 문으로 왔다. 그리고 팔짱을 끼고서 문설주에 기댔다.
"어디로 갈 건데?"
내가 말했다.
"부에노스아이레스요."
"부에노스아이레스? 왜 거긴데?"
"그냥 멋진 곳 같아서요."
"누구한테 들었는데?"

"〈타임스〉 기사를 읽었어요. 거기는 남미의 파리래요."

"음. 남미에 파리가 있는 줄은 몰랐구나."

"부에노스아이레스는 남미에 있어요, 맞죠?"

"그래, 아르헨티나에 있다. 그곳으로 떠나기 전에 조사를 좀 더 해야겠구나."

"그곳에, 그러니까, 그게 뭐죠? 무슨 조약인데, 도망자 조약? 뭐 그런 게 있을까요?"

"범죄인 인도 조약 말이니? 모르겠구나. 그 부분도 먼저 확인해야겠구나."

"네. 그래야겠네요."

"비행기 삯은 어떻게 지불할 거냐?"

"제가 아니라 아빠가 지불하셔야죠."

"여권은? 네 여권은 반납했잖아, 기억 안 나?"

"어떻게든 새 여권을 발급받아야죠."

"그렇게 갑자기? 어떻게?"

로리가 방으로 들어와서 침대 옆 바닥에 앉더니 제이컵의 머리를 쓰다듬었다.

"국경을 넘어서 캐나다로 잠입한 다음에, 캐나다 여권을 발급받으면 되지."

"음. 실제로는 그렇게 쉽지 않을 테지만, 좋아. 그래서 아르헨티나의 부에노스아이레스에 도착하면 무엇을 할 생각인데?"

"탱고를 추겠지."

로리가 말했다. 로리의 눈가가 촉촉해졌다.

"탱고 출 줄 아니, 제이컵?"

"정확히는 몰라요."

"정확히는 모른대."

"정확히는 몰라요. 그러니까, 전혀 모른다는 뜻이에요."

제이컵이 웃었다.

"음, 부에노스아이레스에서 탱고 수업을 받으면 되잖아."

"부에노스아이레스에서는 모든 사람이 탱고를 춰."

로리가 말했다.

"함께 탱고 출 사람이 필요할 거야, 그렇지?"

제이컵이 수줍게 웃었다.

"부에노스아이레스에는 탱고를 추는 아름다운 여인들로 가득해. 아름답고, 신비한 여인들. 제이컵이 고르면 될 거야."

로리가 말했다.

"정말이에요, 아빠? 부에노스아이레스에는 아름다운 여인들이 많아요?"

"나도 그렇다고 들었다."

제이컵이 반듯이 누워서 머리 뒤로 깍지를 끼었다.

"점점 더 근사하게 들리네요."

"그곳에서 탱고를 춘 다음에 무엇을 할 거니, 제이크?"

"아마 학교에 가겠죠."

"그 학비도 내가 지불해야 해?"

"물론이죠."

"학교를 졸업한 다음엔?"

"모르겠어요. 어쩌면 아빠처럼 검사가 될지도 모르죠."

"은신해야 한다고 생각하지 않니? 그러니까, 도망자가 되면?"

"아니야. 사람들은 제이컵에 대한 일을 전부 잊게 될 거야. 그리고 제이컵은 아르헨티나에서 탱고를 추는 아름다운 여인과 길고 멋지고 행복한 삶을 살게 될 거야. 그리고 제이컵은 훌륭한 사람이 될 거야."

로리가 제이컵 대신 대답했다. 그리고 무릎을 꿇고 몸을 일으켜서 아들의 얼굴을 들여다보았다. 로리는 누워 있는 제이컵의 머리를 연신 쓰다듬었다.

"제이컵은 아이들을 갖게 될 테고, 그 아이들이 또 아이들을 갖게 될 거야. 그리고 제이컵은 아주 많은 이들에게 아주 많은 행복을 가져다 줄 거야. 그래서 옛날 옛적에 미국에서 제이컵에 대한 끔찍한 이야기가 나돌았다는 사실을 누구도 믿지 않게 될 거야."

제이컵이 눈을 감았다.

"내일 법원에 갈 수 있을지 모르겠어요. 더는 가고 싶지 않아요."

"나도 안다, 제이크. 이제 거의 다 끝났어."

내가 제이컵의 가슴에 손바닥을 얹었다.

"제가 두려워하는 게 바로 그거예요."

"나도 더는 못할 것 같아."

로리가 말했다.

"곧 끝날 거야. 우리는 그냥 버티기만 하면 돼. 내가 약속할게."

"아빠, 저한테 이야기해줄 거죠, 맞죠? 아까 말씀하셨던 것처럼? 만약에 그럴 때가 오면……?"

제이컵이 머리를 문 쪽으로 돌렸다.

나는 제이컵에게 진실을 말할 수도 있었을 것이다. '상황이 그렇지가 않아, 제이크. 도망갈 곳은 없어.' 하지만 나는 그러지 않았다.

"그런 일은 일어나지 않을 거야. 우리가 승소할 테니까."

내가 말했다.

"하지만 만약에."

"만약에. 그래, 꼭 너한테 말해줄게, 제이컵. 이제 잠을 좀 자도록 하자."

로리가 제이컵의 이마에 입을 맞췄고, 나도 그렇게 했다.

"만약에 아빠 엄마도 부에노스아이레스로 오면, 우린 함께 모일 수 있을 거예요."

제이컵이 말했다.

"거기에서도 '차이나 시티'에서 음식을 배달시킬 수 있을까?"

"물론이에요, 아빠. 비행기로 배달시켜요."

제이컵이 빙그레 웃었다.

"그렇다면, 좋아. 잠시 동안, 나는 그게 비현실적인 계획이라고 생각했었는데. 이제 자자. 내일 또 큰일을 치러야 하니까."

"그러지 않아도 된다면 좋겠어요."

제이컵이 말했다.

로리와 내가 침대에 들었을 때, 로리가 베갯머리에서 소곤거렸다.

"아까 부에노스아이레스에 대해 이야기할 때, 정말 오랜만에 처음으로 행복하다는 생각이 들었어. 내가 마지막으로 웃었던 게 언제인지 기억도 안 나."

하지만 로리의 자신감은 이내 흔들렸다. 고작 몇 초 후에 로리는 모로 누워서 나를 마주보고 속삭였다.

"만약에 그 애가 부에노스아이레스에 가서 그곳에서 누군가를 죽이면 어쩌지?"

"로리, 제이컵은 부에노스아이레스에 가지도 않을 거고, 누군가를 죽이지도 않을 거야. 제이컵은 이곳에서도 사람을 죽이지 않았어."

"글쎄, 잘 모르겠어."

"그런 말 하지 마."

로리가 얼굴을 돌렸다.

"로리?"

"앤디, 만약에 우리가 틀렸으면 어쩌지? 만약에 제이컵이 무죄 판결을 받고, 그런 다음에, 절대 그런 일은 없겠지만, 혹시라도 제이컵이 또 그러면 어쩌지? 우리에게 어떤 책임이 없는 걸까?"

"로리, 늦었어. 그리고 당신은 너무 지쳤어. 이런 대화는 나중에 하자. 당장은, 그런 생각을 그만둬야 해. 당신만 힘들어질 뿐이야."

"아니."

로리가 간절한 표정으로 나를 바라보았다. 마치 말이 안 되는 사람은 바로 나라는 듯이.

"앤디, 우리는 서로에게 솔직할 필요가 있어. 그 문제에 대해 지금 생각해둬야 해."

"왜? 재판은 아직 끝나지 않았어. 당신은 지나치게 빨리 포기하고 있어."

"우리는 그 문제에 대해 생각해둬야 해. 왜냐하면 제이컵은 우리 아들이니까. 제이컵은 우리의 도움이 필요해."

"로리, 우리는 우리의 역할을 하고 있어. 우리는 제이컵을 지원하고 있어. 우리는 제이컵이 재판을 끝마치도록 돕고 있어."

"그게 우리의 역할이야?"

"그래! 그 외에 달리 뭐가 있는데?"

"만약에 제이컵한테 다른 게 필요하면 어쩌지, 앤디?"

"더는 없어. 당신 무슨 말을 하는 거야? 이제 우리가 할 수 있는 일은 없어. 우리는 이미 인간의 능력으로 할 수 있는 모든 일을 하고 있다고."

"앤디, 제이컵이 유죄면 어쩌지?"

"그럴 리 없어."

로리의 숨소리 섞인 속삭임이 강하고 날카로워졌다.

"나는 평결에 대해 말하는 게 아니야. 진실에 대해 말하는 거야.

만약에 제이컵이 정말로 유죄면 어떻게 해?"

"그렇지 않아."

"앤디, 정말로 그렇게 생각해? 제이컵이 범인이 아니라고? 그렇게 단순하게? 당신은 한 치의 의심도 없어?"

나는 대답하지 않았다. 차마 대답할 수가 없었다.

"앤디, 나는 이제 당신 마음을 읽을 수가 없어. 그러니까 당신이 나한테 이야기해줘야 해. 당신이 나한테 말해줘야 해. 나는 이제 당신 내면에서 무슨 일이 일어나고 있는지 결코 확신하지 못하겠어."

"내 내면에서는 아무 일도 일어나고 있지 않아."

내가 말했다. 그리고 그 말은 내가 의도했던 것보다 더 진실하게 느껴졌다.

"앤디, 가끔 나는 당신의 멱살을 움켜쥐고, 진실을 실토하게 만들고 싶어."

"아, 다시 내 아버지에 대한 이야기로군."

"아니, 그 이야기가 아니야. 제이컵에 대해 말하고 있는 거야. 나는 지금 당신이 나한테 전적으로 솔직했으면 좋겠어. 나는 꼭 알아야 해. 당신은 어떤지 모르겠지만, 나는 반드시 알아야겠어. 당신, 제이컵이 범인이라고 생각해?"

"부모는 자식에 대해 그런 식으로 생각해서는 안 돼."

"내 질문은 그게 아니잖아."

"로리, 제이컵은 내 아들이야."

"우리 아들이야. 우리는 그 아이에게 책임이 있어."

"맞아. 우리는 그 아이에게 책임이 있어. 그래서 우리는 그 아이를 지지해야 해."

내가 로리의 머리에 손을 얹고 머리칼을 쓰다듬었다.

로리가 내 손을 떨쳐냈다.

"아니! 앤디, 내 말을 이해하지 못하는 거야? 만약에 제이컵이 유죄라면, 우리도 유죄가 되는 거야. 그게 당연하잖아. 우리에겐 책임이 있어. 우리가 그 아이를 만들었잖아, 당신하고 내가. 우리가 그 아이를 창조해서 세상에 내보냈어. 그리고 그 아이가 진짜 범인이라면, 당신은 그걸 감당할 수 있겠어? 당신은 그런 일을 감당할 수 있겠느냐고?"

"그래야 한다면."

"정말이야, 앤디? 당신 그럴 수 있어?"

"그래. 있잖아, 제이컵이 유죄라면, 우리가 소송에서 진다면, 우리는 어떻게든 그 사실과 대면해야 해. 그러니까, 나도 충분히 이해하고 있다고. 그렇더라도 우리는 여전히 그 아이의 부모야. 당신은 그 역할을 그만둘 수 없어."

"앤디, 당신은 가장 짜증나고, 거짓된 남자야."

"왜?"

"나는 지금 이곳에 당신이 필요한데, 당신은 내 옆에 없으니까."

"여기 있잖아!"

"아니. 당신은 나를 구슬리고 있어. 그저 상투적인 말을 하고 있어. 당신은 그 잘생긴 갈색 눈동자 뒤에 숨어 있어. 그리고 나는 당신이 정말로 무슨 생각을 하는지 모르겠어. 전혀 모르겠다고."

나는 한숨을 쉬고 고개를 저었다.

"가끔은 나도 잘 몰라, 로리. 나도 내가 무슨 생각을 하는지 모른다고. 나는 생각을 하지 않으려고 애쓰고 있어."

"앤디, 제발, 당신은 생각을 해야 해. 당신 내면을 들여다봐야 해. 당신은 그 애의 아빠잖아. 당신은 이 질문을 피할 수 없어. 제이컵이 범인일까? 이건 양자택일의 질문이야."

로리가 '살인자 제이컵'이라는 이 우뚝하고 시꺼먼 관념 쪽으로 나를 밀어붙였다. 나는 그것을 살짝 건드려 보고, 그 검정 망토의 단을 더듬어보았다. 그리고 더는 나아갈 수가 없었다. 위험이 너무도 컸다.

"나도 모르겠어."

내가 말했다.

"그렇다면 당신은 제이컵이 범인일 수도 있다고 생각하는 거지?"

"모르겠어."

"하지만 적어도 그럴 가능성은 있다고 생각하는 거지?"

"모르겠다고 했잖아, 로리."

로리가 내 얼굴과 내 눈을 찬찬히 살피며 무언가 믿을 만한 구석을, 튼튼한 주춧돌을 찾았다. 나는 로리를 위해서 단호함이라는 가면을 쓰려고 노력했다. 그래서 로리는 내 표정에서 자신이 필요로 하는 무언가를 찾아냈을 것이다. 위안, 사랑, 친밀함, 그게 무엇이든. 하지만 진실은? 확신은? 나는 그런 것을 가지고 있지 않았다. 그건 내가 줄 수 있는 것이 아니었다.

두 시간 후, 새벽 1시쯤, 멀리서 사이렌 소리가 들려왔다. 그건 드문 일이었다. 한적한 교외에서 경찰차나 소방차는 보통 사이렌을 사용하지 않는다. 점멸등만을 사용한다. 사이렌은 고작 5초 정도 지속되었고, 그런 다음에 마치 불꽃처럼 적막 속으로, 허공 속으로 퍼져 나갔다. 내 뒤에서 로리가 언제나처럼 나에게 등을 돌린 채로 잠들어 있었다. 나는 창문으로 다가가서 밖을 내다보았다. 하지만 아무것도 보이지 않았다. 그리고 다음날 아침이 되어서야, 그 사이렌이 무엇이었는지, 우리가 모르는 사이에 모든 것이 어떻게 달라져 있었는지 알게 되었다. 우리는 이미 아르헨티나에 있었다.

36
굉장한 볼거리

다음 날 아침 5시 30분에 휴대전화가 울렸고, 나는 기계적으로 전화를 받았다. 나는 지난 몇 년간 어처구니없는 시간에 이런 비상 호출을 받는 일에 익숙해 있었다. 그래서 예전의 당당한 목소리로 "앤디 바버입니다!"라고 대답까지 했다. 시간이 몇 시든 상관없이, 나는 이런 식으로 상대에게 내가 실제로 깨어 있었다고 믿게 했다.
 내가 전화를 끊자, 로리가 물었다.
 "누구야?"
 "조너선."
 "무슨 일이야?"
 "아무 일도 아니야."
 "그럼 그 전화는 뭐였어?"
 내 얼굴에 웃음이 번졌다. 그리고 감미롭고 당혹스러운 행복이 나를 감쌌다.
 "앤디?"
 "다 끝났어."

"무슨 뜻이야, 끝났다니?"

"그자가 자백했어."

"뭐? 누가 자백을 해?"

"패츠."

"뭐!"

"조너선이 법정에서 말했던 대로 했나 봐. 패츠를 증인석에 세우겠다고 했었잖아. 패츠가 소환장을 받고 어젯밤에 자살했대. 그리고 모든 걸 자백하는 쪽지를 남겼대. 조너선이 그러는데, 경찰이 밤새 패츠의 아파트에 있었대. 그리고 필적을 확인했대. 패츠가 자백했어."

"그 사람이 자백했다고? 그렇게 갑자기? 그게 가능해?"

"현실 같지 않지?"

"어떻게 자살했대?"

"목을 맸대."

"세상에."

"조너선이 그러는데, 법정이 열리는 대로 소송 기각 신청을 할 거래."

로리가 손으로 입을 가렸다. 로리는 이미 울고 있었다. 우리는 얼싸안았다. 그리고 마치 성탄절 아침처럼 (혹은 부활절처럼, 이러한 기적이 부활과 더 비슷하다는 사실을 감안하면) 제이컵의 방으로 달려가서, 제이컵을 흔들어 깨워 끌어안고는 이 믿기 힘든 소식을 전했다.

그리고 모든 것이 달라졌다. 갑자기 모든 것이 달라졌다. 우리는 재판 의상으로 갈아입은 다음, 법원으로 차를 몰기 전까지 대기했다. 우리는 텔레비전 뉴스와 보스턴 닷컴의 인터넷 뉴스를 살피며 패츠의 자살에 대한 언급이 있는지를 확인했다. 하지만 아무것도 없었다. 그래서 우리는 자리에 앉아서 서로를 향해 빙그레 웃으며,

믿을 수 없다는 듯 고개를 저었다.
 이편이 배심원의 무죄판결보다 더 나았다. 우리는 줄곧 이런 말을 했었다. '무죄판결은 단지 입증의 실패일 뿐이다.' 하지만 제이컵은 실제로 무죄를 입증 받았다. 끔찍했던 사건이 통째로 지워진 듯했다. 나는 신이나 기적을 믿지 않지만, 이건 기적이었다. 다른 말로는 이 기분을 설명할 길이 없었다. 우리 가족이 신의 개입에 의해, 참된 기적에 의해 구원받은 느낌이었다. 우리가 마음껏 기뻐하지 못했던 유일한 이유는 도대체 믿기지가 않아서였다. 그리고 사건이 공식적으로 기각되기 전까지는 미리 자축하고 싶지 않았다. 어쨌든 패츠의 자백에도 불구하고 라주디스가 소송을 계속 진행시킬 가능성도 있었다.
 결국, 조너선은 기각 신청의 기회를 얻지 못했다. 판사가 판사석에 들어서기도 전에, 라주디스가 검찰 측에서 소송을 철회하기로 결정했다는 공소 취하서를 제출했다.
 9시 정각에 프렌치 판사가 엷은 미소를 띠며 판사석에 들어섰다. 판사는 극적이고 과장된 동작으로 공소 취하서를 읽어 내려가며, 손바닥을 위로 해서 제이컵에게 일어서라고 요청했다.
 "바버 군, 그대의 얼굴과 그대 아버지의 얼굴을 보니 이미 소식을 들은 것 같군요. 그럼, 그대가 간절히 듣고 싶어 하던 그 말을 누구보다도 내가 먼저 하겠소. 제이컵 바버, 그대는 자유인이오."
 환호! 환호가 터져 나왔고, 제이컵과 내가 서로를 얼싸안았다.
 판사는 관대한 미소를 지으며 의사봉을 두드렸다. 법정이 비교적 조용해지자, 판사가 법원 서기에게 손짓을 했다. 서기는 단조로운 목소리로 다음과 같이 읽어 내려갔다. (이 결과에 행복해하지 않는 사람은 서기뿐인 듯했다.)
 "제이컵 마이클 바버, 소장 번호 공팔-사사공칠 사건에서 검찰 측이 공소를 취하함에 따라 당사자는 법원 명령에 의거하여 이 기소에서 면제되었으며, 이 기소 건에 한해서 무기한 방면됩니다. 앞서 지불한 보석금은 보증인이 돌려받게 됩니다. 사건을 기각합니다."

무기한 방면. 이 어색한 법률 용어는 피고인의 탈출 티켓이다. 즉, 진행할 공판이 더는 남아 있지 않으니 가도 좋다는 뜻이다. 가서 돌아오지 말라는 뜻이다.

메리가 소장에 고무도장을 찍어서 서류철에 끼운 다음, 보관 상자에 던져 넣었다. 메리는 지나친 관료주의적 효율성을 가지고 일을 처리했고, 그래서 점심 식사 전에 처리해야 할 소송이 산더미처럼 쌓여 있다는 인상을 주었다.

그리고 다 끝났다.

아니 거의 다 끝났다. 우리는 한 무리의 기자들을 헤치며 나아갔다. 그들은 서로를 밀치며 우리에게 축하 인사를 건네고 아침 뉴스에 내보낼 영상을 찍었다. 우리는 말 그대로 손다이크 스트리트를 질주해서 차고에 도착했다. 우리는 달리면서 웃었다. 자유다!

우리는 차를 향해 걸었다. 그리고 그 어색한 시간 동안 조너선에게 감사의 말을 전하느라 여념이 없었다. 조너선는 정중하게 칭찬을 사양했다. 조너선은 자신이 실제로 한 일이 아무것도 없다고 말했다. 그래도 어쨌든 우리는 조너선에게 감사했다. 감사하고 또 감사했다. 나는 조너선의 팔을 위아래로 흔들었고, 로리는 조너선을 껴안았다.

"이 일이 아니었어도 분명히 승소했을 거예요. 확실해요."

내가 조너선에게 말했다.

이런 어수선함 속에서, 그들이 다가오는 모습을 발견한 사람은 바로 제이컵이었다.

"어."

제이컵이 말했다.

두 남자가 있었다. 댄 리프킨이 앞장서서 다가왔다. 댄 리프킨은 고급 황갈색 트렌치코트를 입고 있었는데, 단추와 주머니, 견장이 많이 달린 코트는 디자인이 과해 보였다. 댄 리프킨은 여전히 인형처럼 무표정한 얼굴을 하고 있었다. 그래서 그의 의도를 정확하게 파악하기가 어려웠다. 혹시 우리에게 사과를 하려고?

리프킨보다 1미터쯤 뒤에 파더 오리어리가 있었다. 리프킨에 비하면, 그자는 거인이었다. 그는 주머니에 손을 넣고, 헌팅캡을 눈썹까지 내려 쓴 채 어슬렁어슬렁 걸었다.

우리는 천천히 몸을 돌려 그들을 맞았다. 우리는 모두 똑같은 표정을 짓고 있었을 것이다. 우리는 리프킨을 보게 되어 당황스럽기도 하고 반갑기도 했다. 당연히 이 남자는 다시 우리의 친구가 되었을 것이다. 그래서 지금껏 자신이 겪었던 고통에도 불구하고 너그럽게도, 우리가 그의 세상으로, 현실 세계로 돌아가는 것을 축하해주려고 다가오는 모양이었다. 하지만 리프킨의 표정이 이상하게 딱딱했다.

"댄?"

로리가 말했다.

리프킨은 대답하지 않았다. 그리고 트렌치코트의 깊숙한 주머니에서 평범한 식칼을 하나를 꺼내 들었다. 어이없게 들리겠지만, 그건 우스토프 클래식 스테이크 칼이었다. 내가 그 칼을 알아볼 수 있었던 건 우리 집 주방 조리대에 똑같은 칼 세트가 있기 때문이다. 하지만 그런 칼에 찔리는 황당하고 괴상한 생각을 할 시간조차 주어지지 않았다. 리프킨이 우리에게 1미터 이내로 접근하기 전에, 파더 오리어리가 리프킨의 팔을 잡아챘다. 그리고 리프킨의 손을 자동차 보닛 위로 세게 내리쳤다. 그러자 칼이 쨍그랑대며 콘크리트 차고 바닥으로 떨어졌다. 그런 다음, 파더 오리어리는 마치 마네킹을 조종하듯 리프킨의 팔을 가볍게 등 뒤로 꺾었다. 그리고 자동차 보닛 위로 리프킨을 밀어붙이고서 말했다.

"거 진정하라고, 친구."

파더 오리어리는 노련하고 우아한 솜씨로 이 모든 일을 처리했다. 모든 과정이 불과 몇 초도 걸리지 않았다. 우리는 두 남자를 향해 입을 떡 벌리고 서 있었다.

"당신은 누굽니까?"

마침내 내가 말했다.

"자네 아버지의 친구지. 자네 아버지가 나한테 자네 가족을 돌봐 달라고 부탁했네."

"내 아버지? 내 아버지를 어떻게 압니까? 아니, 잠깐만, 말하지 마요. 알고 싶지 않으니까."

"내가 이자를 어떻게 하면 좋겠나?"

"놔줘요! 왜 그러는 겁니까?"

파더 오리어리가 리프킨을 놓아주었.

리프킨이 몸을 일으켰다. 그의 눈에 눈물이 고여 있었다. 그는 우리를 무력하게 쳐다보았다. 리프킨은 제이컵이 자신의 아들을 죽였다고 믿는 듯했지만, 그가 할 수 있는 일은 아무것도 없었다. 리프킨이 비척비척 자리를 떴다. 나는 그의 고통이 어떠할지 상상도 할 수 없었다.

파더 오리어리가 제이컵에게 다가가서 손을 내밀었다.

"축하한다, 꼬마야. 오늘 아침에 저 안에서 대단했지. 검사 새끼 얼굴 표정 봤냐? 끝내줬어!"

제이컵이 당황한 얼굴로 악수를 나눴다.

"굉장한 볼거리였어, 굉장한 볼거리."

파더 오리어리가 웃었다.

"그래서 자네가 빌리 바버의 아이인가?"

"네."

나는 그런 말을 하는 게 자랑스럽지는 않았다. 그리고 내가 실제로 사람들 앞에서 그런 말을 한 적이 있었는지도 잘 모르겠다. 하지만 그렇게 대답함으로써 나와 파더 오리어리 사이에 연결 고리가 생겼고, 파더 오리어리는 그 사실이 즐거운 듯했다. 그래서 우리 둘 다 웃었다.

"자네가 빌리보다 훨씬 크군, 그건 확실해. 자네 몸속에 아까 그 작은 놈 둘은 들어가겠어."

나는 그 말에 어떻게 대응해야 할지 몰라서 그냥 서 있었다.

"자네 아버지한테 인사나 전해주게, 알았나? 이런, 내가 자네한테 빌리에 대한 이야기를 해줄 수도 있는데."

"아닙니다. 제발."

"오늘은 너한테 행운의 날이야, 꼬마야."

파더 오리어리가 마지막으로 제이컵에게 말했다. 그리고 또 다시 웃더니 느릿느릿 자리를 떴다. 나는 그날 이후로 파더 오리어리를 다시는 보지 못했다.

제4부

"매초 인체에서 발생하는 전기 신호와 화학 반응이 정확히 어떤 식으로 사고, 자극, 충동의 과정으로 발전하는지, 다시 말해 어느 시점에서 인간의 신체 조직이 동작을 멈추고 그 속에 존재하는 영혼, 즉 의식이 활동을 시작하는지 따지는 일은 엄밀히 말해 과학의 영역이 아니다. 왜냐하면 우리는 그 과정을 포착하거나, 측정하거나, 복제하는 실험을 고안할 수 없기 때문이다. 지금껏 쌓아온 모든 지식에도 불구하고, 아직까지 우리는 인간이 어떠한 행위를 하는 까닭을 유의미한 방식으로 이해하지 못하고 있으며, 앞으로도 그럴 듯싶다."

—폴 하이츠, '신경범죄학과 그 적들',
아메리칸 저널 범죄학과 공공 정책 2008년 가을호

37
그 후의 삶

삶은 계속된다. 솔직히 말해서 어쩌면 너무 오래 계속된다. 기나긴 삶에서 우리가 삼만 내지 삼만 오천 일을 살아내는 동안, 정말 중요한 날, 중대한 사건이 벌어지는 대망의 날은 고작 수십 일에 지나지 않는다. 압도적 다수를 차지하는 나머지 수만 일은 평범하고 반복적이며 단조롭기까지 하다. 우리는 그러한 날들을 휙 지나친 다음, 곧바로 잊어버린다. 삶을 되돌아볼 때, 우리는 흔히 이러한 산식을 망각한다. 그래서 한 줌도 안 되는 대망의 날들만 기억하고 나머지는 내다 버린다. 우리는 기나긴 무형의 삶을, 내가 여기에서 그러고 있듯, 간결한 이야기들로 정리한다. 하지만 우리의 삶은 대부분 허섭스레기같이 하찮은 보통날들로 구성되어 있다. 그리고 '끝'은 결코 끝이 아니다.

제이컵의 무죄가 밝혀진 날은, 물론, 대망의 날이었다. 하지만 그 후로는, 이상하게도, 자질구레한 날들만이 계속되었다.

우리는 평범한 삶으로 돌아가지 못했다. 우리 셋 다 평범한 삶이 어떤 건지도 잊어버렸다. 적어도 우리는 평범한 삶으로 돌아갈 수 있으리라는 환상을 품지 않았다. 제이컵의 무죄판결 이후, 며칠 그리고 몇 주가 흐르는 동안, 우리의 결백이 입증되었다는 희열은 점차 사그라지고, 우리는 일상으로, 그것도 신통치 않은 일상으로 빠져들었다. 우리는 외출을 거의 하지 않았다. 그리고 남들의 곁눈질 때문에 공공장소나 식당에는 절대로 발을 들이지 않았다. 로리는 마트에서 다시 리프킨 부부와 마주치게 될까 봐 불안해했다. 그래서 내가 식료품 구입을 맡았다. 나는 장을 보면서 마치 가정주부처럼 머릿속으로 한 주의 저녁 식단을 정하는 습관이 생겼다. (월요일에는 파스타, 화요일에는 닭고기, 수요일에는 햄버거…….) 우리는 가끔 영화를 보러 가기도 했는데, 대개 극장이 덜 붐비는 주 중을 이용했으며, 그때조차도 조명이 꺼지는 순간에 슬그머니 극장에 들어가고는 했다. 우리는 주로 집 주변에서 시간을 보냈다. 무아지경에 빠져 멍한 눈으로 쉴 새 없이 웹서핑을 하고, 야외 대신 지하실 러닝머신 위에서 달리기를 했다. 그리고 DVD 우편 대여업체인 넷플릭스의 더 높은 월정액 요금제를 선택해서 가능한 한 많은 DVD를 수중에 넣었다. 돌이켜 보니 조금 우울하게 들리기는 하지만, 당시에는 정말 근사했다. 우리는 자유로웠다고나 할까.

우리는 이사에 대해 숙고했다. 유감스럽게도 부에노스아이레스가 아닌, 새 출발에 적당한 더 평범한 지역, 즉 플로리다나 캘리포니아, 와이오밍처럼 사람들이 새로 태어나고 싶을 때 향하는 지역을 후보지로 고려했다. 얼마 동안 나는 애리조나 주의 비스비라는 소도시에 온통 정신이 팔려 있었는데, 사람들은 그곳에서는 길을 잃기도 쉽고, 길을 잃은 채로 살아가기도 쉽다고들 했다. 해외 이주에 대한 가능성도 배제하지 않았는데, 그 생각은 확실히 매력적이었다. 우리는 이 모든 것에 대해 끝없이 토론했다. 로리는 우리가 아무리 멀리 이사를 간다고 해도 그 사건으로 인해 얻게 된 유명세로부터 벗어날 수는 없을 거라고 생각했다. 어쨌든, 로리는 자신의 인생 전부가 보스턴에 있다고 말했다. 나는 다른 어딘가로 이사를 가고 싶었다. 나는 처음부터 어느 곳에도 속하지 않았다. 로리가 있는 곳이면 어디라도 나의 고향이었다. 하지만 나와 로리는 그다지 이견을 좁히지 못했다.

뉴턴에서는 악감정이 좀처럼 사라지지 않았다. 우리의 이웃 대부분은 나름의 평결을 내렸다. 그들에게 우리는 유죄가 아니었지만, 딱히 무죄도 아니었다. 제이컵이 벤 리프킨을 살해하지는 않았을지라도, 이웃들은 이미 제이컵에 대한 뒤숭숭한 이야기를 많이 들었다. 제이컵의 칼, 폭력적인 환상, 사악한 혈통. 누군가에게는 재판의 급작스러운 종결 역시 수상쩍어 보였을 수도 있다. 제이컵이 지속적으로 동네에 모습을 드러내면, 사람들은 불안하고 초조해했다. 친절한 이들조차도 자기 아이들의 삶에 제이컵이 끼어들기를 원하지 않았다. 무엇 때문에 도박을 하겠는가? 설사 제이컵의 결백을 99퍼센트 확신한다고 해도, 판돈이 그렇게 큰데, 누가 감히 잘못될지도 모를 위험을 감수하겠는가? 누가 감히 제이컵과 함께 어울린다는 오명을 감수하겠는가? 실제로 유죄든 아니든, 제이컵은 이미 천덕꾸러기였다.

이러한 모든 상황 때문에, 우리는 제이컵을 뉴턴의 학교로 되돌려 보낼 엄두를 내지 못했다. 처음에 제이컵은 기소되자마자 학교에서 정학 처분을 받았고, 뉴턴 시티에서는 제이컵을 위해 의무적으로 가정교사 맥고완 부인을 고용해주었다. 이제 우리는 제이컵의 홈스쿨링을 계속하기 위해서 그 여자를 재고용했다. 맥고완 부인은 우리 집의 유일한 정기 방문객이자, 사실상 우리의 실제 생활을 목격하는 유일한 외부인이기도 했다. 약간 촌스럽고 엉덩이가 펑퍼짐한 맥고완 부인이 걸어 들어올 때면, 그 여자의 시선은 이리

저리로 춤을 추듯 움직이면서, 더러운 빨래 더미와 주방 개수대에 쌓인 설거지거리, 제이컵의 지저분한 머리로 향했다. 분명 맥고완 부인의 눈에 우리는 조금 미친 사람들처럼 보였을 것이다. 하지만 그 여자는 매일 아침 9시면 어김없이 나타나서, 제이컵과 주방 식탁에 앉아 지난 수업을 복습하고, 숙제를 하지 않은 제이컵을 꾸짖었다. "너를 안쓰러워하는 사람은 아무도 없어." 맥고완 부인은 제이컵에게 단도직입적으로 말했다. 로리 역시 제이컵의 수업에 적극적으로 참여했다. 로리는 뛰어난 교사였고, 참을성과 자상함을 갖추고 있었다. 나는 예전에 로리가 수업하던 모습을 실제로 본 적은 없었지만, 로리가 제이컵을 가르치는 모습을 지켜보고 있으면 이런 생각이 들었다. '로리는 학교로 돌아가야 해. 교직을 그만두지 말았어야 해.'

몇 주가 흐르자, 제이컵은 자신의 고독한 새 삶에 꽤나 만족스러워했다. 제이컵은 타고난 은둔자였다. 제이컵은 학교나 친구들을 그리워하지 않았다. 사실, 제이컵에게는 처음부터 홈스쿨링이 제격이었는지도 모르겠다. 홈스쿨링을 통해 제이컵은 학교의 가장 좋은 부분, 즉 '콘텐츠(제이컵의 말에 따르면)'를 제공받으면서도, 여자애들, 섹스, 운동, 불량 학생, 또래 집단의 압력, 파벌 같은 무수한 문제들, 즉 기본적으로 다른 아이들 틈바구니에서 생기는 문제를 멀리할 수 있었다. 제이컵은 혼자 있을 때 더 행복해했다. 제이컵이 겪어온 일들을 생각하면, 누가 제이컵을 탓할 수 있겠는가? 우리가 이사에 대해 논의할 때면, 가장 열성적으로 찬성하는 사람은 언제나 제이컵이었다. 더 멀리, 더 외진 곳으로 갈수록 더 좋았다. 제이컵은 애리조나의 비스비가 안성맞춤이라고 생각했다. 제이컵은 아주 태연하고, 아주 침착하고, 어느 정도 조용하고, 어느 정도 무심한 아이였다. 이상하게 들릴 테지만, 제이컵은 이번 사건 내내 가장 위태로운 인물이었으면서도, 한 번도 좌절하거나 울지 않았으며, 결코 자제력을 잃지 않았다. 모든 아이들이 그렇듯, 제이컵도 가끔은 화를 내거나 시무룩해지거나 내성적이 되거나, 이따금 자기 연민에도 빠졌지만, 결코 무너지지는 않았다. 소송이 끝나자, 제이컵은 예전의 냉철한 아이로 돌아왔다. 왜 제이컵의 급우들이 이 아이의 섬뜩한 평정심에 다소 반감을 갖는지 쉽게 이해가 됐다. 하지만, 개인적으로 나는 제이컵의 평정심이 감탄스러웠다.

적어도 당분간 나는 일을 할 필요가 없었다. 엄밀히 말해서, 나는 여전히 검찰청으로부터 월급을 받으며 휴가를 보내고 있었다. 이번 소동 내내 내 월급 일체가 꼬박꼬박 통장으로 입금되었다. 틀림없이 린 캐너밴은 이 문제 때문에 입장이 난처할 것이다. 캐너밴은 이번 사건에서 헛다리를 짚었다. 나에게는 잘못이 없었으므로, 이제 캐너밴은 나를 해고할 명분이 없었다. 그렇다고 나를 차장검사 자리에 도로 앉힐 수도 없는 노릇이었다. 결국에 캐너밴은 나에게 다른 직책을 제안해야 할 테고, 나는 그걸 거절해야 할 것이다. 그래야 이 문제가 끝날 것이다. 그러나 가까운 시일 동안에는, 내가 입을 다무는 대가로 캐너밴이 기꺼이 나에게 월급을 지불할 것이다. 어찌 보면 그건 하찮은 비용에 불과했다. 어쨌든, 나는 계속 입을 다물고 있었을 것이다. 나는 캐너밴을 좋아했으니까.

한편, 캐너밴에게는 요리해야 할 더 큰 생선이 있었다. 캐너밴은 그녀의 법정에서 섭정 라스푸틴 노릇을 했던 라주디스를 어떻게 처리할 것인지 생각해야 했다. 라주디스는 직업적인 실패로 인해 정치적인 야망까지 확실하게 끝장났다. 그리고 캐너밴이 조심하지 않았다면 그녀의 야망도 같이 끝났을지 모른다. 하지만, 거듭, 캐너밴은 소송에서 패했다는 이유만으로 검사를 해고할 수는 없었다. 그렇지 않다면, 누가 캐너밴을 위해 기꺼이 일하려고 하겠는가? 일반적인 견해에 따르면 캐너밴은 곧 매사추세츠 검찰총장이나 주지사에 출마할 테고, 그렇게 되면 차기 검사장이 이 모든 난장판을 처리해야 할 것이다. 하지만 캐너밴도 당장은 그저 관망할 수밖에 없었다. 그리고 라주디스는 어떻게 해서든 자신의 평판을 회복할 수 있을지도 모른다. 세상일을 누가 알겠는가.

당분간 나는 내 직업에 대해 크게 걱정하지 않았다. 확실히 검사로서 내 경력은 끝났다. 그렇다고 낄낄댈 것까지는 없다. 나는 변호사로 계속 일할 수도 있을 테니까. 형사피고인은 항상 존재하기 마련이고, 게다가 제이컵의 소송에 관여했었다는 사실은 변호사로서 영광의 표지일 수도 있었다. 그 소송은 부당하게 기소된 결백한 소년이 권력의 횡포에 맞서 싸운 극적인 사건이었다. 하지만 이제 와서 편을 바꾸기에는 조금 늦은 감이 있었다. 나는 내가 평생을 바쳐 철창에 잡아넣던 쓰레기들을 변호할 자신이 없었다. 앞으로 내가 어떻게 될지는 나도 알 수 없었다. 나머지 가족들처럼 나 역시 불확실한 상태에 놓여 있었다.

우리 셋 중에서, 재판 때문에 가장 탈진한 사람은 바로 로리였다. 몇 주 후에 약간 회복되기는 했지만, 로리는 결코 예전으로 돌아가지 못했다. 빠진 몸무게는 결코 원상회복되지 않았고, 내 눈에 로리의 얼굴은 항상 핼쑥해 보였다. 고작 몇 달 새에 로리는 십 년은 늙은 듯했다. 하지만 진짜 변화는 내면에서 일어났다. 제이컵의 고난이 끝나고 처음 몇 주가 흐르는 동안, 로리는 차갑고 신중한 태도를 보였다. 로리는 지나치게 경계했다. 로리가 전과 달리 아주 조심스럽게 행동하는 것은 어찌 보면 당연했다. 로리는 희생자였고, 다른 희생자들처럼 반응했다. 그 때문에 우리 가족의 역학 관계가 달라졌다. 이제 로리는 제이컵과 나에게 서로의 감정을 공유하자고, 서로의 문제에 대해 조잘대자고, 그녀를 위해 속을 다 뒤집어 보여달라고 열심히 애원하지 않았다. 로리는 적어도 당분간 모든 것으로부터 물러나 있었다. 로리는 멀리서 우리를 지켜보았다. 그렇다고 로리를 못마땅하게 생각할 수는 없었다. 결국 상처를 입은 후에야, 내 아내는 나와 조금 비슷해졌고, 조금 단단해졌다. 상처는 우리 모두를 단단하게 만든다. 당신도 상처를 입으면 단단해질 것이다. 그리고 언젠가는 당신도 상처를 입게 될 것이다.

38
경찰의 딜레마

코네티컷 주 소머스
노던 교도소

다시 면회 부스 안. 하얀 벽으로 둘러싸인 밀폐된 칸막이, 내 앞으로 두꺼운 유리창. 한결같은 잡음. 근처 부스의 소곤거림, 멀리서 들려오는 낮은 고함 소리와 감옥의 소음, 그리고 구내방송.
  피투성이 빌리가 발을 질질 끌며 창틀 안으로 나타났다. 수갑이 채워진 양손이 허리 사슬에 묶여 있었고, 또 다른 사슬이 허리에서부터 족쇄가 채워진 발목으로 연결되어 있었다. 하지만 상관없었다. 그는 폭군처럼 턱을 쳐들고서 거친 조소를 띠며 면회실로 들어왔다. 그의 백발이 미친 늙은이의 올백 머리 모양으로 빗어 넘겨져 있었다.
  두 명의 교도관이 그에게 손도 대지 않은 채 그를 의자로 안내했다. 교도관 한 명이 그의 허리 사슬에서 수갑을 푸는 동안 나머지 한 명이 지켜보았다. 그런 다음, 두 사람은 창틀 밖으로 물러났다.

아버지가 수화기를 들더니, 마치 기도라도 하듯 두 손을 턱 아래로 모으고 말했다.
"아들아!"
그의 말투가 이렇게 말하고 있었다. '이거 참 뜻밖이구나!'
"왜 그랬어요?"
"뭘 말이냐?"
"패츠요."
그가 시선을 내 얼굴에서 벽 위의 전화기로 그리고 뒤쪽으로 움직이며, 대화가 감시되고 있으니 말조심하라고 알렸다.
"아들아, 무슨 소리를 하는 거냐? 나는 내내 이곳에 있었다. 네가 못 들은 모양인데, 나는 외출을 별로 안 해."
나는 전미 신원 정보 기록과 범죄 기록을 펼쳤다. 그리고 몇 장이나 되는 종이를 손바닥으로 판판하게 문지른 다음, 그가 이름을 읽을 수 있도록 앞 장을 유리에 가져다 대고 손가락 다섯 개로 눌렀다. '제임스 마이클 오리어리, 일명 지미, 지미-오, 파더 오리어리, 생년월일 43년 2월 18일.'
그가 몸을 앞으로 숙이고 눈을 찡그린 채 서류를 들여다보았다.
"들어본 적도 없는 사람이다."
"들어본 적 없다고요? 정말요?"
"들어본 적 없다."
"이곳에서 그 사람하고 같이 징역을 살았잖아요."
"많은 사내들이 이곳을 거쳐 가지."
"두 사람은 육 년 동안 이곳에서 함께 지냈어요. 육 년!"
그가 어깨를 으쓱했다.
"나는 사람들하고 어울리지 않아. 여기는 감옥이야, 예일 대학이 아니라고. 혹시 사진이나 뭐 그런 거 가지고 있냐?"

그가 짓궂게 윙크를 날렸다.

"하지만 이 남자에 대해서 들어본 적이 없다."

"음, 그 사람은 아버지에 대해 들어봤다던데요."

"많은 사람들이 나에 대해 듣게 돼. 나는 전설이니까."

그가 다시 한 번 어깨를 으쓱했다.

"그 사람 말로는, 아버지가 그 사람한테 우리를 돌봐주라고, 제이컵을 돌봐주라고 부탁했다던데요."

"개소리."

"우리를 보호해주라고."

"개소리."

"우리를 보호해주라고 누군가를 보낸 거 맞죠? 내 아들을 지키는 데 아버지의 도움이 필요할 거라고 생각했던 거죠?"

"어이, 나는 그런 말을 한 적이 없다. 그건 다 네가 지어낸 말이지. 아까도 말했듯이, 나는 그 남자에 대해 들어본 적이 없어. 네가 대체 무슨 소리를 하는지 모르겠다."

음, 법원에서 오랜 시간을 보내면, 거짓말 전문가가 된다. 에스키모들이 다양한 종류의 눈을 구별하듯, 다양한 유형의 개소리를 간파할 수 있게 된다. 지금 빌리가 신나게 그러듯 윙크를 하며 부인하는 행동은 모든 범죄자의 특별한 즐거움이다. '내가 안 그랬어.'라는 말은 '물론 내가 그랬지만, 우리 둘 다 그 사실을 증명할 수는 없지.'라는 공언과 다름없었다. 경찰을 대놓고 비웃다니! 개차반 같은 내 아버지는 확실히 이 상황을 맘껏 즐기고 있었다. 경찰의 관점에서 보면, 이런 종류의 '자백 겸 부인'과 씨름해봤자 아무런 소용이 없다. 그래서 이러한 상황을 받아들이는 법을 배우게 된다. 그리 놀랄 일도 아니다. 그게 바로 경찰의 딜레마다. '때로는 자백이 없으면 사건을 입증할 수 없다. 하지만, 증거를 확보하지 않고는 자백

을 받아낼 수가 없다.'

그래서 나는 종이를 유리에서 떼서, 내 앞의 작은 멜라민 카운터에 떨어뜨렸다. 그리고 의자에 기대서 이마를 문질렀다.

"아버지는 바보예요. 어리석은 늙은 바보라고요. 대체 무슨 짓을 했는지 알기나 하세요?"

"바보? 지금 나를 바보라고 부른 거냐? 나는 아무 짓도 안 했어."

"제이컵은 결백했다고요! 아버지는 어리석은, 어리석은 늙은이예요."

"입조심해라, 아들아. 내가 여기서 너랑 떠들고 있을 이유가 없어."

"아버지의 도움 따윈 필요 없었어요."

"그래? 그렇다면 나한테 거짓말을 했었어야지."

"우리가 이겼을 거예요."

"졌다면? 그랬으면 어쩔 건데? 네 아들이 이런 곳에서 썩기를 바라는 거냐? 여기가 어떤 곳인지 너도 알지, 아들아? 여기는 무덤이야. 여기는 쓰레기 처리장이라고. 사람들이 보기 싫은 쓰레기를 던져 버리려고 땅바닥에 파 놓은 커다란 구멍이라고. 어쨌든, 그날 밤 통화에서 질 것 같다고 말했던 사람은 바로 너야."

"저기, 아버지가, 그러니까 혹시 아버지가……."

"맙소사, 아들아, 창피한 줄 좀 알아라. 이거 더럽게 당황스럽네. 이것 봐, 나는 그 사건에 대해서 아무 말도 안 할 거야, 알겠냐? 나는 아무것도 모르거든. 그놈한테 무슨 일이 일어났든 간에, 이름이 뭐였더라? 패츠? 여하튼 그놈한테 무슨 일이 일어났든 간에, 나는 아무것도 모른다니까. 나는 이곳 구덩이에 갇힌 몸이야. 대체 내가 뭘 알겠어? 어린이 강간범에 아동 성추행범인 그 쓰레기가 살해당했든, 자살했든 뭐 그랬다고 내가 엉엉 울기라도 해야 한다는 거야 뭐야? 됐다고 그래. 속이 다 시원하네. 세상에서 쓰레기가 하나 없어진 거야. 망할 새끼. 잘 뒈졌네."
그는 마치 동전을 사라지게 하는 마술사처럼, 주먹을 입에 대고 바람을 분 다음 손가락을 활짝 펼쳤다.
"세상에서 개자식이 하나 없어진 거라니까. 그게 다야. 그런 자식은 없는 편이 세상에 훨씬 이로워."
"그러면 아버지는요?"
그가 쏘아보았다.
"어이, 나는 아직 여기에 있잖아."
그가 가슴을 부풀렸다.
"네가 나를 어떻게 생각하든 상관없어. 나는 아직 여기에 있다고, 아들아, 네가 원하든 원하지 않든 말이야. 너는 나를 없앨 수 없어."
"바퀴벌레처럼."
"그렇지, 나는 늙고 강인한 바퀴벌레야. 그게 자랑스러워."
"그래서 어떻게 했어요? 그러라고 부탁했나요? 아니면 그냥 옛 친구한테 연락만 했나요?"
"말했지만, 나는 네가 무슨 소리를 하는지 모르겠다."
"있잖아요, 사실, 사태를 파악하는 데 시간이 좀 걸렸어요. 경찰 친구가 하나 있는데, 그 친구가 파더 오리어리라는 늙은 깡패가 아직도 '픽서'로 일하고 있다고 하더군요. 그래서 '픽서'가 정확히 뭐 하는 사람이냐고 물었더니, '문제를 없애는 사람'이라고 하더군요. 그게 아버지가 한 짓이죠? 옛 친구한테 전화를 걸어서 문제를 없앤 거죠?"
대답이 없었다. 무엇하러 그가 사실을 털어놓고 나를 돕겠는가? 나만큼이나 피투성이 빌리도 경찰의 딜레마에 대해 잘 알고 있었다. 자백이 없으면 사건도 없고, 사건이 없으면 자백도 없다.

하지만 우리 둘 다 무슨 일이 일어났는지 알고 있었다. 확신하건대, 우리는 정확히 똑같은 생각을 하고 있었을 것이다. 재판 상황이 제이컵에게 특히 불리했던 날이 지나가고, 어느 날 밤에 파더 오리어리가 그곳으로 가서 그 뚱뚱한 녀석에게 겁을 주고서, 면전에 대고 총을 흔들며 자백서에 서명을 받아냈을 것이다. 파더 오리어리가 녀석을 매달기 전에, 녀석은 아마 바지에 똥까지 쌌을 것이다.

"제이컵한테 무슨 짓을 했는지 알기나 하세요?"

"그래, 내가 그 아이의 목숨을 구했지."

"아니요. 제이컵이 법정에서 재판을 받을 수 있는 시간을 빼앗은 거예요. 배심원들이 '무죄'라고 말하는 소리를 들을 수 있는 기회를 빼앗은 거라고요. 앞으로 언제까지나 의심의 찌꺼기가 남아 있을 거예요. 제이컵을 살인자로 확신하는 사람들이 항상 존재할 거라고요."

그가 웃었다. 그것도 아주 폭소를 터뜨렸다.

"법정에서 재판을 받을 수 있는 시간? 그래서 내가 바보라고? 아들아, 그거 아냐? 너는 내가 생각했던 것만큼 영리하지가 않구나."

그가 조금 더 웃었다. 크게, 미친 듯이, 한바탕 껄껄 웃어댔다. 그리고 높고 새치름한 목소리로 내 말을 흉내 냈다.

"'오, 법정에서 재판을 받을 수 있는 시간 말이에요!' 맙소사, 아들아! 네가 밖에 있고 내가 안에 있다는 게 불가사의하구나. 대체 어떻게 그런 일이 가능한 거냐? 이 바보 천치야."

"세상이 미쳐 돌아가고 있으니까요. 아버지 같은 남자를 감옥에 처넣은 인간들을 생각해보라고요."

그가 내 말을 무시했다. 그리고 두께가 2.5센티나 되는 유리판 너머로 내 귀에 비밀이라도 속삭이려는 듯이 앞으로 몸을 숙였다.

"들어봐라. 지금 정의의 사도 노릇이라도 하고 싶은 거니? 네 아들을 골치 아픈 상황에 도로 던져 넣고 싶은 거냐? 그게 네가 원하는 거냐, 아들아? 그렇다면 경찰을 불러라. 어서, 경찰을 불러서 네가 아는 그 미친 이야기, 그러니까 패츠라는 놈하고, 그리고 내가 알지도 모른다는 그 오리어리라는 남자에 대한 이야기를 해줘라. 내가 무슨 상관이냐? 어쨌든 나는 평생 이곳에서 썩을 텐데. 너는 나한테 해를 입힐 수 없어. 어서 경찰을 부르라고. 제이컵은 네 자식이야. 그러니까 네 맘대로 해라. 네가 말했던 대로, 어쩌면 제이컵이 무죄판결을 받을지도 모르지 않냐. 요행을 기대해보라고."

그가 털어놓았다.

"어쨌든 일사부재리의 원칙에 따라 제이컵은 다시 재판에 회부될 수 없어요."

"그래서? 그러면 훨씬 더 잘됐네. 너는 오리어리라는 남자가 살인을 저질렀다고 생각하는 모양인데, 내가 너라면 당장 가서 신고할 거다. 그럴 생각이시죠, 검사 나리? 그건 그 아이에게 좋아 보이지는 않는구나. 안 그래?"

그가 몇 초 동안 내 눈을 똑바로 바라보았다. 결국 내가 눈을 깜박였다.

"그래, 아마 그럴 거다. 이제 다 끝났냐?"

그가 말했다.

"네."

"좋아. 어이, 교도관! 교도관!"

두 명의 교도관이 의심스러운 표정으로 천천히 다가왔다.

"나랑 내 아들이랑 면회 끝났소. 내 아들을 만난 적 있소?"

교도관들은 대답을 하지도, 내 쪽을 쳐다보지도 않았다. 잠시 한눈을 팔게 하려는 수작이라고 생각하는 모양이었다. 그들은 그런 속임수에 넘어갈 생각이 없었다. 그들의 임무는 이 야생 동물을 다시 우리로 돌려보내는 일이었다. 그러한 임무만으로도 충분히 위험했다. 따라서 그들이 규칙을 위반할 가능성은 전혀 없었다.

"좋아."

교도관 한 명이 수갑을 사슬에 다시 연결하려고 열쇠를 찾는 동안 내 아버지가 말했다.

"곧 다시 오너라, 아들아. 내가 여전히 네 아비라는 사실을 잊지 말고. 나는 언제까지나 네 아비일 거다."

교도관들이 아버지를 의자에서 일으키는 동안에도, 아버지는 이야기를 계속했다.

"이봐."

아버지가 교도관들에게 말했다.

"자네들은 이 녀석을 알아야 한다니까. 이 녀석은 검사라고. 언젠가 자네들도 검사가 필요할 날이……."

교도관 한 명이 아버지의 손에서 수화기를 빼내서 벽에 걸었다. 그리고 죄수를 똑바로 세우고, 수갑을 허리 사슬에 다시 연결한 다음, 죄수가 제대로 묶였는지 확인하기 위해 하나로 연결된 사슬을 세게 잡아당겼다. 그러는 내내 아버지의 시선이 나에게 고정되어 있었다. 교도관들이 아버지를 거칠게 떠밀 때조차. 아버지가 나에게서 무엇을 보았는지 누가 알겠는가. 어쩌면 창틀 속에 앉아 있는 타인을 보았는지도.

    라주디스 검사: 한 번 더 묻겠습니다. 그리고 다시 말하지만, 바버 씨, 당신은 이미 증인 선서를 했어요.

    증인: 알고 있습니다.

    라주디스 검사: 증인은 지금 우리가 살인 사건에 대해 이야기한다는 걸 알

고 있죠?

증인: 검시관이 자살로 결론 내렸습니다.

라주디스 검사: 레너드 패츠는 살해됐고 증인도 그 사실을 알고 있어요!

증인: 어떻게 그런 걸 알 수 있겠습니까.

라주디스 검사: 그래서 증인은 더 덧붙일 말이 없습니까?

증인: 없습니다.

라주디스 검사: 증인은 2007년 10월 25일에 레너드 패츠에게 무슨 일이 일어났는지 모릅니까?

증인: 모릅니다.

라주디스 검사: 짐작되는 것도 없습니까?

증인: 없습니다.

라주디스 검사: 증인은 제임스 마이클 오리어리, 일명 파더 오리어리에 대해 뭐든 아는 게 있습니까?

증인: 들어본 적도 없는 사람입니다.

라주디스 검사: 정말입니까? 증인은 그 이름을 들어본 적이 없습니까?

증인: 들어본 적 없습니다.

닐 라주디스가 팔짱을 낀 채 화를 삭이며 그곳에 서 있던 모습이 기억난다. 옛날 같았으면, 나는 라주디스의 등을 두드리며 이렇게 말했을 것이다.

"증인들은 모두 거짓말을 해. 어쩔 수 없는 노릇이지. 가서 맥주나 한잔하고 잊어버려. 모든 범죄는 지역에서 일어나, 닐. 그 사람들은 모두 조만간에 다시 법정에 오게 되어 있어."

하지만 라주디스는 오만한 증인을 그냥 두고 볼 인간이 아니었다. 어쨌든, 라주디스는 패츠 살인 사건에 대해서는 관심도 없었을 것이다. 이건 레너드 패츠에 관한 신문이 아니었다.

늦은 오후, 결국 라주디스가 나로 하여금 하찮고 무해한 위증을 하게 만들었다. 나는 온종일 증언을 했고, 그래서 피곤했다. 때는 4월이었고, 낮이 길어지기 시작했다. 날이 어둑해질 무렵, 나는 "들어본 적 없습니다."라고 대답했다.

그즈음 라주디스는 그곳에서 자신의 평판을 회복할 수 없으리라는 사실을 알았을 것이다. 더욱이 나의 협조는 꿈도 꿀 수 없는 노릇이었다. 얼마 후에 라주디스는 검찰청을 떠났다. 그리고 지금은 보스턴에서 변호사로 일하고 있다. 틀림없이 라주디스는 변호사 자격을 박탈당하는 그날까지 굉장한 변호사로 활약할 것이다. 하지만 지금 나는 당시의 라주디스를 떠올리며 스스로를 위로한다. 자신의 사건이, 자신의 경력이 제 눈앞에서 무너져 내리는 동안, 라주디스는 대배심 법정에서 서서히 분노로 타오르고 있었다. 그것은 내가 옛 제자에게 가르쳐주는 마지막 교훈이었다. '그건 경찰의 딜레마야, 닐. 곧 자네도 익숙해질 거야.'

39
낙원

알려진 바대로, 인간은 거의 모든 것에 익숙해질 수 있다. 한때는 충격적이고 참기 힘들었던 행위도 시간이 지남에 따라 평범하고 특별할 것 없어 보인다.

처음 몇 달이 지나는 동안, 제이컵의 재판이 우리에게 주었던 모욕감은 차츰 그 힘을 잃어서 더는 우리를 분노케 하지 않았다. 우리는 할 수 있는 일을 다 했지만, 그 터무니없는 사건은 우리 가족에게 일어났다. 우리는 언제까지나 그 일로 유명세를 치를 것이다. 우리의 사망 기사 첫 문장에도 그 사건이 언급될 것이다. 우리는 짐작도 못할 방식으로 영원히 그 경험에 의해 영향을 받을 것이다. 그리고 그 모든 사실이 언급할 가치조차 없을 정도로 정상적이고 영속적인 것처럼 느껴졌다. 우리가 악명 높은 가족으로 새 삶에 익숙해지기 시작했을 때, 그리고 마침내 과거가 아닌 미래를 바라보게 되었을 때, 우리 가족은 서서히 세상 밖으로 나섰다.

우리 중에 가장 먼저 각성한 사람은 로리였다. 로리는 토비 란츠만과 우정을 회복했다. 토비는 재판 내내 우리에게 연락을 하지 않았지만, 그 후 뉴턴의 친구들 중에서 가장 먼저 접촉을 해왔다. 토비는 예전의 몸매와 당당한 모습을 유지하고 있었다. 여전히 얼굴은 달리기 선수처럼 군살 하나 없었고, 몸은 탄력 있었으며, 엉덩이는 바짝 올라붙어 있었다. 토비는 로리에게 운동을 지도했는데, 그 무시무시한 운동 계획표에는 추운 날씨에 코먼웰스 애버뉴를 따라 한참을 달려야 하는 조깅도 포함되어 있었다. 로리는 더 강해지고 싶다고 말했다. 곧 로리는 토비 없이도 그 호된 운동을 모두 해냈다. 조깅 거리가 점점 길어졌고, 로리는 한겨울에 땀으로 번들거리는 벌건 얼굴을 하고서 집으로 돌아오곤 했다. "더 강해져야 해."

로리는 가족의 대장이라는 자신의 역할을 되찾은 후로, 제이컵과 나까지도 되살리기 위해 중대한 계획에 착수했다. 로리는 와플, 오믈렛, 핫 시리얼 같은 엄청난 아침 식사를 만들었다. 우리는 서둘러 가야 할 직장이 없었기 때문에 신문을 보며 빈둥댔다. 제이컵은 맥북으로 인터넷 신문을 읽었고, 로리와 나는 〈글로브〉나 〈타임스〉 같은 종이 신문을 나누어 읽었다. 로리는 가족 영화의 밤을 기획했고, 심지어는 내가 좋아하는 갱 영화를 고를 수 있도록 허락까지 해주었다. 그리고 제이컵과 내가 거듭해서 좋아하는 대사를 반복하는 동안, 로리는 사람 좋게 이를 견뎠다. "내 작은 친구에게 인사나 하시지." "오늘에서야 바지니가 한 짓임을 알았다." 로리는 내가 흉내 낸 말런 브랜도 목소리가 엘머 퍼드처럼 들린다고 했다. 우리는 유투브에 접속해서 제이컵에게 엘머 퍼드가 누구인지 보여줘야 했다. 우리의 웃음소리를 다시 듣게 되다니 정말 낯설었다.

하지만 이 모든 일은 예상보다 효과가 오래가지 않았다. 제이컵과 내가 지난해의 침울함을 털어버리지 못하자, 로리는 더 강력한 처방전이 필요하다고 생각했다.

"잠시 떠나는 게 어떨까? 예전처럼 가족 휴가를 가는 거야."

어느 밤, 저녁을 먹으며 로리가 명랑하게 말했다.

그건 계시처럼 아주 분명한 그런 생각이었다. 물론이지! 로리가 제안을 하는 순간, 우리는 당연히 가야 한다고 생각했다. 그런 생각을 떠올리는 데 왜 그리 오래 걸렸을까? 우리는 이야기하는 것만으로도 마음이 설레었다.

"그거 멋진데. 가서 머리를 비우는 거야!"

내가 말했다.

"리셋 버튼을 누르자고요!"

제이컵이 말했다.

로리가 두 주먹을 들고 좌우로 흔들었다. 로리는 몹시 흥분했다.

"이 모든 게 정말 지긋지긋해. 이 집도 싫어. 이 동네도 싫어. 하루 종일 갇혀 있는 듯한 이 느낌도 싫어. 정말 어딘가 다른 곳에 가고 싶어."

내가 기억하기로, 우리 셋은 곧장 컴퓨터로 가서 그날 밤에 바로 목적지를 정했다. 우리는 자메이카의 '웨이브스'라는 리조트를 골랐다. 우리 중에 누구도 웨이브스라는 곳을 들어본 적도, 자메이카에 가본 적도 없었다. 우리는 리조트의 웹사이트만 보고 결정을 내렸다. 포토샵으로 멋지게 보정한 사진들이 우리를 현혹했다. 야자수, 백사장 그리고 청록색 바다. 그 모든 것이 지나치게 완벽하고, 지나치게 사기성이 농후해서, 오히려 저항할 수가 없었다. 그것은 미끼 사진이었다. 사진 속에서 부부가 웃고 있었다. 여자는 탄력 있는 황갈색 몸에 비키니를 입고 그 위에 랩을 두르고 있었고, 남자는 관자놀이 부근이 희끗했지만 보디빌더처럼 완벽한 복근을 과시하고 있었다. 그 사진은 중산층 주부와 중간 관리자 남편이 웨이브스에서 자신들의 내면에 감추어져 있던 말괄량이와 정력가로 변신한 모습이었다. 호텔은 객실마다 덧문과 베란다가 있었고, 외부는 밝은 페인트로 칠해져 있어서 마치 상상 속의 카리브 마을을 재현해 놓은 듯했다. 호텔에서 내려다보면, 분수와 바를 갖춘 하늘색 수영장들이 그물처럼 연결되어 있었다. 모든 수영장 바닥에서 웨이브스 로고가 어른거렸다. 파란 수영장들은 계단식으로 이어져 있어서 흘러넘친 물이 수영장들을 거쳐 낮은 절벽 아래로 떨어졌고, 절벽에 설치된 승강기가 말발굽 모양의 해변과 원시의 산호섬 쪽으로 내려가고 있었다. 저 멀리로 파란 바다가 줄곧 펼쳐지다가 마침내 한없이 파란 하늘과 합쳐지면서 수평선을 지워버렸고, 그 때문에 웨이브스는 이 둥근 행성 위에 존재하지 않는 장소 같았다. 웨이브스는 우리가 도피처로 갈망하던 그런 꿈나라였다. 우리는 '현실'인 곳은 어디에도 가고 싶지 않았다. 파리나 로마 같은 곳에서는 계속 생각을 해야 한다. 하지만, 우리는 무엇보다도 생각을 그만두고 싶었다. 다행히 웨이브스에서는 생각이 그다지 오래 살아남지 못할 것 같았다. 어떤 것도 즐거움을 망치도록 허락되지 않을 것 같았다.

놀랍게도 이러한 정서 조작이 실제로 효과를 발휘했다. 우리는 오래된 자아와 모든 문제를 뒤로 하고 훌쩍 떠나는 여행자의 환상을 실제로 이루어냈다. 우리는 몸도 마음도 하늘을 날았다. 물론 일시에는 아니고, 조금씩 천천히. 우리는 그 여행, 길고 멋진 두 주간의 체류를 예약하는 순간, 마음이 가벼워지기 시작했다. 그리고 비행기가 보스턴에서 이륙하자 마음이 더 가벼워지더니, 몬테고 베이의 작은 공항 활주로에서 눈부신 햇살과 따스한 열대 바람 속으로 걸어 나왔을 때는 마음이 훨씬 더 가벼웠다. 우리는 이미 달라져 있었다. 우리는 낯설고, 신기하고, 몽롱할 정도로 행복했다. 우리는 놀라움에 차서 서로를 바라보았다. '이게 꿈은 아니지? 우리가 정말…… 행복한 거 맞지?' 마치 서로에게 이렇게 묻는 듯했다. 여러분은 우리가 스스로를 기만하고 있었다고, 우리의 문제는 여전히 실재했다고 말할지도 모른다. 그리고 물론 그게 사실이다. 하지만 그래서 어쩌라는 건가? 우리는 휴가를 즐길 자격이 있었다.

공항에서 제이컵이 빙그레 웃었다. 로리가 내 손을 잡았다.

"여기는 낙원이야!"

로리가 활짝 웃었다.

우리는 공항 터미널을 빠져나와서 작은 셔틀버스로 향했다. 그곳에서 운전사가 웨이브스 로고가 박힌 클립보드와 자신이 태워 가야 할 손님들의 명단을 들고 있었다. 운전사는 티셔츠와 반바지 차림에 슬리퍼를 신고 있었고, 조금 지저분해 보였다. 하지만 그 남자는 우리를 향해 활짝 웃었고, 말을 할 때마다 "여, 맨!"이란 감탄사를 연발했다. 대체로 남자는 손님맞이를 꽤 잘했다. "여, 맨!" 남자는 거듭거듭 말했고, 마침내 우리도 그 말을 따라 하고 있었다. 분명히 남자는 이 행복한 원주민의 일상을 수천 번은 반복했을 것이다. 허연 휴가객들은, 우리를 포함해서, 모두 남자의 응대를 마음에 들어 했다. 여, 맨!

버스 여행은 두 시간 가까이 계속되었다. 우리는 대충 섬의 북쪽 해안을 따라 이어진 바슬바슬한 도로 위에서 흔들댔다. 우리의 오른쪽으로는 녹음이 무성한 산들이, 왼쪽으로는 바다가 펼쳐졌다. 섬의 가난은 못 본 척하기가 힘들었다. 우리는 허물어져 가는 작은 집들, 그리고 나무토막과 골함석으로 대충 지은 판잣집들을 지나쳤다. 남루한 여자들과 깡마른 아이들이 길가를 따라 걸었다. 휴가객들은 버스를 타고 달리는 동안 기분이 가라앉았다. 원주민들의 가난은 안타까운 일이었고, 휴가객들은 그 사실에 연민을 표하고 싶어 했다. 하지만 그와 동시에 휴가객들은 좋은 시간을 보내러 이곳에 왔고, 섬의 가난은 그들 잘못이 아니었다.

제이컵은 넓은 뒷좌석에서 자기 또래의 여자아이와 함께 앉아 있었다. 그 여자아이는 토론 모임에서 볼 수 있을 법한 그런 예쁜 아이였고, 두 아이는 조심스럽게 대화를 나누었다. 제이컵은 제 말이 무슨 다이너마이트라도 되는 양 계속해서 짧게 짧게 대답을 내뱉었다. 제이컵은 바보처럼 싱글댔다. 이 여자아이는 살인 사건에 대해 전혀 모르고 있었으며, 제이컵이 자신의 눈도 쳐다보지 못할 정도로 샌님이라는 사실도 알아차리지 못한 듯했다. (하지만, 제이컵은 여자아이의 가슴께는 쳐다볼 수 있었다.) 이 모든 일이 놀랍도록 평범해서, 로리와 나는 제이컵의 일을 망치지 않으려고 애써 눈길을 돌렸다.
"그러니까 이번 여행에서 제이컵보다는 내가 먼저 섹스를 하게 될 것 같아."
내가 속삭였다.
"나도 당신한테 돈을 걸게."
로리가 말했다.
버스가 마침내 웨이브스에 도착했다. 우리는 웅장한 문을 통과하고, 잘 손질된 빨간 히비스커스와 노란 봉선화가 무성한 화단을 지나서, 호텔의 주랑현관 아래에 멈춰 섰다. 호텔 사환들이 빙글거리며 버스에서 가방을 내렸다. 사환들은 영국 군복(눈부시게 하얀 방서 모자와 양옆에 빨간 세로줄이 굵게 들어간 검정 바지)과 밝은 꽃무늬 셔츠를 섞어서 제복으로 입고 있었다. 그러한 옷차림은 완전히 정신 나간 조합으로 낙원의 군대, 방탕한 군대에게 딱 어울렸다.
우리는 로비에서 체크인을 했다. 그리고 우리의 현금을 웨이브스에서 사용되는 현지 화폐, 그러니까 '샌드 달러'라고 불리는 작은 은화로 교환했다. 방서 모자를 쓴 방탕한 군인이 공짜 럼 펀치를 한 잔 가져다주었다. 그 술에는 석류 시럽(색깔이 선홍빛이었다.)과 럼이 들어 있었는데, 나는 연거푸 두 잔을 마셨다. 그렇게 하는 것이 웨이브스라는 가상 국가에 대한 나의 애국적 의무라는 생각이 들었다. 나는 그 군인에게 팁을 주었는데, 환율이 애매해서 확실하게 얼마를 주었는지는 기억이 나지 않는다. 하지만 팁이 꽤 많았던 모양이다. 그 남자는 은화를 주머니에 넣고서, 뜬금없지만 만족스럽게 '여, 맨'이라고 말했다. 거기에서부터 내 첫날의 기억이 다소 흐릿해진다.

그리고 다음 날.

내 바보 같은 말투를 양해해주기 바란다. 하지만 사실 우리는 지독히도 행복했다. 그리고 안도했다. 지난해의 중압감이 마침내 사라지자, 우리는 조금 바보스러워졌다. 나도 이 이야기가 몹시 진지한 내용이라는 건 안다. 제이컵이 범인은 아니었지만, 여하튼 벤 리프킨이 살해되었다. 그리고 감옥에서 나타난 신이 두 번째 살인을 예비해둠으로써 제이컵이 구원받았다. 그건 나만 아는 비밀이었다. 그리고 물론, 피고인으로서 우리는 뭔가 죄가 있으리라고 널리 추정되었기 때문에, 어쨌든 행복해질 권리가 없었다. 우리는 조녀선의 매우 엄격한 지시를 마음에 깊이 새겼다. 공개적인 장소에서 웃거나 미소 짓지 마라. 우리가 상황을 진지하게 여기지 않는 것처럼 보일 수도 있고, 그다지 충격을 받지 않은 것처럼 보일 수도 있다. 마침내, 우리는 숨을 내쉬었고, 완전히 탈진해서, 취하지 않았을 때조차 취한 듯 느껴졌다. 이제 우리는 전혀 살인자 같지 않았다.

우리는 처음 며칠간 아침에는 해변에서, 낮에는 수많은 수영장 중 하나에서 시간을 보냈다. 저녁마다 리조트 측에서 뮤지컬쇼, 가라오케, 손님들의 장기자랑 같은 오락거리를 제공했다. 형식이 어떻든 간에, 직원들은 우리에게 적극적으로 즐기라고 열심히 권했다. 그들은 섬 특유의 경쾌한 억양으로 무대에서 소리쳤다. "자, 여러분, 소리 질러요!" 그러면 손님들이 최대한 열정적으로 손뼉을 치며 환호했다. 그다음에 춤이 이어졌다. 그걸 다 즐기려면 상당량의 웨이브스 펀치가 필요했다.

　우리는 게걸스럽게 먹어댔다. 양껏 먹을 수 있는 뷔페가 식사로 제공되었고, 우리는 몇 달간 제대로 먹지 못했던 것을 벌충했다. 로리와 나는 맥주와 피나콜라다에 샌드 달러를 써댔다. 제이컵은 처음으로 맥주를 마셔 보았다. "좋네요." 제이컵이 남자답게 내뱉었지만, 결국 끝까지 다 마시지는 못했다.

　제이컵은 대부분의 시간을 새 여자 친구와 보냈다. 그 아이의 이름은, 기대하시라, 바로 호프(희망)였다. 제이컵은 우리와 함께 있는 것도 좋아했지만, 점점 둘이서만 자리를 뜨는 일이 잦아졌다. 나중에서야 우리는 제이컵이 호프에게 가짜 성을 가르쳐주었다는 사실을 알았다. 제이컵은 로리의 결혼 전 성을 따서 자신을 제이컵 골드라고 칭했다. 그래서 호프는 그 사건에 대해 결코 알 수가 없었다. 당시에 우리는 제이컵의 작은 속임수에 대해 전혀 몰랐기 때문에, 정확히 왜 이 여자아이가 제이컵하고 어울리는지 궁금해했다. 이 아이가 지나치게 무심해서 간단히 제이컵을 구글로 검색해볼 생각도 안한 걸까? 구글에 '제이컵 바버'라고 치기만 하면, 약 30만 건에 달하는 검색 결과를 얻을 수 있었을 것이다. (숫자는 그 후로 계속 증가했다.) 아니면, 다 알고 있으면서도 이 위험한 천덕꾸러기와 데이트를 함으로써 어떤 괴상한 흥분을 느끼는 걸까? 제이컵이 우리에게 호프가 그 사건에 대해 아무것도 모른다고 말했을 때, 아주 오랜만에 제이컵에게 생긴 첫 번째 좋은 일을 망치게 될까 봐 호프에게 직접 물어볼 엄두를 내지 못했다. 어쨌든, 호프를 알고 지낸 그 며칠 동안, 우리는 그 아이를 그다지 많이 만나지 못했다. 호프와 제이크는 둘만 있는 것을 더 좋아했다. 우리 모두가 수영장에 함께 있을 때조차, 그 아이 둘은 서로에게 다가가서 인사를 나눈 다음, 우리로부터 조금 떨어진 곳에 가서 앉았다. 한번은 그 아이들

둘이 가까운 일광욕 의자에 누워 슬그머니 손을 잡고 있는 모습을 얼핏 본 적도 있었다.

  나는 이 말을 하고 싶다. 그리고 여러분도 반드시 알아야 한다. 우리는 호프를 좋아했다. 그 아이가 우리 아들을 행복하게 해주기 때문에 더욱 그랬다. 제이컵은 호프가 주변에 있으면 늘 쾌활했다. 호프에게는 그 아이만의 따스한 방식이 있었다. 금발의 호프는 친절하고 공손했으며, 멋지고 부드러운 버지니아 억양으로 말했는데, 우리 같은 보스턴 사람들에게는 그 억양이 퍽 매력적으로 들렸다. 호프는 약간 통통했지만 매일 비키니를 입을 정도로 자신의 몸매에 만족해했다. 우리는 그 점도 마음에 들었다. 호프는 편안하게 행동했으며, 십 대들에게서 흔하게 나타나는 병적인 불안감도 보이지 않았다. 그 아이는 갑작스럽게 무대에 등장했고, 거기에 거짓말 같은 이름까지 보태져서 정말 동화 같은 조화를 이루었다.

  "마침내 우리에게도 희망이 생겼어."

  내가 로리에게 말하곤 했다.

  사실, 우리가 제이컵과 호프에게만 오롯이 집중했던 것은 아니었다. 로리와 나에게도 공들여야 할 우리만의 관계가 있었다. 우리는 서로를 다시 배워야 했고, 옛날의 방식을 되찾아야 했다. 우리는 성생활도 다시 시작해야 했다. 서둘지 않고, 천천히, 머뭇머뭇. 아마 우리는 제이컵과 호프만큼이나 서툴렀을 것이다. 틀림없이 그때 그 아이들도 은밀한 구석에서 그리고 야자수에 서로를 밀치며 서로의 몸을 더듬거리고 있었을 것이다. 로리는 피부가 매우 빠르게 타더니 예전처럼 갈색 피부가 되었다. 중년인 내 눈에 로리는 유별나게 섹시해 보였고, 나는 웹사이트의 사진이 결국 거짓이 아니었을지도 모른다는 생각이 들기 시작했다. 점점 로리는 광고 속 요염한 중산층 주부를 닮아 갔다. 여전히 로리는 지금껏 내가 본 최고의 미인이었다. 우선 내가 그녀를 얻은 것도 기적이었고, 그녀가 지금껏 나와 함께해준 것도 기적이었다.

그 첫 주 언젠가부터 로리는 스스로의 원죄를 용서하기 시작했다. 재판이 진행되는 동안 아들에 대한 믿음을 잃고, 아들의 결백을 의심했던 죄. (로리는 그것을 원죄라고 생각했다.) 로리가 제이컵 주변에서 긴장을 풀기 시작하는 모습에서 나는 그 사실을 알 수 있었다. 로리에게 있어 그것은 내적 투쟁이었다. 로리는 제이컵과 화해해야 할 일이 아무것도 없었다. 제이컵은 엄마가 자기를 실제로 두려워했다는 사실은 고사하고, 엄마가 자기를 의심했다는 사실조차 몰랐다. 오직 로리만이 스스로를 용서할 수 있었다. 개인적으로 나는 로리의 불신을 그다지 큰 문제로 생각하지 않았다. 아들에 대한 배신치고는 보잘것없었고, 그 상황에서는 충분히 그럴 수 있었기 때문이다. 로리가 왜 그렇게 힘들어 했는지 이해하려면 아마 엄마가 되어봐야 할 것 같다. 내가 말할 수 있는 것은 로리의 기분이 나아지기 시작했으며, 우리 가족이 정상적인 흐름 속으로 되돌아가기 시작했다는 사실뿐이다. 우리 가족은 로리를 중심으로 돌았다. 언제나.

사람이라면 으레 그렇듯, 우리는 빠르게 몇 가지 일상에 안주했다. 웨이브스라는 꿈나라에서조차. 내가 가장 좋아하는 일상은 가족이 함께 해변에서 석양을 바라보는 일이었다. 매일 저녁, 우리는 맥주를 들고 해변 의자 세 개를 질질 끌고 물가로 가서, 물에 발을 담그고 앉았다. 한 번은 호프가 우리와 함께 석양을 지켜본 적도 있었는데, 약삭빠르게도 그 아이는 여왕을 시중드는 시녀처럼 로리 옆에 앉았다. 하지만 보통은 바버 가족 셋뿐이었다. 어둑해지는 일광 속에서 우리 주위로 어린아이들, 돌쟁이들 그리고 젖먹이와 젊은 부모들이 모래밭과 얕은 물가에서 장난을 쳤다. 다른 투숙객들이 저녁 식사를 위해 자리를 뜨면 해변은 차츰 한산해졌다. 안전 요원들이 하루 일과를 마감하기 위해 모래사장에서 빈 의자를 끌어가다 달그락대며 쌓아 놓고 떠나가면, 단지 몇 사람만이 해변에 남아서 석양을 응시했다. 우리는 먼 곳을 바라보았다. 육지가 두 팔을 뻗어 작은 만을 감싸면, 수평선이 차츰 노랗게, 빨갛게, 그리고 쪽빛으로 타올랐다.

그때를 떠올리니, 행복한 우리 세 식구가 노을 지던 해변에 앉아 있던 모습이 떠오른다. 그리고 이야기를 거기서 멈추고 싶다. 로리와 제이컵과 나, 우리는 그 리조트의 다른 행락객과 교외 거주자들처럼 평범해 보였을 것이다. 우리는 다른 사람들과 똑같아 보였을 것이다. 사실, 그것이 내가 정말로 원했던 전부였다.

라주디스 검사: 그리고 그다음에는?

증인: 그리고 그다음에는······.

라주디스 검사: 그다음에 무슨 일이 일어났습니까, 바버 씨?

증인: 그 여자아이가 사라졌습니다.

40
출구는 없다

저녁이 다가오고 있었다. 밖에서는 햇살이 물러나고, 구름이 몰려들고 있었다. 뉴잉글랜드의 쌀쌀한 어느 봄날, 익숙하게 해를 가린 잿빛 하늘. 밝은 햇빛이 사라진 대배심 법정은 형광등 불빛 아래서 누렇게 변했다.

지난 몇 시간 동안 배심원들은 증인신문에 온전히 집중하지 못했다. 하지만, 지금은 모두 자세를 바로 하고 조심스럽게 앉아 있었다. 그들은 무슨 일이 일어날지 알고 있었다.

나는 온종일 의자에 앉아서 증언을 했다. 그래서 조금 초췌해 보였을 것이다. 라주디스가 멍한 상대방을 살피는 권투선수처럼 흥분해서 내 주위를 맴돌았다.

라주디스 검사: 호프 코너스에게 무슨 일이 일어났는지 알고 있습니까?
증인: 모릅니다.
라주디스 검사: 호프 코너스가 사라졌다는 사실은 언제 알았습니까?
증인: 정확히는 기억이 나지 않습니다만, 상황이 어떻게 시작되었는지는

기억합니다. 우리는 저녁 식사 시간쯤에 리조트 객실에서 전화를 한 통 받았습니다. 호프의 어머니였는데, 호프가 제이컵과 함께 있느냐고 물었습니다. 오후 내내 호프한테서 아무런 연락이 없었다고 했습니다.

라주디스 검사: 증인은 뭐라고 대답했습니까?

증인: 우리도 호프를 보지 못했다고 했습니다.

라주디스 검사: 제이컵은요? 제이컵은 그 일에 대해 무슨 말을 하던가요?

증인: 제이컵은 우리와 함께 있었습니다. 제이컵에게 호프의 소재를 물었더니, 제이컵은 모른다고 대답했습니다.

라주디스 검사: 증인이 제이컵에게 그 질문을 했을 때, 제이컵의 반응에서 뭔가 특이한 점은 없었습니까?

증인: 없었습니다. 제이컵은 그냥 어깨만 으쓱했습니다. 걱정할 이유는 전혀 없었습니다. 우리는 호프가 주변을 돌아보러 나갔다가, 뭔가에 빠져 시간 가는 줄 모르고 있을 거라고 생각했습니다. 그곳은 휴대전화가 전혀 터지지 않는 지역이었습니다. 그래서 아이들이 끊임없이 행방불명되었죠. 하지만 리조트는 완벽하게 담장으로 둘러싸여 있어서 매우 안전했습니다. 누구도 안으로 들어와서 호프를 해칠 수 없었습니다. 호프의 어머니도 크게 걱정하지 않았습니다. 나는 호프의 어머니한테 걱정하지 말라고, 호프가 곧 돌아올 거라고 말했습니다.

라주디스 검사: 하지만 호프 코너스는 결코 돌아오지 않았죠.

증인: 네.

라주디스 검사: 사실, 그 아이의 시신이 몇 주 동안 발견되지 않았어요, 맞나요?

증인: 칠 주 동안.

라주디스 검사: 그래서 시신이 언제 발견되었습니까?

증인: 시신은 리조트에서 몇 킬로미터 떨어진 해안으로 떠밀려 왔습니다. 아무래도, 호프는 익사한 것 같았습니다.

라주디스 검사: 아무래도?

증인: 시신은 그렇게 오랫동안 물속에 있으면, 상태가 아주 나빠집니다. 내가 알기로 시신은 해양 생물의 먹이가 되기도 하죠. 나는 그 수사에 대해 전혀 들은 바가 없어서 확실히는 모릅니다. 그냥, 시신에 증거가 별로 남아 있지 않았다고만 말해두겠습니다.

라주디스 검사: 그 사건을 미해결 살인 사건이라고 생각하지는 않습니까?

증인: 잘 모르겠습니다. 그렇지 않을 겁니다. 그걸 뒷받침할 만한 증거가 없습니다. 증거에 따르면 그 아이는 수영을 하러 갔다가 익사했습니다.

라주디스 검사: 음, 그건 전혀 사실이 아닙니다. 호프 코너스가 물속에 들어가기 전에 이미 기도가 짓눌려 있었다는 증거가 발견됐어요.

증인: 그러한 추론을 뒷받침하는 증거가 없습니다. 시신은 심하게 부패되어 있었습니다. 그쪽 경찰들은 압력과 언론에 시달렸어요. 그래서 수사가 제대로 진행되지 못했습니다.

라주디스 검사: 그 일은 제이컵 측근에서 일어났어요, 그렇죠? 한 건의 살인 사건, 한 건의 어설픈 수사. 제이컵은 세상에서 가장 불운한 아이가 틀림없군요.

증인: 그게 질문입니까?

라주디스 검사: 넘어가죠. 그 사건과 관련해서 증인 아들의 이름이 자주 언급됐죠?

증인: 타블로이드 신문과 조금 추잡한 웹사이트들에서요. 그 사람들은 돈을 위해서라면 무슨 말이든 할 겁니다. 제이컵이 결백했다고 말해서는 돈이 될 턱이 없죠.

라주디스 검사: 그 여자아이의 실종에 대해 제이컵은 어떤 반응을 보였습니까?

증인: 물론, 걱정했습니다. 제이컵은 호프를 좋아했습니다.

라주디스 검사: 그리고 증인의 아내는요?

증인: 아내 역시 아주 많이 걱정했습니다.

라주디스 검사: 그게 답니까? '아주 많이 걱정했다?'

증인: 네.

라주디스 검사: 증인의 아내는 제이컵이 그 여자아이의 실종과 어떤 관련이 있다고 결론 내렸어요, 맞죠?

증인: 네.

라주디스 검사: 증인의 아내가 그렇게 확신하게 된 특별한 이유라도 있습니까?

증인: 해변에서 일이 좀 있었습니다. 그 여자아이가 실종됐던 그날이었는데, 제이컵은 늦은 오후에 석양을 보러 해변에 갔습니다. 내 오른편에 제이컵이, 왼편에 로리가 앉아 있었습니다. 우리가 호프는 어디에 있느냐고 물었습니다. 제이컵이 이렇게 대답하더군요. "가족하고 있겠죠. 못 봤어요." 그래서 우리가 농담을 좀 했습니다. 아마 로리가 제이컵한테 둘 사이에 아무 문제도 없느냐고, 둘이 싸웠느냐고 물어봤을 겁니다. 제이컵은 아니라고, 그냥 몇 시간 동안 호프를 보지 못했다고 말했습니다. 나는……

라주디스 검사: 앤디? 괜찮습니까?

증인: 네. 미안합니다, 네. 제이크의 수영복에 얼룩이 좀 묻어 있었습니다. 작고 붉은 얼룩이었죠.

라주디스 검사: 그 얼룩에 대해 설명해주시죠.

증인: 얼룩이 흩뿌려져 있었습니다.

라주디스 검사: 색깔은요?

증인: 적갈색이었습니다.

라주디스 검사: 혈흔이었나요?

증인: 모르겠습니다. 그랬던 것 같지는 않습니다. 내가 제이컵한테 그게 뭐냐고, 어쩌다가 수영복이 그렇게 됐느냐고 물었습니다. 제이컵은 음

식을 먹다가 케첩 같은 걸 흘린 모양이라고 말했습니다.

라주디스 검사: 그래서 증인의 아내는요? 증인의 아내는 그 적갈색 얼룩을 뭐라고 생각했나요?

증인: 당시에는 아무 생각도 하지 않았습니다. 별일 아니었으니까요. 왜냐하면 그때까지 우리는 그 여자아이가 사라졌다는 사실을 모르고 있었습니다. 내가 제이컵한테 수영복이 더러우니 물로 뛰어들어서 수영을 좀 하라고 말했습니다.

라주디스 검사: 그래서 제이컵이 어떤 반응을 보였습니까?

증인: 아무런 반응도 보이지 않았습니다. 그냥 일어나서 잔교로 걸어갔습니다. H자 형태의 잔교였는데, 제이컵은 오른쪽 잔교로 걸어가서, 물속으로 뛰어들었습니다.

라주디스 검사: 제이컵에게 수영복에서 핏자국을 씻어내라고 말한 사람이 증인이라는 사실이 흥미롭군요.

증인: 핏자국이라고 생각하지 않았습니다. 그리고 지금도 그게 핏자국이었는지 잘 모르겠습니다.

라주디스 검사: 아직도 모른다고요? 정말입니까? 그런데 왜 그렇게 서둘러서 제이컵에게 물로 뛰어들라고 말했습니까?

증인: 로리가 제이컵한테 수영복이 비싼 거다, 물건 간수를 잘해야 한다, 뭐 그런 말을 했습니다. 제이컵은 아주 부주의하고, 퍽 게으른 아이입니다. 나는 제이컵이 자기 엄마한테 혼나지 않길 바랐습니다. 우리는 모두 행복한 시간을 보내고 있었으니까요. 그게 전부입니다.

라주디스 검사: 그런 이유로, 호프 코너스가 실종되었을 때 로리가 혼란스러워했나요?

증인: 어느 정도는 그렇습니다. 우리가 아는 정황은 그게 전부입니다.

라주디스 검사: 로리는 그 즉시 집으로 가고 싶어 했어요, 맞습니까?

증인: 네.

라주디스 검사: 하지만 증인이 반대했죠.

증인: 네.

라주디스 검사: 왜죠?

증인: 사람들이 뭐라고 말할지 뻔했기 때문입니다. 제이컵이 유죄여서 경찰에게 체포되기 전에 도망친 거라고 말했겠죠. 그리고 제이컵을 살인자라고 불렀을 겁니다. 나는 사람들이 제이컵에 대해 그렇게 말하도록 내버려둘 수 없었습니다.

라주디스 검사: 사실, 자메이카 당국이 제이컵을 심문했죠?

증인: 네.

라주디스 검사: 하지만 제이컵을 체포하지는 않았죠?

증인: 네. 제이컵을 체포할 이유가 없었습니다. 제이컵은 아무 짓도 안 했습니다.

라주디스 검사: 맙소사, 앤디, 어떻게 그렇게 확신하죠? 어떻게 그걸 확신하죠?

증인: 누군가가 무언가를 어떻게 확신할 수 있겠습니까? 나는 그저 내 아이를 믿습니다. 나는 그래야 합니다.

라주디스 검사: 왜 그래야 하죠?

증인: 나는 그 아이의 아빠이기 때문입니다. 나는 그럴 의무가 있습니다.

라주디스 검사: 그게 답니까?

증인: 네.

라주디스 검사: 호프 코너스는요? 그 아이에 대한 의무는 없습니까?

증인: 제이컵은 그 아이를 죽이지 않았습니다.

라주디스 검사: 제이컵 주변에서 아이들이 죽어 나갔어요, 그런데도 그게 답니까?

증인: 부적절한 질문입니다.

라주디스 검사: 철회하겠습니다. 앤디, 솔직히 스스로를 믿을 만한 증인이

라고 생각합니까? 솔직히 당신이 당신 아들을 제대로 보고 있다고 생각합니까?

증인: 네, 대체적으로 믿을 만한 증인이라고 생각합니다. 나는 어떤 부모도 자기 자식에게 완전히 객관적일 수는 없다고 생각합니다. 그 점은 인정하겠습니다.

라주디스 검사: 그렇지만 로리는 제이컵의 본색을 알아보는 데 아무런 문제가 없었어요, 그렇죠?

증인: 로리한테 직접 물어보시죠.

라주디스 검사: 로리는 제이컵이 그 여자아이의 실종과 어떤 관련이 있다고 믿는 데 아무런 문제가 없었죠?

증인: 말했듯이, 로리는 그 모든 일에 정말 충격을 받았습니다. 로리는 제정신이 아니었습니다. 그래서 자기 혼자 결론을 내렸습니다.

라주디스 검사: 로리가 자신의 의심에 대해 증인과 상의했나요?

증인: 아니요.

라주디스 검사: 질문을 반복하겠습니다. 증인의 아내가 제이컵에 대한 의심을 한 번이라도 증인과 상의했나요?

증인: 아니요, 그러지 않았습니다.

라주디스 검사: 증인의 아내가 증인에게 속마음을 털어놓지 않았다고요?

증인: 로리는 그럴 수 없다고 생각했습니다. 이번 일이 아니라 리프킨 사건 때, 우리는 서로 이야기를 나눴습니다. 그때 로리는 나와 상의할 수 없는 문제도 있다고 생각하는 것 같았습니다. 그러니까, 내가 접근할 수 없는 부분도 있었습니다. 그런 것들은 로리 혼자 처리해야 했을 겁니다.

라주디스 검사: 그래서 자메이카에서 두 주를 보낸 후에는요?

증인: 집에 돌아왔습니다.

라주디스 검사: 집에 온 후, 결국 로리가 제이컵에 대한 의심을 말했나요?

증인: 꼭 그렇지는 않습니다.

라주디스 검사: 꼭 그렇지는 않다? 그게 무슨 뜻입니까?

증인: 자메이카에서 집으로 돌아온 후, 로리는 아주 아주 조용했습니다. 그래서 나하고 딱히 어떠한 문제도 상의하려고 하지 않았습니다. 로리는 매우 경계했고, 매우 혼란스러워했습니다. 그리고 겁에 질려 있었습니다. 내가 로리하고 이야기를 나누려고, 로리에게 말을 시키려고 노력했지만, 로리는 나를 믿지 않는 것 같았습니다.

라주디스 검사: 증인의 아내가 부모의 도덕적인 의무에 대해서 증인과 상의한 적이 있습니까?

증인: 아니요.

라주디스 검사: 만약에 증인의 아내가 증인에게 그런 질문을 했다면, 증인은 뭐라고 대답했을까요? 살인자의 부모로서 도덕적인 의무가 무엇이라고 생각합니까?

증인: 그건 가정적인 질문입니다. 나는 우리가 살인자의 부모였다고 생각하지 않습니다.

라주디스 검사: 좋습니다, 그렇다면 가정적으로 말해서, 만약 제이컵이 유죄라면, 증인과 증인의 아내는 어떠한 행동을 했어야 합니까?

증인: 좋을 대로 다양한 방법으로 질문해봐요, 닐. 나는 대답하지 않을 테니까. 그런 일은 결코 없었습니다.

솔직하게 말하면, 그때 벌어졌던 일은 내가 그때껏 보았던 닐 라주디스의 행동 중에서 가장 진실하고 자발적인 반응이었다. 라주디스는 불만스레 황색 법률 용지를 내던졌다. 법률 용지는 산탄총에 맞아 하늘에서 떨어지는 새처럼 파닥파닥 법정 저 구석에 내려앉았다.

한 중년 여자 대배심원이 가쁘게 숨을 몰아쉬었다.

나는 잠시 그게 라주디스의 위선적인 몸짓, 즉 배심원에게 보내는 신호가 아닐까 생각했다. '이 남자가 거짓말하는 거 보이죠?' 게다가, 동작은 기록에 남지 않기 때문에 더욱 좋았다. 하지만 라주디스는 두 손을 엉덩이에 대고 신발을 내려다보며 그냥 거기에 서서 힘없이 고개만 저었다.

잠시 후에 라주디스는 마음을 진정시켰다. 그리고 팔짱을 끼고서 심호흡을 했다. '자, 돌아가자. 미끼, 덫, 그리고 꿀꺽.'

라주디스가 눈을 들어서 나를 바라보았다. '이 사람은 뭘까? 범죄자? 희생자? 어쨌든, 실망스러운 사람.' 나는 라주디스가 진실을 볼 수 있을 정도의 분별력을 가지고 있으리라 생각지 않았다. 죽음보다 지독한 상처도 있는 법이다. 법의 보잘것없는 이분법(유죄/무죄, 범죄자/희생자)으로는 그 상처를 치유하기는커녕 가늠조차 할 수 없다. 법은 수술용 메스가 아니라 망치다.

　라주디스 검사: 이 대배심은 증인의 아내, 로리 바버를 수사하고 있어요. 증인도 알고 있죠?
　증인: 물론입니다.
　라주디스 검사: 우리는 이곳에서 하루 종일 로리 바버에 대해, 로리 바버의 범행 이유에 대해 이야기하고 있어요.
　증인: 네.
　라주디스 검사: 나는 제이컵에게는 전혀 관심이 없어요.
　증인: 그렇게 말한다면야.
　라주디스 검사: 그리고 증인은 아무 혐의도 받고 있지 않아요. 그 어떤 것에 대해서도. 그 사실을 알고 있죠?
　증인: 그렇게 말한다면야.
　라주디스 검사: 하지만 당신은 이미 증인 선서를 했어요. 그 사실을 다시 상기시킬 필요 없겠죠?

증인: 네, 나도 규정은 압니다, 닐.

라주디스 검사: 증인의 아내가 한 일이, 앤디, 나는 왜 당신이 우리에게 비협조적인지 이해를 할 수가 없어요. 우리는 동지였잖아요.

증인: 질문을 해요, 닐. 연설하지 말고.

라주디스 검사: 로리가 한 일이, 증인을 괴롭······.

증인: 이의 있습니다. 제대로 된 질문을 해요!

라주디스 검사: 로리는 기소되어야 해요!

증인: 다음 질문.

라주디스 검사: 로리는 기소되어서 재판을 받고, 감옥에 가야 해요, 당신도 알잖아요!

증인: 다음 질문!

라주디스 검사: 2008년 3월 19일, 범행 당일, 증인은 피고인 로리 바버에 대한 소식을 알게 됐죠?

증인: 네.

라주디스 검사: 어떻게?

증인: 오전 9시경에 초인종이 울렸습니다. 폴 더피였습니다.

라주디스 검사: 더피 경위가 무슨 말을 했나요?

증인: 안으로 들어가서 앉아도 되겠느냐고 물었습니다. 그리고 끔찍한 소식이 있다고 그랬습니다. 그래서 내가 그냥 말하라고, 무슨 소식이든 간에, 거기 문 앞에서 그냥 말하라고 했습니다. 그랬더니 사고가 있었다고 하더군요. 로리와 제이컵이 고속도로에서 차 안에 있었는데, 차가 도로를 이탈했다고 그랬습니다. 그리고 제이컵이 죽었다고 했습니다. 로리는 아주 심하게 다쳤지만 살 수 있을 거라고 했습니다.

라주디스 검사: 계속하세요.

〔증인이 대답하지 않음〕

라주디스 검사: 그다음에 무슨 일이 있었습니까, 바버 씨?

〔증인이 대답하지 않음〕

라주디스 검사: 앤디?

증인: 나는, 음, 나는 무릎이 꺾였습니다. 그리고 곧장 고꾸라지기 시작했습니다. 폴이 손을 뻗어서 나를 붙잡았습니다. 그리고 나를 떠받쳤습니다. 폴이 나를 부축해서 거실로 데리고 가서 의자에 앉혔습니다.

라주디스 검사: 또 무슨 말을 했습니까?

증인: 폴이…….

라주디스 검사: 잠시 휴식이 필요한가요?

증인: 아니오. 미안합니다. 괜찮아요.

라주디스 검사: 더피 경위가 또 무슨 말을 했습니까?

증인: 다른 차들은 관련되지 않았다고 했습니다. 목격자들, 그러니까 다른 운전자들의 말에 따르면, 차가 곧장 교대(橋臺)로 돌진했다고 합니다. 로리가 브레이크를 밟지도 않았고, 운전대를 꺾으려고도 하지 않았다더군요. 로리가 충돌 지점으로 향하면서 자동차의 속력을 높였다더군요. 그리고 로리는 실제로도 속력을 높였습니다. 목격자들은 운전자가 의식을 잃었거나 심장마비나 뭐 그런 걸 일으킨 게 틀림없다고 생각했답니다.

라주디스 검사: 그건 살인이었어요, 앤디. 로리가 당신 아들 제이컵을 살해했어요.

〔증인이 대답하지 않음〕

라주디스 검사: 이 대배심은 로리를 기소하고 싶어 합니다. 배심원들을 봐요. 저들은 옳은 일을 하고 싶어 합니다. 우리 모두가 그래요. 하지만 증인이 우리를 도와야만 합니다. 증인이 우리에게 진실을 말해야만 합니다. 증인의 아들에게 무슨 일이 일어났죠?

〔증인이 대답하지 않음〕

라주디스 검사: 제이컵에게 무슨 일이 일어났나요?

〔증인이 대답하지 않음〕

라주디스 검사: 이 사건은 제대로 밝혀질 수 있어요. 앤디.
증인: 그런가요?

법원 밖, 강한 바람이 손다이크 스트리트를 휩쓸었다. 이 또한 법원 건물의 건축적인 결함 중에 하나였다. 사면을 둘러싼 높고 판판한 벽 때문에 건물 아랫부분에서 회오리바람이 일었다. 오늘처럼 쌀쌀한 4월 저녁에, 주변으로 바람까지 소용돌이치면, 법원 건물은 다가가기조차 힘들었다. 차라리 법원 둘레에 도랑못이 있는 편이 나았을 것이다. 나는 외투를 여미고, 손다이크 스트리트를 걸어서 차고로 향했다. 그러는 동안 바람이 내 등을 거칠게 떠밀었다. 그날은 내가 법원에 발을 들인 마지막 날이었다. 나는 닫힌 문에 기대선 사람처럼 바람에 등을 기댔다.

물론, 떨쳐낼 수 없는 일들도 있다. 나는 그 마지막 순간을 상상하고 또 상상했다. 매일 나는 제이컵이 살아 숨 쉬던 마지막 몇 초를 되생각하고, 잠이 들면 꿈까지 꾼다. 나는 현장에 없었지만, 그런 건 아무런 상관이 없다. 내 머리가 자꾸만 그 순간을 떠올린다. 삶이 채 일 분도 남지 않은 그 순간에, 제이컵은 미니밴 가운데 줄에 나른하게 앉아서 긴 다리를 앞으로 쭉 뻗고 있었다. 제이컵은 꼬맹이처럼 항상 두 번째 줄에 앉았다. 엄마랑 단 둘이 차에 탈 때도 마찬가지였다. 제이컵은 안전벨트를 매고 있지 않았다. 제이컵은 종종 안전벨트를 신경 쓰지 않았다. 평소 같았으면, 로리가 안전벨트를 매라고 제이컵을 다그쳤겠지만, 그날 아침에는 그러지 않았다.

제이컵과 로리는 차를 타고 가면서 별로 말을 하지 않았다. 할 말이 별로 없었다. 제이컵의 엄마는 몇 주 전에 자메이카에서 돌아온 이후로 줄곧 조용하고 무뚝뚝했다. 제이컵은 그런 엄마와 약간의 거리를 둘 만큼 영리했다. 내심, 제이컵은 자신이 엄마를 잃었다는 사실을 알았을 것이다. 제이컵은 엄마의 사랑이 아니라 엄마의 신뢰를 잃었다. 둘이 함께 있는 것은 고역이었다. 그래서 둘은 128번 도로를 달리면서 어색하게 몇 마디 주고받은 뒤에, 고속도로에 도착하자마자 입을 다물었다. 미니밴은 램프웨이를 빠져나와 서쪽으로 향했고, 차량 속으로 어우러지며 속력을 내기 시작했다. 엄마와 아들은 길고 따분한 여정에 접어들었다.

제이컵의 침묵에는 또 다른 이유가 있었다. 제이컵은 네이딕에 있는 사립학교로 면접을 보러 가는 길이었다. 솔직히, 우리는 어떤 학교에서도 제이컵을 받아주지 않을 거라고 생각했다. 피투성이 제이컵 바버를 교정에 들였다는 오명까지는 기꺼이 참는다고 해도, 과연 어떤 학교가 법적 책임까지 감수하려 하겠는가? 우리는 제이컵이 남은 고등학교 과정을 홈스쿨링으로 마쳐야 할 거라고 생각했다. 하지만, 뉴턴 시티의 특수교육 운영 방침에 따르면, 다른 대안이 전혀 없는 경우에만 홈스쿨링 비용을 지원받을 수 있었다. 그래서 우리는 형식적인 면접을 몇 건 잡았다. 제이컵은 이 모든 과정을 힘들어했다. 제이컵은 반복적으로 거부당함으로써, 어떤 학교에서도 자신을 원하지 않는다는 사실을 입증해야 했다. 그리고 그날 아침에 있을 또 다른 무의미한 면접 때문에 제이컵은 뚱해 있었다. 제이컵은 그런 학교들이 면접을 허락하는 까닭은 그저 자신을 한번 보기 위해서, 괴물이 어떻게 생겼는지 가까이에서 보기 위해서라고 생각했다.

제이컵은 엄마에게 라디오를 켜달라고 했다. 로리는 공영 라디오 방송의 뉴스 프로그램을 틀었지만, 이내 꺼버렸다. 이 거대한 세상이 무심하게 계속 돌아가고 있다는 사실이 떠올라 고통스러웠다.

그렇게 고속도로 위에서 몇 분이 지나고, 로리의 얼굴로 눈물이 흘러내렸다. 로리는 운전대를 꽉 움켜잡았다.

제이컵은 아무것도 알아차리지 못한 채, 자신만의 생각에 빠져 있었다. 제이컵은 앞좌석 사이로 보이는 전경을 뚫어지게 바라보았다. 앞 유리 너머로 수많은 차량이 대형을 이루어 길 위를 달리고 있었다.

로리는 방향 지시등을 켜고, 한산한 오른쪽 차선으로 들어섰다. 그리고 속력을 내기 시작했다. 125, 126, 127, 128, 129. 로리는 안전벨트를 풀고 왼쪽 어깨 뒤로 넘겼다.

물론, 제이컵은 성장했을 것이다. 이삼 년 후면 목소리도 굵어졌을 것이다. 새로운 친구들도 생겼을 것이다. 이십 대에는 점점 더 제 아빠를 닮아갔을 것이다. 시간이 흐름에 따라, 제이컵은 사춘기의 고민과 슬픔을 내려놓았을 것이고, 그와 더불어 어두운 눈빛도 온화하게 누그러졌을 것이다. 앙상한 골격도 커졌을 것이다. 제이컵은 거구의 아빠 정도는 아니더라도, 대부분의 사람들보다는 키가 조금 더 크고, 어깨도 조금 더 넓었을 것이다. 제이컵은 로스쿨 입학도 생각했을 것이다. 아이들은 비록 잠깐이더라도, 내키지 않더라도, 부모의 직업을 물려받는 일에 대해 상상해보기 마련이다. 하지만 제이컵은 검사가 되지는 않았을 것이다. 그 일이 지나치게 외향적이고, 지나치게 극적이고, 지나치게 현학적이어서 자신의 과묵한 성격과는 어울리지 않는다고 생각했을 것이다. 제이컵은 자신에게 맞지 않는 직업들을 전전하며 오랫동안 탐색의 과정을 거쳐야 했을 것이다.

미니밴의 속력이 시속 135킬로미터를 넘어섰을 때, 제이컵이 무신경하게 말했다.

"좀 빠르지 않아요, 엄마?"

"그러니?"

제이컵은 제 할아버지도 만났을 것이다. 제이컵은 이미 궁금증에 휩싸여 있었다. 제이컵의 법적인 문제들을 고려했을 때, 그 아이는 아마 대물림이라는 전반적인 주제, 즉 피투성이 빌리 바버의 손자라는 사실에 내포된 의미를 직시하고 싶었을 것이다. 제이컵은 할아버지를 만나러 가서 실망했을 것이다. 전설(별명, 무시무시한 명성, 차마 입에 담지 못할 살인)은 그 주인공에 비해 지나치게 거창했다. 결국 그 쇠잔한 늙은이는 범죄자, 우량종 범죄자일 뿐이었다. 제이컵은 어떻게든 그 사실을 받아들이려고 애썼을 것이다. 하지만, 제이컵은 내가 택했던 방법을 사용하지는 않았을 것이다. 나처럼 그 사실을 지우고, 무시하고, 떨쳐내려 하지는 않았을 것이다. 제이컵은 그런 식으로 자신을 기만하기에는 생각이 너무 많았다. 제이컵은 그 사실과 화해했을 것이다. 제이컵은 아들에서 아버지가 되었을 것이고, 그제야 그 모든 게 얼마나 부질없는 일인지를 깨달았을 것이다.

나중에, 약간의 방랑을 끝낸 후에, 제이컵은 어딘가 먼 곳, 누구도 바버 가족에 대해 알지 못하는 곳, 최소한 누구도 그 가족에 관한 이야기에 신경 쓰지 않는 곳에 정착했을 것이다. 아마 서부 어딘가가 아닐까 싶다. 어쩌면 애리조나 주 비스비. 아니면 캘리포니아. 누가 알겠는가? 그리고 그곳에서 언젠가 제이컵은 제 아들을 품에 안고 그 아이의 눈을 들여다보며 궁금해했을 것이다. '넌 누구니? 무슨 생각을 하고 있니?' 내가 제이컵에게 수없이 그랬던 것처럼.

"괜찮아요, 엄마?"

"그럼."

"뭐하는 거예요? 위험해요."

143, 144, 145. 혼다 오디세이 미니밴은 미니라는 이름에 걸맞지 않게 실제로 꽤 묵직했고, 강력한 엔진까지 장착돼 있었다. 그

래서 속력을 내기가 쉬웠다. 또한 빠른 속도에서도 안정감을 유지했다. 그래서 그 차를 운전하다가 속도계를 흘끗 내려다보면, 놀랍게도 시속이 130 내지 135킬로미터인 경우가 많았다. 하지만 시속 145킬로미터를 넘어서면, 차가 조금씩 흔들리면서 바퀴가 도로에서 뜨기 시작했다.

"엄마?"

"사랑해, 제이컵."

제이컵은 좌석에 바짝 몸을 붙이고서 손으로 더듬더듬 안전벨트를 찾았다. 하지만 이미 너무 늦었다. 고작 몇 초밖에 남지 않았다. 여전히 제이컵은 무슨 일이 벌어지고 있는지 이해하지 못했다. 그래서 차가 전속력으로 돌진하는 이유, 엄마가 이상할 정도로 침착한 이유를 파악해보려고 했다. 가속 장치가 고장 났나? 면접에 늦지 않으려고 서두르는 건가? 아니면 엄마가 잠시 한눈을 팔았나?

"엄마는 너랑 아빠 둘 다 사랑해."

미니밴이 도로 오른쪽 갓길로 미끄러지기 시작했다. 먼저 오른쪽 바퀴가, 그다음엔 왼쪽 바퀴가 차선을 넘었다. 이제 남은 시간은 겨우 몇 초. 차는 계속해서 속력을 냈고, 낮은 내리막이 엔진을 도왔다. 시속 158, 159, 160, 엔진은 절정에 다다르고 있었다.

"엄마! 멈춰요!"

로리는 미니밴을 곧장 교대 쪽으로 몰았다. 교대는 경사로 측면에 세워진 콘크리트 벽이었다. 교대 앞을 가로막고 있던 분리대가 미니밴과 교대의 직접 충돌을 막았다. 하지만, 자동차의 속도가 너무 빠르고, 접근 각도가 너무 직접적이어서, 차가 분리대로 다가가는 순간, 오른쪽 바퀴 두 개가 들리고 말았다. 결국 차는 분리대를 타고 올라가다가 처참하게 뒤집힐 운명이었다. 그 즉시 로리는 자동차에 대한 통제력을 잃었지만, 결코 운전대를 놓지 않았다. 미니밴은 분리대를 긁으며 미끄러지다가 분리대 꼭대기에서 도약했고, 가속도 때문에 공중으로 솟구쳐 올랐다. 그 순간, 좌현으로 전복하는 배처럼 차체가 사 분의 삼쯤 뒤집혔다.

미니밴이 공중에서 반시계 방향으로 도는 동안, 엔진이 헛돌았고 로리가 비명을 질렀다. 그리고 그뿐이었다. 그 찰나의 순간에 제이컵은 나를 떠올렸을 것이다. 그 아이를 품에 안고 그 아이의 눈을 들여다보던 나를. 그리고 어떠한 상황에서도 끝까지 내가 그 아이를 사랑했다는 사실을 이해했을 것이다. 그다음, 제이컵은 콘크리트 벽이 자신을 맞으러 날아드는 모습을 보았다.

제이컵을 위하여

2013년 8월 9일 초판 1쇄 인쇄
2013년 10월 14일 초판 2쇄 발행

지은이 | 윌리엄 랜데이
옮긴이 | 김송현정
발행인 | 전재국

발행처 | (주)시공사
출판등록 | 1989년 5월 10일 (제3-248호)

주소 | 서울특별시 서초구 사임당로 82 (우편번호 137-879)
전화 | 편집 (02)2046-2814 · 영업 (02)2046-2800
팩스 | 편집 (02)585-1755 · 영업 (02)588-0835
홈페이지 www.sigongsa.com

ISBN 978-89-527-6961-9 03840

검은숲은 (주)시공사의 브랜드입니다.
본서의 내용을 무단 복제하는 것은 저작권법에 의해 금지되어 있습니다.
파본이나 잘못된 책은 구입하신 서점에서 교환해 드립니다.